民国武侠小说典藏文库·还珠楼主卷

黑蚂蚁

还珠楼主◎著

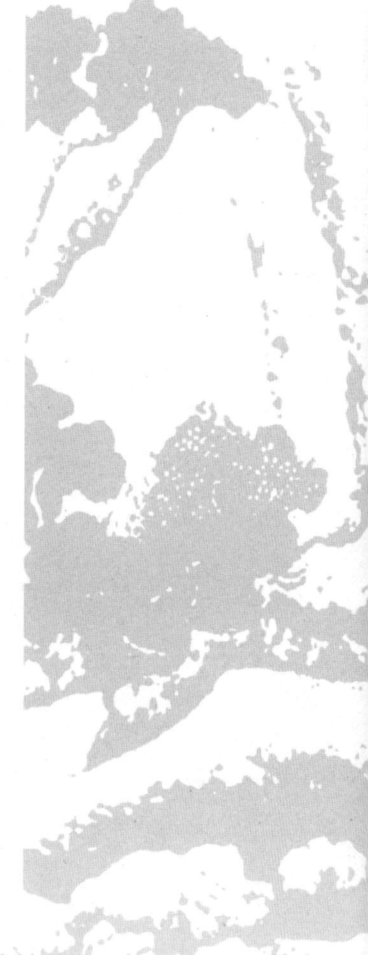

中国文史出版社

还珠楼主小传

还珠楼主,原名李善基,后更名李寿民;笔名还珠楼主,晚年又改笔名为李红。四川长寿县人。生于清光绪二十八年(1902 年)二月二十八日。在同胞兄弟中排行老大,在叔伯兄弟中排行老七。李家世代为官。其父元甫,进士出身,光绪年间官至苏州知府,为人清廉正直,厌恶官场肮脏黑暗而弃官归里,设馆授徒。其母周家懿,四川成都人,也是大家闺秀,知书通文。由于父母教子严厉,李寿民又聪明过人,三岁开始读书习字,五岁便能吟诗作文,七岁能写丈许长对联。九岁时更写出了五千言的《"一"字论》长文,被誉为"神童",并获得了长寿县衙颁发的"神童"大匾,此匾高高悬挂在李家祠堂。可知李寿民具有惊人的天赋且受到良好的家庭启蒙教育,这也是他后来成为著名作家的基础。不幸十二岁丧父,家道中落,家计难以维持。其母携带李寿民及两弟、一妹,顺江而下,至苏州投奔亲友,幸得其父之门生故旧慷慨周济,勉强度日。李寿民也得以就读于著名的草桥中学(今苏州第一中学),学习成绩一直高出侪辈,名列前茅。

在此期间,李寿民坠入了初恋的情网。恋人名叫文珠,比李寿民大三岁,为邻右之女。虽非绝代佳人,却也相貌清秀,性格温柔,尤善琵琶弹奏。李寿民爱听文珠弹琵琶,文珠则爱听李寿民摆四川"龙门阵"。一来二往,两小无猜,爱苗在不知不觉中茁壮成长。然而这段恋情却只见开花而未能结果。原因在于李寿民家境贫寒,又是长子,故从二十二岁起,便不得不停止学业,为养家糊口而开始浪迹江湖。起初尚与文珠有鸿雁传书,渐至鱼沉雁杳,后才得知文珠竟然沦落到烟花柳巷。这是李寿民的终生之痛,致使他在很长时间内不作燕婉之想。据说他的小说《女侠夜明珠》,就是为纪念文珠而写的。

李寿民的首个落脚点是天津,而天津也没有辜负他的期望,不仅使他找到了终身伴侣,而且成为他作家生涯的起点。李寿民初到天津,经人介绍,充任天津警备司令傅作义的中文秘书,因其才气横溢,中文功底深厚,深得傅作义赏识。傅作义的英文秘书为段茂澜,是留英学生,与李寿民一见如故,义结金兰。由于李寿民生性散漫,不惯军旅生活,且性格强傲,不肯唯命是从,有时甚至敢于顶撞上司,故不足一年,便拂袖而去,据说还留下一首打油诗,对傅作义冷嘲热讽。傅作义也有过人度量,一笑了之。此后李寿民的职业很不固定,做过宋哲元冀察政务委员会的秘书,天津《天风报》的编辑、记者,还为名伶尚小云写过剧本并结为金兰之契,又曾以“木鸡”(取意于典故“呆若木鸡”)和“寿七”(“寿”指长寿县,“七”指排行老七)的笔名发表短文,接着又进入天津邮政局,当了一名小职员。由于小职员的薪金微薄,不足以养家糊口,又经人介绍,兼做天津大中银行老板孙仲山公馆的家庭教师,为其子女教授国文和书法。不料这一来,却给李寿民带来了桃花运,成为他一生的一个转折点。

孙仲山是一个暴发户,他与李寿民为小同乡。当李寿民进入孙公馆时,正是孙仲山生意的鼎盛时期,其大中银行在全国十三个城市开有十三个分行,其带花园的洋房豪宅在天津英租界马场道占地达二十余亩。孙家二小姐孙经洵,比李寿民小六岁,虽貌不惊人,但温文尔雅,气度非凡,性格坚强。起初,李寿民因初恋的隐恨未消,心如止水,对孙经洵并未在意;而孙经洵乃大家闺秀,对于李寿民这个憨厚的老师,也没有一见钟情。然而不知为什么,两人之间好像有一种无形的引力,既搅动了李寿民止水般的心境,也搅乱了孙经洵小姐矜持的芳心。他们在不知不觉之中,同时陷入了情网。

那时正值民国初年,社会风气虽然有所开放,但封建思想依然根深蒂固,因此他们的恋爱仍如张君瑞与崔莺莺那样,只能在暗中进行。然而天下没有不透风的墙,恋情终于被孙仲山发现。孙仲山首先以“门不当,户不对”以及“师生相恋,败坏家风”来训斥女儿,结果无效;然后又以“只要李先生与小女一刀两断,要多少钱不成问题”利诱李寿民,又遭到李寿民严词驳斥。于是孙仲山便下了个杀手锏,将李寿民炒了鱿鱼,以为如此便可斩断这对恋人的情丝。

然而爱情犹如燎原之火，是很难扑灭的。他们居然想出了一个传递情书的绝妙办法：双方将情书用橡皮膏贴在孙仲山上下班乘坐的汽车号牌后面，李寿民等孙仲山上班后到大中银行门口取信，孙经洵则在孙仲山下班回家后取信。孙仲山做梦也没有想到，他的专车倒成了女儿与李寿民的邮车，自己也被迫当了一回红娘。终于有一天，事情败露。孙仲山自然怒不可遏，一个耳光将女儿打倒在地。这一耳光不仅没有打消孙经洵婚姻自主的决心，反而打得她离家出走。

孙仲山在气走女儿后仍不善罢甘休，必欲置李寿民于死地。他仗着财大气粗，买通了英租界工部局，将李寿民投入监狱。幸亏段茂澜精通英文，李寿民又未犯法，经段茂澜从中斡旋，李寿民便获释放。孙仲山一计未成，又施一计：以“拐带良家妇女”的罪名，将李寿民告到天津法院。1930 年 11 月的一天，法院开庭审判。因为案件属于桃色事件，控告人又是大中银行老板，故记者云集，法庭座无虚席。但孙仲山不敢出庭，派其长子孙经涛作为代表。当审判到关键时刻，孙经洵突然出庭做证，大声说道：“我今年二十四岁，早已长大成人，完全可以自主；我与李寿民也是情投意合，自愿结合，怎么能说‘拐带’？”此话一出，全场哗然。本来就同情妹妹的孙经涛，更是无言以对。于是法官当即宣判李寿民无罪。此案在当时的天津曾经轰动一时，家喻户晓。李寿民后来即以此事为素材，写成了小说《轮蹄》（又名《征轮侠影》），这也是李寿民唯一的一部言情小说。此案虽了，但翁婿之间的怨恨却终生未解，互不往来。据说《蜀山剑侠传》中那个生相丑恶、专吸人血而神通广大的绿袍老祖，就是影射孙仲山的，足见李寿民对岳丈的怨恨之深。

李寿民为了与孙仲山赌气，也为了报答孙经洵坚贞不渝的爱情，发誓要办一场体面的婚礼，因此在官司打赢后并没有马上成婚，而是想方设法赚钱。直至 1932 年 2 月 5 日，李寿民与孙经洵才正式结婚。婚前孙经洵特至医院做了妇科检查，证明身为处女，并登报声明。新居选在天津日租界秋山街，尚小云赠送了全套家具。婚礼采用西洋式，相当隆重，主婚人为段茂澜，为新娘执婚纱者为袁世凯的孙女袁桂姐（后来认为义女）。婚后不论生活多么坎坷艰难，夫妻始终相濡以沫，同甘共苦，并养育了七个子女。李寿民为了感激至友段茂澜，七个子女的名字皆用段茂澜之字“观海”中的“观”字，即观承、观芳（女）、观贤（女）、观鼎、观淑（女）、观洪、观政（女）。

1932 年是李寿民时来运转的一年，在这一年，红鸾星和文昌星同时在他头顶上高照。新婚不久，天津《天风报》老板鉴于他曾在该报做过编辑和记者，又不时发表短文，文笔优美动人，便请他写一部连载小说。李寿民虽未写过小说，却自信可以胜任，于是一口答应。写什么呢？他立即想到了武侠小说。首先，武侠小说在当时的北方大行其道，十分流行；李寿民也耳濡目染，十分熟悉。其次，李寿民从七岁起，三上峨眉，四登青城，总共在山上生活过一年半，对这两座名山的一丘一壑、一涧一水、一草一木、一观一寺，无不了如指掌，并做过详细笔记，画过游览草图；同时结识了不少和尚道士，听了不少新奇故事，还学会了练功练气。这一切都是武侠小说的极好素材。那么使用什么笔名呢？李寿民觉得“木鸡”只是自我调侃，“寿七”又有点粗浅，一时委决不下。这时孙经洵说话了：“寿民，我知道你心中有座楼，那里面藏着一颗珠子，就用‘还珠楼主’作笔名吧。”“还珠”既是一个典故，又暗指李寿民的初恋对象文珠，可谓妙不可言。李寿民既佩服爱人的才思，又感激她对自己的理解。因此从当年的 7 月开始，便以还珠楼主的笔名，在《天风报》上连载《蜀山剑侠传》。不料作品一经发表，《天风报》的发行量便直线上升。不久，天津励力印书局（后改名励力出版社）又将该书结集出版，销售依然火爆。于是还珠楼主一鸣惊人，文名鹊起。从此一发不可复收，此书断断续续写了近二十年，总字数将近五百万，还没有写完。《蜀山剑侠传》一炮打响后，又陆续推出了《青城十九侠》《蛮荒侠隐》《边塞英雄谱》《云海争奇记》等，皆大受欢迎。

李寿民为了更大的发展，便带着天津给他的两大礼物——终身伴侣和作家名望，移居古都北平，并置了房产，成为职业作家，作品源源不断地问世。除了续写在天津的未完之作外，又陆续推出了《轮蹄》《皋兰异人传》《天山飞侠》[①]等。至日寇侵占北平时，李寿民已经推出了八部小说，成为一位享誉平津的著名作家了。然而正是由于他的名声，为他带来了一场灾难。先是汉奸周大文请他出任日敌电台伪职，被他一口拒绝。接着，时任伪华北教育总署督办的周作人亲自出面劝驾，仍遭拒绝。事有凑巧，有徐姓出版商看准了出版李寿民的作品可获厚利，欲将其出版权从天津励力出版社挖过来，也遭到了李寿民的

---

① 后经增订，更名为《冷魂峪》。

拒绝。姓徐的一怒之下，便托其为日寇当翻译的亲戚，在日寇面前诬陷李寿民为“重庆分子”，加上李寿民两次拒绝出任伪职，于是被日寇投进了牢狱。在狱中的七十多天里，李寿民受尽了各种酷刑，如鞭笞、灌凉水、用辣椒面揉眼睛等。李寿民的获释也颇有戏剧性，除了孙经洵四处求亲托友斡旋外，还与他精通卜卦有关。一个日军大佐请李寿民为其算卦，竟算得丝毫不差。加之日本人又找不出李寿民为“重庆分子”的任何证据，才被释放。李寿民本来颇通气功，身强体壮，经过七十多天的酷刑折磨，身体几乎垮掉。其视力损伤尤为严重，以致后来只能写大字，不能写小字，创作全凭口述，由秘书记录。

李寿民出狱后，略作休养，为了躲避日寇和汉奸的再次迫害，便只身逃到上海。上海人本来热衷于言情小说和社会小说，所以此前李寿民的小说只在北方流行，在上海少有读者。因此李寿民初到上海时，仅靠卖字糊口，无力养家。后被颇有眼光的上海正气书局老板陆宗植发现，为他安排了住处，请他继续写作，并约定由正气书局全权出版。于是李寿民迎来了第二次创作高潮，除了续写平津未完之作外，又推出了二十几部新作，如《武当异人传》《柳湖侠隐》《峨眉七矮》《蜀山剑侠新传》《北海屠龙记》《虎爪山王》《黑孩儿》《青门十四侠》《关中九侠》《万里孤侠》《蜀山剑侠后传》等。一向热衷于言情小说和社会小说的上海人，像突然发现了新大陆一般，一下子迷上了李寿民那充满了奇思妙想的新神魔小说和新武侠小说，以至出现了“还珠热”的盛况。李寿民在上海的知名度不仅超过了平津，而且盖过了所有上海作家。由于他的小说都是边写边分集出版，所以每当新作一出版，书店门口便会排起长龙。他的巨著《蜀山剑侠传》还被改编为京剧连台戏，在大舞台久演不衰。由于作品广受欢迎，供不应求，李寿民子女又多，家累甚重，不得不同时口授几部小说，每天都在一万字以上。而各部小说的众多人物和故事（如《蜀山剑侠传》有上千人物和上百故事）却井井有条，纹丝不乱，这不能不令人佩服其才情出众，思维敏捷，记忆力惊人。这种巨大的压力使他染上了烟霞癖，成为他后来生活的一大祸害。

直到抗战胜利后，社会初步安定，李寿民的稿酬也相当丰厚，才把家眷由北平接到上海，全家得以团聚。

然而正当李寿民踌躇满志的壮年时期，其创作事业也进入如火如荼的鼎盛时期，却因时局的巨变而使其创作之路走到了尽头。一向风行民间的武侠类小说,似乎突然变成了洪水猛兽,“谈武侠而色变”的气氛笼罩于九州大地,图书馆也通统将其束之高阁,禁止借阅,以至于武侠类小说完全销声匿迹。这就是李寿民的大部分小说皆被腰斩、成为断尾蜻蜓的唯一原因。这是李寿民无可弥补的遗憾,也是中国文学和中国读者无可弥补的遗憾!

李寿民的最后十来年,一度暂居苏州,旋又移居北京,都是在惶恐中度过的。他虽然没有被戴上什么政治“帽子”,并前后任上海天蟾京剧团、总政京剧团、北京京剧三团的编剧及北京市戏曲编导委员会委员,为剧团写过不少剧本,但似乎总有一种无形的巨大压力笼罩在他的头上,压得他喘不过气来;他的数十部小说似乎都变成了深重的罪孽,他所塑造的那些人物形象更像是变成了憧憧魔影,使他挥之不去。于是他把自己的作品全部付之一炬,一本不剩。这种恐惧感和负罪感,使他犹如惊弓之鸟,不得不“夹着尾巴做人”。这倒帮了他一个大忙,使他在那场“放长线钓大鱼”的政治阴谋中没有上钩,保持沉默,从而侥幸成为“漏网之鱼”,逃过了一劫。然而最终还是没有逃过那“批判的武器”的致命一击。1958 年 6 月,一篇《不许还珠楼主继续放毒》的文章,便把他打成了脑溢血,虽经抢救脱险,终造成左半身偏瘫,生活无法自理,自此辗转病榻两年有余。当他口述完历史小说《杜甫》,秘书以工整的钢笔小楷记录下杜甫“穷愁潦倒,病死舟中”那一段的描写时,李寿民对妻子说:“二小姐,我也要走了。你多保重!”第三天,即 1961 年 2 月 21 日,还珠楼主终于与世长辞,终年只有五十九岁,恰与一生坎坷的中国“诗圣”杜甫同寿。

“尔曹身与名俱灭,不废江河万古流。”(杜甫《戏为六绝句》其二)李寿民虽然一生坎坷,结局凄惨,但他无愧于中华民族,无愧于古老的文明祖国。他在短短二十多年的时间里,创作了总计达一千七百万字的四十部小说,还有几十个京剧剧本。他的《蜀山剑侠传》更荣登于香港和内地两个专家组评出的两个“二十世纪中文小说一百强排行榜”之上。他创造了一种无与伦比的新神魔小说,为中国小说增添了一枝璀璨的奇葩。他的小说曾为一代人所着迷,并将永世流传。

裴效维

2011 年 12 月 15 日于北京蜗居

目　　录

第一回

穷途遇救入蛮荒

云南腾越西南，滇缅交界，重山峻岭绵亘杂沓，溪流泉瀑纵横交错。其中都是亘古无人的荒山野地，森林甚多，往往回环数百里不见天日。除却林中藏伏的各种毒蛇猛兽之外，更有许多奇奇怪怪的虫蚁，俱都凶毒已极，沼泽间的瘴气又重，休说孤身行旅，便是大队人马带了兵器、食粮想要横冲过去也办不到。为有种种危险灾害，常人从来不敢深入。但这里面财富甚多，非但珍贵药材、兽皮多到无数，更有荒金、石油好些天然富源埋藏在内。一些贪利的山野土人把那大片森林认作衣食父母，虽不敢犯了奇险深入腹地，每当雨季过后也常结伴裹粮入内，大都走进个十里八里，将所采掘猎取的贵重物事得到手中，立时急赶回来。每去之前都是战战兢兢，戒备甚严，一路东张西望，探索前进。一经得手上了归途，便如死里逃生，去之惟恐不速。

这类古森林中多是千百年以上大树，上面枝叶重叠交错，互相盘结，密压压难得见到一线天光，光景昏暗。许多地方非人的目力所能看出。那林木最密之区暗如深夜，静沉沉不透风雨。去时带有特制的灯火，从头到脚均有防御，这一往返照例不眠不休，稍微耽搁时久，便择空旷之处分班小睡。睡时人用特制大皮囊吊向树上，外面放上许多专避蛇虫的草药，另由不睡的人代为守望。这样比较虽要减少一点劳苦，可是人少不行，还要去过多次，识得地理，或由常时往来森林的老土人做向导才能办到。否则，林中树木十九相同，终年黑暗，又无日夜之分，稍一疏忽便认不出东西南北，一旦迷路，便活活困死在内。又易着火，那几处休息停留之地常人先寻不到。就这样一个不巧遇到毒蛇大蟒，或是林中潜伏的猛兽，仍难免于伤亡，能够保得全数平安归来的简直极少。其实土人拼了性命、卖尽苦力，所得十九被人巧取豪夺了去，落到手里并没有多少。遇到雨季连衣食都混不上，能获小康的千百人中也挑不出几个。

自来采办林中物产的，多是几个土豪猾商主持其事，在国境交界设肆交易。有那心稍平一点的，专收零星土人自家拼性命换来的林中物产，虽然计物所值，所给不足八之二三，把人家应有利益几于全数剥削了去。土人多半勤苦耐劳，长于冒险，年月一多，还能积蓄起来顾全衣食，偶在无意之中采掘到几样珍贵之物更是运气。为了言语不通，天性诚朴，受欺已久，只要肯卖力气，一样可以成家立业，习久相安。那些猾商虽有心计巧取，不劳而获，彼此交易尚凭心愿。除同行暗中勾结，一家不要家家不收、故意挑剔、颠倒贵贱，使前后物价不同、骗取暴利而外，尚无打骂欺凌强夺之事。那极少数的小康之家便由此成立。那被土豪恶霸雇用，或用巧计骗卖为奴的土人却是凄惨已极。非但多么贵重之物都要全数交上，平日还要受那鞭打虐待。所得不多，或是空手回来，打完一顿藤鞭，连饭都不许吃饱。遇到雨季，还要代主人耕种土地，终岁劳苦，直到老死。或在森林之中被毒蛇猛兽咬死了事，永无翻身之日。土人偏又迷信鬼神，无论受雇为奴，均被主人威胁利诱，使其杀鸡折箭立下重誓，明明受尽虐待压榨，心中只管悲苦，极少逃亡反抗。而这些坐享现成的豪霸全都富比王侯，威势惊人。

有那最工心计的惟恐土人怀恨，见到珍贵物产故意不为取回，只采掘一些不值钱的寻常东西回来敷衍，并还聘有武师打手和有本领的恶奴监督前往，果然所得更多。于是大家学样，都用重金厚礼，聘请有本领的人相助，领了土人入林觅取。这班领头的武师恶奴大多贪残凶横，地在国境交界、深山之中，又无人管，稍不如意，随便杀死，任性鞭打，更不用说本身还要抽头，隐没一些。聪明一点的土人知道巴结，寻到贵物偷偷献上，几次过去，讨得欢心，样样均可随便，还好一点，忠厚一点的便吃足了苦头。可是那森林方圆好几百里，地在高丽贡山西南、黄工岭深山之中，人能走进去的只有一条路。为了形势奇险，休说林内，便那来路山口，数十里山径野地，也是奇禽猛兽、毒虫蛇蟒出没之区，危机四伏，一不小心照样送命。照例第一天赶到森林边界，在附近山洞中住上半日，养好精神，再往林中走进。沿途采掘猎取，直到一片能透天光、广约数十亩的湖荡旁边为止。前面林木越密，无法再进，从来无人走进十里以外。本来是做这一行苦业的不是土人，便是蛮人，没经过的人也受不了那样艰险劳苦。

主持中最有名的人号称四大家，三大家均是云南省的富豪，内有一家姓孟的乃金牛寨的土司，为首寨主名叫孟雄，据说是诸葛武侯所擒蛮王孟获之后。虽是蛮人，因其娶有一个续弦妻室名叫牛凤珠，原是一个客死异乡的镖师之女，生得十分美貌，平日爱若性命，渐渐染了汉人风俗，也颇欢喜汉人。所居原在腾越城外山野之中，为了性喜打猎，时带爱妻常往森林边界猎取鸟兽，偶然也同土人入林探险，采取荒金药材之类。但他另有地方，与另三家去处不同。这日打猎回来，因听有一贵官去往寨中拜望，忙带几骑人马当先赶回。牛凤珠率领大队人马随后跟去，中途遇见大雨，去往庙中暂避。刚一坐定，便见四个官差拿了弓刀，冒着大雨，往殿旁驰进。随听和尚说来人是追两个逃犯，听说犯人武功颇好，只为生有重病，又受官刑，刚由邻县押往省城投案，不知怎会被他逃走，来到庙后厨房内偷吃了些东西，藏向草堆里，被人看见，知道早来搜捉逃犯之事，恐受连累，前往报信，如今官差赶来，就要捉去等语。

凤珠见那官差，还有三人，拿着两副枷锁，看去又重又大，守在对面廊下，一个个横眉竖目，其势汹汹，看来已不顺眼。那三个该死的官差又朝凤珠不时指点说笑，以为对方山寨妇女，说笑无妨，不料犯了凶星。凤珠见那三人似在评论自己头脚，神态轻狂，鬼头鬼脑，本就有气，想要发作。忽听鞭打喝骂之声，转眼一看，乃是两个少年犯人已被先四官差用铁链锁住，连打带踢，在大雨地里横拖倒曳，喝骂而来。那两少年俱都面有病容，被人反拷双手，戴了锁链，身上衣服也被打破，露出白肉红伤，有的地方业已见血，骨头却硬，也在厉声回骂。听那口气仿佛为抱不平，打伤豪绅狗子，被对头诬良为盗。别的人声杂乱没有听清，不由起了同情之念。

凤珠二次想要发作，和尚正送茶来，笑说："这两人把省城将军的女婿打伤，此去休想活命。两个穷人敢和富贵人家作对，胆子也太大了。"凤珠闻言心中一动，又见两犯人业被官差戴上重枷和脚镣手铐，正在打骂议论，内一少年犯人人最昂藏，骂得最凶，连挨了好几十鞭仍不住口。为首官差非要打得他住口才罢，余人正在做好做歹，看意思似因案情重大，恐生意外，乱哄哄正闹着一团。恰巧另一少年犯人好似力竭声嘶，倚在壁上，朝众官差怒视，偶然也跟着骂上几句。忽然回过头来，凤珠正立殿前廊下注视，双方目光恰巧相对。和尚业已遣开，凤珠忙用二指按着嘴唇，使一眼色，将头微摇。少年犯人立时会意，忙将同伴碰了一下，嘴皮微动，也不知说些什么，二人同时住口，不再咒骂，众官差也自停手。一个官差假装好人，并还问和尚讨了碗茶水递过，由此目光一齐转向正殿这面，神情越发轻薄，交头接耳，说笑不休。

凤珠所带蛮兵均在偏殿避雨，身旁只有四个贴身蛮女。主仆五人本就年轻美貌，南荒天热，穿的又是蛮装，凤珠原是汉人还好一些，那几个山女年纪既轻，周身又未穿甚衣服，只上身一件云肩遮着双乳，下面一条莲叶短裙，一身雪肤花貌倒有大半裸露在外。这班虎狼色鬼一样的官差调戏民间妇女本是家常便饭，越看越起劲，为首两个竞相绕着长廊走往正殿来找便宜。总算和尚看出不妙，在旁警告，同时瞥见偏殿之中矛影刀光和一些奇装异服、貌相凶猛的蛮兵，想起孟家土司的威名，连当地官府俱要怕他几分，这几朵鲜花都有毒刺，招惹不得，这才息了妄念。

南荒暴雨照例来得也快，去得也速。下时仿佛天河倒倾，瀑布也似，一阵风过，当时云散雨收，满地奔流转眼都尽，头上天色反更鲜明。这时日色业已偏西，天是一色澄碧，只有小小两片白云在天边缓缓浮沉。殿前花树上雀鸟交鸣，繁阴满地，大雨之后甚是凉爽。天一放晴，对面官差便押了犯人起身。凤珠见那两个少年业已疲惫不支，拖着数十斤重的重枷重锁，一颠一拐，踏着地上雨水，走得十分狼狈，越发激动义愤，忙命心腹蛮女暗下密令，先命几个蛮兵偷偷尾随下去，看其是否就此起身，还是送往衙门囚禁。等人去后，又故意与和尚谈了一会，方命备马起身。刚被和尚送出，走不多远，便遇蛮兵回报：官差因省里催提犯人太紧，早来被他逃走，又耽搁了半日，现已准备连夜起身。但见犯人伤病均重，恐其死在途中无法交差，现正想雇轿马，无奈土人知道他们向不给钱，饮食自备，还要打骂，得到信息，是有马的全都逃走。太阳已快落山，市集早散，正在为难，向人打听谁家有马和车轿，想抓官差。

凤珠原意打听明了下落，回去逼着丈夫用金银去向官府行贿买放，一听这等说法，再想起那些官差的可恶，忽起杀机，立时喊过四个精明强悍的蛮兵，令将衣装换掉，扮作赶集回来的山民，带上几匹马，分为三起，先装路过，对方一问便讲生意。这些狗差必当山人好欺，一说必成。等他上马，假说抄近，引往野外树林之中除去，将这两人救下。说完，蛮兵带了几个同伴和十三匹马，照着所说，分成三起，往前走去。凤珠知道对方步行，又带了两个有伤病的犯人，决走不快。回顾来路，人家庙宇均在坡后，并无人迹，便将手一挥，带了手下三四十个蛮女蛮兵，绕往前面荒野树林之中埋伏等候。

那两少年一名王翼，一名时再兴，上辈均是前朝遗民，由蜀西故乡逃来腾冲附近莲山隐居，种了几亩薄田。因奉先人遗命，虽然读书习武，并不求取功名，专以耕田度日。农家生活本极勤苦，二人少年好友，又都慷慨好义，欢喜扶危济困，爱打不平。当地邻近滇缅交界，虽极偏僻，却住有一家姓金的豪绅，本是山民，改土归流业已多年，家财豪富。弟兄二人各有一点功名，因妹子生得美貌，经人拉拢，送与省城将军为妾，非常得宠。恰值正妻病故，又扶了正。当年两郎舅又结了亲家。经此一来，金氏弟兄威势越大，横行城市，无所不为。王、时二人住处离金家二龙庄有三四十里，平日虽有耳闻，心中愤恨，无如强弱相差太甚，相隔又远，从未见过，也就不以为意。

为了耕田所得不够食用，这日同往山中打猎，归途遇见一个穷苦山民号哭飞奔而来。拦住一问，才知那山人蓝山在山中得了一大块麝香和别的贵药，正在高兴，想往市场去换两丈花布、几斗米吃，不料被金家狗子小阎王金文郎出来打猎撞见，硬说他是偷盗而来，强夺了去，还要鞭打。蓝山跑得极快，业已逃走，因舍不得那块麝香，逃时气不过咒骂了几句。狗子大怒，带人由后追来。因与二人相识，知其肯帮苦人出力，哭求相助。话还没有说完，狗子已带了几个恶奴赶到。二人到底年少气盛，一时激动义愤，迎上前去。因见对方人多，心想擒贼擒王，一出手先将狗子擒住，打了一顿，立逼狗子将所夺麝香还有一大块茯苓一齐还与蓝山，并令恶奴退远，立下重誓，不再欺压善良，方始罢休。狗子迫于无奈，只得照办，众恶奴也被吓退，不敢上前，白吃了一顿苦头，带着重伤哭了回去。

金氏弟兄只此独子，闻报大怒，当夜便与官府商计，卖盗攀赃，说二人是杀人强盗，将人捉去，关在监中。因当地官府心肠较软，虽不肯驳他面子，终觉二人不过年少喜事，好打不平，罪不至死，不肯往死里办，二人也不肯招。金氏弟兄心疼狗子，又因多年威望，连家中养的狗都无人敢于欺侮，这两人如此大胆，将狗子打成重伤，如不杀以立威，面子难看。因恨地方官不肯尽心，连夜命人骑了快马去往省城告知妹子，强着妹夫派人将这两个犯人提往省城当强盗办。那将军本就惧内，狗子又是他新选中的女婿，闻报大怒，哪还管甚伤天害理，立发令箭火牌，专差来提，准备押到省城严刑处死。

二人虽因那官不肯造孽问成死罪，受刑也不甚重，但是钱可通神，在牢中困了数月，吃了不少苦头。天气又热，本就有病，来的官差狐假虎威，再一虐待，途中非打即骂。这日一早行经腾越城外，二人自知此去必死，忽然乘隙逃走。饥疲交加，人又有病，四肢无力，好容易扭断枷锁，逃出毒手，余力已尽，一路掩藏，逃到庙的后面，越墙进去，在厨房中偷吃了点东西，藏向草堆之中，被和尚发现。满拟出家人必肯方便，自己周身是伤，病还未愈，也实在走不动，正向和尚商量暂避一日，不料暗中已去引了人来。二人戴上重枷镣铐，知无幸免，走时悲愤填胸，还口喝骂，又挨了一顿毒打，越发寸步难行。走出不远，两次想要自杀，均被官差拦住。看出伤病太重，恐在途中死去，无法交差，这才改说好话，一面到外寻找车马山轿。无奈这些土人均怕应官差，是有车轿骡马的纷纷藏避。天已不早，正在路旁为难，一面命人去往左近民家打听轿马，忽见两个山民骑马走过，身后还有三匹空马，忙即喊住。

山人原是蛮兵假扮，知道这些官差言而无信，恐被识破，开口便要大价，并说后面还有伙伴，共有十来匹马，钱少却不肯去，又只肯送出七八十里，远了不去。众官差表面全都答应，准备到了前途再用官家势力威逼。果然不多一会，又有山民带了空马走过，连山人所骑共是十三匹马。内有两个山人推说急于回家，各自走去。众官差哪知利害，因听同行山人说有小路可以绕走，要近得多，免得错过宿头，想乘夜凉多赶点路，早日回省讨主人喜欢，心想自己共有七人，多半都会武艺，不怕山人闹甚花样。说定，便由山人引路起身。

王、时二人已被绑在马上，一口气跑出十多里。众官差中有一老年捕快比较机警，觉着山径险恶，树林甚多，荒野无人。又见二山人动作轻快，看去颇有力气，一前一后不时用土语互打招呼，面带诡笑，心中生疑，刚纵马向前厉声喝问："你这东西把我们领到哪里去？如何这样荒凉？想作死么？"山人还未及答，前去二人突由林中迎面飞驰而来，见面也不理人，与当头山人微一招呼，便纵马反身驰去。老捕快看出不妙，正喊："诸位总爷弟兄留意，快些将马勒住，取出兵器准备！这几个东西不是好人！"忽听林中芦笙吹动，众官差也全警觉，耳听身后哈哈大笑，回头一看，四方八面均有蛮兵拥出。为首官差和那老捕快看出来人与庙中所遇蛮兵一样装束，还当方才说笑所闯的祸，妄想打着官家旗号上前分说。刚把马头一勒，耳听飕飕连声，内有三人首先应弦而倒，老捕快也中了一箭。紧跟着好几十个蛮兵蛮女各持刀矛弓箭如飞驰来，当头一骑正是庙中所见为首山妇，带了四名山女，已抢到王、时二人面前，纷纷动手，斩断绑绳，将人救下。下余蛮兵不容分说杀上前去，矛箭齐施，众官差倒被杀死了六个，老捕快也在其内。只为首官差武功较好，勉强冲出重围，正往前面飞逃，迎面忽又飞来一口尖刀，正中面门，“哎呀”一声翻倒马下，寨兵也由后面追到，当时杀死。

那用飞刀的正是王、时二人所救山人蓝山，因知二人为他受罪，对头还在派人到处捉他，不敢在当地停留，逃来此地。因听土人说，方才有几个官差强向民家索取轿马，并有两个犯人在内，蓝山心疑那是王、时二人，仗着腿快，跟踪追来。刚到，便见二人被众官差绑在马上走过，因由横里抄近路翻山而来，路近得多。不知林中伏有救星，心中悲愤，人单势孤，又不敢上前。正想暗中尾随，跟到前途再打主意，忽见埋伏发动，二人业已遇救，惊喜非常。正要赶去相见，恰值一骑逃来，扬手一刀，便自打死。

王、时二人先在庙中见那山装美妇暗中示意，人在急难之中，虽然有点动念，但知仇敌势力太大，谁也救他不了，何况一个山妇。走了一路，早已想过拉倒，万想不到救星来得这么快，自是万分感激。凤珠救了二人，因恐蓝山泄机，还不放心，后经二人力说，蓝山也说仇敌到处捉他，现已无处栖身，又是孤身一人，情愿跟往金牛寨做一寨兵，永不离开。凤珠总嫌他貌相丑恶，又令折箭为誓，方命寨兵放下，一同回寨。分人移尸灭迹，以防官家看破讨厌。到寨一说，寨主孟雄对于凤珠早就由爱生畏，有些惧内，又最喜汉家人，虽觉事闹太大，一旦风声泄露，官家决不甘休，但是木已成舟，无可奈何。凤珠知他妒念最重，同时将话想好，说狗官差对她调戏，如何可恶，才动的手，再一撒娇挟制，用话激将。孟雄一想，事已至此，只得罢了。由此王、时二人便在金牛寨中住下，凤珠每日尽心招呼医药饮食，仍养了两三个月方始复原痊愈。

蛮寨之中男女相见本极随便，凤珠年轻少妇嫁一老蛮王，举目无亲，难得有此两个同种族的英俊少年日常相见，竟把二人当着自己人看待。便是寨主孟雄,因王、时二人文武全才,知书识字,又听枕边之言,对于二人也极看重,男女双方不知不觉日久情生。只为凤珠并非荡妇一流,王、时二人更是感恩心重,寄人篱下,全仗主人护庇,虽觉女主人美貌温柔,待人极好,万分感激,并无他念。哪知过了不到半年,风声越紧,省城将军原是朝中亲贵,威权甚重,一听派去的人连同四名府县派来的护送捕快全数失踪,断定被人劫去,悍妻又在每日絮聒,非要擒到犯人不肯甘休。再说所辖省境出此大案,官私两面均下不去。越想越急,一面悬下千金赏格,一面通令各州府县加急严缉,不论死活,均要寻到下落。偏巧官差途中雇马之事被土人看去,无心泄露,事前又有蛮兵避雨之事,蛛丝马迹,在在启人疑心,如非孟雄家财豪富,平日安分,所管蛮人部落甚多,势力颇大,当地官府虽然疑心到他,不敢招惹,没有往省里密禀,否则早已寻上门来。

孟雄却是年老怕事,不愿与汉官结怨,每日谈起,便自忧疑。后来地方官不敢明说,却用言语试探,并请孟雄相助查探这失踪人的下落。凤珠听丈夫口气常时带着埋怨之意,情势也越紧急,当时动手的人虽是自己心腹,终恐泄露机密。夫妻二人暗中商量,孟雄本有一处别寨,在黄工岭森林角上,地势极险,又在森林那面深山之中,从无外人敢于出入。内里共有三四百个蛮人,都是一些犯了蛮寨法规的蛮人,以及别处部落中掳来的异族,由一个同族酋长和几个心腹蛮兵率领,在当地森林中采取荒金和各种珍贵物产,半年一次运往山外贩卖。同是一片森林,惟独他这小金牛寨松原山偏在森林一角,却是有山有水,物产丰富,并有一片十多里方圆的湖荡,当中还有一个小岛,风景极好。一面是那亘古无人来往的原始森林,林木最密,十九骈生并列,并有毒蛇盘踞,由前面入林的人决难通过。他走这一面形势既险,又有孟雄所派蛮兵把守,毒矢厉害,中人必死,这条路差不多成了孟雄的私产。

下余三家土豪虽然垂涎后山这一角的财富,无奈孟雄势力太大,斗他不过。再说山形地势也太险恶,便是金牛寨的蛮人也不敢轻易来往。孟雄夫妇偶然乘兴往小金牛寨湖心碧龙洲赏花避暑,都要带了大队蛮兵伐木斩草,搭桥开路,戒备森严,才能前往。那险的两处须用百丈绳梯缒身上下,因绳太长,遇到风雨暴至,稍一疏忽,便是粉身碎骨,一落百丈。别的不说,单准备这许多上下攀援的用具,便要许多人力,没有走惯的人能否安然到达还不知道。如由林中取路更是危险,中间许多大树穴中都有各种毒蛇大蟒成群潜伏，瘴毒之气奇重无比。稍微走近，不等为蛇所杀，先就中毒倒地，周身紫黑肿胀，不消多时化为一摊脓血而死。旁边的人稍微沾染，照样中毒倒地，休想活命。被寨兵看见，还要当成敌人看待。思量无计，只得罢了，无形中简直成了两个世界。

凤珠因见丈夫忧急，事情也实可虑，便和孟雄说，将王、时二人送往小金牛寨碧龙洲上隐避，助前派酋长孟龙管理那些采荒的蛮人，并教他们识字习武。孟雄原有此意，因见爱妻和王、时二人情厚，日常相见，忽然遣走，所去虽是物产丰富、风景极好之地，但是相隔太远，以后来往不便，中间还要翻山跳崖，横断森林，连经好些奇险，一个不巧，遇见狮群、猛象和别的毒蛇猛兽便难活命。惟恐少此二人爱妻心中不快，便自己也和二人越处越好，对于时再兴更是情投意合，不舍分离，为此迟疑不决。当日越想越可虑，实在无法，正想开口，不料凤珠先说出来，自合心意，立传密令将二人请来，告知前事，令其改了山装前往，又派了二十名精悍寨兵引路护送。

二人虽不舍得主人，无奈风声紧急，只得起身。走时，孟雄夫妇假装打猎，一直送进山口，方始饮酒分别。内中王翼早和凤珠互相种下情根，忽然远别，万分不舍，心乱如麻。因从未当面通过情愫，又当着孟雄，越发无话可说。到了途中，几次登高回望，均见孟雄夫妻向他挥手，越发难过。时再兴见他目有泪光，想起每日男女相见情景，忽然警觉，心中忧急。且喜双方分手，此去不知何时才得相见，不便明劝，暗中拿话提醒了两句。王翼听出言中之意，也明白过来。二人也自走远，来路已被山崖挡住，只得一同进发，连经奇险，前后走了两三天方始走到。

在当地主持的酋长孟龙年已六旬，乃孟雄之侄，妻子已死，只有一女，名叫兰花。因其为人威猛多力，当地蛮人多由金牛寨发来的山人和有罪之人，对他父女最是畏服，孟龙赏罚也极分明。各路要口峰崖均有蛮兵把守瞭望，为了当地毒蛇猛兽危害大多，那些口子每处不过三五人，只管防备严密，当时仍不免于伤人。寨规又严，按时轮值，不许退缩，凡是轮到防守的人都是心惊胆寒，能够到了日期替代回去，便认为是大喜之事。起初都是些独身蛮人，后因兰花看他们日常出没森林奇险之区，危机四伏，出死入生，朝不保夕，实在可怜，再三代为求说，准许他们把妻子接去，分班入林，不似以前每日均要犯险。一面又将林中珍贵药材移植到湖心小岛之上，以为不时之需。

孟龙只此一女，万分怜爱，平日言听计从。先见所说都向着那些奴隶罪人，还恐他们就此偷懒，所得不多，被寨主知道怪罪。哪知换了新法，按月轮班入林，去有定时，手下蛮人有了家室，不似以前日常都要与死神搏斗，刑罚也宽了许多，全都感念兰花的好处，劳逸相均，人人努力。不像以前终日愁苦悲叹，常遭鞭打，没有休息，非但每月多得，单那碧龙洲上药材的出产便可够数，觉着爱女能干，渐渐由她做主。兰花得到父亲宠信，差不多的事便独断独行，也就不再禀告。山民自然比前好过得多。但是兰花虽讲情理，善用人力，行起法来更比乃父还要严厉，治得众人把她当作天神一般看待。

这时父女二人同了几个亲信头目正在花棚底下吃瓜，商计运送山中物产往金牛寨交纳之事。忽接沿途防守的山人传报，说有两个汉家人乃老寨主夫妇好友，带了二十个蛮兵，准备来此久居，帮助他父女管理采荒之事，并还带有象牙令牌。孟龙知那象牙令牌等于寨主亲来，来客两个汉家人，不知寨主对他们怎会如此看重。这块象牙令牌如是交与来人执掌，由自己起直到全山蛮人均可生杀由心。不知此是凤珠对于王翼关心太甚，再三和孟雄说，他两个是汉家人，又生得秀气，此去久居碧龙洲，恐其蛮人不服，孟龙人又粗野，万不肯听话，如何对得起人，特将这面令牌交与二人带去。孟龙却当是叔父生疑，派人来此监视，也许还有密令，对他不利，所以另外带有好些蛮兵。当时闻报又惊又疑，急怒交加，但又不敢不去迎接。

正在悲愤，兰花气道：“我爹爹对叔公这样忠心，为何派人来此监视作对，又是两个汉家人？听说近一二年叔公对小叔婆越发宠爱，她也是汉家人，来人想是她的娘家亲戚。爹爹只管装病，由女儿代往迎接。说好便罢，说不好，他们汉家人多半脓包，我先给他一个下马威。真不讲理，欺人太甚，索性日后想法将他杀死，只要同来蛮兵打发回去，决不怕走漏风声，就说来人去往林中打猎，被狮子吃去，也不是没有话说，省得受那外人恶气。”孟龙再三劝令慎重，叔父惧内，弄得不好便有杀身之祸。兰花力言：“无妨，我自会见机行事，就给他们丢个小人，一点苦吃，也在暗处。”说完，带了几个男女蛮人，全身披挂，急匆匆迎上前去。

王、时二人不知孟龙父女业已得信，兰花亲自迎来。因听同行蛮兵说，还有半日便可到达，森林也刚走完。先恐遇险，还绕了远路，否则早到。只要走出这条山谷，穿过一片密林，望见大片湖荡，便是碧龙洲，小金牛寨就在湖旁不远高崖之下，连日跋涉，恨不能当时赶到。正在说笑，忽听头上有人用土语朝下问答。来路途中业已遇到过几处，因当地土语不大通晓，在金牛寨这几个月和男女主人相见又是汉语问答，同行虽有数人能通汉语，忙着赶路，有些地方均须鱼贯而行，又不宜高声说话。想起逃亡在外，此去深入蛮荒，不知何年何月才归故乡。王翼更把女主人的倩影时常横亘胸头，不能去怀。山人又多粗野，无可多谈，问知沿途问答的均是防守的人，心中有事，也就不再往下多问。

这时又听问答，王翼人最机警，觉着这次双方的话颇多，中间并还断了两次，双方似在争论，直到为首蛮兵厉声怒喝方始退去，不由心里一动，向其询问，答话又极支吾，吞吞吐吐不肯明言，越生疑心，悄告时再兴，说：“蛮人性野难测，休看寨主夫妇待我二人甚厚，女寨主更是我们恩人，你看沿途形势何等险恶。女主人行前暗中嘱咐，曾说孟龙性最凶猛，为防万一，故此强劝寨主将这向不轻用的象牙令牌交我二人带在身旁。并说此牌关系重要，所到之处生杀由心，样样可以做主，孟龙决不敢抗。如其失礼，随便打骂俱都无事，上来非将他制服不可。话虽如此，我却不以为然，觉着山人虽然凶野，天性爽直，可以恩结，以力服人总是不妥。方才他们问答，问他不说，定有原故，我们小心一点才好。”

正说之间，旁一寨主忽然近身低语道：“二位汉客身边象牙令牌最有用处，少时如其有人作对，只要将牌取出，必定俯首听命，决不敢动你毫发。前面便出谷口，请取出来，省得吃亏。不现此牌，他便可装不知道，欺侮你们。我们又不敢和他动手，只好两边不帮。要不，请你将牌取出，吩咐一声，到时我们便可上前和他打了。”二人闻言立时醒悟，料知蛮人尚武，因见寨主过于厚待，心中不服，想试试自己的本领，互一商量，王翼力主：“对于山人需要恩威并用，单是结交，一样被他看轻，索性上来给他看点颜色也好。这面象牙牌交与二弟紧藏身边，我如打败，也不可以取出，非但被人看轻，他决不会心服，还生反感。借了老寨主的势力欺压他们也不光鲜，不是我辈所为。”再兴也觉有理。议定之后便告寨主：“承你好意，不要多管，我们不怕人欺，你们到时只作旁观好了。”

王翼见谷口相隔只有丈许，隐闻谷外兵刃相接金铁交鸣之声，知其有心示威，还没料到为首的会是一个蛮女。正在表面从容，暗中留意，往前走去。刚出谷口，忽听飕飕连声，寒光连闪，一左一右由两旁横飞过去，离人不过尺许远近，稍微冒失往前一闯，便被那两支好几尺长的梭镖打中。随听女子“嗤嗤”冷笑，知其有心戏弄，已知自己来历，决不敢真个伤害。回手向时再兴稍微一摆，令其缓进，索性连寨主所赠缅刀也不拔出，假装不见，依旧往外走去。走不两步，又有两支梭镖接连由左打来。王翼原是家传武功，手疾眼快，看出那镖照准身前飞来，想吓自己一跳，并非打人，不禁有气。少年好胜，左手一探，先将第一支梭镖凌空撮住，瞥见第二支梭镖相继飞到。这次来势更猛，离头也更近，便不再用手去接，忙横手中镖用力往上一打，随手打飞，高起六七丈，寒光闪闪，映着当顶阳光落将下来，斜插地上。刚一回身，想看镖的来路，忽听一声娇叱，接连又是几支长矛投到。目光到处，瞥见发那镖矛的乃是一个妙龄蛮女，穿着一身短装，白衣如雪，玉体半裸，相貌仿佛绝美，立在半山崖上。对面崖坡还有几个男女壮汉，正用长矛纷纷往下投掷，更不敢怠慢，忙将手中那支铁镖当成兵器，下挑上打，左挡右击，舞动如飞。晃眼之间，先后七八支长矛、五支梭镖全被打飞，映着日光，纵横激射，各飞起好几丈高远，落向地上。

后面时再兴和二十个蛮兵也相继赶出谷外，见王翼如此勇猛灵活，暴雷也似喊起好来。方想这山女无故欺人，所发镖矛均被打落，看她可有别的伎俩。心念才动，蛮女已连声娇叱，说着一口生硬的汉语，飞驰而下。大意是说：她在当地投掷镖矛，并与来人无干，为何倚势逞能将它打落？是好的不必打甚旗号，和我分个高下。王翼见那山女生得柔骨丰肌，肤如玉雪，又穿着一身南荒特有的蛮装，全身多半裸露在外。这一对面，越显得明艳绝伦，从所未见。料是当地主人之女，气已消了好些，故意笑道：“我不知姑娘在此练矛，因其满头飞舞，又没有准头，打不着人，看去讨厌，随手打落，没想到是姑娘所发，才致无礼。我弟兄虽是汉人，向例没有倚势欺人，打甚旗号。不过这里没有外人，一经动手，便分强弱，我如打败，自知无能，决无话说。万一姑娘是我想要拜望的人，无心得罪，心岂能安？这么办，我的来历暂且不提，请姑娘把自己和寨主姓名先说出来，如是我所寻的人，情愿认输领罪，任凭打骂，决不回手。真要逼我动武，知道姑娘来历，也好有个准备。

那蛮女正是兰花，不等话完，先就气道："你们汉家人最是狡猾，明知打不过我，偏说这样鬼话，以为打败算是让我，我偏不说来历姓名，也决不要你让，倒看看你有多大本领。只凭真的本领打赢，我便心服口服领你前去。"话未说完，人已扑上。王翼连忙纵身退避，喊声"慢来"，蛮女已二次扑到，身手轻快，来势极猛，王翼连避四次均是如此。末了一次被蛮女看出纵退之法，差一点没被捞中。见其不可理喻，不由气往上撞，大喝："姑娘你怎不通情理，真要和我打么？"蛮女恶狠狠气道："你们汉家没有一个好人，想要倚仗人家势力，欺我父女，真是做梦！如其胆小害怕，不要脸皮，就将东西拿出，我也放手。要充好汉，就和我打，不要这样鸡飞狗跳，叫人看了恶心！"边说边往前扑。

王翼也被激怒，心中有气，接口大喝："你只容我说几句话，一定和你动手。"边说边往一旁纵去。因恐蛮女追迫大急，接连几个起落，纵出老远，先向同来蛮兵大声说道："你们俱都眼见，并非我来客无礼，实是这姑娘再三逼迫，不容分说，不能怪我。"为首蛮兵年纪较长，颇有眼力，早就看出王翼纵跃如飞，方才空手接镖招架，接连打落十来支梭镖长矛。蛮女吓人未成，业已恼羞成怒，知其不会吃亏，又听时再兴力说无妨，都放了心，闻言同声接口道："此事果然不能怪你，老寨主如来，我们自有话说。"蛮女业已跟踪追到，闻言越发大怒，娇叱道："今天任是天神下界，我也要叫你知道厉害。"随说人又纵上前去。

第二回

森林之花

王翼初意蛮女只是生长山野，力大身轻，未必会甚武功，容易打发。自身是客，又当危难逃亡、望门投止之际，本心不愿伤人，只想稍微给她吃点苦头，将其制服，知难而退，稍有机会立即下台。哪知蛮女兰花生具异禀神力，非但纵跃轻灵，手疾眼快，人更机警聪明。上来便看出对方纵跃如飞，不易抓扑，惟恐滑脱，本心又只气不愤，想将来人制住，给他一个下马威，并无伤人之念。及至见人之后，看出来人本领甚高，貌相又极英俊，与寻常所闻汉家人不同，并不那样鬼头鬼脑、欺软怕硬、倚势凌人，不由消去一些敌意。表面虽仍逞强任性，追扑不已，无形中却生出一种微妙感觉，越发不肯伤害来人，心情十分矛盾。王翼更料对方必是当地酋长之女，所以同来蛮兵不敢上前，前后那等口气。自己既要在此久居，如何与之结怨？惟恐互用手脚，难免打伤，正想如何打法方能两全。不料双方同一心理。

他这里微一迟疑，山女早已看准他的手脚，冷不防猛扑过来。王翼因恐回手伤人，微一疏忽，竟被将双臂抓了一个结实。当时如用擒拿手，本可将其解开，无奈蛮女抱得太紧，力气又大，轻了不行，手法重了非伤不可，只得一面用力将下盘立稳，不令扳倒，口中急呼："快些松手，这是什么打法?"蛮女见敌人被她抓紧，同来蛮女均在喊好，越发得意，笑道："我不管什么打法，将你打倒就算我赢。看你是客，我不会撕破你的衣服。你如照样将我摔倒也是一样。你留点神，我要用力气摔你了。"王翼见她死不肯放，力气又大，只管下盘功夫结实，差一点仍被摔倒，就这样身子还晃了两晃才得立稳，不禁吃了一惊。蛮女见摔他不倒，又用脚来勾，一面向前猛推，说什么也不放手。王翼本就觉她明艳可爱，这一对面相对，彼此紧握对方膀臂，肌肤相触，越发不忍伤害。无奈对方死不放手，虽是一味蛮打猛摔，心思却极灵巧，稍一疏忽便吃大亏。知道此女神力，长此相持，我又不肯反手伤她，好些顾虑。正想卖一破绽，容她摔出，不等倒地人便纵起，以后不令双手沾身，仍可取胜。人未跌倒，便不算败。后来试出蛮女似知自己滑溜，只管用力猛摔，并不松手。正在暗中叫苦，左右为难，无计可施，忽见蛮女满面笑容，一双明眸望着自己，得意非常。暗忖此女实是天真，不知因何起了误会，人又这样好胜，如非蛮人尚武，恐被看轻，便让她赢也不相干。

王翼正在寻思，就这心神微分之际，蛮女早在暗中蓄好全力，声东击西，假装向右猛摔，忽然反手朝左摔去，同时脚底用力一勾。王翼骤出不意，身子立往左侧，右脚业已离地。心中一惊，知道不妙，少年好胜，又恐被其打败，以后寄人篱下，容易受欺。一时情急，忙将双手一松，就势往蛮女胁下点去。本意想点她的软筋，使其周身酸麻，双手无力，自然放开，人也不会跌倒。这一手方才早已想到，因是汉人，觉着对方美貌少女，胸中仍有平日男女之见，只想解脱，不肯随便伸手，露出轻薄。这时虽是情急万分，势出不已，但也只想点到为止，只要对方松手，能够拉个平手，不打最好。哪知蛮女最是怕痒，这一下恰巧触到她的痒处，一见敌人手往胁下伸来，也是情急。又要护痒，手又不舍放开，猛力往回一纵。王翼人往左侧，下盘本就发飘，立足不稳，心慌情急中反手去点蛮女双胁，没想到对方如此怕痒，不顾摔人，往回一带，其势又猛又急，不由整个身子往前扑去。蛮女本只一脚立地，百忙中用力往后倒纵，脚底一样不稳，哪禁得住王翼全身扑来，当时往后便倒。王翼两膀被其抓紧，无法收势，恐其仰跌受伤，心里一急，忙喊“姑娘松手，留神跌伤”，一面收回双手，想将对方膀臂抓住，准备落地时提她一提，免得后脑着地受伤。

蛮女摔人不成，反而跌倒，也是情急手乱。将倒未倒之时瞥见王翼手动，又误以为要触她的痒处，一时心慌太甚，突然将手松开。一见对方人已压上身来，忙用脚跟着地，身子往上一挺，就势一把，双手环抱上去。本意将人抱住，往侧一翻，还可转败为胜。无如双方势子都猛，王翼业已全身扑下，再被她拦腰一抱，双方都是一个猛劲，蛮女仰跌在地，王翼也正扑下，恰巧压在她的身上。当时觉着周身温软，花香扑鼻，一看蛮女头上茉莉花冠业已落地，还是不肯松手，抱得更紧。双方头脸相对不过寸许，蛮女始而急怒交加，猛张樱口，似要咬来，忽又收回，用力更猛。旁观蛮兵重又哗笑，喊起好来。另外四个蛮女同声怒喝，如飞赶到，其势汹汹，似见主人吃亏，想要动手。蛮女侧顾，一声娇叱，全都退去，双手却始终抱紧不放。

王翼越发不忍伤她，连挣两挣没有挣脱，又不敢用力太猛，急得连声急呼："姑娘快放手，哪有这样打的！真要不行，我情愿认输，由你打上几下出气如何？"说时将手一松，身子往旁一侧。蛮女立时就势翻向上面，方要开口，猛觉事太容易。又见王翼手放地上，平卧不动，毫未抗拒。同时听出言中之意，忙把双手一松，纵将起来，喘吁吁气道："你不用力气回手，我不来了。这个不算我赢，还要来过，快些起来再打，非要真敌不过我才算你输呢。"王翼见她秀发蓬松，娇嗔满面，明眸皓齿，容光眩目，越生爱惜，如何还肯动手？从容坐起，笑道："我真输了，这样打法也弄不来，我们并非真正敌人，何必拼命？"蛮女想起也觉好笑，便问："你恨我不恨？"王翼笑答："姑娘不过年轻好胜，又嫌我们汉家人，双方素无仇怨，我虽打败，并未受伤，如何会恨？主人不愿我们在此，本不应该打扰，无奈我弟兄受仇人逼迫，无家可归，才来此地暂避，如蒙收留，自是感谢。否则，也请借我二人数亩之地，使得自耕自猎，我们定必守你规矩，两不相犯，你看如何？"

蛮女见来人少年英俊，与平日所闻汉家人迥不相同，被自己欺侮强迫打了一阵，答话仍是那么温和。心肠一软，又消了好些敌意。便在对面坐下，笑问："你们还有一个人呢，怎不过来相见？"王翼笑答："他怕姑娘打他，还在一旁等候。"随将时再兴喊了过去。蛮女要他同坐谈话，随问："你二人的来历我已知道一点，但不知是何心意，你们须要明言。老金牛寨那位夫人可是你们一家？"二人便将来意经过照直明言。明知蛮女必是当地酋长之女，表面故作不知，却说以前常听老寨主说起，当地主人忠心勇猛如何好法，也不先问对方来历。说完方问孟寨主今在何处，小金牛寨碧龙洲离此多远，我二人不知这里规矩，是否可蒙收留。蛮女兰花闻言越发喜道："你们原来不是坏人，并非想和我父亲为难的么？我每日正嫌闷气，来了你们两个汉家哥哥，又有这大本事，真太好了。方才王哥哥又故意让我，免我丢人，我更喜欢。孟龙是我爹爹，我叫兰花，因他年老，这里的人均由我管，便无老寨主之命也必当你们亲人看待，这样好的汉家人，我还舍不得你们走呢！不过你们既来做客，如何带有老寨主的象牙令牌？方才受我逼迫欺侮怎不取出？"二人又将孟雄夫妇赠那令牌的用意说出，因防当地蛮人凶野不肯听命，以后还要训练他们一同耕种，所以连五谷菜蔬的种子都带了来。说罢，又将牙牌取出递过。

兰花闻言，越发喜出望外，先朝牙牌用蛮礼拜过，然后起立交还，一手一个挽着二人肩膀，有说有笑道："此是祖传令箭，最为重要，如其奉有密令收拾我们，你也决不会交我手内。自从去年叔婆带了许多菜蔬米面来此避暑，我爱吃极了。因为这里全靠打猎和采掘各种山果野菜来吃，没有种子，无法生产，叔婆原答应我再来带些与我，常时都在盼望。今年听说他们不来过夏，还在失望，想不到你们都带了来，真叫人快活极了！我爹爹对叔公、叔婆最是忠心，今早闻报来了两个汉客，带有老寨主的祖传令箭，知其向不轻出，来人又带有二十个有名的寨兵，疑是去年有甚怠慢，命人来此收拾我们，此时还在担心呢。我因爹爹来此三十年，汉城中都未去过，每日带了许多人为叔公搜掘荒金和药材兽皮，出力不少。我从小生长山中，连汉话都不会说，还是叔婆前后两次来此避暑时学会一点。好端端叫两个外人来欺我们，心中不服。又听人说，汉家人欺软怕硬，想给你们一个下马威，没想会这样好法。你们同来的蛮兵有两个常时往来本寨，先在途中和守山的人说，劝我不要动手。我不肯听后，见我和王哥哥对打，他怕闯祸，业往我们寨中送信。爹爹本来和我说好装病，知道此事定必发急赶来。我带得有酒肉，可要吃上一点再走？还有八九里，过去这片树林，就到你们所说的碧龙洲了。"

二人没想到方才那样紧张的形势，竟会水到渠成。兰花又是当地酋长爱女，最有威权，忽然打成相识，彼此投机。人更聪明美艳，与理想中的蛮人大不相同，也是喜出望外，宽心大放，高兴已极，笑答："我们蒙老寨主夫妇厚待，来路备有不少酒食。入谷以前，听说不消半日便可到达，打算一口气赶到碧龙洲，全都饱餐之后方始上路，吃了没有多少时候，我们就走可好？"兰花早令随来蛮人赶回去报喜信，并请乃父准备酒席，聚众欢饮，夜来山寨歌舞，款待佳宾，一面排队来迎。全体蛮人俱都不用做事，大家快乐一夜。闻言立命起身。二人不通蛮语，也未听出，因双方业已成为好友，便将同来蛮兵招呼过来，告以前事。众蛮兵奉命护送，又有夫人严令，此去须要好好招呼这二位贵客，休说伤亡，稍有不周，或是违抗，必加严罚。不料快要走到，兰花忽然迎来作梗，竟将二客当成仇敌。因是酋长之女，威权极重，劝说不听，又不敢明抗，想叫二人拿出牙牌，偏又不肯。后见双方动手，越发惶急，一面分出两人去向孟龙告警，令速来迎；一面旁观，准备王翼如其受伤，只取出牙牌招呼一声，便照寨规上前拼斗。没想到双方都未存心真打，转眼之间化敌为友，全都高兴欢呼起来。

谷口侧面里许便是兰花所说树林，原是森林的另一角。因其地方不大，中间又有溪涧隔断，内中猛兽早被当地蛮人搜杀殆尽，为了孟雄夫妇每隔了两年要来此避暑，特意开出一条道路。树木也较稀少，到处均有天光透下，与别处森林黑暗险恶不同。这时虽是八月天气，当地气候温和，四时皆春，并不现一点秋意。二人被蛮女一边一个搀着肩膀并肩同行，男女蛮兵跟随在后。先在外面已觉山形奇秀，野花甚繁。再走进林中一看，花明柳媚，香光如锦，到处都是粗约数抱、参天排云、千百年以上的古木巨树，离地又高，浓阴如幄，凉翠扑人。不时遇到大小溪流横亘交错，泉声潺潺，与松风鸟语互相应和。平流浅岸之间，水中时有鸡鹈、白鹭之类飞鸣翔止，见人不惊，悠然自得。水静沙明，游鱼可数，稍微浅一点的溪涧都有荷花盛开，红白相间，尚还未谢。一面却是桂子飘香，霜华欲绽。另外还有许多形似牡丹的奇花山茶，都有碗大，奇花异卉五色缤纷，清馨染衣，鲜艳欲流。使人如入众香国里，耳目应接不暇，便画图上也找不出这好所在。蛮女兰花又是那么天真爽直，诚恳亲热，使人有如归之乐，不由心旷神怡，忧虑皆忘，彼此庆幸，赞不绝口。

兰花见二人高兴，并有“此真福地仙境，如能久居，情愿在此终老”之言，越发欢喜，笑说：“这片树林本和森林相通，四五年前为了叔婆来此避暑，经我带人开辟出来，将许多难看的大树去掉，又种上许多花草，才有今日景致。除却这片树林，还有碧龙洲风景也好，去年还盖了好些楼房。那旁森林之中就危险难走极了。二位哥哥虽有本领，到底汉家人，没经过这样事，照你方才所说，想要同了我们去往森林探险，采取荒金和兽皮药材，恐怕弄不惯呢。你们是客，每天和我同在碧龙洲上竹楼里面说笑同玩，教我说汉家话。天气好时就要打猎，附近也有不少地方，无须去往森林里面，冒险受罪。我还认得几个字呢，王哥哥再肯教我认字，那更好了。”

时再兴人最方正，见蛮女对他二人那样亲热，虽知蛮人风俗向例如此，少年男女只要彼此情投意合，更无嫌忌，心中仍不免存有男女界限。见兰花对于王翼更是投缘，每次说笑均要偏头侧顾，满面都是喜容。方才二人动手，又曾互相搂抱。知其未婚少女容易结合，蛮俗又无甚拘束，只等日久情深，双方愿意，便可结为夫妇。想起同盟弟兄二人均是孤身汉子，大丈夫到处可为家，况有贪官土豪作对为害，好些危险，归已无家，难得蛮烟瘴雨之乡居然有此绝代佳人，与大哥正是一双佳偶，免得钟情人家有夫之妇惹出事来。见状心甚喜慰，便在旁边留心查看。见王翼对于兰花也极投缘，不知怎的，正说得高兴头上，忽然将头低下，说笑便带勉强，仿佛有甚心事神气。兰花却未看出，始终兴高采烈，紧靠在王翼身旁，笑语如珠，问长问短，说之不已。偶然也向自己问上几句，稍微应答，头又偏向一旁，全副心神都在一人身上，暗中好笑，越料八九有望。好在山路森林险阻重重，大哥便对凤珠钟情，对方也有意于他，见面先就困难。何况蛮人性妒，双方如有私情，当时便是杀身之祸。此中伏有不少危机，大哥为人何等机警，不能不知利害这一面。非但近水楼台，难得蛮女对他如此垂青，以后朝夕相见，大家年轻心热，日子一久，定必改变初念。免得误人误己，受了人家救命之恩，还落一个两败俱伤。越想越觉有理，便把这三日内的忧疑之念全数去掉，借着双方问答，说我这位大哥如何好法，在旁凑趣。

兰花对于王翼已是一见钟情，蛮女情热，生长荒山森林之中，寨中少年蛮人均极粗野，平日积威之下，对于主人最为敬畏。虽因兰花常肯助人解除困苦，也颇感受，但都不敢亲近。兰花更看他们不上，年已将近二十，尚无配偶。蛮女都有早婚之习，兰花非但没有意中人，从来也未有过求偶之想。乃父孟龙虽为她婚事着急，一则手下蛮人连自己都看不上，何况蛮女？二则独女钟爱，不舍送往别寨山墟之中歌舞求偶。去年凤珠来此避暑，曾托代向叔父求说，许他带了爱女出山一次，去往老金牛寨物色佳偶，业已答应，苦于无人接替。内有数十个异族山奴都被孟雄俘虏了来，残忍凶恶，野性难驯。以前去往森林采猎，身上都带有锁链，五六个人作一串，另用本族罪人拿了刀鞭在旁监督，就这样防备严密，有时连森林都不叫去，专令做些笨重的事，仍不免于暴动。看守山人稍一疏忽，便为所杀，带了锁链往森林中逃去。虽然早晚寻到，或是饿极掩出，擒住杀死，但是人血未干，暴动又起。明知捉到必遭惨杀，照样反抗暴动，最是难制。偏又多力，能耐劳苦，有许多事均要他们去做，而那采荒的事又是人数越多越好，不能全杀。每遇老寨送来的人，有这类蛮人在内便自头痛。

自从听了爱女的话，先向他们好言劝说，再由爱女亲自将锁斩断，由此与本族中人一样看待，谁也不许无故欺凌，有甚争执，均由爱女凭公判断，不许私相杀害，这才安静下来。起初还在担心，防其不逃也要暴动，暗中戒备了半年，不料事出意外，这班山奴均把爱女奉如天神，非但安分，无一逃走，所得反比以前增加许多。偶然犯法，只要爱女一开口，全都信服，居然相安了一两年。但这类山奴终是野性凶恶，又最记仇，只对爱女一人奉命惟谨，有的连对自己均不免以怒目相视。父女二人如其离山他出，决难免于发生变故。放纵已惯，无故将其禁闭，势所不能，爱女先就坚持不肯，为此迁延下来。

兰花从未想到婚姻之念，每当月明之夜，全体蛮人成双作对山寨歌舞，也觉热闹好玩，照样加入，从未以此动念，反见男女双方亲热引逗，认作丑态，看去好笑。平日也从不许人和她亲热。当日原因听平日蛮人传说，汉家人如何卑鄙阴险，种种可恶，心有成见，上来先将对方当作敌人。双方对面一动手，越看越觉来客这样人品从未见过，与平日所闻不同，始而奇怪。及至双方扑跌搂抱，无形之中种下情根。再在途中一谈，才知平日所闻，都是那些贪利行险、专以欺骗蛮人为生的货郎药客和走方郎中，本是汉人中的败类，以及犯了官法逃往南疆的杀人凶犯、盗贼流氓等亡命之徒，真正汉人好的居多。为了山川险阻、瘴疠炎荒之区，寻常难得有人到此，而来的十九都是恶人。蛮人遇不到甚好人，只当汉家人都是一样欺软怕硬、险恶无良。加以官贪吏酷、凶横刁恶，蛮人虽然粗野，人都忠厚真实，时常吃亏，人数相差又多，敌他不过，因此互相传说，种下仇怨，始终为着种族之念，不肯与汉人亲近。除将山中物产去往城市换那必需之物而外，互相仇视由来已久。于是恍然大悟，彼此越谈越投机。对于王翼更是喜爱，心中不由生出一种极微妙的好感。

三人同了男女蛮兵正走之间，忽听前面芦笙吹动，鼓声蓬蓬，远远传来。兰花喜对二人道："我爹爹来接你们了。前面快出树林，再有一里多路，转过一片山崖，就到我们寨里了。如愿先到碧龙洲，先去那里。洲上地方平坦，就在当地饮酒歌舞款待你们吧。"说完，又喊："哥哥，将牙牌取出，好让爹爹礼拜。"二人虽对蛮俗寨规不甚得知，先听兰花口气，已知这块象牙令牌关系重大，蛮女差一点因此生出误会，暗忖：身是客体，且喜此女如此投缘，不问如何，谦和谨细一点总好，便不照凤珠所说将牌取出，笑道："我弟兄来此做客，蒙你父女收留，已极感谢。此牌本防这里的人不肯信服，教他习武做事未必肯听，老寨主才将此牌交我二人带来作一凭证。"本是对付他们，你爹爹是此间主人，我们岂敢无礼？"兰花闻言越发喜欢，朝身后说了几句蛮语，便有两个蛮女飞驰而去。二人看出那面象牙令牌并非定要取出，又见方才蛮女初见令牌恭敬礼拜之状，越发拿定主意，不是万不得已决不取出，兰花也未再劝。

正走之间，芦笙尚还在吹，鼓声忽止。一会走出林外，未见孟龙集众迎来，方以为相隔尚远，忽见前去老蛮兵飞驰赶回。见面先朝三人伏地跪拜，行完蛮礼，起身笑道："今天真个顺遂，本山寨主先听双方动手，正在愁急跳脚，想要赶来劝解。还未出寨，便听人报，说兰姑已和贵客成了好友，便照所说传令，准备太阳一落便在湖心欢宴，边歌边舞，焚柴待客，一面带人奏乐迎来。走出不远，忽又接报，说二位贵客以客礼自居，不肯取出老王令箭受寨主礼拜，兰姑更是投缘，要认二位贵客做哥哥，派人送信，请寨主洲上等候，等来客自己往见。老王夫人本防双方初见，未必交好。照此一来，寨主和兰姑已把二位贵客当作自家亲人，方才我们所担心事全都去尽，非但不怕为难，还可早点回去，得老王、夫人奖赏，真个快活极了。"

二人再一探问，才知凤珠用心周密，无微不至。非但这二十个蛮兵都是寨中特选胆勇之士，并还防备孟龙性暴，所管蛮人均极凶野，万一当他外族，不能相处。一面逼着丈夫送与二人象牙令牌，一面严令两个为首蛮兵必须候到二位贵客能够安居快乐，宾主相得，没有歧视，方许回去。每日还要随同出入，不许离开。这些蛮兵在金牛寨中多少均有一点地位，还有妻室子女，一则恋家，二则当地风景虽好，左近便是那大片古森林，不是俘虏和有罪的同族不会来此久居。森林采荒固是出生入死，奇险无比，便在林外一带也是危机四伏。稍微人少走单，遇到毒蛇猛兽照样送命。更有一种飞虫，形似苍蝇，其毒无比，藏在树林之中，一不小心骤然遇上，宛如暴雨一般向人猛扑，咬上几口，不消片刻，伤处肿高数寸，痛不可当。没有当地特产的草药，或是急切之间没有准备，走得稍远一点，一个痛晕倒地，毒气攻心，毒蝇再一追逐飞扑，不消两三个时辰便送了性命。其他危害甚多，一时也说不完。

前次随同老王夫妇来此避暑，住在碧龙洲上，虽无甚人受伤，但是夜来人都藏起，隔水遥望，常见巨狮出没。内有两次月明之夜，有那歌舞晚归的情侣正在湖边歌舞狂欢，忽由椰林中蹿出两只巨狮将人扑倒。众人虽然闻声赶去，镖箭齐施，将狮杀死，那被扑倒的人已有一个被狮子撕裂惨死。又有一次日里过湖打猎，刚进树林，便见前行探路的蛮人被一大蟒缠在树上活活绞死，想起俱都胆寒。久住当地的人习惯自然，又善防御，日常与猛兽毒蛇搏斗还不觉得。未去过的人全都视为畏途，往返之路又危险难行，惟恐不能生还。除为首两老蛮兵最有胆勇，灵巧多力，善于爬山，常时来往而外，余者全都胆小害怕。但是奉了命不敢不来，每日都背了二人向天求告，最好平安送到，早放他们回去。先见兰花存有敌意，全都急怒交加，心中愁苦，无计可施，没料这一架打得如此亲热，又听当地族人说，由去冬起寨主已不大问事，全凭兰花一人做主，只她喜欢，无不如意。照此形势，非但无须发愁，不消多日便可回去，如何不喜？

三人听完，兰花首先笑道："你们当我真敢抗命么，不过是听二位哥哥带有象牙令牌，以为来人存有恶意，心中悲愤，想用言语激将，在令牌未取出以前给他一个下马威，使知厉害。来人如好，固以上宾之礼相待；来人如坏，也有一个准备。以为汉家人都是欺软怕硬，吃过苦头总好一点，真要于我父女不利，便让他们来当寨主，我和爹爹一走了事。万想不到全是好人，以后成了一家，你请叔公、叔婆放心好了。"

时再兴见蛮女胸无城府，随口而出，想起近一月来金牛寨寄居情景，忽然心动，想起一事，暗忖：天下事越细心越好。前听这两个蛮兵说，令牌所到之处便如老王亲临，蛮女所说的话语病甚多，何不用这令牌试她一试，以免方才一场打传说回去，孟雄夫妇觉着蛮女明知来人带有令牌，还敢戏侮作梗，生出反感。念头一转，便将令牌取出，朝为首蛮兵一晃，还未开口，所有蛮人全数跪伏在地，连兰花也同松手伏地，只是面有愤色。王翼见状大惊，忙拉兰花起身，一面急呼："二弟，你这是做什么？"再兴回顾蛮女兰花伏地不起，面有怒容，王翼甚是惶急，心想此牌真有这样威力。忙使一眼色，示意王翼不要开口，先朝兰花笑道："兰花妹妹请起。"初意王翼那样拉她，俱都不起，只想分说取这令牌不是对她而发，哪知第二句还未出口，兰花已应声而起。

再兴看出此牌真个灵极，越发有了主意，便朝同来蛮兵说道："我弟兄蒙诸位引送来此，又蒙本寨主人厚待，亲如家人，万分高兴，已用你们不着，等我明日起来，照你夫人所说，写下一封回信，交你二人带回复命。愿意在此游玩些日，自可随意；如愿早回金牛寨，也任诸位自便，不论何日，均可起身。但是兰花姑娘先实不知我们带有老王令牌，为了防守的人把话听错，致生疑心，方才并非真打，否则也不是那样打法。如不相信，我弟兄二人到了碧龙洲，无论兵器拳脚，当着你们练上一会，自知真假。照王大哥所说，主人力气比他大得多，如其真打，早已受伤。这原是彼此年轻喜事，事出不知，各有误会。看在老王令牌面上，这些话回去不必提起。夫人如问，可说我二人以客礼自居，不肯先现令牌，老少二位主人见我弟兄对他尊敬，也极高兴，双方越谈越投机，如今成了一家。多谢老王夫妇，说我弟兄蒙他救命之恩和解难护庇之德，终身感激，至死不忘。他日如有机缘，再当拜谢，赴汤蹈火，均所不辞。余言均在我二人的信上，请起来吧。”说完，将牌收起。

兰花甚是聪明机警，闻言方始醒悟，立时转怒为喜。众人业已起立，恭恭敬敬跟在后面，已不敢靠近。兰花重又拉着王翼膀臂挽臂同行，回首娇笑道：“你看时哥哥多么聪明，我方才只顾说得高兴，没想到有些心里的话不该说出，传到叔公耳中难免见怪，这样说法再好没有。你还不知这令牌的来历呢。此是祖传四支神箭之一，本寨的人对它最是敬重。无论何人，只要当面取出，生杀均可听命。你教他们的话必定照说，不敢多少一句。大概你们路上没有用过，难怪方才那两个老东西敢和你们鬼头鬼脑说话，你看他们此时多么恭敬。”二人回顾，果然那些蛮兵和金牛寨初出发时一样，非但步伐整齐，连头也不往旁偏。一个个悄无声息，手持盾牌刀矛，静静的远随在后，相去两丈远近。不似方才时前时后，跳跳纵纵，随意说笑。连兰花身旁的男女蛮人也都远避，好生惊奇。再兴本不愿和蛮女拉在一起，这一分手，见她只顾和王翼亲密，不再理会自己，偶然回望，喊声：“时哥哥怎不过来？走近一点！”话未说完，头又偏向王翼一面，正合心意，假装观看沿途花草，不再向前挨近。兰花与王翼正谈得高兴头上，也未勉强。由此二人自自然然成了一对。

离开树林行约半里多路，便有一峰突起，拔地直上，高出云霄，左面还连着大片山崖。二人走过崖去一看，面前重又展开一幅天然图画，端的美景无边，观之不尽，眼界为之一宽。目光到处，先是大片生满花林的平野，斜侧面正对峰崖，又是大片湖荡，当中一座岛屿，似是湖中沙土涨成，离水不高，甚是平坦。上面却有好些奇峰怪石，都是平地直上，不高而秀。方圆约有二三百亩，花树甚多，临水大片空地，业已聚满了人，似在等候佳客登门。遥望右首黑压压一大片，问出那地方便是森林边界。前面还有一条广溪，与湖水相通。林中猛兽甚多，也全仗此天然地理，被水隔断，否则也是讨厌。就这样，仍有猛兽毒蛇零星越过，伤害人畜。总算兰花近年代父主事，调度有方，使手下蛮人劳逸相均，防御严密。蛮人又都畏威感德，遇事格外出力，一声号令，全数出发。所练毒箭镖矛又极厉害，多猛恶凶毒之物中上必死，这才少掉好些危害。本年共才伤了数人，还是胆子太大，自不小心，否则均可无事，不似以前日有伤亡，人不够用，常往老寨讨人，或是翻山过岭去掳蛮人，少掉好些仇怨烦扰。

可是森林之中仍是奇险。入林稍远，一过三里，步步皆是危机，而那许多富源物产偏又在那密林深处。内中并有一种最凶恶的东西，看去不过手指大小，因其为数太多，防不胜防，无论人畜，遇上均难活命，被它围上，晃眼倒地，成了枯骨。其余凶恶之物尚多，只此最为厉害。近来已有发现，总算运气，相隔还有十五六里，中间又有几处涌泉急流将其隔断。那来势之厉害，兰花每一想起俱都胆寒，日常为此忧疑。几次想把所有的人都移在碧龙洲上，又恐地方大小，没有野兽和野生的食物。就有一点也是新近移植，为数不多。没有吃的，早晚饿死。洲上没有崖洞，房舍又少，无法住人。但是这东西业已发现，早晚是祸，现正准备命人斫伐竹木，打算多盖楼房，以为将来避难之计，只想不出被它围攻之后用甚方法除害。日子一久，所存食粮如其吃完，以何度日？难得二人带来五谷菜蔬种子，可照凤珠上次所说开辟田亩耕种起来，仗着地土肥美，气候温和，好些花树都是一年两三次开花结果，无论什么种子撒向地上，转眼成长，所以喜极。

兰花说完前事，连说："我们要有地里出来的粮食，二位哥哥又会种田织布，真太好了！"二人问那手指大的奇怪毒虫叫甚名字，兰花说不出来，只用蛮语答以蜥蜥。一面说那形象仿佛螳螂，但又身短，没有长臂，色作紫黑，别的说不出来。二人见她说时面有忧急之容，暗忖：此女曾独斩巨狮，刀断毒蟒，天生胆勇，神力惊人，怎会对此幺么小虫如此忧惧，大有谈虎色变之势？料是一种极奇怪猛恶的小虫。心想：

多么厉害的毒蛇猛兽尚能以人力战胜，何况这样小的虫类？可惜没有见过，不知何名，将来问知底细，终有除它之法。正向兰花安慰，说吉人天相，早晚必能想出除害之法。兰花喜道："我还忘了叔婆去年说过，你们汉城里也有这类东西，不知怎不伤人，可惜那名字我说不上来。也许哥哥能为我们除此大害，去掉我一块心病，那真快活死人了！实不相瞒，我爹爹老早想我嫁人，只为从小生长，爱这一片地方，不愿离开。这里又无可嫁之人，至今没有一个看得顺眼的。要是被这毒虫侵害，说不得只好逃往山外，我父女多少年的心力全都白用，那有多么可惜呢！"

二人一听，凤珠曾说汉城中也有此虫，越发看轻，以为蛮人多半迷信鬼神，必是那虫生长深山，和蝗虫一样为数大多，不比猛兽毒蛇可以拼斗，因而害怕，也许还是一种极常见的小虫，并不足奇。正想往下探询，人已走到湖边，对面湖心碧龙洲上笙箫大作，已在迎宾，并有几只独木舟停泊岸旁，就此放过，未以为意。兰花随拉二人登舟，由两壮汉驾驶，往对面洲上驶去。这时，洲上男女蛮人均是一色鲜明的蛮装，头戴花冠，上插鸟羽。上身一件野麻织成的半截短装，下面围着纱笼和战裙之类。背腿大半裸露在外，肤色却不一样，紫、黑、红、白不等。女的大半生得美丽健实，男的看去大半粗野。内中还有好几十个蛮人，貌相更是凶野猛恶，俱都手持刀矛，肩佩弓、矢、梭镖，看去十分威武。二人知是蛮人待客的盛礼，来时在金牛寨已听人说过，忙将衣冠整好，从容走上。蛮女兰花已当先引导，一同走上。所过之处群蛮纷纷手举刀矛，欢呼呐喊，双手交叉，向来人礼拜，看去也极威武。看那孟龙年约六旬，坐在当中铺有虎皮的木凳之上。看见二人走来，先如未见，等到近前，由兰花代说来意。二人刚用蛮礼向主人双手交叉，将身一俯，孟龙忽似惊喜非常，立起身来，朝二人分别用力抱紧亲热，口中蛮语说之不休。

二人初来，言语不通，便由兰花代答。旁边早就设有座位。宾主双方落座之后，互相一谈，才知孟龙虽生长老金牛寨，自来山中已有多年，难得与汉人相见，汉语虽多遗忘，好些话仍听得懂。兰花更是聪明，宾主双方并不隔膜。孟龙本对爱女言听计从，又见三人彼此投缘，爱女当日特别高兴，从所未有，对于王翼更是十分看重，也颇喜慰。

那湖心沙洲虽是孤悬湖中，四面皆水，东北方却离陆地最近，只有一两丈的水面，休说王、时、兰花等三人，便当地蛮人也多半能够纵过。为了主人看重来客，特意派舟来接，由正面最远之处坐船往见。这时天已将近黄昏，二人遥闻森林那面猛兽怒吼之声，在场山人竟如未闻，知其听惯，不以为奇，方想：此地处境也真个险恶，偏有这样好的风景物产，以后在此久居，必须多做点事，不能白吃人家。忽听芦笙鼓乐重又吹动。那临水一面的广场约有二十余亩方圆，三面均有花树竹林环绕，一面是水。当中空地上也有好些零星散列的花树，还有几座形似假山的孤峰怪石，到处繁花盛开。全洲四面均是大水，湖滨浅处种有好些荷花，点缀得景物分外清丽。临湖空地上堆着大小十几起松枝柴堆。芦笙一止，所有柴堆俱都点燃，火光熊熊，照得湖水通红。一轮明月刚由东方涌起，低悬在湖面水天相接之处，大如冰轮。虽然清辉未吐，与落山夕阳相对。一面是碧水青天，月净波澄，晴空千里，更无片云；一面是晴霞散绮，红光万丈。西半边天空几被彩云布满，中间却隐现着一条条一片片的青痕。落霞、初月互相映照，人在湖心孤岛之上左顾右盼，气象万千。

二人出生以来从未见到这样清丽雄奇之景，再和主人一谈，才知当地朝晖夕阴，风雨晦冥，往往一日数变。非但秋月春花，平波浩渺，四时之佳景不同，各有各的妙趣，深山森林之中更多珍禽奇兽，瑶草幽花，飞瀑流泉，松风竹韵。只肯探幽选胜，到处都使人耳目应接不暇。蛮女兰花人更聪明，非但善于领略，自寻乐事，对于营建移植也别具匠心。当数年前这湖心沙洲尚是一片荒地，灌木丛生，蛇虫四伏，平日专作山奴居住之所，以防逃走。自从凤珠第一次来此消夏，偶往洲上闲游，看出风景太好。洲旁又有一处涌泉，终年向湖中冲射，如龙蛇蜿蜒，水色又极清碧，才取了现在的洲名。走时无意中谈起，说这样好的地方，如能开辟出来岂非绝妙？一旦遇到大群猛兽毒虫来犯，还可仗着这一片水躲避一时，免为所害。兰花听在心里，始而力劝乃父暂时不去森林中采掘打猎，先率众人将洲上荒地开辟出来。建上一些房舍，斩草伐木，打扫清洁，又种上许多花树。第三年孟雄夫妇又来避暑，见此佳境大为夸奖。兰花越发得意，不久便代乃父主持，越发加意经营，才有今日之盛。东北方一面并还设有竹制悬桥，现因天晚，所有蛮人多在洲上歌舞，准备狂欢一夜。对岸住人的大小洞穴都已封闭，人也走完，惟恐夜来猛兽侵害，桥已拉起。以前歌舞，都在斜对小金牛寨前侧面树林之中。人多之时,就有猛兽来犯,多半当时打死,难得受伤,反倒多得野兽皮肉,增加兴趣。无奈蛮人俱都热情,每到男女双方互相爱悦,必要避向隐僻无人之处谈情幽会。人一走单,遇到猛兽袭来,便难免于伤亡。自从湖心沙洲开辟出来,这类伤人之事便从未发生。因其好些作为均与蛮人有益,众心自然敬爱,令出必行。众蛮人虽也劳苦,但比别家采荒的土人日子好过得多。

说时,众蛮人已将预先洗涤好的各种牲畜野兽用铁叉绷好,串向一根两头有架的铁梁上面,抬往火上,转动烧烤,焦香流溢,约有半个多时辰相继烤熟。跟着献上果酒,肉也烧好,乘热端来。兰花便请二人食用,笑说:“我们这里以前吃的大多半生不熟,洗得也不干净,自从叔婆来此避暑,大家才知烤法,果然好吃得多。二位哥哥都是汉客,方才特意命他烤透一点。本地人多半心急,往往不等熟透便抢先入口了。”二人见内中一盘是煮熟的野菜,兰花吃得颇多,吃肉却少。问知性喜蔬食,不喜吃肉,湖中鱼类甚多,以前不知吃法,只凭手捉,也颇费事。直到近年凤珠来过两次,才学会钓鱼之法。因不会烹调,又没那耐心,嫌骨头多,腥气太重,难得有人捉到大鱼才吃上一次。

二人听出当地百物具备,更有岩盐、石油之便。瓜果最多,有的果子终年花开,结实不断。月光起后,湖中大鱼不时在水面上拨刺腾跃,银鳞闪闪,映月生辉。暗忖:这里真是个好地方,以后和他们一起开辟,不知生出多少利来。当地风俗,除却父母家人,少年男女俱都各寻投机伴侣,毫无拘束。尤其这样花开月明之夜,照例少年男女均在一起饮食作乐,歌舞狂欢。孟龙只将主人之礼尽到,吃了几杯便请来客自便。所有蛮人均早散开,自在饮食。寨主同了几个手下头目将客酒敬完,把手一挥,全体男女蛮人争先上前,各自抢吃酒肉,痛饮欢呼。一时芦声呜呜,鼓声嘭嘭,加上人语喧哗,热闹非常。兰花见此烦嚣,眉头一皱,先和孟龙用蛮语说了几句,转对二人笑道:“这里太乱,吵得人心烦,我们同去后面楼上痛快吃上两杯。先吃一点新采来的瓜果,等到月亮高起再同他们歌舞。今天王哥哥和我同跳如何?”

王翼想要推托,刚说不会,再兴看出兰花面容不快,忙在暗中踏了王翼一脚。王翼想起身来是客,当地又是重女轻男,不应拒绝失礼,忙接口道:“前在金牛寨,病好之后,主人邀我歌舞,为了不会,只作旁观,看见人家热闹,我二人枯坐在旁,甚是无趣,妹妹教我可好?”兰花听完,喜道:“我当你讨厌我呢。这个不难,现在我就教你如何?”王翼笑答:“不必忙此一时,我一定陪妹妹同跳。今夜人多,看也可以看会。只我时二弟性情忠厚,汉人习气太重,不惯与生人同跳,你又分不开身,最好随他便吧。”兰花笑说:“我本想给他找一个秀气点的姊妹,既然如此,少时大家跳开,剩他一人,多无趣呢。”再兴巴不得不跳,忙答:“无妨,我连日不曾睡好,我看上些时,到了半夜,先睡也好。”兰花惊道:“我真心急糊涂,因见今夜月明花好,正可快乐一夜,忘了二位哥哥长路跋涉,许多辛苦。早知如此,明夜月亮更圆,还不如早点安睡,养好精神,明夜再跳呢。”王翼笑答:“我并不累,妹妹这样高兴,更愿奉陪。时二弟天生这样脾气,他人极好,就是不大圆通,素来不喜与妇女说笑。今天对你这样随和,除却你叔婆还是第一次呢,我们由他去吧。”

第三回

椰树林中听狮吼
月明林下起蛮讴

男女三人边说边走，绕过一座小峰，一条花径，便到洲后竹楼之上。早有蛮女跟来，送上瓜果酒肉。二人见那竹楼建得甚是高大坚固。兰花建时又用了巧思，高达三层。下层空无一物，只有梁柱，并无门窗。第三层乃是亩许方圆一片大敞厅，四面栏杆环绕，从上到下均是各种藤蔓花草布满。楼顶也是一样，看去仿佛一座轩窗洞启的花楼，映着月光，通体碧绿，亮晶晶的浮光泛影，繁花如绣，五色缤纷，美观已极。连楼板带用具都是竹制，打扫清洁，净无点尘。二层却有门窗，竹墙更极坚固精细，共隔出九间两层。以前本是孟雄夫妇避暑之地，兰花遇到风日晴美、佳时良辰，也常带了几个心腹蛮女来此纳凉望月，住上些日。先已命人把二人的卧处布置在东首两大间内，并说自己也打算从此移居楼内，以便朝夕相见。

二人随同兰花先去各房中看了一遍，再到三层楼上敞厅凭栏饮酒。前面便是方才会见主人的广场，因是全洲最高之处，登临其上，湖山全景尽收眼底，连森林那面有何动静也可看出。时再兴暗忖：这里乃全山形胜之地，被她布置得如此好法，此女真个才貌双全，灵慧无比。生长蛮荒深山之中，已有这高智慧，如再读书识字岂不更好？再暗中查看，王翼对于兰花虽也颇好，但比对方情热却差得多，随时都似有甚心事神气，知其思念凤珠，不能忘怀，便用言语点了两句。王翼自然警觉，面上一红，又无法出口分辩，微笑未答。楼上本有凤珠上次带来的几盏纱灯，兰花平日甚是珍爱，不舍得点。当夜为了待客，以为汉客夜来非点灯不可，业命蛮女点燃。灯月交辉之下，看出王翼面红，神态不甚自然。兰花聪明，虽不懂甚诗文，但那意思却有一点明白，转面笑问道："时哥哥，你说什么'使君有妇，佳人难得'，什么意思？既把我当作一家人，如何你们说自己话，不要我知道？"再兴见她天真，笑答:“我因今夜灯月交辉,想起主人这样贤惠能干,人又长得如此美貌,觉着难得。佳人便是美人,说的是妹妹,乃是好意,并非隐瞒,说自己私话。”兰花又转向王翼道:“时哥哥说我美貌好看,我自己也不知道,你看如何?他还说了一句‘使君有妇’,什么意思?”

王翼心中有病,立被问住,答不上来。兰花见他吞吐,娇嗔道:“你不肯说,想必不是什么好话,里面还有死字,虽知你们不会咒我死,内里必有原因,此时不说,等我日后学会你们汉家字,什么话都会说,明白过来,就不与你甘休了。”王翼勉强笑答:“我并未开口,如何怪我?这也不是什么坏话。”再兴恐他再说下文,居心又想为二人作合,忙接口道:“妹妹不要问他,且听我说。我们汉家人男女相交不似你们随便,只要心爱,便无拘束。越是局中人,面皮越薄,心里的话越没法出口。如换是我,更比他还要怕羞。这句话也说的是你,决非咒人,也不是那死字,意思是说:美貌聪明的女子难得,假使要娶妻子,这样佳人哪里寻去?实不相瞒,如非知道你们天真爽直,我又是局外人,就这两句话也是说不出口。”兰花闻言方始醒悟,嫣然微笑,转望王翼也无甚表示,忽然低语道:“这还早呢。”

王翼听时再兴断章取义,曲为解说,知其意在弦外,想为自己作合,心中又慌又窘,又无法出口。想起蛮女情热率真,兰花又要一同歌舞,正在为难。闻言听出对方虽然看重自己,尚无嫁人之意,心方略松。见兰花一双妙目脉脉含情,仍在望着自己,强颜笑道:“听说妹妹以前识过字,不知认得多少?明日我和二弟教你可好?”兰花喜道:“这还是去年叔婆又来避暑,天长无事,她又不喜去往林中打猎,叔公恐她烦闷,本族中人除叔公外她都不喜欢,就欢喜我一人,命我日常陪伴,这才学了一些。她真爱我,走时还送我不少东西。明早起来你便教我吧。”说完,转问时再兴:“你一人多么无聊,方才来路曾说,夜来当众练武与他们看,少时等人跳开,空出地方,二位哥哥何不试上一试,教我也学一点本事。”

再兴想起,对于山人言出必践,不可失信。并且这班蛮人俱都生得高大凶猛,那些蛮人周身刻花,更是狞恶,我弟兄汉人文秀,难免看轻,借此机会显点本领与他们见识见识岂不也好?刚点头笑诺,猛一回头,瞥见对岸花林之中有两条长大黑影和三四团蓝光闪动,料是山中猛兽,忙问:“这是什么东西?”兰花回顾笑道:“这是两只大狮子,该死的东西！自从前两月我带了全山的人到处搜杀，差不多被我们杀光，以后多少天不见这东西出现。今夜想是顺风闻得烤肉香味，不知由何处又掩来这两只，走的又是一条死路，中隔危崖，能来而不能去。只要命人绕往东边将我们来路崖角把住，它便无法逃走。此时前面的人正在大吃，月儿也未升高，二位哥哥等我将它杀死，免得天亮前有人回去，歌舞疲倦，一时疏忽，被它们扑去。近来这里小娃又多，再被它咬死几个，更是气人。”

二人前在山中打猎，弟兄合力曾杀三虎，这样大的狮子虽未见过，但是身旁带有凤珠所赠毒梭镖，据说多厉害的猛兽打中必死。那两口缅刀更是挥金断铁锋利无比，正好一人一只，借此显点本领。真要厉害难敌，有此缅刀毒镖，凭着一身轻功，也不至于受伤。二人全是年少气盛，又吃了几杯急酒，胆力更壮，双方不约而同应声答道：“我弟兄蒙主人厚待，寸功未立，这狮子恰是两只，正好一人一个将它除去。”兰花虽然勇猛，遇到这类猛兽也并非是单独上前，照例带上几个有胆勇的蛮女同去。只有一次遇见一只受伤逃走的母狮，骤出意外，人狮对拼，有毒的梭镖恰又用完，一刀斫去，竟被那狮用爪扑落，几受重伤。幸而机警多力，就势纵上狮背，人兽相搏，斗了两个时辰，那狮虽被抓瞎两眼，撕裂头颈，活活弄死，人也累得力尽筋疲。总算蛮人赶到，护送回来。否则，再有一个狮子赶来，照样送命。由此生了戒心，不再孤身犯险。一听二人这等说法，蛮俗尚武，并未劝阻，反而连声夸好，笑说：“我正想看二位哥哥的本事，索性不去喊人，只我三人上前，叫几个人拿了刀箭断它退路便了。”说完，便同赶下。

楼后这面离对岸最近，那两只大狮原从附近山崖中受惊窜来，闻得肉香，寻到当地。以前来此伤人，得过一两次甜头，也吃过苦。内有一只雄狮腿还有伤，新愈不久，看出对岸洲上人多，又隔着一片大水，不能过去，便掩藏在椰子树林里面，想和上次一样，等候机会，人一上岸立即猛扑过去。这男女三人胆子太大，匆匆商定，拿了兵刃暗器，只带四个蛮女，便同纵将过去，连吊桥也未放。前面许多蛮人差不多已快酒足肉饱，鼓乐之声也越来越急，转眼就要歌舞，准备狂欢，并无一人知道洲后面来了狮子。

这面男女七人到了对岸，兰花将蛮女遣走，去断二狮逃路，笑对二人道：“林中地方太仄，这里狮子俱都狡猾多疑，人如不动，它还不肯先发，最好看准它的眼睛，暗中戒备，假装走过，等它起来猛扑，诱往平地空旷之处再将其杀死。我给你们打接应，谁打不过我就帮谁，决不偏心。可惜来得太急，爹爹因防他们争斗仇杀，不是去往森林采荒打猎，那些有毒的镖箭梭矛除几处防守的人外，向例不许随身携带。事完回来，剩下的还要缴回，方才忘了取上几支。这东西力大凶猛，二位哥哥还要小心。万一不止两只，见势不佳，可往洲上纵去，我一面喊人，当时便可杀死，千万强不得。我上次打那狮子便吃过亏，最要留神它那前爪。好在你们身轻腿快，纵得又高又远，多半无妨，仔细一点好了。”说时，那两只大狮子以前来过，知道山人歌舞要在天明前后方始分散，各回崖洞，时候尚早。只在林边张望了一圈，便隐藏进去，没料到对头自会寻来。兰花见二狮不在当地，便令二人停在湖边，看好退路，自往林中引那狮子出来。二人觉着兰花一个少女，独斗两狮，此举太险，正想劝阻，那二狮已闻得人的气味，悄悄掩出。

三人只顾争论，忘了再向林中查看。还是王翼眼快，猛一回顾，瞥见一只雄狮已不知何时由林中悄悄掩出，离身只有两丈。见人回顾，突然立定，四足踞地，待要扑来。形势紧急，再要喊人已来不及。兰花恰在身旁，相隔最近，恐其误伤，顺手一推，一声怒喝，便挥刀迎上。当时觉着左手软绵绵，好似推在兰花丰乳之上，也未注意。因在山中常时打猎，知道兽性和那起伏之势。人只要大声呼喝，对方必以全神注定自己，猛力扑来，照例又是不等人到便先纵起，来势又猛又急，心稍一慌，或是对面迎去，必为所伤。一面注定前面，脚底加紧前驰，用足气力，暗中留意。正在贴地飞驰，猛瞥见林中又有一狮冲出，来势更急，两下相隔也只两三丈，一纵即至。恐其同时来扑，又见二狮目光如电，都是那么雄壮威猛，心方一惊，耳听一声大喝，一条人影已抢先纵过，正是时再兴，竟抢在自己的前面。

那第二只是个母狮，来势更猛更急，刚一出林，便连纵带跳飞驰而来，不似前狮见了人还在据地发威，不曾纵起。这一人一狮恰巧相对，百忙中瞥见时再兴人先落地，头上寒光一闪，身子往下一矮，猛听一声震天价的狮吼，那只母狮已由时再兴头上飞过，纵向一旁。心方一惊，神略一分，相隔前狮已只丈许。这原是瞬息间事，人还不曾看清，也不知时再兴受伤没有。母狮一吼，前面雄狮也发了急，紧跟着发威怒吼，纵身扑来。王翼不顾再看侧面，见那来势万分猛恶，不敢硬敌，慌不迭身形往旁一闪，刚刚避过，反手一刀，本想去刺狮腹。不料那狮去势猛急，纵得又高，这一刀竟未刺中狮腹，只伤了一点狮股。那狮先见母狮受伤，业已激怒，后股又被敌人斫中一刀，不由怒发如狂，一声厉吼，落地便反身扑来。王翼瞥见母狮刚由地上发威纵起，腹上血水直流，时再兴也正回身追去，才知方才一刀刺中狮腹，母狮血流这么多，只是垂死挣扎，不能持久。

王翼心方一定，瞥见雄狮反身扑来，道旁恰有一株石笋，暗忖：二弟手到成功，这一刀实在用得巧妙。我如不将这狮杀死，岂不被人看轻？念头一转，忽然想起一计，耳听左近似有狮吼，因那雄狮这次来势更急，无暇他顾，刚将身子立向石旁，雄狮业已冲扑过来。王翼早蓄好势子，准备下那杀手，一见狮到，二次往旁一闪。那狮扑了个空，快要冲过，吃王翼大喝一声，用足全力，手握缅刀猛劈下去，一声惨嗥过处，竟将那狮齐胸腹斩断了半边，当时鲜血狂喷，肝肠四流，猛窜出两三丈远近，伏地不起。纵时太猛，王翼手中缅刀不是太快，连狮的皮骨一齐挥断，几被将刀带走，虎口也被震得生疼。

王翼耳听兰花呼喝之声，对岸蛮人也在同声呐喊。目光到处，瞥见母狮业已力尽仆地，时再兴正立狮旁，也朝自己急呼，一面同了兰花纵身赶来。人还未到，兰花手上已接连三支梭镖朝前打去，料有别的猛兽赶来，回头一看，不禁大惊。原来身后又有大小六七只狮子飞驰而至，目光到处，先是狂风大作，尘雾飞扬中隐现着六七对凶睛，狂奔怒吼，飞驰而来，看去声势先就惊人，喊声不好。因见狮子大多，兰花又抢在前面，恐其受伤，心里一急，刚将身旁毒药梭镖取出，当头一狮已被兰花飞矛打中两支。第一支中在背上，伤已不轻，那狮痛极发威，刚想纵扑过来拼命，上身刚往上一起，第二支飞矛恰巧打到，正中前胸，深嵌入内。那狮负痛往下一扑，用力大猛，那五尺来长的飞矛正好透穿过去，当时痛得怒吼连声，满地打滚，四爪乱抓，地上旋风般卷起一团尘雾。

后面还有三大两小相继赶到，见有敌人打死同类，内中三只大的比前被杀稍小，都是母狮。第一只被时再兴打了两毒镖，又被蛮女一飞矛刺中一目，痛极心昏，往旁边树林中窜去。另两只大狮，一只被时再兴和兰花双双抢上，快要对面，一只恰朝自己扑来。虽恐狮群太多，还有同类在后，不等赶到，扬手两镖照准狮目打去，当时打瞎一眼，另一镖正中狮口。那狮负痛情急，狂蹿过来。王翼看那母狮势急如电，比前两狮好似还要猛恶，不敢硬对，又知毒镖打中，见血必死，想留一点力气以防万一，忙将身子往旁一纵。人还不曾落地，猛听啪嚓一声大震，山摇地动。大惊回顾，原来王翼正立石前，那狮痛极心昏，拼命前蹿，来势太猛，竟朝王翼身后石笋上撞去。两尺方圆、七八尺高、上丰下锐的一株石笋当时被它撞断，狮头也被撞得脑浆迸裂，随同断石落地，死在地上。

再看前面还有两只小狮，只和狗一般大，似见同类伤亡，想要往回逃窜。微一立定观望，兰花、再兴恰巧追上，忙即赶过，正要动手，兰花急呼："哥哥们不要杀它！我早想捉两只小狮子来养，没有如愿。这两只恰是雄狮，将它们养大，非但好玩，还可看家。叔公以前说过，银坑寨小主便养有一只。"一面急呼："快拿绳来！"随说，人便纵上前去。那两只小狮也颇猛恶，见被三人围住，逃到哪里，围到哪里，忽然激怒发威，想要扑起抓人，被兰花纵身上前，当头一把抓住颈皮，人便骑了上去。王翼见状性起，也将另一小狮照样擒住。

这时，洲上蛮人闻得狮吼，已纷纷拿了刀矛弓箭放下吊桥赶来。听兰花一说，便用绳索将小狮连肩带颈套住，再用矛杆托住头颈，以免抓咬，带了回去。兰花看那两只小狮甚是雄壮，好生喜爱，正牵向湖边空地之上喂它们肉吃，打算第一顿给它们吃饱，饿上数日，杀了火性，再行驯养训练。忽见内一小狮吃不两口便回头举爪，朝胸背间乱抓乱咬，不住打转，仿佛身上奇痒，抓捞不着，神态十分滑稽，方觉好笑。再兴看出有异，忙道："这小狮子身上莫要有甚东西咬它吧？"兰花首被提醒，忙赶过去，正要命人将其制住，以便查看。那狮似知人要为它去害，低吼了两声，便乖乖伏地不动。兰花就着火光仔细一看，不禁大惊，急呼："爹爹快看，祸事到了！"

孟龙因听王、时二人和爱女先后连杀六只大狮，群蛮欢声雷动，惊为天神，本心便有择婿之念。爱女回时又偷偷说了两句，巴不得二人能够立威显能。正想向众蛮人发令，准备日内庆功之事，闻呼赶来一看，也是大惊失色，口中连呼"蜥蜥"不止。王、时二人立在旁边，见他父女二人连同旁立蛮人本极欢喜，忽然这样惊慌愁急，低头仔细一看，那东西已被蛮女用树枝夹死，放在一片木柴之上，不禁失笑。原来那是两只黑蚂蚁，只是大得出奇，最大的一只竟有手指粗细。因见父女二人与旁立群蛮各用蛮语纷纷议论，仿佛事关重大，心方奇怪，孟龙已向众蛮发令，说了一大套蛮语。说完，群蛮同声应诺，歌舞盛典立时停止，各持火把器械纷纷过桥，往群狮来路飞驰而去。那死狮也被放在一处，分人周身搜索，后又浸在湖水之中。好几百个蛮人，除却十岁以下幼童，差不多走光。二人几次想问，均因兰花赶前赶后往来指挥，并向二人笑说："哥哥请往楼上歇息，今夜有事，无暇陪你，要想早睡养神，早起同玩也好。这事情你们弄不惯，我和爹爹如能早回，再向二位哥哥赔礼吧。"说完，不等回答，便当先驰去。

蛮语不通，那同来二十个蛮兵也早拿了火把跟踪赶去，无法向人询问。因听兰花走时口气不令同行，想起蛮俗迷信，也许把这小小虫蚁当作神怪，有甚隆重典礼，恐犯禁忌，不便多事，连日奔驰山野险径，方才斗狮用力又猛，歌舞又已停止，心想早点安眠。见大人都走光，只兰花留下三个山女，一个看守小狮，两个准备服侍自己，还是中途遣回，惶急可想而知。双方口说手比，略知大意，便回到楼上分别卧倒。因二蛮女也是满面忧容，觉着事太奇怪，忽想起路途中兰花所说森林中的怪物毒虫，名字仍与孟龙所说相同，也是"蜥蜥"二字，如非真个厉害，何至于此？为防万一，二人同卧一室，准备有事，容易惊醒。哪知连日疲劳太甚，谈不几句便沉沉睡去。

王翼梦中惊醒，见蛮女兰花正立榻前。朝阳已由东窗斜照进来，楼高迎风依旧凉爽，连日疲劳全都恢复。时再兴也清醒转来，一同起身洗漱。兰花拉了二人同去三层楼上面湖同坐。蛮女送上当地的山粮野菜制成的糍粑，颜色纯青，外加一盘腌肉粑，刚刚烤好，吃到口里也颇甘美。二人见她神色如常，问起昨夜之事。兰花答说："事情快完，我未天亮便赶回来，见你二人睡得太香，没有喊醒，去往对面睡了些时。后听人说王哥哥在翻身，赶来探望，果然醒转，且喜暂时可以无事。这都是二位哥哥的功劳。稍一疏忽，被那毒虫落地逃走，至多两三日便是一场大祸，我们能否在此居住就难说了。"王翼笑问："这东西我们叫它蚂蚁，不过比常见大得多，就是有毒，这样小虫一捏就死，你们如何这样惊慌？"

兰花变色道："你哪知它的厉害。这东西来时和潮水一样，往往二三十里路的地面都被它布满，猛恶已极。休看它小，容易弄死，因这东西最是合群，都不怕死，来时数目又多，前仆后继，走得又快，不被追上不止。不要说人，跑得多快的猛兽见了也都胆寒。只被它闻见气味，追将过来，只要前锋追上，多么凶猛粗大的东西也要被它咬死，任你想甚方法杀它，这边还未弄死，那边又飞扑上来，咬在身上死也不退，人只一双手脚，如何顾得过来？如非运气好，老远望见前面地上来了一片黑紫色的潮水，看出是这怪物，赶紧越溪绕路逃走，还能活命。被它沾着一点，后面的立时狂涌而至，晃眼之间全身被它包满，通体变成黑人，只听一片蜥蜥喳喳之声，当时倒地，成了一堆白骨。

“这东西的巢穴本在隔山七十里银坑寨西首一座崖洞之中，每年两次成群出游，所过之处，非但蛇兽毒虫都要被它吃光，连树叶青草也不会留一片，端的残忍恶毒，比什么东西都厉害。近年发现离此十五里外森林之中有这毒虫的踪迹。我们知它最是灵巧，这一支不知由何处窜到，只要有一两个寻来此地，发现这里住有人畜，立时赶回报信，来势绝快，也不知它怎么来的。又会寻路绕越，无论相隔多远，至多三日，定必大举来攻，人力却挡不住。我们为此担心已非一日。就是昨夜小狮被这毒虫紧紧咬住，业已深嵌肉里，被我弄死，才夹起来。幸而它那来路不是森林那面，是在香水崖谷口一带。因那地方崖上下生有一种香草，无论多么凶毒的蛇虫闻风远避，闻到便即昏迷过去。我们专杀毒蟒的药球便是那草团成，顺风一烧，蟒便昏醉不动，平日看不见一点虫的影子，并且由此往外纵横好几里，到处都有这类香草，我们俱都叫它快活香，用处甚多。看昨夜那些狮子必是遇见这类毒虫，跑得慢的被它咬成一堆骨头，剩下几个跑得快的，不知由甚地方翻山跳涧逃来此地，小狮逃得较后，身上沾了两个，且喜不曾落地，被时哥哥提醒，当时寻见。否则，这东西吃饱之后，定必赶回送信，算它往返有百余里，不出两日也必全数赶到。

“先真害怕，连怠慢你们都顾不得。全数赶去，一面把住出口，一面把狮肉割上几块，放在狮的来路仔细查看，派人守候，均未寻到。后又用火在地上烧了几处，以防万一闻出所留气味跟踪寻来。一面派了多人，将快活香采了一些，做一字点燃，好几百人连夜搜寻，方才听说，派往隔山探看的人回报，果有大批毒虫，约有好几里长一片，在离此二十多里的草原上，潮水一般向前卷去。我们知这东西的特性照例大群齐出，随同为首几只向前狂涌，向无反顾，照此形势暂时已可放心。但这东西越来越近，森林道路与银坑寨相反，不知是否一类，早晚终是祸患。我已传命，环着本山多种快活香，虽然防不胜防，无论用甚方法，要来也无法抵御，到底要好一点。将来这片水倒是有用。难得有了种子，我们这里还有铁匠，虽然只会打造兵器，耕田的东西没有做过，有二位哥哥指点，说出样子，当可办到。他们累了一夜，今夜还要歌舞，我已传令，叫他们睡好再起，日落以前便教他们下种可好？"

二人闻言，才知黑蚁那样凶毒，蛮人并非迷信，好生惊奇，笑答："田陇阡陌还未开出，如何下种，我知妹妹性急，乘着此时无事，昨日我见这里锄头钉耙都有，只少牛犁和一些零星农具，连我二人均会打造，并不费事。此时闲空，我们先往洲旁空地开个样子你看，再开出几亩菜畦，也将菜籽撒上，明后日先将地耕过，耙松泥上，照这天时，落上一场雨，就好种稻了。"兰花闻言大喜，又喊了几个蛮女相助。洲上新辟出来的空地颇多，本来想种花木，因听去年凤珠说，当地最宜种稻。只要两熟，便够全山蛮人食用，还有富余，其他副产甚多，尚不在内，特意将它留下。每日都在盼望谷种，不是昨夜有事，爱惜人力，恨不能当时便将田亩开出。王、时二人见她质美未学，对于蛮人虽然恩威并用，仍是高高在上，违她法令，便加重罚。众蛮人久在暴力淫威重压之下，苦痛已久，难得兰花明白事体，善用人力，赏罚分明，所以觉得她好，格外畏服听命。其实都是一样人，这等行为和自己的仇敌恶霸也差不了多少。自己原为路见不平，才出死入生，逃来蛮荒异域，既然打算隐居终老，难得这里大片土地，没有拘束，宾主双方又极投机，正好试验平日抱负心计。业已商定，由渐而进，慢慢感化，使这全山蛮人均能相敬相爱，劳逸苦乐俱都平均，各得其所。

时再兴一面划地为田，并将上古田亩起源一一当成故事说出，再试探着告以人都一样，只有领头的人，并无高低之分。所谓智能十九由学而得，多好天才不用功学习也是无用。王翼再从旁鼓吹。兰花先听颇有兴趣，后来虽在留神静听，一言不发。二人见她天分聪明，已有一些明白，只是养尊已久，心情矛盾，便将别的话岔开，不再深说。兰花忽然笑问道："二位哥哥真教我么？"二人均答："我们所知虽然不多，也还晓得一点，只要妹妹愿学，无不尽心。"兰花喜谢，也未再说。男女七人冒着日中炎热，在太阳底下一直忙到下午。仗着力大手快，虽只大半天光阴，居然开出十来亩田地菜畦。二人先将菜种撒上，候到日色偏西，汲了湖水，重新洒过，方一同歇息。夜来主人准备饮酒歌舞，并杀了好些山羊，为王、时二人庆功，比起昨夜排场还要热闹。

蛮人尚武。二人和兰花力斩六只恶狮，为首两只大的，一被时再兴迎面一刀，由头颈快要分裂到腹部。另一只又被王翼腰斩，只要缅刀稍长，竟可分为两段，连毒镖都未用。刚听狮吼，众蛮人还未赶到，便同杀死，这等勇猛从所未见。二人又听兰花一劝，在焚柴以前打了一次对子，兵刃拳脚全都试过。蛮人全仗生长山野之中，终年与毒蛇猛兽搏斗，习于劳苦，强健多力，像这样专门武艺从未见过。一见二人手中缅刀一经舞动，势子越来越急，纵横飞舞，倏忽如电，全身上下都是刀花，寒光闪闪，动起手来又是虎跃猿蹲，兔起鹘落，一纵便是好几丈高远，身轻如燕，落地无声，由不得眼花缭乱，心悚神摇，敬服到了极点。刚一练完，便同声欢呼喊起好来。孟龙觉着自己有此两位佳客、得力帮手，又知二人无家可归，将要在此久居避难，爱女昨夜背人密语又是那等说法，见此武勇，固是得意非常，面有光彩。兰花更是心花怒放，拉着王翼的手再三笑说："原来昨日初会打我不过全是骗人，有心相让。由明早起你非教我武功不可。"王翼自然答应。因在途中跋涉山路，南方天热，秋暑未退，打了一身汗，便去洲旁沐浴。二人浴完回来，柴已燃起，肉也烤上，待客之外并向二人庆功致谢，典礼甚是隆重。

二人看出蛮人俱都心悦诚服，不似昨日全是奉命而行，无关轻重，所到之处人人注目，指点欢呼。许多少女更追逐在旁，意似献媚。后来看出兰花钟情王翼，知道时再兴尚是孤身，便齐向他挑逗。再兴见内中十几个蛮女多半生得通体圆融，骨肉停匀，明眸皓齿，皮肤细白，不似男的蛮人那样粗犷。余者也都康健多力。除狗皮犵狫等蛮人而外，丑的甚少，至多肤色不白。有的比金牛寨所见蛮女还要美丽，自然娇媚，不假做作。人已睡足，无从借口推托，知道少时歌舞开始，便蛮女不来挑逗请求，主人也必开口。自己虽然另有心事，此生不愿娶妻，但是既要在此久居，这类事便免不掉，反正主意业已打定，不如随和、放大方些，省得每遇这一类事便要规避推托，也实显得小气。念头一转，便不再坚持成见。

再兴正在盘算，业已月上中天。鼓声止处，芦笙四起，月光之下，男女蛮人纷纷起舞。先在广场中心分成两队，各向对方歌唱引逗，不多一会便男迁女就成了一对。王翼前在金牛寨业已看会，只未跳过，日里又被兰花强着演习跳了一阵，这时在人丛之中随同起舞，不多一会，便同跳往无人之处。内中三个比较最美的艳装山女先在女队中歌舞，目光不时注视再兴。对方好些少年向其歌舞献媚，均未答理。后有两个少年好似内两蛮女的意中人，生得也颇雄健平正，不似别的蛮人丑恶，几次向对面苦唱情歌，蛮女均未答理。那两少年好似失望悲苦，歌声中带出哀怨之音，内中一个并还目有泪珠。当地蛮俗重女轻男，照规矩不能强迫求爱，女的没有表示，不敢上前硬拉，只在男队当中望着心上人歌舞不休，声音越发凄苦。内一蛮女首被感动，将头上的花拔下一朵，抛将过去。接住的人立时欢喜如狂，单脚跪地，伸臂向天，再将花放在胸前，做出爱极之势。女的便由队中俏生生走出，到了面前，将手微微一伸，男的立时就势拉住，满面喜容，一同载歌载舞往人丛中跳去。另一蛮女也被对方感动，照样抛花走了出来，被另一少年接住，相继跳走。

这时，女队中还有七八个蛮女，男队中人数更多，无奈都是一些貌相凶恶和披发文身的蛮人。女的也只剩下的那个山女长得最美，从开场起便有许多蛮人向其求爱。后见蛮女只管自歌自舞，目光专注中间席上，谁都不理。众人看出无望，恐好的被别人抢去，便各知难而退，改向别人献媚而去，人数越来越少。两少年再引了意中人走开，众人之中以那蛮女最美，但无一人再注意到她。蛮女也似不把这些人放在心上，依旧曼声讴吟，随同芦声起舞。人既美艳，别人都穿着只护前胸和腿股等处的蛮装，只她和兰花一样，穿着一身白纱短衣，腰间围着一幅短的纱笼，通体纯白，头上戴着茉莉花冠，月光之下越显得玉肤如雪，丰神绰约，望之如仙。下余都是一些丑怪粗蠢的山女，为了当地女少男多，先还互看不起对方，时候一久，好的都被别人看中，对对成双，歌舞得十分高兴，自己还未寻到对子，相形之下未免妒羡眼热，对面男的不得已而思其次，早就降格以求，再一引逗，也都相继抛花走出，被人引去。剩下还有二十多个蛮人，丑女却只得两三人，看神气也快走出。

再兴方幸日里所见那些山女不来纠缠，照此下去可少好些麻烦，忽听身旁两老蛮兵低声笑道："今夜这小花娘不早打主意要吃苦了。"话未说完，忽然转面笑道："尊官不喜歌舞，已听小寨主说过，但是此女脾气古怪，你不救她，照着我们这里规矩，跳到末了，无论多丑都不会没有人要。但是末了一个如是人家要她，她不要人，事前再没有打主意，将假野郎约好，便是在场的人她都轻视厌恨，非但众人都要恨她，剩下这二十多个蛮人便要群起硬抢，何人力大，将她抢了逃走，便归此人所有。这还不说，最厉害是此女从此便做了他的奴隶，打死都无人问。烈性一点的，不是与对方拼命，便是自杀。你看此女腰刀不已露出来了么？”

再兴忙往场上一看，剩下还有两个丑女，不时停舞，向那蛮女低语，似在劝说，蛮女理都未理。歌声忽然起了刚烈之音，虽不知唱些什么，看那神情却甚悲愤，腰间果有刀尖露出，又似怨恨自己薄情，已不再往上看。对面那些貌相狞恶的蛮人也都把目光注定她的身上，馋猫一样，仿佛时机一到，就要一拥齐上。只有三个看去力弱一点的山民自知无望，抢那些人不过，尚在朝那两个丑女引逗，与方才情景迥不相同。心想：此女大约自视甚高，看不起这些蠢蛮，照此说法，一个不巧，转眼就有争杀，这样好一个蛮女岂不可惜？人家盛礼相待，高兴头上生出凶杀之事，太煞风景。这里名为重女轻男，其实还是野蛮，并不公平，和中土一样把妇女当作个人私产。不过男多女少，表面上仿佛看重，实则还是暴力当先，男的厉害。婚姻须凭本人自己心愿才算合理，如对方不愿，没有看中合意的人，便要强抢硬夺，太无道理。

再兴念头一转，不由激动义侠天性，正要上前，忽听众声哗吵，目光到处，猛瞥见那两个丑女业已走出，对面蛮人已纷纷吼叫，狼虎一般向前扑去。蛮女似早料到，已将腰间尖刀拔在手内，一面往后退避，目注那些虎狼丑鬼一般的蛮人，神情悲愤，也不开口。众蛮人见她拔刀相向，骤出意外，虽未向前猛冲，口中却是怒吼不已，各将双臂张开，一步一步逼将过去，形态越发狞恶。这时场上的人已越跳越远，纷纷散往山巅水涯和两旁花林之中，那许多的芦笙也时断时续，时远时近，没有方才那样火炽。但是情歌四起，远近相闻，朗月清辉，明如白昼，花影离披，清阴在地，景物比前分外显得幽艳。孟龙年老多病，昨夜率众防御毒蚿，因太情急惊慌，上下危崖，无意之中又受了点伤，不等夜深早已退席。最有权威的蛮女兰花又和意中人跳向无人之处。场上没有管头，这样歌舞狂欢的盛会照例也无甚拘束，只不暴动杀人，便发酒疯，闯点小祸，至多当夜将人拘禁，明早放出，均可无事。虽有同来二十个蛮兵和一些年老的男女蛮人、幼童之类，非但旁观不问，因是旧规如此，有的见此紧张情景反倒觉着好看有趣，目注场上，说笑不已，巴不得能够大闹一场才对心思，竟无一人对那蛮女同情。

再兴义侠心肠，哪见得惯这类倚强凌弱、欺凌弱女之事，见众蛮人步步进逼，蛮女只顾防御前面对头，忘了身后是两株并立的石笋，再退无路，始而咬牙切齿，面容悲愤，一言不发，忽然怒声喝道："我姬家人向例不嫁你们，如今父母双亡，孤身一人，早就不想活命。今夜人不要我，我也决不会要你们，只敢沾我一手指头，我便自杀，也不会落在你们手内。"再兴本已起立，待要赶去，因不知蛮人规矩是否可以突然上前，这些山奴都极凶野，万一动起手来岂不难处？临场慎重，想令老蛮兵去寻王翼、兰花来此解围，未及开口。说时迟，那时快，蛮女业已退到石前，忽然警觉退路已断，微一惊慌，话也说完。再兴听出蛮女满口汉语，方想此女汉语比兰花好得多。就这转念瞬息之间，那些蛮人本来相隔不远，纷纷示威，作势想要乘隙而动，猛扑过去。及见蛮女被石笋挡住，神态惊慌，一声怪笑，当头几个最凶恶的便往前扑去。

再兴见势已迫，心里一急，不顾再和蛮兵说话，口中大喝，声随人起，急如飞鸟，凌空一两丈朝前纵去，落在蛮女面前。内有两个身材高大、面刻花纹、丑恶如鬼的蛮人也刚巧当先抢到，蛮女刀已扬起，待朝胸前反手刺去。再兴恰在这危机一发之际飞纵过来，右手一把先将蛮女拿刀的手捉住，口喝："姑娘且慢！"同时左手往外一挡，就势身子一闪，拖了蛮女便往石旁纵避过去。众蛮人本是争先恐后，一拥齐上，当头两人奔离蛮女身前不过三尺，猛觉人影飞堕，心中一惊，未容看清，被再兴横臂一挡，用力太猛，往后便倒。后面的人乱糟糟抢在一起，好些还不知道有人出头，正往前拥。双方挤撞，当时大乱，停得一停，再兴已拉了蛮女往旁避开。

蛮人正在互相挤撞咒骂，那二十个蛮兵不料再兴突然出手，见状大惊，惟恐有失，纷纷大喝，纵将过来，抢在前面，拔出身后刀矛，同声怒喝。只说得几句蛮语，那些蛮人对于王、时二人本就十分敬畏，又见蛮兵出场，说："蛮女乃贵客心爱的人，方才原是故意落后，想等人都走完再行结对，你们没听他们说的都是汉语么？"一个个举着刀矛，气势汹汹。再看男女二人果在互相拉手歌舞，往花林中跳去，这才扫兴而退。众蛮兵还恐蛮人凶野，因此结仇，留下后患，及见再兴已与蛮女歌舞入林，知其无话可说，不会怨恨，方始退去。另一面，兰花、王翼也由侧面花林深处听见众人怒吼，想起方才只顾与意中人歌舞，忘向时再兴招呼，知那三个蛮女均对他垂青，必有一人留在最后，再兴一不领情，立生惨事，忙同赶回。见事已完，便向众人劝说了几句。大意是意中人必须平日结交，不是当夜一跳便可如愿，这里女少男多，自然不够分配，每次终有好些人落空，并非是人看你们不起，下次再来，一样有望。凡此次落空的人都由我另给慰劳遮羞，并放一天工，好好饮酒吃肉唱歌去吧，不要闹了。众人最信服兰花，对方又是杀狮英雄，本比人家不上，同声欢呼心服，拜谢而去，一场凶杀就此消灭。

第四回

容易度良宵 转眼间杨柳岸 晓风残月

兰花遣散众人，拉了王翼掩往对面一看，再兴同那蛮女姬棠已由花林走往湖边，同坐山石之上，正在并头握手，喁喁细语，神情亲切。二人料知双方已有情愫，均颇高兴。王翼还想走往一问，兰花笑说："呆子，人家正是好时候，你去作甚？方才我们说话，有人在旁讨厌，你愿意么？你如喜水，我同你去往西面日里钓鱼石上，那地方是我一人钓鱼之处，无人敢去，比这里还要清静，你看可好？"王翼只知兰花对他钟情，还没想到事成定局，非此不可，想起方才对方那些柔情蜜意，想要拒绝，又觉不忍，心情甚是矛盾，只得赔笑一同走去。初意再兴人最方正，不喜女色，今夜也许见那蛮女美貌，生出情爱，哪知再兴本心并不如此。先是一时仗义救了蛮女，刚将蛮人避开，便听蛮女低声急呼："我姬家人没有无耻女子，但你此时必须假装我的野郎，否则休看是他们的客，总是汉人，此举难免不犯众怒，就是主人帮你，也与蛮人结怨。他们最重报仇，都不怕死，何苦为我苦命人害了自己？"说罢，先将再兴的手拉住，歌舞起来。

再兴原知道一点蛮人风俗，又见那蛮女语事凄苦，眉目之间隐有无穷幽怨，说时目蕴泪珠，月光照处，哀艳欲绝，既防后思，心又怜惜，便照所说一同歌舞。到了林中，蛮女立刻停了歌唱，低声悄说："我知你看我不上，肯同我寻一无人之处谈上些时么？"再兴本就觉那蛮女与众不同，非但汉话说得极好，清婉悦耳，人更生得修短适中，丰神楚楚。没有兰花丰丽，而秀美过之，人也安详文雅。听她方才所说身世，料是被敌人掳来，孤苦无依，越生怜惜，也想问她来历，含笑点头。因见对方新受惊险，对自己表面虽极大方，歌舞一停，手都放开，看那前后口气神情，分明钟情甚深，恐其心中悲苦，便将她手拉住，一同前行。蛮女也不拒绝，面上也无喜容，低着个头，依依身旁。同到湖边无人之处，寻一原有石条，并肩而坐，笑问:"姬家人乃周室之后，人多读书识字，在众人中最知礼让，也最文明，所居相隔城市较近，怎会来此?"蛮女随将经过说出。

原来西南蛮夷蛮人种类甚多，少说也有一两百种，内中只姬家人性最善良。虽然耕作也颇勤苦，人数也多，从不喜欢掳劫凶杀，喜与汉人来往。因其人多聪明，又颇爱群，勇于公斗，人虽文雅，外族欺逼太甚，让无可让，必起反抗。所居离城又近，一般蛮人十九潜伏深山之中，轻易也侵害不到他们。只为姬棠之父与汉人通婚，母亲是个走方郎中之女，常往各蛮人寨中行医，日久相安，立了家业，住在莲山西南国境深山村寨之中。这年想念父母，夫妻二人同往看望，遇见一伙吃人蛮人将其掳走，正要生吃人肉，人已绑好，快要动手。不料那伙蛮人前月杀死几个金牛寨运送药材的蛮子，内有两人带伤逃回，孟雄叔侄俱都得信，不禁大怒，到处搜寻他们踪迹。这日孟雄恰巧派了蛮兵寻到，全数捉去，先将上月杀伤自己人的几个杀死报仇，又寻到他的巢穴，连男带女一齐掳走，送往小金牛寨为奴，强迫做那采荒之事。

姬氏夫妻虽经分说，又知他是姬家人，只未毒打，照样不肯释放。这时姬妻怀孕七月，尚未生养，出身又是汉族，押送入山时连受惊险疲劳，动了胎气，刚一到达，便生一女。彼时孟龙法严，一味以暴力压制蛮人，总算见他夫妻均是山民汉家，性情温和，能守规矩，不像别的蛮人凶野怨恨，只派他管理所养牛羊，不令入林，比较轻松一点。事又凑巧，姬棠比兰花小两岁，因其从小灵慧，生得美秀，从三四岁上兰花便喜和她一起玩耍。姬氏夫妇更会巴结，所管牛羊也比以前每年增多，孟龙始终没有对他虐待。勉强过了几年，姬妻思乡病死，彼时姬棠年已八岁，常听父母说起自家来历身世，心中悲苦。母死不久，乃父又因追寻逃羊，在树林中为毒蛇所伤，虽经特产药草医治，保得性命，人已残废。蛮人专喜以强凌弱，许多蛮人又是他的仇敌，常受蛮人欺侮。

如非姬棠聪明灵巧，能得兰花欢心，一见父亲受欺，暗往求救，早已不保。就这样，乃父仍是日常气苦悲愤，终于闷气而死。姬棠年才十二三岁，想起父母生前受罪，全只三十多岁便先后身死，非但把那些蛮人当作仇人。便对孟龙这般蛮人也都怀恨，只兰花帮过她忙，结有情分。

蛮人早婚，每年又有两次最重要的歌舞盛典，与寻常歌舞不同，成年男女专跳野郎，不容避免。本来早就被人强娶了去，全仗前数年身材瘦小，蛮人嫌她文弱，看她不上。姬棠性又机警，始而避在小人堆里，平日守着兰花身旁，不与别的蛮人接触。到了十五六岁，身材较高，又到时装病，勉强敷衍过去，暗中发誓，就是无法逃出山外，宁死也不嫁与这般仇人。无奈越往后，人越成长，貌也越美，成了当地数一数二的美人。歌舞之初，如不选得野郎，到了最后，剩下一人，必被那残余的数十个蛮人强夺霸占，成了奴隶，处境更惨。实在无法避免，只得暗用心计，事前引逗无知少年，哄得对方死心塌地，却不与之苟合。歌舞过后，对方逼得太紧，再冒奇险，诱往森林之中，用毒刀刺死，移尸灭迹。也是机缘凑巧，接连做过两次，人刚杀死，便有野兽寻来，剩下几根残骨作证，才不致引起疑心。所杀全是害他父母的蛮人，平日强暴，本就不得人心，死了自然拉倒。姬棠处境也是奇险，两次均差一点为野兽所伤。

到了当年，兰花已管理全山，威权日重，姬棠从小和她交好，曾经明说了心志："决不真做人的奴隶。姊姊如其待我真好，一切须要由我本心愿意，不能和别的蛮女一样日夜随身服侍，由你呼来喝去。"兰花也真爱她，居然答应。后见追逐她的少年蛮人甚多，以前所行太险，一旦被人看破，便要受尽惨刑，活活烧死。万般无奈，二次又对兰花明言，说自己此时没有中意之人，不愿受欺嫁人，求其相助。兰花本人也看不上那般蛮人，每当歌舞，都是敷衍故事，虽也随众欢乐，终是故意挑选一个本有情侣的少年，将花抛过。蛮人多半心专情热，寨主之女对他垂青，不敢不应，本心未作非分之想，也是敷衍。兰花恐那女的难过，好在当地跳野郎，第一次叫做试心，不是两心情愿，故意跳到隐僻无人之处，不会苟合，男的动强，女的可以坚拒，男的还要受罚。如其中途发现情意不投，当时就可分开，或是敷衍情面，就在广场之中歌舞，等人散尽，再各分手。但这类事可一而不可再，必须男女双方均不投缘。否则，男的将你看中，第一次没有结合，第二次男的如再挑逗，便不能拒绝，另换别人。因那全体蛮人俱对兰花敬畏，是入选的都有情侣，因此由她每次一个随意调换，无人敢于认真，又都不肯舍彼就此，才保无事。别人怎办得到？为了同情姬棠，到时仍令装病，由自己出头护庇，或是故意派上一点事体，免其加入，当夜因是欢宴佳宾，事出意外，并非常例，就这样，兰花仍是帮她的忙，昨夜已先令其离开。

本来每次歌舞，兰花均为设法，当日早起，忽见她同了两个女伴盛装而出，似想歌舞神气，心中奇怪，后才看出她是看中再兴，心中好笑，也极愿其成功。因听王翼说，再兴昨夜曾有独身不娶之言，恐其固执成见，本想暗中向其劝告，就不愿意接受人家好意，也应看其孤苦可怜，乘机相助。并且这两年来业已避过好几次，便自己以后也难为之设法避免。真要不行，也以假作真，和她跳上一夜，假装她的情人，免得此女性情刚烈，送了性命。不知怎的，一时疏忽，忘了告知。姬棠一半看中再兴少年英俊，武功又好，一半也和兰花同样心思。对方如爱自己，结为夫妇，将来便可同返故乡，不负父母临终遗命；否则，借此一跳，表面把她当作情人，免去蛮人数月一次的常时纠缠。不料用尽心思，送情引逗，对方均如无觉，不禁又是羞愤，又是悲苦。正在伤心，眼看女队中人越来越少，心更惶急，知道这般蛮人和野兽一样，落在他们手中更是惨痛，来时为防万一，腰间本带有一柄毒刀。刚把心一横，猛瞥见再兴注视自己，和身旁蛮兵耳语，心中一动，猛生急智，暗忖：汉人都重男轻女之嫌，也许言语不通，还不知道我的心意，又见众蛮人作势拥来，一时情急拔刀，口吐汉语，悲声怒喝，准备拼命。说完，见无动静，正恨再兴薄情，转眼之间人已凌空飞落，当时心中一松。被再兴拉向一旁，将刀收起。暗中留意，看出再兴只是救人心切，并非有甚情爱，当时心冷。为免蛮人记恨，连累再兴，二人假装寨舞了一阵，同到湖边坐定。

说完心事之后，再兴见她秋波明媚，似在查看自己神色，口里虽无表示，暗中实有无限深情，不禁笑道：“你这小妹妹真好。”姬棠本喊再兴尊客，闻言立时改口，依在肩旁，仰首笑问道：“哥哥你说我好么？”再兴知道蛮女情热心痴，恐其误会，一面将她玉臂挽住，笑道：“你非但好，而且可爱已极。休说你们同族中人和别的蛮族，便我汉城中的妇女也未见到过像你这样好的女子。可惜相逢恨晚，我此生已无娶妻之念，有好些话均不能对你明言。如蒙不弃，我弟兄此来，暂时决不会走，也许三年五载长住下去，如其出山，定必送你回转故乡。在此期中，也必以全力保护，不使那些蛮人侵犯你一根头发。如蒙不弃，认你作个亲妹妹如何？”

姬棠先听头两句，本是满脸惊喜之容，偎在再兴胸前，仰面凝眸，微带着两分羞意，看去越发动人怜爱。后听对方说到可惜相逢恨晚之言，觉着语气不对，立时秀眉深锁，凄然欲涕，想要坐开一点，又被再兴用手抱住肩膀，无力抗拒，只得静听下去。听完，便将头低下。再兴料她伤心，好生不忍，正要劝慰，姬棠忽然把头一抬，嫣然笑道：“这个无妨，我只问你，到底爱我不爱？你们汉家人都喜花言巧语，三心二意，你却要说真话呢。”再兴忙道：“像你这样美貌聪明而又多情的女子，哪有不爱之理？只恨我心里的事不能出口罢了。”姬棠想了一想，又笑道：“从今以后，你就是我亲哥哥。看方才那样神气，寨主对你，十分看重，分明内中还有别的原故，不是为了昨夜杀狮才对你这样好法。照此情势，连我也可无虑。我知道你们住在花竹楼上，我每天假装是你情人，到楼上和你一聚，表面叫人看成两对，好在兰花姊姊不讨厌我，还肯帮我的忙，你答应么？”

再兴料她情痴，以为日常相见，便可日久情生。又是好笑，又是可怜，含笑点头，说道：“他们对我弟兄看重的事却可明言。”随将老金牛寨遇救，送来此地经过一一说了。姬棠一听二人身边带有牙牌令箭，面上立现惊异之容，寻思了一阵，说道：“难怪他们对二位哥哥这样敬重。那位老寨主的夫人曾来避暑，我也见过，果然好看。那一双脚先就叫人喜欢，不像我们又长又大，又不像汉家人的小脚和菱角一样，立都立不稳，看去讨厌。最难得是她那身材，人生得那么秀气，从头到脚看去都是圆的，牙齿又白又细，笑起来真爱人，比兰花姊姊还要好看得多。我都爱她，何况男子？”再兴闻言，心中一惊，恐生误会，忙问：“你说这些什么意思？”姬棠媚笑道：“我是偶然想起，说她美貌好看，没有什么意思，你心里的事你不愿说，我也决不问你，只要有此令箭，便是全山之王，你却遗失不得。我只听说，没有见过，如在哥哥身旁，乘此无人，让我偷看一眼如何？”再兴便将牌取出，初意姬棠必和别的蛮人一样，见牌跪拜，哪知将牌接过，翻覆一看，忽然悲声泣道：“早有这样东西，我爹爹何至于死呢。”随将那牌交过，请再兴好好藏起，不可随便取出，更不可向人说出今日之事，否则，于其不利。再兴忙答：“那个自然。”又劝姬棠不要伤感，二人越谈越投机。

再兴原是同情姬棠身世，又见她聪明美慧，一言一动俱都动人怜爱，心想：自己父母早亡，孤身一人，有此聪明美貌的义妹常时相聚，度这蛮荒异域的岁月，将来助她回转故乡，择一知心伴侣，也是佳事。虽然投缘怜爱，心中实无别念。姬棠却因父母俱都知书识字，无人之时说的都是汉语。幼遭孤露，身世凄凉，终日怀仇记恨，心情悲苦，从无快乐之时。上来虽看中再兴，一半是见对方人品不差，又想借他之力脱此异域，回转故乡。起初男女双方情愫未通，也未领略到爱情的真味。及至死里逃生，本是万分绝望之余，忽然得到意中人的温情体贴，怜爱非常，仿佛奇寒之中得到温暖，由不得生出一种亲切感慰之念，此时心情甚是微妙。不料极美满一件事，对方偏是心有难言之隐，明明十分怜爱自己，却不肯作那同梦之想，但恐自己失望伤心，又将夫妻之情化为兄妹之爱，越想越觉此人情深意厚，人又那么端正温和，出生以来第一次遇到这样好的男子，自然格外感动，想了又想，重又红着一张脸，羞怯怯问道：“哥哥，我情愿做你一世妹子，永不嫁人。但你如要娶亲，却对不起我呢。”再兴原有一定成见，接口答道：“我不娶妻另有原故，你为何要为我终身不嫁？我这一世决不会娶。否则，今夜我便明言向你求婚了。”姬棠闻言，立时反手环抱再兴，紧贴胸前，低声说道：“哥哥待我真好，你都不娶，我如何会嫁人呢？”

再兴闻到她头上茉莉花香，一面抚慰，口中笑道：“妹妹起来，你看头上好好一顶花冠都挤碎了。”说完，打了一个喷嚏。姬棠惊问：“哥哥受了夜凉了吧？”再兴笑答：“没有，被你头上短发扫了一下鼻孔。闻说你们族中人多识得字，你父母在此遭难，妹妹可曾学过么？”姬棠凄然答说：“这里哪有纸笔，全是母亲在地上画字，教我认得一些，因兰花姊姊也认得一些，恐她好胜，没有说出，有时故意请她教我，讨她欢喜，这是苦命人寄身虎口没法子的事。总算她人真好，我对她也真感激，否则早没命了，哪有今日。以后哥哥教我认字，当人不要说起。我看她和王哥哥必成夫妇，她比我热情，以后定是形影不离，我和哥哥也正好同在一起，这样欢喜的事真怕我是做梦呢！”

再兴见她花冠零乱，秀发凌风，说到伤心之处又是眼花缭乱，凄然欲涕，看去哀艳欲绝，正在极口劝慰。姬棠抬头一看，惊道：“我们只顾谈心，天都快亮了！”再兴四面一看，果然残月挂树，树影萧疏。湖边晓风送凉，荷香时引，东方已现出大片暗红色的霞影。耳听芦笙已止，偶然断断续续由远方传来几声情歌，时有一对对的情侣由花林山角互相挽臂而出，衣服和头上花冠大都零乱，无一整齐，面上却都是那么欢喜。知道这里的人和原始森林中生息的那些氏族部落一样，男女相爱纯任自然，像兰花那样已是极少。姬棠染有汉家习气，因和女子初次这样缠绵，姬棠又是那么美慧温柔，情真意挚，一见投缘。正谈得高兴头上，又当残月晓风，天气凉爽，身边依傍着一个美貌温柔的少女，眼前平波浩渺，一碧无际，荷花万点，杨柳千行，此情此景，真比画图还要美妙。休说姬棠初涉情场的少女，便是时再兴胸有成见、定志不移的人，到底人非太上，一面领略那湖光山色、柳影荷香，一面与新交到的素心人喁喁情话，也由不得心神皆爽，乐而忘倦，谁也不舍离去。

渐渐红霞现曙，朝阳出地，红光万道斜射过来，二人影子被阳光照在地上又长又大，已连成了一片。再兴贪看朝来湖山美景，尚无归意，姬棠忽然手指地上人影笑道：“几时我和哥哥像地上的影子一样连成一人多么好呢。”再兴闻言，想起前事，心中一动，方说：“以后成了自家兄妹，本来情如一人，何必还等将来呢？”姬棠还未及答，忽听远远娇呼：“时哥哥，你们多快活呀！”二人回头一看，方才对对成双的蛮人业已纷纷走出，绕向洲后树林之中，似已与尽归去，经由后面竹桥回往对岸崖洞之中歇息，只剩了几对后影隐现林中，就这一会功夫已快走完。王翼同了兰花却手挽手，沿首湖边柳阴说笑而来，面上神情均颇欢喜，衣服和头上花冠却是整洁如新。兰花老远便扬手招呼，并朝王翼说笑，手指前面，似在议论自己，心想：二人这一夜必已发生情爱，大哥婚事必可成功，心甚喜慰。再看姬棠，因兰花喊她，业已当先迎去，跟踪赶往，还未到达，便见二女互用蛮语说笑，姬棠面带娇羞，却少喜容，知是谈间夜来遇救、结合经过，决计假装到底，见兰花拿话取笑，未置可否。

正要同行回往竹楼安歇，兰花忽然皱眉道："那面太脏，我们由这里走吧。我知二位哥哥不喜多吃油腻，这里吃肉之外，素的只有糍粑和有限两样素菜，虽有竹笋，不到时候，这还是去年叔婆带来笋干，无意中掘到一些鲜笋，才知吃法，果是好极。我将二位哥哥送我们的三担香稻取了一些，叫人去皮，想烧点稀饭，连同叔婆给的许多食物和糖，想吃一顿好的。后来想起那些香稻要做种子，真不舍得。我又嘴馋，他们忽然来说，你房中还有一大布袋，内有好些香米，与上次叔婆带来的一样，非但省事，还可多留好些种子。我这两个小女娃都极灵巧忠心，又会烧菜煮饭，想叫她们也尝点新，没有和你们说就取了好些出来，好在你们都吃，不会怪我吧？"

二人来时，因凤珠恐其初涉蛮荒，双方言语不通，宾主未必投机，特代准备了许多蛮人心喜合用之物，作为二人所送，以结欢心，连谷种菜籽共有五六背子（蛮人挑物，都将东西扎好，用一竹篓或是木架背在肩后，最重者达二三百斤，名为背子。偶然也有顶在头肩上的），到时本要分送，未等取出，连行李衣箱均被蛮兵抬往楼内放好，跟着斗狮，发现毒蚊，闹了一夜。早来种地，忙到下午，跟着沐浴歌舞，一直没有顾得谈到送礼之事。凤珠为了二人均是汉客，不惯以肉为粮，除食米之外，又多备了三担多上好未去皮的香稻，准备二人吃上半年，新米恰好成熟，便可接上，想得甚是周密。兰花以为都是种子，别的却不知道。

二人闻言，相继笑说："第一次种子哪要这许多，如是我们六七人间日一吃，便那一担多白米便可接上。妹妹喜欢，但吃无妨，谷种只要一担，先种个几十亩试试，还有别的可种呢。"随将所带之物分别说出。兰花闻言大喜道："原来你房中那些东西都是送与我的，真太好了。"随又拉着姬棠的手笑说："这些东西虽说送我父女，以后我们四人都是一家，谁都有份，你和时哥哥好也是一样，爱吃爱用随便拿，怎不喜欢呢？"姬棠连忙笑答："我喜欢在心里，还没顾得说出来呢。姊姊待我的好处，我早和时哥哥说了。"兰花笑道："你平日所说汉语还没有我好，一夜之间说得这么好听，必是时哥哥所教。你真聪明，他对你也太好了。昨夜今早还说他这一生决不娶妻，变得这样快法，也不害羞了。听说昨夜你被人包围，眼看受害，他都不动，直到万分危急方始下手。我见他心肠太狠，又听日里那等说法，还拿不准，替你担心。没想到说变就变，这样好法，我真代你高兴呢。"

四人边说边走，不觉绕到楼前，一同走上。遥望昨夜广场上好些蛮人正在打扫兽骨和柴灰余烬，连同蛮女遗留的花朵，堆得小山也似。姬棠笑道："姊姊最爱干净，轻易不许在此歌舞，跳完第二日也必命人扫尽，挑往森林之中丢掉。不像以前，不是没人收拾，便随便扫向湖里。"兰花笑说："我这妹妹虽然有点脾气，人是真好。她说的话先就教人听了舒服。"王翼笑道："我们如今成了自家兄妹，但是男女各有两人，须要有点分别，免得喊错。"二女便问如何称呼，二人笑说："容易，每人只把名字带上一个字，省得哥哥妹妹彼此乱喊。"刚刚议定，两个小蛮女已将稻粥烧好端来。二人见摆了一桌咸甜干鲜，共有十几样，笑说："我们连她们小姊妹至多才七八人，怎吃得了这许多？可要与老寨主他们送去。"兰花笑说："爹爹已送去了，她们因见布袋当中还有好些好吃的东西，我又叫她每样做上一点，叔婆所留的锅又大，小的一口怕不够吃，听说一顿便煮了两斗多米。初次烧大锅，没有准头，后见成了干饭才着了急，又加上许多水，你没见干的也有，稀的也有，不一样么，凭空糟蹋我许多米。这里天热，不能久放，如非翼哥带来得多，真气得我想打她呢。"再兴见旁立蛮女面有惧色，忙说："这个如何能怪她们。本来那几个蛮兵都爱吃饭,本想那一布袋的米让他们带到路上去吃,现既留下,多余的饭菜由兰妹犒劳他们岂不也好?”兰花喜道:“照此说法她们倒做对了呢!”随命旁立蛮女将多余的饭和菜蔬送交老蛮兵分配,如其不够,将昨夜所剩羊肉命人送交他们,尽量吃饱。就说他们的米我已留下,走时另外多送他们肉吃。二人忙道:“那米本是你叔婆所赠,并非与他们做归途之用,听说他们最喜这里兽肉,还是走时多给他们一点肉也好,不必再提米了。”兰花转告蛮女,应声驰去。

二人随说蛮兵俱都思家,最好早点打发回去。正在边吃边谈写那回信之事,忽听远远牛角号声吹动。二女大惊,同声说道:“此时如何有此告警信号?”姬棠正要起身往看,兰花侧耳细听,又向后窗眺望,忽将姬棠拉住道:“棠妹先不要慌,这信号是由二位哥哥昨日来路山口一面一个接一个传将过来。这一带山高路险,沿途全都有人把守,不会等来人深入腹地方始警觉。此事真怪,好在不是毒虫来犯,看神气,就有敌人也不甚多。昨夜到此,人都疲倦,如有敌人,慌乱不得。”说罢,又侧耳细听了听,忽由胸前取出一支银笛,吹了几声。

自从警号一起,对岸各处大小洞穴中均有壮汉拿了弓刀匆匆赶出,但多立在洞口不动,只有一小队约有二三十人由崖角大洞中冲出,到了外面,分为两起,一起往昨日崖角驰去,一起绕往树林之中,俱都一闪不见,动作如飞。等到兰花银笛一吹,对面各处崖洞中立有六七十人应声驰出,自相集合,分成三队,行列甚是整齐。兰花二次一吹,便分三路向前驰去,余仍停立洞口未动,角声也渐渐稀少下来。二人先见兰花面带惊奇之容,方自奇怪,忽听远远折木之声甚急,跟着便听芦笙四起,兰花面上神情越发紧张,眼望森林那面,忽将银笛取出,狂吹起来。要知火攻犀牛阵,双侠初建奇功,全体蛮人与毒蚁拼死搏斗,许多蛮荒实景,以及本书惊险哀艳新奇情节,均在以后诸集发表。

第五回

凶犀过境

前文王翼、时再兴见兰花、姬棠二女闻得角声正在惊奇，刚刚角声停止，安静一点，遥闻森林之中又起了骚动，折木之声大作，响成一片繁音。二女面上立现惊异之容，方料发生事变，不是敌人来攻，便有大群猛兽蛇蟒来犯。看二女面上惊疑之容，疑是昨日所说毒蚁，正在探问，忽听两声狮吼，相隔甚近，没有昨夜所闻猛恶，目光到处，果是昨夜那两只小狮被二蛮女一人牵了一只绕着小山往楼下走来。兰花正吹银笛，凭栏下问："这两只小狮如何不放在山洞之内，牵来作甚？"蛮女答说："这两狮子自从前夜代它捉了蜥蜥，上药之后，连另外一只也驯养起来。刚饿了它一天，便向我们摇尾求食，毫不倔强。因未奉命，不敢给它吃的。方才走过，不知何故，拼命往外猛窜，锁链都几乎被它挣断，见了我们便吼了两声，不再强挣，不住摇头摆尾，看去可怜。刚一走开，便怒吼纵跳，想要跟来。我们恐它挣断铁链逃走，只得带来此地，你看我们不是连矛杆都未用么？"

四人一看，果然那两只小狮和家养的狗一样，由二蛮女拉住锁链一路走来，毫未倔强，手中长矛也未抵住头颈。那被蚂蚁咬伤的一个更是不住仰头向上欢跃，口中低啸不已。另一只却回身注视森林那面，做出发威紧张神气，对人神态却是驯善。兰花正命蛮女给它肉吃，忽听森林那面折木之声越厉。对面洞中蛮人闻得笛声已有多半出洞，连队伍也未排，纷纷分驰而去。二人觉着形势紧急，兰花还在喊人取肉，引逗小狮，所说蛮语十九不解，知其少女天真，童心未退，恐有延误。时再兴首先急问："兰妹，你连发号令，他们这样慌张，森林相隔这远，竟能听到猛烈的折木之声，必有事故，莫非昨夜所说毒虫寻来了么？"

姬棠接口道："这个不是蟖蟖，声音不对。那东西来时和潮水一样，虽然也有声音，又密又匀，不是这样响法。恐是什么大群野兽，林中树木都有折断，定必猛恶厉害，兰姊业已发令令人分路赶去，要是大队犀牛、野骡，正面杀它决挡不住。我在此多年，只见到过一次，过了两三天才过完。由昨夜狮子来路山崖之上猛冲下来，往出山路上驰去。彼时我年尚小，你们来的那片树林也未开辟，犀群所过之处树折木断，地上花草全被踏平，一味随同为首大犀向前猛冲，无一回顾。前面不问是崖坡，是溪涧，或是大树，只要为首的几只大犀没有掉头，照样猛冲上去。事完之后，单这二三十里一段路上，它们自相践踏和跳崖撞树，连死带重伤的少说也有一二百条。快过完时，被我们由后面边追边打，刺杀的还不在内。打这东西必须跟在它的后面，用长矛梭镖凭高下掷，便是受伤，它也决不回顾，如由前面去挡简直送死，便是铁人也被踏扁。兰姊听出是这一类野兽，因其力大无穷，皮又坚厚，差一点的毒镖不易打进，遇到走单不能归群的凶犀最是可怕，发起疯来，低头朝人猛冲，比飞还快，人被撞上，独角一挑，人被挑起好几丈高远，就不被那独角挑中要害，跌也跌死。

"本来将人藏起，避向高崖之上，听其过去，原可无事，还能得到许多现成的好牛肉。它那周身上下、连皮带骨又都值钱，虽然我们卖与汉客和缅甸国人常受人欺，所得不过数十分之一，因是不遇便罢，只要遇上一群，少说也可得上百十条。那肉又嫩又香，先吃不完，这里天气太热，以前全都糟掉。前数年才学会风干咸腌之法，能够多放，运往山外去换值钱东西。此事相隔已七八年，我们至今还想吃那牛肉，腌干的更好。今天要是这类东西，事情虽险，再妙没有，连生带腌足可吃它一年。老王几次传命，如其打到一只也要送去。可惜七八年来只偶然登高遥望见有几只隔山走过，一则追它不上，二则如非大群移动，要是零星几只，遇上时比什么猛兽都要危险。要想打杀一只，至少必有数人丧命，也无甚人有此胆力敢于和它拼斗。原是一件喜事，姊姊因恐犀群冲来此地，将她两年心力布置的花木竹楼全数毁坏。这东西和别的野兽不一样，非但会泅水，动作更是灵巧凶猛，想要躲避决非容易。它那独角生在嘴唇上面，比刀还快，凶恶已极。因此命几个纵跃轻灵、胆力强壮的蛮人故意赶向前面，引逗那为首几个大犀，将其激怒，等它追来，立时避开，便可引往别处，免得来此糟蹋，我们不消多时就看见了。”

王、时二人同声惊问：“这类凶犀我也听人说过，万不能由前面与之相对，迎头引逗的人不是要送命么？”姬棠笑答：“不会送命。兰姊多么聪明，早已想好法子，非但对付犀群，什么猛恶凶毒的东西，除毒虫蜥蜥外，到处都有准备，一声令下，便可抢前面埋伏防御，随时发难。因此近三年来本山人数越来越多，伤亡越少，不像以前采荒，只一遇到厉害东西，死起来就是一大片。所以本族人不说，连那最凶野的蛮人都当她神仙一样看待。听出声音，那东西正在森林之中觅路乱冲。由此起共有三处出口，只东面往这里来一条路最是平坦，多半由此经过，这次犀群走了反路，如不是兰姊平日想得好，它冲到西面香水崖冲不上去，定必四散开来，非但金牛寨前大片地面被它占满，这碧龙洲也休想保全。牛群太多，杀是杀不完，稍有激怒，便潮涌而来，谁也没有那大胆量上前送死。好在相隔尚远，至少还有半个时辰才得走到，你没见寨旁崖角业已准备干柴快要发火了么？但盼是这东西才好，我们受点惊险也还值得。野骡虽没有它值钱，肉也好吃。”

话未说完，兰花嘴衔银笛，目注下面小狮吃那生肉，一面留神静听三人这里问答说笑，一言未发。忽然惊喜道：“果是那小尖角的犀牛，亏我听了叔公的话，早就想好法子。这必是七八年前由此过去的一群又回来了，如走原路，我们没有准备，岂不连人带房舍花木都难保全？今天居然被我盼得它来，这太好了。我叫他们多预备点干柴吧。”说时二人探头外望，昨日来路崖角本就堆有几处柴垛，不知何时被人拆散了一垛，横成一道宽约丈许的柴堤，恰将由东往西这一面的路拦住，后面还有丈许方圆宝塔一般的大小柴堆，前后大小有十多处，后面俱都藏有一两个手持火把的壮汉。

兰花把话说完，又将银笛吹了几声长音，隐伏在崖角那面的二三十个山奴各穿着一身短装白衣，一手拿着一根竹竿，一手拿着一面红旗突然出现，径朝东方森林那面悄悄掩去。兰花随道：“此时森林中折木骚动之声越来越近。这三条路虽都有人埋伏防守，恐怕牛群还是走这一面原路居多。我已听到蹄声，大约不等顿饭光景便要涌来。方才去那二三十人都是我们这里特选的壮士，去年我教他们练习竹竿跳纵之法，爹爹和几位叔父还说我娃儿脾气，今天且叫他们看看这竹竿的用处。转角那面还埋伏得有十几个人，处境更比前去的人危险，但决无妨，因那犀牛虽极灵巧凶猛，动作如飞，开头上来一味低头猛冲。本应等它自己走过，从容得多，一则昨夜人都未睡，那年犀牛已过了两天多，隔了好些年牛群去而复转，也许比以前更多，与其等它慢慢走过，要好几天才过完，不如迎上前去将其激怒，只要为首几个往前一奔，后面的全数涌到，比它自己走过快好几十倍。再要事情凑巧，打伤两只大的，激发凶野之性，那更快得出奇。

这里只能看到它被我们的人引往歧路，转向崖后那面野草地里，前去五六里有好几条山沟大壑，野草灌木甚多，能诱它滚落壑中，不跌死也饿死，自是再好没有的事；便是让它冲了出去，那片野地最多荆棘虫蛇，被这犀牛踏平之后，冬来点上一把火，烧成平地，还可开辟出来种些粮食，更是两全其美。可惜这东西实在厉害，那一带平地太多，又多野草灌木，好些讨厌。否则，挑几个胆大一点的诱往另一无底绝壑那面，只要为首犀牛滚跌下去，后面的哪怕前面火坑，照样也是往下猛蹿，决不停留。就有几个走单的犀牛，我们人多，也不怕它。爹爹业已走往崖上，我们也到对崖看得清楚一点好么？”

说罢，二人一看，孟龙同了几个头目果由当中大洞走出，顺着崖脚往前走去。方想对面是片峭壁，崖角又是一峰突起，又高又陡，上面满布苔藓，多大本领也难上去。孟龙身还有伤，走路尚且艰难，如何上法？忽见崖腰上面长索也似抛下一条绳梯。再细一看，原来那片峰崖虽是上下陡峭，险滑已极，但是形势奇秀，离地三四丈以上还隐有好些大小洞穴，并且每隔两三丈便有一条天然栈道。有的地方并还往里凹进，宽达数尺，甚是平坦，只为上下布满极浓厚的苔藓，绿油油看不见一点石色。而那栈道旁边俱都生有藤蔓草花，将其遮蔽，不是朝阳斜照，又见有人在上走动，抛下绳梯，决看不出上面有路。姬棠又说：“这些栈道旁边的大小洞穴好些均与蛮人所居崖洞通连，以前无人留意，也是兰花闲中无事查探出来，仔细修理，并将小的地方打通，相隔最高的设下木梯悬索，以供上下。初意这些洞穴虽小，难容多人，用以瞭望，防御外来敌人却是极好所在，因此上面日夜都有人轮流守望，连昨夜歌舞都有几个老蛮拿了极丰富的酒食在上轮值。崖角那面并有一处平崖和一大的崖洞，形势更好，奉命引逗凶犀改路的壮士由此埋伏上下，少时便可看出。”

话未说完，兰花早知两小狮听出有警，也许还闻到犀牛气味，故此急于冲出，早命蛮女喂饱，将其带走；一面下楼，又听狮吼，原来二狮不肯归洞，齐向四人这面强挣，吼啸不已，两蛮女竟拉它不动。兰花笑说：“狮吼讨厌，万一狮群闻声引来，前面虽有火堤挡住，也是讨厌。”略一寻思，再听森林那面万蹄踏地之声越发猛烈，芦笙吹得越急，说声“我们快走，将这两小狮送往对面大洞藏起，如再吼叫，便送往地洞之内，给它把网套上，免得碍事”。说罢，便由竹桥赶往对岸，二狮竟一声不响跟在后面。兰花途中回顾，见它驯善已极，便命二蛮女索性送往地洞之内，无须上网，如其强抗，我再亲来制它便了，随令蛮女牵狮先走。到了对面洞前，二狮途中几次回顾，见四人跟在后面，便未再强，到了洞前，又看兰花手朝洞中一挥，二狮只当主人跟来，便跟着蛮女走了进去。王翼笑说：“这两只小狮真灵，不知何故跟定我们?”兰花边走边答：“这里猛兽狮子和象最是灵巧忠心，最易驯养，从小抱来的更好，这两只还嫌它稍大一点。隔山寨中养有一只便是从小抱来，被他们教得猛恶非常，好到极点。想似昨夜所杀母狮不是它娘，生它的母狮已为毒虫所杀，我代它将身上毒虫去掉，又上了药，另一只身上也有两处小伤，但非毒虫所咬，我们伤药最好，当时止痛，所以这样追随不去。地洞甚深，任它吼叫也听不到。大约犀群就到，赶紧上崖最好。”

说时，四人业已赶到绳梯前面，援了上去。王翼见那大小柴堆后面俱都伏得有人，各持一根火把，旁边还有许多准备添火的木块树枝，但都相隔颇远。再看那些树木都刚斫伐不久，有的上面还有青皮，心想：这样湿的木柴一旦之间怎点得燃？又听蹄声踏地，震动山谷，渐渐由远而近。等走到上面，由栈道转过崖角，遥望森林那面已有牛群出现，远望灰黑色如同潮水一样向前移动，后面层出不穷，越现越多。对面是条与当地相通的半条山谷，这面谷口隐现着两三条道路，一条通往昨日来路，一条便是当地。再看来路那面树林，前面一条四五丈宽的缺口，也堆着不少木柴，有人拿着火把等候。觉着牛群就要涌到，为何还不点火？看这猛恶之势，未必极快，便是这大一堆生柴也点不燃，上面又无引火之物，有的树油还未干透，看去黑腻腻的，一个措手不及，岂不是糟？正想警告兰花留意，忽听众人欢呼，转眼一看，原来身后有一大崖洞，前面便是立处，突崖前伸，两边各有一块奇石，上面绑上许多绳索，不知何用。因那崖势内凹，头上危石前倾，看去宛如五六丈阔一张大狮子口。前面还伸出两只长牙，下面便是峰脚，上下刀削也似，又往里缩。由下走过，只看见崖腰那两块突出的怪石，决看不出上面还有崖洞。形势奇险，人立崖上，连森林带昨日来路均可看出老远。

这时崖洞中伏有不少蛮人，俱都手持毒矛镖箭之类，满面喜容，望着森林那面，神态甚是紧张。孟龙和几个头目也在其内。刚一点头招呼，忽听二女同呼："来了，快看！"二人忙往前一望，目光到处，这才觉出犀群来势真个神速，就这转眼之间，已快将那半条断谷驰完。那谷原是两列坡蛇隔成，只这面谷口有两三处断崖，谷势也到此为止，外面便是那两条道路。为首犀群离谷口也只十来丈远近，只见前行八九条大犀牛领头飞驰，身后相隔两三丈便是大队犀群，挤在一起随同狂奔。只见万头攒动，尘土飞扬，高达一二十丈，万蹄踏地之声宛如密雷怒吼，震撼山野。那成千成万的牛目凶睛宛如万点繁星，潮水也似急涌而来。

眼看犀群相隔谷口只得数丈，遥闻人声呐喊，两旁崖石后突纵出十多个手持红旗竹竿的短装壮士，先朝为首犀牛把手中红旗狂挥了几下，扬手便是一支梭镖，照准前面掷去。犀群来势绝猛，无论前面有何阻隔，只要为首凶犀一过，往上便冲。那条断谷也有五六丈宽，谷中还有好些树木，犀群一过，全被撞断，践踏无余。那宽地面早被填满，尘雾蒙蒙，成了一片灰色恶浪，后面的直达森林，没有一毫中断，还在来之不已，看去宛如一股灰色的惊涛骇浪。中间还带着千万繁星贴地狂流，来势猛恶，出人意表。那十几个手持红旗的壮士竟在相隔数丈危机一发之际突然出现，朝大群凶犀迎头戏侮，远望过去强弱相差太甚，决无幸免，非被冲倒踏成肉泥不可。休说二人初次见到这样奇险，便是二女和崖上男女蛮人均觉去的人都是久经训练最有胆勇的健儿，到底不曾试过，见此险恶形势也都捏着一把冷汗。

说时迟，那时快，就这危机瞬息一眨眼的当儿，忽听群犀怒吼，哞哞连声，当头十来只大凶犀已被激怒，各自把头一低，四蹄翻飞，连纵带跳电也似急首朝执旗壮士猛冲过来。后面犀群一听为首凶犀发威，相继怒吼，紧随在后，来势更急。眼看执旗壮士还无退意，红旗早已并向左手，右手镖枪纷纷向前掷去。兰花正急得跳脚，一句话没有说完，人犀相隔已只数尺，眼看非撞上不可。就这危机一发之际，谷口壮士手中长竿立处，人已飞身而起，往旁斜纵出去。竹竿倒处，人全飞上崖顶，只有一个逃得稍慢，吃一只身带镖枪的凶犀一头撞上。那人业已纵起，虽未挑中胸腹，脚底好似中了一下。人便飞起，甩往左崖，被内一壮士随手捞住，到了崖顶便即倒下，不知死活，余者俱都无恙。那些竹竿却被犀群撞得四下分飞。同时崖顶又有十多个壮士手持一个假人用力往前掷去，一面镖箭齐施，朝那为首凶犀打去，一面掷下几支火把。刚一落地，右面地上轰然火发，高起丈许，将路遮断。为首凶犀连惊带怒，便朝假人掷处怒吼猛冲过去，一路低头狂挑，那些假人全被独角挑向空中。二人这才看出那是木头和草所制，满空飞舞，洒了一地。

为首凶犀越发暴怒，狼奔豕突而来。眼看离开当地崖角不过里许，照那快法转眼就到，刚急呼："兰妹，怎不传令发火？"先是崖下众声欢呼，又有十几个手持红旗的壮士，但未拿着竹竿，一路吼叫跳舞而出，迎着犀牛来路立定，欢啸不已。刚看出这些壮汉手无寸铁，红旗却有两面，还未看真，又听轰的一声，眼底红光一亮，黑烟四起，回头一看，原来金牛寨旁湖岸转角之处，好几丈宽一条柴堤业已起火，火光熊熊，高达两丈，不知用甚方法说燃就燃。后面那些大小柴堆也都同时点燃，远方望去，直似一片火山。这才看出那些木柴仿佛都是油质，守火的人都立向上风一面，相隔老远，将手中火把丢将上去，轰的一声当时全体燃烧，真比点灯还快。心方奇怪，大队犀牛望见前面红旗翻飞，敌人欢啸出现，越发暴怒，一路纵跳狂奔猛冲过来。

二人看出那些执旗壮士腰间吊着一条长索，刚有一点明白，众壮汉见牛群相隔只有一二十丈，忙即纷纷后退，手中红旗舞之不已。跟着一声银笛，众健儿忽然同声欢呼，腾身而起。再往下一看，原来每人身上长索均有一头系在崖角之上，另有几个壮汉管理，银笛一吹，人便奔回。上面的人便将索头拉紧，往上一收，人正反奔回来，立时就地荡秋千一般，由低而高，手舞红旗往峰角后面凌空飞去。赶过一看，下面还有好些小崖洞，那些壮汉已将红旗插向腰间，手脚并用，抓住壁间藤蔓和上面所悬长索钻到洞中。犀群斜冲过来,因有烈火阻路,均朝敌人冲去,业已大举涌到,人和凶犀差不多首尾相衔,最近的相隔只一两丈。人刚飞起,犀群也由脚底驰过,形势奇险,差一点便被挑向空中,万无生理。跟着峰后野草灌木丛生的坡坨平野之间又有红旗人影闪动。

这时犀群越来越多,由森林起到当地好些里路的地面已成了一条蜿蜒的灰龙,林中涌出来的还不知有多少。前面怒吼,后面的同声应和,全都激怒,来势更加猛急。休说对面来的人畜,便是为首这些大犀,除却领头疾驰,想要立定也办不到,只在转角之时内有几条不知何故被同类挤出群去,互相追逐。内有两条中途回身,追上大群,一齐奔腾涌向前去。还有几条没有回来,时闻惨号之声,自相践踏而死的伤犀,或本有伤病和怀孕日久跑得稍慢被同类冲倒踏死的,就这一会功夫也看出有十好几只。兰花笑说:"危险已过,犀牛已被我引入死地,就被它大群冲出,也不知要死多少。经此一来,便一二年不往采荒都有交代,我们可以安心种地种花了。现在最要紧是添火,这东西不知那年窜往何处,吃得这样肥壮又回转来,所生小犀不知多少。看这神气比上次更多,如不想法引它,照上次那样不敢惹它,便三四天也过不完,就这样仍不知要多少时候才能走尽。我们都是一夜未睡,等我发令,先叫他们分班歇息,日夜守候。我们兄妹四人看上些时,也该分成两班各自轮流去睡,夜来烤点新鲜牛肉,看看月亮也好。"

王翼昨夜业已试出她的脾气,因有一点误会,恐其不快,笑说:"我和兰妹做一班在此守候,此时就请棠妹和二弟先回竹楼睡上些时吧。"再兴方要开口,姬棠已低声说道:"你我一夜未睡,大家一样,无须客套。这大灰尘,膻气又重,有甚好看?我早就想走了。你不去睡,竹楼没有我的地方,如何睡法?哥哥你相信我,我就睡在地板上好了。"再兴见她始终依依身旁,人又那么娇婉,知其情意虽深,却非荡女一流,方才湖边长夜之谈又答应过她,不忍拒绝,心想:我只将主意拿定,这里风俗不同,不应拘甚小节,笑说:"兰妹还要坐镇指挥,大哥理应作陪,小弟也实有点疲倦,只好先睡半日。大哥如倦,将我喊醒好了。棠妹还无卧榻,暂在兰妹床上睡上一会可好?"兰花先朝姬棠使一眼色,故意笑道:"二哥莫要怪我,我那床向不喜人睡的,棠妹早就知道。她和你平头横卧,和你们弟兄昨夜一样,不是好么?你们汉家人偏有许多做作,翼哥要是这样说法,我就不理他了。”

王翼本意先敷衍过一阵,免去对方昨夜气愤,再想法子闪避,不料这等说法,心正叫苦。姬棠已笑答道:“兰姊说得不差,做人不在表面,日久自知,兴哥我们走吧。”再兴不便多说,也实不忍拒绝,暗忖:我心意已定,倒看此女为人如何,是否心口如一?便同姬棠告辞走去。途中留意,姬棠虽然依依身侧,全神贯注在自己身上,始终那么安详,没有一点轻佻。到了楼上,便赶到房中,代将榻上凉席擦过,笑说:“兴哥,我想和你横卧榻上,省得去占别人地方。你如不愿,我便睡在地上也好。此时天已过午,可要吃点东西再睡?”再兴本意想令睡在后楼一间王翼榻上,一听姬棠这等说法,笑答:“此时想睡一会好去换班。棠妹如饿,好在东西现成,你吃完再睡好了。”姬棠说:“我也不饿,兴哥睡吧。”二人随同横卧榻上。

当地天时午未之间最热。姬棠见再兴头上有汗,又起身去打了一盆清水,与再兴擦了两把,方同对面卧倒。一面拿了一柄芭蕉扇,为再兴扇风。再兴见她殷勤体贴,无微不至,老大不好意思,再三劝说。姬棠看出他心中不安,恐妨睡眠,含笑应了,二人同将双目闭上。再兴心中有事,人虽疲倦,不能入梦,天气又热,心正烦躁,隔了一会,觉着微风习习,甚是凉爽,渐渐有了睡意。忽然觉着那风甚是柔和,好似人为。偷眼一看,姬棠又在持扇轻挥,双目望着自己,头上秀发吃风一吹,卧在对面,人更显得娟丽。想要开口劝止,因料劝必不听,不如听其自然,彼此还可睡上一会。忽闻一丝异香,心一迷糊,便昏沉睡去。

到了下午醒转,觉着手上软绵绵的,睁眼一看,原来不知何时竟将对方一只纤手松松握住。姬棠安稳合目,睡在对面,右手芭蕉扇搭向自己身上,分明扇着扇着忽然睡熟,另一只手好似睡熟之后才被自己握住,自己竟没有甚感觉,好生奇怪。一看天色,阳光业已偏西,室中绿阴阴的,枕簟生凉,舒爽非常,比起初睡时炎热情景大不相同。只当姬棠刚睡不久,如将手放开,难免惊动,只得原样不动,等其自醒。正觉此女真个美貌多情,动人怜爱,如换一人,岂非求之不得?忽然看出自己连人带枕都被人移过。初睡时因那竹榻长大,双方相隔有三四尺;一觉醒来,对方仍卧原处,自己不知怎的连人带枕头都往前移近了些，相去还不到两尺。记得自己没有动过，也未有此念头，看神气姬棠决不会自己动手。如是别人所为，早该惊醒，便都疲倦，也不会睡得如此死法。心方寻思，忽想起王翼、兰花尚还未睡，又见姬棠秀眉微颦，面容时忧时喜，知其心中有事，不忍喊醒。正想将手轻轻松开，忽见服侍兰花的一个小蛮女探头摇手示意，不令起身，并打手势，意似王翼、兰花已在对面房中入睡。耳听群犀怒吼之声依旧震撼山野，还未过完，暗忖：这犀群怎这样多法？悄悄招手将小蛮女喊到身旁，低声一问。

因兰花平日喜教蛮女汉语，那四个贴身的蛮女都能说上几句，又都生得灵秀。这小的一个名叫么桃，更是聪明，知这两个贵客主人看重，想要讨好巴结。便轻脚轻手凑到身旁，低声连比带说。再兴才知自己刚走不多一会，兰花看出群犀业已上路，不会走往旁处。数目多得出奇，不知何时才能过完。中间去打比迎头还要危险，一个冲乱，到处乱窜，只留下几十只，想要除它，便不知要费上多少人力才能了事，人还不免伤亡。此时看去声势惊人，只要派人守住那两处路口的火堆，日夜添柴，便可无事。为防万一，连禁众蛮人谁都不许冒失下手，乱发镖箭长矛，一面传令，命人搜杀方才走单的几只犀牛。吩咐停当，便同王翼回楼同卧。到了楼上，掩到房中一看，二人还未睡熟，眼睛却都闭上。先用一种迷人的香草美人香七步倒将二人昏迷过去，又将再兴移近一些，把姬棠的手握住，方同去往对面房中安卧。打算睡到黄昏月上，犀群如其过完自不必说；否则，那埋伏犀群来路的壮汉已冒奇险用索钩套了几只死犀，绕路由水里用独木舟运送回来，正好烤吃。饱餐美味，精神也都养足，明日好去群犀后面追逐猎取。因恐二人醒转，忙着前往接班，特令幺桃守在一旁。醒得如早，便不令起身，等到黄昏，同起吃饱，准备猎犀。

再兴听完，才知那是兰花所为，姬棠还不知道。一看两手交叉，握得甚紧，心想：是何毒草这等厉害，不知不觉人便昏迷，任人摆布。再看姬棠口角间忽带笑容，仿佛梦中有甚高兴的事，一双秀眉也渐舒展。料其将醒，正想将手收回，猛又觉有一股异香，瞥见蛮女幺桃手拿一枝似兰非兰的奇花在面前晃了一晃。知是所说美人香七步倒，心方一动，未容开口，人便二次睡去。醒来一看，对面人已不见，天色业已昏暗下来。知时不早,方要起身,忽听身旁娇呼“兴哥”,回顾姬棠业已梳洗停当,鬓边插了一束香花,好似刚刚洗浴回来,衣服也全换过。笑问:“棠妹,天不早了吧?你是怎么醒的?”姬棠笑答:“我先不知幺桃闹鬼,醒来喊你不应。后听幺桃一说,才知兰姊取笑。他二人各睡一床,也刚醒转。美人香原有两种,白的迷人,红的清醒。恰巧兰姊归途无意之中在崖上得到几朵,想你多睡一会,兰姊也未沐浴,我和她同往洲旁瀑布中洗了一会,换好衣服,回来用红花将你解醒。如今大哥正往洗浴,你如不饿,快些赶去,洗去方才汗污,回来吃饱,准备去猎犀牛,不是好么?”

第六回

奇景初呈

再兴耳听群犀吼声仍是洪厉，但是此应彼和，断续相闻，已不似初睡时那样同声怒鸣，震得山鸣谷应。问知方才有两个壮士冒险去往森林窥探，看那犀群来路是否与黑蚁相同。探出犀群是由另一路窜来，因这次先有准备，上来便将为首犀牛激怒，奔驰极快，不似以前自在游行，遇到水草丰美之处便随时停止，过两三天都过不完。虽然后面犀群无人惊动，不似朝来奔驰迅急，但是犀牛照例随同大群进止，前面一快，也跟着飞跑，大约今夜便可过完。姬棠并说："这次犀群真多，少说也要打它好几百只。我们这里的人便是一年之内不去采荒都可交代了。你快洗浴去吧。"再兴闻言，因二人刚来，恰巧寨中得到这样彩头，照例遇到这样大获之后，全体蛮人均可休息上好几天，并还任意作乐，饱餐酒肉。兰花待人又好，因此群情大喜，高兴非常。许多蛮人都不眠不休，高兴已极。对于二人直认作福星一样。再兴自是喜慰，匆匆拿了洗漱用具便往洲旁瀑布赶去。

刚下楼走不几步，便见二蛮女飞奔而来，神态慌张，以为又有什么变故。侧耳一听，仿佛小狮被禁地洞之中怒吼了些时无人答理，后来往送食物不听狮吼，到了底下一看，二狮业已失踪。兰花闻报，正在悔惜，再兴当时也未理会。赶到昨日浴处一看，王翼业已先到当地。乃是一处喷泉飞瀑，临水有一小山，半截深入水中，山腹中空，孔窍甚多，约有两丈高大。兰花就着当地形势，将瀑布用竹管引向小山洞内，由顶向下喷洒，绝好一处天然浴室。洞中水深只三四尺，最深之处也只过人。洞顶孔窍玲珑，大小十好几个，天光下透，清可见底。旁边还有一个人工掘成的小池，专供兰花和身边几个蛮女沐浴之用。别的蛮人均作野浴，男女同嬉，只在水中，便周身赤裸不以为意。二女因王、时二人均是汉族，不喜男女同浴，自己天性喜洁，也从未与男子赤身相对，故此分成两起。

二人互相一谈，才知王翼对于兰花并无婚姻之想，只为对方是管理全山的主人，最有威力，既想在此久居，不得不随和一点。哪知兰花情热，就这两三日夜情分越来越深。昨夜歌舞，到了无人之处，兰花业已示意，露出委身之意。王翼刚一装呆，兰花便悲愤起来，并说："我虽觉着你人好，在未看准心意以前尚无嫁人之意，乃是你自己发动，如何答话支吾？"王翼先还莫名其妙，直到今早同回竹楼，设词探询，才知蛮人风俗最宝贵便是双乳，除非是她亲丈夫，一点也碰不得。甚至妇女被人强奸均可无事，只一摸她双乳，女的如非心愿，不是当时拼命，便去归告家人，以白刃相加，结仇不解。只有彼此不曾婚嫁，女的也不讨厌男的，或是被他感动，才可消恨。

王翼前夜斗狮时，因见狮来太猛，恐其受伤，无意之中推了一下，对方却认了真。幸而上来便对王翼发生情爱，虽还想彼此相交些日，看准对方为人再作计较，但是情根已固，感想极好，否则此举休说兰花是当地主人，便是寻常蛮女也决不肯甘休。心想：我既打算嫁与此人，看这神气也许真个爱我。心中一动，非但没有发作，反倒高兴，告知乃父，说王翼爱她，彼此情投意合，只等明夜歌舞便与定情。孟龙原看出爱女钟情王翼，没想到刚来不久便有成约，虽觉太快，也颇喜慰。再说爱女脾气坚定，也做不了她的主，当时答应。

兰花以为事已定局，后来看出王翼老是若即若离，只管口中赞美，并不十分亲热，等到歌舞开始，引往无人之处，仿佛神情冷淡，言动都是敷衍。先还当是汉人脸嫩，恐被看轻，未便表示。后见所谈都是空话，也不与她亲热。眼看天已快亮，忍不住拿话一试，竟有推托之意，自己已向乃父禀告，如何交代？不禁悲愤交集，几乎发作。总算王翼见机，勉强赔话，敷衍过去。兰花聪明，故意不置可否，打算明朝种完田再说。刚往回走，便见时、姬二人并头说笑留恋亲热情景，越发气在心里，当时未说，跟着来了犀群。

时、姬二人一走，想起前事，好生气苦，强着王翼回楼，令往自己房中同卧，王翼刚说："我那床榻空无一人，你不喜人睡你的床，何必扰你？"兰花先是微笑不语，同去对面房中，偷看时、姬二人并头横卧，女的正在打扇，情景十分亲密，连忙摇手，不令惊动，用花将人迷倒之后，又和王翼把再兴移近一点，笑道："你看人家多好，我就这样苦恼。"说完转身就走。王翼见她目有泪光，心中不忍，只得跟往房中赔话。刚一进门，兰花忽然拔出一口尖刀，说完经过和前夜之事，叫王翼杀她，并道："否则我爹爹不能受此奇辱，定必杀你。"说完泪流不止。王翼见状大惊，再三劝解，兰花俱都不理。后来实在无法，左思右想，只得答应婚事，口中求告说："我本爱你，不过日子太浅，不好意思，羞于出口。既要当时说定，依你就是。"兰花见他情急，方始有点心软，冷笑说道："你把我们蛮族中人都当作不知廉耻的么？这样防我作甚？就是你答应婚事，照你昨夜情景，至少还要看你一年半载，才肯和你做夫妻呢！你便多好，不是真心爱我，有甚意思？当我真要同睡一床么？你看你那兄弟多好，不问他们是否真有情爱，看他二人并头同卧，何等亲热，哪有丝毫疑人之心？我不过不愿不如棠妹，被人笑话罢了。那边有床，原是以前叔婆避暑时独眠之用，我睡这床是自己的，天已不早，养好精神，起来还有事做，各自睡罢。"

王翼还想敷衍几句，见她声色俱厉，暗忖：她说试我一年半载，正好暂时可以无事，且等到时再说。再听那床乃凤珠独眠之用，更对心思，只得应诺，去往床上卧倒。想起这两次经历，心乱如麻，只一闭眼，凤珠的绝代容华便上心头，天气又热，怎么也睡不着。哪知他这里情有独钟，兰花原是气愤头上，一半试他，也未真睡。暗中偷觑，见他在床上转侧不眠，时常低声叹气，又生误会，当是为她而发，起身笑问："翼哥如何不睡？怪我得罪了你么？"王翼见她云发蓬松，嫣然含笑，立在榻前温言慰问，看去更显娇美。一时情不自禁，拉她坐在身旁，正想乘机安慰几句，兰花笑道："你连日均未睡好，夜来还要大动手脚，不养好精神如何能行？"说罢将手中暗藏的美人香朝王翼面上一拂，当时闻到一丝异香，人便昏沉睡去。醒来兰花更不再提前事，言笑如常，表面没有昨日亲热，实则样样关切周到，比前更甚。看出必成之局决难更改，想起凤珠来前几次暗示，万分忧急，又无计可施。跟着二女结伴往浴，本约同往，姬棠忽用蛮语说了几句，方始作罢。浴完回来，又令王翼往浴，二女面上均是喜容，也不知谈些什么。本来自己心事不想泄露，因觉事在两难，好在至好弟兄，便全说了出来。

再兴一听，才知他和凤珠行时业已隐语示意，暗通情愫，至多一年之内便借避暑为由来此相晤，不禁又惊又急，仔细想过，婉言劝道："不瞒大哥说，像孟夫人那样温柔美貌的女子真个人间绝色，连我对她也是一样倾倒。不过此事关系太大,结果必要害人害己,终于两误。固然她也是身世孤苦,父死无依,为势所迫,被孟雄强聘了去,老夫少妻,终日愁闷,举目无亲,所见都是野蛮粗蠢的异族,只管享受得好,心却苦痛,得不到一点安慰,但是此乃无法之事。休看孟雄对我弟兄极好,全是夫人之力。蛮人妒念奇重,休说有甚私情泄露,便是言动不检,生了疑心,我二人不说,夫人身受也必残酷。我们弟兄受人救命之恩,如何害她为我惨死?真能将她救出牢笼,为她百死也所甘心,无奈情势如此,连我二人尚且靠她照应,此外并无容身之地,如何救人?她对你越有情意,你越要设法善处。

“何况孟雄对我二人也极情厚,不问是否由于夫人而来,终是仗他之力才得转危为安。受人之惠,谋人之妻,也非我辈丈夫所为。除非真个心志坚定,连这现成安居避难之处都舍之而去,先不要受人好处,小弟一定随你避往森林之中,终日冒着奇险,暂做两个野人,另觅栖身之地。非但不娶兰花,连孟雄所赠衣物全数还他,一面在森林中苦熬,候到孟雄年老身死,等她成了寡妇,再作夫妇之想。只要你们彼此情爱专一,我便为此受尽辛苦凶险,也必以全力相助,死而后已。如有一人中变,我方离去。这等做法虽有万一之望,情理上也还有个说法,但是孟雄年虽六旬,人甚强健,必须准备二十年苦难岁月或者能够如愿,如其等她寻来设法幽会,或是与之同逃,这里山高路险,到处都是他的势力,并有许多蛮人、毒蛇猛兽之险,危机四伏,休说害她送命,便叫她跟着我们受那许多罪孽也对人不起。

“真有情爱,何必非要结为夫妇?她和孟雄人虽相差太多,只要心志坚定,终有相见之日。大哥仔细盘算,如能准备守她一二十年,拼着受尽苦难,到时虽然倾国佳人业已白头,有情人终成眷属,也是快心之事。如其自问不能,却是万来不得。兰花虽是蛮女,非但对你情深,人又那样聪明美貌,长于智计。我们稍微教她,便可做出许多事业,使这全山蛮人同享安乐。试验我们平日心志是否实践,言行相符,也不枉出死入生受这许多惊险危害。事要早决,否则,此女聪明绝顶,照你所说,已看出你不是真心爱她。大哥又在无意之中犯了蛮规,再不改变初心,被她看出,必要铸成大错。等你结婚之后,凤珠寻来,至多心冷失望而去,好在双方并未当面明言,订有盟约,她也无话可说。如其迁延不决,必致连累她受害。兰花性烈情深,也非送命不可。

“凡是万做不到的事，开头如未仔细盘算，一经警觉，便须悬崖勒马，早息妄念，才可两全。单是片面相思，没有别人也好，偏有一个兰花对你垂青，又是木山之主，除却逃走，更无别路。结果还是这条路，何苦敬酒不吃吃罚酒，夫妻之间多出一种嫌疑，美中不足呢？小弟决无他念，好歹都随大哥一起，吉凶祸福更早置之度外。譬如不遇凤珠，为贪官恶霸所杀，又当如何？只等大哥开口，无不遵命。”

王翼越想越觉所说有理，只得叹了口气，答道：“我此时方寸已乱，为势所逼，只好辜负她的深情了。”再兴道：“此外无法，既不能拼受一二十年苦难岁月守这白发佳人，转不如改变前念，对于兰妹专心用情，增加夫妻情爱，以免两负，全都对人不起。此事本难怪你，既是这样，回去便要有点表示才好。”王翼转问：“你对棠妹如何？”再兴凄然答道：“实不相瞒，我比大哥还要情痴，但知事情决办不到。大哥有我相助，或者还有万分之一，我连万一之望都没有；但我爱极此女，此生虽无室家之想，但决没有别的杂念，因此梦稳神安。休说片面相思，便她钟情于我，也决不敢做那误已误人之事。至于棠妹，我对她也颇怜爱，她又那样痴心，但我昨夜业已与她明言结为兄妹，暂时自难免于情痴，想我改变初衷。但是人各有志，此女聪明，只肯用心，终能将其说服，送她回转故乡，另觅佳偶。我因这几家恶霸手下的土人蛮人苦难太深，才生忿怒，不为路见不平，也不至于逃入蛮荒、无家可归了。此后必以全力先教导这里蛮人化除种族成见，使其联成一片，一面努力开荒，时机一到，将那些土豪恶霸除去，使所有土人都有田可耕，有业可成，同登乐土；再能多见凤珠几面，白首相对，同话当年，于愿已足，实不愿为了儿女私情延误平日心志，大哥将来再看好了。”

王翼才知再兴比自己还要痴心，劝慰了几句，见再兴微笑未答，心想：姬棠那么美艳温柔，长日相聚，人非太上，决难忘情，必和自己一样，也未深劝。洗完要走，再兴忙又喊住，再三嘱咐说：“蛮女情热，二女又都聪明，我弟兄无话不谈，今日之事千万不可吐露一字；否则兰妹知道此事，她不似我和棠妹早已说明在先，又知随时留意，表面仿佛亲热，内中实有分寸，被她知道，定必苦痛，弄巧还要生出事来。凤珠明年如借避暑来此，不妨明言难处，使其断念而去，千万不可藕断丝连，结果还是害人。”王翼应了。

二人回到楼上，二女业已等得不耐，牛肉也早取来，切成薄片，放在铁架之上烧烤，等候同吃。牛群仍未过完。二女笑问："你们怎去了这大时候？吃完非但去打犀牛，还要寻那两只小狮子呢。"二人随口答了两句。兰花看出王翼浴后回来对于自己忽以全神专注，露出热爱之意，不知对方佳丽当前，又听良言劝说，已把想念凤珠之念去掉，既已决定娶她为妻，自然越看越爱。自从见面以来，初次得到这样温存体贴，自是欢喜，前嫌尽释。想起二人浴时颇久，刚一回来，意中人便改了态度，料与再兴有关，不由增加出许多好感，一心一意想时、姬二人也成一对好夫妻，暗中留意，尽力作合，暂且不提。

四人和几个得力蛮女饱餐之后，便带兵器起身。因听壮汉来报，犀群尚多，至少要到半夜才能过完；另一面又听人报，犀群去路中间本隔有几条大小沟壑，事前没有想到最前一条大壑并不甚深，因有壮汉伏在壑旁，手舞红旗引逗，激怒群犀往前冲去，快要到达，令往崖下小洞藏伏；前头凶犀朝前猛窜，纷纷失足，坠落壑底，虽然跌个死伤狼藉，后面犀群也照例朝前猛冲，纷纷纵落，无奈犀群太多，不消多时，便将那条壑底填高了好几丈，有的落向同类身上，互相冲撞恶斗，伤亡不少，先下去的全被压向身上，也送了性命。可是为首大犀跌晕践踏而死，没了领头，有的踏着死犀朝对崖猛窜上去，看不见为首大犀，又反身回窜，往前去的并没多少，后面的犀群依旧潮涌而来，互相挤撞冲突，寻那大犀，由死犀身上滚落壑底为数越来越多，同声怒吼，震动山谷，四五丈宽、六七丈高好几里长一条沟壑中间一段已被犀群填满。直到黄昏将近，因后面犀群大量涌到，前头有几十只业已窜往对崖，停留在野地里吃草；后面犀群不知为首大犀已死，只当尚在前面，不知怎的一来，忽然向前冲去，犀群方始重又移动，往前奔驰，比前却慢得多。那走在死犀边上，或是由那陷住半身无法纵起的伤犀身上负痛往上一拱，立时随坡滚落，再也无法上来。此次所得真不知有多少，可是那几个埋伏的人处境险极，如非崖下土洞弯曲，另有掘好的通路，休想活命，如今人刚绕路逃回等语。

兰花一听大惊，知道大犀多死，一个不巧，犀群便和疯了一般到处狂奔猛窜，无论人物牲畜遇上就完，好生愁急。一面命人多备木柴火把，一面准备选出敢死之士连夜翻山绕往前面，诱其他去，以防反扑。王、时二人见二女愁急，说："前面几条山沟均被群犀填出道路，幸而引头大犀，还有两三只最凶猛的不曾死光，带伤窜往前面，否则前面两条崖沟更浅更仄,一个不巧,只有两只大犀窜向一旁,一声怒吼,绕路反扑,当时便是大祸。总算运气,剩这两条大的负伤未死,又当领头怒窜之际,旁边无路可绕,后面犀群太多,无法退避,埋伏的人更是胆勇,老远便用红旗引逗,将其激怒,仍就朝前冲去,这才免害。犀群又吃了太多的亏,后面路已遮断,无法回退,否则也是不了。就这样也须早做准备,大意不得。急切间偏又想不出甚好方法,可见合群之力真个厉害。

再兴忽然想起,前见木柴容易着火,问知当地山谷中出有一种黑石油,一点就燃,忽生一计,忙问壑那面的形势。兰花答说:"壑对面只有二里方圆一片草原,再往前走不几里便是一条死谷。谷外一片斜坡,可通银坑寨那面,但是地势甚陡,山坡甚多,越往前越难。犀群只要由此下去便难再上。本意引其由此窜落。"再兴问出那条山谷形如一个大口袋,通体石质,谷底土地朝下深陷,比谷外要低得多,内里灌木丛生,只有一条羊肠小路可通谷顶,所经都是危峰峭壁,路也远出两倍,越发心喜,便将火攻之计告知,令速准备。兰花听完大喜,互相商量好了下手方法,便传急令照着王、时二人所说,派出二三百个蛮人,每人各带一大束涂有石油的木柴,由香水崖那面取路,翻越峰崖险径,绕往口袋谷上面埋伏。一面仍用前法将人用绳系住,等到天明犀群将到,持旗引逗,诱往谷中,用火烧死;一面嘱咐,只要犀群有了领头,照着预计顺坡而下,便不去理它,免得平白多杀生命,并无所得。须要看出犀群,等那为首大犀立定怒吼,快要反扑过来,方可下手。

分派定后,只是中间隔着一段,必须有人迎头引逗,但那一片地势甚是平坦,没有藏伏之处,危险万分,被它冲到身前便无生理,二女想起此事太难,无人可派。正在商议,再兴自告奋勇,王翼也要同去,姬棠力劝不可,兰花见二人自恃武功,力言无妨,笑说:"既是这样,我们四人都去也好,隔远一点下手,也许无事。我们同去,更可见机而行,不致冒失,此比犀群初来时还要可虑,真要被它反扑过来,谁也难保伤亡,人力决难抵挡,连碧龙洲也必被它踏平。不来无事,来便不免一拼。为了全山生命财产,受点伤害也值。"二人自不愿二女同去,王翼更不放心,劝阻更急。兰花笑道:"你以为这样是爱我么?我是这里主人,平日专叫他们出力,遇到这样非我不可的为难之事,如不冒一点险使其转危为安,何以服人?谁如怕死便不要去。你们汉人只想同生快活,却没想到同死更好,只要值得就行,何况为了大家。既然商定,乘它未到以前绕往前面，乘着月明，查看情势，以免一时疏忽没有想到，反而不美。”二人拿她无法，只得应诺，先向孟龙通知，然后起身。初意孟龙爱女如命，必要劝止，哪知并未劝阻，只命不可冒失行事。

寨中木柴最多，许多蛮人俱都吃饱睡足，一听此次可得不少，全都高兴，踊跃争先。就这一会功夫，业已准备出发。二人暗忖：这里的人全都耐劳多力，如能善用，真可做出不少的事。互相谈论，绕着山路向前疾驰。撇开犀群来路不算，这一条路展转绕越，少说也有好几十里。如非前段牛群过崖之后沿途停留，早被赶向众蛮人的前面。四人因是空身行走，脚程又快，早就赶到。先在中途登高遥望，月光之下，那大量牛群由森林起绵亘数十里，成了一条灰黑色的长线。所过之处草木多被踏平，密压压有宽有仄，一眼望过去看不到一点空隙。绝壑之中一片最宽，仿佛像个长大的十字。由森林来路一面往前行走，正在蠕蠕行动，比日里慢出十倍。走在两旁的不时停留下来，似在吃草，灰雾如龙蜿蜒浮动之中，凶犀目光密如繁星，看去又像一条极长的星河，真个从来未见之奇。不是事前用火隔断，沿途命人引逗，这样多的凶犀休说行凶发威向人猛扑，便被停在当地，也是一场大祸。因见犀群相隔还远，来势越慢，中有好些想因长路饥疲，相继往两旁旷野中散开吃起草来。

二女看出犀行越慢，如非后面犀群没有过完，中途转折之处极少，就许此时反扑回去。因要查看谷口一带形势，一同加急前驰。赶到一看，那形势真个险恶。谷口侧面便是犀群来路，前面是片峭壁，犀群到此，因那谷口是片斜坡，形如一囊，入口宽还不到两丈，犀群到此定必绕崖而过，不会进去。再往前三五里便是方才所说一片接一片的斜坡盆地，但是中间隔着大片平野，便是当时不往回路反扑，也必停在大片草场之上，留下后患。不定何时非往回路猛蹿不可，与预计好些不符，如换别处山谷也无用处；幸而那谷又深又低，外小里大，无路可通，妙在两面均是石崖，寸草不生，下面却被灌木野草布满，中心盆地之上又有好些树木和一种带有臭味的油藤，极易发火。

四人看好地势，便照预计行事。后面壮汉，见主人向前，俱都争功抢先，纷纷赶到。兰花重又指挥，分布开来，又添了几处柴堆伏火，并命蛮人乘此闲空，多斫倒些树木运往崖上，将带去黑石油涂上一些，到时推将下去，一面在崖顶系好长索，以备应用。一切停当，为防万一，遥望森林那面犀群已断，天也离明将近，残月斜照之中后面已成了一条龙尾，缓缓摇曳而来，已离金牛寨峰崖不远，忙同飞步赶去。相隔犀群前锋还有半里恰巧是一高坡，二女心胆立壮，忙告时、王二人牛群冲到如何纵避，一面取出芦笙号角吹动，一面高声呼喝，手舞红旗，跳纵引逗。

犀群由早到此不曾休息，那一带恰又无水可饮，本来有点疲乏，正在一边吃草一边前进，内有好些似在寻觅为首大犀，不时向后回望，口中怒吼，停步不前，后面牛群往前一涌重又前进，看去似颇勉强。前队一慢，后面的也慢了下来。这时天已渐明，晨光熹微中，前面犀群忽然望见手拿红旗的敌人又在出现，立时暴怒，当先怒吼，哞的一声猛冲过来。四人早有准备，不等到达，各将手中备好的强弓硬弩连珠般朝前射去。犀牛奔驰极快，当头四只全都中箭，越发激怒，哞哞怒吼，后面的一齐相继应和追来。前队一快，后面的也跟踪急追，势如潮涌，甚是惊人。

四人一箭射出，人便往回纵逃，乘着犀群未到，各将红旗插向小树之上，以为疑兵，人却往旁边草树丛中横纵过去，一路掩藏逃窜。等逃到预定的小沟旁边，飞纵过去，到了崖上往回一看，俱都吃了一惊。原来那大群凶犀真个快极，就这接连几个纵跃的功夫，业已漫山遍野而过，朝前猛冲过去。谷口那面本来伏得有人，千蹄奔腾、群犀怒吼声中，遥闻远远众蛮人呐喊之声，犀群奔驰越猛，半里多宽一片野地已被布满。照那来势神速，四人稍慢几步必被追上，踏为肉泥，休想活命，这才知道真个厉害，想起心惊，互相庆幸。因为后害太大，稍一失机，不能将其除去，被它停留在谷那面旷野之中，前面隔着参天峭壁，如不顺着那大片陡坡往银坑寨窜去，定必为害，不能安枕。并且这多凶犀，谷中如其不能容纳，或者不等发火已被填满，也要给它一条去路，另打主意。众蛮人虽都具有胆勇，这类临机应变的事却办不来，非四人同往不可。且喜逃去这一面有一长岭，与谷口危崖相隔不远，犀群不会走到，可以绕越。事前地势业已看好，忙即飞步往前赶去。

四人还未到达，便听群犀哞哞怒吼之声，宛如密雷怒鸣，声音似在地底传来。到后一看，众蛮人竟未误事，仍用前法，先生了几堆柴火将路隔断，再用十几个力大身轻、胆勇过人的少年壮士腰系长索在谷口引逗，一面将手中长矛向前投掷。犀群越发激怒，朝着谷口猛冲，人已随索飞起。因那谷口两面危崖对立如门，本就斜对犀群来路，中间再用火一逼，犀群避开火堆，往旁一绕，更与谷口相对，便是无人引逗，也必往里涌进。经此一来，其势更猛。内有几个健儿见犀群由脚底冲过，索性招呼上面，不要将绳拉起，和打秋千一样，临空荡来荡去，手中红旗朝下连挥不已，遇到最猛恶的犀牛由犀群中猛力朝上蹿去，身子往旁一侧一翻，就此避过。谷口中心又有好些红衣草人，用绳系住，缒向谷中，再用绳一牵，时上时下跳动不休，引得群犀怒发如狂，拼命往谷中猛蹿，吼声如雷，惊天动地。入口又是一片溜坡，上有野草甚高，看不出来，好多犀牛俱都踏空滚落，受伤践踏而死的也有不少。可是犀群太多，急切间怎过得完？

四人一到，惟恐生出变化，赶往谷尽头危崖之上仔细一看，不禁大喜。原来下面山谷形如一囊，底部又似一个马蹄，当中土地三边峭壁，中心一片盆地，并有大片水塘，占地少说也有千亩以上。最奇的是沿着崖脚现出一条溪流，宽约丈许，与中心湖荡相通。湖旁还有一座形如宝塔、高约八九丈、方圆五六丈的小峰，因有树林遮蔽，上面并无草木，仿佛小洞甚多，密如蜂窝，当时也未留意。犀群远道驶来，一见当地水草丰美，不顾再寻仇敌，先后两三个时辰功夫，估计已进了四分之一。谷中地面宽大，许多野草小树均被踏平，纷纷赶往湖荡和小溪中游泳饮水，悠然自得，只后面赶到的犀群被蛮人临空引逗，崖上埋伏的人又暗放冷箭，越发激怒，尚在哞哞怒鸣，谷底一大片业已住了吼声。遥望来路，许多蛮人追在犀群后面镖矛并举，正在纷纷追杀。

王翼见兰花手持一根竹管向来路遥望，方想讨过，忽听谷中群犀又在奔腾跳掷，怒吼不已。四人回头一看，见那许多犀牛不住猛蹿入水，那大一片湖荡均被挤满。身在水中，仍是乱滚乱翻，互相挤撞，惨号怒吼，湖水上面鲜血四流，那在岸上的跳得更急，吼声越发惨厉，无奈后面的来之不已，一则无法退回，二则也似没有想到往回逃走，各自蹿向空地之上，满地打滚，跳纵不休。内有几只竟似怒极生疯，各向同类低头猛冲过去，互相乱挑乱触，晃眼之间乱成一大片。这一幕同类相残的惨剧真个惊心骇目，只见犀头昂处，不是此死，就是彼亡；再不，重伤血流，激怒如狂，又朝同类猛冲过去，似这样越来越多。大片盆地除谷口里许来路犀群正往前涌，还和方才一样而外，尽头和中心一带遍地鲜血四流，残尸狼藉。中午阳光之下，四人越看越怪，见群犀和发疯一般,好好赶到,有的还在吃那水草,不多一会,忽然发狂跳起,不是惨号乱纵乱跳,便朝同类猛冲,自相残杀。

那一带相隔更高,先未看出是何原故,后来王翼听说竹筒可以望远,讨过一看,惊问:“兰妹,你看那是什么东西?”话未说完,旁立三人猛瞥见几个伤重倒地的凶犀忽然皮肉尽脱,成了白骨。恰巧蛮女在旁,俱都带有望筒,分别讨过一看,这一惊真非小可,兰花不愿说话,首先顺着崖顶朝谷口一面赶去。原来王翼目光到处,首先发现好些犀牛俱都变成了紫黑色,尤其伤重倒地的颜色更匀。那些发疯狂跳的犀牛身上却是东一片,西一片,多少不等。再定睛仔细一看,原来牛身上都是紫黑色的蚂蚁,方才逃往水中的已有好些倒毙水中。牛群当中已有不少皮肉均被蚂蚁吃光,成了一堆白骨。因那犀牛来之不已,受害的也只谷底一片,还未蔓延开去,后面的犀群不知利害,仍往谷底涌进。刚到不久,便跳将起来,后面挤满无路,便往前窜,所以越往后受伤的越多。

也不知哪里来的那许多蚂蚁,最厉害是只有几个上身,晃眼布满。再往当中小峰一看,上面挂着大小万千条黑线,看去和流水一般,均由那密如蜂窝的小洞眼里涌出,其行甚急,才知那小山竟是平日所闻毒蚁自建用来聚居的蚁垤。想不到这样猛恶的犀牛竟会被此幺么小虫所杀,只要沾上,无一得免。那些黑蚁也真猛恶无比,满地疾走的蚁群也被凶犀猛力践踏,死了不少,仍是无一退却。犀脚一停,立时争先抢上,爬上身去,任怎奔腾跳掷无一跌落,咬紧牛身,拼命往肉里啃咬,随同凶犀狼奔豕突,疯狂乱窜,互相残杀。转眼之间身上便血淋淋成了一片通红,隐闻嘶嘶喳喳蚁群啃吃皮肉之声由群牛怒吼惨号中隐隐传来。

二人想起昨日二女所说毒蚁的厉害,果然是真。再兴侧顾姬棠拉着自己,满面惊惶之容,口中连呼“兴哥怎好?”此时还不能逃,手也急得冰凉,方想崖脚有水阻隔,后面还有大队犀群未到,用甚方法将这毒蚁除去?忽听一声银笛吹过,众蛮人呐喊声中,回头一看,谷口外面红光一闪,跟着便见带有烈火的树枝木块由上飞落,将谷口遮断。二三百个蛮人同时拿着大量木柴,分着三四团将火点燃,朝下掷去,谷口已成了火山。随见兰花飞奔向前,指挥众人赶往中心蚁垤所在,用箭朝那许多树上射去。箭上均绑有一条条的尺许黑条,落地便是一条大火,由谷中心再往里烧去,木柴树枝乱落如雨。来路那面中间一片草地已起了野烧。

隔火望见大量犀群同声怒吼悲号,由火旁狂窜而过,下面犀群当时一阵大乱。再看那些贪残凶毒的黑蚁依然紧附牛身大嚼,毫无逃意。下面原多油藤,被犀群一踏油质纷纷涌出,更易着火。箭上所绑黑条便是石油制成,一经点燃,火势更烈。因防牛群狂窜,将身上毒蚁带逃,由外而内缓缓烧将过去。仗着地方广大,谷口群犀已被烈火隔断,后面的业已改道由口外往前侧面窜去,谷口里面的被火一逼齐往谷底涌进。声势本就猛恶,那些身附毒蚁的情急猛蹿,急痛攻心,昏迷疯狂中好些均往蚁垤小山上冲过,本就快要倒断,后面火再涌到,群犀互相践踏,受惊狂窜,又有好些只猛撞上去,嚓的一声当时齐根断裂,崩塌下来,犀牛压死了好几只,里面还有无数黑蚁立似暴雨一般向上蓬起,再满空飞舞而下。

第七回

口袋谷烈火炼群犀

兰花一见蚁群多得出奇，喊声不好，忙吹口中银笛。两面崖顶蛮人早有准备，各将火把点燃朝下掼落。上面俱都涂有石油，做一圆圈由外而内往里烧去。地下藤草，早被引燃，火和潮水一般齐往中心涌到，一时浓烟上腾，整座山谷成了一片火海，烧得那些凶犀焦头烂额，狂蹦乱跳，加上那无量数的黑蚁被火一烧，膏汁经火，越发助长火的威力，发出一种奇怪难闻的臭味。因是火由四面包围，齐往中心烧进，当日又没有风，蚁穴所在四面均是密层层的油藤，加上许多野草灌木和牛的膏汁，遍地皆火，谷口一面更成了一条火弄。那些蚁群已被火烟包没，看不出来，偶有几只凶犀在火焰中狂窜，身上依旧黑一片紫一片。忽然一股火浪往上一涌，那紧附在身上的黑蚁首先烧焦，凶犀跟着倒地，转眼成了焦炭。因其四面隔断，无路可逃，火势又猛，先还听到火中悲号跳掷之声，不消片刻，大量群犀全都横七竖八跌倒火中，被烈火围上烧了起来。

再用望筒仔细一看，那黑蚁也真多得出奇，地下一条条、一片片都是死蚁烧焦的黑影，中心一带全被布满，蚁垤中心更多，想是被火逼紧，齐往穴中逃回，无奈火势太大，照样烧死，已成了几条焦炭残灰，搭向穴口附近。最大的一群竟比犀牛还要粗壮。因那火光发紫，容易分辨，先还当是烧焦的树木，看出那是烧焦的死蚁而后，兰花业已赶回，在旁笑道："今日万想不到除此一个大害。这毒虫本来聚居在银坑寨旁绝壑之下崖洞之中，不知何时移来此地，相隔这近，我们一点也不知道，如被突然之间大群涌来，全寨的人畜休想逃得一个。且喜机缘凑巧，一场大火将它烧光。照这火势，离地面十丈之内都被烧红，就是它下面洞穴还有余留也被烤死。好在这里环着山脚这条大水沟，火起以后水被烧开，就有几个逃出来的也无法越过。下面草木又多，油质着火全燃。此时全谷皆火，大家都被烤得难受，低处山石业已滚烫，不能立足，我们快些走吧，莫等危崖被火酥熔，随同滚落，死得才冤枉呢。”

说时三人遥望谷口，两面崖顶的蛮人业已避开，多半聚在谷后相隔里许的峰崖之上，手持弓刀，正在戒备。耳听犀群奔驰怒吼之声，由谷口旁边飞驰而过，忙同退下，由谷后崖壁用长索缒将下去。等到下面，那数十丈厚的山崖俱都发热，崖势又高又陡，下面又是一条泥沟，等到越往对崖，互相对看，全都成了灰人，从头到脚都是灰尘泥污，周身热汗四流。总算时已申酉之交，山风迎面，甚是凉爽，又朝火谷那面吹去，当时身上一松。兰花大喜道：“方才我真胆寒，一面是那多的独角犀牛，谷中又发现大量毒虫，实在逼得无法，才用紧急信号招呼爹爹他们留守的人快些发火，将路隔断，哪怕引起野烧。好在中间隔着几片石山溪流，就被延烧过去再想法子，也比毒虫之害要好得多。他们似因此事太险，先还不肯，总算犀群业已绕过崖角，快要走到第三条大壑附近，才命人拿了火把在后追逐犀群，过壑不远，方始发动野烧。此时我才看明，今天样样凑巧，那片野地草木虽多，一则油藤极少，好些地方不易点燃，两面均是石崖，不致引起大火。就这样，还恐下午风向不对，烧往我们那面。照此情势，野烧已不致引起，这样零零落落的几处小火只烧掉一些树木，草都不会点燃，再好没有。早知如此，决不会用此火攻之计，白烧这许多犀牛。我们附近有此毒虫，却是凶险极了。”

王翼笑道：“我也觉着犀牛虽然凶恶，周身都是有用之物，留在那里慢慢猎取岂不是好？无奈这东西为数大多，实在无法，其势又无法留出一些，只想一烧而光，永除后患，不料无意中去掉这样一个大害，犀牛也未完全烧死，你是怎样放它逃走的呢？”兰花笑答：“我早就想到这东西从头到脚全都有用，全烧可惜，又恐这条山谷容纳不下，一个回头惊窜，照样有害；来时想好主意，谷外两处火堆均有专人把守，可以移动，又在斜坡那面设下两处火堆，谷口发火之后，犀群自然望火惊避，旁边火堆业被我们的人拆散，让出一路，来路又起了野烧，逼得它们只得向前。到了前面平崖，再被火一挡，只有坡下空宽无火，自然不顾命顺着斜坡惊窜下去。犀牛颇有机心，受此重创，以后恐不会再来了。因其天性猛恶，就是这样，火初起时，当头数十只狂窜过来，收势不住，仍往谷中窜进，被火烧死。你说这东西又有多厉害吧。”

说时，众人已走往最高之处，遥望谷那面犀群正和潮水一般纷纷顺着斜坡滚窜下去，互相践踏，怒吼之声震动山谷，望去万头攒动，仿佛一大片灰黑色的瀑布顺坡疾驰，地方之大，数目之多，分外显得惊人。再望来路，也有一二十处火头带着浓烟顺风涌来，时断时续。当地草木肥鲜，虽不易全数引燃，吃风一吹，浓烟滚滚，也似大小十几条黑龙蜿蜒滚转，随风飞舞。犀群后路已断，奔驰更急，地又宽大，只陷身大壑那许多死伤的犀牛被火隔断，又无法起立逃走，只在壑中怒吼而外，还有零零落落一二十只走单的犀牛隔在野地无火之处尚在怒吼，往来惊窜走去，不消多时便可过完，一块石头落地，收获更多。

众蛮人早由不得同声欢呼起来。有的还想等它过后跟踪追杀，多打它些回去，兰花忙即传令止住，说："为人不可太贪，今日已是万幸，得了不少犀群，过完便要想法灭火，免留后患。天上虽然有云，是否下雨拿它不定。还有口袋谷蚁穴也要仔细查看，毒虫是否死光，有无遗留。野地里那些残余的犀牛打它先非容易，此次犀群多得出奇，也许别处还有，如不全数搜杀，与人遇上，就能将它打死，也不免于伤人。方才我看大壑下面死伤的犀牛至少近千，沿途死伤的还不知多少，聚集起来这一笔财便两年不去采荒叔公也都喜欢，不致见怪。现在我便做主，至少放你们三月工，只在山中耕地，种出稻来，又是许多食粮，再种上菜，以后不打猎也有吃的。牛肉先吃不完，只盐没有那多，须要你们各人去采，到时每人约可分得一条牛，只将皮骨交还，想腌起来的盐要自采，莫非这还不足么？"

众蛮人以前所得全数都要缴上，除每日两饱外，一点也得不到，心想拼性命去往林中采荒，任得多少，俱都无份，虽然不敢不去，十九没有心思。自从近年兰花管理全山，赏罚分明，量力而分所获，一面又请了人来学会织布，妇女无须去往林中采荒，以免丧亡。男多女少，常起争杀，众蛮人方始有了私财与家室之乐。所分物产也由兰花暗求凤珠与老王说好，和公物一样运往山外，去换他们心喜的衣物用具，不消一两年大家都有了衣服用具，好过得多。不似以前身上只围着一片兽皮，冬夏一样，冷热不均。因此众人对她万分爱戴，只管令出必行，刑法严厉，极少有人怨恨。

孟雄叔侄虽觉此是创举，一是爱女力争，一是爱妻之命，不能不听；兰花和众蛮人也真争气，果然行了新法，所得反比以前日有增加。

兰花乘机又和老寨主订下一定岁贡，只要所得物产超出旧例一倍以上，便可休息，以养人力，做点兴建之事，并还分班操作，比采荒轻松得多，好些均是蛮人公众之用。每遇这类彩头，众蛮人格外高兴，全都踊跃争先。牛肉又极好吃，一听每人可以分到一条，不禁欢声雷动，喜出望外。内有好些年纪较大的蛮人竟纷纷抢将过来跪伏地上，要四人用脚踏他的头。有的便将旁立蛮女的脚捧起亲了又亲，全都欢喜已极。那风虽由来路吹来，众人所立峰崖恰巧偏在一旁，只管黑烟滚滚，舞空而过，一点也吹不到身上，前后一二十里长一片奇景全在眼底。因那峰崖斜往一角，与来路不相连接，还有好几里长的犀群正似潮水一般由斜刺里涌过，尚未过完。这些犀牛连日连夜随同大群奔驰，大都饥疲交加，离开火场稍远，前面的虽仍狂奔乱窜，后面来势已渐渐缓慢下来，看出还有些时才可过完。那追逐在犀群后面的蛮人均恐被火烧伤，兰花又两次命人吹动竹笙发令，不许再追，俱都停步，各持刀矛、弓箭、绳索之类将大壑中的伤犀杀死，一面把死的拖了回去。

兰花看出犀多人少，全山连妇孺老弱不过七百余人，去往森林采荒的强健男子不过三四百人，估计牛比人要多出两倍，惟恐天气太暖，不能久存，众人还要连夜洗剥，连风带腌，少说也要好几日夜不停才能料理清楚。惟恐事久腐烂，忙又传令，分出二百个强健蛮人抄路赶去，吩咐众人先不要打那落单的犀牛，先在壑旁和来路设下几处火堆，以防逃犀侵害，多备火把，小心防御，一面将那死犀运往湖边，先把腹中脏腑去尽，吊在树上风干起来；一面把寨底存盐全数取出，就着盐量挑那肥嫩的送往各处溪边开剥腌好，除准备犒劳的暂时都不要沾生水，以防时久腐臭。实在来不及收拾的，送往地洞之中暂时保存，可以多放些日。另外再命那二十个蛮兵带上三十名壮汉，随时留意，乘天未黑，查看黑蚁踪迹，是否还有漏网。

众蛮人领命走后，隔了半个多时辰，遥望金牛寨那面，许多山民父女连十来岁的幼童都各持有刀斧用具赶往壑旁相助，抬的抬，拖的拖，远望过来又成了一条人和牛组成的长龙，男女蛮人欢喜歌唱之声相隔十多里均能听到。中间还发现两处走单的犀牛向人冲扑，仗着人多，好些拿有毒镖毒箭，也都打死。就这样还是伤了几个人。四人要等牛群过完才能回去。身边还有数十个壮汉，正准备牛群一过赶往前面野地将那些着火的草木余烬扑灭，以防引起火灾。眼看犀群只剩一两里长一段没有过完，步法散漫，有的还在路旁吃草，天色业已将近黄昏，谷中火势始终未熄，火头高起数十丈，低处烈火早已快过崖顶，大量浓烟由谷中朝空直上。人虽立在上风，相隔里许，那焦臭之味仍是触鼻难闻。四人见那浓烟有好几丈粗细，并成一股，朝下风群犀逃路一面滚滚飞扬，内中杂有大量火星。虽是升出崖顶不远便即熄灭，内中并未带有火星的残枝断树，终恐火灰随风飘扬，落在油质的山藤枯树上面引起野烧，又是祸害。而谷中蚁穴所在地底是否还有道路也不知道。天却快黑下来，空中浮云又多，各处山头均有云雾，滃然欲起，夜来月色决不会好，难于查看，归途还有不少的事，身上满布灰尘泥污，想要回去又不放心，人也不够分配。

正在犹疑，越看形势天色越觉可虑，王翼正说："后面犀群走得太慢，不等它过完，最要紧是这谷中毒蚁如何查看？我和二弟带上几个人绕到它的后面仍用火攻，催它快走如何？"兰花方答："犀群走得虽慢，黄昏前后必可过完。此时我们人少事多，尚有危机，还是不要惹它，免得又生枝节。方才你也由望筒中看见，共总两三只犀牛有多厉害，我们那多的人，还带有镖矛毒箭，仍不免于有人受伤。这东西随同大群向前狂奔，由后打它无妨。此时其势已衰，反倒招惹不得，其势又不能插到中间，再用前法引逗激怒，这里油藤又多，火攻更来不得，只有候它走完，别无善法。"

二人正谈论间，忽听殷殷雷鸣之声，仰面密云层中已有电光，金线一般闪了两闪，跟着飞沙走石，狂风大作，晃眼之间天空阴云越密，已看不出一点青色，风也偏向一旁。那草原上的十来处野火本已自行熄灭，只剩几株着火的大树还在冒烟，空中只当顶一片被火光映成红色，来路那面只有几股黑烟还在随风飘动，相隔颇远，已吹不过来；忽被狂风一吹，好些余烬未完的草木立时熊熊火起。谷中烈火浓烟也被这一阵狂风由谷底卷起，耳听危崖纷纷崩塌之声越来越密，黑烟如龙，被旋风裹起，带着万点火星冲霄直上，威势突比以前猛恶十倍。二女和男女蛮人全都惊慌起来。姬棠正说："此时不降大雨，照这风势，野烧非起不可，到时风头一变，我们这里虽是石崖，两头都被烈火隔断，休想回去。那些抬牛的人更是危险。那一带草木最多，崖洞之中到处都有干石油，只要星星之火被风吹进，或将那些有油的藤树点燃，立成野烧，连救都没法救，这却怎好？"

二人心方一惊，猛瞥见犀群逃路斜坡侧面有一石山，挂起一条黑印，映着斜阳，闪闪生光，忙取望筒仔细一看，正是大群毒蚁在彼移动，忙告二女同看。兰花首先口喊“天爷”，庆幸不已。王翼便问：“这许多毒虫必由谷中逃走，如何高兴？”兰花笑答：“你哪里知道这东西最是灵警，虽然天性猛恶凶残，但与人兽未对面以前稍有警兆立即大群迁移。我们留此不去，最注意的就是附近还有它的巢穴；漏网无妨，最厉害是它的道路和巢穴，如往我们一面，却是凶多吉少。总算风火帮忙，方才一烧，风将毒蚁死后的臭气连同蚁灰吹往前面。看这形势，不是谷底还有一处蚁穴，便与谷底相通，闻到同类烧死的气味，地再一热，不敢停留，立时倾巢逃走。也许方才没有留意，看这蚁群并不甚多，已快逃光，否则后面不会这样稀少。照它天生特性，这一迁移去路正是银坑寨旁老巢一面，此去不会再来。至少三五年内不会见到它一点踪迹。想不到二位哥哥一来，非但接连发生大喜之事，并还逢凶化吉，去掉两个大害，真快活呢。”话未说完，便将王翼抱紧，直呼：“哥哥亲我！”王翼本就喜她生得美艳，人又天真聪明，胆勇灵警，知其情热，忙随手抱住。正在夸奖、亲热，忽听震天价一个大霹雷自空直下，震得山摇地动。目光到处，瞥见来路野烧地里电光一闪，一株大可数抱浓阴密茂的大树已被雷火劈成四片，一半分裂歪倒，一半仍立地上，跟着由树腹中发火燃烧起来。一雷打过，空中雷电交鸣，金光闪闪，未过完的犀群也受了惊，纷纷低着个头连纵连跳往前窜去。

时再兴心想，这样猛烈的雷电第一次看到，念头还未转完，同时耳听一声惊呼，姬棠身子一歪，似要晕倒，连忙一把扶住。姬棠业已投向怀里，吓得脸容失色，立足不稳，大惊问故，才知姬棠小时在野地里遇到雷雨，也是突然一雷打下，将附近大树劈倒，人被震跌出去两三丈，吓晕过去。由此格外怕雷，遇到这样迅雷，便吓得面无人色，四肢绵软，不能行动。兰花又在一旁连说：“我们这里规矩，二哥须将棠妹抱送回去，此时虽不好走，如何不管？”再兴见姬棠娇怯怯偎在自己怀里，立都不稳，勉强挣扎之状，也颇怜爱，不等说完，早将她拦腰抱住。停了一会，姬棠方始稍微清醒，仰面低语道：“兴哥不要怪我，你摸我的心还在跳呢。”再兴见她说时，似恐自己疑她做作，满面娇羞，越发可爱，手又被她握住，由不得随手往她胸前一摸，果然心头怦怦跳动。手到之处，其软如绵，忽想起王翼无意之中触了兰花的乳，几乎惹出事来，心中一惊，忙想缩回；不料姬棠反把再兴的手拉紧，往旁一按，恰巧握在乳上，心方发急，姬棠把头靠在再兴胸前，低头悄说：“兴哥不要多心，我姬家人没有那样风俗，反正兴哥不娶，我也不会嫁与别人，你就有甚心上人，我也不会借故逼你，放心好了。”

再兴闻言，正在进退两难，忽听众蛮人惊呼之声。目光到处，前后火起，除却中间数里方圆一片石山，是有草木之处大都着火，吃狂风一吹燃烧起来。眼看两面都被烈火隔断，大片野烧非起不可，风力又猛，头上已有大量浓烟带着无数火星明灭闪变蔽空而过，时有热砂飞落如雨扑向人的身上，形势甚是险恶。下面群犀逃窜更急，怒吼厉啸之声杂在风火声中，听去分外凄厉刺耳。兰花急得双脚乱跳，直喊：“天大喜事被这一阵大风送掉，少时风头一回，我们全山皆火。虽有那大一片水，犀牛不说，人畜房舍还同花草全都受害，不知要伤多少！”话未说完，那一个接一个的大小迅雷忽然停止，风力也小了好些，犀群恰在此时过完，已往斜坡那面狂涌而去，前见蚁群也不知去向，火却越烧越大，连看守各处火堆的蛮人也都冲风逃来，抢到崖上，都在叫苦。空中忽有雨点打下，二女和众蛮人同时喜道：“大雨就到，这就好了。”

王、时二人虽知蛮荒暴雨说来就来，但是雨点又大又稀，这样大的火势恐难熄灭。正担心事，二女已同声急呼：“我们快走，去到旁边崖石之后避雨。”说罢，兰花和众蛮人已当先往相隔数丈的一片危崖之下驰去。再兴看出姬棠惊魂乍定，行走勉强，念头一转，忽然回手抱起。姬棠好似喜极，也用对手挽住再兴头肩，横坐在他双手之上，低声笑说：“原来兴哥还是有点爱我，就死也高兴了。”话未说完，忽听嗒嗒连声，满空雨点宛如乱箭一般打将下来，打在山石之上密如擂鼓，又猛又急，中在人身仿佛冰雹一样，隐隐作痛。姬棠连忙回手护着再兴的头，急呼：“兴哥还不快走！”等到赶到石后崖凹里面，雨由东面斜射过来，恰被山石挡住，这才没有受伤。晃眼之间，雨势已似天河倒倾急泻下来，满山都是瀑布飞流，平地水深二三尺不等，两面的火当时熄灭，谷中已无黑烟冒起。那样低洼的地方料火已灭。偏头往外一望，到处水气弥漫，仿佛成了一片大海。天色不明不暗，如在大雾之中，什么也看不见。离石稍远，雨点打在头脸之上和石子一样。

王、时二人以前住在国境左近，原是炎荒之区，南方特有的狂风暴雨虽然见惯，似此猛恶之势也是初次经历，当时只觉地动山摇，雨声震耳，对面说话均难听出，仿佛天地就要混沌光景。兰花还是神态如常，因这一场大雨万虑皆消，反而兴高采烈，拉了王翼同坐崖角山石之上，一面把脚伸向绕石而流的雨水之中洗那污泥，一面说笑商量雨后风凉正好洗剥犀牛，以及明日如何风干腌制、分配众人之事。姬棠素怕雷雨，始终偎在再兴怀中，吓得手脚冰凉，并说："这类大雷雨便当地也不常有，自己因蒙兰花爱护，平日遇到雷雨便藏向地洞石穴之中，似今日这样尚是初次。除非兴哥爱我，吓也吓死。"再兴见她虽然胆怯害怕，人却满面均是喜容，暗中叹息。想起未来，好生愁急，但又无法出口，只得到时再作计较，便用温言安慰。姬棠心中越发高兴，暂且不提。

王、时二人均觉这样大雨平地水深数尺，加上雨后山洪，路都难走；那些犀牛被水一泡更易腐臭，何况雨下正大，不知何时才止，能保得一半已是幸事，哪知当地大雨来去均快，共总下了半个多时辰左右。四人正在相对说笑，忽听蛮人喜报说雨已止，出洞一看，已是云散雨收，满空湿云疾如奔马，纷纷随风卷去。天上重又现出一片深碧，上面点缀着一些疏星。夕阳虽早落山，天边还有一抹红影。一轮明月也自升向树梢，雨后清光未到中天，看去已极鲜明，料知当夜月色分外皎洁。远近群山溪涧平野之间到处都是飞瀑流泉，万壑争流，水声轰轰，宛如雷鸣，空山回音分外聒耳。遥望来路前面已有人影火光闪动，才知方才水声太洪，没有听出雨住，想不到雨会住得这样快法。一问二女，均说平日暴雨还难得有这样长的时候，沿途沟壑甚大，休看水大，不消多时便可流尽收干，反更好走。对崖有路，只谷口一段要涉水而过，也不甚深。有这一场大雨，便有毒虫也不怕它了。说完一同起身，越过下面野地，走往斜对面的山崖之上，一同欢呼，歌唱而回。还未走到那片火烧的野地大壑前面，众蛮人业已纷纷赶到，踊跃争先，动起手来。后面跟随的蛮人见状同声欢呼，也纷纷抢向前去，有的竟由崖坡滚下，踏着未流完的雨水向前狂奔。

四人又累了这一日夜，都想回去稍微洗浴，换了衣服，乘着月明，率领众人早将这些犀牛运回，分别洗剥保存，没有跟去。原路太远，也未回走，中途改道，由死犀堆积的大壑旁边择一水浅地高之处上下攀援，横断过去。众山女已抢向前面准备。过时，看出壑底死伤犀牛堆积得数不过来，还有好些受伤滚落、断了腿脚、身陷水泥之中无法逃走的，正在厉声怒吼。因恐天热，暂时并未管它，只将死犀用绳钩套搭上去，放在几副大竹排上，一头着地，由壮汉掩走。四人绕上正路，沿途均是运牛的人，问知就这一会运回洞去的前后已有好几百条。森林来路一面，自相践踏、死伤倒地以及日里随后追逐打杀的还不在内，计算总在三千条以上，当夜决运不完。王翼见那竹排甚是长大笨重，想起一个主意，吩咐再斫上一些竹竿，两根一排，着地的一头用牛皮扎好，拖起来比较轻便。兰花立时传令照办，笑说："他们因见犀牛又大又重，挑走一只少说也要两人，大的便要四人才能抬走，想用竹排来拖，这样每副竹排可载五只以上，前头高起，用牛和人在地上硬拖，比较少费一点人力。能够想出这种法子已是难得的了。其实，用藤裹成一个大球，外包牛皮，拖起来还要好些，到家再说吧。"

时再兴正想，牛比人多出好几倍，一个来不及风干腌制便要糟掉，忽听远远传来两声狮吼。兰花首先听出那是两只小狮的吼声，想起二狮失踪之事，侧耳一听，忙喊快走。那吼声来路正是前日二人所经树林一面，忙同赶去。这时四人已快走到崖角，正往前跑，忽听峰崖上守望的老蛮用蛮语警告，说有好几只犀牛由早晨走散，窜往树林那面，不曾归队，请四人留意。二女闻言，心方一惊，又听二狮吼声越急，一看各人身带毒箭镖矛暗器之类俱都现成，没有用过，忙喊上面老蛮将涂有油膏的火把丢些下来，每人拿上两支并告二人："林中犀牛厉害，好在树木甚多，都是古木大树，有好几抱粗细，如见犀牛对面冲来，千万不可硬敌。这东西来势如风，又准又急，目力更好，纵时，稍一疏忽，被它独角挑中，不死必受重伤。二狮也许被这犀牛围攻，我们快去救它们回来。"边说边往前跑。相隔不到半里，转眼寻到，因听狮吼越厉，料知必有猛恶之物，越生戒心。

还未到达，便听前面呼呼乱响，林木萧萧，声如潮涌，仰望月光如昼，满地清阴参差，虽有一点微风，并不摇动。地上水已退尽，只沿途高崖上玉龙飞舞，挂着许多大小瀑布，往山沟内流去。到处溪水高涨，已快平岸，狂流滔滔，其激如箭，映着初起来的月光，一条条银练也似，夜景越发清丽。狮吼来处并非树林，由林旁一条崖沟里面传出，沟中也有好些树木。雨后山洪正顺沟底狂泻，还未到达，便听风雨之声，不时瞥见大片水点宛如银雨，由壑底喷起，满空飞洒。心方奇怪，姬棠在前忽然回手连摇示意，往旁边一株大树后掩去。三人见她神态惊慌，狮吼之声又由沟中传来，料有惊人警兆，悄悄掩过，往下一看，不禁大惊。

原来那崖沟对面大片峭壁高达八九丈，一面便是来路平崖，地势最低，上下相隔只两三丈，右首尽头崖势更高，左首便是山洪去路，沟中怪石甚多，另外稀落落生着十几株大树，水由对崖流下，瀑布也似。二狮吼声似在尽头沟底崖凹之中，月光被崖角挡住，看不出来。离开尽头峭壁不远有一怪石，并不甚高，上半丈许有一巨角突起，形如一柱，上面盘着一条大蟒，约有水桶粗细，在树上盘了十好几圈，头和长尾全都露出在外，两头乱摆。长尾起处，石旁的水打得四下激射，上流冲过来的浪花立被带向空中，飞洒如雨，映月生光，甚是猛恶。前半身蛇头特大，竟有好几尺方圆，前面好似还有两爪，粗看还当什么怪物，后才看出那是一只犀牛，不知怎的蟒、犀恶斗，那犀犯了野性，对面冲来，被蟒猛张大口，将前头半截吞下。无奈牛身太大，来势又猛，牛角又极坚硬锋利，头颈连肩被蟒吞进，牛的两条前腿也冲进了一小半，蟒口却被卡住，牛角又嵌进在蟒颈骨里，吞是吞不进去，吐又吐不出来，急得上下乱甩，无奈牛已紧嵌咽喉之内，甩它不掉。石旁水中和浅坡上还倒着两只死犀，似被蟒尾打死。方才风雨之声便由此而来。

那蟒看去甚是灵巧，头尾乱舞了一阵，又用长尾、头尾相接，想将口中犀牛打落；犀牛脊骨似被打断，下半身倒垂下来，偏是上来心凶，打算一口吞下，遇见对头吃了大亏。眼看那蟒越舞越急，二目凶光睒睒，宛如电射，知这东西猛恶无比，如其留在当地，又是一个大害。这样大蟒便是森林之中也难见到，看那形势，二狮必由地洞之中寻到别的洞穴，无意之中窜来此地，正遇此蟒将去路隔断。这一带崖坡又陡，雨水高涨，无法上来，困在下面，吓得连声急吼。此蟒甚是凶恶，如不乘此时机下手，将来除它更是凶险。

四人互相低声商计，把人分成两面，各用毒镖毒箭分头打去，只要打中蟒目和头颈要害，便可杀死。商计停当，再兴忙同姬棠抢先绕出，刚赶往另一临崖大树之后，便见两三条大小寒光由方才大树后朝下打去。那蟒真个灵警，这两支毒镖、一支毒箭全被头上死犀打落，只有一支中在死犀身上。再兴刚将暗器取出，忽听姬棠低声急呼："此蟒凶极，此时周身在动，目光对准兰姊、大哥一面，必有恶意。它那蟒口已被死犀撑足，无法合拢，口角还有空隙，我们朝它口内打进也是一样。"话未说完，再兴瞥见那蟒凶睛正注崖上，周身乱颤乱动，大有前蹿之势，心中一惊，更不怠慢，忙将凤珠所赠小毒镖取出，用连珠手法照准蟒目、蟒口打去。旁边姬棠见势紧急，也将身后弓箭取下，照准蟒口便射。那蟒本极灵警，无奈口中塞着小半条犀牛，大半身拖在外面，动作没有往日灵活，这一箭又是由下口角射进，更难看出。先又觉着上面有人暗算，当时激怒，正朝王翼那面注视，稍有动静便往上蹿，没想到另一面也伏有敌人。

姬棠这支毒箭首先由口角缝中射进，箭有奇毒，斜贯咽喉，本是致命的伤，不过还有些时才能发作。那蟒正对作势，待要往上寻仇，冷不防又中了一支毒箭，越发暴怒如狂，急得长颈往回一缩，身子一松，那盘在石上的上身立时全数下落。再兴还不知那蟒身子一松就要蹿来，耳听姬棠惊呼，也未顾及，乘着蟒头一低之势，手中毒箭已朝蟒目打进。本来不易打中，因是那蟒急怒交加，只顾想要报仇，怒极心昏，蟒口一合，又被犀角多刺进了一些，微一疏忽，右目先被打瞎了一只。事有凑巧，那旁王翼、兰花二人的镖矛毒箭正相继飞到，连另一只蟒目也同打瞎。再兴不知厉害，第三支毒镖还想朝前打去，猛觉膀臂一紧，耳听姬棠急呼："再不快逃来不及了！"声才入耳，已被拉开。同时瞥见那蟒中半段长身好似转风车一般，由头到尾晃眼脱光，蟒身一挺，长虹也似带着一股极强烈的腥风直射上来。这时四人全都警觉，分成两面逃走。那蟒似因双目全瞎，痛极心昏，不知想顾哪头是好，竟朝这两株大树的中间一直蹿上。等到全身落地，箭一般冲出好几丈，突将长尾左右一扫，再兴立处大树相隔较远，未被扫中，对面一株两抱来粗的古木竟被一蟒鞭打碎，树身几乎折断，连晃几晃，枝叶纷飞，洒落如雨。

二人见此厉害，正在触目惊心，互相庆幸，吓得连大气也不敢出；待要轻悄悄往旁溜去，走远一点，免为所伤，忽听兽蹄疾驰之声由斜刺里树林中传来。再兴家传武功，练就耳目，对敌时稍有动静，立时警觉，忙中回顾，正是一只大犀牛低着个头狼奔豕突猛蹿过来，相隔已只一两丈，暗道不好，不顾开日，一时情急，双手抱着姬棠猛力一纵，跳向侧面大树之后。刚把人放下，拔出缅刀，口中急呼："棠妹快逃，待我杀它！"声才出口，还未说完，那只犀牛已风驰而至，来势绝快，正由二人脚旁底下，猛冲过去；只要纵得稍慢，或是稍低，便是不死也非受伤不可。惊魂未定，那犀冲出两丈，一见扑空，忽又将身侧转，连颠带跳，目注二人，凶光睒睒，又要猛冲过来。

不料那条大蟒上来一蟒鞭将大树打碎，想是用力太猛，尾部也受了伤，皮鳞全碎，前面镖箭伤毒还未大发，后面又痛不可当，本就快要疯狂，将身盘起一半，口衔死犀，蟒头高昂，旗杆也似竖在当中，正在留神查听仇敌动静。犀牛一路奔驰，蹄声已被听出，好似想起方才犀牛猛冲入口的仇恨，又听有人惊呼之声，伤痛也渐发作，不由凶威暴发，悄没声猛冲过来。二人百忙中瞥见那蟒由前冲到，越发惊慌，刚同往旁纵避，犀牛闻得脑后腥风，也自警觉，回顾那蟒昂头追来，非但不逃，反而据地发威，把头一低，哞的一声朝前猛冲过去。那蟒先前上当，吃过苦头，听出仇敌又是对面猛冲，口中有物塞满，无法吞噬，猛将身子一偏，想要让过，一面把长尾向前抛去，就这样，仍被犀牛头角撞了一下，由身旁硬擦过去，鳞皮又被牛角冲碎了些，越发负痛激怒。那不知死活的犀牛还待回身拼斗，已自无及，吃蟒尾卷将过来，当时拦腰缠紧。

第八回

蟒窟中的香涎

时、姬二人本是危急万分，不料被犀牛闯来，发了凶威野性，反身向蟒冲去。那条大蟒口被犀牛头角塞满，嵌紧在内，吞吐皆难。正当暴怒情急之际，忽被四人寻到，连中几支毒箭、镖矛，将眼打瞎，立时激发凶威，猛蹿上来，想和仇敌拼命。开头用力太猛，一尾鞭将树干打成粉碎，仇未报成，反更受伤，自更怒发如狂，听到一点声息，便不顾命般朝前蹿去。犀牛又极猛恶，非但不逃，一见蟒口衔有一只同类，反倒向前冲去。那蟒本就负痛难忍，又被凶锐犀角将皮鳞划碎了些，痛极之下，也不管来者是牛是人，一时情急，一条好几丈长的蟒身电一般急猛扫过来，立将凶犀全身缠紧，所中伤毒也自发作，神智已昏，以为仇敌已被缠住，周身皮鳞一齐颤动。凶犀性又猛恶多力，全身被蟒缠住，无法脱出，便在里面发威怒吼，把力强挣，连用独角朝蟒硬触。那蟒痛上加痛，缠得更紧，由此缠绕一堆。

二人惊魂乍定，那旁王翼、兰花瞥见二人危急，也跟踪追来，见此情势，好生庆幸，先还恐蟒警觉，不敢出声，轻悄悄掩向一株大树之后。王翼见那凶犀先被那蟒困住，虽然无法脱身，总算蟒身太粗，中间还有空隙，当时没被绞死。后来那蟒似因伤毒交加，凶威大发，一面盘香般缠紧凶犀不放，因恐仇敌逃出，又将一段蟒身横在上面。凶犀被蟒罩在底下，偶然蹿出一点头角，晃眼之间又被蟒身盖住，急得将头朝上乱顶，怒吼之声震动山野。蟒见制它不死，缠绕越紧，因是用力太过，身上伤口多半绽裂，露出好些伤口，腥血流溢，刺鼻难闻。王、时二人悄打手势，因恐毒蟒性长，想用毒镖打那伤口，使其早死。二女连忙摇手止住，方说："此蟒所中镖箭均已见血，内有奇毒，万无生理，死前也许还要跳动；我们先将小狮寻到，去往那边崖上，方可无事。此时难得它全力与凶犀拼斗，如何还去招惹？"

说完，刚刚绕往左近崖坡之上，忽听凶犀厉声惨嗥，蟒尾和长鞭一样不住起落，打得地上尘土翻飞，野草连根拔起，满空飞舞。定睛一看，原来那蟒恨极仇敌，吃了身子太粗的亏，急切间勒它不死，又被凶犀独角在里面乱触乱刺，越痛越怒，越怒越不肯放。想是痛极无计，忽将上面一圈松开，犀身刚一现出，忽然一尾鞭当头打到。这时凶犀全身已被缠紧，一见上面有了空隙，正想猛力挣脱，蟒尾已当头打到，头一尾鞭打中头部，惊痛缩退，伤还不重；二次又往上蹿，刚有半截身子蹿出，蟒尾跟着打到，总算缩退得快，未被打死，多少也受了点伤。双方都是凶野猛恶之物，一个拼命想逃，一个非将仇敌制死不肯甘休。凶犀虽也强健多力，到底没有那蟒力长性灵，就这四人回顾之间，已被蟒鞭打了十好几下。休说犀牛，便是铁牛也禁不住。始而仗着闪避得快，又有几圈蟒身隔断，伤不甚重，只管怒吼，未被打死；这一负伤，越想逃出，一个不巧，被蟒鞭打中脊骨，连颈立被打断，身子也蹿出半截，搭向蟒身之上，前腿同时折断，无法缩回。那蟒惟恐仇敌逃脱，立将后半身掣转，由上到下，连压带箍；凶犀先还厉声惨号，忽然哼了一声，只听牛骨折断轧轧乱响，便无声息。蟒口本还带着一条死犀牛，始终乱甩，不曾停止，凶犀一死，不知怎的竟被甩脱，飞出好几丈高远，落向地上。

兰花见状，低声急呼："我们快逃，留神误伤!"边说边拉王翼一路攀援纵跃，往侧面崖顶上跑去。还未到达，便听下面呼呼乱响，宛如狂风暴雨，夹着奔腾跳掷之声，震得山摇地动，知是蟒死以前例有的挣扎。此时形势最是凶险，无论人畜，多猛恶的东西与之相对也休想活命，稍微有点声息被它听出便要追来。当地虽是一片危崖，便被蹿上，也易逃避，到底大意不得。二女首打手势，禁止王、时二人出声；绕到崖顶朝下一看，那蟒真个猛恶到了极点。这时凶犀全身骨头均被绞碎，做一团摊向地上，再吃蟒尾一路乱打，简直成了一块带皮的肉饼。那蟒伤毒全发，性更凶野，睁着两只瞎眼，在大片草原上纵横跳掷，往来乱窜，月光照处，宛如一条彩虹电掣飞舞，地上野草均被滚平，有的一大片连根拔起。偶然一蟒鞭扫向几株树上，不是齐中打断，便将树干打断，枝叶纷飞，洒落如雨。一时腥风大作，烟尘滚滚，声势比前还要惊人得多。

王、时二人初次见到这样猛恶的东西，正在惊心骇目，忽听芦笙之声由前面传来,知是那蟒声势太恶,已将前面守望的蛮人惊动,吹笙告警。未容开口,那蟒一听芦笙,忽然将身旋转,看神气似想追去。蟒身折转太快,长尾恰由地上横扫过来,用力太猛,蟒口吐出的死犀牛恰被扫中,当时由地飞起,啪的一声大震,打向一株大树之上,死犀立被打扁,贴向树干之上,好几抱粗的大树也几乎被它打断,上面残枝碎叶做一蓬飞洒下来。蟒身刚刚顺转,将头昂起,待往前去,跟着来路一面又有芦笙吹动。兰花跳脚急道:“他们真蠢,此蟒何等厉害,不久必死,何必还去惹它?如被回身蹿往寨前,这样腥秽长大之物暂时如何收拾?难得它往前去,走远一点,偏又引它回来,这多糟呢!我们快将镖箭准备,索性引它到这一面来还好得多,免得蹿往寨前。我们这两日还要洗剥犀牛,无法顾它。别的不说,太阳一出,单那腥臭气味便是难当。崖下背阴,要让它死在这里才好呢。”说罢,取出银笛连吹了几声,一面令众准备。

那蟒正往前蹿,一听后面又有芦笙吹动,刚掉头转身,往回猛蹿;中途听到银笛和人呼喝之声,将头一偏,改朝崖前蹿到,其疾如箭。相隔还有五六丈,刚把蟒头昂起,全身用力,待要上蹿,王、时二人手中镖箭已觑准蟒口打到。那蟒业已怒极成疯,血口开张,一条长信火焰也似吞吐不休,双目已瞎,不知闪避,二人镖箭全都打中。那蟒越发激怒,身子一拱,朝上猛蹿,下半身已快离地而起。姬棠看出来势猛恶,急中生智,刚将身旁一块尺许方圆的山石捧起,见蟒快要蹿到,立时朝下打去,恰巧打中蟒头。兰花手举梭镖正要打下,猛触灵机,也将旁边一块重约七八十斤的断石笋拿起,双手用力,照准蟒头便打。时机真巧,那蟒骤出不意先被姬棠一石打中头部,已快打闷过去,蟒头刚往侧一偏,兰花又一石笋打下,恰巧打中头颈要害,力气又比姬棠大得多,那蟒随同石笋往旁一偏,王、时二人看出便宜,崖上这类大小石块又多,被四人纷纷抢起朝下乱打,蟒已成了强弩之末,只这临死以前一点余威,自禁不住,一声极凄厉的惨叫过处,前半身刚一沾地,后半身已就势横扫过来,啪嚓连响,一声大震,打向石崖之上。崖石虽被打碎了些,但是上面均是锐角,那蟒负痛情急,所有余力全用在这一击之上,皮鳞打碎了一大片,先后伤毒全数发作,略一挣扎,便死在地上。

四人还恐它暂时痛昏,万一醒转,仍是难挡,连用镖箭石块朝下乱打,直到蟒头全被打碎方始中止。远近守望的蛮人已早望见,得到信号相继赶来，被兰花止住。因知蛮人都喜吃那蟒肉，最为珍贵，但是犀牛太多，还要处置，暂时顾不过来，忙即传令，吩咐众人说蟒身皮鳞坚厚，还可多放些日，必须先将犀牛洗剥腌好再说，此时不许妄动，随命两个蛮人在当地守望。一面由上风绕往壑底，一看小狮只有一只伏在一个小崖凹中，早已停了吼声，见了主人方始欢啸蹿出，另一只较小的却不知何往。四人看出崖岸高峻，前段水深丈许，只崖前一段地势较高，小狮无论如何也逃不上来。洞口不大，看去极深，人却走不进去，内里阴冷异常，均疑另一小狮为蟒所杀。

正要回转，蛮女幺桃忽然赶来，说那小狮业已回转地洞，正吃兽肉。细一询问，才知那条大蟒始终藏在崖下洞穴之内，因那一带山腹地底都有孔窍相通，蟒在里面业已藏伏多年，只为内里曲折大小不等，小金牛寨地穴虽与蟒窟通连，但有两处无法穿过，入口只一小洞，被石笋挡住，谁都不知下面藏有这大一条巨蟒。当日想是二狮想要逃出，在地洞中乱窜，无意之中由那小洞穴中钻进，在山腹中乱窜，虽然寻到出路，但将大蟒惊动，追了出来。本来不免一死，恰巧那几只离群走散的犀牛赶到当地和蟒恶斗，被蟒打死了两只，又吞了一只在口里，无法咽下，吞吐两难，便将长身盘绕崖石之上，急于想将口中死犀吐出，无暇他顾，这才保住性命。因那洞口大小，只有一只较小的勉强由原路逃回地洞，另一只小狮急切间不知退回，知道那蟒吐出死犀必要吃它，急得连声怒吼，才将四人引来。杀蟒之后，先还恐蟒不止一条，又不知是由何处窜来，蟒窟藏在何处，这样大蟒多有灵性，报仇之念最重，如有一条同类留下，又留一个大害。本在愁急，及听幺桃一说，想起另一小狮既能回到原处，可见蟒只一条，心中略宽。

等将小狮系上，一同回转，又有一个蛮人赶来报信，说方才老寨主因听小狮突然回转，四人又杀了一条大蟒，惟恐山腹中还有蛇蟒藏伏，选了两个不怕死的蛮人，带着毒刀毒箭，由地洞小狮逃路蛇行入内探看，发现内里洞径甚多，上下弯环，最仄之处只有一两尺方圆，但是不多。中间有一大洞，约有两三亩方圆，却不甚高，内中只有大小十几根怪石，地平如镜，又光又滑，干净已极，只是奇冷如冰，还有一种腥香气味。当中堆着丈许方圆一片青紫色的软晶，异香扑鼻，用刀斫了一块带出。因见前面无路，小狮出口急切间没有寻到，实在冷不可支，只得仍由原路退回。孟龙一看所得能发异香的软晶，才知那是一条大香蟒，非但周身没有一样囊物，蟒皮值钱，蟒肉也极好吃，所吐蟒涎更是香烈，专销缅甸、安南诸国，价值连城。更有一件妙处，此蟒虽最凶恶，所居之处干净已极，所吐香涎专避毒虫蚊蝇，灵效甚多。蟒洞冷如冰窑，任藏何物可以经年不坏，正可藏放那些犀牛。因此命来送信，令兰花设法查看地势，将仄小之处开通，以作藏牛之用。

四人一听好生欢喜，细问那两个蛮人，得知蟒窟大洞离小金牛寨地洞共只二三十丈，比这一面要近得多。除小狮所钻小洞人须蛇行入内而外，只有两处最仄，地方并不算小，只为怪石太多，上下交错，无法行走。仔细盘算，便请王翼等三人先回沐浴，自己事完再来。王翼此时更爱兰花，意欲等她同回。兰花原想亲身入洞查探地势，因恐王翼一同犯险，又听洞中奇冷，故令三人先回，闻言坚持不肯，力说："我还有许多事要指挥他们，大家又累了这一日夜，都是饥疲交加，身上汗臭熏蒸，你们还不赶快回去沐浴更衣？这些事又用不着你们帮忙，何必同在一起？"王翼无奈，姬棠得了兰花暗示，已拉了时再兴快要起身，只得罢了。

三人走到路上，正在谈说杀蟒之事，王翼忽然瞥见旁边树后人影一闪，因觉那人与蛮兵装束差不多，知道当地没有外人，也未在意。走了几步，忽然想起同来二十个蛮兵服装一色整齐，所用刀矛弓箭也都相同；这人身上短装似已破碎，满头须发颇乱，也未见过；又想蛮兵如见自己不会避开，心中一动，回顾已无踪影，心疑当地蛮人由侧走过，因见姬棠挽着再兴的手笑语亲热，也忘了告知，就此丢开。等回到碧龙洲，分别沐浴，换好衣服，忽见兰花带了两个蛮女都是周身灰泥由楼前跑过，跟着，便见幺桃上楼来取衣服。问知三人走后，兰花自和两个蛮女亲身入洞，径由金牛寨地洞中走出，非但探明两面途径，并还发现内有一处洞径比较宽大得多，与地洞只隔着尺许厚一片崖壁，只要将其打通，便可将那许多犀牛全数运往蟒窟存放，不致腐臭。业已命人用火开那石壁。不久便可打通，石崖那面洞口也要填塞。洞中蟒涎堆有好几百斤，已命多人往取，就便开路。犀牛太多，已无须全数洗剥，此举又是因祸得福，许多好处，全体蛮人惊喜若狂，到处欢声雷动，都想吃那蟒肉，准备连夜动手，将犀肉藏好，便去割那蟒肉等语。

幺桃说完，拿了衣服走去。隔不多一会，兰花喜冲冲赶回，新浴之后，更显得容光美艳，玉润珠圆，刚一见面，便拉住王翼的手喜笑颜开，说之不已。王翼对她也是越来越爱，觉着此女实是智勇双全，遇见艰险之事竟能挺身上前，难怪众蛮人对她这样信服敬爱。但是事太凶险，万一洞中还有蛇蟒藏伏，黑暗之中望见火光朝人扑来，岂不送命？不禁又是心喜，又是怜爱，想起胆寒，忍不住便劝了几句。时再兴也说："兰妹全山之主，不应如此冒失犯险。"兰花听二人埋怨，倚在王翼怀中娇笑道："我早料你们在旁必要作梗，虽是好意，却不想这许多犀牛，天气又热，两三日内如何收拾得完？平日想打一条都办不到，好容易冒着奇险，得来这多，就此糟掉，岂不可惜？我姊妹虽不吃那蟒肉，他们全都当成美味，这大一条也须有个处置，暂时偏顾不到它，又不知是否还有同类藏在洞里。难得事情样样凑巧。我不领头当先，专叫几个蛮人犯险，非但人心不服，难免怨恨，有许多事他们也没有我想得周到。洞中如有蛇蟒，那只小狮怎能逃回？因此亲身入内查看，果然被我寻到两处极好地方，还有两堆香涎和一条大蟒蜕下的空皮，都是珍贵之物，便是好几年不去采荒，也不愁无法交那岁贡，大家还可过点舒服日子。我不亲身下手，专靠他们，这许多犀牛三日之内如弄不完，至少糟掉一半，岂不冤枉？"

边说边令蛮女传话，吩咐全体蛮人分班饱餐牛肉，三日之内不许饮酒，吃完少歇，仍要做事。等到犀牛分别洗剥，运送入洞藏好，再按人数和所出气力当众分配，一面准备一些肥嫩牛肉，就在楼前空地上烤吃。蛮女应声走去，二女又说："这几件喜事都是王、时二人带来。"全山蛮人无不喜出望外，把二人认作福星。二人口中谦谢，知道机缘凑巧，蛮人从此信服，可以长久安居，也颇欣喜。因这许多惊险之事接连而来，结局全都转忧为喜，彼此忙乱高兴头上始终没有想到犀群未到以前，山口来路一面相继传过来的警号为了何事，守山蛮人照例遇警传报，别的不管，人又愚鲁健忘，未再说起，全都当作所有信号均为犀群而发，就此忽略过去。

等到吃完牛肉，同往小金牛寨查看地洞石壁，已被蛮人涂上黑石油膏用火点燃，先将它烧酥，再用铁锹猛攻，业已攻穿一洞，犀牛恰可抬进。内里两处仄小洞径也被攻穿，碎石已打扫干净。兰花尚嫌洞口大只方丈，又命开大一点，并往里面查看了一次，出来分别指挥，将所有犀牛堆在洞前空地之上，索性等洞径开大一点再运进去。那受伤最重的死犀留在外面，分出人来运往附近溪涧中连夜洗剥吹干。有的放在原有腌肉的大石槽内，取出岩盐先腌起来。似这样连忙了三四日。由孟龙父女起，直到全山蛮人，都是日夜分班力作，除了两餐一卧之外极少休息。仗着人逢喜事精神爽，众蛮人生长山野之中，习于劳苦，虽是日夜不休，比起森林采荒仍好得多，又无丝毫凶险，全都踊跃争先。到第三日午后，犀牛运完，共是三千多只，比人多出好几倍。那条大蟒又是蛮人美食，不等犀牛腌好，已先开剥，前后又忙了好几天才得停当。地洞中存放的犀牛还有一多半不曾腌好，盐已用完。幸而天气助美，有风无雨，早晚凉爽。

兰花急于打发蛮兵回去报告喜信，肉刚腌好风干，便命起身。另派百多个壮汉代为运送，共是八十副背子，约有二十条腌好的牛肉，连同许多皮角和以前采荒所得珍贵之物一同送去。王、时二人又向孟雄、凤珠夫妇分别写了亲笔书信交与蛮兵带走。那二十个蛮兵各得到兰花一份极厚的礼物，欣喜若狂。事前三日，兰花又发出信号，传令山口危崖守望的寨蛮用箭和芦笙传信，通知老金牛寨那面守望送信的人去向孟雄夫妇禀告，估计蛮兵走到山口以前必有人来迎接，方始打发上路。隔了几天，山口守望的人来报，说孟雄夫妇听说山中大获，凭空增加了许多财富，高兴已极，也认为是王、时二人的福气，越发欢喜，吩咐孟龙父女和全体寨民对于二人格外恭敬厚待，一切均照兰花所说行事，暂时放工一年，以后只要能有二百条犀牛送往山外，便抵一年岁贡。在此期中，全由宾主四人做主，无须再为禀告。只令将所得犀牛连同皮骨陆续运往山口，以便命人来接，并请王、时二人取出牙牌令箭当众宣示，说孟龙年老退位，以后改由兰花当寨主等语。

第九回

山寨惊变

兰花和二人带去的信上并未明言牛数，只说天气太热，所得犀牛比上次多，惟恐糟掉，忙于腌制，还未点数。但是此次全山蛮人出死入生，苦劳大多，山中又有许多可耕之地，希望允许众蛮人暂停采荒，一面洗剥犀牛，将肉和皮骨运往老寨，一面率众开垦荒地，并请定出岁贡，以为鼓励。王、时二人信上更请凤珠代为劝说，准许蛮人耕田自给，使地里常有出产，以免常年去往森林受那凶险，朝不保夕。孟雄不大识字，又听爱妻之言，全都答应。兰花闻报大喜，四人商计停当，将犀牛匀出三四年岁贡，下余一半藏好备荒，一半分配全体蛮人，每人任其挑选一条整牛，不论男女老少都是一样，那出力最多的另奖一条或是半条，有那家口多的竟分到十条以上。森林采荒最是凶险，又因此停止一年，喜得这些蛮人终日笑口常开，望见四人老远便欢呼起来，连经兰花传令劝说，过了好些日方始停止。

到了次月十五月明之夜，先在日里由王、时二人取出牙牌，传了老寨主的命令，由兰花继为寨主。夜来置酒歌舞狂欢，本就人心大悦，当日又在无意之中发掘到大量岩盐和许多蜂蜜，越发喜上加喜。经此一月，男女双方情爱越深，按着蛮俗，本应歌舞野合，赶了野郎，有孕之后方始成婚；王翼终是汉人，不以为然，最后认定，就在当夜歌舞之后回楼成婚，由此同居一室，免去许多野蛮礼节，等到有孕，再行婚礼。兰花本意，王翼对她情爱不专，还想过上一年半载再结夫妻；无奈男女双方都是情热，朝夕相对，忍耐不住，又见王翼对她越来越爱，也就活动，非但没有坚拒，反倒百依百顺，并未照着蛮俗旧例。当夜歌舞之后，便同回到楼上结了夫妇。事前时、姬二人并还备酒庆贺，送二人入房合卺。

这时全山蛮人歌舞狂欢跳了大半夜，各寻情侣幽会。天已离明不远，残月光中只山巅水涯、花林深处断断续续偶然传来几声情歌，四人领头所种的秋庄稼刚刚成长，楼前和隔山广场上业已空无一人，连那几个贴身蛮女也都遣开。时再兴正要归卧，偶一回头，姬棠手扶栏杆，朝着窗外，似在用手拭泪，知其触景伤情。想起这一月以来虽然同居一楼，卧室业已分开，姬棠虽经再三劝说，表面并无表示，平日殷勤体贴，无微不至，用情深到极点，看那心意明想日久情深，与之结为夫妇，自己偏是心志坚定，只管对她怜爱体贴，并无别念。姬棠温柔端好，虽因明言在先，不曾开口，内心实是苦痛。此时眼见王翼、兰花夫妻恩爱，自然心中难过。有心安慰她几句，又恐惹出事来，只得装不知道，故意打了一个呵欠，想要单身回房，又恐姬棠悲苦，于心不忍。正在迟疑，姬棠忽然转身走来，低声笑道："兴哥，你倦了么？我送你回房。看你睡熟再走可好？"

再兴见她眼波犹润，浅笑嫣然，灯月光中更显娇美，不禁心肠一软，便拉着姬棠的手笑道："我无事不惯熬夜，早睡也好。这几日如在中土，早已秋深，夜来风凉，还是我送你回房吧。"姬棠低头不语，停了一阵，方始笑道："这样也好，只是夜风太凉，昨夜看你被头业已掀开。你孤身在此做客，又不要我在你身旁，大哥成婚之后更少一人互相照看，早晚之间还须保重呢。"再兴见她说时虽有笑容，眉目之间隐含幽怨，想起当地日夜气候悬殊，近来夜风甚凉，当时均见姬棠半夜起身，为他盖被，觉着对她不起，忙将纤手紧握了两握，低声笑劝："好妹妹，你不要担心我。我们汉城中比你这里气候冷得多呢。"姬棠微笑未答。再兴将她送到隔壁房中，将被盖好，转身要走，姬棠忽将手拉住，面上一红，低语道："兴哥如真爱我，和我同睡片时，做一次假夫妻好么？"

再兴见她说时，满面娇羞，人又生得那么通体圆融，修短适中，这一脱衣卧倒，宛如海棠春睡，越显娇艳动人。最难得是天然美秀，从不带出半点轻狂，实不忍心坚拒，只得和衣卧倒，温言劝道："棠妹，你不要多心，我们虽无夫妻之爱，情义深到极点。你也知道，似你这样可爱的人，并非不愿和你亲热，但我知你不愿嫁与蛮人同族，将来送你回转故乡，想在汉人中为你觅一佳偶。但是我们汉人有好些礼法拘束，像我平日和你那样亲近已是不该，将来嫁到人家，想起以前，难免不安，故此不肯冒昧。"姬棠先偎在再兴胸前，本是满面喜容，话未听完，凄然答道："兴哥，你当我还会嫁别人么？实不相瞒，我已拿定主意，人是你的，能结夫妻更好，便作兄妹一世我也心甘，但决不肯与你分离。好在你也说过终身不娶的话，我更不会再嫁别人，便你想要另娶，恐也无此狠心。不过大哥、兰姊都认为我们将来必是夫妻，外人更不必说。今夜人家恩爱，想起自己实在难过，别的不想，只想你抱着你这苦命妹子睡上片时，应个景儿，只以后不把我丢下去娶别人，便心满意足了。”

再兴见她说时泪流不已，越看越生怜爱，也未细想言中深意，由不得一把抱紧，温言劝道：“棠妹不要伤心，我此生实在不会娶妻，你既不肯听劝，我也无法。好在近来已与这里的人同化，你只不要悲苦，我和你索性睡他一个足，再同起身如何？”姬棠也未回答，忙即起身，代再兴把衣履脱下，各穿一身小衣，同枕而眠。当夜天气甚凉，二人互相搂抱，谈了一阵，便同睡去。醒来，王翼、兰花已先起身，听说二人同卧，又起得这晚，只当二人也成了夫妻；不知再兴心志难移，只为近来染了蛮俗，少却许多拘束，姬棠又极情热，不忍坚拒，以为对方温柔端静，并无邪念，一时怜爱太甚，勉强答应，并非真事，便向时、姬二人称贺。再兴偷觑姬棠微笑未答，面上略带娇羞，并无悲苦之容，也就罢了。初意还恐姬棠纠缠不已，哪知就此一夜之后，更不开口，只管服侍周到，体贴入微，从不再提前事，言笑动作之间反比以前还要庄重。

转眼秋去冬来，山中气候虽极温和，草木经冬也未黄落，到底比夏秋间要冷得多，尤其夜凉比白天要差好几个月的气候。夜风更凉，非着棉衣不暖，日间仍是连夹衣有时也穿不住，早晚气候相差太甚。当时梦中惊醒，必见姬棠轻悄悄立在床边代盖被头，并将壶中热水换过，以备半夜醒来之用，心虽感动，但恐招惹，多是假装睡熟，听其自去。偶然心软，恐她受凉，劝其归卧，姬棠也无表示，随便说上几句便各走去。光阴易过，不觉隆冬，新开辟的田土中所有田产业早收割，四人见众蛮人忙了一秋冬，难得第一次这样丰收，传令全体休息，无事各听自便。日间无事，王、时二人便教蛮人练武，有时同出打猎，全都欢天喜地，高兴非常。

这日打猎回来，忽然天降大雪，四人在楼上将新打来的野味围炉烤吃。再兴、姬棠俱都吃醉，被人扶向房中卧倒。半夜再兴醒来，觉着有人走动，睁眼一看，正是姬棠，玉颜微酡，酒意尚未全消，只穿着一身小衣裤，轻悄悄掩向榻旁，正代自己盖被，鞋袜已被脱去。看神气好似半夜酒醒，刚刚脱衣欲卧，忽然想起自己，赶来探望，已快转身走去。

看那娇怯怯冒着寒冷暗中照护的深情蜜意,想起越生怜爱,忍不住伸手拉住。刚喊了一声“棠妹,如何不穿衣服?”忽觉纤手冰凉,心更不忍,就势一拉,笑说:“棠妹,我真对你不起,快些上床,我抱着你暖和一会,天已不早,同睡也好。”姬棠苦笑道:“兴哥放手,我还有事,改日再陪你睡吧。”说完将手挣脱,便转身走去。再兴喊她不应,只得罢了。天晴之后气候转暖,姬棠未提前事,再兴也未喊她同眠。

转眼交春天暖,四人因二百条犀牛业已送走,当年不须再往森林采荒,每日领头去往田中耕作,均觉以后光阴越发安乐。孟雄夫妇又送了许多必需之物来作奖赏,样样齐备,知是凤珠之力,否则不会这样周到。中间王翼屡托便人带信称谢,因男女双方只算跳了野郎,尚未正式成婚,虽然再兴力劝,终觉凤珠情深意厚,恐其得信凄苦,连去三四封信均未明言婚事。这日接到凤珠来信,说孟雄出猎,遇见两虎,坠马受伤,马也被虎咬杀,虽然未死,人已病倒。凤珠原定三四月间来碧龙洲小住,过夏再回,经此一来,每日需要照护病人,不能离开,人甚愁闷。另外附有一张小纸条,专寄王翼一人,隐喻相思之意,词甚哀怨,并说:孟雄伤重,年又衰老,恐不久于人世。虽将祖传令符三宝取出,并将几个心腹近人喊到榻前,当众传令,说他死后必须由夫人继为寨主,并令众人立下重誓。这类蛮人性均凶野,孟雄一死,是否还有争夺凶杀尚难拿稳,总算家传武功,平日宽厚,颇得人心,到时也许能够平安渡过。稍有机缘,必来碧龙洲相聚,见面长谈再作计较,请转告再兴,同下心思,恩威并用,先将人心收服,以为异日之计。

王翼得信,看出凤珠对他情痴,虽然勾动前念,但一想到兰花,到时决难容许,好生忧疑。仗着兰花每日忙于耕作,识字不多,又见凤珠时有信来,恐其看破,平日故意延搪,不曾多教,有许多字均不认得,便编了一套假话,一面抽空去与再兴商计将来如何应付。再兴才知王翼未将实情告知凤珠,对方还在痴心,不禁大惊,深悔自己不该避嫌,只初来时和王翼写了一封谢信,以后不曾再与凤珠通信,致被王翼瞒过。料知将来必生枝节,只得力劝王翼速写回信,明言相告,免得对方一味痴情,万一照着来信口气,孟雄死后,丢了寨主不做,赶到山中,惹出事来。王翼也不是不知利害,无如凤珠救命恩人,对他那样痴情,人又生得那样美艳,实不忍心使其伤心失望,当时答应,写回信时始终不忍下笔,最后打算拖到凤珠真个寻来再与明言。再兴见王翼将信封好便交人带走，也不便索看，明知王翼心意不定，但又无计可施，几次想要单独写上一信交人带去，也因许多碍难，欲发又止。总算孟雄本质健强，虽受重伤，人已残废，并不曾死，凤珠自不能离开，就此耽延下去。另一面兰花也有了孕，直到隔年生下一子，二人正式成婚。凤珠竟未寻来，信却越来越勤。王翼非但回信不肯明言，反连兰花要他禀告成婚的话均未提起。

到了第三年春夏之交，凤珠的信忽然中断，老寨也无音息。兰花每日夫妻恩爱，抚养新生爱子，又要管理全山的事，忙得非常，以为老寨岁贡已早送去，为了前年大获，又开辟了许多土地，所有应办的事均早办好送走，不似以前时有时无，毫无头绪，常受苛责。往来山口地势奇险，山外虽有守望的同族，无事均不惊动，也未放在心上。王翼虽因凤珠三数月来没有音信，心中奇怪，无如作贼心虚，以前写信大多，被兰花无意中盘问过几句，误当爱妻生疑，凤珠没有信来，不便先写信去，悬念了一阵也就放开。时、姬二人这两三年中朝夕相聚，虽然情义越深，女的更是情深一往，无如再兴生具特性，定志难移。女的先还想以至情感动，后见对方情有独钟，对她虽极怜爱，始终隔着一层。悲苦了些时，便换一种主意，对于再兴只管每日随同耕作，样样关注体贴，更不再提前事。再兴见她不来纠缠，平日无甚表示，正对心思，渐把平日顾虑减消，不再留意。双方表面好似习惯自然，实则各有各的心计，暂且不提。

这日交秋，又是天降大雨。蛮俗早婚，兰花四个贴身蛮女都有情人，除幺桃年纪较小尚在身旁，下余三人均已嫁人。因听王、时二人劝说，人都一样，不应作威作福，以人为奴。为了公众之事虽应领头指挥，平日起居饮食最好自己动手。我们年轻，自己做的事只比他们还好，何必用上几人跟前跟后？兰花对于二人言听计从，蛮女婚后便听自成室家，未再补用，只留幺桃一人在旁。因见当日雨大，天空阴云密布，尚无晴意，湖上水气蒸腾，雨声如雷，四面白茫茫什么也看不见，正在楼上闲谈望雨，想等雨住去往田里查看。不料当日雨势不似寻常，连下了小半天还未停止。

正在无聊，幺桃巴结主人，笑说："今早在湖中捉了几条鱼，还采了好些新鲜菱藕，老寨主又命人杀了一条肥猪，业已烧好，这样阴天，可要取些前来下酒？"兰花便命取来。因那烧猪乃孟龙喜吃之物，刚烧好不久，藏在对岸崖洞之内，幺桃冒雨往取，去了好些时不曾回来，兰花觉着奇怪，又有一点饿，笑对王翼道："都是你们弟兄不愿意我用人。我姊妹每日起床，招呼完了你们，便同去田里耕种，或是钓鱼打猎，一天忙到晚，我还要喂娃儿，难得有点空闲。所用只幺桃一人，事情稍多便忙不过来。我看改日再挑两个女娃儿帮着做事，大家轻松一点也好。"再兴方说："大嫂不是这等说法，自来力气越用越有，习惯自然。"忽听笙鼓音乐之声由对岸风雨中隐隐传来，二女首先惊道："这样大雨，叔父又在生病，怎会有贵客前来？事前又未得到信号，是何原故？"说完，兰花将婴儿交与王翼代抱，起身要走。

王翼见雨太大，正想劝阻，打算代往探看，忽见幺桃冒雨赶来，空着双手直奔上楼，进门便喊："叔婆夫人来了！"四人闻言惊喜交集，忙问幺桃："老寨主夫人怎会冒雨来此，事前连个信号都未接到。"幺桃忙说经过，才知凤珠只带了十二个心腹女蛮兵和一些衣服食粮，由老寨起身赶来。因其拿有老王祖传信符，一进山口便下严令，不许守望的人报信，只命两人引路。因无人接，由山口起走了两天方始到达。到前遇见大雨，山洪暴发，人还受伤，蛮女也伤了五个。先在三里之外大树林中避雨，后来领路的人见她伤重，雨下越大，不能行动，再三劝说，才赶往寨中送信。孟龙闻报大惊，忙即带人往迎，正要准备藤兜往抬，凤珠已由同来蛮女用被褥结成一兜，上盖油布，跟踪抬来。一到便问："王、时二人住在何处？听说均已成婚，是否真有此事？"孟龙觉着去年王翼业已写信禀告，怎会不知，心中奇怪，照直说出。凤珠笑答："这两汉客实在真好，我今此来一半便为贺喜，不料一个还生了儿子。此时雨大，不要惊动他们，等雨住后我自往洲上去看他们夫妇。"谈了一会，忽然昏厥过去。

幺桃因凤珠手持令符，不许孟龙告知王、时四人，孟龙不敢违背，业已答应。惟恐四人不知此事，又知兰花对她怜爱，得信只有欢喜，不会嗔怪；凤珠发令时藏在一旁，又未被她看见，故此连烧猪肉也顾不得拿，匆匆赶回报信。这时男女四人各有心思。兰花虽疑王翼别有所恋，成婚之后看出丈夫对她情爱深厚，人又不会离山，疑念已消。以前凤珠对她又好，闻报还不怎样。再兴虽然痴爱凤珠，一则片面相思，双方情愫未通，知事万难，内中隐伏危机，听见人来，虽是万分惊喜，并无他念。姬棠偷觑再兴面色不定，时忧时喜，照着平日观察，早就明白几分，见状越知所料不差，心中悲愤，面上却未露出。只王翼一人心情最是不安，知道爱妻情热如火，如知与凤珠相恋之事决不甘休。凤珠每次来信又是那样情痴，看她今日不带多人孤身来此，又不许通报，以及到后昏厥，和所问所说的话，分明得到信息，连丈夫也不顾，犯险来此探看虚实，一个不巧，必有一场风波。再想起以前回信那些敷衍安慰的假话，自己结婚两年始终一字不提，少时见面无话可说，越想心越不安，满腹忧疑，料知难免一场风波，当时急出一身冷汗，深悔不听再兴的话，才有今日。当着二女又不便与再兴商量。

正在无计可施，忽听兰花笑问："哥哥，你受叔婆救命之恩，听她来此，又受了伤，还不穿好衣服同我前往看望？这是应该欢喜的事，如何愁闷起来？莫非你还不愿意她来么？"王翼闻言越觉刺心，侧顾兰花已命幺桃快备雨伞，并取面水衣服更换，准备同往看望，所说好似无心之谈。再兴业已走往房中，只姬棠坐在对面望着自己，略一定神，强笑答道："我是见这大雨发愁，正想雨小一点再去呢。二弟想是往换衣服，我也换去。"说罢起身要走。兰花笑道："你今日怎样冒失起来？你的衣服如何会在二弟房中？"王翼原想寻再兴商量，闻言只得改口答道："我想问明二弟是否此时便去，不是去换衣服。"兰花娇嗔道："你弟兄得了人家好处，叔婆雨中受伤，理应立时赶往探看，问他作甚？快些随我回房，等幺桃将水取来，稍微洗脸，换上衣服，立时就走。"王翼暗忖：丑媳妇难免要见公婆，且等见人之后再打主意。当时把心一横，跟了就走。

再兴先听凤珠赶来，人又受伤昏倒，虽知为了王翼而发，心却急得怦怦乱跳，方才遇雨，身上有点泥污，又穿着一身耕田衣服，知道凤珠最爱干净，话一听完便赶回房中，换上一套衣服，匆匆走出。见姬棠仍坐原处低头寻思，似有心事，心方一动。姬棠已从容起立，笑说："大哥大嫂正在洗脸更衣，幺桃雨伞就要取来，我们四人同去如何？"再兴虽然情急万分，心却不乱，随口答道："当然同去的好。"姬棠忽又凑近身旁，低声说道："人都知道我们成了夫妻，但是假的。叔婆是你救命恩人，这话如何说法？我不同去，你看可好？"再兴见她说时虽有笑容，神情并不自然，秀眉微颦，隐含悲愤，知其误会，连忙拉手悄声说道："我的心事想必早已被你看破，但有好些话不曾对你明言，难免误会。本不想对你说，恐你暗中伤心，改日到我房中定必明言相告，包你明白，不再多疑。见了叔婆，不用你说，我也必照你平日所说告知，哪有瞒人之理。”姬棠闻言，好似喜出望外，方把再兴的手紧紧握住，颤声说道：“兴哥真好，但愿如此，我便随你独居一世也甘心了。只是还有一事我不明白。”

话未说完，王翼、兰花已换好衣服走出，拿了王、时二人平日所制雨伞，穿上木履，一同下楼。雨也小了好些，由楼后小桥走往对岸，迎头遇见两个蛮妇，说凤珠刚刚醒转，因伤未愈，先还不令惊动四人，后经老寨主劝说，这才答应，命人来唤，仍住碧龙洲昔年避暑的竹楼之上。老寨主因四人均住楼上，惟恐凤珠急于养息，好在楼房还空有好几间，这次人带不多，特命准备。兰花立时传令，命两蛮妇再寻几个蛮女，速将凤珠卧室准备出来，一面同了三人往寨中赶去。到后一看，凤珠人卧藤榻之上，刚醒不久，问知伤并不重，只是昨日路上中了瘴毒，心烦头昏，四肢无力；到前又遇狂风暴雨，被山洪冲倒。不是连日带病上路，人太疲倦，凭着一身武功，也不至于受伤。方才服了寨中解药，两三日内便可复原。说时，拉着凤珠的手甚是亲热。王、时二人也在一旁称谢慰问。凤珠先向王翼贺喜，跟着便向姬棠、再兴贺喜，表面未露一点口风，只推寨中黑暗，想往竹楼养息，到了楼上再用饮食，等病好后再说来意和老金牛寨之事。孟龙原对凤珠最为敬重感激，诺诺连声。兰花也最爱这叔婆，忙同传令，命众蛮人搭来藤兜，将凤珠抬放在内，往碧龙洲竹楼走去。

再兴见那藤兜制得十分精巧，形如一船，通体细藤结成，上有满布鲜花的布篷，可遮阳光，人坐其内可以卧倒，用九名蛮人抬向肩上，名为飞马。共是两副，乃孟雄夫妇昔年避暑仿造老金牛寨藤轿制成，平时用人抬了游山乘凉。蛮人善于爬山，藤兜又轻，走将起来端的比马还快。每当寨主夫妇要来以前，必用藤兜往接。这次凤珠如先通知，早已到达，尚不致受伤。暗忖：中外一理，同是一样的人，一方终年饱受惊险劳苦，出死入生；一方却是坐享其成，不劳而获，并还予取予求，生杀由心。连几个为首的大蛮酋都是这样穷奢极欲，任性享受，中土那些贪官污吏、土豪劣绅知识较高更不必说了。心中寻思，一面暗中偷觑凤珠颜色，见她雾鬓风鬟，玉容憔悴，方才虽经草草梳洗，仍带着满面风尘。因是热天，衣服单薄，所着虽非蛮装，肌肤仍有好些露出在外。因在狂风暴雨之中跋涉奔驰，连经险难，臂腿上好些零伤，又跌了一跤重的,暂时行动皆难。这时人卧藤兜里面,秀眉不舒,星眸欲掩,不时仰望天空,似想心事神气,不由越看越爱,先想凑近身旁谈上几句,继一想落花有意,流水无情,我的心思她并不知道,事又万分艰危,何必春蚕自缚,平白增加许多烦恼?忍不住轻轻叹了口气,退将下来。人虽不曾近前,无奈平日梦魂颠倒,相思已久,蛮荒异域难得重逢,由不得把那一双目光注定在对方身上,别的全未顾及。

王翼本是爱极凤珠,只为情势所迫,与兰花结了夫妇,一时心意不定,未照再兴所说将成婚之事告知凤珠,这一对面心中愧悔,偏又无计可施。料知凤珠为他而来,途中受了许多苦难,这还不说;最可虑是孟雄伤病已久,凤珠竟会舍了丈夫独自来此,老金牛寨是否有甚变故还不知道,只管心头打鼓七上八下,人却同了兰花一边一个守在藤兜旁边。凤珠虽和二人从容说笑,有问有答,外人眼里决看不出一点可疑之状,再兴却是深知细底,料定凤珠心情苦痛已极,但又无法劝慰。想起王翼受人救命之恩,男女双方又生出了情爱,一旦迫于情势,既不能拼受苦难,以待时机,成婚之后又不肯明言相告,使其断念;看他平日背人通信,内中必有许多欺骗之言,以致对方信以为真,犯险来此。凤珠到后不久,听说王翼娶妻生子,便自昏厥,可见苦痛万分。老金牛寨方面也许还有变故,都在意中。这样一个温柔多情、文武双全的绝代佳人,如其因此处了惨境,岂不痛心,如何对她得起?正代凤珠不平,暗恨王翼无良,不知善处,人已走到桥上,心中有事,目光又望着前面,稍一疏忽,脚便踏空,心方一惊,忽被人一把拉紧,偏头回顾,正是姬棠紧随在侧,满脸紧张悲苦之容,才知这些时来只顾注视心上人的言动,忘了顾她,连忙回手将臂挽住,索性等人过完再走。

刚由桥上退下,姬棠低语道:“兴哥,你不去照护恩人,拉我作甚?”再兴回顾身后无人,众人已随藤兜走往对岸,听出姬棠语声凄怨,念头一转,慨然说道:“棠妹不要多心,等到今夜明朝无人之时,自会对你明言心事,她并不是为我来的。”姬棠闻言,心中一酸,凄然答道:“我也看出她不是为你来的。你好好一个人,何苦如此?可知越是这样我越难过么。”再兴闻言,心乱如麻,无话可答,只得强颜笑道:“棠妹,容我隔日细谈如何?此时她伤病未愈,我们总算主人,先将她安顿好了再说吧。”姬棠答道:“原应如此,你那大哥不是好人,我今日更看他不起,将来如何是好呢?”

再兴闻言心动，因知蛮人都有奇怪风俗，男女之间看似随便，有时却又认为关系重大，稍有违犯，便以死命相拼。虽然来了两三年，因二女俱都染了汉俗，有好些话均未谈到。平日四人同出同入，偶然分开，也只分成两对。蛮人粗野，只管每日一同耕作，指导教练之时居多，并不接近，好些风俗也不知道。凤珠的事并未向姬棠说过，忽发此言，料有原因，忙问就里。才知姬棠聪明绝顶，从小认了许多汉字，再兴多情心软，见她温婉勤能，身世凄凉，用情又深，由不得心生怜爱。恐其误会，虽无男女之爱，平日相对比真夫妻还要关切诚挚，每当农隙无事之际，王翼夫妇各自走开，恐她想起心事愁烦，便叫她读书习字，或是学练武功。起初原讲好一人教一个，姬棠深知兰花好胜，每日贪和王翼恩爱，事情又多，无心及此，虽然学了不少，从未当人炫露。先想再兴是个至诚的人，欲以至情感动，后来看出定志难移，情有独钟，心方悲愤疑妒；忽然发现王冀常与凤珠通信，再兴始终难得提起，心中奇怪，越发留意。

这日王翼为了凤珠的事去寻再兴商量，恰被姬棠暗中听去。当年春天又一时凑巧，偷看到王翼的情书，非但隐瞒婚事，并向凤珠写了好些背心的话，这才醒悟。再兴并无此事，但又恐他别有所爱，心情仍是苦痛。直到当日凤珠寻来，才知片面相思，对于王翼更加鄙薄。想起兰花情热善妒，如知丈夫对她用情不专，定必悲愤，惹出事来，故此这等说法。再兴劝她不要泄露，最好暗中化解，使凤珠好好回去，不着痕迹，方为上策。

二人边说边走，不觉到了楼上，凤珠业已先到，正由王翼、兰花亲自动手，一头一个用软床搭了上去，同来蛮女也经兰花分别安置，受伤的五个另住一处，楼上只留七个女蛮兵，连同幺桃轮流服侍。再兴偷觑凤珠仰望王翼，嘴皮微动；王翼脸涨通红，也不知说些什么。到了楼上，将凤珠安放卧室之内。兰花将人遣走，只留自己四人一同服侍，以表敬意。因不知丈夫隐秘之事，对于凤珠甚是亲热，一面命人准备酒食，并将凤珠带来的食物取出，正在安排。

孟龙因要准备欢宴，到得最后。刚刚上楼，走往房中，凤珠忽然扶床坐起，叹了口气，说道："方才我受伤颇重，不顾多说，还未对你明言。你们可知老金牛寨发生变故，你叔父已死了么？"众人闻言心方一惊，凤珠又接口说道："可恨这些恶人还要命人来此霸占，抢夺这里财富。

我虽先有准备，迫令他们折箭为誓，来时又令守望山口的人撤去绳梯，隔断山路，并将带来的几十个得力蛮女留下，相助防守，到底不可不防。”话未说完，忽听芦笙四起，由远而近。众人料已发生变故，正要命人探看，兰花首先抢出，手取银笛，还未发出号令，忽见对岸几个壮汉狂奔而来。要知后事如何，且看下集分解。

第十回

绝怜弱质无双女
旧约三生愿已虚

前文老金牛寨主孟雄之妻牛凤珠由大雨中赶来，被孟龙、兰花、王翼、时再兴、姬棠等率众蛮女用藤兜抬往碧龙洲竹楼之上。凤珠途中受伤，卧在榻上，孟龙因要传令准备欢宴接风，由后赶来。因方才凤珠到后说不几句人便昏厥，未说来意；坐定之后，孟龙便问老金牛寨主叔父孟雄如何不曾同来。凤珠正说老金牛寨出了变故，孟龙等闻言心方一惊，跟着又听远远芦笙吹动。

兰花听出发生事故，外面雨又下得大，笑说："叔婆难得来此，偏遇到这样大雨，途中受伤还未医好，好些话还不曾说，外面又有信号传来，真个讨厌。听这声音事情不大，许和往日一样，他们大雨之中看花了眼，又当有什么奸细来此扰闹，也不想想银坑寨那伙蛮人虽极凶狠，不是不知我们厉害，中间隔着许多悬崖峭壁、深沟大壑，如何能够飞渡？并且彼此相安业已多年，以前随同爹爹去打犀牛，与之隔崖相遇，各用话筒互相交谈，折箭为誓，言明十年之内两不相犯，崖上守望的人也撤了回来。他原不放心我们，曾用许多人力长年日夜守望。说好之后，等我们的人一撤，他们也把人撤去。偶有两人无意经过，或是翻山打猎，走到两交界的危崖之上，并还互用乡箭通知，隔着大片绝壑彼此问答，表示好意。有时还将我们这里的东西用弹板发将过去，他也照样回敬。虽因相隔太远，双方所送东西多半落在壑底，不易得到，从未对面谈话，但无丝毫仇怨，怎会无缘无故违背信约，派人来此窥探？

"守望的人偏是一口咬定崖前树林之中常有人影出没，其快如风，一闪不见。这类信号自我生了阿蛮还未满月，每隔些日必要发生，等到派人追去，四面堵截，人已不见。内有两次我还将人预先埋伏守候，各处路口均有专人把守，接到信号立时合围掩去，始终没有见到人影。新近听说林中怪人还带有一个黑猩猩，每来都在月黑天阴或是狂风暴雨之时先在森林附近走动,这一二月越来越勤。内中一次天已深夜,并还是在对岸小桥前面出现。看神气似想到洲上来。因是月初头上,天阴雾重,看见他的人只得一个,等到取箭射去,还看见大小两条黑影。再取芦笙一吹,又用镖枪追掷过去,把人惊动,分头穷追,早已无踪。据说那人力大身轻,本领极高,镖枪还被接去,甩向一旁。既是来此窥探,必无好意,接到镖箭,如何不向追他的人反击?照他那样神出鬼没,捉摸不定,伤人极易,始终也无一人受伤。其说不一,分明今日又是守望的人疑神疑鬼。幺桃业已去往查问,少时便可知道。芦笙不曾再起,只附近守望的人互相应和了几声,就有事故也不重要,叔婆放心好了。”

再兴暗中留意,见凤珠本想诉说来意,芦笙一起,面色忽然大变,似有惊惧之容,连问有何警兆,神态立时失常,一言不发。直到兰花从容笑语,把话说完,方始回复原状。众人正要二次请问来意,幺桃聪明机警,一听芦笙吹动,便先冒雨赶往对岸查问,恰巧赶回。兰花见她跑得气喘吁吁,笑问:“何事?可是那怪人和黑猩猩大白日里又出现么?”幺桃笑答:“正是,我先还当又有犀群发现,因见老夫人刚来,主人正在陪着说话,恐不放心,赶往探询。听他们说,方才大雨之中,崖上守望的人因知我们寨前一带不会有事发生,森林相隔虽近,自从上次犀群过后,又在森林边界开了崖洞,添上两处守望,如有警兆,不等近前,已先得信。前面两路全都安静,都没想到别的。崖上这几个都是老金牛寨旧人,年已衰老,主人怜惜他们,派在崖上守望,日常无事,不接信号极少去往崖口走动。

今日雨又下得大,本来藏在洞内,因老夫人来此,想起以前犯了寨规,本来要杀,全仗老夫人说情,减罪为奴,发来此地采荒。如今全家在此,日子反更安逸,心中感激,想见夫人一面。正在崖口冒雨遥望,猛一回身,瞥见前面树林之中有人跪地刚起。风雨迷目,先未看清,还当和他一样心思的同族,大白日里也未理会。正要回洞,忽见树上有一黑影飞落,这才认出那是近数月常来窥探的怪人同那猩猩,因未穿着兽皮,赤了上身,故未看出。等吹芦笙,四面赶去,人已不知去向了。”

兰花笑说:“这人既朝我们跪拜,可见没有恶意,等我想好主意,明日传令,早晚将他生擒,就能问出来历。我想决不是什么坏人,凭他一人一兽也做不出什么事来，还请叔婆说那来意吧。”

凤珠闻言，心始略定，想起自身遭遇和此行经过，忍不住流下泪来。兰花聪明，见她伤感和闻警惊急之状，孤身来此，随行都是她的心腹蛮兵，未带一个男子，事前没有命人通知往迎，与前两次来时光景大不相同，方才又有老金牛寨发生变故之言，料知变出非常，必非小可。也许老夫妻反目，或是犯了什么大禁，匆匆逃来，后面还有对头追蹑都不一定。想起凤珠以前待自己的好处，不禁生出怜惜之念。

正要开口，再兴心细，对于凤珠虽是片面热爱，比谁都要关切，早就看出她为了王翼而来，内有难言之隐，老金牛寨还有非常之变，逼得她孤身逃来，事并未了，还有后患，所以方才一听芦笙信号那样情急。见她正要开口述说来意，忽然流泪悲伤，欲言又止，忍不住脱口说道："夫人长路劳乏，人又受伤，方才又说老金牛寨出了变故，事情必关重大，所以想起伤心。如今刚上伤药，还未吃什么东西，我看暂时先不必谈，等用完了酒食，养息片刻，再说来意也是一样。我知夫人平日待人宽厚，老王近年性暴，喜怒无常，只听夫人一人的话。以前我弟兄在老金牛寨避难，单是这里孟寨主便有两次被奸人离间，全仗夫人解免。

"一次为了岁贡少了两样东西，老王大怒，想命孟五虎来此接替。跟着又因兰妹重订山规和每年贡例，也是小人进谗，非但说这里孟寨主年老糊涂，宠爱兰妹，由她一人做主，胆子越来越大，放纵这里的罪人和那许多蛮人异族，明知森林中珍贵之物甚多，不肯督促手下山奴罪人入林采荒，似此只顾收买人心，讨好这里罪人蛮人，必是和那年土人一样想要叛变，仗着这里地利山险自立为王，与之分离；业已和那几个同族奸人商计，暗用阴谋，借着贺寿为由，将他父女骗往老金牛寨用药酒毒死，由那为首奸人孟五虎来此掌管。第一次夫人知道，当时化解，再三力劝，说岁贡虽然少了两种，别的好东西却多出好几倍，还多了几袋最值钱的金砂，算起来加倍还多，如何能怪兰妹没有孝心？并请老王同往仔细查点，果然不差，老王转怒为喜。

"事情刚完，奸党一计不成，又生二计，并且恐夫人知道，人已派出，走了两日。夫人偶在无意之中见老王提起兰妹怒骂，问出真情，知又中奸党之计，再三以理力争，说上年来此避暑，亲眼目睹兰妹虽然年幼，初次管理全山，样样办得有条有理。因见入林采荒的人实在危险劳苦，常时送命，再不便是外族蛮人受苦不过，群起反抗，仇杀逃亡，死伤的人也越来越多。老金牛寨虽有罪人和别寨掳来的蛮人常时送去，仍补不足。经她仔细考查，重订寨规，将采荒的人分班轮流，劳逸平均，赏罚公平，得到多的并有奖励，这才人心悦服，都肯出力用命，所得每次都是有多无少，不似以前伤人既多，还不够数。你重在多得财物，管她如何做法？她不能得到人心，怎肯为她出力？如照以前那样虐待罪人蛮人，压迫太甚，一旦发生叛变，他父女和我们的人连那大片土地财产都难保全，再被银坑寨蛮人得知，乘虚而入，从此断路，就算能够夺回，也不知要伤多少人命财物。何况当地的人个个凶野，全仗他父女恩威并用，能够统制。你如将她喊来，难免发生叛变，许多可虑。

“再说他父女实在忠心，代你管了这多年，受尽辛苦危险，你只细算一算，单是每年岁贡，那是多大一片财物。除却寨主虚名而外，你并没有好处给他。就他寨中有点积蓄，不曾全数献出，也是他父女冒了危险辛苦亲自得来，与你无干。如何常年得他好处，恩将仇报？如想谋叛，怎会这样尽心？他那里山高路险，一经为敌，天大本领也攻不进。如由另一面森林硬穿过去，势所不能。就能冒了无数奇险勉强走到，去的人至少要伤十之七八。他父女又得人心，只消把那用飞索上下的危崖入口把住，你便没奈他何，何必还要自请增加呢？他那岁贡又未减少一点，不过向你请求定出一个准数，只比原数增多，不限定他的种类，价值相等，便可交代，容他休息；防你多心，并还照最多的年份加上一倍，这也是林中采荒所得不等无法的事。全是一片孝心好意，如何听信谗言，怪起他来！

“老王耳软心活，原是一时糊涂，受人之愚，闻言大悟，立时命人收回成命。夫人还恐五虎等奸党阴谋阻止，暗中对你父女加害，恐追不上，知道人已起身，将命两个心腹女兵暗中赶来送信，才将此事消灭过去。寨主和兰妹恐还未必知道呢！照夫人这样为人，必有天佑，便是老金牛寨那多的人差不多异口同声感恩怀德，多说自从老王娶了夫人，别的好处不论，单是鞭打都要少挨许多，不似以前稍有不合必遭毒打，见了老王便胆寒心惊，看都不敢多看一眼。许多犯过要杀的人，也因夫人求情劝说，至多发往这里为奴，不至于死。像你这样好人，谁都敬爱，是人都有天良，即使老金牛寨出什么变故，或是奸党阴谋暗害，夫人被逼来此，也有老王赐的牙牌令符，可以按照寨规退他回去。休说我弟兄受过救命之恩，无以为报，如有甚事，百死不辞；便是寨主兰妹想也不会坐视，夫人悲苦作甚?”王翼闻言也在一旁力说:“我受夫人厚恩，今生无可报答，无事便罢，万一有事，决不容人欺侮，伤你毫发。”

凤珠本是一肚皮的悲苦委曲不知从何说起，无奈事情难于隐瞒，更恐仇敌厉害，万一赶来，孟龙不知细底，放其走进。来时虽用丈夫死前所给祖传神箭吩咐防守山口的蛮人斩断飞桥，断了来敌追路，又命女兵相助防守，到底情虚胆怯，还不放心。到后又见王翼娶了兰花，业已生子，想起前情，越发悲痛，有好些话已不便出口，方寸已乱。正想谈说前事，忽然想起仇敌正是孟龙的亲兄弟孟五虎，孟龙不知乃弟阴险奸狡，双方常时有人来往探望。方才在寨中昏倒醒来，还曾听他向同来蛮女探询。虽因事前嘱咐，不曾明言，跟着便来竹楼，可见孟龙对弟甚好，有许多话还要想过再说，以免疏失自误，因此迟疑，欲言又止。及见时再兴似对自己关心已极，来意竟被料中，非但词色慷慨，义气激昂，并把以前自己暗助孟龙父女为他解围免难之事说将出来。当初原因丈夫孟雄年老昏庸，耳软性暴，自己又爱兰花，不愿他父女为奸人所害，又恐丈夫受人离问，残杀好人，自伤羽翼，暂时留意化解，阻其凶杀。原是无心之举，王、时二人恰在寨中，偶然谈起，事已忘却，不料竟会记在心里。蛮人恩怨分明，此时说得恰到好处，不由心生感激。

再看王翼虽在随声附和，口气也极慷慨仗义，比起再兴却差得多，也没有他自然，想得周到。回忆前情，心正伤感，孟龙首先跪倒，捧起凤珠的脚连亲带哭道:“那年叔爹忽派两人来此，喊我父女同往拜寿，我因这里不能离人，就是叔爹想念，不应父女同去，心虽奇怪，多年未见，又想去往城市游玩，听女儿说此举恐有原因，还在怪她多疑，但是老王之命不敢违背。为了准备贺礼，耽延了两三日，跟着便有两个女兵先赶了来，说叔爹因听叔娘之劝，知道这里不能离人，只命送去贺礼，人不要去。隔了三日又有人来，女儿一时多心，仔细盘问，三起人说话都有不同，也未想到别的。后来我兄弟派人来说，叔爹念我父女多年未入城市，女儿更是从未去过。这次叔爹整寿，各寨蛮人连同当地官府均来庆贺，数十里方圆之内都要张灯结彩，从来没有这样热闹，想使我父女一开眼界。因叔娘上次来此避暑，怪我女儿服侍不周，心中怀恨，从中作梗，因而中变。

“如换别人，自然相信，女儿却因叔爹、叔娘两次来此避暑，对她最是怜爱，有求必应，决非假装出来。上次岁贡缺少两样药材，叔爹怪罪、叔娘劝解之事送岁贡去的人又曾说起，早已知道叔娘对我们的好意，本不肯信；女儿再朝来人仔细查问，又问出兄弟因恨叔爹不听他话，都是叔娘作梗，便未理他。不久来人之兄犯罪来此，说他回去已为我兄弟所杀，也不知为了何事。隔了两月，女婿和他兄弟便拿牙牌信符来此传令，说女儿这两年越管越好，令她代我做了真的寨主，又是叔娘好意。我父女本就感激万分，想不到上次叔爹催我父女赶去拜寿，竟是我该死兄弟的阴谋，想害我们。叔娘只管放心，休说奸党对头，便是叔娘得罪叔爹逃来此地，没有祖传神箭，我父女拼着性命不要，也必保你平安。如有三心二意，便遭天雷打死！”随将肩上长箭拔下，一折两断，掷向地上，向天跪祝起来。

孟龙话才说到一半，兰花早已扑上前去，抱着凤珠的手不住亲热，也是边哭边说：“叔婆吃完东西，有话只管请说。不论天大的事，谁敢伤你一根毫发，我必和他拼命！我料叔公必已不得好死。你说那奸党，不是我五叔为首，也必有他在内，我对他疑心已非一日。每次派人来此，必说叔婆坏话，如何厌恨我们，有时连叔公也说在内，仿佛只他一人是好心，恐我父女受害。他却不知，叔公还不怎样，叔婆对我何等怜爱，两次避暑都是大家欢喜。就照他说，汉人口甜心苦，暗中害人，也决不能装得那么长久。叔公那样听话，叔婆随时都可要我父女的命，更用不着这样心思。当面怜爱不算，人去以后，遇到好东西只有便人还要送来。分明是他想做这里寨主，两面闹鬼。我常和爹爹说，他偏爱他兄弟，不肯相信，我决料得不差，话说在先，等叔婆少时一说就知道了。”

凤珠见孟龙父女这等说法，心中略宽。长路跋涉，连经险难，人又受伤，心中一定，反倒饥疲交加。姬棠立在一旁正想心事，见众蛮女早将酒食送到，外面还在烤肉，因正谈说，还未取食，看出凤珠愁眉稍展，便将桌儿取来，将酒食杯筷和割肉的小刀一同摆好，端了过去，请叔婆随意食用，先吃一点再说。凤珠上次避暑，姬棠虽是外姓山女，因和兰花交厚，不当她女奴看待，为避少年蛮人纠缠，老守在夫人身边。凤珠早就觉她端丽聪明，和兰花一样怜爱，走时给了许多衣物，并令孟龙父女另眼相看。这时见她嫁与再兴，不知二人名色夫妻，因觉再兴义气，越发推爱，拉着姬棠的手不住夸奖，令将茶儿再拼两个，大家同吃。

孟雄世袭寨主，人又威猛，尊卑之分甚严。两次来此避暑，还是凤珠心爱兰花,令其侍坐,同食了两次,连乃父孟龙都没有份。像这样的举动,孟龙首先受宠若惊,连连拜谢。姬棠更是嫁后才将身份无形中提高,积习相沿,也由不得连声谦谢。兰花知道凤珠没有习气,方笑说道:“棠妹不必如此,我叔婆一向不讲究这些臭规矩,你不是没有见过。叔公不在这里,楼中又无外人,天已不早,想必大家都有点饿,坐在一堆还亲热些。”凤珠接口叹道:“侄儿快些请起,时二弟妹也不要客气,薄命人已不似以前,还想在此久居终老,以后都是一家人,越亲热随便越好。便是王、时二位也不要这样称呼,夫人二字反倒使我痛心。如真看我得起,我比你二位一大一岁,一大三岁,各以姊弟称呼最好。等我稍微吃点东西,再谈这次出死入生的经过吧。”

众人见她说到未两句,人又流下泪来。王、时二人因姬棠外族之女,虽无长幼之分,但和兰花结了姊妹,王翼又娶兰花为妻,算起来要小两辈,算是侄孙女婿,姊弟称呼自然不便。王翼刚喊了声“叔婆如何这样称呼”,底下的话还未出口;再兴偷觑凤珠忍泪举杯,朝着二女强为欢笑,孟龙刚立起身,坐在一旁提壶劝饮,对于王翼所说竟如未闻;知其心中悲苦,王翼这等说法更使伤心,暗怪大哥真个糊涂,这话由我出口还好一点,你已负心太甚,如何还要加她难过,便偷偷拉了他一下,接口说道:“我们风俗习惯好些均不相同。按理姊姊是长辈,但我三人都是汉家,相识在前,又有救命之恩,称呼大小无甚相干,全在彼此情分。姊姊先已说过,我们自不应该违背,索性各论各,心中尊敬也是一样。”王翼立被提醒,深悔冒失,又疑凤珠提出姊弟相称多半还有深意,再一偷觑,虽然丰神憔悴,草草梳洗之后依旧珠颜玉貌,不掩容光。想起以前不该不听良友之劝,暗写情书。此次孤身逃来,必是为了自己。万一女子情痴,纠缠到底,兰花那样热情刚烈的女子稍微看出破绽,生出变故,必有一伤,不禁心生惭愧,脸涨通红,心乱如麻,也不再往下说。

凤珠好似只顾和二女问答,二人所说直如未闻,开头还有一点勉强,饮了两杯,玉颊微红,清泪已收,好似心事业已丢开,从容说笑起来。偶然也和王翼说上两句,都是敷衍不相干的话。对于兰花和再兴夫妇却是不住夸好,并告姬棠:“我早就看你人好,果然嫁到这样好丈夫。时二弟为人我只当他正直忠厚,没想到聪明在内。为人这样好法,人又忠实义气,你们真乃一双佳偶。”转口又说:“兰花聪明美貌,智勇双全，难得侄孙女婿少年英俊，天定良缘，可同饮此一大杯，祝你夫妻白头到老，永远恩爱。但我素不肯勉强人，没有那大酒量，稍微吃点，见个意思也是一样。我此后孤身一人，有你们两对好夫妻常在一起，蛮荒岁月也不怕寂寞了。”王翼听她当时改口，知其隐痛已深，受也不好，不受也不好，当着兰花不便再喊姊姊，只得含糊谢了。

兰花那么聪明的人，为了丈夫平日恩爱甚浓，知其曾受凤珠救命之恩，当然感激。对于凤珠情分又好，并未看出二人各有隐情。虽觉凤珠先说姊弟相称，忽对王翼一人改口，稍微动念，但一想到自己是她侄孙女，不比姬棠外族中人，也许方才没有想到，此时改口，可见看重自己，非但未生疑心，反更高兴。姬棠却是旁观者清，先疑再兴与凤珠多少也通情愫，后来偷看王翼情书，又经再兴极力分说，疑念虽消，心终不放。及至当日相见，暗中留意，这才看出非但片面相思，痴得可怜，对方还一点也不知道。同时看出再兴只管爱极凤珠，并无别念，用情之深出乎想象之外。王翼却是薄幸自私，与平日所闻汉家人的性情大致相同。这等男子多么少年英俊也毫无可取，兰花嫁他真个委屈，将来还不知要闹出什么事来。一面想到再兴实在真好，可惜心已归了别人，将来不知能否挽回。

正在胡思乱想，再兴是个血性男子，痴爱凤珠，关切已极，心想从此可以常时相见虽是幸事，但她心怀隐痛，此后岁月定必凄凉，又无法为之宽解，所说奸党仇敌是否还要寻她为难也不知道。正在代她愁虑，偶一侧顾，姬棠口中随众说笑，不时低头寻思，知在暗中查看自己，心思甚乱。回忆婚后光阴全是虚名，近虽移居一室，人说同床异梦，她连床也未同，对于自己又是那样情痴，非但可怜，也实在对她不起，由不得心肠一软，笑说：“棠妹，你如何只吃寡酒，今日备有米饭，我二人量小，姊姊也该吃饭了，我们添饭来吃如何?”凤珠只当再兴对妻关切，并不知对方心有隐情，因见姬棠只顾招呼自己，陪吃了几杯寡酒，筷都未动，笑说：“我酒已够，身上伤痛也好了许多，大家把饭吃完，我再细说经过吧。”孟龙父女早就悬念老寨之事，因见凤珠伤痛悲感，不便追问，闻言忙令幺桃添饭，一同吃完。

兰花知凤珠汉人，虽会武功，不似蛮人能够耐苦，身又负伤，先将带来的普洱茶熬好送上，饮了一杯，再和姬棠一同服侍。因凤珠人虽疲倦，急于说明来意，安排以后之事，不愿卧倒；再兴见她一手扶枕，半倚半卧不大舒服，悄告姬棠，拿了几个竹枕，用被席裹好，靠在身后，凤珠自然舒服得多。看出再兴暗中指点，对他夫妇心更感激，侧顾王翼坐在一旁，眼望自己发呆，仿佛有话难于出口神气，想起此次舍了寨主不当，受尽艰危，出死入生，全是为了此人，想不到对方早已变心，另外娶妻，还要隐瞒。如非平日待人宽厚，帮过主人父女的忙，一个不巧，还遭惨杀，心中悲痛。本来想不理他，又觉以后还要在此久居，他是兰花丈夫，不应露出形迹。念头一转，便和对待众人一样，强忍气愤，随口敷衍，一面重说经过。

原来凤珠未嫁以前因生得美貌，被一恶霸之子看中，强迫为婚。乃父牛天泰本是一个成名多年的老武师，因避仇家，带了独生爱女避往思茅城外山村之中，已有十年。人甚方正，不畏豪强，一向痛恨狗子，只因自己年老，湖南故乡住有强敌，好容易来此，隐姓埋名，耕田度日，年又衰老，不愿多事，便隐忍下来。不料爱女长大成人，为往山中打猎，被狗子无心发现，强要讨去作妾。牛天泰自然不愿，将来人骂了回去。跟着狗子率众强抢，虽被他父女打了一个落花流水，无奈对头人多势盛，决难抗拒。正商量弃家逃走，忽听相识土人连夜送信，说狗子业已勾引官军，诬害他父女隐名强盗，明朝便要来此捉人。天泰知道贪官恶霸一向勾结，再不逃走，父女二人都难保全，只得连夜逃走。

天泰年已七旬，日间和狗子手下恶奴打手恶斗，劳乏大甚，逃时又在深夜，想起平生只此爱女相依为命，十年辛苦，才置了数十亩田产，无端受了恶霸欺凌，弃家逃亡，事出意外，没有准备，身边所带银两不多，此后不知何处可以安生，心中悲愤，中途又染了瘴气，逃到腾冲山镇上，病倒小庙之中。凤珠日夜侍奉医药，不久把钱用光。天泰病势越来越重。本就急得走投无路，终日悲苦。不料祸不单行，又被当地一个小土豪发现，常来调戏，凤珠恐乃父知道急怒，还不敢说。这日正打算半夜起身，去将土豪杀死，就便偷他一些金银，雇乘山轿，将老父抬往别处求医。忽听人说思茅官府行文当地，说他父女是江洋大盗，官差正在四处查问，总算庙中和尚还好，天泰恰好病倒，从未在外走动，暂时还未发觉。凤珠得信，自更伤心愁急，还没想到天泰机警，人刚醒转，将外屋老和尚的话全听了去。自知病不能好，活在世上反倒连累爱女一同受罪，业已打好主意，将凤珠喊进，正在盘问商计；那不知死的土豪也得了信，忽然冲进房来，当着天泰的面公然挟制，凤珠如不答应嫁他，当时便将他父女交出。天泰烈士暮年，人又刚强，一见生人闯进，口出不逊，又是那么强横凶狡，不由大怒。一时情急悲愤，带病纵起，猛下杀手，一掌将土豪劈死，本人也晕厥过去。

醒来刚朝凤珠泣说，令其速逃，老和尚忽然走进，自说以前也是江湖中人，洗手为僧，对他父女甚是同情，无奈杀人须要偿命，土豪毕五官颇有势力，为今之计只有叫小姑娘快些逃走，以免两败俱伤，别无善法。总算土豪家有悍妻，虽是起心不良，恐人知道，又会两手毛拳，欺你父女老弱无能，孤身入门，天又黑透，庙门已关，快打主意还来得及。天泰见他义气，便将真名说出，互相一说来历，昔年江湖上都有耳闻，还有许多间接好友，越发不是外人。天泰觉着爱女有了生机，便请指点明路，如何逃法。

和尚看出天泰命在旦夕，力劝凤珠：你如不逃，平白受害，也救不了令尊；便你孤身一人这样逃走也非容易，何况官府正在捉拿你们，今夜又将土豪打死，如今只有逃往蛮寨一条生路。金牛寨蛮王孟雄新近断弦，年虽老大，人甚强健，看去不过四十多岁，又最喜爱汉人，上月听说他要寻一能识字的汉家女子为妻。他在蛮人中势力最大，远近六七十种蛮人都听他的号令，如肯嫁与此人，非但姑娘本身无事，以后生男育女，接续你家香烟；便是令尊去世，也可好好安埋，不致受仇家作践。可惜早未想到，此时如其有人送信，连令尊也可接去。姑娘这样年轻美貌，边疆一带土豪恶霸甚多，无论逃到何方，均不免于虎口，与其自投罗网，真还不如嫁与蛮王，终身安乐。再如得宠，使其信服，他手下蛮人人人武勇，又精各种毒箭，思茅那些蛮人虽不受他管辖，也都交往亲密，便代令尊报仇也可办到。我只能隐瞒有限时候，至多天明，对头手下定必寻来，悔无及了。

天泰早就想到前途茫茫，就是病好，父女同逃，也是到处荆棘，危机密布，越想越觉老和尚所说有理；否则，爱女孤身女子，无论逃往何方，均必落于恶人之手。与其自投火坑，转不如嫁与蛮王，还落一个终身安乐，还可报仇泄恨。虽然对方年老，美中不足，到底比恶人强抢去做姬妾要好得多。主意打定，便向爱女哭诉，令听老和尚之话，以免两败。凤珠见老父老泪纵横，悲声哭诉，心如刀割，心想当此紧要关头，不能怕羞，忍泪哭说："只要那蛮王肯把爹爹接去，要我的命也肯，我决不能丢下爹爹逃走。"老和尚见他父女悲愤惨状，念头一转，慨然说道：

"我知姑娘小心,不过令尊病象危极,土豪又死在这里,就想保全姑娘也要先逃才行。"天泰忽又拉紧凤珠的手,要她答应婚事,并要先逃,否则便要自杀。凤珠迫于无奈,方说:"爹爹千万别着急,女儿决不违命。但是人未见过,知道人家心意如何?万一不要,或是业已娶人,怎么办呢?"老和尚接口道:"你父女不要悲伤,以姑娘的才貌,蛮王求之不得,老僧并还与之相识,可以作媒。老僧索性好人做到底,我先去寻蛮王送信,请其来迎比较稳妥。不过事情难料,这里离蛮寨虽只二十来里,老僧天明前必可赶回,万一土豪庙外还有同党守候,死尸无法抛弃,姑娘却非先逃不可。"

话未说完,天泰恐累爱女受害,早有死志,只为话未商定,勉强忍耐。及见老和尚打算仗义移尸,亲往蛮寨送信,知他以前也是江湖上有名人物,为了仇敌大多,借着出家隐居避祸,如因自己连累,问心不安。眼看就死的人,何必连累好人?何况这样做法又极危险,难得爱女业已答应,早死为是,一面暗用内功,勉强把真气提起,口中急呼:"这样做法万万不可,我儿先谢老师父大恩,我气将断,快些逃走了吧!"说完,暗中用力一震,自将气脉震断。凤珠看出不好,忙即抢扑上去,只听说得一句"乖儿,要听师父的话",人便死在榻上。凤珠当时一急,昏厥过去。醒来,老和尚业已不见,只一老香火在旁,桌上放着姜汤,刚哭喊得一声"爹爹",老香火低声急呼:"姑娘万哭不得!此庙大小,土豪果有四名恶奴带来,守在门外。原是准备姑娘不肯,就强抢回去。老和尚知事紧急,业已翻墙赶往蛮寨送信,吩咐姑娘醒转速往东南逃走,也许中途能与来人遇上。但盼蛮寨人来得快,还可将令尊尸首护送回去,姑娘却是非走不可。"

凤珠一看,自己的兵器连同应用之物都在榻旁,咬牙切齿,踢了土豪一脚,还想斫他两刀,被老香火拦住,一面指点逃路,催其快走。凤珠无法,抱着父亲尸首吞声悲泣,哭喊了几声"爹爹",便由后墙纵出,照所说途径连夜奔驰。不料悲痛心慌太甚,中途错了方向,眼看东方已有明意;前面黑压压有村镇现出,这才觉着途向走错。心方忧疑,遥闻身后呐喊之声,回顾侧面树林中灯火隐隐,似有多人绕将过来。先还当是蛮王派人来接,正在查看,猛瞥见来路那面又有火光人影,呐喊追来。前面村镇业早看出,到处鸡声报晓,远近相闻,田野中的人家灯光隐现,已有土人走出,前行逃路与老香火所说都不相同。天也快亮,前行途向不对，后面又似来了追兵，一时情急，便往横里一株大树后蹿去。

本想越野而过，忽听马蹄之声，人已追近，再往前逃必被看出，刚往树后一闪，便见两骑快马飞驰而过，正和土豪手下恶奴一样装束，过时并说方才路上拾到一只旧鞋，后又寻到一件旧衣，凶手必往前面镇上逃走，追上有赏等语。低头一看，原来逃时心慌，身后包裹漏了一洞，同时发现晨光熹微中，另一起追兵也是当地土人打扮，内中还有好些打手，手中均拿有刀棒绳索，一路呐喊而来，分两路往前面镇上追去。田野里的人家均被惊动，纷纷追出。情知不妙，一看地势，左侧不远是片树林，后面仿佛有一山谷，来路敌人业已追近，只得借着大树掩藏，提心吊胆等来人追过，慌不迭脚底加劲，接连几纵，先往树林中蹿去。刚到林前，遥闻身后有人急喊，跟着四面应和，并有铜锣乱打，声震山野。入林回顾，原来踪迹已被田里土人发现，因那两起追兵沿途呐喊，说凶手杀人，是一年轻女贼，擒到有赏。凤珠逃得太慌，被左近土人看出，纷纷呐喊，锣声一起，前两起追兵已快赶到镇上，也全警觉，一同回身追赶，蜂拥而来，人多势盛，看去分外惊人。

凤珠连日服侍病父，心情悲苦，本就疲劳不堪，又在荒野里亡命逃窜，奔驰了大半夜不曾休息，一见踪迹被人发现，吓得心胆皆寒。正由林中惊慌逃出，看出前面果是一条山谷，形势深险，朝阳初出地面，还未照到谷中，看去阴森森的，也不知谷中有路没有。正在暗中叫苦，默念爹爹阴灵不远，保佑女儿莫落恶人之手，猛瞥见前面不远崖坡上接连纵下两人，明知路被拦住，但是后面追兵更多，只得把心一横，手握刀把，硬着头皮冲将过去，如不放过，拔刀就斫。心正打鼓，看出来人一老一少，都是赤着上身，腰围短布，头插乌羽，耳戴铜环，与老和尚所说蛮装相同，忽然急中生智，高声喝道："金牛寨在何方？如何走法？"话未说完，内一老蛮本是当先赶来，相隔已只丈许，闻言立用汉语停步问道："你到金牛寨作甚？"声才出口，遥闻芦笙号角之声远远传来，凤珠忙答："老大王孟雄叫我去的。"老蛮忽又惊喜道："老王现正寻人，便是你么？我们领你前去。"另一壮蛮立将腰间牛角号筒取下，向芦笙来路呜呜狂吹，坡上也有同样号角吹动。

凤珠已随老蛮前奔，回头一看，不禁吓了一跳，原来方才过处，两边陡坡上面立着二三十个男女蛮人，男的手中俱都拿有镖枪长矛弓矢之类，本来对准自己，似要投掷，刚刚收回。还有十几个刚由崖洞竹楼之中拿了兵器纵出，角声一起，纷取号角急吹不已。后面喊杀之声也快追近，忙喊："这位老山叔，这些汉家人知我往金牛寨去寻老王，由后追来，要杀我呢。"老蛮立时面有怒容，答道："你不要怕，这条山谷乃老王的甘蔗园，平日和他们虽有来往，如不答应，他们不敢进来。你听那芦笙，便是老王亲身出来寻人的信号，已命我们留意要寻一人。只是寻你，就被他们围上，听见我们号角，必定寻来，也不敢动你一根头发。你没听见芦笙来路是往石佛坝，如今已折转来，越隔越近么？老王亲出，必是骑马，来得更快，放心好了。"

凤珠拿不准孟雄心意，原是迫而出此，先脱危险再说。闻言仔细一听，芦笙果是越来越近，回顾身后众蛮人正把着谷口，朝下喝骂，不令来人走进。来人虽在厉声争论，但无一人敢于往里硬闯，心中略宽，便随二蛮往前飞驰。两蛮子脚底极快，其行如飞，凤珠人虽疲极，因见前途有了生机，又有蛮人相助，追兵已被挡住，精神稍振，急于脱离虎口，仗着粗蛮之力去将父亲尸首抢走，也勉强提气随同急奔。那条山谷甚是曲折，又狭又长，两面山坡上都是蔗田，追兵早被谷口蛮人挡住，呐喊之声已听不出。蛮人所居的竹楼崖洞时有发现，号角之声也一路吹将过去，与前途芦笙号角遥遥呼应，此伏彼起，接连不断。

凤珠从小生长边荒，原知各族大姓蛮人土官的威势，但是他们平日无事，对于汉官大都敬畏，常有献纳，不是遇到真可恶的贪官污吏压迫太甚，轻易不会反抗。一经暴动，便纷纷揭竿而起，大小山寨一齐响应，来势猛恶，极难平复。近些年来汉官又改了方法，由强夺变成巧取，蛮人老实易欺，居然相安无事。汉官又善笼络利用，威权日重，差一点的小部落只好忍气吞声，不敢反抗。偶然遇到官军出动，搜捉逃犯，还要出力相助，所追再是汉人，更是不会过问。方才追兵人数甚多，并有地保士兵在内，竟被谷口蛮人阻住，一任对方力说自己是女贼、杀人凶犯，置之不理。如非蛮人势力真大，这里便是他的辖区也必不敢，越想越觉逃生有望，脚底自更加快。刚把那六七里长一条羊肠谷径穿过，同行少年蛮子已在中途抢先翻山，往前赶去，只老蛮一人引路，随同疾驰。

出口一看，前面又是一片荒野，树林甚多，两面重山峻岭，形势险恶，阳光照处，明暗相间。上面草木繁茂，大片阴影将地面遮没了一大片,仿佛那山快要压到人的头上,只右侧远远现出一片水田。方想:这里山形真险,并与老和尚所说中途那座高山相同,如其料中,离开金牛寨只有二十多里路。出谷之后,芦笙已听不见,连谷中蛮人所吹号角也全停歇,莫要与蛮王相左。我已力尽筋疲,心跳汗流,万分勉强,这样远而难走的山路如何前往?忽听隐隐马蹄之声由侧面小路上传来,因觉追兵都在谷口被阻,中隔大片峰崖,当是蛮王来迎,心方一动,老蛮忽然急呼“快走”,领了凤珠往对面树林中驰去。

第十一回

报亲仇忍痛嫁蛮王

凤珠实在两腿酸麻，跟他不上，正在愁急，勉强赶到林内，想叫他稍微歇息，缓上口气再走，忽然发现老蛮面色似惊似喜，脚却不停。林中树木甚稀，野草颇高，路更难走，但是内中却有大小三四条道路纵横交错，左右相通。好容易高一脚低一脚走到当中平地之上，还未开口，忽听两面呐喊之声相隔不远，马蹄之声也越来越近，业已看见人马影子。忙往左右一看，原来方才那些追兵不知由何处绕走，并还分成两拨，顺着林中两条大路兜将过来。一路业已抢在自己前头，似刚发现逃人，反身扑来，一声呐喊，右面来的一起同时警觉，喊杀震天，蜂拥而来，人数比天明前后所见多了两倍。另一条小路上又有二三十骑马队疾驰而来，已快超出第二起敌人的前面，都穿着一身胸有勇字的官兵装束，最近的离身已只数丈之遥。

林中共有三四条交叉的路径，二人本由西北转入南方小路，不料敌人三面夹攻，由西南方来的一起首先抢到前面，将南面入山小径遮断，左右两面敌人又相继包围上来，内中还有二三十骑快马，便往回逃也办不到。何况连夜逃窜，长路奔驰，便是家传武功，精力也接不上。又见敌人连城外驻防的土兵也引了来，当头一骑还是巡检打扮，就是蛮王赶到，也未必敢与相抗，不禁悲愤情急，把心一横，忙将身后包裹丢掉，拔刀在手，取出暗器。见老蛮还想领着自己往东南方无人之处越野而逃，口中狂呼怒吼，所说全是蛮语，一句也听不出。惊慌忙乱中知道这等逃法不是力竭倒地，便是白死，转不如稍微缓气，杀他几个出气。主意打定，连声喊停。老蛮往前飞逃，理都未理，料知蛮人能胜而不能败，势已危急；再看四面，除仇敌外更无蛮人影迹，越发绝望，决计拼命，也就不去管他。稍微喘息，运用家传武功，把气稍微沉稳。

当头一起敌人业已冲到面前，为首一个獐头鼠目的华服少年，本来连声怒骂，其势汹汹，手持短矛，抢在前面。相隔还有一两丈，见凤珠横刀而立，忽然停步，把手一挥，大喝“且慢”，身后的人，也同停止，散将开来。少年随向凤珠喝道：“我哥哥被你杀死，如今我是村主人，看你生得美貌，如肯做我第五房小婆娘，便可饶你性命，乖乖跟我回去，莫要找死。”凤珠一听仇人之弟，想起父亲便被他们这类土豪逼死，早已悲愤填膺，但仍勉强忍耐，想多缓口气，打算借着问答挨上些时，冷不防纵身上前杀以泄愤。

耳听马蹄之声越近，侧顾另两路仇敌也合在一起，快要赶到，为首戴红缨凉帽的也是一个油头粉面的少年狗官，老远便喊：“韦六官，莫要乱想心思，这嫩婆娘在我地方上杀人，必须由我活捉回去处置，死活由我做主，这是官法。你家银子虽多，还要我愿意呢。不为这婆娘，我巡检老爷怎会亲自捉人？非由我抱了回去不成！”说时，随来人马也全奉令排开，已快将人围在中间。离身将近，当头狗官边说边往前面土豪赶去，口中说话，面向自己暗使眼色，带着一脸狡笑，神情更是鬼祟。对面少年似知狗官来意，面上刚现怒容，忽又忍住，强打笑脸，还未开口，狗官已先说道：“韦老六，你不要糊涂，权柄在我手里，我不比别处的汉官，话出必行，不能更改。人在这里决逃不脱，事情说好再办，免得事后争论。真想要人也行，把你那二姑娘送我，再加八十条水牛、一千担谷子，人便交你带去，否则，去年马王坝张三判官一家人怎么死的，想必知道我的厉害。”

凤珠听出双方争论用意，越发狠毒，暗中将气运足，看好形势，见四面包围，逃决无望，本定必死，也未放在心上。暗忖：这些猪狗无一不是狼心狗肺，都杀决办不到，这为首仇敌和那狗官最是可恶，莫如刀镖并用，先杀仇人，然后杀得一个是一个，真个不行再回刀自杀。想到这里，胆气更壮，有此一会，精力也回复了些。业已准备上前，刚把手中刀一紧，忽听少年接口强笑道：“蓝大老爷，我们平日多好交情，如何不讲情面！我哥哥死她手内，虽然白得了许多田产和两个婆娘，到底伤心。这嫩婆娘虽然心狠，长得真爱人，我只要抱回去睡她两个月，以后全都归你，大家无事。否则，她是思茅逃来的要犯，闹将出去你也不便。”狗官面上一红，方要发作，忽听一声娇叱，一条人影带着一道寒光突然飞纵过来，又猛又急，耳听众人呐喊，一声惊呼惨号过处，那叫韦六的土豪之弟业已尸横就地。

那巡检原是一个小土司，因是蛮人，又做汉官，两重势力，连当地官府都无奈他何。又常年受他贿赂，遇事不敢过问，威风越大，无所不为。当日韦六因乃兄被杀，白得了许多财产，报仇之念并不甚重，因听人说女贼美貌无比，才率众人追赶下来。后到谷口遇阻，想起当地巡检相隔甚近，忙令人骑马送信，并还许以重礼。狗官好色如命，一听逃人是个美女，亲自追来。平日作威作福，手下人多，虽见凤珠手有兵器，因人生得秀美，又被包围，全未放在心上，也未听说谷口遇阻之事。见人以后越看越爱，妄动色心，只顾与韦六争论，连身边的刀也未拔出。不料凤珠突出不意，飞纵过来，相隔又只丈许左右，只一刀便将人斫翻在地。狗官看出来势厉害，连忙纵马往旁一闪，仗着马快，凤珠回手一刀竟被躲过。狗官刀刚拔出，口中还在急呼：“要捉活的！”凤珠手中镖已发出，接连两镖，一镖打中马眼，那马受伤，往旁惊窜；第二镖相继飞来，由头上擦过，狗官一顶红缨凉帽打得粉碎，连头发带头皮擦破了一条深沟，不由惊魂皆颤。虽仗马骑得好，没有坠马，马已伤痛疯狂，再也收它不住，一路连纵带跳，连声惊嘶，穿林越野，朝前猛窜。同来人马不顾对敌，纷纷纵马赶往救护，急追下去。

凤珠见狗官受伤，伏马而逃，敌人当时一阵大乱，反倒呆了一呆。其实此时突围逃走，并非无望，只为心中狠毒，立意拼命。狗官带来的马队再一走，越发胆壮，一紧钢刀，便朝人丛中杀去，口中大喝：“我报父仇，无知土人快快散开，我不杀你，免遭误伤！”一面刀镖并举，怒火头上，人像疯了一般，专朝那些五颜六色打扮的打手恶奴追杀过去。上来居然斫伤了好几个，那些打手见她凶猛，先颇发慌，内有两个本领较高的，想起敌人孤身女子，怕她作甚？厉声一喊，全被提醒，纷纷围攻上来。凤珠原是一时气极，轻功又好，上来指东打西，仿佛所向无敌，实则强弩之末，余力已尽，连伤数人之后便觉腿软手酸，累得心跳，通身是汗，不敢似前那样猛纵。身手一慢，敌人纷纷拥到，心再一虚，越发无力支持，渐觉头昏眼花，一面挥刀乱斫乱舞，准备把那十几支钢镖打完回刀自杀。忽听马蹄之声，那二三十骑士兵已穿林飞驰而来，敌人声势越盛，人也且战且退。到了侧面土崖之下，众声呐喊中隐闻头上有人怒吼，那二三十匹快马也自赶到，相隔只有半箭多地，同声大喝："你们散开，大老爷要捉活人，不许伤她！"对面恰有一个敌人一棍打到，刚用刀猛力一挡，棍虽荡开，末了一支镖也随手发出，将这最猛恶的一个强敌打伤败退，但是右膀酸麻，刀儿脱手，身子连晃两晃，几乎跌倒。

风珠心想我命休矣，哭喊得一声："爹爹，女儿来了！"刚把刀回转，待朝头颈刎去，猛觉当的一声，手中刀被人打落，两太阳直冒金星，天旋地转，两腿一软，急怒交加中待要回身朝崖石上撞去，猛又觉着身子一紧，拦腰被人套住，离地而起；同时耳听四面呐喊之声，仿佛敌人多了好几倍。目光到处，左右前面深草地里连同好些大树之后突然冲出许多少年蛮人，狗官马队恰刚赶到，正在同声大喝，准备擒人，忽由崖上飞下一丛寒光，乃是十来支梭镖长矛，正打在来人马前，颤巍巍斜钉地上，敌人立被吓退。百忙中看出新来的人都和前见老蛮差不多打扮，只装束兵器整齐得多，心疑救兵赶到，人也吊到崖上。坐地一看，崖上还有十几个蛮子，为首一个身材高大、穿着华丽、头扎花中、上插鸟羽、年约五旬的蛮人正在持旗指挥，朝下怒喝，知已遇救。强挣着朝下一看，有的离得较远，业已亡命逃走，蛮兵大喝追去，已快追上；余者均被蛮兵三面包围，一个也未逃脱。马上土兵全都下马，跪伏在地。狗官和手下土兵见此情形，慌不迭由马上滚落，拜伏在地。

为首蛮人正是蛮王孟雄，料定风珠由此逃走，同时登高望见敌人三路追逐，虽然激怒，因听老和尚说风珠文武双全，蛮人尚武，想要看她胆勇如何。仗着地理，刚把人埋伏停当，风珠已被包围。凭崖朝下偷看，先见敌人口出恶言，想将人擒去奸淫，风珠立定不动，无甚表示，心正不快；不料如此勇猛，心中狂喜，越看越爱。换了常人，见未来爱妻孤身犯险，必早抢前救护，孟雄却是不然。因听老和尚说风珠如何好法，连夜率众赶来，当着许多手下，还想表示新夫人的武勇。又等了一会，看出力已不支，正要发令，风珠业已危极，方始心慌。恰巧人退崖下,快要自杀,慌不迭用镖将刀打落,一面发令,一面忙用套索把人吊上。

因事情经过全都眼见,正在暴跳,厉声怒喝。回顾凤珠果与和尚所说相同,这一对面,朝阳光中越显美艳,不由心花怒放,爱到极点,也不顾处置下面敌人,忙即回身单腿跪倒,把凤珠的脚双手捧起,亲了一下,仰面笑问:“好妹妹可肯和我回去,做我夫人么?”一面又说山寨良田千顷,牛马成群,金银财货堆积如山,还有两座蛮山,大片蔗田果林,此去享受不尽等语。凤珠生长蛮荒,蛮人风俗和普通的山语都知道一点,见那蛮王年纪虽老,人却直爽,用最恭敬的礼节对待自己,汉语说得极好,此去不致为了言语不通许多不便。人当穷途危难之中,遇到救星,自是感慰;再想小庙中新死去的父亲,除却此人,休说性命,连尸首都难保全,想了一想,正要开口答应,一时触动伤心,忍不住流下泪来。

孟雄见她悲苦,只当不愿,面色立变,但又不忍发威,忍怒问道:“你不愿么?”凤珠知他误会,同时想起以前所见山人相恶情景,暗忖:事已至此,此外别无生路。此人年纪虽老,人却爽快实在,怎么也比落入那些猪狗手内胜强百倍,忙即忍泪强笑道:“你不要多心,我是想起爹爹伤心。如今情愿嫁你为妻,但我知道你们妻妾甚多,我决不肯做小。我爹爹被恶人逼死,尸首尚在庙中,也要请你即日抬往山中,好好安葬。你答应么?”孟雄见她泪痕未干,瓠犀微露,宛如新经雨的海棠,更增娇艳,听完大喜,回手拔下一支长箭,用蛮语朝天祝告,突然折断掷地。凤珠见他折箭为誓,知其意诚,也颇感动,微笑把手伸过,孟雄越发欢喜,忙把手握住,将人扶起,抱在怀中,喜极笑道:“我一得信便带人赶来,后来知你把路走错,已派了六个蛮兵去往庙中看守你爹爹的尸灵,不许有人侵犯,一面亲身赶来,想不到妹妹这大胆勇。如今你那仇人全都被我围住,你只说一句话,豁出和汉官翻脸,便将他们全数杀死,与你出气,你看如何?”说完,把手一挥,崖上下二三百个蛮兵各将手中刀矛梭镖扬起,同声怒吼,对准地上跪的士兵土人和狗官打手作势欲发,只等蛮王一声令下,便下杀手,吓得众人一齐朝上同声号哭求饶。

凤珠心肠最软，虽然恨极这些仇敌，见那些蛮兵一个个貌相狞恶，年轻力壮，手中刀矛映日生光，看去凶猛非常。下面共有百余人，方才凶威已全化为乌有，战兢兢伏在地上，宛如待死之囚，同声哭喊："夫人姑娘饶命，帮我们说句好话！"乱成一片。身后蛮兵却似凶神恶煞一般，分别注定那些人，面上没有丝毫表情，相形之下越显得可怜，不由动了恻隐，暗忖：为首仇人已死，就那狗官也只倚势行凶，并未受到他害，又被我一镖打伤，出了一点恶气，何必赶尽杀绝，多伤人命？并且狗官一死，官府决不甘休。既然嫁与蛮王，自然盼他平安无事，不应把事闹大。念头一转，仰面笑道："他们虽然可恶，都是那姓韦的土豪引来。如今仇人已死，只要他们答应不再和我夫妻作对，去引官兵来此寻仇，放走了吧。"

孟雄虽然想讨凤珠的好，毕竟比别的蛮人有点见识，本心并不愿把事闹大；不过爱极凤珠，想要讨她欢心。闻言知其关心自己，不愿丈夫与汉官结仇。再一想到方才对敌时，凤珠只要答应嫁与狗官，一样可以享福无事，狗官年纪又轻得多，她却那样壮烈，宁拼一命，毫不屈服，并将仇敌亲手杀死；对于自己却是一说就肯，可见真心相从，越发高兴狂喜，把凤珠搂紧，连喊："心肝真好！我决不怕汉官作对，只敢为难，我便造反。这里又在我的界内，是他无理，都杀了也不妨事。这狗巡检更是可恶，他只是蓝家寨的千户，因汉官和他勾结，以为这里是两交界，用汉人做巡检容易生事，命他接任，才只三年，平日欺压人民，最坏没有。汉官因我答应在先，当我亲近的手下，由他两面闹鬼，不敢换人。我因他对我本族中人从不敢欺，也未管他。如今胆子越大，竟敢欺我的新夫人，万万容他不得！方才对你又说许多该死的话，就此放掉，情理难容，看你面上，将那些猪狗放掉便了。"

凤珠看出蛮王大有威权，本就恨极狗官，又听出蛮王心意，低声悄问："狗官虽是山族，到底汉官，他又是个土官，手下不少山人，你不怕他报仇么？"蛮王哈哈笑道："妹妹放心，马王寨的巡检向例不是我答应官府不敢派人。他们只想太平无事，决不会为一土官巡检和我作对。就是汉人杀得太多，还要遇到有点本事的官儿才会派人啰唆，否则，也只作为我们蛮人械斗，糊里糊涂报将上去拉倒。不是真真把事闹大，决不会引动官兵。心肝好意我也知道，你怕我惹出事来，想得周到，我并不愿多事，这狗巡检却是饶他不得。”便用蛮语发令，举手一挥，蛮兵立时后退。孟雄朝众喝道：“看在夫人分上，饶你们的狗命！以后只敢到我界内窥探，必令蛮兵杀你们的全家，鸡犬不留！铜鼓崖石佛坝虽不在我境内，那庙乃我夫人供神的地方，谁敢动它一草一木，欺负庙中和尚，我必要他狗命！”说时，狗官似知无幸，跪在地上连声哀求，蛮兵早将那二十多骑人马看住，不令起身。余人都似皇恩大赦，纷朝凤珠叩谢起身，背了死尸和受伤同伴狼狈走去。蛮王随命蛮兵将狗官两耳割下，令其速回青竹墟送信，告知同族准备三日之内由我亲身前往问罪。狗官知此一举丢人大甚，蛮王还要带人前往掳掠，抢夺财物牲畜，把人掳去为奴，不由吓得心惊胆战。随行那些土兵均他本族山人，也跟着悲声哭喊哀求起来。

凤珠见蛮王说完，把手一扬，蛮兵便抢上前去将狗官两耳割下，满脸鲜血，惨号不已，觉着方才亲手杀人都无如此看了难过，惟恐下余土兵也要受刑，一问蛮王，才知因恨狗官方才说话可恶，竟准备在成婚前夕带人踏平山区，大举烧杀，把年轻的男女蛮人掳去为奴，作为新夫人的贺礼，心更不安。看出蛮王对她宠爱，忙又劝说：“身是汉人，婚姻大喜，不愿有此凶杀之事，请其息怒宽容。”蛮王这才收回成命，向众土兵大喝：“狗官冒犯夫人，本应踏平你们山墟，一人不留。现因夫人再三讲情，速将狗官押送回去，告知同族，将他家产全数送往金牛寨，外加八十条牛、一千担谷，事便罢休。月圆以前如不送到，我仍和方才所说一样亲自往取，莫怪我狠。”那些土兵先对狗官十分恭顺，本在地上哭求；听完，忽然抢先纵起，不知怎的，竟将狗官绑了一个结实，一面用土语朝上拜谢，纷纷上马，舍了原路，往侧面山野中飞驰而去。

蛮王因听老和尚之言，备有藤兜，便抱凤珠坐上，自己骑马紧随在旁，连人带马同往庙中赶去。到后一看，老和尚已将灵堂设好，并在镇上赊了棺木衣服，准备盛殓。开头还有好些恶奴去往庙中吵闹，说和尚与女贼同谋杀人。老和尚胸有成竹，断定蛮王必来，事前曾命徒弟等人走远，假装发现死尸，去向土豪家中送信，一切皆有准备，知其有心讹诈，仍装老实，极口敷衍，推宕时刻，并将偏殿关闭，说是要等巡检老爷验尸，连土豪的死尸也不许人动。韦六见兄一死，只有欢喜，一心想将凤珠擒回为妾，连乃兄尸首也未细看，便连夜追去。后来韦家妻妾入庙哭闹，地保里正纷纷赶来，越闹得不可开交。老和尚久候无信，不胜其烦；业已动怒，快要现出本相，先是六个蛮兵赶进，向老和尚问明情由，两个把住偏殿，四个拿着矛杆藤鞭，发威乱打，口中喝骂，说死人乃新夫人的老爹，老王少时就到，谁敢在此扰闹！蛮王在当地威势虽盛，但因铜鼓崖这一带不在他的界内，孟雄平日比较别的寨主谨细，势力最大，法令也最严，手下蛮兵不许无故在界外生事，与汉家人结怨，偶然经过，也不相扰。那些狗男女多半将信将疑，退到庙外，还在守候不去。

隔不多时，忽有两个恶奴飞马赶回报信，说："那女贼竟是金牛寨主的新夫人，六老爷和几个同伴先被杀死，跟着蛮王赶到，伏兵四起，连巡检大老爷和许多土兵均被擒住，也许还要寻来。两位老爷已死，家中都是婆娘，不如乘此时机早打主意。"狗男女们方始惊慌起来，女的纷纷哭喊赶回，众恶奴均想乘火打劫，地保里正更要于中取利，一哄而散。老和尚立带蛮兵去往镇上，取来上等棺木，刚刚停当，想等人到入殓，蛮王便大队赶来。老和尚一听经过，甚是高兴，又恐凤珠不惯蛮俗，又向双方分头解说。凤珠早哭得泪人也似，就在庙中成服，在镇上赶制了一身素服，先想过了百日成婚。蛮王虽知汉俗，但爱凤珠太甚，不愿久等。老和尚也恐夜长梦多，凤珠父女正受官府通缉，有案未了，再三两面商劝，晓以利害，并劝孟雄，热孝头上，便是蛮俗也应有点禁忌。孟雄便说："寨中巫师可以化凶为吉，新夫人必须用汉礼安葬，我也依她。但我实在爱她，准备本月十六成婚，离今天恰巧两七。我意由我陪伴，在庙中念上两天经，再连和尚一齐请去，先到金牛寨旁小山上面觅地安葬，就在当地搭篷念经守孝。到了十六早上再陪新夫人回寨，岂不是好？"

凤珠看出对方意思坚决，比起来路所说三日之后成婚业已让了又让，除此一件，无不言听计从，爱护备至，只得忍住悲怀，勉强依了。因见蛮王对她百依百随，虽是蛮人，并不凶野，又通汉俗汉语。到了墓地一看，威势更是惊人，共只两日两夜的功夫，在他严令之下，许多蛮人日夜兴建,竟建成一座高大整齐的竹楼和一所可容千余人礼拜的芦棚灵堂,以为自己居住和和尚念经之用。身边服侍的蛮女有好几十个,赶制衣服的人更多,端的一呼百诺,威风已极。偶然谈到一两句衣物饮食,当地没有的,至多三日必用蛮兵通事飞骑去往远近城镇采办回来。蛮王更是长日陪伴,体贴周到,无微不至,夜来方始恋恋辞去。除喜欢搂抱亲热外从未动强。日子一多,也就心安。转眼蛮王结婚成典,所娶又是汉人,与寻常好些不同,多半按照汉人风俗,远近蛮人酋长均来庆贺,数十里内挂满灯彩,一直狂欢了好几天方始停止。

婚后光阴,蛮王更把她当成活宝,恨不能终日含在口里。原有许多姬妾全都视如粪土。凤珠见那些蛮女人数既多,蛮女情热,孟雄年老,本就顾不过来,又专宠爱自己一人,心中难免气苦。蛮王姬妾又不敢有甚情人,觉着她们处境可怜,便劝丈夫发令去留自便,准其择配。蛮王共有八十三个姬妾,蛮女心直,不会做作,一听遣散之令,喜出望外,当时去了八十一个,只剩两个年老的留下。蛮王不料这些姬妾说走就走,只年纪稍轻的无一留下,先颇不快。近来虽不与这些旧人同居,平日人多争先趋奉,热闹已惯,忽然走光,空出许多房屋篷舍,未免显得冷静,也少威风,碍着凤珠,不敢发作,却骂这些人没有良心。

凤珠知他心意,一面劝说,人心一样,按理本该一夫一妻,你却讨了这许多,无法分身,她们自然失望。在你以为她们做了你的姬妾,吃得好穿得好,什么事都不用做,还可陪你享受,是大福气;其实,她们终日无事,已闲得难受,你又不爱她们,日常呼来喝去,稍不如意便加鞭打,时刻提心吊胆,恐你发怒,又不能和我一样随意出游打猎,真不如你手下那些人一夫一妻,对对成双,日子好过。本来是受活罪,如何能怪她们?一面又选那长得灵秀的小蛮女做自己女兵,教以武功。不消多日,便选出二百个女蛮兵,又改制了许多服装。孟雄对她宠爱,一见那些空房都被蛮女住满,非但比前还要热闹,而且个个活泼天真,不消半年,都学会好些武艺,服装兵器一色鲜明,内有二三十个聪明力大的,连手下那些壮蛮多非敌手。凤珠本人的武功更是出色。这般女兵看在眼里,都是好极,本就心喜。

第二年冬天,因有一处深山中的蛮人杀了几个蛮子,并将妇女和所采药材强夺了去，正在大怒。凤珠自告奋勇亲带女兵前往报仇。孟雄先还顾虑，凤珠原因思茅父仇未报，意欲借此一试所练女兵的本领，一半为了那些吃人的蛮人天性凶残，不问蛮人汉人，见了就杀，知其人数不多，当时同类残杀，人心不齐，有勇无谋，说什么也非去不可。孟雄强她不过，最后答应由凤珠带了女兵上前，自带蛮兵为之接应。凤珠先还不肯，后见丈夫心意坚决，只得事前约好，非要战败，不许相助；一面照着探报地理形势，带了女兵，每人拿了特制的藤牌和防毒箭的面兜，乘着月明之夜偷偷翻山掩将过去。到时，蛮人正在月下纵饮狂欢，大吃生人。山口守望的两个蛮人已被凤珠掩杀，毫未防备，居然一举成功，杀死好些最凶恶的蛮人，并还打倒生擒了七八十个，只一小半翻山逃走，被掳去的妇女也全抢救回来。内一蛮子便是孟龙之弟五虎，业被生蛮洗净，赤身绑好，就要烤死，也被同时救下。孟雄原分两路赶往接应，没想到凤珠无意之中发现一条捷径，老早抢向前面。等孟雄率众赶来，业已大获全胜。

这些蛮人隐藏深山之中，仗着形势奇险，林深箐密，人迹不到，又善爬山，身轻力大，藏处隐秘，是当地一个大害，蛮人汉人常为所杀。孟雄以前两次搜杀，一次还与官兵合力围攻，均因蛮人狡猾，入口要道有人守望。敌人如少，立时埋伏应战，去的人反为所败；敌人如多，不等追到，全数逃散，影子都找不到一个。稍一疏忽，反中毒箭，蛮人仍被逃脱，端的厉害已极。凤珠也是一时凑巧，一到先将守望杀死，蛮人没有防备，所用兵器多半不在手中。这伙女兵都会武功，暗器又打得好，不似蛮人一味蛮野。再见四面包围都是貌不惊人的矮小蛮女，上来轻敌，有的妄想空手捉人，想吃肥肉；直到伤亡一多才害了怕，几个胆怯心慌，领头逃走，当时大乱，被众女兵追上，连发暗器，一路乱杀，又打死了不少，全身逃脱的只得十之二三。非但孟雄出于意外，连手下群蛮也都惊为奇迹，越发敬服。五虎死里逃生，便照蛮俗去亲凤珠的脚，凤珠因他近支族侄，虽然嫌他丑恶，未便拒绝，亲时觉着对方把脚捏了一下，似在用鼻狂嗅，心虽略动，因在山寨日久，这类礼节业已见惯，也未在意。谁知救了一个祸根回来。

孟雄对她自更格外爱重，回到寨中，便召集远近各寨主长，连同汉官,大举夸功。又隔了一年,凤珠便强着孟雄派了几个精通汉语的蛮子,装作汉客,连去思茅窥探仇敌动静。本要下手,亲往行刺,这日接报,说土豪已死,狗子占了一片山地,快要下葬。本寨山路可与相通,但极难走,中间虽要经过几处山寨,均与孟雄有交,最近的一处离土豪墓地只隔着五六十里山路和一片森林。寨中有几个老蛮曾因采药来往过两次。报仇之后,如由森林逃回,敌人再多也不敢追,就追也追不上等语。凤珠闻报,不禁大喜。孟雄拦她不住,只得选了几十个有本领的女兵,请出牙牌令符,由老蛮引路,通过各处山寨,借着采荒,探明仇人下葬日期,提前赶去。各寨蛮人,全知金牛寨新夫人的威名,又多见过,所到之处争先奉承,样样方便,毫不费事。便将最险之处翻越过去,赶到森林里面,觅地藏好。一面早有先去的人随时通报。

这时,土豪仗着财势,正在大举营葬,临时盖了许多席棚,并还建有一座家庙。由头三天起,到处都是白布白花飘扬张挂,纸钱满天飞舞,名为满山白,亲友下人和各种做工的农民,连同和尚道士,为数有两三千,一切都已准备停当,只等狗子扶柩落葬。凤珠看出仇敌财势惊人,同来还有官军,自己孤军远出,带人不多,为防有失,预先派人将来路两条石桥破坏,设法延宕。狗子远道而来,途中连遇周折,虽然坐轿,近墓一段不能不走。隔夜起身,次日黄昏才到,所有人等俱饥疲交加,狗子和同来家属更似瘫了一样。同来地师讨好,假说改为次日午前安葬,子孙虽迟两年科甲,官做更大。狗子巴不得养息一下,吃饱再说,立时传令,把灵柩停在家庙里,改为明日下葬,一面催摆酒席,吃完上祭。同来护送的官兵本是摆样,也都倦极散开,觅地坐卧,等待入席。

狗子因有不少有财势的亲友午前赶到,等了一日,都在棚内散坐看戏,要请他们入席谢孝,不能不挣扎敷衍过节。正坐一旁朝人诉苦,说他如何孝心,受了许多活罪。思茅一带原是汉蛮杂处,抬送灵柩的便有不少山民在内。狗子性喜铺张,又定了三天大戏。这时台上锣鼓喧天,待客酒席一直摆出好几里去。狗子因觉当地邻近山寨,不愿结怨,又想人多可以助威,不禁土人往看,赶来看热闹的各种土人也有好几千。虽因官兵弹压,不敢走进棚内,外面到处都是看热闹的人。胆大一点的都围在芦棚外面。凤珠手下女兵早就换好各式男装,只自己外面罩上一领披风，由森林侧面三三两两掩将过来，挤在人丛之中。狗子只顾向人铺张他的豪华势力，心中得意，毫未在意。手下虽有不少恶奴打手，多半饥疲交加，又因棚内都是自己人，外面还有官兵弹压，做梦也未想到转眼就有杀身之祸。只有几个先来布置的恶奴和几个贴身的俊童在旁服侍。虽然也有十余恶奴身边大都带有兵器，全是摆样，如何能当一击？

凤珠见狗子喘息未定，又在当众狂吹，得意洋洋；执事人等正催开席，忙乱非常；数十个原有弹压的官兵正拿鞭棍轰散闲人，转眼便要轮到自己这面。时机业已成熟，便照预计发出暗号，各处埋伏的几个女兵立将特制火箭取出，乘着人多忙乱，仇敌不曾留意，先往芦棚对面角上射去，当时点燃；等到红光冒起再在人丛中高呼火起，众人一阵大乱，纷往棚外逃避。狗子胆子最小，一见火起，起身便逃，吃棚内许多吊客一挤，身边的人立被隔断，只有两名恶奴随同保护。又走得慢，山风甚大，转眼之间全棚火发，人多拥挤，惊呼哭喊，互相践踏。上风的人再一纷纷忙乱抢救，声势更是猛恶惊人。狗子裹在人堆里面已快走出，情急胆寒之下并不知道火是由东往西烧起，东南角还未烧到，惜命心切，正在大声哭喊："谁要救我出去，给他三千两银子赏号！"一面厉声哭骂："手下人狼心狗肺，不知死往何方，还不快些保我出去！"又骂旁边的人不该挤他："我如被火烧伤，你们休想活命！"

凤珠见火一起，便纵向棚侧不远山石之上，旁观者清，见狗子已快挤出，离外面不过丈许，无奈身后左右逃命的人太多，和潮水一般向外涌出，狗子和身边两个恶奴都无甚力气，急切间冲不出来。内一恶奴见人太挤，厉声喝骂，想要行凶打人，兵器还未拔出，微一疏忽，被人挤倒，乱踏过去。后面的人被恶奴一绊，往前一扑，再拼命一挤，连另一恶奴也被冲散。前面不远便是木棚，只有半人多高。前面的人业已连抢带爬翻滚而出，有的地方已被冲倒。狗子身边恶奴一去，越发惊慌，只在人堆里转来转去，不由自主，走投无路。明明身边不远便是出路，被前面的人挡住挤不上去，竟未看见，便离木棚也只数尺，上面席棚火势已快烧到，棚内的人业已逃出十之八九，只东南这一面因是狗子家眷起坐之处，女眷甚多，离出口最近，火势一起，妇女反先逃出。狗子也因这面人少，特地赶来，无奈这一面木棚比较坚固，又有芦席遮避，棚里正在摆席，到处都是桌椅板凳，大群吊丧的客人也看出这面较空，都往前抢。狗子逃时，前面已有好些人挡住。后面的人再争先赶来，往上一涌，本来酒色淘虚，加以长途饥疲，心慌腿软，只吓得急呼哀号，连方向都看不出。

凤珠本意乘乱行刺，不料山风太大，火起以后这等乱法，惟恐误伤多人，正想等狗子逃到外面，冷不防飞身上前，将其杀死。见此形势，猛触灵机，忙即纵落，由人丛中挤到木棚外面。狗子恰巧被人挤到棚旁，中间只隔有限数人正在翻栅而逃，忙一探身，分开两旁的人，当胸一把将狗子抓住，怒喝："可要我来救你？"狗子不知杀星照命，大喜急呼，"你、你、你、你如救我出去，三千两银子，再多也行！"凤珠身旁原有十来个蛮女，跟踪挤到，一声招呼，众蛮兵拉住木棚同声大喝："你们莫慌，等我将它拆掉好逃得多。"说时用力往外一板，木棚立时折断，好些逃人惊慌忙乱之中也未听清，木栅一倒，便连滚带爬拥将出来。出口虽然加大，人更纷乱，各不相顾，争先拼命逃走，好些还带了伤。内有两名女兵，也几乎被他们冲倒。

凤珠早将狗子由人丛中抓将出来，狗子虽觉胸前奇痛，因觉生死关头，不能计较，口方急呼："你手轻一点！"忽听凤珠低喝："你认得我么？"狗子见救他的像个山装汉人，年纪甚轻，还未听出言中之意。凤珠见许多敌党正由西北方庙中带了兵器纷纷赶出，因被火烟挡住，满空火星飞舞，随着狂风四下纷飞，稍干一点的草木已被点燃，棚外许多官兵恶奴正在四面呐喊寻找狗子。因这一面地低，到处坡坨起伏，离棚不远还有一条丈许长的山沟，上搭木桥，由此绕往棚后，过去两里便是森林入口。事前早已打算，又见敌党和许多士兵正绕过来，被逃走的人隔断，纷纷向人堆里查看探询。虽是虚张声势，均怕受伤，不敢过来，人一逃光，难免被其看破，忙将狗子随手提起，由人丛中挤出，一面暗令沟旁埋伏的女兵将木桥拆去。跟着乘人不觉，伸手先将狗子下巴捏掉，使其无法喊救，脱下披风，将人裹紧，掩到棚后无人之处，交与女兵背上，取出银笛一吹，同往森林逃走。

这原是片刻间事，等到棚内的人逃光，因木桥已断，都拥到上风一面。狗子手下的人寻到身边恶奴，问出狗子火起时随众逃散，还有许多亲友都说人已逃出，并还有人见他被一山民救走，大家都忙逃命，不曾留意，只有两人觉着救他的山民身穿一件白披风，转眼之间忽然换了一身装束，像个山女，人多太挤，也未看清，再寻狗子，已无踪影。正在四下查探，忽然发现棚后通往森林一面的野地草树丛中有许多人影闪动，相隔已有半里来路，情知有异，忙即追去。行至中途，忽听一声银笛，埋伏骤起，箭如暴雨一般飞射过来。因隔较远，人虽不曾受伤，势甚惊人。追去的人不多，路又难走，正在心慌，前面灌木丛中忽起野烧，转眼蔓延开来，当时吓退逃回。中途遥望火场那面，跳起十多个奇形怪状、头上披着许多草花的野人，纵跃如飞，往森林斜对面翻山逃去。火是越来越大，无法飞渡，便追也追不上。总算风向相反，春天的草木不易点燃，只将那一片有油性的灌木烧掉，没有引起大灾。空在山中搜寻了多少日，连骨头也未找到一根，这且不提。

第十二回

智伏神巫

风珠本意刺杀狗子，临时变计，竟将仇人生擒回去。先恐敌党人多，万一入林追赶被他追上，带去的女兵难免伤亡，还在途中埋伏，设了疑兵。不料这等脓包，连森林也无一人追进，满心欢喜回转金牛寨。狗子途中想起平日倚势横行，奸淫妇女，霸占汉蛮土人的田产，杀人如同儿戏，许多罪恶。如今落在仇人手内，知难活命；加以从小娇生惯养，酒色荒淫，哪经得起这长途惊险苦痛？风珠回忆昔年受逼逃亡、父亲死时之惨和狗子的万恶，还想关上些日，多给他受点活罪，为许多受害的人报仇出气。到后一看，人已磨折得骨瘦如柴，奄奄一息，只得杀死了事。父仇已报，享受又好，虽然丈夫年老性暴，对于自己却极恭顺，起初并无他念。

孟五虎自从遇救之后，对于凤珠更是设法亲近，种种讨好。凤珠不知狼子野心，另有阴谋，只当知恩感德，也未在意。五虎原是看中凤珠美貌，又觉孟雄年老无子，自己年轻力壮，如能勾引成奸，便可篡位。孟雄老死之后，便可继为寨主。不料凤珠嫁与孟雄便是出于无奈。初嫁半年，觉着寨主粗蠢凶野，样样均看不惯，总算丈夫还知汉俗，体贴周到，方始相安。后想丈夫年老，近更多病，万一早死，孤立无援，又无儿女，蛮俗又极野蛮，继位的人照例可将寨主遗留的姬妾不问尊卑任意霸占，身有重案，连想逃归故土都办不到；加以父仇未报，孟雄表面答应相助，老有顾忌，这才选拔女兵，教以武功和汉人语言文字，初意用以报仇，并解平日寂寞，免得孟雄之外所遇皆是蛮人，连个说话的人都没有。及至一举将危害多年的蛮人除去，大胜回来，不久又率了几十个蛮兵跋涉蛮荒，远去思茅，在万千人中孤军深入，一人不伤，将狗子擒回，报了父仇，越发英威大震。平日待人又极宽厚，全体寨民除五虎勾结的少数奸党而外全都对她感激敬爱。

凤珠聪明机警，看出寨民归向并非丈夫之力所能做到。想起初婚时心事，越发加紧勤练女兵，第三年又从女兵队里选出数十个聪明胆勇的少女做了心腹，跟着又往碧龙洲避了两次暑，孟雄对她早已由爱生畏，话出必行。后在无意之中救了王、时二人，为了对头势力太大，孟雄见省城将军和许多大官均已惊动，实在无法隐瞒，再三和凤珠商量，方始将人送走。官府方面原是纸老虎，屡次派了委员向其探询，孟雄见人已走自然理直气壮，夫妻二人同时出面，并请来人查看全寨，凤珠答话更是巧妙得体，来人问不出所以然来。孟雄夫妻接待殷勤，又送了许多重礼，非但没有追究，反代孟雄说了许多好话，事情就此拉倒。凤珠人本端正，初救王、时二人，由于一时仗义，并无他意；只为举目无亲，难得遇到两个汉人，又都少年英俊，文武皆通，不由一见投机，越处越好。不料少年男女日久情生，彼此虽未明言，无形中已种下情根。行前数日，凤珠、王翼彼此竟有了一点表示。

二人去后，凤珠自觉寂寞，对于王翼也更想念，本来双方约定，明年碧龙洲借着避暑相见。凤珠虽爱王翼，身是有夫之妻，丈夫虽不如意，待她极好，又有救命之恩，只想蛮族不禁再嫁，打算守到孟雄老死再作计较。王翼也是这样意思。双方耐心守候，暂时原可无事。不料五虎因凤珠见他厌恶，不令近身，除公众相见外，连打猎都不要他跟去。中有一次，借着行礼，又想亲她手脚，凤珠仗得丈夫宠爱，人心归附，公然拒绝，心已愧愤。王、时二人一来，男女双方笑语亲密，又被看在眼里，更生妒恨。曾向孟雄进谗，孟雄非但不听，反而激怒，几遭鞭打。惟恐凤珠知道，和他作对，当时便难活命，因此阴谋更急。这日乘着孟雄夫妇出猎，竟勾结了两个蛮人埋伏暗算。事也凑巧，凤珠马在前面，瞥见丈夫坠马，忙即回救，见两蛮人刚由路侧冲出，手举长矛快要刺下，一时情急，忙将身边毒镖连珠打去，同行女兵也用镖矛并发，等到想起拷问真情，已全杀死，搜遍全山，并无余党。孟雄伤本不重，刚刚上马，又遇两只猛虎扑倒。凤珠虽在一旁，因那两虎也是同去男女蛮兵追逐，身受箭伤，由路侧山坡上惊窜逃来，将人扑倒，便飞驰逃去，虽未送命，人已残废。

凤珠想起七八年来夫妻之情，本心并不愿其早死，每日尽心服侍，但又思念王翼，心情甚是矛盾，苦痛已极。孟雄先觉爱妻对王、时二人太好，走时并将牙牌信符强要了去，再一想起五虎以前所说，原有疑念；只为爱极生畏，非但表面不敢发作，遇到凤珠与二人通信，有甚好东西便要送去时，仍是百依百随，从未说个不字。背人想起，空生妒愤。无奈凤珠天生尤物，爱之过深，只一见人，满腔妒火立时冰消。每一想起，仍是将信将疑，又不敢问。

正在难过，及至受伤残废，卧床不起，日子一久，看出爱妻日常愁苦，守在旁边，非但极少离开，连入山打猎均未走过。遇到花月良宵，想出游玩，总命蛮女用特制软床抬了自己同出散心，从不孤身前往。余者也和平日一样，并未嫌厌自己老弱伤病，服侍照应只更周到。并还时常提起昔年遇救，自己对她怜爱体贴许多情分，往往流下泪来，不知凤珠感他恩情太深，不忍生前离弃，以为夫妻情深。暗忖：爱妻如有二心，那日出猎遇险，稍微延宕观望，便遇毒手；后遇二虎相继扑来，自己已经马倒人伤，不是爱妻拼着奇险，连身朝虎扑去，将第二只虎斫了一剑，撞歪了些，也必不免于死，她本人因此还几受重伤，形势险极。何况自己那样爱她，毒药毒箭均在手边，并无丝毫防备，随时均可杀夫而逃，怎会如此尽心？这日越想越高兴，抱着凤珠连哭带说，竟将祖传神箭连同几件宝物暗中赠与凤珠。次日一早并请来神巫，商计停当，命人抬出，击鼓吹笙，召集全体寨民，命凤珠暂代寨主，只等自己老死，再按寨规继位。

凤珠聪明机警，早就看出蛮人迷信，神巫暗中颇有威权，有时连寨主都要听她的话。人又贪残，平日无事生风，稍有违忤，便假神命害人。以前好些寨民均遭惨杀，活活烧死。心虽愤恨，但知积重难返，表面敷衍，暗令心腹女兵查探她的恶迹和所闹花巧，一面代向神巫所指罪人求情，为之化解，先后救了许多人命。神巫凶残成性，见害人不成，起初迁怒凤珠，想用毒计陷害凤珠手下女兵，硬说得罪神灵，非要杀死祭神不可。孟雄知那两个女兵最得爱妻欢心，始而不肯，神巫力说奉有神命，非要二女上祭不可，否则明年便有大凶，实在无法与抗，只得去向凤珠商请。凤珠闻言大怒，问出神巫尚未向众宣布，料其胆怯情虚，知道自己威权太重，万一坚决不允，失了威信，以后无人畏服，笑告孟雄："你不要急，等我今夜自往神庙向神求情，如其不允，我便答应。”

孟雄觉着此举太险，庙在乱山深处密林之内，地势险僻，乃全寨禁地，内中养有好些毒蛇猛兽，非得神巫允许，或是春秋两祭，从无一人敢于走进，再三劝阻。凤珠早就派人探明神庙虚实，执意不听，并不许孟雄同去，或是被人知道。孟雄受制已惯，凤珠又说自带两蛮女献与神巫，神如不允，任其明日当众杀死，决无二言。心想这等做法不算大犯神规，只得罢了。凤珠立率几个心腹女兵连夜掩去。到时明月还未西沉，那神巫是个年约五旬的山女，人都当她从小便随师父献身与神，未嫁过人，终年在密林中过着独居生活。庙中还有两条把守神庙的毒蟒，每次祭神，曾有多人看见不奉神巫之命决不伤人，并有许多神怪传说，如吞刀吐火之类；因此寨民对她奉如神明，畏之如虎，只一假托神命，无论亲生儿女和多宝贵之物，随手献上，从不敢违。实则神巫淫凶无比，老而更甚，林中所藏珍贵之物堆积如山，并还养有几个壮年外族蛮人，供她淫欲。仗着蛮人迷信太深，无人敢往窥探，因此为所欲为，无恶不作。

凤珠早有密报，一到便发现神巫和两个壮汉一丝不挂，正在月光之下野合，旁边堆满各种酒食。先想杀她，继一想，这等野蛮风俗牢不可破，我又是个汉人，听说以前老神巫更是凶恶，与其去掉一个又来一个，还有许多顾忌；换一次人还要损失大量财物，凶杀好些人命才能了事；何如将其制服，使知敛迹，不再害人，要强得多，本心又不愿看那丑恶之事，便未上前，自带女兵暗入神庙，将所养两条拔去毒牙的大蟒分别在铁笼中寻到杀死，并将平日用以害人、上面不知染过多少人血的一柄石刀，和师传法器铜铃中心的一粒宝石、两粒人骨所结舍利摘下，再将一柄尖刀钉在所卧榻上，溜了回来。孟雄越想越不放心，正带了几个心腹蛮女拿着祖传神箭迎来，准备神巫如与爱妻作对，便用神箭将她刺死，然后偷偷回来，作为神祖降罚，神箭自行飞出，将其刺死，以免爱妻因护二女，受那杀身之祸。心正忧疑，忽见凤珠和蛮女说笑跑回，大喜迎问。凤珠不知丈夫原知神巫闹鬼，但有许多碍难和利用之处，不能认真。为恐害到自己身上，业已情急，但因以前利用过她，不便明做，准备无事最好，否则拼出损伤财物牲畜，另请神巫，也不使自己吃亏，已有除害之意。因恐明言犯忌，笑答：“事情已完，你不用管，也许天明前后神巫寻我商量,你须避开,不要多事;否则闯出祸来,我便受害,你愿意么?”孟雄知她智勇双全,本领又高,能够化解,自极高兴,连声喜诺,回到寨中。

凤珠便令孟雄先睡,自往静室等候,密令心腹女兵分头守候,并派两个胆大的迎上前去,照着所说行事。果然天还未明,神巫便发现凤珠所留的刀,又将两蟒杀死,把命一般重的两样法器盗去,料知隐秘全被看破,始而怒发如狂,想用毒针赶来拼命,但又畏惧凤珠的本领,就连两个奸夫同去也难近身,何况对方手下还有许多本领高强的女兵,此去只有送死。万分惶急中,想起对头那大威权本领,杀我容易。隐情又被看破,被人知道也不妨事。何况本族与别处山寨不同,寨主秘藏得有祖传神箭,无论天大的事,神箭一出便可任性而行,因此不怕神巫为难,遇到双方争斗结仇,或有甚事不可开交,寨主将箭请出,多么有威权的神巫,哪怕当时向众毒咒,只要寨主不被空言吓退,便须俯首待杀。照她那样得宠,死活全在她的手内,如何这等做法?分明暗中警告,只不与她为难,便可讲和。再想起凤珠平日心软宽厚,不肯结怨情形,立时醒悟,此外也实无法可想,惟恐夜长梦多,匆匆赶来。

迎头遇见女兵,说是夫人准备香花美酒正在等她,越知所料不差。到后一看,凤珠甚是谦和,若无其事,只说看她薄面,请神恩宽,莫将二女收去。神巫一见房中无人,忙即跪伏,哀求恕罪,只要饶她,将法器发还,从此惟命是从。凤珠才把面色一沉,历数罪恶,加以警告,并说:“我那女兵都是心腹,并曾折箭为誓,不会泄漏。你那许多丑态恶迹,我并未对老王说起,只要从此洗心革面,非但饶你一死,如需财物,也可问我来讨。铃内宝石舍利均可发还,那柄石刀是你杀人凶器,却须留此为质。好在神要二女供献之事乃你假造,尚未宣扬,也不伤你体面。如能暗中听我调遣还有好处。我只不许杀害好人,别的不问。”

神巫当时惊喜,也颇感激。双方约定之后,寨民见寨中虽然久未用人祭神,年景却是丰收,人畜伤病更比前少。神巫因不再害人,常得凤珠好处,也不再怀恨,反说新夫人是个福星,得到神喜,上月显灵,吩咐在此十年之内,只要不犯神怒,无须再杀生人上祭。但是春秋两季必须加上十牛十羊等语。凤珠地位因此更加抬高。当日代为寨主,全都欣喜。无如五虎狼子野心,垂涎凤珠美色和寨主地位,见她代做寨主，妄念更深，几次讨好巴结没有成功，图谋更急；同时看出神巫常与凤珠相见，寨中已好几年未用生人祭神，生了疑心，暗令心腹查探，也将神巫隐秘得去。但因凤珠和神巫来往颇密，不敢明来，只在暗中勾结，常时贿赂。等到双方交厚，这才引往无人之处，许以重利，并用言语点醒，如肯合谋事成，同享富贵，否则彼此不利。神巫性本贪残，虽被凤珠制伏多年，因久不曾杀人立威，长年无事，已觉不耐；又因那柄石刀在凤珠手内，怎么好说也不肯还，只管得到许多财物，不能似前发威行凶，心甚怀恨。双方都是恶人，一拍即合，便在暗中勾结，待机而动。

凤珠为了陪伴丈夫，不似以前常出走动，虽有不少女兵对她忠义，凤珠不愿误人婚姻，年纪一长，随时遣嫁。除贴身数十个心腹和未成年的蛮女外，因觉丈夫卧病，又无甚事，不须多人服侍，又不出猎，除偶然召集训练而外，各令回家，无事从不呼唤。下余女兵到底年轻，主人又待得好，每日守在身旁，极少离开。寨中富足，一向安静，凤珠大权在握，人心归附，本没防到别的。丈夫一病两三年，心又念着王翼，满腹心事，未免疏忽。五虎自与神巫勾结，势力渐大，奸党愈多，凤珠一点也不知道，竟被神巫假托神水，下了毒药。凤珠原知是假，因见丈夫求好心切。心想一碗白水，只用敬神的香画了两下，连香灰也未落在水中，病人吃了可以安心，未加阻止，不料中了阴谋。

孟雄所服毒药发作又慢，毫未警觉。等到第二日起，每日腹泻不止，不消三日，人便衰弱不堪，夫妻二人，均知无救，相抱痛哭了一场。总算孟雄神智未昏，临危前半夜又将祖传神箭连几件宝物用处仔细告知，并说："我初意原想立你接位寨主，免受族人之欺。虽因病势忽重，不能召集全寨的人当众让位，好在你已代我做了一两年，众人对你那样敬爱，又有神箭秘藏手中，决可无事。你年纪轻，本应选一心爱丈夫，但你不喜蛮族，我所深知。照着寨规，你是我妻，做寨主决无话说；你如要选丈夫，却非我同族不可。我知你对我忠实，虽爱王翼，并不叛我，如其选他为夫，你二人均有杀身之祸，除非拼着寨主不做才可无事。上月曾听你说月信不来，你虽不曾生养，到底年轻，如真是孕，生下儿女，在此选夫再好没有。如要嫁与王翼，最好等到生养之后，拿此神箭，弃了寨主，前去寻他，将来却须将我儿女抚养成人，仗你二人之力和孟龙父女相助，夺回原位，由我儿女做寨主，死也感激你了。”

凤珠闻言心乱如麻，一一应诺。孟雄天明身死，凤珠隔夜早已命人召集近支有地位的同族守在外面，内有两个老成的蛮酋并还引到病榻，由孟雄亲口发令，命众推戴凤珠为主。五虎也在外面，女兵密报，说他与人交头接耳，时发狞笑，忙乱头上凤珠也未理会。总算事前有了防备，孟雄病势一重，便将这几年打发嫁人的女兵全数喊来，以防万一。奸党知她厉害，几次想动、均因人心归附，不敢冒失。凤珠如其不想嫁与王翼，只要做上三五月寨主，定必发现奸党阴谋，将五虎神巫几个奸党除去，便可无事。只为丈夫死后，觉着此时嫁人于心无愧，何况死时双方曾经明言蛮族不禁改嫁，只要照他遗嘱行事，便对得住死人。每日盘算，只等好好安葬，后事完毕，便往碧龙洲去寻王翼，对于寨主尊荣毫未放在心上。

哪知五虎垂涎多年，妄想人财两得，先打算乘机发难，后见所结奸党人数只有三分之一，下余听说凤珠接位，到处欢声雷动。这还不说，最厉害是本人武功极高，手下还有许多女兵。神巫和几个老年奸党也说凤珠势强，既不舍将她刺死，想要得人，便须缓图。五虎因那神箭等传家之宝未听孟雄夫妇提起，这东西向经寨主秘藏，无人得知，照例不许探询，以为孟雄老病糊涂，忘了此事，既想暗中搜寻，只将神箭寻出，立可按照祖规任性而行。又想孟雄临终以前曾说凤珠业已怀孕两月，不乘此时将人得到，被她逃走，也是未来大害。暗杀较易，心又不舍。于是又想由神巫假传神命，相助成功。神巫石刀被人拿去，把柄在人手里，起初不敢明来，又不便明告五虎，只得设法搪塞，劝其暂缓，等到党羽再多下手不迟。

凤珠居然将孟雄以蛮礼厚葬，并把老和尚师徒请来，做了好些天的佛事。等到和尚走后，凤珠派往小金牛寨送信报丧的人被五虎命人杀死，并与乃兄写信，说凤珠的坏话，打算离间，信未投到，凤珠事忙，无暇多写。这日夜里，想起王翼没有信来，派去的人也未回转，正在奇怪，盘算心事，忽然心神迷糊，就此睡去。醒来觉着周身冰凉，连打喷嚏，耳听外面喊杀之声。睁眼一看，面前除几个贴身女兵外，还有几个已嫁过的女兵，天还不曾亮透，门外还有两个尸首，鼻孔里还闻到一股臭气，连忙纵起，惊问何故。女兵一面把兵刃暗器连同干衣抢先取过，请其更衣，准备厮杀，一面禀告昨夜发生变故。五虎为首，由神巫假传神命，并做出许多鬼神显灵的怪迹，说凤珠必须招一丈夫，否则不出三月必有大凶，全寨人畜均要死亡；并由神巫卜卦请示，由神指定三人，由凤珠挑选，一个便是五虎，另两个均是本寨近支有地位的同族，年均六七十岁。

凤珠由前半月起便听说各处神祖显灵，明知神巫妖言惑众，因想石刀现在手内，又有祖传神箭，稍有不合，便可除此一害。心事又烦，没有理会，不料阴谋发动，当夜先由五虎暗命心腹同党用神巫秘制迷香，乘着夜深人静，先将凤珠守夜的几个女蛮兵迷倒，准备亲身上楼将人擒住，强奸之后再加威逼。一面仗着神巫之力，寨民均已受愚，照例女寨主选找丈夫又是常事，不会想到别的。等到凤珠受迫答应，再由神巫出面装腔作态，以假为真，就此接位寨主。不料那些蛮女对于凤珠最是忠义，虽因主人宽厚大意，见夜已深，丈夫死后人心悦服，平安无事，无甚机心，共只留了二人服侍。守夜的几个又被迷倒，所居都在寨前竹楼之上，来贼不知虚实。那服侍凤珠的两蛮女因见主人连夜失眠，惟恐有事喊人，都在里间房内没有睡着。天气又热，内中一个偶一探头，瞥见两个来贼，一个手上还拿有一个吹迷香的竹筒，手持钢刀，腰插镖箭，私入房中。夫人楼上向例不许常人走进，又是两个蛮子，知有变故，一个抢往前房保护，一个便由后面绕出，暗将同伴喊起，三面包围掩将过去。

来贼也是该死，本定事完便发信号逃走，因见凤珠房中陈设均是珍贵之物，珠宝甚多，门外被迷倒的蛮女又都美貌，又贪财，又贪色，以为自己功劳甚大，妄想混水捞鱼，掩进房中，刚将凤珠胸前所挂一串珍珠偷到手内，打算去到外面，一人抢上一个美貌女兵，逃到下面再发信号。女兵恰由房后看见，纵将上去，大喝“有贼”，扬手一刀，先将拿迷香的斫翻；另一个也被众女兵包围打倒。一看凤珠昏迷不醒，另外还有几个守夜的女兵也是横在地上，不知人事，便向那贼拷问，问出奸谋，身上并还带有解药。恨到急处便将那贼杀死，一面分头救人。

因听出奸党四面埋伏，准备大举，只等信号一起，五虎便要带人赶来。凤珠素得人心，事前警觉还好应付。当夜因奸党心机周密，连日勾结的人甚多，许多不曾勾结到的此时均已睡熟，加以凤珠喜静，嫌旧寨人多杂乱，所居是所高大的楼房，四外山明水秀，花木甚多，风景虽好，人家却是极少，金牛寨地大田多，是片大盆地，寨民分居各地，相隔颇远。除有许多已嫁的蛮兵因不舍得主人，由凤珠做主，各分了些田地，就在当地耕种，相隔不过半里之遥，余者一时难于召集。神巫又与奸党合谋，势力更盛。如发紧急信号，又恐奸党警觉先赶了来，好些顾忌，只得分人送信，去喊附近女兵来此相助。这时凤珠手下只有数十个心腹女兵，人数太少，近年全体寨民都受过凤珠训练，互相传授武功，已非昔比。仇敌人多势大，先未问清解药用法，急切间人救不醒，正在提心吊胆，万分悲愤，忽有十几个已嫁女兵抢上楼来，当头一个先取冷水朝凤珠头上泼去，一面令众女兵如法施为，并将余药点燃，朝鼻孔熏去，不到半盏茶时人便醒转。

原来奸党深知女兵厉害，不易打动，所居又在凤珠左近，便向他们丈夫勾结，用心已非一日。内有多人竟为所愚，准备到时内应。因五虎严令，不到时机不许泄露，直到当夜得到奸党密令，快要起身，内有几个女兵人最机警，看出丈夫半夜不睡，有的并在准备兵器，心中生疑，问出真情，全都愤激。一面把丈夫管住，责以无良，一面通知同伴匆匆赶来，将人救醒。因那些女兵都是貌美胆勇，寨民得她为妻认为幸事，个个宠爱，被床头人一逼，十九悔悟，随同行动，纷纷赶来保护。内中也有几个贪功贪利，不听妻子之劝，各行其事，去往贼党报信的。等到这里，人还不曾救醒，五虎神巫已率奸党大举进攻，幸众女兵受过训练，连男带女也有三百余人，楼前地势又好，双方动手没有多时，凤珠人也救醒。

问完经过，始而急怒交加，一寻石刀业已不见，料是前夜神巫来此讨好，不知怎会被她发现藏处，乘机偷去。幸而那支神箭是个镶有宝石的半段铜箭头，长才数寸，丈夫死前再三嘱咐，一旦遗失便有杀身之祸，一直放在贴身锦囊之内，未被偷去。匆匆换好干衣，赶往楼前一看，双方恶斗方酣，猛一转念，奸党无非想做寨主，我就此让位，去寻心上人；等生了儿女再作打算，岂不是好，何苦多伤人命？忙即走往平台之上，命把守崖坡的女兵用弓箭镖矛注定下面，传知敌人命人上楼讲和，互相停手，不许再打，否则便发信号，召集全寨的人，各凭人心所向拼一死活。

五虎等奸党见阴谋未成，惟恐凤珠就此成仇，当众宣布罪状，吉凶难料，闻言正合心意。先还不敢自去，后来神巫狡猾，又料石刀偷回，凤珠不敢杀她，上楼讲和。凤珠提出让位无妨，但是当夜动手的人无论男女，均要奸党折箭为誓，只许发往碧龙洲为奴，永远不许伤害，从此小金牛寨便归自己管辖，与老寨脱离。身边的人连同衣粮等物均要带走，不许作梗。五虎还想连人留下，不料神巫得了凤珠贿赂，只要放她好好起身，愿将寨中所藏珠宝金银送她一半，业已当面折箭为誓，巴不得能够成功，便向五虎暴跳，说："你不是我相助，哪有丝毫指望？我只和夫人一起，你们一个休想活命！"最后凤珠又命人传话，稍有违背，便将全楼所藏珠宝金银贵重之物一火而焚，然后与他决一死战。五虎被迫无法，勉强答应，照样立下重誓。

凤珠也是一时疏忽，以为豺狼不可同居，急于起身，忘了神巫利令智昏，双方均未想到假托神灵选婿之事，匆匆商量，全体寨民也纷纷赶到。奸党原有准备，一面命人分头告知，说请夫人招选丈夫，来此请命，不料与女兵发生误会，伤了数人，如今夫人业已答应十日之外再行取决。不过思念老王，心中伤感，打算带了女兵出山游玩，并令五虎代为寨主。等她回来，选好丈夫，择日成婚。蛮人愚蠢迷信，早经神巫暗中传布三个应入选的未来丈夫由她挑选，五虎年纪最轻，人又能干多力，以为凤珠看中了他，竟被哄信。凤珠急于往外寻人，也未多说，只当众宣布要出山一游，在自己未回以前由五虎暂代，几时回山，便须退位，别的全部未说。一面命女兵把住楼前，不许奸党入门，只将几个老成公正的人喊到楼前嘱咐了几句，匆匆进了一点饮食，备好干粮。自带贴身数十个女兵和必须的衣粮兵器，以及送与孟龙父女的礼物，先不说起身时候，只将神巫和有限几个奸党留下，以备交代，并告众人，思念老王，心中悲苦，自己说走就走，无须奏乐欢送。

等人遣散，候到黄昏将近，一切暗中准备停当，马也喂饱，一声下令，众女兵早就整装待命，立将行李放向马上，分别骑了上去，同抄小路捷径往小金牛寨进发。不料五虎早在暗中密令死党埋伏小金牛寨人口危崖一带，业已先到，本人尚在左近，等人一走，立将神巫喊下，说："你假传神命，夫人一去不归，如何交代？"神巫这才想起寨民都当凤珠是大福星，昨夜又曾动手，一旦阴谋泄露，众人知她被迫逃亡，必不甘休；方才又曾折箭为誓，心慌情急，转向五虎求教。五虎冷笑说道："夫人万走不得，我们虽曾折箭为誓，只说好好放她起身，不与作梗，并未说到别处。我已命人埋伏中途，如肯照我所说，作为全寨的人请她回来，成婚之后再出游玩，我二人只在暗中指挥，不要上前，有甚相干？"神巫被迫无法，只得依了，一同赶去。

第十三回

森林中的危机

凤珠刚进山口，便遇埋伏，因见对方人多，五虎神巫又不在内，先和他们好说；后来看出不对，女兵一冲，便动起手来。打了些时，前面敌党赶来合围，五虎、神巫又领了许多蛮人随后赶到，三面包围。凤珠共只带了五六十个女兵，寡不敌众，心正万分悲愤，忽然瞥见五虎、神巫立在侧面高坡之上，旁观不动，互相指点说笑，面有喜容，知其背信违约，暗中闹鬼，心中恨极，便由人丛中冲了上去。凤珠素得众心，追他的人多半受愚，奸党又奉有密令，不许伤她，只四面围住，不令过去，便手下女兵也没有伤几个。如非想将这些共心腹的女兵一同带走，要是孤身一人，谁也不会当作敌人看待，真用暴力拦她，所去又非逃路，容容易易便冲到坡上，只一到便将神巫擒住。五虎见状大惊，一面逃窜，正要命人抢救，凤珠业已纵身下马，同行女兵也有几个跟踪赶到，各用兵器将五虎围住，不许走动，把神巫绑了起来。下面奸党呐喊上前抢救，那些受愚而来的寨民也同声急喊，要放神巫。

凤珠原因孟雄严嘱神箭祖传之宝，不是万分事急不可取出，更要防它遗失，被人偷去便是大害。你如往嫁王翼，后任寨主定必拼命作对，千方百计将它取回，便别族蛮人知道此事，必生心窃夺，能够不用最好，因此先未提起。后见事急，手下女兵又有几个被人擒住，一时情急取出。先按寨规止住下面诸人喧哗，再命几个年老一点的走上，先将神箭与看，然后当众明言神巫罪恶，说："如其不信，可以分人去往神庙查看，自知虚实。今日我照神祖遗命，决计用此神箭行罚，将这妖巫杀死，以泄我恨。我虽离开你们，将来仍要回来，但这妖巫却是容她不得。"说罢，便用神箭将妖巫刺死，把尸首命众带回，火烧祭神。

五虎以为凤珠也要杀他，自是胆寒。一看上来那几个人，一半是他同党，便喊一个过去，令向凤珠求情，情愿真个讲和，并说：众人追来实是想请她回去，并无他意；执意不肯，那也无法，不过事已发动，全体寨民都不舍得她走，只要凤珠答应从此各不相扰，来人由他设法退回，立可无事。凤珠原因蛮人迷信固执，不可理喻，心想：此时神箭在手，杀他容易，但非回去不可。还有那些女兵都是从小相随，贴身心腹，如其破脸，决难带走。便和五虎约定，将被擒的女兵放下，马匹行李全数寻回，重新整理；并要五虎和五个为首奸党做押头，空身护送，等到自己上崖之后方许回去。

五虎迫于无奈，全都答应，心中却生毒计。先令奸党向众宣说，寨主现往小金牛寨查看，住上些日还要回来，命众暂退。一面查点人数。同来女兵只有两人重伤身死，六个被擒，下余只剩三十七名，另有十多人在双方混战时因其伤人太多，激动众怒，纷纷上前拼斗，众女兵寡不敌众，被迫逃窜，逃到另一面森林边界。刚由一根独木桥弃马步行逃将过去，后面追兵赶到，正要过桥，对岸忽然跳出一个怪人和许多猩猩，将独木桥折断，无法过去。等了一会，有两个女兵忽然跑回，隔崖手指众人大骂，说是只敢伤害寨主一根毫发，不久便和小金牛寨的人赶来问罪。凡是今日动手的休想活命。听那意思似和怪人相识。说完，又往对崖密林中跑去。对崖林深箐密，形势深险，无法飞渡，林中又有大片异啸之声，听不出是人是兽，不敢穷追。

退回不久，凤珠无法，惟恐夜长梦多，匆匆带了残余女兵，押了五个奸党，赶到小金牛寨入口危崖之下。先将所带行李用飞索缒将上去，再将人分成两起，一半先上，把住崖口，传令守望的人一同防御，再将奸党吊到半崖，然后全数弃了马匹，相继援上，朝奸党怒骂了一顿。刚刚放落，遥望来路敌人已由草树丛中轻悄悄掩将过来。居高临下，看得逼真，料知奸党还有别的阴谋，无奈人已放落，正用神箭命崖口守望的人烧断飞索飞桥，不许一人走上。五虎等奸党已在下面暴跳咒骂，同行女兵气他不过，正取暗器要发，忽见一个披头散发、貌相丑怪、形如恶鬼的女妖巫飞也似满地打滚，连纵带跳由来路树林中赶来。五虎等奸党一见大喜，忙即迎上前去。

凤珠从未见过，先未在意，幸而守崖蛮兵多是凤珠所救犯人，感她恩德，知道来人是个老妖巫，乃所杀神巫之师。据说年已过百，以前因在寨中作威作福，连孟雄均常时受气，被她挟制。后来不知何故，孟雄忽然单人前往寻她，次日回来，老妖巫忽说要往别寨行道降神，命徒弟继为神巫，由此一去不归。已有十余年。这老妖巫天性凶残，她那神台常时均要染上人血她才高兴，更是险诈，力大身轻，动作如飞，并会吞刀吐火、降神放鬼种种邪法。几次说起寨主不听神命，不久必死。最后一次公然说要孟雄本身祭神，由她另选寨主。彼时众人均觉寨主不久必为所害。隔不两日，神巫反而他去。后来才知那遗失多年的一支神箭竟被孟雄取回，妖巫已被逼走，去时曾发恶誓，怨毒已深。今日不知怎会寻来，与奸党做了一起。此是远近八十多处蛮人最怕的一个大凶人，扬手便可置人死命，诡计邪法多得出奇，防不胜防，千万不可与之对面，请凤珠急速赶往小金牛寨送信。这种危崖千尺妖巫敌人决上不来；又有这支祖传神箭，敌人如来，我们有话回答，暂时也可无害。此后却须随时小心。那支神箭关系重大，更防妖妇闹鬼偷去等语。

凤珠知道守望蛮兵忠义，再看下面奸党业已赶到，五虎和妖巫业已见面，不知说了几句什么话，敌人全都愤怒如狂，抢先喊杀过来，与方才遇敌时专一拦阻、并不争斗的情形迥不相同。想起丈夫死前更说生平有一强仇，凶险无比，幸而失踪已久，多半老死在外。你将来做了寨主，对于此人务要戒备，虽有神箭能够制她，但她凶狡已极，诡计更多，各寨山民均极信服，如与相遇，吉凶还是难料。问她姓名，却变色摇头，答以但盼仇人已死最好，事前还是不要提她等语。听蛮兵所说，定是这妖巫无疑，心中一惊，留下一半女兵防守，便赶了来。沿途访问，均说王、时二人早已娶妻，快要两年，心想前三月还常接王翼来信，历叙相思之苦，甚是情深；又知他们都是罪人，见了寨主父女连话都不敢说，常年在外轮值守望，家也在此，人都不曾见到，必是再兴娶了蛮女，传闻有误，并非真事。虽然不信，毕竟有点疑心，决计冷不防赶去看明再说，沿途传令不令通报。这一来人却吃了大苦，随带马匹已在崖下弃掉，共总四十多人，留了一半在崖口相助防守，所带衣物粮食又多，山路崎岖，跋涉艰难，不似以前两次避暑有人接送，连走了两天还未走到。末一天虽有十多个蛮兵相助，女兵挑担。途中又遇大雨，山洪暴发，跌伤了好几个，连经奇险，受了许多痛苦方才赶到。后与众人相见，上药饮食之后倚坐榻上，说出来意经过。虽未明言心事，王、时二人自然一听而知。

王翼心中有病，想起对方为他死里逃生，受尽折磨，更是无地自容。正想不起说什么话稍微示意。孟龙自从听说妖巫出现，面色立变，听完呆了一呆，起立慨然说道："那妖巫实是厉害。我幼时逃来此地也是受她的害，如非叔爹大力解救，早为所杀。我的仇恨更深，无奈妖巫力大如虎，又会法术，无可奈何。叔娘大恩，便没有祖传神箭，我父女也必对你忠心，与之一拼。何况叔爹已死，叔娘来此做主，每年已无须再向老寨进贡，又有好些有本领的女兵带来，人口危崖决难飞渡，只将森林那面小心命人把守，暂时决不怕她，叔娘放心好了。"

兰花接口问道："这片森林虽是一片整的，中间有一大段从来无人通过。深入的人不是迷路伤亡，便是失踪。各路采荒的人都有一定地界，便是我们也至多走进五六十里为止。再往前去，非但险阻横生，步步危机，更有许多毒蛇、猛兽、飞虫之险。最厉害是那成千成万的小飞毛虫，遇上便和暴雨一般，往人皮肉里钻，死也扳不出来，晃眼布满头面，肿起好几寸高。虽不似黑蚁那样凶恶，毒气更重，一被扑中，决难活命；又细又小，目力决看不出。毒蚊、毒蝇也极厉害。无论是由何路来此，少说也有三四百里。这些年来我曾细心查看，决办不到，怕她作甚？"

孟龙笑道："乖娃哪知老妖巫的厉害！实在神出鬼没，防不胜防。这狗婆娘虽然年老，还是当年那样骄狂，知那神箭关系重要，如被夺去，便可为所欲为，无人能制；何况她门人便是她的女儿，又为叔娘所杀，仇恨更深。这里财富她所深知，和我又是对头，早晚必来侵害。休看森林奇险，地方太大，危机四伏，不易通过，想要拦她恐还未必。可恨兄弟五虎我对他那样好法，他却没有良心，还想害我。如今做了寨主，又与妖巫勾结，见我不纳岁贡，叔娘一来，平日阴谋全数败露，也决放我不过，不出数日，必能得到信息。你只命人留意森林那面，多派些人防守，等有消息再作打算。明日天晴，便请叔娘做寨主便了。"

凤珠原恐孟雄与五虎是亲兄弟，万一事前有甚勾结，心中还有一些疑虑，闻言宽心大放，极力推辞，说："自己对于人世上的荣华业已灰心，能得在此度这后半生的凄凉岁月，不受恶人侵害欺骗，于愿已足，并且这里的事也管不来。兰花智勇双全，管得极好。叫我来做寨主，非但无益，反而有害，我也烦心。"孟龙知她意诚，也就不再勉强。谈了一阵，孟龙见凤珠疲倦，知其途中劳乏，首先辞出。再兴跟着提议，请凤珠睡上一会，稍微静养。兰花等也同声相劝，并要在旁服侍，凤珠说是无须。问知同来女兵已有三人一到先睡，业已睡了两个时辰，刚吃过饭,便令兰花转告,令其进房作伴。

兰花领命还未走出,已有几个女兵相继走进。凤珠卧室偏在楼后一排,房甚高大,兰花知道所用女兵贴身心腹,平日守侍不离,主仆情分极深。虽在别处寻了卧室,又将后楼匀出三间,以备她们平日起居待命之用。又恐凤珠要人陪伴,并在前后房中多添了几张竹榻。众女兵都担心主人伤处,几次要来看望,听出宾主数人正在密谈饮食,本身又是饥疲交加,只得中止,稍微分别饮食歇息,将受伤同伴招呼卧倒,把人分成两班,赶来探望,就便服侍陪伴。凤珠见她们一心一德,弃了父母家人,不计死生安危,终始相从,远投蛮荒,无一离去,比起王翼这样薄情男子真好得多,心中一酸,又几乎流下泪来,忙即忍住,强打笑容,互相问了几句,便令分在前后房榻上安卧养神,并请众人自便。

再兴看出她中怀悲苦,借着取还旁边不用的竹枕,侧顾王翼、兰花业已走出,忍不住低声说道:“姊姊千万保重!”凤珠见他突然之间说了一句,底下便说不出来,二目似有泪光,心方奇怪;猛一抬头,姬棠正立在再兴的身后,秀眉微颦,望着再兴,也似有甚心事,心又一动,随口笑道:“多蒙二弟盛意,我真感激。难得你有棠妹这样佳偶,望你夫妇相亲相爱,同偕白首吧。”姬棠忽然接口道:“以前难女虽感夫人恩义,尊卑悬殊,不敢十分亲近。今日之会当初决想不到,意欲陪伴夫人在此服侍,不知可好?”凤珠不知姬棠另有用意,见兰花由外走回,恐二女都不肯走,彼此不便,再三推谢。再兴一时疏忽,没想到姬棠立在身后,深悔方才言语冒失,心中的话虽未出口,这样举动难免使她误会,便在一旁故意说道:“客去主人安,姊姊有这几位姊妹陪伴,我们不必在此惊扰了。”二女只得随同辞出。

王翼方悔不该走出太快,恐凤珠怪他情薄,不如外人;又恐兰花多心,言动之间均要留意,不便再回进去,心正迟疑,三人业已走出。兰花笑问:“你今日为何不大起劲,莫非昨夜没睡好么?”王翼见她说笑自若,并未生疑,方始心定。再兴便说:“夫人长路劳乏,必要养息半日,我们何不也睡上些时。万一夜来天好月出,夫人醒后,一同赏月谈天,岂不是好?”兰花首先赞妙。四人分成两对各自回房。姬棠虽未照着蛮俗与再兴正式成婚,对外早有夫妻名分。兰花生子之后,又强将二人卧室并成一间,再兴对她虽是同室异梦,连床都不同,人却十分看重,怜爱周到。先还常时劝慰,想再等上一两年设法送她回转故乡,另觅佳偶。姬棠始而婉言谢绝，再说，不是微笑不答，便是"我愿意和你做一世名色夫妻，决不离开。你如要与别人做真夫妻却是不行。我也知你心中有人，只要爱在心里，不与人家结为夫妇，我也不问。"

再兴拿她无法，姬棠又是那么端静自然，背人之时，除却自己怜她处境，稍微温存劝慰，从未纠缠，也无一句怨望，由不得越来越生怜爱。虽无夫妻之实，互相体贴关照，无微不至，只比寻常夫妻相对更加恩爱。姬棠已早探明他的心事，因守前约，从不询问。等同回到房中，见再兴不似平日说笑高兴，横在床上，面有悲愤之容，知为凤珠而发；坐在旁边，呆了一阵，忍不住拉住再兴的手，问道："兴哥，你莫要代人家抱不平了。你这样痴心热情，她恐怕还不知道呢。"再兴始而强笑不答，隔了一会，忽然仰面说道："棠妹，你是我平生惟一知己，彼此虽是名色夫妻，情分胜过骨肉之亲，我的心事想也知道，你能信我，便有一事相烦。"姬棠笑答："我怎会信你不过？只不违约，无论何事我都答应。"

再兴不知所居后房新住女兵，双方只隔一层板壁，脱口说道："我便是恐你万一疑心，方始说明在先。我对姊姊虽是一见倾心，相思刻骨，但我决无他念。以前为见寨主年老，她太年轻，还曾有过梦想。后来看出她对大哥有情，大哥对她也极颠倒，从此灰心。后蒙棠妹相爱，我因她的声音笑貌横亘胸头，情有别钟，不愿误你，你又不肯听劝，暂时虽是兄妹，将来不知如何结局，每一想起，心便不安。已然答应了你，我如真能抛弃成见，除你之外更无二人。今生我虽爱她胜于性命，决无丝毫杂念，能与日常相聚已是万幸。如有别念，休说对你不起，便对大哥也是惭愧。何况姊姊为人端正，不是大哥用情勾引，也无今日。男女相爱须由本人心愿，出于自然，不应丝毫勉强。如因大哥薄情，乘机取巧，便能得到她的情爱，人弃我取，有何意思？对她也是看轻。这一层只管放心。"

"不过姊姊连经伤病，心情万分苦痛还在其次；最可虑是大哥心情不定，他二人情好在前，一面自觉无以对人，难免乘隙求恕，格外殷勤。女子大都心软，汉俗多妻，一个余情未断，难免生出事来。姊姊又比兰花美貌温柔，容易使人心醉。双方一个把握不住，立铸大错。就是没有私情泄露，男女之间有了情爱，最易露出破绽。兰花那样情热，性情刚烈，稍微看破，决不能容。姊姊虽是老寨主的夫人，今非昔比，孤身来此，无异寄人篱下。如非平日人好，有恩于人，照方才所闻，那支神箭用处虽多，带在身边被人知道，一个不巧反有杀身之祸。此时隐情未泄，主人自然待若上宾；一生仇隙，立足皆难。这里蛮荒异域，她一女子，身边只有数十个女兵，岂非危险已极？休说她是我心头最爱的人，便是以前救命之恩，也不能置身事外。为此请棠妹体谅我的苦心，随时暗中相助，一面和她亲近，一面暗中和我分头防备，不使她和大哥接近，以免两误。我虽对她时刻用心，决不做那误己误人负心之事。你如信我得过，更感激不尽了。”

姬棠也另有心计，早就听出隔壁蛮女言动之声，因再兴心中有事，不曾留意。后一开口，隔壁便无声息，料被女兵听去。先想告知再兴，继一想再兴痴得可怜，这等热爱，看对方方才神气，果与所言相同，并不知他苦心，实在冤枉。这些女兵均是凤珠心腹，索性让她听去，借此查探双方心意，岂不也好？便未开口。听完笑道：“你那片面相思的心上人，休说你弟兄，连我也是爱极。你大哥真不是人，所料一点不错。我看你痴得可怜，方才所说大家都好，我也爱你如命，只你愿意，全都听命。不过我和你心思不同罢了。”

再兴最担心是凤珠逃亡来此，人又极美，王翼和兰花结婚为势所迫，出于不得已，并非本心。对于凤珠形迹上虽然负心，仍是念念不忘。以他为人决不能就此断绝，一旦死灰复燃，由愧悔勾动；日情，再通情愫，女的心肠稍软，立刻闯出祸来，难于收拾。为想暗中设法保全凤珠，釜底抽薪，使双方断绝前念，相机分别警告劝说，永为朋友之好，免得发生悲剧，两败俱伤。无奈自己虽然爱极凤珠，对方并不知道，如与亲近，既恐王翼多心，又恐凤珠文君新寡，王郎薄幸，悲苦失望之余为自己至情感动，同堕情网，不能自拔。既对不起王翼，更对不起姬棠，照样难免生出事来，对于凤珠也非所宜。想来想去，只有姬棠人既温婉美慧，又识大体，谨细明白，凤珠也颇爱她，如能由其随时留意，暗中化解，非但减免未来危机，还不至于泄露隐情。先还恐她多心，不料满口答应，心更感动，强笑答道：“我真对你不起。”底下还未出口，姬棠已伸手将嘴按住，笑道：“你老是那一套，不要说了。我深知你的心事为人，你决不会对我不起。你却要留神，我将来还报呢。”

再兴不知姬棠聪明绝顶，早看出他为至情感动，问心不安，照此下去，早晚消除成见。所说有因，当时也未在意，只觉姬棠温柔静好，样样情投意合,引人怜爱。再一想起平日假夫妻相对情景,老大过意不去,就势把手握住,往回一拉,笑道:“我们今生反正一个不嫁,一个不娶。今天实在气闷难过,姊姊夜来醒转难免寂寞,主人也许还要欢宴,她又有伤未愈,我对她又无法尽心,我们同睡些时,睡足起身,夜来陪她长谈如何?”说时,姬棠已跌在再兴怀里,听完娇笑道:“我和你做了两年假夫妻,共只和衣同眠了三次。你要我陪你同卧无妨,如其心想别人,拿我替代,你却对我不起呢!”

再兴见她柔肌如雪,体态轻盈,嫣然巧笑,娇媚已极。二人虽是同居一室,这样亲近尚是初次,人非太上,情不自禁在她额上亲了一亲,笑答:“我无他念,棠妹不要多心。此时心乱如麻,说不出是甚原故,我们把眼闭上,就这样睡吧。”姬棠笑说:“这样睡不舒服。”随将枕头理好,外衣脱下,取过一床夹被盖上,二次卧倒。再兴经她整理之后舒服得多,又难得尝到温柔之乐,觉着满怀温玉,别有一种情趣。刚起一种微妙感觉,忽然想到凤珠救命之恩,人是那么可爱,自己用尽苦心,将来能否平安无事,长年相聚?这时卧病房中,不知如何悲苦?心里一难过,偷觑姬棠阖拢秀目,安稳而眠,知其不曾睡着,不愿扰她,也将眼闭上,胡思乱想了一阵,微一迷糊也就睡着。

醒来觉着身边无人,睁眼一看,姬棠人已走出,楼上灯光甚明,风雨已止。刚坐起身,蛮女幺桃端水走进,忙起洗梳,笑问姬棠何往,幺桃答说:“主人刚睡不久,老寨主便接敌人来信,要将老夫人献出,语多恐吓。并说,妖巫老神婆业已回寨,说老夫人有恶鬼附身,老王是她毒死,那支神箭也是假的。老寨主必须将她连箭献出,并将上年所得犀牛、香蟒全数充作本年岁贡,否则杀进山来,鸡犬不留。老神婆法力高强,手下有许多恶鬼凶神,休看飞桥斩断,无法上来,她由森林那面一样可以进攻。限令十日之内回信,把人和岁贡送去,违令必死。老寨主因此一来虽更证实五虎以前对他阴谋毒计,但知妖巫凶毒,言无虚发,心中忧急,拿着敌人用来示威的竹筒正在为难。我赶往寨中撞见,赶回送信,密告主人。二娘正由房中走出,一同赶去。因来人说,老寨主如不相信,可将竹筒朝地一掷,必有凶神显灵等语,谁都不敢妄动。”

“不料二娘小时听她父母说过,认出那竹筒藏有一种特制烟火,也许内中还有迷香,所以来人才说竹筒一破,定必有人被凶神将生魂抓去,要过一日夜才肯放回,所做噩梦全是真事;凶神随同火光出现,老大王必须迎风跪拜或者可以无事等语，其实全是诡计。人立下风，必为迷香迷倒，人心一乱，自然害怕，不敢抗拒。如其料得不差，内中还有机关，并说她父生前还想借托鬼神脱身逃回，曾按姬家人秘传之法，制成两个竹筒葫芦，只缺少一种药草和一种硝粉，照样也能发出火光，看去像个人头飞起吓人，也许还可试验。忙先回来，将竹筒葫芦取去，当众试验。只葫芦因为年久失效，无甚奇处，竹筒刚一点燃，便是一蓬蓝光，涌着大小七八个形似恶鬼头的血影相继飞起。跟着将那竹筒劈碎，两下对比，果然大同小异。二娘惟恐毒重，不愿用人试验，把新打到的小野猪绑好，放在下风，把那药粉一点，当时晕倒，内中好些黑药片经火之后化为一团团的血烟，满地乱窜，这便是妖巫所说的凶神。

“老寨主这才看出妖巫邪法全是假的。但是不可不防，因危崖那面无法上来，又有女兵相助防守，连这来人均由好些套索连在一起，方始吊上，知其奉命而来，不能怪他。主人恐其泄露虚实，也未放回，他本人也正好不愿回去，就此留下，只将野猎缒与崖下守候的敌党，告以这里也有一位神巫，比她本领更大。因来人口出不逊，用法力将他变成野猪，别的都没有提。主人二娘他们正在召集各路领头的人商计应付之策。今夜月虽未圆，天气甚好，老夫人如能下床走动，也许还要备酒赏月，游湖看花。听说后日等她伤势全好，寨主还要率领全寨的人为老王设灵祭奠，为老夫人接风，夜来歌舞，快乐一宵呢。”

再兴早料五虎等奸党不肯甘休，闻言知道凤珠难犹未已，小金牛寨从此也必多事。虽仗山高路险，前有百丈危崖，后倚大古森林之险，但是这类妖巫凶险无比，所居都在林野荒僻之区，森林中的形势多半知悉。她那邪法虽不可信，至多会点吞刀吐火的幻术，仗以欺骗无知蛮人，不足为奇。对于林中毒蛇猛兽必有防御之法，加以形踪诡秘，出没无常，蛮人又都迷信，既说此言，早晚必由森林那面来犯，心中忧疑，便问：“这里的人可是怕那妖巫？夫人已否知道？”

幺桃答说：“这里的人都畏鬼神。尤其本族自己人前在老寨见过妖巫的甚多，深知她的厉害。先连寨主和那几位年老的户长都惊慌，不是感激老夫人恩义，痛恨奸党，换了别人，便不真个献出，也必不敢容留，所强讨的许多贵重之物更是不敢丝毫抗拒。只有二娘和王大爷不怕。二娘并向众人分说，妖巫真有神通，为何连那入口危崖都无法走上？照她所说必是隐藏森林之中多年，寻到什么秘径，因为寨中地方太大,妖巫踪迹诡秘,所以采荒的人不曾看出,她却暗中闹鬼,故示神奇。这类妖巫从小便受师长训练,下过苦功,学了许多障眼法,能用极少火药放出大片火光幻影。日常无事,又有师传秘方,会采各种抵御蛇兽和迷人的草药,更善铸炼毒药带在身上,好些毒虫蛇兽闻风远避,比较常人容易通行。加以由小到老,无论多么淫凶骄狂,所练各种苦功从无一日间断,练时不令人知,身边照例要养几种最凶毒的虫蟒毒物或是各种恶蛊用来害人,所居多在荒林幽谷、阴暗奇险之地,从无人敢走近。因无人看破,各寨山民又太迷信无知,一向奉如神明,任凭残杀抢夺,不敢丝毫倔强。年纪越老,这类本领越高,性也格外凶残。无论大小山寨,均有这类妖巫为害,无人醒悟。

"听父母说,我们姬家人最文弱,昔年受妖巫的害也最深。后因有一少女因情人变心,投崖自杀,不料下面有一妖巫隐居。她们最怕的是泄露机密,轻易不收门徒,所传都是与人野合的亲生子女,从小便照秘传训练,养成凶杀之性,翻脸无情;也最能耐劳苦冷热,越是狂风暴雨、山风毒雾之中,她越出来走动,和鬼一样,最喜聪明美貌而又胆勇的少女幼童。妖巫并无子女,本有一个心腹门人,忽因一时疏忽,所养大蟒突然发疯,将她绞死。年又衰老,孤身无伴,见那少女悲愤投崖,能舍生命,一时投缘,将人救下,问出来历,越发高兴,便令罚了恶誓,收为门人。少女人甚机警,得知隐秘之后,先不愿助纣为虐,为恶害人;无奈当地危崖千尺,不知上下秘径,无法逃走;又知妖巫凶毒,虽然年老,力大身轻,被她看破,必遭惨杀。既一想,我已无心人世,何如拼着受苦,照她所说,把所有本领全数学会;等将妖巫的隐秘学会,日后当众泄露,使本族中人不再迷信,受那长年侵害。

"主意打定,非但不肯逃走,反因妖巫救过她性命,把报恩除害分成两事,平日甚是恭顺忠心。妖巫因她年长,还不放心,上来连用阴谋试探,故意虐待毒打,再故意放她逃走。少女早已看破她的用意,毫未试出,因此越发宠爱,在崖下一住好几年,把妖巫秘传全部学会。几次要走,均因妖巫老病衰弱,末两年已不再出去害人,心想守她老死再走。妖巫因觉自己衰老多病,难得出去作威作福,恐失声望,又想造成爱徒地位,事前假托神命,带她出去,在人前卖弄了两次障眼法,因其貌美聪明,青出于蓝,大得山人信仰。后来病倒,几次强逼她去,常时推托恩师有病,须人照料,不肯离开。内有两次被逼无法,虽然出去,也是一转即回。命她向众需索的财物，也只随口搪塞，毫无所获，暗中设词试探，仔细考查，忽然醒悟，不由大怒，竟由病榻挣起，想用毒刀将她刺死。

“掩到洞外一看，少女正在洞前石上焚香告天，望她病好，并将费尽心力采来的草药仔细熬炼成膏，想为她医那毒疮。不知少女近日见她目隐凶光，自知失言走口，露出破绽，一半见她毒疮苦痛，想起平日情分，盼她收口，少受罪孽；一半也是故意做作，暗中原有准备，真个要下毒手，便用手中药刀招架，将其推倒，脱身而去。妖巫却当是真，立被感动，再一回忆平生所为，发现天良，丢了毒刀，坐地盘问。少女知她无能为力，也不隐瞒，明言心事，并劝她在死前忏悔罪恶，由自己将来代她积善恕罪。妖巫非但不怒，反更感激，除将几种未传授的手法详细告知，并将祖传一本手抄的秘诀取出相赠，还有好些最珍贵的特效灵药也一齐交与少女。等到说完，忽然向天悲号了两声，回刀自杀。

“少女照她所说葬了师骨，回到山墟，上来仍做神巫，专门为人治病。仗着师传那本秘诀，药方甚多，无不灵验，十病九好，人又温和，向不问人强索献纳财物，作威害人。非但本族山人敬若神明，远近各山墟也都对她敬爱已极。她见人都信服，便广收门徒，将那许多药方尽量传授。门人知她妖巫嫡传弟子，妖巫生前曾说她的法力更高，从未见她施展神通，均想传授，再三请求，少女令众先将行医制药之法学成再说。又过两年，门人越多，连外族拜师的也有不少。忽然订出日期，说要降神显灵。因其盛名远播，人又绝美，虽未作威作福，远近蛮人均当她神仙看待，当时轰动，不远千百里纷纷赶来，人数有好几万，内中并有好些伤病的人。

“少女师徒先为人医伤治病，蛮人体格强健，所有伤病多半蛇虫之毒，再不便是染了瘴气蛊毒，乃师所传灵药最是拿手，事前又有大量准备，门徒又多，原定前两日为人治病，就此两日之内病人不是片刻之间肿消毒去，便是逐渐结痂复原。药本灵效，人又对她信仰，好得更快。最神奇是被毒虫毒蛇咬伤的人都是伤口乌黑紫胀，流着毒水，苦痛哀号，求死不得；等到药粉洒上，当时清凉，痛痒如失，跟着再用清水冲洗干净，敷上药膏，眼看肿退，皮肤变色。一点没有做作，是她门人全都能医，不似别的神巫还要披头散发，乱吼乱跳，闹上许多花样才肯下手，病好了说是神力，如医不好便说将神得罪，照样送命，还要献上许多财物。

“蛮人虽极迷信，到底也有人心，自更感激尊敬。到了第三日夜里，亲身显灵，将师传各种幻术全数施展出来，一时烈火青莲、神头鬼面、毒蛇猛兽相继出现。未了又亲自吞刀吐火，在乱刀尖上赤脚行走。等到天明，万千蛮人全都拜伏在地，欢声如雷，信仰畏服到了极点，方始命众席地而坐，把先准备好的酒肉分别犒劳，并将众人献纳的财物堆在一起，说：‘我师徒为人治病，得点酬谢应该，但是不须许多。因是你们自愿，盛意难却，我也不便推回，今将它和在一起，我师徒只取两成，下余仍还分送你们，由我这二三百个门人按人分送，不知大家心意如何？’众人觉着神赐之物可以免灾求福，越发欢喜。

“少女等到分送完毕，人也吃饱，二次登台，先问众人昨夜许多灵迹奇事可曾见过？众口一词都说未见，别处神巫虽然也有法术，但没这多，轻易不肯一试，哪有这样神通。少女随告众人，自己这一类神巫最是山人的大害，休看她们能够请神治病，真通医药的不过十之一二，十九假托神灵，倚仗幻术障眼法，愚弄人民，骗夺财物，还要阴谋害人，假托神命，任性残杀，稍不遂意便遭毒手，其实全是假的。故此请神之时都在月黑天阴，或是月初头上，地点都在阴森险僻的密林古洞之中，加上许多奇装异服和一些手法布置，景物先就阴森可怖，上来把人吓住，再一乘机卖弄，自更容易欺人。休说光天化日之下不敢卖弄，像我昨夜当着两三万人的眼睛一一施展出来也办不到。昨夜所演全是假的，为了揭发她们罪恶，免得你们再去受害，我曾用了好些年的心力布置。因我手法较高，休说神台照例你们不敢走近，内有几种巧妙的比我师父还做得好，便是对面也看不出。除治病全凭灵药，我已尽心传授多人，全都灵效，只不毒气攻心，元气大亏，十九可以医好，药用得对当时见效而外，昨夜种种灵迹奇事无一是真。如其不信，我再分别演出，说明其中巧妙，你们一看就不会再上当了。

“我因情人变心，悲苦求死，遇机缘学会秘法之后，立志除此大害。平日专以医药救人，不肯装神装鬼，已遭别寨神巫之恨；今日当众泄露她们机密更犯大忌，必用阴谋毒计，行刺暗害。我早不想活在人间，死非所计，但我话要说完，为防变起非常，除命门人暗中戒备而外，在场的人多半对我极好，至少他的亲族经我医治，非但没有恶意，如有甚事也必出力相助，想能照我所说行事。此时我也别无所求，只为仇敌大多，难免隐伏人丛之中，乘机加害，使我不能尽泄机密，你们如还愿意看那真相，便请各坐原地，代我防备。此时无论何人只一突然走动，或是无故惊扰，便是敌人，想要乘乱下手，请大家立时禁止。暂时谁都不要走动，等我说完演完，便遭毒手也甘心了。众人闻言全都感动，同声应诺，互相留意，同说此时有人妄自行动，便当他仇敌看待，合力杀死。

“少女原早料到此举危险，一见众人异口同声这等说法，就是内中藏有对头，也无法下手，随将昨夜所演幻术障眼法的隐秘分别当众演习。有那巧妙的恐众人看不明白，还连演数次，便令门人将那暗中准备的东西送往人丛之中分别传观。众人才知除了手法便是火药和各种奇怪草花，十九由于人工制成，只有医药是真。想起平日迷信之害，十九醒悟，激烈一点的山民并说回去便向本寨神巫质问，令其真显神通，否则便要杀以除害，一面随同欢呼。少女又将各种药草灵效以及制法当众说出，最后惨笑道：“我不久必为仇敌所害，只请大家不要忘记今日便了。本想听其自然，但恐她们将我害死之后又去装神闹鬼，说我为神所杀，惑乱人心，好在我心愿已达，不愿再活人世，方才暗中已有准备，你们看清，再有半盏茶时非死不可，此我自愿，并非鬼神降罚。”说完人便端坐不动。众人见她虽是满面笑容，一点不像服毒神气，知她言行如一，全部惊慌，正在同声哭喊，求她不死。因少女先就说好不许人近前，又不知她如何死法，一时哭喊之声震撼山野。那些门人早就得到师父告诫，听出人已服毒，越发痛心，方要起身赶过，刚哭喊得两声，少女业已阖拢双目，端坐而死。

“众人先没想到死得这快，后来见人不动，又听门人举哀，说已断气，周身冰凉，全感激她的好处，又见死得如此从容，笑容未敛，不带一丝苦痛，便代她建了一所庙宇，将人好好安葬。经此一来，各寨神巫大失信仰。又隔好几十年，别族妖巫渐渐死灰复燃，姬家人一族却知是假。因其生前传授的人甚多，非但医药灵效，仗以为生的山人甚多，那些障眼法也都知道。姬棠之父以前便以往来山墟行医为业，知道好些妖妇门道。孟龙父女和寨中蛮人经她一说，方始恍然大悟。虽知妖妇邪法全是幻术骗人，并非真能役使鬼神，但知妖妇决不空说大话，既然将她得罪，早晚必来侵害。兰花业已发令，选出好些胆勇之士，分班去往森林两处要口防守，一面命人去往林中埋伏窥探。因恐凤珠忧疑，并未惊动。”

再兴听完，正想赶往对岸探询，共商应付，忽一女兵走进，说："夫人请往一谈。"再兴听她专喊自己一人，不知何意。入门一看，人已起身，正在梳洗，说："自带伤药本极灵效，当地所制更好。来时雨中失足，都是浮伤，未动筋骨，只为人太疲劳，看去厉害，实则伤甚轻微，上药之后睡了半日，业已快要复原。"再兴对凤珠本极关心，见她从容笑语，比起日里要好得多；兰花再一高兴，把各房纱灯全都点起，明灯如雪，到处花影离披，看去更觉丰神绝代，仪态万方。凤珠请再兴坐定之后，四目相对，也不开口。再兴也不知说甚话好，呆坐了一阵，忍不住叫了一声"姊姊"。凤珠笑问："二弟有话请说。"再兴原是心乱神迷，枯坐发僵，脱口喊了一声，实在无话可说，闻言面上一红，又停了停，才将心神勉强镇定，笑问："姊姊伤在何处，真个痊愈了么？"

凤珠见他方才业已问过，二次又问，暗中好笑，从容答道："伤口虽未脱痂，已无痛楚。你们几时成婚，如何不使我知道？每次派人来此，均说到此就被打发回去，也未提起。只去年命两女兵来送衣物，住了两天才走，说你四人常同出入，耕种田地。我知兰花、姬棠均通汉语，年轻的人自然投机。听王翼说你弟兄二人同住一间，一点不知你们夫妻之事，好似不愿我知道喜信。你只到后来了一封谢信，以后均由王翼一人写信，你只附笔问候，不能怪你。这样瞒我，兰花可知道么？"

再兴不惯说谎，对于凤珠又最感激敬爱，略一寻思，照直回答说："兰花刚一订婚，便令王翼写信禀告，那信我也见过，不知怎会姊姊不曾接到，许是奸党闹鬼也未可知。"凤珠微笑道："派来的人都是我的心腹，怎么有人闹鬼？这便是他头几封的原信，你看可曾提起一字？"说罢便由枕畔取出递过。再兴接来一看，面目全非，与以前看过的全不相同，并且一封比一封来得缠绵动人，才知王翼非但口是心非，连每次给自己看的信均无一封发出，难怪凤珠受他欺骗，好生气愤，也不便多说，将信交还。一看旁有女兵，低声说道："兰花是个热情性烈的女子，大哥娶她，虽是一时无心之失，为势所迫，她却认为情深爱重，丈夫本来爱她，高兴非常。因觉姊姊待父女恩厚，急于报知喜信，并无隐瞒之意。去年提起，还说叔婆那样爱她，如何婚后不曾送礼？因姊姊常送东西来此，也就不曾再提。此女天性刚烈，用情甚专，决不容丈夫三心二意，自以为终身佳偶，不是道路险阻，直恨不能赶往老金牛寨去向叔公叔婆讨赏，哪有不愿人知之理？"

凤珠见他语声甚低，说话也似有甚碍难，知他深心关切，惟恐自己寄人篱下，惹出事来，有意点醒，不禁眼圈一红，强笑说道：“我知二弟正人君子，至诚忠义，方始请来一谈。我虽女流，颇知轻重利害。你爱护我的心意万分感谢，决不使你为我愁虑。这里均是我的心腹，非但外面有人守望，连那小蛮女也被人引开，有话但说无妨，不必顾忌。”

再兴不知方才和姬棠密谈已被对方知道，闻言既恐凤珠伤心，又不愿说王翼的坏话，只得委婉劝解，借话点醒。大意是说：此是阴错阳差，王翼也是迫于无奈，并请凤珠格外保重等语。凤珠知他不肯明言，也未深问，随将话岔开，谈些不相干的空话。忽然笑道：“他们来了。”跟着，便见女兵同了幺桃走进。凤珠照样说笑，问些闲事，神态自然。再兴方想，此女真个秀外慧中，人又那么安详娴雅，始而被迫嫁与老蛮，受了多年苦闷，又遇这样一个忘恩负义的薄幸男子，此后蛮荒岁月如何消遣？正在代她悲愤惋叹，王翼、兰花同了姬棠已走上楼来。要知巧杀妖巫，红颜薄命，亿万黑蚂蚁围困水心洲，伤亡多人，山人报恩，大队猩人与毒蚁恶斗，油泉狂喷，火烧毒虫，绝代佳人为情殉身，所有全书哀感顽艳、惊险新奇、最紧张的情节，均在下文交代。

第十四回

刻骨相思谁与诉
连床赖有素心人

前文时再兴正和蛮王孟雄寡妻牛凤珠在竹楼上观看王翼与凤珠所写情书，才知王翼一味自私，虽然娶了小金牛寨蛮人孟龙之女兰花为妻，夫妻之情也颇恩爱，对于凤珠仍是恋恋不舍；又无一定主意，心存妄念，非但不肯把娶妻之事告知凤珠，使其断念，反而写上许多情书，意图求爱；又欺兰花对他信任，不会写信，暗用心机，两头欺骗。凤珠误信王翼对她情深，夫死之后，犯着奇险赶来相会，眼见对方娶妻生子，方始醒悟。自己乃王翼情同骨肉的患难至交，也只知他惟恐凤珠得信伤心，迟疑不决，并没想到这样忘恩负义，屡次通信都是表面背人商量，却在暗中将信换去。因觉自己终身不娶，姬棠只是名色夫妻，万一将来机缘凑巧，凤珠为痴情所感，移爱自己，并还生出妒念，有时信上隐有好些离间之意。照此存心，对于凤珠固是辜恩薄情，便对自己也实大失朋友义气。

看完之后，先颇气愤，后来一想，也就把气平了下去。原来再兴对凤珠虽是一见倾心，梦魂颠倒，只为罗敷有夫，事大艰危，不能以怨报德，误己误人，爱之反以害之；又觉此女钟情王翼，对于自己只是一个同种族的投机朋友，并未有甚情爱，片面相思非但无趣，再要引起好友误会，岂不冤枉？男女情爱必须彼此自愿，意志相同，不可丝毫勉强，更不应夺人之爱以为己有。虽是人间绝色，人也聪明智勇，温柔静好，到底平日享受过于豪侈，不免染有习气，就是有情于我，也未必能够和我心志相同，勤苦力作，助我成就事业，完遂平日心愿，何况又是蛮王之妻，许多顾忌。孟雄虽然年老，对于凤珠却是情深爱重，体贴入微，又有救命深恩，以前夫妻也颇和好，何故拆散人的夫妻！蛮人情热，如有变故，必以死力相拼，对方那大势力，自己和王翼固不免于身败名裂,凤珠也必受到惨害,于势既所不能,也太问心不过。无奈自从相见以来,此女的万方仪态便横亘胸头,丢她不下;又感激她穷途援手,救命之恩刻骨铭心,无法化解。

夫妻之爱首重专一,自知情痴太甚,再娶别人,定必顾此忆彼,不能忘情。像这样温柔美貌的绝色佳人,休说身居蛮荒流亡难返,便是回转故乡,也决不会再遇得到第二个。我既打算以毕生心力在蛮烟瘴雨之乡开辟出一片桃源乐土,使大众蛮人化去凶野之性,专以耕猎采荒自给,化除种族私见,连生带熟(未开化的蛮人与通晓汉俗语言的各种蛮人)合成一起,将那些专吃蛮人的恶霸奸商除去,不再受人压榨欺凌、残杀抢夺,除用山中土产兽皮、药材、金沙之类互相公平交易而外,谁也不许动蛮行凶、隐伏森林密箐之中杀人越货,使汉蛮仇恨越积越深,彼此不利;一面教以语言文字,兴建田园房舍,以备收纳中土穷苦人民,以及受那贪官污吏、恶霸豪绅陷害逃亡的正人义士。似此艰巨事业想要办成,不知要费多少心血人力,不应为一女子沮了志气,这才决计终身不娶。对于凤珠只是暗中痴爱,表面却不令其丝毫露出。万一机缘凑巧,蛮王老死,无论嫁与不嫁,能在自己尽心尽力爱护之中时常相见,于愿已足。

后来小金牛寨避祸,王翼为了凤珠之事背人密商,再兴本心也愿二人将来结为夫妇,但要候到蛮王老死之后,不愿二人为此犯险受害,同遭惨祸。受人之德,谋人之妻,于理也实不合,力劝王翼或去或留,要有决断。寡妇再嫁原合情理,如其情深爱重,心志坚定,便应离开小金牛寨,凭自身之力拼受苦难,谋生自给,一面相机结纳别族蛮人,另觅乐土,开辟土地,时机一至,自然水到渠成。既不计较艰危辛苦,也不再问对方年龄老少,仗着年轻,守她到底,真能有此毅力勇气,自己情愿终身相随,助其成功;否则便应明言相告,使凤珠灰心断念,决不可藕断丝连,因而两误。不料王翼始终委决不下,恨不能一箭双雕才对心思。照着当地蛮俗势所不能,何况一是蛮王之妻,事属万难;一是蛮人之女,情热如火,已成全寨之主,执掌生杀大权。稍一疏忽,大错立成。几次婉言相劝,痛陈利害,王翼非但不听,反以巧言哄骗。

再兴偏又遇到姬棠这样一个貌美温柔而又一往情深的蛮女,人非太上,不能忘情,长年相处,同居一室,日常看到对方那样深情苦恋,身世又是那么孤苦伶仃，早由同情生出怜爱。任换何人早已摇动，只为再兴心志坚定、言行如一，一经出口，永无更改。虽觉姬棠温柔美慧，对于凤珠仍是念念不忘，始终不肯抛弃成见。初到碧龙洲时，想起凤珠临别时曾有明年来此避暑之言，日常盼望。不料蛮王孟雄被蛮人暗算，重伤残废，凤珠日夜服侍，不能践约。想起孟雄虽老，体质强健，暂时决不致死，这片面相思的意中人不知何年何月才得相见，心便愁闷。平日再兴耕作甚勤，起居游息均有定时。每当耕猎归来，必借倚枕假眠，思念凤珠，几乎成了习惯。

虽只怀念心上人的一颦一笑，并无邪念，日子一久，姬棠见他每日饭后必要闭目静思，面容时喜时愁，有时并还口角微动，仿佛与人说话神气，几经细心观察，终于看破，知为凤珠而发，恐其日久成了心疾，又是伤心，又是愁虑，便乘再兴高兴头上婉言相劝，暗中点醒。最后凄然说道："兴哥，我虽对你情爱专一，照我当初打算，我已答应在先，做你一世名色夫妻也是心甘愿意，如其背约要娶别人，我虽不会伤你，必与此女同归于尽。今已被你至情感动，知你苦志难移，痴心太甚，我又爱你不过，情愿收回前言，只不弃我如遗，万一将来机缘凑巧，你爱那人能如你意，或明或暗俱都由你，我决不存他念。照你这样朝思暮想，梦魂颠倒，人家连影子都不知道，非但冤枉，人还必要受伤。我为此事痛心愁急已非一日，情愿舍了自己，到时助你成功，只请宽心保重，不要过分相思，便算可怜我这薄命人对你一番痴心了。"

再兴见她话未说完，两行清泪已夺眶而出，无穷幽怨自然流露，哀艳欲绝；知她情深爱重，情愿对守一世，性命不要都可，决不容再有别恋；为恐自己相思成疾，竟自忍痛牺牲，收回前言，越发感激她的情义，心中老大不忍，忙将姬棠的手握住，温言劝道："好妹妹，不要伤心，你看错我的人了。我爱那人，你原知道，我也决不瞒你。但我幼遭孤露，受尽艰难辛苦，如今逃亡在此蛮荒异域，虽然归已无家，因是从小在穷困中长大，对于那些贫苦无告的善良人民具有无限同情之念。未遭大难以前，便胸怀大志，明知人穷力弱，又无多少知己同道，仍想城市之中有那些贪官、恶绅欺压，我既无功名，又无财产，决难有所施为。边疆一带深山之中土地甚多，只有恒心毅力，不畏艰苦危险，因己及人，由少而多，照我平日所说，开荒辟土，先联合各族蛮人，教以语言文字、耕织之法,逐渐推广,早晚终能完我心愿。”

“人有一分精神,才有一分事业,除日常练武打熬精力以备应用而外,对于身体也颇爱惜。我虽爱极那人,但与常人专重情欲、只是美色便想占为己有者大不相同。休看我每日相思,几成常例,但我耕作起居、读书练武均有定时,不过每日饭后把昔年初见、日常相对言笑直到别时光景旧梦重温,回忆一遍。此生既无同梦之想,人又不知何时才能见到,借这片刻寻思引为自慰,至多盏茶光景。一到有事之时我便丢开,始终未生一毫别念,决不至于害及心身,更不会妨我事业。至于你我情义只有日益深厚,常觉对你不起,为了自来力主一夫一妻,情爱专一,因觉那人声音笑貌深印心头,决丢不开,我和棠妹只做名色夫妻,不肯化除成见,便由于此。如其照你方才所说,以我智力强毅,早晚终能守到时机,但是这么一来,休说与我平日心志不符,而你对我这样深情热爱,我却别恋他人,休说负心背义对你不起,便对那人也是有违初心,焉有此理!好妹妹只管放心,我对她固然爱到极点,对你情义更深,只恨我生具特性,成见难移,无可奈何而已。”

姬棠闻言,反倒化悲为喜,紧握再兴双手,悲喜交集道:“兴哥,像你这样男子真太好了。别的话我也不说,我已知你心意,虽然爱你太深,就是方才之言由于关心过切,我此时心情太乱,到时如何还拿不准。但对你爱那人,无论如何也决不会再有丝毫恶意;何况是你片面相思,人家还不知道呢。”再兴知她为人外和内刚,表面温婉,性情强烈,自己对于凤珠固然从无邪念,她也深信不疑,真要有甚举动被她看破,定必以死相拼,或是自杀了事。前因凤珠要来避暑,想起女子善怀,越是情痴爱重,越是多疑多妒。自己爱极凤珠,日常相见只管克制情感,含而不露,姬棠心有成见,仍必难免误会,每一想起,还在疑虑,难得这等说法,立时乘机把自己心意仔细分说出来。姬棠始终目注再兴,脉脉含情,微笑不答。

第二日天降大雨,再兴正在寻思出神,忽听凤珠单身赶到,便疑老金牛寨发生变故。见面一谈,果然变出非常。午睡醒后又被凤珠请去,看完王翼书信,心想多年好友,他虽无情,我不可以无义,正在强捺愤怒,自行宽解,忽见几个女蛮兵同了蛮女幺桃相继走进,王翼、兰花、姬棠同时回转,已快走到。不知凤珠心腹女兵早将他夫妻背后之言听去。正要迎出,凤珠已将那些情书从容藏好,摇手示意,不令起立,一面仍与从容说笑。先进来的几个女兵也各整理房中花草,做些杂事,仿佛先在房中不曾离开神气。再兴见状,忽然有些醒悟,方想此女真个机警沉稳。王翼等三人已走了进来,凤珠因是尊长,人又刚好,只微笑把手一抬,令众同坐,暗中留神察看,见姬棠进门朝自己招呼了一声,便和再兴同坐旁边竹椅之上,双方神情亲密,自然流露。再看王翼也和兰花做了一对,坐在身旁不远藤榻之上,口中说笑,目光不时偷看自己,和那年遇见不久,双方发生情愫,当人以眉目示意一般光景,心虽恨极,表面仍是说笑从容,有问必答。

凤珠美艳入骨,容光照人,随便言笑动作之间,均具无限丰神,再要稍微给对方一点词色,便由不得使人心情陶醉,仿佛她那一双净如澄波的媚目藏有极大魅力,使人不敢逼视。何况王翼本极迷恋的人,久别重逢,见她连经患难,长途风尘,虽然玉容清减,比那年初见时消瘦了两分,满屋花影、明灯之下,越觉人面花光互相辉映,美到极点。起初还恐自己负心薄幸,又不该想尽方法骗她,对方满腹悲愤,决所不免;哪知从见面起始终神态从容,没有一点表示。只初来晕倒,仿佛为己而发,后来谈到老王身死,连受奸人暗算,历尽艰危,稍微流泪悲感而外,不久便复原状。此时对面仍和以前一样,若无其事,色令智昏,不知凤珠心已伤透。兰花又感激凤珠以前爱护她父女的恩义,知她最爱鲜花,所居又是竹楼,房中本就陈列着不少当地特产的各种鲜花香草,兰花再一刻意求工,细心布置,方圆六七丈一间大楼房几乎点缀成了一座花宫。满屋花影离披,香光浮动,当中本悬有十来盏纱灯,凤珠又穿着一身素白,雾縠冰纨,缟衣如雪,吃四壁千百朵各色奇花异草一陪衬,越觉仪态万方,美若天人。

兰花、姬棠并非不美,平日看去也觉佳丽难得,燕瘦环肥,各有各的好处。此时同在一起,不知怎的,二女竟被凤珠比了下去,仿佛一是明珠美玉,国色天香,清丽出尘,容光独艳;一是闲花小草,俗粉庸脂,非不好看,只是比较不得。像姬棠那样其人如玉,脂粉不施,自然娟秀,人又端静安详,音声温婉,虽无凤珠那样绝代容华,还似空谷芳兰,自然幽丽,晴雪梅花,凌寒独秀,别具一种高洁之致。兰花却是夭桃秾李,只管热情奔放,浓艳非常,毫不耐人寻味,和凤珠一比,固有天地之分,便较姬棠也有雅俗之别。

人情都是隔锅香,老婆总是别人的好。王翼此时痴心未死,妄念又生,对于凤珠由不得越看越爱,以为凤珠汉人,不比蛮女,三妻四妾人之常情,也许对于自己钟情太深,只管心中气苦,并未忘情。何况前娶兰花为势所迫,出于不得已,只要日后设法私见,把以前为难经过向其说明,再赔一点小心,十九能得原谅。这等绝色佳人,休说二女同归,便得一夕之欢,也不虚生一世。只是兰花情热心专,休看夫妻情好,如知别有所爱,决不甘休;又是本山之主,威权极重,平日夫妻恩爱,形影不离,休说背人密语,暗地幽会,便想稍通情愫也难办到。人又聪明机警,私情一泄,恩爱夫妻立时变成冤家,闯出祸来,如何是好?越想越觉可虑,但又不舍凤珠。

正在左思右想,心乱如麻,姬棠早看出他和再兴完全不同。一个只管爱极凤珠,情痴更甚,目光也常注定在对方身上,但是言笑从容,对于自己仍和平日一样,神情亲切,未改常度。仿佛对方是个情分极深的至交老友,久别重逢,虽然爱护关心到了极点,只是至情自然流露,没有一点矜持做作神气。王翼却是不然,一面偷窥凤珠,目光不正,一面却又防人看破,故意想了许多不相干的话和兰花说笑,假装亲热,顾了那头顾不了这头,往往语无伦次,答非所问。面上常带笑容,神色却是阴晴不定,心中有事,一望而知。兰花对丈夫情厚,正将桌上鲜果用刀削了递与王翼去吃,一点不曾理会。凤珠一面用银叉挑着蛮女所削凤梨从容咬吃,一面随众说笑,先后朝王翼只看了两眼,目光便转向别处,知其痛心已极。姬棠暗忖:像王大哥这样男子真个该死,看他神情恐还一厢情愿,未必知道人家心已伤透,还在妄想勾引。以后日常相聚,早晚被他闯出祸来。此人死不足惜,凤珠好好一个美貌聪明的女子,休说丈夫,连我都是越看越爱,如为此人所累,一同受害,岂不冤枉!

心正寻思,见王翼忽然面现愁容,装着一脸假笑,一言不发,兰花削的凤梨业已装了半盆,王翼一片还未吃完,忍不住笑道:“兰姊不要削了,大哥因妖巫来犯,正想心事,无心吃呢。我们都受过夫人好处,王大哥更有救命之恩,无论如何也须以全力相助,不令奸人伤她毫发。休说别的,如因我们照顾不到,稍微疏忽,使夫人稍受虚惊,也问心不过呢！”王翼听出姬棠语带双关，暗中点醒，想起兰花情热，人又刚猛，不禁心惊，吓了一跳，忙答：“我们只顾闲谈，还忘了向夫人禀告妖巫之事呢。”原来王翼先恐凤珠得信忧急，意欲把妖巫警告暂时隐起，等想好主意再说。兰花、姬棠也觉凤珠伤病未愈，事已至此，只有全力防御，设法除此一害。说了徒乱人意，使多忧急并无用处，已然说好暂时不谈，只向凤珠稍微提了几句，底下都是随便说笑。及听王翼这么一说，均觉奇怪，只得说了出来。

其实幺桃口快，凤珠早已得信，深知老妖巫的厉害。先颇惊慌愁急，继一想，王翼如此负心，此后孤苦伶仃，无家可归，活在世上也无什么意思。好在这里有危崖森林之险，妖巫虽极凶毒，所习都是幻术障眼法儿，只能愚弄无知蛮人，并无实效。已被姬棠说破，蛮人不再信畏，就由森林之中暗中掩来，想要害人也非容易。事情还早，乐得借此试探孟龙父女和王、时二人对我真意，好了暂且寄居，相机行事，到时再说。否则，自己还有四五十个女蛮兵，都是从小相从，能共患难生死的心腹；便是本山许多犯罪的蛮人至少也有一半受过我的恩惠，都是勇猛心直，无德不报。森林之中地方广大，当中一片虽被密林和各种奇险隔断，只要不畏艰险，并非不可通行。

前听丈夫说道，只要有人将中部一带天险隔断冲破，便到森林中心，恶鬼峡左近、平湖旁边疏林之中。这方圆千百里的前古森林只此中心一片高原可透天光，水秀山清，风景极好。可惜四围地势奇险无比，无论何方入林均难走到。由前山口进去，更有浮沙火石、毒虫猛兽之危。因此这多年来，由前山人口那几家结队采荒的土豪费尽心力，至多走到离湖五十里的红蛇沟为止，从无一人深入。由小金牛寨高崖这面穿越过去，路近得多，中间虽有数十里的密林阻隔，内藏各种毒蛇猛兽、飞虫恶蚁，步步皆是危机，通行也非容易，但是人力还可克服；不似前山口那两条路简直无法通行，一个不巧遇到浮沙火石，或是古木自焚、毒瘴暴发，去的人都要死绝，不能生还。据说林外还有两条秘径深藏林中山腹之内，如能寻到入口，更是平安容易。当小金牛寨未发现时，曾有本族中十几个壮士奉命采荒，在森林中迷路，无意之间发现秘径，居然穿通出去，到了湖旁，得到许多珍贵药材、大量金沙，归途不知因何中毒，勉强回到原地，一出森林，人已伤亡殆尽。只剩一人刚刚说完前事,便毒发身死,详细走法和那两面入口藏在何处也未明言。恶鬼峡和平湖的地名也是去的人所取,并在当地遇到一种穿白衣的野人,身材矮瘦,人却短小精悍,动作如飞,所用飞刀飞矛,多厉害的猛兽打中必死,奇毒无比,厉害非常。先与去的人处得极好,互相约定以后常时来往,并以客礼相待,声如鸟鸣。言语虽不十分通晓,但都聪明机警,也最合群。

孟雄之父闻报之后,曾为此事费了不少心力,想将这条秘径打通,连派多人均未如愿,只将小金牛寨和碧龙洲一片荒地开辟出来,作为入林采荒的蛮人平日栖息之地。孟雄做了寨主之后,又命孟龙来此坐镇,也曾令其留意,暂时查探,并将昔年死人遗留下的两片树皮所画地图分了一片交与孟龙,令在采荒时照着所行途向深入查探,无奈几次回报,均说林中危险大多,至多走进二三十里便难再进。那条石洞通路秘径更连影子也找不到。年纪一老,无此雄心,也就罢了。

这日听他病中提起,忽然心动,便将所存地图取出观看,无意之中发现好些疑点。心想:昔年误走秘径的壮士共有十四人,只得一个往返,刚出森林人便相继死去,所行秘径应该来去是一条路,如何说有两条?又知孟雄年轻时心高志大,比别的蛮人聪明细心得多,因听平湖和恶鬼峡左近珍贵之物甚多,去的人死前曾说初到当地,为了双方言语不通,和那许多野人几生误会。后因去的人各带有一串做装饰的玻璃项圈,还有一些针线,看出野人喜爱,送他讲和,方得化敌为友。别时言明,将来再去便用树皮为证。图为火画,上面还有野人火印。恐孟龙心粗,将其遗失,只给了一片与他,另外用纸将上面火画图形照原样仔细仿画下来,连所剩原图放在一起。

连日仔细查看,觉着那片树皮不像树心的内皮,似纸非纸,历时百年,已成黄色,纹理极细,不先听说,决看不出那是树皮,极像一张尺许来长、半尺来宽、分许多厚的皮纸。所画途径形如蚯蚓,往返曲折,高低上下,歧径甚多,并非通体相连。再拿纸上仿画的地图互一对比,另外一张仿佛自成一路,画法曲折,却是大同小异,都是无头无尾,也未画明出路入口。心中奇怪,问知纸图也是两份,一交孟龙照图寻觅,已被采荒探险的人失去,人也同时失踪,大小形式全都一样。心想:秘径要是两条,所画道路不应形势走法都差不多,又无出入洞口,于理不合。次日寻了几个曾往森林采荒的老蛮仔细盘问，又问出这类树皮从来无人见过，图上火画也无一人会画。反正无聊，一时好奇，仔细推详，忽然醒悟，那图不止两张，内中并还藏有暗记。又向丈夫仔细探询，那十四个壮士采荒迷路以及死时光景和所说的话，越发悟出许多道理。再听幺桃来报，说起老妖巫要由森林那面来犯之言，越想越觉以前所料有了几分。非但林中藏有一条秘径，只要细心搜索便可找到，而那地图也是恶鬼峡野人所画，并非树皮，实是野人所用厚纸，也许上面火画还是野人所用文字符契之类，并非真个地图。

自己身世凄凉，又受王翼欺骗，便孟龙父女记念前德，始终恭敬优礼，每日与薄幸人相对也是气愤，再要受他轻视，或因王翼色心不死，发生枝节，更是不值。与其寄人篱下，长年悲愤，转不如带了这些心腹女兵，寻到林中秘径穿通过去。照丈夫所说，当地非但水碧山青，繁花如绣，土地肥美，出产珍奇，而那许多野人也颇善良，容易收服。再由当地越过两处险地和一片危峰峭壁，翻将过去，还可绕路出山，回转故乡。好在此来本打长久主意，无论衣食兵器、解毒灵药各种必须之物均有准备，带得甚多，何处都可安身立命，何必非要在此不可？略一盘算，便把前事放开，故作不知，随便三人谈说，极少开口。

再兴起初也是怕她得信愁急，只顾谈论王翼，观看情书，不曾提起。等到王翼听姬棠示意警告，心中一惊，脱口说出，凤珠方始笑问："方才你们说五虎命人来此恐吓，业已打发回去，如何这样说法，莫非老妖巫也来闹鬼么?"兰花转面埋怨王翼道："你真藏不住话。叔婆长途跋涉，连经险难，日里见面时那样伤心愁虑，好容易睡醒起来说笑，高兴一点。天已黑透，我们正想陪她赏月饮酒，畅谈半夜，明日商量接风，稍微尽点人心；如今她人刚好，一点酒饭未吃，你便先说扫兴之事。如将叔婆愁肠勾动，闹得大家都不高兴，莫怪我收拾你呢!"王翼话已说出，无法收回，抢笑答道："我固粗心，不该先说，但想老妖巫的障眼法已被棠妹说破，伎俩止此，不足为虑。夫人又是女中丈夫，武功高强，我们防备严密，休说森林阻隔，不能飞渡，万一偷偷掩来，也只送死。便是狗贼孟五虎大举来此，凭我们这几人也必将他斩尽杀绝，不使一人漏网。夫人智勇双全，料事如见，怎会把这区区妖孽叛贼放在心上?"兰花娇嗔道："她是我的叔婆，你不比时二弟，应该跟我喊她叔婆才显亲热，这样夫人夫人的作甚？”

凤珠见二人争论，也不接口，转向时、姬二人道：“王翼是我侄孙婿，说不得只好自大一点。二弟和我早就平辈相交，既非亲属，又非孟家同族，今日业已说过，为何也是那样俗气的称呼？莫非薄命人高攀不上，贤夫妇有见外之意么？”姬棠聪明绝顶，早就看出凤珠对于再兴虽比初见时神情亲切得多，但与对付王翼情景不同，对自己也比以前亲热，料知再兴痴情热爱，对方必已明白几分，同时二人又在房中谈笑，再兴面有感愤之容，也许双方话已说开。凤珠伤心太甚，对于再兴只是感激，并无别念，故连自己连带看重，当作亲人一样，否则不会这等口气。心念一动，觉着对方美慧绝伦，如知我的痴情苦志，多半能够相助，便不等再兴开口，抢先笑道：“姊姊不要多心，此是兴哥对你敬爱太甚，以前喊惯，又与王大哥是结拜兄弟，一时之间改不过口来，以后准定改作姊弟称呼好了。”凤珠嫣然笑道：“本来人心难测，称呼原是小事。不过名分一定，到底有了界限，彼此也显亲切一点。”

再兴闻言自是高兴，立时改呼“姊姊”。兰花因凤珠自来爱她，也觉此言有理。内中只王翼一人听出凤珠语带双关，暗中虽在叫苦，勉强改呼“叔婆”，痴心妄想仍误以为凤珠怨恨薄幸，一时之气，彼此情爱素深，日子一久，女子心软，只要说明委屈和被迫成婚经过，仍能回心转意。虽然兰花情热，事太可虑，好在凤珠有恩于她，如能多用心机，使二女情分日深，相继而行，也非无望。这一改了称呼，还可少却好些顾忌，便是形迹之间稍微亲近，兰花也不致生疑。这一专往好处去想，更把利害忘记。因知再兴比他更痴，平日力说决无他念，此时对方稍加词色，立时乘机亲近，改呼姊姊；姬棠又是他的名色夫妻，如对凤珠用情，比自己有利得多，不禁生出妒念。再兴始终只当王翼问心不过，言动失次，别的均未理会。姬棠旁观者清，看出王翼面有愤容，越发轻鄙，心生厌恨。正要提醒再兴留意，王翼急于讨好，便将妖巫派人警告经过，一一说了出来。

凤珠听完，笑问兰花道：“听你叔公说，去今三四十年以前，曾有十几个本族壮士往森林采荒迷路，误走恶鬼峡，遇到许多野人，还得了许多珍贵之物，放在那里。回时刚出森林，全都死去。后来叔公做了寨主，意欲命你父亲派人查探那条秘径，并还交他一片树皮地图和仿画的纸图，几次人林查探，均未寻到。最后有两得力族侄自告奋勇，备好干粮应用之物，带了三十人深入探险，不料中途遇险，为首两人性太刚猛，冒险前进，终于失踪，一去不归，连尸骨也未寻到。跟去的人看出形势凶险，实在无法再进，只得退了回来，地图从此遗失。我料森林黑暗凶险，多高本领也难通行。老妖巫人最狠毒，一向言出必行，不是十分自信，决不会那等说法，早晚必由森林这面掩来扰害，那条秘径十九被她寻到，手下并还结有不少党羽，否则单是老妖巫一人，如何说此大话？另一份图样我虽看过，还有好些不能明白。你叔公和我说时，人已病重，当时有好些话未及细问，等我想起人已去世。你父亲既知此事，想必你也知道，可曾留下底图没有？”

兰花答道：“此事我非但知道，以前并还出了重赏，派人去过几次，都是到了杀人崖前遇到各种险阻，中途折回。我先不信那么厉害，彼时年纪太轻，刚刚管事，胆大心粗，又选了数十名胆勇之士亲身往探。第一次刚过杀人崖，便遇大量飞蛾毒虫阻路，只得退回。二次前往，又连遇毒瘴和大群毒蛇猛兽，前面全是好几抱粗的木墙和大小深沟、毒泉浮沙，去的人死伤了好几个，我也几乎把命送掉，实在无法再进，这才死心。后来又往两旁搜索，那森林一面通到叔婆来路峭壁之上，一面与湖西南绝壑相连。那壑宽达百丈，壑底终年毒雾迷漫，对岸又是大片危峰峭壁，休说是人，便是鸟由上面飞过，稍低一点便中毒下坠，送了性命。本来猿鸟均难飞渡，两面尽头还有两三处污泥沼泽阻隔，中间生着许多吃人的怪草毒藤，稍微沾身，人便被它裹住，越挣越紧。同伴往救，一样被它缠住，休想脱身。眼看中毒惨号而死，无法上前。次日往看，藤虽松开，人已成了一堆白骨。用尽方法，至多走进三四十里为止。林中终年昏黑，有的地方灯火都不能点；本就奇险，一过杀人崖、快活树，步步皆是危机。最厉害可怕是那浮沙虚泥，表面一点看不出，往往数十个人一路，走着走着左右前后的人忽然不见，有时相隔较远，连声影都未听见。经此一来，我才死心。

“今日听说，老妖巫公然明言，如不听她命令，献出叔婆、二弟和侄孙女婿，连同小金牛寨历年所存各种财货金沙兽皮，便将我们全数杀光。她那来路就是森林一面。爹爹以前见过老妖巫，知她为人凶险，说到必要做到，先颇惊慌。后经棠妹识破她的妖法全是假的，闹鬼骗人,并非真有什么鬼神,人心稍定。爹爹还说,老妖巫早晚必来,森林可虑,我却不大相信。一则,林中地势我和这里的人俱都熟悉,实在无法通过。就是另有秘径,她也非要过了快活树才能走到,中间二十多里险地算她能够越过,还有我们常往采荒的大片森林,直到出口,也有十五六里,共只两条往来之路。自从上年发现大群犀牛,我便命人轮班防守,日夜有人窥探守望,不等走出,已先得信。近年全山蛮人越发忠心勇敢,又由我们四人教会好些兵法武艺,稍有警兆,到处都是埋伏。便将老金牛寨的敌人全数引来,也必杀他个一人不留。何况事实上决难通过,叔婆放心好了。"

凤珠道:"天下事往往出人意料,何况森林地方广大,光景昏黑。你们以前虽经仔细搜查,决走不完。你自己至多去过几次,好些地方均有密林阻隔,其势必有遗留,不足为凭。就是防御周密,小心总好。你那两次前往可是照图而行么?"兰花笑答:"我还忘了对叔婆说,当初爹爹命人往探,因有人说那树皮是野人约会见面的信符,必须带去,为恐去的人遇险失落,把上面的图形抄了好几份,与叔公所交另一纸图合在一起。去的人共带了五份,以防中途走散之用,自己留有两份藏在寨中,多年不曾用过。孙儿去时,费了好些事才将那图寻出,据说和原来两图画得一样,还是棠妹之父用墨所画。起初当它有用,后在途中仔细查看,非但人口一带不曾画出,连杀人崖、快活树两处地势也无一相同。这两处地方形势虽极凶险,均有天光透下。照着第一次去的人临死所说的话也全不符,寻不到一点线索。

"初意只当相隔秘径尚远,还未走到,图上所画全是山腹中的秘径,非要找到人口看不出来。后听爹爹和一个八九十岁的老人说起,当初我们这里一片湖山林野,本是叔曾祖六十年前因往隔山银坑寨索取金沙,出洞打猎,追赶两只大香獐,将路走迷,无意之中寻来此地,同行只二三十人,倒有一半被猛兽冲散。为恐银坑寨主看轻,又不愿被他知道,仗着所带的人年轻力壮,本领都高,人人武勇,看出这里出产甚多,森林内更是富足,索性停留下来,另外寻觅出山道路,共在此地住了三个多月,最后寻到叔婆来路那片危崖,用藤索缒将下去,回转老寨。

"留守各位尊长见人一去不归,心疑叔曾祖被银坑寨那群蛮人暗害，正在召集各寨蛮人，准备由东北山口翻山入内，寻往报仇。先是等在银坑寨没有出猎的那些蛮兵回转，说老王自出打猎失踪，搜寻月余，在隔山森林中陆续寻到几个被野兽冲散、被困迷路的同族，得知当日打猎遇到大群猛兽，伤亡了好几个，老王实被猛兽冲散，并非山人暗害。后又搜寻多日，连尸骨也未找到，只得回来送信等语。正在将信将疑，叔曾祖人便回转，觉着这里财货甚多，如将危崖来路守往，谁也不能侵入。银坑寨那面来路更是奇险。当初原是情急逃窜，无意之中寻到过来的那条险径，地势隐僻，从古以来无人走过。最关紧要的一条石梁本可连接两边绝壑，但是高低不平，险滑异常，靠近对面一段又早断塌了两三丈。逃过来时原是逃命心切，迫于无奈。为了银坑寨深居万山之中，上下翻越要经过二三十处断崖峭壁，叔曾祖素来力大身轻，胆勇无比，带的人都是千中选一的壮士，各人身边均带有特制套索铁钩，练就飞索渡人之法，走到尽头，没有道路，那似人非人、力大无穷的怪猩猩又满山遍野追将过来，不往前进必遭惨杀，才在危机一发之间用飞索渡将过来。就这样，后赶到的两人仍为猩猩所杀。

“那条断石梁最长的一段在我们这面，仿佛一根十多丈长的大石条孤悬崖口，平伸出去，年久石腐，不是中间一段本来有石笋托住，早已全数崩塌。那梁最宽之处只三四尺，仄处不满一尺，厚薄不等，最薄之处不过尺许。逃时心慌，没有看清，上面早有许多裂痕，人数一多，竟将当中一段压断坍塌。壑中终年雾气迷蒙，深不可测，过时警觉稍迟，也必随同坠落，死在壑底。照此形势，这方圆数百里的地面仿佛另一天地，外人休想走进一步。森林里面虽与西南、西北两面采荒人往来之地相通，林内地方广大，黑压压方圆千百里，那两路开荒的人用了多年心力，至多入林三数十里为止，人迹所到不过百之一二，去的人已是危机四伏，每次采荒都有伤亡，再要往前便是寸步难行。由这面去到处密林巨木、浮沙虫蟒阻隔，毒蛇猛兽和各种凶毒的飞虫防不胜防，入林数里步步皆有奇险。休说那两路采荒的人无法穿通过来，这样满布毒蛇猛兽、暗无天日的大片森林我们也无法走将过去。采荒所得却是无尽无休、不可数计。这样好的地利形势自不肯舍，这才选出一些胆勇之士设下分寨。起初来的都是自己人，后觉人不够用，才将罪人山奴发来采荒赎罪。

“这位老人家彼时年才十二三岁，设心颇好，无意之中和我谈起，当那十四个壮士出林以前好似自知必死，曾在林中连吹芦笙，因是留守的人不多，正在别处打猎，没有听见。到了第二日清早，他们见无人接应，这才相继跑出，有的还在吹那芦笙号角。等我们这里的人老远望见，连忙赶去，他们已死了十来个。后死两人双目皆瞎，扑到林外草地之上，见人之时正在挣命。因是受毒太重，只有一人一面交出地图，一面勉强诉说经过。这位老人家因是年幼，见大家都围住那人问答，挤不上前，林旁倒有一人气还未断，他手边恰巧拿有半只吃残的西瓜，认出那人是他族叔，便将西瓜喂他吃了些。那人吃完好了一点，连喊人来。因隔较远，众人当他已死，都围在拿地图的身旁急于询问，乱成一团，他喊声又低，无人理会，这才含着眼泪，说他所去之处好处也说不完，他们送命咎由自取，否则也不会死，可惜还有金条和两张信符中途失去，可代转告老王，急速寻到那条秘径，带了另一人的信符，将这送命之物交还，向主人认错。去的人只要不生恶念，恶鬼峡那些主人都极公平讲理，非但不会受害，他们所留许多珍奇贵重之物，还有大量金沙，均可随意取回。一面又由身旁取出一根断箭和一些弯弯曲曲的金条，刚说得这便是那要命的恶鬼，人便毒发身死。

“彼时年幼好奇，母亲早死，兄嫂带他来此采荒，性都凶暴，常受打骂，平时见人不敢开口，又见那金条曲曲弯弯，和虫一样，金光铮亮，好看已极，恐被兄嫂夺去，乘人不知，偷偷藏起，一直不曾与人观看。后来叔曾祖死后，叔祖命人探险，得见地图，想起上面火印与当年金条形式一样，便向一人谈起，被乃兄知道，强讨了去。跟着乃兄奉命入林探路，人便失踪，连箭头、金条带图全数失去。因乃兄贪功心盛，强讨金条也未告知爹爹，还不许他泄露，所以一直未说。他见那金条埋在土中多年还是那等明亮，不舍全数交出，偷偷留了两根。如今他是这里老头目，看我长大，从小怜爱，他又孤身一人，无儿无女，说完便取出来，送我当首饰戴。我见那金条形如蚯蚓，曲曲弯弯，约有小半个指头粗细，一长三寸，一长寸半，大小形式不同。他说此是长短两根，试拿地图一比，内有两处图形把金条放将上去大小长短连同弯曲之处全都一样，仿佛那些金条均照图样制成，这才明白那两片树皮乃是野人所用信符，或是一种珍贵的图样，并非秘径图形。不是将死的人毒发昏迷，把话说错，便是有话不曾说完，这两片树皮和那金条虽都关系重要，但照图上走法却是无用。

“我也料到先去十四人迷路之处离此并不甚远，无奈日久年深，爹爹来作寨主，事情早已过去。隔了多年，一些耳闻目睹的老人均差不多死光，最关重要的便是这老人的兄长，非但那些探险归来的人死时光景和所说的话全都知道，便是那金条与树皮的用处也有几分明白，偏生此人便是奉命探路的大头目，连人带图全都失去，那大小十几根金条也未与人观看，全凭猜想，自然艰难。我因金条又黄又亮，实在好看，可惜长短不齐，知道棠妹的爹爹会做好些手艺，地图又他仿画，先想托他改造。哪知他正生病，一见金条，面容大变，刚刚答应代我改成耳环，忽见我和棠妹说笑亲热，帮他出气，面上立现愁容，朝我再三嘱咐，说这两根金条乃是深山中野人的珍贵之物，看得比命还重，怎会到你手中？他并不曾见过这类东西，乃是以前师父指教传说，今日才得见到，连以前代画之图均与昔年所闻鬼头蛮的信符一样形式。这类珍贵之物对方决不肯失去，如被知道，必成仇敌，非将它夺回，还要将仇人全数杀死，决不甘休。照理你不会有这东西，如何到手，要我快说。

“我此时虽已帮助爹爹管理他们，并还连去森林探险，年才十三四岁。为了爹爹宠爱，我又有点力气，肯代人说好话，那么凶恶的蛮人全部对我信服，无一违抗。我小小年纪，敢于入林探荒探路，也由于此。便将前事告知，再取纸图与看。他将图与金条比了又比，似更忧急，说他常年为奴，苦痛悲愤，身染重病，命必不久，只棠妹一女求我始终爱护，将来婚姻由她自主，不令受那恶人欺侮。等我答应，折箭为誓，才说这两根金条关系全山人的安危，幸而这里没有知他来历的人，也无甚人看见，赶紧密藏起来，从此一字不提。便是这张纸图也不可放在外面，以防失落，更不可带入森林。并说所画实是鬼头蛮的信符，与秘径图形无关。不过这类鬼头蛮深藏森林之中已千百年，女多男少，大半均精邪法，从来不与外人交往。昔年只有一个山巫，不知因何因缘，深入其境，见到他们为首的人，住了些时，费了许多心计，才得逃回。他们的踪迹只此山巫一人发现，泄露在外。

“山墟蛮荒之中这类神话谣传最多，原不足奇。因那山巫本领甚高，人也颇好，名望最大，向来不说假话，以后虽然无人见到，全都深信不疑。起初还当事出传闻，不甚相信。三十年前，忽有两个姬家人因往森林采药，为人治病，林中迷路，连在里面乱窜了二十多天，干粮早已吃完，全仗草根树皮和林中野果小兽度命。这日偶吃野果中毒，附近又有毒蛇猛兽，眼看危急，忽被两个女鬼头蛮救去，将其救愈。在两心情愿之下结了夫妇。照他风俗，有人误入其境，只不犯禁，或是有甚恶念，去留任便，当地所采金沙等珍贵之物也由来人随意取走，并不相干。如能得他欢心，或是有甚彩绣针线等他们心爱之物相赠，还肯尽力相助。不过走时必要施展他那特有的邪法，迷人耳目，使来人迷却途向，不能再去。他那里别无恶意，又最喜爱红色之物，如能带去送他，便当上宾看待，遇事定必出力相助。这两个姬家人均未娶妻，感她们恩义，家又穷苦，见当地风景极好，女的情爱又重，一住好几年，已无归志。

“内中一人忽然思念家中贫苦的兄嫂叔父，知道来人只一成婚，便不能离境一步，否则必死。森林黑暗危险，往返太难，如其服了毒蛊，到期不能赶回，便要毒发身死。就是女的帮他求说，为期至多三月，非要期前赶到，服他特制解药，万无生理。请求答应，又是极难，只一开口，不问允否，便存三分敌意，始而不敢冒失，勉强又过了一年。姬家人都会用《周易》卜卦，这日算出兄嫂老病不堪，穷苦更甚，想起从小抚养恩义，伤心流泪，被女的问明心事。因他二人为人忠厚，已得鬼头蛮信任，女的夫妻情重，代为求说，同伴又仗义力保，同服蛊毒，保其到时必归。因那药性最长的只有三月，总算大家都肯相助，订好日期，往来有人接送，才得回转故乡，暗向家中亲属说起经过以及当地风俗禁忌，所以姬家人最知底细。那人带回许多金沙珍贵之物，不到日期便赶了回去。

“姬家人最文弱，常受外族和汉家官府欺凌。有那胆大一点的穷人常往投奔，有的一去不归，也不知寻到地方没有。有的中途折回，均说森林之中步步凶险，照那两人所说途向，少说要走二三百里才能到达，势比登天还难，最多走进十来里便无法再进，稍一勉强，只有送死。内中又有几个遇险伤亡的，前去的人又从无音信，这才把人吓住，无人敢于再去。照那两人所说，信符和那金条鬼头蛮看得比命还重，随便泄露，被他知道，固是危险；如能探明秘径，照前山走法，将他遗失多年的宝物与之送去,定必喜出望外,能得许多好处。不过此举万分艰险,当地女多男少,男子前往,易被留住,一与成婚,休想生还。最好先作不知,在采荒时仔细探明路径,看那秘径是否隐藏山腹之中,与以前所说一样,一切准备停当,再将他们心爱之物多带些去,最好训练一些蛮女,少带男子。随说鬼头蛮还有许多禁忌,病中无力,不耐多谈,等日内稍好再行细说。哪知才过两天,人便病死。我得信赶去,棠妹哭得死去活来,他人已不能开口,便将金条连图藏起,照他所说准备,一直留心,什么线索也未寻到。但知那是信符,决非地图。叔婆如将另一张树皮带来,最好藏起,如要看那金条纸图,我去取来便了。”

第十五回

恐怖开场

凤珠闻言正在寻思，姬棠惊道："爹爹和兰姊谈起此事时，人刚病倒，先不许我在旁偷听。兰姊走后，我问为何这样机密？他只摇头，我也不敢再问。次日爹爹病重，忽然向我密嘱，以后须要紧随兰姊，和她交好。万一寻到那条秘径，最好跟去，当地必有几个族中长辈与鬼头蛮成了夫妇，如能见到，必能相助，随又说了好些话。我虽对神立誓，不到时机不能出口，对于兰姊始终忠心，何况夫人、姊姊是兴哥的恩人，对我又这样好法，将来有事无不尽心。有的话虽不到说的时候，但是鬼头蛮虽能分辨善恶，无故不肯伤人、却喜感情用事，先入为主。尤其他这金条，大小长短三十七根，一正一副，共计七十四根，排用起来算是两个八卦，来人带回的只得十七根，并非全图。他那卦象如何排法，无人得知。既与图形相合，可见只是正反两副卦交之一，至多失去两卦，不能配全。如我所料不差，这十七根金条必是第一次去的人看出它的宝贵，或与他们成婚之后又想逃回，知它利害，特意偷到手中，以为挟制。所盗应是整副，行至途中被人夺回多半，或是无心失落也未可知。此是当地特产黄金之精百炼而成，放在暗中老远必有亮光。后来带去的人忽然失踪，也必因这金条而起。他如全数带去，使其物归原主，决可无事；偏又人太凶暴，贪功自私，未对人说，又被他兄弟藏起两根。按理对方失去多年，决不甘休，一直无事发生，必有原因。就此不再发现也罢，那十几根偏又有人带去，被他夺卧，去的人固是必死，这失去的两根他也必要百计千方将其夺回。不知因何顾忌，明知我们是他对头，竟会不来侵犯，令人难解。

"爹爹生前常说，林中凶险已极，他如不是寨主父女爱护，早和以先那些蛮人一样惨死。这三百里的密林奇险谁也无法穿越，老妖巫公然明言由此来犯，必有深意。也许老妖巫以前失踪多年，便是藏在那里,仗着那些障眼法,与鬼头蛮勾结一起。对方为了禁条,不能寻找我们,想要假手于她取回所失宝物。她知这里富足,恰巧老王身死,奸党接位,正好狼狈为奸,狐假虎威,仗着外敌相助来此为害。听爹爹说,鬼头蛮表面和善,实则厉害非常,所练邪法虽然只能吓人,并非真事,可是千百年来生长森林之中,一个个勇猛机警、身轻如燕、本领高强,难于抵敌。最厉害是各种毒药均有奇效,加上所练毒蛊,能够照他所定时日死亡,非他解药不救。

“先去那十四人必是自己存心不良,以致激怒他们;人太强横,不肯服低,又都忠于老王,宁死也要回来,才把事情闹僵。双方各走极端,未到以前,自知见了天光必死,才在林中连吹芦笙,想人赶去,说明经过和所行秘径途向,使这里留守的人拿了信符金条送回原处,将他们所得各种珍贵宝物换取回来,献与老王,所以临死以前那等说法,并有他们所得价值连城之言。不料人都走开,芦笙告急,不曾听见,实在忍受不住痛苦,又知死期将至,这才勉强挣扎走出。一见天光果然全都死去。可惜发觉太迟,有许多要紧的话均未说出,否则非但无害,还可得到无穷财富等语。我想老妖巫十九是与对方勾结,来势定必厉害,虽然我们防御严密,还是谨慎些好。这类鬼头蛮形踪飘忽。近一年多,又有一个怪人同一形似猩猩的怪物常来这里窥探,既不伤人,也不偷人东西,多半与此有关。那纸图金条最好偷偷取来,与大家看过,立时收好,丝毫疏忽不得呢。”

兰花闻言,匆匆往对岸崖洞中赶去,凤珠听二女一说,不由想起一事,心中只管盘算,未置可否。再兴见她沉吟不语,笑说:“姊姊不必多虑,这里的人均对我四人忠心,人人武勇,决可无事。”凤珠先是出神未答,王翼在旁随声附和,也说森林那面戒备极严,内外设有好几层守望,万无一失。凤珠忽然转向再兴笑道:“我只顾想事,还没有回答二弟。我是在想老妖巫前与老王作对,如今回寨又与奸党勾结想要害我,实在恨她不过。我这些女兵全部能共生死患难,经我十来年训练,颇有本领。薄命人孤身在此本来无事,意欲过上两日带了女兵去往林中探敌,不等她来,便迎头抢上,二弟以为如何?”姬棠心细如发,早看出凤珠神情有异,再兴更是全神贯注,知其为了王翼负心刺激太深,女人心厌,恐生别念,忙同婉言劝阻。王翼见兰花走后凤珠没有理他,对于再兴夫妇却是有说有笑,又悔又妒,知其怀恨,便在旁边劝道:“森林之中危险非常，夫人千金之体，如何可以冒此奇险？真要非去不可，我和兰妹地理较熟，先往一探如何？”凤珠笑道：“你夫妇全山之主，万一有事，还要指挥主持，如何可以深入森林，离开根本重地？真要因我一人累得大家多事，我于心不安，便难在此久居了。”

姬棠见她表面笑语温和，不露痕迹，目光却望着别处，语气中大有离此他去之意，心方一动。再兴到底忠厚，接口说道：“我和大哥均受姊姊救命之恩，丝毫未报，一听姊姊打算深入森林，老妖巫人又那等凶险，如何能够坐视？最好以逸待劳，不要前去，否则那样阴森黑暗、危机四伏、险恶之区，就是不遇敌人，那辛苦危险也实难当。为一区区妖孽何值姊姊亲自出动呢！我知姊姊智勇双全，真要略看形势，以为杀敌之计，只可在森林边界五六里内稍微观察布置，深入万万不可。我和大哥如不陪同前往，非但问心难安，情理上也讲不过去。兰姊固是三军之主，不应离开。我弟兄二人必须陪侍同往，哪有不去之理？近年这里的事虽是我弟兄和她们两姊妹商计而行，每遇发号施令，仍是兰姊一人做主。棠妹和小弟情义极深，谊共安危，自从同居在此，每日劳逸与共，从未离开，便我想她不去，她也必往。好在她人虽温和，性却强毅，实是小弟知己同道，比寻常夫妻情分要深得多。既是将来同心合力、共图事业的终身伴侣，又能吃苦耐劳，不畏险阻艰难，当然同在一起，便不说话，我也要她同去，由兰姊一人留守主持足矣。”

再兴原恐王翼疑忌，姬棠多心，本心也因王翼忘恩负义太甚，凤珠虽是女中英雄，武功极高，森林之中到底危险可虑，受人救命深恩，遇到奇险艰难之际坐视不问，非但问心不过，凤珠必更痛心。意欲就这机会到了林中，令王翼向凤珠赔罪，说明种种不得已之情，自己并在一旁证明，代为分说，大家把话说开，一面痛陈利害，使凤珠减少悲愤，王翼由此永息妄念；免得常时相见，日久情深，又去勾结人家，藕断丝连，闯出祸来，凤珠也可永远安居下去。好在彼此骨肉之交，姬棠本来知道此事，人更谨细，守口如瓶，无庸避忌，实是一举两得。等把各人的话说明，再将凤珠劝了回来，免得受那险难辛苦。王翼听再兴这等说法，并将姬棠拉在一起，兰花又被撇开，不令同去，不由消了许多妒念，觉着再兴果是言行始终如一，只管痴爱凤珠，心中实无别念。自己只要能够跟去，便可相机说明心事，请求凤珠原谅，言归于好。女子心软情痴，长此下去终有如愿之日，便在一旁连声赞好。

姬棠一听再兴不等自己开口，便要她同去，口气那么亲切诚挚，可见平日没有料错，丈夫对她果是情深爱重，只是性情古怪，对于凤珠情痴太甚，暂时成见难移。照此下去，休说日久情深，照方才算计能够如愿固是极好，像这样多情多义的好丈夫，比王翼这类男子胜强万倍，便和他做一世的名色夫妻也心甘了。听完心中越喜，也接口笑道："便是没有兴哥的话，妹妹待我这样恩义，妹子也无不去之理。专一自私，只顾自己打算，忘恩负义，那叫什么人呢？"姬棠原因王翼目光不正，兰花一走，格外殷勤，又改了称呼，越想越有气，借话暗示，讥刺了两句。话刚说完，心方后悔，觉着再兴虽受主人尊敬看重，到底寄人篱下，比较王翼要差一层；何况兰花情热异常，夫妻恩爱，言听计从，这类丧尽天良的男子一味贪淫好色，讲甚情理。此时正在愧恨忌妒头上，何苦为了说得高兴，刺中他的心病，使其怀恨，日后如向兰花进谗离间，岂非不值？

正想设词挽回，偷眼一看，王翼色令智昏，意欲乘机讨好，只顾照着再兴所说随声附和，并向凤珠借话示意，求其原恕，做得神情十分诚恳，并还表示平日心情如何苦痛，为势所迫，万分无奈之状。那一双黑白分明的俊目泪花乱转，看去十分动人，对自己方才那两句话毫未理会，暗骂此人昧良无耻，装得真像。我本来识字，夜来夫妻相对，闲中无事，便以读书习字消遣为乐。丈夫固是尽心指教，我更用功，只恐兰花好胜，不肯说出。王翼却不知道，以为我和兰花不通文理，不识草字，可以任性欺骗，实则他写那信我都认得，他竟当面挥毫，一点也不避讳。情书上面只管缠绵悱恻，仿佛天底下只他一人是个痴情种子。一面却和兰花温存亲热，有说有笑。自他成婚以来，不论人前背后，我日常留心观察，从未见他为了负心背义现出丝毫愧悔之容；便写情书也是一时高兴，拿痴心女子消遣，仿佛他是英雄美男子，略通情悸，对方便是死心塌地，以此自负，得意神气，真个可恶已极。

此时见了凤珠不知愧悔，还想乘机勾引，难为他这两眼急泪怎么挤出来的？这类男子最善骗人，看他此时装得何等至诚可怜，好像什么事都是别人逼成，非但不能怪他，他还受了无穷委屈，应该由被害人格外对他安慰才对心思。似此装腔作态所说的话，何等委婉缠绵，情有可原。休说以前情痴热爱过他的人见了十九感动，便自己如非旁观者清，平日留意，深知他昧良无耻，全是假装，也必引起同情。想到这里，惟恐凤珠心软，又要为他所愚，生出怜惜，回心转意，一误再误，又成大错。回顾再兴因见王翼急于表白讨好，乘着兰花不在房中，知自己夫妻不会坏他的事，居然当着人肆无忌惮，越说话越露骨。

凤珠本来正眼也没看他，忽然转脸，一双妙目望着王翼，从容静听，面有笑容，仿佛已为甘言所惑，姬棠心中愁虑，但又不便插口点破；目视再兴面现愁容，知道丈夫关心凤珠太甚，一误不堪再误，恐其又上王翼的当，和自己心思一样。正想用甚方法点破，暗中留神细看，王翼虽然越说越起劲，神情做作，热烈诚恳到了极点，眼泪也揩过了两次，凤珠始终声色不动，神态甚是从容端静，好像在听故事，一言未发。方想此人少年英俊，所说的话何等巧妙，又是这样声泪俱下，并还露出以死明心之言，无论何人也易受他欺骗，何况受尽千辛万苦为他而来的情人？看这毫无表情神气，莫非对方好心竟被识破，一点未受摇动不成？刚用手暗中推了再兴一下，静以观变，不令现于词色，免遭对方忌恨。

忽听凤珠笑道："仗义不平，人之常情。当初救你，原是无心之举，谈不到感恩图报的话。假使我受恶人欺凌，危急之间，没有以前救命之恩，你便袖手旁观不成？人生世上，除暴安良，扶危济困，理所当然。施恩者固不望报，受恩者也只遇见机会，看事而行，谈不到什么非报不可。莫非人家救了你，还盼他倒霉，好让你报恩不成？假使我此时再要做了万恶滔天的事，人人切齿，意欲杀以除害，到了性命关头，你只为了一时私恩私惠，便帮助我这穷凶极恶人，与善良大众做仇敌么？再换一句话说，我一薄命女子孤身无依，远投蛮荒异域，如其毫无能力，便非素识，你们自命英雄的人也应出力相助，有何恩怨可言。而我此时身世虽然苦痛，人尚未老，精力强健，文武两途也都稍微来得，怎么比起那些蛮人也强得多，食粮兵器以及各种应用之物全都齐备，又有数十个合力同心、忠义敢死的女中健儿，本来无须要人相助。贤孙婿乃寨主的丈夫，理应帮助我侄孙女主持全局，连二弟夫妇想要跟去尚待日内商计，还未答应，你如何轻离重地。何况兰花年轻，只管智勇双全，来敌太强，到底不可轻视，多上一个本领高强、心思灵巧的好帮手总好得多。这里风俗讲究夫妻合力，轻不离开，你不是不知道。其势万不能你夫妇都跟我去，便去也不过使我多上两个后辈亲人互相说笑，并无大用，这里反有后顾之忧。本用不着，何苦来呢！

“实不相瞒，我虽女流，决不愿虚生一世。以前因老王对我敬爱大甚，积习难移，平日只管随他穷奢极欲，尽心享受，为感他救命之恩，又对我情深爱重，我又是个无家可归的孤身弱女，情势所逼，无可如何。休看饮食起居过于王侯，我并不以此为乐。自从老王死后，我便打好主意，中土无法施展的智能，决计以我全副心力在蛮荒异域中开辟出一番事业。此后虽是孤身一人，到底还有数十个忠义女兵情如一体，又有许多财货器械应用之物，真比时二弟夫妇空拳赤手想要完遂平生抱负要强得多。照我预计，以后艰难辛苦凶险之事不知要过多少。森林黑暗，虽多危机，在我看来并未放在心上。昔年我一个未成年的少女，随同老父穷途逃亡，贫病交加，连受恶人侵害。孤身一人深夜荒山惊慌逃窜，连经奇险，终脱罗网。后又带了数十个女兵穿越森林，翻过数百里危峰峭壁，远去思茅深山之中，在万千人中把仇人生擒回来。中间并还深入山寨，将许多食人蛮人一举扫平。这类凶险的事也经过好多次，所带只是数十百个女兵，一向以少胜多，并未倚仗丈夫势力，也未败过。如何丈夫一死，到了这里，我便无用起来？

“老妖巫来犯原由我而起，我无能力，也许要靠你们，有力不用，只在这里坐享现成，非但问心不安，也太软弱无能。不是腿伤刚刚收口，长途劳顿，素来不喜娇情，主人又这样盛意相待，定要接风欢宴，业已答应在先，不便违背人情。照我心意，直恨不能明早便起身了。好在我还不曾算计周密，要等众女兵养好精神，人都喊来，经过详细指点，准备齐全。谋定后动，并不冒失。至少还有三五天我才起身。小事一段，贤孙婿这样慷慨激昂，仿佛森林里面有不少刀山火坑等我前往。你固一片好心，连眼泪都急了出来，我却认为小题大作，不需如此。天已不早，兰花如何未回？难得雨后月色清明，良友重逢，正好畅饮几杯。人生难得相逢，正经事要用力去做，遇到可以快乐之事，美景良宵当前，反正无事，也不应该辜负。如无甚事发生，索性命人去催兰花回来，我们先往上面平台小饮等她如何？”

再兴夫妇见凤珠口气神情从容不迫。照样诚恳亲切，入情入理，暗中坚拒，只在称呼上稍微示意，与之断绝，不露丝毫锋芒；并还胸怀大志，与再兴平日心志相同。不知夫妻日里密谈之言全被听去，心情重创之余，大为感动，业已改变原来心意，打算帮助他夫妇共成事业。以为凤珠女中豪杰，本意如此，不由又是敬佩，又是感幸。方想此女真个识见高超，胆勇过人，聪明更到了极点。王翼人虽机智，听那称呼觉着不是好兆，但为凤珠温和诚恳词色所动，自己在用心机，装腔作态，对方反当成小事一段，闻言内愧，反倒无法开口再说下去，只得改口说道："我还忘了天气不早，夫人想必腹饥，不用再等兰妹，平台酒食早已齐备，请先上去用一点吧。"

话未说完，忽听芦笙吹动，远近相应，先颇纷乱，跟着又听两声银笛，芦笙之声便由近而远传将过去，忽然停止。众人听出先是发生警兆，后又无事。兰花业吹银笛，传令通知，不令大惊小怪，均觉当夜月光甚明，怎会发生错会？刚同走往三层平台之上落座，兰花便匆匆赶来。姬棠笑问："这好月色如何会有奸细？莫非那怪人和黑猩猩又出现么？"兰花四面看了一看，见楼下无人，左右只有八九个蛮女，便将背朝外，由身旁取出两张纸图和两根形如蚯蚓的金条，交与凤珠，笑道："叔婆看完快些藏好，此后便放在楼上，不带回去了。"时、姬二人见她面上神情有异寻常，仿佛有事发生，刚刚过去。方要探询，凤珠已将金条纸图接过，看了一眼，好似有甚警觉，随手连图包起，藏向胸前衣袋之内，笑问："此图比叔公交我的两张大出小半，是何原故，你知道么？"兰花笑道："此是昔年所留，事隔多年，连爹爹也不深知，取时也未对他明言。爹爹听说叔婆睡起，本来还要亲来献酒，我知叔婆不喜这类俗礼，爹爹人又粗鲁，来了反沮大家高兴，同时又发生一点事，因此将其劝住。索性等到叔婆回房时仔细推详，看看能否悟出一点道理，明日再从长计议吧。"

王翼便问："方才发生何事？"兰花似嗔似喜，朝他推了一下，媚笑道："都是你不好，不跟我去，我又性急，只图拿了就赶回来，孤身一人到地洞下面去取金条、纸图，没有喊人相随，差一点没有吃了大亏！你还说呢。真要被仇敌暗算刺杀，看你如何是好！"再兴惊问："照此说来莫非真个来了奸细么？"兰花笑道："今夜事情真怪。如说他是奸细，我已被那黑猩猩制住，挣扎不脱，好容易把银笛取出告急。刚吹了两声，外面的人还未惊动，此人正偷洞中所藏香蟒所留涎品，闻得笛声便赶过来，说他不是恶意，日后自知；并说仇敌不久深入，虽然人数不多，凶恶无比，形踪飘忽，不易捉摸。听说你们这里藏有两根神金，原是他们之物，他们本意只想取回神金。因受一个老妖巫的蛊惑，方始激怒。至多还有十来天便非来此不可，来路便在森林那面，另有秘径。他在三日前得信，曾费许多心力，并仗猩人相助，至今不曾寻到，劝我们必须留意。

“那神金共有好几十根，早被他们取回，盗金的人先被毒杀了十几个，可是神金还有一小半，不知那十四人藏在何处。彼时怒火头上，对头已全杀死，没想到所失神金没有全数取回。先料对头遗失林中，或是自知必死，仇恨大深，暗中藏了起来。因有神祖遗命和别的禁忌，不能来此搜寻。又因人死以前曾往快活树沐浴饮水，神金已先被他派人带回，只是匆促之间没有说明多少，又是祖传之宝，常人照例不许窥看。取回时对头刚刚看过包好，以为都在里面，就原包带了回去。等到事后去用，方始发现，守着神祖遗命，不到时期不能走过林中禁地。屡次卜卦，都说神金藏在地底，早晚自己回来，越料来人不曾带走，他们因此却引起凶杀，死伤多人。原来女王也逃避在外，非将神金全数寻回不能回去。多少年来在森林中受了许多苦难，不是几个忠心同伴本领又高，母女全家早已送命。

“好容易隔了些年，对头的子孙带了神金在森林中出现，擒住一看，原来身边只有十五根，最要紧的两根并未带来，双方言语本不甚通，来人性又凶狡，被擒时受伤甚重，话又答得不好，咬定只得十五根，并还犯禁，将所带的一张信符画上许多黑纹，最后又想逃走，终遭残杀。当时便想寻来，一则相信神卦神金早晚全数自回之言，只说难还未满，又不敢擅越禁地，耽搁到了如今，渺无音信。有时这里采荒的人走过界限，他们暗中查听，并无一人谈起此事。后来几次诱擒，把采荒的人捉去，软硬兼施，百计拷问，内有两人并还照他风俗娶他少女为妻，也说只知昔年有十四人采荒迷路，回来就死。前些年有人拿了地图往探，为首两人一去不归，连图失去。寨主派人在林中搜索多次，并未寻到尸骨和那地图。森林凶险，难于深入，由此无人再提，也从未听说什么神金和他们所说的那样金条。这才有点相信，知道这里人多，并不好惹。照他风俗，便是到了年限，没有禁地阻隔，不是真个查明神金下落，在人手里，无缘无故也不应来此侵犯。这东西是他祖传至宝。他们族中原分两派，每隔六十年要选一次女王，轮流充任。这次因神金乃前主所失，谁能将这两条神金寻回，便是全族之主，看得比命还重。

“那人便是近年出现的怪人，他知我是寨主，因有一亲人中了奇毒，非有香蟒涎晶不能解救。上年我们杀蟒时曾在暗中窥探，知道洞中藏有不少，想偷一点回去救人，所取不多，对于我们并无恶意。先并不知我为所带猩人所困，听见银笛，方始寻来，一面警告，请我留意，还赔了几句不是，并说我是全山之主，必知此事。对头虽极厉害，除老妖巫外均通情理。那两根神金如尚保存，最好和他说明，送往离此三十里森林的西南面，自有人来接应，非但化敌为友，彼此都好。我刚到下面，还未取出神金，便为猩人所困，本来还可向怪人探询详情，不料两声银笛被上面的人听去，因未听真，还拿不准，相隔有人之处又远，正在留神查听声音来路，忽然发现一条黑影穿林而去，想起近来怪人时常出现之事，忙取芦笙一吹，四面应和。我还想将怪人稳住，他已警觉，匆匆取出一张手掌大小的白皮，上画一个头戴恶鬼皮套、身着白衣的少女人头，与我看了一眼，说对头都是这样打扮，千万留意。他虽随时暗中相助，到底势孤力薄，以后再要出现，均有用意，实是好心，叫我们不要大惊小怪。到了时机自会相见。外面人都警觉，如其泄露踪迹，彼此不利，只好先走。说完匆匆逃去。

"匆忙之中我竟忘了一声银笛便可将人止住，同时看出怪人面上虽蒙着一副黑网，看不真切，神情口气不似有甚虚假。还想追问，不料跑得极快，边走边催我快出去拦住众人不要追他，以免多生枝节；同来猩人又不听分说，虽无伤人之意，却将我拦住，不令追去。这东西看去比我还矮一头，一身黑毛钢针也似，力大无穷，手臂比铁还硬，被它抓住休想挣扎，专听怪人的话，一点不通商量。实在无法，只得由原路退出，先用银笛止住众人，各归原地，不遇敌人不许妄动。后又回身取了东西，暗中命人查问，才知洞外守望的人也发现一条黑影，因而惊动，等追过去业已无踪。

"先当怪人所带猩人不止一个，细一查问，说那黑影和常人差不多高，身材瘦小，背后还有两三条亮光，像兵器，知道怪人只是一人一兽，并无别的同伴。由地洞中逃走之后，又无人发现踪迹，越想越怪，为防万一，已传密令，添了两处守望，如其见这一人一猩，只不动手伤人，不要为敌，能和他交谈，引来此地一见最好。另外如有影踪，便是奸细。除非发现人多，先不要打草惊蛇，可将棠妹方才所说、以前练过今夜刚准备好的四色号灯转动报警，一面照着奸细来路悄悄包围上去。等到合围再吹芦笙，我们得到信号必同赶去，这样方能将其擒到，免被逃脱。我因黄昏前方始传令准备,他们心粗,到时也许疏忽,又将以前几个聪明一点的女兵喊来,令其分头掌管。到了明日召集全山人等,分班演习,全数学会,再照棠妹所说添上别的信号,防御便更周密。因此耽搁,回得稍迟。

“我听怪人口音,不像本族中人,口气甚好,也极关心,偏不肯说姓名来历,因何对我们这样好法,实想不出道理。叔婆人最心好,以前常代那些掳来的蛮人说情,保全了许多性命,有时并还强着叔公把人放回,还给他们许多东西。此人自从叔公受伤不久在此出现,先当奸细,始终擒他不到。叔婆到时,岸上守望的人又曾见他在大雨中朝着叔婆这面跪拜,明是一个受过大恩、有本领的蛮人感激叔婆恩义,想要报答。不然,哪有如此好法?只不知怎会来到此地。看他那张画有山女头的白皮,头上顶着一个恶鬼,也是火画;连那张厚皮也和昔年兽皮图样相同,只是白色,明是鬼头蛮的符记。他又住在森林里面,如是鬼头蛮族中男子,决不会远离森林,被叔公手下擒去。如是外族,怎会和鬼头蛮相识,知道这等详细?真个令人不解。叔婆聪明,记性又好,可想得起所杀的人当中有这样人么?”说罢,又将怪人形貌装束、身材口音,除脸有黑网看不出来而外,详细说出。

凤珠听完,略一寻思,忽然想起一事,笑说:“我最恨人倚强凌弱,吞并弱小。你叔公在日本就好大喜功,又爱立威,五虎这般奸贼和那妖巫更以杀人为乐。别寨蛮人异族休说有甚仇怨,稍微贡献不丰,立时蛊惑老王大举问罪,仗着人多武勇,好了强迫人家伏罪,将所有金银牛马值钱之物全数献出,不多杀人算是便宜。否则便是杀个落花流水,鸡飞狗跳,老弱全数杀死,好看一点的妇女和那逃命不及的壮汉全数掳抢了来,逼令为奴。以前老金牛寨常听悲哭鞭打之声,惨不忍闻。后来被我知道,再三劝说,这类事便越来越少。

“你叔公先还恐怕别族蛮人不再畏服,后来看出所料相反,因他不再强抢乱杀,吞并人家子女财产,手下蛮兵少掉许多伤亡,非但少却许多费用,还少结许多仇敌怨家。为了大小部落知他听我的话,不像以前强横霸道,生出好感,遇有强仇大敌,不是暗中报信,便出死力相助。到处都是自己人,耳目越多,不必再像以前那样长年戒备森严,如临大敌,又少却好些顾忌。跟着我又连越重山峻岭、森林密莽,消灭大群食人蛮人,擒回我的仇人,越发声威大震。算计每年所得,只比以前增加了好几倍，上算得多。自己这面人命物力的损失更是一点没有，自然对我信任。偶然擒到敌人子女，经我一说，当时就放，便是积年深仇和犯有重罪的族人也都从轻发落，至多发往此地为奴。

“以前这里人都视为畏途，不是贪生惜命，非此不能免死，谁也不肯前来。等你做了寨主，照我那年避暑时和我商量采荒之法，来的人苦乐劳逸逐渐改善，不消一年都能安家立业。侄孙女婿和时二弟到后，他们日子更越过越好，耕作之时越多，采荒也有了定时。在你四人主持之下防御周密，伤亡极少，不必常要添人补缺，风景出产又好，不似老金牛寨那样酷热劳苦。现在人心归向，稍微胆大、没有家室的少年多半想来。去年终因蛮人罪人大少，这里大举开荒，来信要人，依了奸党，恨不得又要发兵掳抢，被我拦住。当众一问，立有好几百人自请前来，经我挑选了三十多人，未被挑上的还觉不快。可见无论多么艰险的事，只要做出成效，谁都乐于从命，所有人力也能得到他的用处，不致浪费还有损失。奸党和我为仇，一半也由于此。

“如说所救的人，前后计算看见过的虽也不少，多半不曾当面说话，更不知他名姓。原是一时同情，仗义解救，只一知道必为解免，从未留意，怎想得起？内中只有两人，一名蓝山，当初为了官家搜捕侄孙女婿和时二弟，恐其中泄露机密，平日令在后寨管理牛羊，他两人刚走当天夜里忽然逃走。因他跑得极快，本来追赶不上，恰巧有人打猎，归途撞见，知是严禁离寨的人，将其擒回。正在鞭打拷问，我因时二弟两次托我关照，力说此人忠义，虽是外族，决无二心，这才命他管理牛羊，不料逃走。据说撞见他时，还同了两名士兵，正是汉官派来窥探的奸细，因此老王大怒，非杀不可。一则我看二弟面上，又想他平日人甚勤谨，我们待他颇好，心疑想寻二弟他们，恐有冤枉，便向老王说明，由我亲自审问。果然料得不差，一见我面便说实话，非但没有坏心，反因看出官方奸细与人勾结，心中愤恨。他因想追恩人，刚进山口，便发现那两个奸细掩藏当地，因不知二弟他们已走，一直误以为要由当地经过，正在守候。为了贪功心盛，又不知这里奇险，打算探明下落之处，再行报官擒捉。遇见蓝山走来，向其打听，蓝山将这两个奸细稳住，问出二弟他们踪迹只两奸细知道，尚未泄露，正要下手杀以除害，便被擒回。

“先还以为有功，哪知擒他的人与所勾结的好人是亲戚，五虎又恨时二弟他们，于是迁怒。因老王已先得信，非要问出真情才杀，先还不敢暗害,打算屈打成招。他偏是个硬汉,不肯屈服。业已打算杀以灭口,被我得信,亲自审问,当着老王问出真相,大怒之下,将两奸细连同奸细买通的族人全数杀死。我知道他再留下去必有仇人暗害,仍令回到寨中养伤,严令全寨谁也不许侵害。正打算把伤养好,等有人来,一同带到此地,哪知当日夜里竟二次带伤逃走。事前还向人说,恩人走时机密,等他寻来,人已起身,恨不能插翅飞来,不料没有问明途向,把路走错,如非夫人解救,必遭惨杀,但是寨中已有仇家,早晚必遭毒手,非走不可等语。

"此人虽是山民,人颇机警,彼时五虎奸谋未露,老王因他勇猛,也颇信任。我料蓝山在受刑时必已看出奸党妒恨心意,老王又杀了他们一个党羽,仇恨越深,必不相容。自知人微言轻,有许多话不便明说,又太想念恩人,故此二次连夜带伤逃走。等我得信,命人追赶,并向把守危崖入口的人讯问,均说未见。他没有我们信符,也无法飞渡那片危崖。崖前一带猛兽又多,由此便无音信。我料不是逃时为奸党所害,便在途中为猛兽所杀。再说他逃出已久,你们近一半年方始发现怪人,决不是他。还有一个名叫马八牛的,虽是去年春天被我放走,人也年轻武勇,但是此人身材瘦小,也与你所说不同。至于鬼头蛮我以前听都不曾听过,怎会被老王手下擒来?天下事往往出人意料,以后多留点心,由他去吧。"

第十六回

森林鬼啸 狮声魅影

兰花又问:“那两条神金怪人并未看见,所说不知是否有理?”凤珠拦道:“此时暂且不谈,明早想好主意再作商量。”姬棠从旁接口,方说:“姊姊说得极是,此事关系非小。”忽听森林那面两声鬼啸,声甚凄厉,曳空而过,仿佛飞出老远方始停止,顺风传来,听得毕真。这时雨过天晴,月光如昼,照得远近湖山林野到处清明。因鬼声来路偏在湖西北寨崖角上林野之中,相隔尚远,遥望各处山崖上的号灯均作黄色,知道各地守望的人均已警觉,但未发现别的形迹。业已有人出动,正在四面窥探,因那声音飞得又长又快,决不是人。如在平日,必当怪鸟飞过,不会在意。当日因老妖巫派人来此恫吓警告,兰花连传密令小心戒备,刚刚天黑不久又发现了一次黑影,众蛮人都知敌人厉害,由不得添了许多戒心,稍微有点动静便加留意,不肯丝毫放松。众人在平台上仔细查看,森林那面仍是静悄悄的,并未有甚影迹。方想山中怪鸟飞过,事出偶然,忽又听西南角上又是同样三声鬼啸。当地靠近湖边,相隔不远,可是用尽目力也看不见一点人影。防守蛮人已各持刀枪分头掩将过去,崖上号灯仍是黄色,仍未发现敌踪。

兰花越想越怪,忙令幺桃多取几支镖箭毒弩,准备去往对岸查看。姬棠劝道:“兰姊先不要忙,这鬼啸之声恐是奸人闹鬼,声东击西,乱人耳目。你是全山之主,不可妄动,可将平台上面这盏总号灯转动,传令他们各自留神戒备,不见敌人不可自相惊扰,就是发现奸细也照平日我们所说各守地段,看清来敌多少,再行分头合围,不许一拥齐上。存放兵器粮食之处更要添人把守,以防中他调虎离山之计。”因四人均住竹楼之中,自从姬棠出主意添设号灯之后,仗着以前练过,物料齐全,不消多时便全备好。这盏四色主灯刚刚挂上还没多时。兰花闻言觉着有理,再说敌人连影子都未看见,对岸蛮人业已纷纷出动,有的还拿着火把，虽未乱吹芦笙，看去人甚纷乱，忙将号灯转成绿色。众蛮人老远望见，便各赶回，鬼也不曾再叫。

兰花见凤珠自听鬼啸便离座而起，朝着森林那面远近眺望，似颇紧张，笑呼："叔婆，可曾看见什么？我想这东西许是山鸟飞过的居多，未必会是奸细呢。"凤珠坐下答道："我看此事大有可疑。第一次鬼啸由西南飞向西北，飞出老远才住，又长又快，共总几句话的功夫，又由西北飞向西南，发声之处似均在崖角不远森林之中，并非由落处北面飞回。头两声相继发作，我未留意；后来三声仿佛一个接一个飞起，带着那极尖厉的异声，同时往南飞去，仿佛有人主持，用几支响箭一类的东西忽左忽右相继发出，否则无论是人是怪，多少也看得出一点影子，何况那声音又快得出奇。如我料得不差，多半敌人暗中闹鬼，想要惑乱人心。今日我在对面洞中晕倒醒来，曾令你父多派点人去往来路崖口防守，并将我那二十多个女兵换回。照理步行要走两三天才能往返，蒙你父好意，命人骑了快马赶往离此数十里的飞凤崖，传令沿途守望的人用警急信号令众女兵连夜赶来。彼时雨还未住，还有山洪阻路，恐她们初来，山路不熟，并还命人护送。并说，危崖入口奇险，下面飞索业已收上，崖口上面的飞桥又被我斩断，多厉害的敌人插翅难飞，不等接班人到，便令连夜赶来。

"这些蛮女从小在我身旁，忠心已极，又都力大身轻，留守的这二十多个更是一些好手，便我同来这二十个，如非途中风雨太大，饥疲交加，遇见山洪阻路，也不至于那样艰难。你父发令时，我人正不舒服，忘了招呼两句。她们接到警急号令，不知我有何事发生，定必当时起身，连夜赶来。照我算计途程，至多天明前后必要赶到。方才鬼叫声音正是她们来路一面。老妖巫原有由森林来犯之言，当地也是大片树林，我日里曾经走过。听说西南角上过去不远便是森林入口，中间只隔两条小溪，一片里许长的石山。你们采荒不走此路，也不知有人防守没有？妖巫本人今日还未接到回信，决不会来。如在派人送信恐吓以前双管齐下，当场示威，另命几个徒党来此装神弄鬼、兴妖作怪，她们匆匆赶来，不知底细，中途相遇，岂不容易受人暗算？"姬棠接口道："那代妖巫下书的人因感姊姊恩义，看出妖巫邪法全是骗人，老寨无甚亲属，有一兄弟又在这里当小头目，日子过得极好，自己不愿回去。兰姊为防泄露机密，又有点信他不过，始终命人暗中监视，不许妄自行动。另将一只小野猪作为他的替身,缒往崖下,向老妖巫回信。这鬼啸之声固是可疑,姊姊也料得有理,但那送信的人看去老实,不像虚假,如与妖徒分路同来,只要知道,便可问出。”

兰花闻言,正要命人去唤,忽见崖角号灯本已还原,忽然由绿而白,由白转红,照着预定信号,这样灯光转动当地必有变故,但是只限一地,无须别处往援,因此各地守望,连同搜敌扑空回来的蛮人并未惊扰,只有原在左近防守的十多个壮士飞驰赶去。同时,瞥见东北角森林那面也有同样信号转动,因相隔远,一有警兆,左近另有专人接应,只将芦笙吹起,由近而远,分三四面传将过去,跟着声便停止。凤珠见这样凶野粗蠢的蛮人居然能受兵法部勒,除方才几声鬼叫稍微惊扰,经兰花口吹银笛,发令禁止,主灯一转,立时复原。照眼前形势业已几处发现惊兆,一点也不慌乱,看去整齐已极,比前两次避暑所见胜强十倍,暗忖此女真个智勇双全。王翼虽是负心,得她为妻,应该满足。他已负心在前,今日见我又想勾引,实在可恶。如不看在兰花面上,岂肯甘休?便夸奖了两句。

兰花人最好胜,闻言笑道:“这哪是我一人的功劳。自从他(王翼)和时二弟来了,我们四人一同教练才学会的。为了他们一味勇猛,稍微有点事,便一窝蜂钻头不顾屁股,乱糟糟的。不打他们不怕,打得太重,又觉不忍。时二弟更不愿意,说人都一样,聪明绝顶的人固然也有,许多人才都由他的身世境遇和激励提拔、利害磨练而成。天生下愚都是生来有病;常人十九是为境遇所困,或是放纵已惯,埋没了他的本能,他也不肯上进,因而虚生一世。一味鞭打毫无用处,就是勉强学会,也和一柄百炼钢刀一样,只管苦心打造,锋利无比,没有主持人去挥动它,毫无用处。到了敌人手里,还变成自己一个大害。真能苦心教导,赏罚分明,没有造就不出的人。因此我们说好,我和侄孙女婿专一立威,但是雷声大,雨点小,由时二弟夫妇去做好人。平日无事,和他们同在一起做事,什么都是好言劝说;一旦遇到正经大事,或是有甚警兆,便由我一人做主,轻易不罚,一罚必重,但是极少杀人,重在改过,以功赎罪。不消一年,居然做到全山的人成了一家,不像以前还有外族之分。无论何人均以犯规犯法为耻。无事之时,便我四人也和他们亲如家人;一旦有事,我便成了首领,令出必行,从无一人敢于违背,事情过去,仍和平日一样,因此人人胆勇,肯出死力。他们均知无论多么艰险的事,都是为了大家利害所关,并非专为我们四人。

“不过他们一向怕神怕鬼,时二弟夫妇为此曾费不少心力口舌,百般解释,他们也颇相信;无奈成见太深,只管知道虚假,一到森林,或是月黑天阴之夜,只有一点可疑影迹、奇怪声音,仍不免于疑神疑鬼。怪人和黑猩猩刚出现时,几被闹得风吹草动都要惊疑。后来还是有人对面撞上,看出是人,带一野兽来此窥探,方始胆大起来。所以方才那样纷乱还是怕鬼的原故。现在已好得多,得到号令敢朝鬼声来处赶去;否则,不先看出真假,天气再要黑暗,就怕受罚,不敢不去,也是伸伸缩缩。只要有个胆小的人疑心生暗鬼,一声惊呼,全都忘命奔逃,四下乱窜。历来山寨妖巫那样猖狂,便由于此。

“因我法令最严,这支银笛能发各种号令,按着声音长短快慢指挥一切,一经吹动,他们知我四人业已看重,此时亲自出动,无论前面多么凶险艰难,也必照令而行。今日黄昏前,我又重新布置,选出许多勇士,层层埋伏,由来路西北山口起,远近各地紧要所在俱都有人守望,各有各的专任,不奉号令决不轻举妄动。叔婆所说通往森林的来路树林一角,早派有人,藏处隐秘,休说妖党,便我们自己人不与明言也难发现。那一带地势我早看明,来敌无论何方均走不进,叔婆只管放心。那代妖巫传信的始终不曾离开一步,决无同谋之理。妖巫本意装神装鬼,打算吓人,她派妖徒来此,也决不会使人知道。这里每遇天阴月黑,常有各种奇怪鸟兽悲鸣吼叫,听去刺耳。今夜这类声音却是初次听到,又是大月亮底下,容易使人惊疑罢了。”

凤珠方想,兰花发令防备,业已将近黄昏,妖徒焉知不是早到?料定决非偶然,因见兰花好胜,自信太强,不愿拦她高兴,也未再说。姬棠心细,自将回信绑在野猪身上,命人送往山口之后,想起碧龙洲虽然孤悬水中,后面小桥相隔对岸太近,洲上近来土地虽多开辟,因王翼兰花均喜风景,竹楼四外还有不少花木环绕,又有一座玲珑剔透的小山和喷泉水洞,到处都可隐藏奸细。前收两只小狮业已长大,经过日常训练,天性凶猛,十分灵巧,对主尤为忠义,寻常蛮人身边再要带有兵器,谁也休想去往楼前一带走动。如是山中旧人还好一点,至多发威怒吼,不许来人走近;有那新由老寨来的,便要由四人分别指点,经过两三次后才能认得,要想走到楼前仍是不行。只几个服侍兰花的蛮女能喊得住。有时四人喊那些小头目到楼前问话,必须将它引开,或是分出一人去往楼下喝止，才可无事。否则一个不巧便被扑倒，往往受伤。洲上风景又好，楼离小桥又近，必由之路，除却寨舞欢会，二狮平日看惯，照例伏在四人身旁，等人散后各自归洞，不向来人发威。平日新来的人一不小心未由楼旁小径绕走，离楼稍近，必受虚惊。

兰花先觉好玩，引以为乐，日久嫌烦，便用铁链锁住，不令伏在楼下。到了夜里，如有不常去往楼前的人走过，仍要发威怒吼。四人因其不伤幼童，洲上人家都是兰花用过的蛮女和一些随同长期种田、比较温和干净一点的蛮人，分居楼前小山侧面，共只三四十家，二狮俱都认得。他们不奉命不去楼前走动，也就听之。当日因凤珠新来，又有二十名初来的女兵，恐其发威惊人，特意给了许多鲜牛肉，将其喂饱，把锁链缩短，关在楼旁小山洞内，打算天晴向来人分别指点认熟之后再行放开。姬棠因觉妖巫诡计多端，防不胜防，关心凤珠，恐其受惊，先向洲上住家的蛮人通知，令其轮班守望，随时戒备，又在对面寨中选了二十名勇士，分成两班，防守楼前和桥口两岸。后又想起二狮大有用处，好在这些防守的都是旧人，狮甚灵慧，能通人意，只在他口中咬上一根短铁棍，便不再吼啸，见了生人照样猛扑上去，便将二狮领到楼下，交由两个新近嫁人、喂过二狮的蛮女轮流看守，埋伏在花林里面，以防万一。

先见兰花，王翼还在发令，因那号灯以前虽然练过，到底初次应用，特令几个聪明记得的男女蛮人分头指点，另外还要加上两种分合信号。事情尚多，姬棠急于要和再兴商量，并和凤珠乘机亲近，匆匆选了二十名勇士便先赶回，布置停当，又将二狮迁到楼下。因听楼上再兴和凤珠笑语之声，恐再兴疑她赶回窥探，事完重又赶往对岸，与王翼夫妇同回。进门只顾随将说笑，也未提起。鬼叫一起，先听二狮在花林中走动，喉间微微轻吼，料知已有警觉，在彼发威。先并不曾想到用它搜敌，正在寻思，那二十多名女兵无论走得多快，也要半夜赶到，看神气奸细人必不多，久闻这些女兵均得凤珠真传，身轻力大，纵跃如飞，内有几个本领竟不在凤珠之下，也许凑巧能将奸细擒到，岂非快事？

忽又听一声鬼啸隐隐随风传来，相隔比前要远得多，正是女兵来路一面，心中一动，方想说女兵走得极快，中途平地一带又有快马接应，天色一晴，山洪便退，比起凤珠来时一难一易相去天渊，何况又是轻身疾驰，不似王、时二人和凤珠来时，虽然带得人多，挑有许多东西，和寻常行路一样，无法走快。此时夜还未深，虽还不应赶到，必已走到中途。如其来得太快，人已上马，四五十里的平林山野，山中快马不消半个时辰便可赶到，莫要中途巧遇，不能擒回，反遭暗算？最好派人赶往接应，或发信号警告，令引路的人传话戒备。

话未出口，忽听花林中铁链落地之声，接连又是两声狮吼，抢往旁边一看，只见山风大作，林木萧萧，花影闪乱，起伏如潮。目光到处，两对蓝光如电的狮睛连闪两闪，跟着又听二狮怒吼和蛮女惊呼之声，那两只养得已有牛大的狮子已由林中连蹦带跳猛冲出来，到了小桥旁边，只一跃便到对岸，其行如飞。月光之下，一路烟尘滚滚，绕过寨旁崖角，往来路一面飞驰而去。凤珠骤出意外，忙问："楼下怎有二狮跳出？"姬棠大声连喊："二狮回来！"二狮只在对岸偏头回望，停了一停，便怒吼驰去。料其发现警兆，想起此事是我所为，万一遇见女兵，当它野狮，双方相斗，无心误伤，如何是好？心里一急，忙喊："兴哥，二狮必已听出奸细所在，还不拿了兵器和我追去！"说罢，不俟答言，拉了再兴就走。

当夜因防万一，四人的兵器均放在一旁，取用方便。再兴见姬棠情急之状，只得匆匆跟去。刚到楼下，便遇两蛮女迎头来报，说："二狮先听鬼啸，便自低吼发威，互用前爪将口中铁棍细链抓断甩落。先防有事，颈链又未带上，当时逃走。"再兴方说："二狮总要回来，棠妹何必性急？"姬棠急道："这是我做的事，恐有奸细惊了姊姊，特地将它埋伏林内。此去万一误伤姊姊女兵如何是好？"再兴闻言也着了急，随听楼上银笛吹动，对岸号灯连闪，二人知道兰花虽已发令，但是二狮遇着生人就扑，有许多话银笛无法传达，仍同过桥飞驰赶去。沿途遇见守望山人飞驰来报，说崖角有人被杀，这原是同时发生转眼间事。二人先见号灯，已知崖角发生变故，闻言未及细听，又遇两个壮汉去往竹楼报信，见了二人，当是为此前往，正要开口，姬棠惟恐误事，说："我们另外有事，你自禀报。"边说边往前赶。刚到崖角，便见地上横倒一人，业已被杀，另外十来个壮士正在咒骂，料知凶手还未逃远，正好追去，只命众人留意，不要擅自走开，以防中计，我们前往追贼。说罢匆匆又往前奔，一面互相警告，留神暗算，一面查听，二狮吼声已止。

姬棠因方才鬼啸，那么多的人谁都不曾见到影迹，崖下又有一个守望的壮汉被杀，崖角上面便是灯竿，分明奸细看出号灯妙用，乘防守的人被鬼啸引开，意欲上崖破坏，刚将那人杀死，搜查奸细的勇士恰奉号令赶回，同时看出崖上还有守灯勇士，不敢冒失，只得逃走。急于往追二狮，方才过时不曾细问，料知奸细必未逃远，再往前去便须穿林而过，月光虽明，那么多的大树最易藏伏，敌暗我明，稍微疏忽，便遭毒手。这类妖巫蛮人又都机警胆大，凶险非常，越想越觉可虑，一面将刀和暗器拿在手上，脚底飞驰，耳目并用，连呼："兴哥不可大意，须防奸细藏在树后暗算！"再兴见她关心忧疑，笑答："棠妹放心，休说我多年苦功，耳目最灵，又有这亮的月光，稍有动静便可警觉。便是那两只狮子，你我也曾试过，人在数十步外便可闻到气息。二狮在前，如有奸细刺客，早被它扑倒了。"

二人边走边说，一口气跑出了好几里，姬棠忽然惊道："兴哥所说虽然有理，久闻这类妖巫所用飞刀飞箭均有奇毒，方才死的那人伤处并非要害，如何死得这快？可知毒刀厉害。二狮在前不听吼声，此事奇怪，莫要奸细人多，二狮已为毒刀所杀才冤枉呢。"再兴也觉可虑，心方一动，忽听远远一声惨嗥，仿佛有人骤出不意受了重伤，死前惊呼神气。只叫了一声，底下便停，再兴急呼："又有一人被害，但盼不是自己人才好。前带二狮出猎，跑得虽比人快，照我们这样脚程，不应相隔太远。此时不听狮吼，大是可疑，我们真要小心一点。"说罢，便朝惨嗥那面赶去。相隔半里多路，晃眼赶到。二人见沿途都是高林密莽，只当中有人工开出来的一条大路。两面大树森列，路旁还有不少草花，均是兰花以前带人所种。左面小路还通着一条溪流。月上中天，清光下照，地面上到处碧云流走，花影离披，夜景十分清丽。道旁树多草深，恐有埋伏，中了仇敌冷箭，不敢靠近深入，只在路中心，每人注意一面，顺着大路疾驰。

方觉惨嗥之声不远，小路那面又有人在呻吟悲叫。正要跟踪寻去，忽见转角草树丛中有两团金碧光华闪动。姬棠疑是狮子，刚喊得一声："兴哥快看，是不是那狮子？"同时遥望侧面小路旁边也有两团狮睛闪动，果是新近起名追风的那只雄狮由树后轻悄悄闪出，也不回顾，径朝前面一转，沿溪走去，脚底甚轻，走也不快，和平日出猎掩扑野兽神气一样。姬棠看出二狮并未受伤，正想再喊，再兴业已看出有异，刚把姬棠一拉，低呼："姬妹禁声，前面许有奸细。"另一只命名逐电的雄狮已由侧面草树地里悄没声轻轻掩了过来，朝着二人把头尾一摇，忽又转身，贴着树下阴影顺小路往溪旁掩去，仿佛前面有甚东西，想要掩往猎取。

二人常带二狮出猎，每次发现前有野兽，都是这等动作。方才又听有人惨嗥，这条小路与众女兵来路不对。二狮既在当地埋伏，可见前有奸细，许还不止一个，惟恐敌人刀箭凶毒，忙即跟踪掩去。刚到溪旁，便见相隔两丈左右浅草地里伏倒一人，强挣着想要坐起，一手正由身边摸出一个尺许长的竹筒，忽见一条黑影连纵带跳，一路东张西望，掩掩藏藏，贴着背阴之处赶了过来。二人见这两人都是一身黑衣，头上蒙有面具，上面露出四个白圈，两横两直，头上还有两个尖角，神情鬼祟，动作轻快，形如鬼物，一望而知是仇敌派来的奸细。因恐还有余党，二狮不知何往，且喜不曾看见自己，忙往树后一隐，暗中窥听。地下卧倒的一个好似受伤甚重，上半身好容易挣起，呻吟了一声，重又卧倒。新来同党也如飞赶到，刚一见面，便将手中竹筒抢过，再朝地下那人的伤势看了一看，跟着低声说话。受伤的似想求他救走，语言哀切，新来的一个左手拿着一柄尺许长的尖刀，寒光映月，甚是锋利，和那人匆匆问答了两句，语声甚急，也未听清。二人正想纵将出去，忽听远远一声鬼啸，与前闻相似，声音却短，微啸即至，知有余党，重又缩回。

再兴想用暗器将其打倒，先不出去，静以观变，看清人数多少再说；姬棠摇手止住，打算看上一会再说。再兴一想，既有同党，必要寻来，到齐下手也是一样，便未出去。忽又听一声惨叫，目光到处，原来地上受伤的一个已被同党手中刀刺死，并将腰间东西搜去，跟着挟起死尸，似想觅地丢弃。再兴恐他要逃，二次拉了姬棠想要纵出，将其打倒，擒到再说，猛瞥见二狮由路旁草树中一前一后同时纵出。来贼一手挟着同党死尸正走之间，前面一狮突由斜刺里猛扑过来。因那毒刀竹筒还有一包东西均拿在另一手内，不及出手抵御，百忙中把手中死尸往前一推，跟着往旁纵去，一面忙将另一手的竹筒分过，似要用毒弩朝狮打去；不料另一狮也由树后纵出，悄没声朝前便扑。同时，再兴恐前狮为毒弩所伤，扬手一镖打去。那黑衣蒙面贼动作虽极轻快，无奈三面夹攻，先被后狮扑到，前狮也猛冲过来，一爪便将拿竹筒的手打折，肩臂上又中了一镖，再兴大喊：“要留活口！”那贼听出身后有人追来，自知无幸，忽然“姑拉拉”一声厉啸，人便卧倒。二狮均通人意，又知那贼伤重,不能逃走,前面一狮立时掉头往前掩去,只剩后狮扑在那贼身上。

再兴料知前面还有同党,见贼未死,忙同姬棠赶出,待要拷问,不料后狮急于追敌,见二人赶来,舍了那贼,径由树下往前掩去。二人见那贼打扮真和恶鬼一样,腿股已断了一条,右手连腕被狮爪扑折,重伤残废,痛得周身乱抖,不能行动,只左手毒刀还未放下。只当伎俩已穷,也未在意,正在低喝:“狗贼哪里来的?快说实话,少受好些罪孽!”那贼勉强挣起上半身,似在提气,也未回答。二人知他痛极,方说:“你缓一口气再说无妨,我们还有止痛伤药,稍微情有可原,是受妖巫愚弄而来,便可活命。”那贼忽用一种从未听过的土语高声哭喊起来。再兴听他声音都抖,心还不忍,又不通他语言,正想如何问法,姬棠见那贼面向再兴哭喊,眼看二狮去路,所说土语甚是尖厉,与方才所闻不同,忽然醒悟,方喊:“兴哥,留意此贼闹鬼!”那贼似知奸谋已被识破,伤处又痛不可当,忽朝二人咬牙切齿,又是“姑拉拉”一声厉啸。

姬棠听出他在招呼同党,不禁有气,方要喝问,用刀背打去,那贼已似支持不住,往后便倒。姬棠一刀背不曾打下,那贼已冷不防回转左手刀朝胸前划了一下,忽然厉声怒吼,脱手一刀照准再兴头上打去。再兴防他回刀自杀,不曾想到这类发过毒誓的妖徒最是凶险,临死还要阴谋害人,刀更见血封喉,中人必死,幸而姬棠持刀在旁。那贼又听出那镖是再兴所发,看出敌人没有防备,专伤再兴一人,被姬棠随手一刀背打飞,才得无事;否则二人立得都近,再兴只管手疾眼快,决想不到有此一来,如打姬棠,更未必能避得开,非伤一个不可。姬棠自是恨极,刚朝那贼一刀背斫下,耳听怒吼得半声,那贼被这一刀背连左膀也被打断,底下却无动静。仔细一看,胸前流出一缕紫血,人已断气,才知那贼回刀自杀之后,方始甩刀朝人暗算,只用刀尖刺破一点前胸,人便惨死。这等凶毒之物真个从所未见,好生惊奇。

一搜二贼身上,那奇毒的刀只有一把,另外还有一些刀箭等凶器和一个皮囊,里面放着两面符令,两个形如毒蛇的铁环,和一包干粮、一个水壶,均被后死那贼搜集一起。再将衣服面具剥下,现出本相,都是十七八岁的蛮人,满头乱发,周身紫黑,耳带铜环,形貌狞厉,面上刻有花纹,比戴面具还要丑恶。因知前面还有同党,恐二狮追去受害,匆匆看了一眼,便将毒刀还匣,一齐放入囊内,掖向腰间,朝二狮跟踪追去。

刚把沿溪小路走完，绕上正路，便听狮吼之声，二狮已同赶回。二人先要回转，再兴断定还有余党，业已逃走，天已不早，恐女兵赶来，相逢狭路，受了暗算；出林不远便有一处守望，意欲赶往通知，发动信号，四面搜索，并命人将女兵接回。略一商谈，重带二狮往林外追去。相隔只有一箭多地，转眼出林，二狮忽向侧面崖上怒吼，这才看出左近不远那片危崖峭壁，下半陡削，但有不少藤树，易于攀援，二狮却不能上去。料知贼党上崖逃走，二狮无法追赶，越恐女兵与之相遇，只得往那守望之处赶去。方悔来时匆忙，未带芦笙号笛，忽听侧面崖顶芦笙吹动，谷中来路也有芦笙，由远而近，传将过来。姬棠听出前面山谷中发现敌人，并还有人受伤，忙喊："方才奸细已被我们防守的人发现，正在动手，我们快往接应！"话未说完，二狮已当先跑去。二人想起奸细毒刀厉害，二狮凶猛异常，恐又不留活口，一面大声急呼，令其等候人来同行，一面忙同往前急追。

崖上防守的都是旧人，刚接前面警报，便见二狮先往谷中驰去，后面又来二人，因隔较远，没有看真，忙由上面呐喊驰下，照着寨规，先朝来人面前掷下镖枪，以作警告。二人跑得太急，所掷镖枪离身不过丈许，虽然早已防备，手持兵器，不会被其打中，到底可虑。芦笙铜笛均未带出，前面信号又正紧急。再兴恐姬棠受伤，忙抢向前面，大声呼喊，上面蛮人也自认出，纷纷赶下停手行礼。再兴忙喊："快将芦笙与我一支，速往追敌。如见黑衣蒙面、头有双角的怪人，便是奸细假扮，所用毒刀弩箭凶毒非常，务要留意。先用镖箭将其打倒，最好生擒，更须防他回刀自杀。"边说边令众人往前追赶。因知敌人形迹飘忽，翻山越崖轻快无比，又命众人分散开来，连上带下一同追逐。为首壮士一面递过芦笙，口中急道："敌人不多，听信号似只发现一两个，但极凶狡。时二爷头上未带羽毛标记，此去沿途都有埋伏，如今两三面前后合围，奸细决难逃走，忙乱之中恐他们认不出来，好在由此向前都是旧人把守，又都一色装束，人和狮子俱都相识，我和二爷二娘一路，就不致认错人了。"

再兴认出那人原是一个二十多岁的猎虎族人，名叫乌角，从小便随父母被金牛寨蛮族掳来，生长当地。起初生活苦痛非常，自从兰花主持，改变寨规，才得由苦转乐，劳逸相当。自己到后，看出这般蛮人天性凶猛，身轻力大，以前曾有多次叛乱，乌角长大更记以前仇恨，曾想刺杀孟龙，虽经兰花以恩相结，息了凶谋，到底野性难驯，又是蛮人中第一流勇士，意欲将其感化，借着耕田为由，恩威并用，给他许多帮助。平日无事，又向众蛮人再三劝导，引使归善，从此对于全山的人，不论是否孟家同族，都是一律看待，有功必赏，有过必罚，照护体贴，样样周到。再兴夫妇对众蛮人又肯用心，全力从事，善于诱导；不似王翼虽肯出力，每日遇有空隙，便和兰花游乐，无心及此。表面上虽是兰花为首，众蛮人对于兰花也极感恩畏威，十分爱戴，但和再兴亲热得多。王、时二人到了寨中，便显出惊人本领，众人日子也越过越好，本对二人敬重，经此一来，越发亲如家人。对于再兴更似亲生父母一样看待，便对姬棠也极敬爱。

再兴早就试出乌角忠义，旧日仇恨业已全消，特向兰花力请，令其率领十多个蛮人防守中部险要之地，遇事两面接应。兰花对众人表面一样，终觉蛮人天性凶野，又是异族，还不十分放心。各地防守的壮士多是本族蛮人为首，以前连外族蛮人都不肯派。后经王、时二人力劝，非将种族成见消去，不能万众一心，万不可分出高低界限，方始答应混在一起，但以外族蛮人为首防守险要之地更是从来所无。为示公平，事前并令众蛮人经过比武角力考试，谁有本领，谁就为首，不许再存种族私见，只要互相扶助，亲爱精诚，在值班防守期中没有口角争执，便是无功可建，也有奖赏。如有嫌怨，便须当众评理，理亏的人受的虽是不痛不痒的轻罚，但是众人俱都对他嘲笑，比受重刑还要难当。不消数月，全都耻于私斗，非但彼此关爱，遇事更肯出力，乌角便是内中有数人物。

再兴夫妇一见是他，同声笑说：“你一个人可当好几十人，奸细纵跃如飞，善于掩藏，不易捉摸，还不快些上前立功，和我二人一路作甚？”乌角笑说：“这一段崖高谷深，奸细容易藏伏，暗放冷箭，就是我们的人不会把人认错，也不放心。他们是我手下，如能立功，我更体面。”再兴自到以来，便提议命众蛮人学习汉语和各异族的语言，以为有事之用，见他竟用汉语问答，说得极好，正在夸奖，人已走到谷的中部，前面芦笙和喊杀之声也越来越近。地势虽比来路较宽，山形越发险恶。正走之间，忽听狮吼之声，同时瞥见前面转角有一黑影飞坠，跟着崖上又有几个壮汉纷纷纵落，相隔还有十多丈。追往一看，先见转角不远倒着两个壮士，每人身上中着一支毒箭，人已惨死，耳听二狮吼声在前。乌角看出死了两个同伙，一声怒吼，当先飞驰而去。

二人看出毒箭厉害，恐其心粗受伤，正在边追边喊，遥闻一声惨号，与前死两贼相同，恐其又用毒刀自杀，无法问供，匆匆赶到。见二狮守在路旁尚在怒吼，先纵落的壮汉正在四下搜索，前面乃是一片草莽灌木，奸细似已受伤，藏在草里，号叫之声已止。乌角正纵将进去，方喊："不可冒失，留神他那毒刀毒箭！"崖上忽有女子喝骂之声，抬头一看，正是十几个女兵相继沿崖追来，好生惊喜，忙同大声询问："途中可曾有人受伤？"并告以夫人人甚平安，不必多虑。

女兵多半认得再兴，闻言大喜，同声答说："先在崖口把守，忽接信号，令众女兵速往碧龙洲相见，心疑有甚急事，又知崖口险要，无须多人防守，当时赶来。因有一壮汉领路，抄捷径翻山而来，路近许多。赶到谷口外面，遇见往接的一群快马，因听当中一段是条羊肠小路，还要上下两次山坡，须要走过两座小山，到了谷前平野之中才能跑快，急于往见主人，本想仍用步行好快一点。跟着又遇几个抬送野猪的人，得知夫人途中受伤，还曾晕倒，此时病卧竹楼之上，越发情急愁虑，谢了来接的人，由两个腿快的勇士领路疾驰。"

"因嫌正路绕远，改走直线，一路翻山前进。刚由斜刺里走上谷旁山顶，领路的人见她们走得太快，所行又非正路，沿途草树大多，光景昏暗，好些地方均背月光，恐遇防守的人一个看错发生误会，彼此不便。刚用芦笙发出来客信号，忽然发现两个形如恶鬼的黑影在前面树林中掩藏逃窜。这些女兵久经凤珠训练，不信鬼怪，又听说老妖巫要来暗算，知道沿途蛮人均是一样装束，料定那是敌人奸细，便追过来。领路的人也用芦笙报警。那两奸细原因同党被杀，惊慌逃走；中途闻得芦笙，不知信号用意，只当被人发现，又往横里逃走，才被众女兵看破，追将过去。

"因相隔颇远，山路崎岖，那两黑影纵跃轻灵，中间还有阻隔，一晃无踪，先未追上。正在分途搜索，忽听前面有人怒吼惊呼，赶往一看，乃是两个埋伏山顶的蛮人因听芦笙迎来，正在分途搜索，斜刺里忽然飞来两支毒箭，因伤不重，同声怒吼，还想追逐，走不几步，毒性发作，周身酸麻，人便倒地。那两黑人也乘机赶将过来，正想剥取蛮兵服装，女兵忽然赶到，受惊逃走，众女兵听那人说，听奸细对谈口气，共有四人来此扰闹，两个已为人所杀，内中一个本往来路崖口查探形势，业已先走，因听后面逃来的同党说起敌人厉害，还有二狮猛恶已极，不是援崖逃上，稍慢一步已为所杀，归路已断，必须觅地藏起等语。刚朝众人指点二贼逃路，女兵身上均有解毒伤药，还想分人医治，蛮人一声惨号，相继死去。

“众女兵越发急怒交加，忙又前追，不料二贼慌不择路，分头逃走。一个逃得较近的被众追上，妄想用毒箭伤人，刚一回身，手举竹筒要发，内两女兵武功最高，扬手一镖打中他的右膀，飞身持刀纵去，想要生擒。那贼已被迫到崖口，中了一镖，竹筒落地，看出人多厉害，不敢迎敌，慌不迭便朝危崖下面翻身纵落，一面将所着黑衣上面的腰带解开，两膀微抬，四边立时鼓起一圈，将上身黑衣绷起，极似一顶黑伞，将人裹在当中，往下落去。借着风力，本不至死，无奈逃时心慌，一手受伤太重，环身黑伞空出一角，不曾撑满，被山风一吹，挂向大树之上，将黑衣所化的伞撕裂。这时离地还有好几丈，下面怪石林立，森如刀树，等到众人攀援下去一看，人已脑裂而死。遥望另一贼所逃更是死路，石崖无树，不能隐藏，便分上下两面追来。贼已解衣为伞，往下纵落。”说时，乌角已将草中奸细抓出，也伤重身死。

第十七回

花影当窗人未起
枝头好鸟叫春晴

二人见那贼上身黑衣做法极巧，内里还有竹条铁丝所制绷簧，逃时只将腰带一解，把内中环腰的藤圈托向胸际，再将双手一撑，便成了一柄伞环绕全身，无论多高，均可仗以飞落，随同两臂起落，还可凌空转侧，改变方向。先死壮汉胸前全中有毒箭。看那形势，那贼好似刚由崖上飞落，瞥见下面有人顺路追来，恐被看破，一箭射死。正想掩藏，二狮恰由侧面冷不防猛扑过来，受了重伤，人却未死。因那毒弩已被扑落，无法回手，只得乘隙窜往深草里面藏起。后见二狮守候不去，人越来越多，知难脱身，方始自杀。二人虽听崖上两壮士死前所闻，奸细共只四个，全数被杀，到底不大放心，且喜女兵一人未伤，隐闻马蹄奔驰之声隐隐隔山传来，便令乌角用芦笙通知各处守望，奸细已然杀死，暂归原地，日夜小心守望，不可松懈；分人掩埋死尸，将奸细死尸带回寨去；把众女兵也召集一起，等后面马群赶到，一同上马，带了二狮回转。

到了碧龙洲一看，只王翼、兰花在平台上眺望，奸细杀人之事已早得知，正在愤怒谈论。二人和众女兵到了上面，凤珠方由楼下走上，神色如常。二人也未想到别的，说完经过，便将带回的一具贼尸，连同身上装束和所用刀箭皮囊一齐交上。凤珠一见，便认出那是昔年亲手除去的食人蛮人中漏网余孽。这类花狼蛮性最凶猛，又极残忍，想是那年逃走的少年，本就记着昔年深仇，不知是何因缘，被老妖巫收作徒弟，学会一些邪法武功，比起本来更加凶狠。老妖巫再加以蛊惑，同恶相济，甘为拼命，内中必还藏有隐情，所以不等落于人手便先自杀。身上除那可以变伞、凌空飞落的黑衣而外，还有好些奇奇怪怪的毒弩毒药之类。皮囊共只两个，里面只有几包不知用法的药丸药粉，和一面上画妖符的竹牌、铜铁环和数十支芦管，均极细小，长还不到半尺。另外一串纸也似薄的铁片，黑白二色，上有洞眼，形如风车的叶，有的又像鸟羽。

先不知是何用处，后来姬棠无意中用芦管一吹，发出一种啸声，与前闻鬼啸相似，忽然醒悟，忙将铁片装向芦管后面，朝台下飞掷出去一试，竟和鬼啸之声一般无二，只是声细而短，不能飞远。仔细查看，管里还藏有两层机簧，铜膜甚薄，才知奸细用来惑乱人心的鬼啸便是此物。方才不曾装好，又不知它用法，所以发声较低，不能曳空远出。四人几次试验，后又加上一片鸟羽形的铁叶，果能飞出三四丈，但比前闻仍差得多，料知手法还差。因其通体脆薄，落地便成粉碎，随风刮走，看不出来，用意只在装鬼吓人，不易被人看破，所以寻它不着。又见四贼只有两贼带有皮囊和这类能发鬼啸的响箭，料是为首的两个，毒刀也只一柄，竹筒毒弩却是每贼都有一份。内中一贼背上斜挂着三柄形如柳叶、长约二尺、寒光耀目、又薄又快的兵器，并未见他使用，人便坠崖而死。取下一试，并没有毒，拿在手上又轻又薄，似不能当兵器使用，中间一段还有好些锯齿，锋利已极，只不知用法名字。

王翼又由死贼黑衣夹层里面搜出一张上有四个血手指印和一些形如符咒的厚布片。孟龙得信赶来，正在旁边。一见，便认出是老妖巫的警急令符，那四个血手指印便是奸细出发前起誓时所留。旁边符咒蛮文便是那四贼的姓名。经此一来，证明来贼果是四个，已全被杀。并还看出妖徒奉命之时立有毒誓，非但被擒以前必要自杀，连身边所带令符响箭、毒刀毒弩、各种伤毒解药均要事前毁弃，不许落于人手。又试出那包药粉能解奇毒，大有用处。因那刀箭太毒，中人见血，走出不满十步，便要倒地身死，不敢拿人试验，准备日内擒来野兽再说。

商计定后，便将那些芦管装好铁叶，分出大半，喊来几个得力蛮人当面演习，再令拿了响箭向全山蛮人演习传观，告以真相，以后再听鬼啸，须朝发声之处合围追去，或是仔细查看，静以观变，先不要动。对那啸声去路无论远近不要理睬。妖巫邪法全是骗人，手下妖徒多是花狼蛮，黑衣蒙面，装成鬼怪，只要留神所发毒刀毒弩，别的不必惊疑。最好生擒一两个，拷问真情虚实。如与相遇，不是万分不已不可杀死，上来可先将手臂打断，当时绑起。妖徒凶狡无比，更须防他自杀，或是向人暗算。就是擒到，也不可以稍微疏忽等语。这时对岸的人不知众人演习奸细响箭，一听洲上鬼啸，虽然号灯未动，多半惊疑，纷纷命人来此探看。隔岸遥望，台上人多，并无异状。正在张望，推出两人过桥询问，经四人一说方始了然，知道妖巫装神弄鬼，无一是真，把方才几处鬼啸、暗中杀人不见踪迹好些惊疑之念一扫而光。再经传说下去，越发心雄胆壮，加紧戒备不提。

孟龙近来年老多病，见已无事，正要回转，凤珠忽道："老妖巫实在万恶，日里派人来此恐吓，又命四个妖徒偷偷掩来，惑乱人心，暗中凶杀，我料妖徒往来必有秘径，也许与我内地相通，出口不在林内均未可知。此时妖巫必在老金牛寨和危崖下面，向众奸党耀武扬威，乱吹大气，送野猪去的人走得较慢，最快也要明早才与妖巫回信，将猪缒下。如我料得不差，就是妖徒身后无人跟来，日内必有同党掩来窥探。可将今夜所杀四贼的头斩下，命人连夜朝危崖入口送去，吩咐守望的人用细藤长竿把人头挑挂崖口，令向奸党传话，说奸细刚一入境便全杀死，就便把今夜杀贼之事和鬼啸真相提前告知，连响箭一齐带去，择一隐僻的洞穴，当众演习，只不可发声大长，被崖下奸党听去，使防守人早知虚伪，免蛮人无知，又怕神鬼，万一老妖巫再用别的奸谋邪法闹鬼，他们一个疏忽又要上当。"

孟龙领命刚走，王翼忽问："叔婆既料奸细是由森林掩来，如何不将人头挂在森林里面？"凤珠笑道："本应挂在林外一带示威，一则森林地方广大，虽只两条往来之路，但是边界一带有好几面均可入林，我们不知奸细由何走出，万一那条秘径与我们内地相通，他觉我们不知细底，反生轻视。由明朝起你夫妻便应传令，查看全山所有洞穴，和平日不去的隐秘之处。林内有无秘径暂时无须搜索，过上几日，等我和时二弟夫妇亲往查看形势之后再作打算。虽然昔年森林迷路、巧遇鬼头蛮逃回的人是由林中走出，秘径通路似应隐在森林之中，天下事好些出于意料，仔细一点要好得多。在未寻到秘径以前，表面却要装着我们这面已知地理。早有防备，老妖巫这里不曾来过，所派妖徒也是初次尝试。她见全数落网，死得这快，定必惊疑，在未探明我们虚实以前，暂时决不敢于正眼相看。

"听说妖巫虽极骄狂，性却凶险多疑，善用诡计，能屈能伸，不似寻常蛮人凶巫一经失挫，便怒发如狂，专一拼命，不死不止。她一开头便连遭失利，挫了锐气，只管怒极切齿，下手必更慎重。来这四贼定是她手下最得力的妖徒，她见全数伏诛，无一生还，再听守崖的人那样说法，非但妖巫惊疑胆怯，便那许多奸党也必心寒畏惧。何况老金牛寨那帮族人和我颇有感情，本就人心不附，经此一事更易摇动。此举既可使妖巫丢人丧气，又使奸党胆寒，暂时不敢发难，我们却可乘此时机仔细准备，寻出那条通往平湖的秘径，实是两便。故此越快越好，人头挂向森林，作用便差多了。”

再兴夫妇见凤珠所说虚实兼用，深得兵法之妙，设想尤为周详，日间风尘劳顿，才只半日休养，人便复原。这样文武双全的奇女子，始终那么笑语从容，音声清婉，好听已极。再兴固是心中佩服，越加敬爱；姬棠也觉对方文武双全，美绝天人，自愧弗如，难怪丈夫颠倒，由不得也加了许多敬爱，更想亲近。再看王翼就这个把时辰往返，仿佛变了神态，和凤珠问答比起初见到时庄敬得多，称呼也自改过，不似方才故意规避，当着兰花什么称呼都不出口，一背兰花便喊夫人，一双色眼老盯在对方身上；以为方才走后王翼言行不检，被兰花说过几句，心生警惕，假装老成。

实则王翼乘兰花凭栏发令之际，以为蛮女都是凤珠心腹，不会走口，色胆包身，先用巧言引逗，意图勾引亲近。凤珠不理，误当默许，刚把身子往前一凑，想拉凤珠的手，一面口中低声求告，说他事出不得已，平日如何相思。话才出口，猛觉凤珠面色一沉，同时眼前寒光一闪，背上微微刺痛，两支钢矛已指向胸前。原来旁立四蛮女早经凤珠密令，当时又得到暗示，见他人面兽心，言动无礼，各把刀矛拿起，两个用矛尖指定前胸，相隔只有寸许，还未上身，后面两个的刀尖业与肌肤相触。王翼不料这等厉害，连忙低声急呼：“叔婆饶我，下次不敢！”凤珠低声微笑道：“你既怕死，须知我非寻常女流，可以随意受人欺侮。好了，在此多住几日；不好，随时均可离此他去。你当我只会寄人篱下，由你摆布，不能自立，就想错主意了。”说时将手微挥。

四蛮女貌相英秀，本来目蕴威棱，一脸煞气，前后四件刀矛指定王翼身上，凤珠一举手间便即刺下。这些女兵又都武勇非常，得有真传，只知奉命而行，从不管甚安危利害。见主人发令，方始撤退，仍和没事人一般立在旁边，一言不发。另外几个随同兰花在前遥望，也同回身看见，走了过来，各以怒目相视，毫无惊疑之容。王翼深知这些女兵厉害，不由吓出一身冷汗，方幸兰花全神贯注前面，不曾看破。忽见幺桃不知何时转过身来，正朝自己媚笑，料被看破，好生愁急，正打主意如何买动幺桃，不令兰花知道。凤珠便推有事，朝兰花略一招呼，回转房内。

兰花因当夜连接警报，崖口那面又有信号远远传来，只管查看指挥，命将被杀的人掩埋，一面传令，接到再兴夫妇遇敌信号，速选勇士赶往接应，并未理会身后。王翼也不再顾羞耻，仗着兰花信任，乘乱把幺桃暗中喊到一旁，低声嘱咐，说了几句好话，幺桃笑诺而去，王翼才放了点心。本觉幺桃貌美聪明，善解人意，心生怜爱，这时见她媚笑嫣然，力说决不告知主人，越生好感不提。等到芦笙停止，兰花闻报事情已完，妖徒全被杀死，再兴夫妇就回，心定回座，见凤珠一去不回，正要命人往请，再兴夫妇已带蛮女赶回。王翼还恐凤珠当人发作，心中打鼓，及见凤珠到后说笑自如，若无其事，拿不准对方是甚心意，自知欲速不达，仔细一想，便装改悔，表面庄敬，言笑不拘，心中迷恋更甚。

再兴夫妇看出前后神态不同，并不知是碰了钉子，方才途中商量，王翼这等自私好色，就不闯祸，凤珠也必离此他去。本打算到后由再兴借题把王翼引开，苦口劝告，以免两误。见此形势，只当有点明白，至少也是顾忌大多，不敢冒失，恐其误会，话又不大好说，心想改日相机警告，也就听之。再兴夫妇这一往返，连同兰花发令布置，去了不少时候，月色早已偏西。凤珠和众人随便吃了一点酒食，见众蛮女均在一旁吃饱，忽然笑道："天已离明不远，大家为我忙了一日，我看楼上房均高大，每室至少可容十人居住，同来这些女兵都是我多年心腹，平日亲如母女，不愿离开。方才我已看过，二弟房后还有两三间空房，没有住人，可否就令她们都住楼上。好在天气暖和，竹楼干净，她们都带有草席，行李已早带来，均在楼上，当夜来不及，全打地铺好了，明朝有事，大家早点睡吧。"

兰花笑答："这座楼房本为叔婆避暑而建，可容一百多人，平台和底层还不在内。床铺也都现成，方才已命幺桃传令准备。叔婆所见那三间空房，里面堆的都是应用之物，如非我们四人同住楼上，各占了几间房子，再多一倍女兵也住得开。这样稍微挤点，等过两日无事之时，我再重新把房搬过，请叔婆住在后楼当中两大间内，左右两旁和前面均住女兵，这样叔婆用人方便。万一有甚奸细，也无法走进。我们四人分居东西两角，各占一面，就不像今夜这样散乱了。我想了好几年，好容易把叔婆盼来，偏又遇雨受伤。刚刚伤好起身，打算饮酒赏月，畅谈一夜，又有妖徒扫兴。明夜月光恰是正圆，爹爹业已传令，全山欢饮歌舞，为叔婆接风。新来这些女兵已辛苦了好几天，叔婆伤后也须早睡，索性明日快乐一夜也好。只请叔婆明朝多睡些时，养好精神，到时高兴一点。”

凤珠见她满脸笑容，甚是亲热，不禁拉着兰花的手笑道：“你真是个好女子，可惜……”兰花忙回：“可惜什么？”王、时、姬棠三人见凤珠停口，不往下说，均知言中之意，方恐无意之间露出口风，王翼更是情急忧疑，凤珠已接口笑道：“我是可惜你生长蛮荒，还嫌埋没；但盼你夫妻恩爱，白头到老，侄孙女婿以后对你越发情专爱重吧。”兰花不知言中之意，笑答：“叔婆自然疼我，愿我夫妻都好，我真不舍得离开你，再玩一会，吃点瓜果再睡可好？”凤珠笑道：“痴女儿，天下没有不散之局，我暂时又不会走，莫非你老守住我，还不睡么？”再兴听出凤珠大有不愿在此久居之意，心方一急，兰花已惊问道：“此言何意？莫非叔婆将来还要走么？”凤珠自知露出口风，从容笑答：“事难预料，我此时原无行意，万一受了对头逼迫，不走不行，又当如何？”兰花气道：“叔婆比我的娘还亲，谁敢欺你，我便和他拼命。至于这里的人都是一条心，对你只有忠心爱戴。妖巫仇敌任多厉害，除非能将我们杀光，决不容人伤你分毫，哪有此事？我们四人和全山的人不说，便是叔婆和同来女兵的本领也不是受人欺的，无论如何无此情理，叔婆太多虑了。”凤珠笑答：“我随便一说，何必认真。天已快亮，大家睡吧。”

王翼看出凤珠表面说笑，隐含悲愤，一时良心发现，也颇愧悔，接口说道：“叔婆不必生气，我们以后必照你老人家的心意而行，决无一人敢于对你无礼。谁要敢于侵犯，便我无力报恩，兰妹和二弟夫妇也决容他不得。”凤珠知其借话示意，笑答：“侄孙婿你暂时自想得好，但我看透这般丧尽天良的无耻奸人，他们要有良心，也不会乘人于危，欺我这一个孤苦伶仃的薄命人了。幸我不是寻常妇女，同来女兵个个忠义，能共生死患难，无论对方势力多大，即便同归于尽，也不会落于人手。如其这类奸人不知悔祸，妄念难消，就难说了。人贵知机，重在自立，未来的事怎么料得到呢？我今夜吃了两杯急酒，随便一说，并无成见，你们不要当真。我已有了倦意，大家都该安息，乘妖徒全杀，仇敌奸党还未得信以前，就着你们接风盛意，全山同乐，大家畅饮，高兴上一两天也是好的。”说完起身。

兰花只当说的是奸党敌人。凤珠玉颜红晕,又似有点醉意,也就不曾细问,大家同往楼下,将凤珠送到房中,退将出来。空房已由兰花派人和新来女兵把空房腾出,布置停当,连那几个受伤的女兵也同移居过来。二狮仍用铁链锁好,迁回山洞之内。四人分别查看过后,方才归卧。再兴初意,姬棠内性刚烈,用情太专,平日虽颇谅解自己苦心,山女性情难测,又都疑妒,知道自己痴爱凤珠,难免怨望。凤珠到后,恐其心中悲苦,因而怀恨,并生误会,更恐凤珠看破真情,还在担心。不料见人之后,反比平日所说更好,双方又极投机,彼此亲热,心更感动,越想越觉对她不起。刚一进房,便拉住姬棠的手,偎坐榻旁,低声笑道:“棠妹,我真对你不起。想不到你对姊姊和我一样忠心,我太感激你了。”

姬棠早看出女兵卧房只有一墙之隔,日间夫妻密谈已被听去,凤珠定必知道几分,闻言,本想暗告再兴留神,隔墙有耳,猛一转念,故意笑道:“她是你最敬爱的人,又是那样聪明美貌,待人宽厚,我当然对她敬爱亲热。实不相瞒,我因对你情痴太甚,因是名色夫妻,见你钟情姊姊,人家一点不知你的心意,偏是那么痴法,我用尽心思,不能挽回你的心志。起初数月也极悲苦,本来打算,我们虽是名色夫妻,既有夫妻之名,你便不能再与别人亲近。心中痴爱,无法阻止,况又明言在先,不曾瞒我,更无话说。将来到了时机,只要把我丢下,去与别人相恋,不问明暗,就不伤你,也必和她拼个两败俱伤。没想到你真是个痴情至性的好男子,为了事太艰险,恐误人家,又因片面相思,对方另有情人,是你好友,不愿夺人之爱,只管爱之入骨,非但没有一毫邪念,并还不使知道,人却终身爱护,历久不变,另一面对我并不负心。虽因心中有人,成见难移,平日一样爱护体贴,无微不至,虽无夫妻之实,比起那些专重色欲的寻常男女更好得多,日子一久,自然感动。

“本已心平气和,就是一世名色夫妻,我也心甘。后再经你几次明言心事,越发打消前念,哪怕你和姊姊成了夫妻,只不把我丢开,我便愿意。谁知你虽不肯违背初心,勉强和我成婚,也更不肯负我,做那不端之事,言行始终如一。我以前本就觉着姊姊人好,彼时因有尊卑之分,我是山奴,她虽对我怜爱,我终不敢亲近。今日成了平辈,经我仔细观察,她非但智勇双全,为人极好,单那容貌身材、绝代丰神便是少有,无论背影侧面、言笑动作之微,无一不是好到极点。平日我看兰姊和这里几个貌美的姊妹也全长得好看，等到今日和她对面一比，不知怎会相差天地，连我女子都是爱极，恨不能终日随在她的身旁，不舍离开，何况兴哥这样多情的男子。我本不如远甚，如何与人争爱？最难得是，你一面对她爱护，不计安危，可是并未丝毫将我忘掉，这才明白你对她爱重，对我情深。

“可惜我两姊妹都是命浅福薄。她身世孤苦，上来先嫁一个老蛮，为受对方恩义，境遇所迫，明非知心伴侣，不得不以身报德，所以丈夫死前，虽曾与人私通情愫，并无苟且异图。夫死之后，满拟可以称心如愿，偏又看错了人，对方竟会忘恩负义，欺骗了她，于是把心伤透，将来不知如何结局。我又和你相逢恨晚，你的一个整心已被他人占去。我早想过，假使你第一个遇见是我，必是人间最美满的夫妻，她便天仙下凡，也决不会丝毫动念。如今你固自恨无福，又遇到我这个痴情女子，无法摆脱，你不肯辜负我的苦心，更不料形势变化会像今日光景，更因姊姊先未有情于你，还有一个昧良的人在前，为了不愿勉强求爱，愧对良友，再多上我这一人，才有今日之局。只管你想得开，有时到底也不免于苦痛。我料姊姊也因上来瞎了眼睛，今日虽得知你的痴情苦志，但已好些碍难，无可如何；加以刺激太深，心情悲苦，看那意思非但为你所感；对我也是极好，这才和我二人认成姊妹兄弟。她视你如弟，正和你把我认作妹子的心思大同小异，这才叫一报还一报呢。你不必多说好话来安慰我，真人装不出假来。方才你因要随姊姊森林探路，不等开口，便先把我拉上。照你那样说法，我已心满意足。”

再兴见她笑语如珠，人更显得温柔妩媚，心越怜爱。听完，忽然惊道：“你从何处看出姊姊感动，知道我的心事？”姬棠附耳笑道，“你真呆子，真要由你表面看出，也不会对你那样好了。”再兴见这末几句语声极低，说完手朝隔壁一指，忽然醒悟，埋怨姬棠先怎不说，这一席话必又被隔壁蛮女偷听了去，姬棠笑道：“照你这样痴人，不让姊姊知道也太冤枉。实不相瞒，我一遇机会还要当面和她说呢。”再兴慌道：“此举万万不可。”姬棠见他情急，笑说：“你可知姊姊非走不可么？万一事情发生，我夫妻去留作何打算，你说出来，我便不说。”再兴附耳语道：“她能不走最好；否则，前途便是刀山，我也跟去。何况听她口气，此行心志与我相同，真要开辟出一片乐土，必可做出一番事业。休看事情艰险，比在这里种种顾虑，不便放手，事业成就更大得多呢。”姬棠故意气道："你跟她走，我呢？"再兴知她装腔，随手挽着纤腰，紧了一紧，笑道："这还用说？你如非和我同心同志，永无他念，我也不会这样说了。"姬棠改容笑道："我想试你一试，不料被你问住，可见为人还是真诚的好。不必多言，人便相信。天已不早，你自在梦中去寻你的好姊姊，我也要回床睡了。"再兴平日虽和姬棠分床而眠，这时为了双方志同道合，无形中情爱越深，虽无别念，不知怎的不舍她走，情不自禁随手一拉，便同卧倒，低声笑说："今生今世好姊姊不会要我，我虽爱极了她，从无此想，不必多心。天已快亮，我陪好妹妹同睡如何？"姬棠含笑不答，夫妻二人便并枕和衣而卧，稍微轻怜轻爱，谈不几句，便朦胧睡去。

夫妻二人俱都勤于任事，能耐劳苦，虽因睡得太迟，昨夜搜索奸细奔驰了半夜，人已疲倦，但恐敌人阴毒变出非常，凤珠伤病已好八九，全山正在准备接风欢宴，须要布置，睡了不多一会，天刚亮透，再兴先醒转来。见姬棠和自己并头而眠，耳鬓厮磨，相隔甚近，头上秀发仍是那么整齐，好似昨夜不曾转侧，睡得十分安稳，知其全副心神均在自己身上，越想越感动。再听楼窗外面花林之中娇鸟噪晴，鸣声细碎，如啭笙簧，四外静悄悄的。初起来的朝阳由窗外射入，照在榻旁盆花上面，比起日中浓阴满屋，花影当窗，别具一种清丽之趣。细看姬棠面上，好似朝霞映雪，珠辉玉润，少女丰神，自然光艳。想起昨日前后所说，越想越觉她好，不忍惊醒。又知外面天晴，四面安静，便在对面看了一阵。

正想凤珠将来应该作何打算，遥听农歌之声隐隐传来，知道远近男女蛮人已早去往田里耕作。正想轻轻起身，让姬棠再睡一会，姬棠口角上虽然显出一丝笑意，再兴知她昨夜奔驰劳累，恐其惊醒，忙即停住，想等一会再起，姬棠忽然睁眼，娇笑道："兴哥，你当我还未醒么？外面农歌已起，人已早往田里耕种，天都什么时候了，还不起来？我们田里的秧早已插好，水也戽好，只帮他们做点杂事，无甚要紧。到底我们四个领头的人，不应全都起晚。何况昨日闹了一夜，兰姊他们照例起迟。我们也不可弄成习惯。你既先醒，怎不喊我呢？"说时人已揭被而起。

走到外屋一看，新来女兵只有四人，两个守在凤珠房外，两个早将热水和早上吃的东西准备停当，都是那么健美灵慧，活泼天真，又都穿着凤珠特制的蛮装，兵刃暗器全身佩带，只管英姿飒爽，又威武，又好看，动作却极安详稳练，不似兰花手下那些女兵显得武气。探头凤珠房中一看，旁边榻上卧有两个女兵，也是兵器不曾离身，和衣而眠。下余三四十个均在五间后房未起。各人所睡床铺连同枕席铺盖都是一色雪白，睡得极其安详，无一转动，知其久经训练。先那四个必还不曾睡过，余均奉命养好精神，睡足起身，便向内一女兵低声询问，果然所料不差。照此形势，不是凤珠肯受对方欺骗，谁也莫想近身。

方想告知再兴往看，另一蛮女已将洗漱水与二人端来。姬棠笑道："你们远来是客，怎好劳动？我夫妇一向自己动手，业已做惯，还是我们自己来吧。"那蛮女名叫金花，是个甚长，乃凤珠得力心腹之一，笑答："时二爷和二娘是我主人兄弟姊妹，理应服侍，无须客气。再等片刻她们也该醒了。"二人洗漱完毕，金花又将凤珠自带的饮食端来，二人推谢不掉，拉她同吃。金花笑答："主人也常和我们同吃，亲如母女。不过我们这般姊妹照例饮食都在一起，我四人等少时人起便睡，方才已吃过了。这些都是以前走山寨的汉客，知道主人喜吃家乡口味，特由四川、云南各处汉城之中带来。此行带有不少，我们都会仿制，有的比它更好，二娘随意吃吧。"二人正吃之间，忽一蛮女来说："主人已醒，正在练功，又因昨夜大家睡晚，不许惊动，叫我四人先睡，中午再起呢。"金花忙即赶去。

再兴无意之中探头外望，见洲前蛮人均在田里插秧，相隔颇远。雨后湖光山色甚是鲜明，洲前一带到处平畴沃野，农歌相答，隐隐传来。这幅天然图画多么高的丹青妙手也画不出，方喊："棠妹你看，外面风景多好！姊姊早上还要练功，听意思不会见人。再说大哥未起，恐他多心，索性我们先去各处看上一遍，回来正好。"姬棠瞥见狮洞那面有两条人影一闪，定睛一看，正是王翼同了蛮女幺桃，好似二人先曾抱在一起，手刚松开，往林内走出，手中还拿有铁叉牛肉之类，似往喂狮回转，便告再兴令看。再兴笑说："大哥便是无良，何致这样下流？兰姊对他那样恩爱，如何又去勾引蛮女？"

姬棠闻言气道："可知你那大哥还是人呢！就算方才眼花，就是眼前和幺桃这样亲热神气，不可疑么？我只奇怪，他向来只一晚睡，决不早起，今计为何起得这早？就是想起二狮昨夜有功，想要犒劳，不是没有专人喂养，要他早起作甚？幺桃虽只十五六岁，蛮俗早婚，情窦已开，近来人更轻佻，又喜多事讨好，人更灵巧。以前大哥虽夸她聪明忠心，从未和她说笑，忽然有此举动，好些可疑。莫要为了姊姊不肯理他，打算勾结幺桃，有甚用意吧？”再兴方答：“大哥人并不坏，只是好色太甚，自私心重，不知利害。对于姊姊至多不知愧悔，还想勾引，如说恩将仇报，尚不至于如此昧良。再说别的也办不到，棠妹因他负心，怀有成见，容易疑心罢了。”话未说完，忽听身后有人冷笑，回顾正是金花。姬棠料有原因，四蛮女守夜未睡，王翼有甚阴谋必被看出。正要设词探询，王翼已和幺桃分开，由林中穿出，走上楼来。要知以后惊险紧张情节，且看下集分解。

第十八回

食人恶鬼

前文时再兴、姬棠夫妇早起洗漱之后，正在凭窗遥望碧龙洲上湖光山色，忽在无意之中发现王翼同了蛮女幺桃掩在狮洞旁边花林深处，神情亲热，忽听身后冷笑，回顾正是凤珠所带心腹女兵金花。姬棠知道王翼天明前才睡，不应起得这早，金花等四女兵守夜未眠，王翼和幺桃如有勾结苟且之事，必被看破，正想探询，王翼已和幺桃分手，由花林中掩出，往楼上走来。再兴方止姬棠不要多问，金花已先说道："主人知道二爷二娘刚起，恐你们朝来有事，她每日早起必练武功，请各自便。等她武功练完，二爷二娘回来，再往相见。"再兴听她未提王翼，姬棠也未再问，方想回房换衣，去往田里和山中各地查看一回，王翼已由下走上。金花忙往凤珠房前赶去，看意思似防王翼入内，立在门外，也未理他。王翼到了中间，朝凤珠卧房那面望了一望，将头微摇，微微叹了口气，顺走廊往兰花所居房中绕去。再兴夫妇立在窗前，似未看见。跟着便听兰花娇呼"哥哥"和王翼应答之声。幺桃也由楼下奔上，往兰花卧房赶去。

再兴夫妇各把衣裳换好。姬棠为防万一，又将二人兵器带上，先到前面转了一转，本想帮助耕田的人做点杂事，因凤珠已醒，还要代兰花去往各处查看，为想快回，匆匆赶往对岸马棚，选了两匹快马一同骑上，往崖角一带驰去。姬棠见再兴从来无此性急，知其想念凤珠，忙着赶回，正在暗笑，忽见森林那面好些人影闪动出没，仿佛发生变故，但未发出有事信号，忙同纵马赶去。到后查问，才知森林出入路径原是两条，另有一条小路，入林四五里便无法再进，到处都是整排巨木阻路，尽头还有一片沼泽，污泥甚深，上有落叶遮蔽，须用竹竿探索前进，看不出来，微一失足，人便陷入污泥之中，不易救起，因此平日不大注意。昨日为防仇敌由林中掩来，加了几处守望，内有一处便在这条路的边界。守望的人只得四个，藏在林内一株大约三四抱的古木之上，上面建有一所木屋，原是兰花以前命人所建。

这类守望的小木屋形如鸟巢，十分坚固。四外均有铁条铁网，可供好几人坐卧，以防受那林中蛇蟒猛兽侵害。四围均有极厚木板，共只四面十来个拳大洞眼，并有铁片遮没，可以移动。离树十来丈还有好些铁丝警铃，无论来者是人是兽，黑暗之中看不出来，撞在铁丝上面，屋内铜铃与铁丝相通，立时响动，制作极巧。不知道的人便走到面前，决看不出，内里的灯光都不透出。原因上次犀群突如其来，不是应变机警，几受大害。这条路虽然入林不深，但与另两条路的前半相通，常年均有数人轮流守望。昨日因当地形势太险，敌人未必由此掩来，本不打算添人，姬棠力说“越是这类地方越应小心”，这才添作四人一班。当地虽非入林正路，但与犀群来路、森林外面的一条断崖相通，比较最近，又当两路之中，恰在森林出口前面的尖端。因左右两条大路，林内外各设有两处守望，相隔较远，合成一个梅花形，独居其中，离林外土崖断谷约有一里多路。经过采荒的人常年搜杀，蛇兽早已绝迹，又料敌人不会由此走过，虽经昨日严令，小心防守，轮班的人并未十分在意。

兰花待人宽厚，近来山中人都富足，昨夜添去防守的都是本族老人，带了好些酒肉，前往屋中大吃，也未查看周围环绕的警铃铁丝是否完整合用。到了夜里，遥闻各地芦笙吹动，听出崖前发现警兆，相隔尚远。照例这些守望的人均有专责，不是林中有警无须过问，也不得擅自离开。本来可以无事，那两守蛮自恃本族老人，平日最得孟龙宠信，见兰花接位之后，无论外族本族一律不分，只有本领当时升成头目，心中不平，急于建功逞能，仗着几分酒意，不听同伴相劝，匆匆赶去。下余二人知道此举犯规，候到夜深，遥闻信号，事已平静，两老蛮却是一去不归，心中愁虑，分出一人，带了特制灯筒去往林前，想向防守断崖谷口的人用灯筒信号探询。正往前走，猛觉身上一紧，上半身已被人用网套罩住，当时绑起，不能转动。

正在心惊，忽听一声低吼，便听左近有人怒吼逃去，另一人还在呼喊，不知说些什么，跟着绑便松开，身上网套也被割断。抬头一看，面前立着近来所见怪人，手中灯筒却被拿去，笑说：“你被敌人擒回，命必不保，如其放他逃回，我也必要受害，方才将他杀死，已命猩人送走。

这厮乃老妖巫刚神婆心腹门徒中最厉害的一个，最是凶险。同来还有四个徒党，均是吃人的花狼蛮，从小被老妖巫收去，训练多年，和老妖巫一样残忍，本领甚高。我虽知他来历，不是另外四个妖徒已为主人所杀，你又危急万分，也不敢轻易动手，幸有猩人相助，未被逃走，否则真是一个大害。

"我终日留神他们行动，始终没有发现那条秘径，有好些话又不敢出口，回去可告主人，昨夜来贼好似分成两路，主人杀那四个，只有一人是由林中偷偷掩出，并去寨前窥探了一次。彼时我正和你们寨主在地洞中相见。为了急于将香蟒涎晶取回医病，连守了好几天，单单昨夜错过机会。老妖巫虽有十几个妖徒，照昨夜这等死法，暂时决不敢于轻举妄动，可惜一个活的也未擒到，要想寻去，定必费事得多。你昨夜那两个同伴大概走出不远便被方才那妖徒所杀，连人的心肝也被挖去吃掉，比真狼还可恶。妖巫师徒暂时虽不会来，那伙鬼头蛮灵巧无比，又能暗中视物，由今天起，在第二个月圆之内，虽决不会过界来此走动，但我归途必要经过杀人崖、快活树交界之处。我已多日未归，连蟒涎都是猩人代送，必须装不知道，早些赶回，方可免害。此地不宜久停，过不几天还要再来。这灯筒颇有用处，送我可好?"

那人业已得到兰花密令，遇见怪人不许为敌，又感激他救命之恩，还想问他姓名，劝其往见寨主。怪人已将灯光一掩，笑说："你们同伴的死尸就在东北角上大树之后，妖徒全死，日内无事，自往报信，不必惊疑。"说完人便隐入黑暗之中，走得极快。隔不一会，耳听远远一声兽吼，与前相似，知是猩人吼声，忙转树屋，喊了另一同伴，拿了灯筒往前寻看。昨夜两老蛮果死在草树丛中，前胸挖了一个大洞，大腿上肉也被削去大片，死状极惨，只得抬往林外。天已大亮，因事情业已过去，刚把死尸抬出，准备去往洲上报信，附近蛮人得知此事，奔往观看，方才往来奔驰便由于此。

二人途中已遇到报信的人，听完前事，吩咐众人加紧戒备，遇有动静，速照预定方法报知。如在林中发现敌人，更须紧守，不可轻敌，更不许擅自离开。随又去往别处查看。问知孟龙听了凤珠、兰花之言，老早便命人在林外各地搜索，各处崖洞有无秘径与森林相通，和有人走过的可疑之迹。因都分成地段，抽空查看。又因昨夜妖徒全被杀死，都是假鬼，人心均极安静，并无别的事故发生，分别指点了几句，便同回转。到了洲上，天已傍午，兰花正在凤珠房内说笑，见二人回来，笑道："二弟、棠妹真是我的好帮手，无论何事，不用人说，自会代办，并还办得极好。如今这里事情比以前多出不少，反倒省力，大家高兴，一点不累，不似以前那样劳苦，一个不巧还有好些伤亡。侄孙女婿虽也极肯出力，要像时二弟这样勤快就更好了。"王翼正由门外走进，笑问："兰妹你说什么？"兰花仰面媚笑道："你看二弟、棠妹多好，不论睡得多迟，照样早起，你只睡得稍晚一点，便懒在床上不肯起来，累得我们好些事都是人家代做，怎好意思呢？"

王翼平日情浓，知道兰花天真，恐其随口而出，忙接口道："你只说我一人，你今日也是一样晏起。我醒来想起昨夜之事，见你睡熟，没有惊动，一时无聊，去喂二狮；直到回来你刚醒转，如何怪我一人？"兰花娇嗔道："这怪我么？还不是你不好？"王翼见自己越描越黑，知其有口无心，当着凤珠越发难堪，侧顾姬棠微笑相看，又急又愧，忙道："是我昨夜回房不该多谈，算我不好。再说叫人笑话，不要提了。"兰花原本聪明，闻言想起平日王翼的嘱咐，又见他脸涨通红，接口笑道："本来是你不好，天已快亮，还要多说。往常你都晚睡晚起，只今日例外，第一次先我起身便要说人，自然我不服气。我还当你为了叔婆起早呢。"兰花原是一句无心之言，不料又刺中王翼的心病，心更惶恐；幸而兰花未往下说，忙用别的话岔开。可是旁观者清，凤珠早得蛮女报信，姬棠更看出他假装恩爱，将兰花稳住，未明起身去与幺桃勾结。看他忸怩，神色不定，内中必有深意，便在暗中留心察看不提。

兰花业已闻报，昨夜林中防守的人有两个被害之事，妖徒还有一个首领已为怪人所杀，可惜尸首被猩人弃去，虽然无法寻到，妖徒无一生还，妖巫定必惊疑，听怪人这等说法，暂时已可放心。凤珠重又提起人林探路之事。昨夜时、姬二人走后本和兰花谈过，兰花先是极力劝阻，后又想和王翼跟去，均经凤珠婉言谢绝，因其话甚得体，所说也极有理，兰花心直，不曾想到别的，只说"叔婆途中辛苦"，再三挽留，多养息几日再去；一面由她命人分途再往林中搜索，如能寻到秘径入口，便不要去。

凤珠并未坚持，只说："我素不喜坐享现成，休说患难之中，便你叔公在日，对我那样看重，百依百随，无论何事，稍一开口露出一点意思，只要人世间所有，多些艰难珍贵，也必千方百计用尽心力为我办到。

如换常人，自必万分满足，尽量享受，只骗得他一人宠爱，百事均可不问，何必操心劳力呢？就你叔公死后，仗着这几分姿色，也不愁没人对我宠爱尊敬。何况蛮俗不禁再嫁，又奉叔公遗命，将祖传神箭宝器交我，继为寨主，随我心意选一丈夫，便是离开本寨另外嫁人，只要将来所生遗腹子女长大成人，由我送回故乡，重立为王，他也万分心愿。我样样均可任性而行，岂不舒服快活到了极点？但我却不是那样想法。你叔公的恩情我也照样感激，一面却认为他对我宠爱，全是为我长得好看，并非看重我的才能智慧。此与寻常花鸟、珍贵玩好之物一样，除却终日由他一人亲热宝贵一无用处，似以庸庸碌碌以至老死，与草木同腐，一个活人和死东西差不多，任人摆弄，有甚意思？

“再一想到我父亲因我小时有点聪明，他又只此一女，非但万分怜爱，教诲尤为注重。十五六岁便将家传武功学会，又读了不少的书，本来把我当成男儿一样看待，后因恶人追逼，逃亡身死。我对他平日的教训至今不曾忘怀，偏生孤苦无依，在危机一发之中被你叔公救去。虽然彼此年貌并不相当，性情风俗也全不同，并非我心目中的好丈夫，为感救命之恩，情势所迫，不得不以身相报，就此虚生一世却是万分不甘。我既嫁他为妻，自应帮他治理山寨，使所有同族和别寨蛮人在他为首之下都能安居乐业，既不互相吞并，受中土贪官恶人欺凌离间，也不去向中土生事，彼此多伤人命财产，取那灭亡之祸。再把许多野蛮残暴、迷信鬼神的恶习全数改掉，借此施展我的抱负，一面也算报答他对我的情意。因此到后不久，便强劝他改变寨规，去恶从善，一面训练女兵，扫平蛮人，与各异族化除嫌怨，一面奖励农桑和猎采畜牧诸事。在我暗中劝化之下，不消三年便强盛起来。

“因我最恨凶杀抢夺，他们强横已惯，积习难改，手下千百户和大小酋长头目先均对我忌恨，无奈你叔公言听计从，他又法令严酷，无人敢违，才得无事。起初两年便你叔公也觉我每次力主的事于他有害，只管严令手下依言而行，心中也并不以为然。只为爱我太深，虽觉违背旧习易失人心，还有好些害处，他也照样答应。此时曾对我说，他实爱我胜如性命，只要讨得我的喜欢，便把全寨灭亡，他也为我送命，均所心愿。我因有许多事好处均在将来，微笑未答。每日除却照顾他的饮食起居，由他恩爱而外，不是带了众女兵访问远近蛮人疾苦，为之化解仇怨，想尽方法兴利除害，便是和他同出游猎，随时把那些贫苦的人喊来，当面谈问，使知平日高高在上，上下之情不通，一任手下宠信的人作威作福、残害良民，为他积怨除敌，自己一点不知，还以为比别族富强得多，无论汉、蛮都不敢惹，暂时骄狂任性，为所欲为。一旦事变暴发，当时身败名裂。

“我再告以都是一样人，理应劳逸苦乐相当，虽应有为首的人统率管理，但是少数的人终敌不过多数，如其违背民心，将大众膏血供你们享受，非但不为他们造福，反加压榨危害，早晚叛变。人心一样，大致相同。易地而居，只恐仇恨更深，一成独夫，固是必败，任有多大威权，无穷享受，而你所有人民全都贫苦衰弱，就算他们过惯痛苦岁月，你和手下爪牙又都强横，善于防御，暂时不敢反抗，势必死亡流离，一天比一天衰弱下去。他既无法自存，怎能为你抵御敌人？外族仇敌知你外强中干，定必乘虚而入，将你吞并。这是多大危险，如何可以大意？

“你叔公人本忠厚，只是自负勇力，性情强暴，平日尊卑分严，寻常蛮人畏惧随行爪牙鞭打，望即远避，从未当面说话，自然不知内中隐情。及至经我屡次当面询问，来人在我温言劝慰之下，知我能够做主，不致当时快意，背后受那爪牙危害，便将多年冤苦和平日委屈全说出来，我再从旁比喻分说，自更感动，无形中收了许多效果，渐由勉强改善变成真意。数年之后再一考查，寨中财富大增，远近蛮人纷纷归附，人力越多，才知这类以和平善政得来的财富，日常之间无形增长，暂时表面看不出来，但他一天比一天富足，并还普遍。本身固是越发富强，而所有人民也都安居乐业，年有积蓄。不似以前每次争杀抢夺，表面看去，金银、牛马、子女、财帛成堆成群，耀武扬威，热闹已极；可是对敌之际终有伤亡，每次损耗的人力物力全未计算在少，有时还要得不偿失，除却添点凶威，全是空的。并且每次战争之后，必定添上许多残废病苦，无形中又要损失许多人力物力。看似年年争杀，声威大震，只有限为首人得了好处，人民日子反倒越过越苦，真个是损人害己最恶最蠢的算计。哪有这样和平安乐，不残杀一个人，而寨中财富自然增加的好？经此一来，越发醒悟，言听计从。我心还是不足，老想多救点人，多做一点事业，心思难得有一天闲过。

“我先和侄孙婿、时二弟一见投机，固然为了彼此都是汉人，言语风俗相同，有了乡土之感，容易接近；最重要的还是他二人和我身世处境、心志相同之故。我这次情愿舍了寨主尊荣和无穷享受逃亡来此，还带上许多女兵和衣物粮食、刀矛镖箭、各样种子，便为奸党势盛，人心险诈，又有妖巫与之合谋。先没想到你叔公死得这快，以前又太疏忽，心肠太软，明知五虎等奸党不是好人，一则他们反形未露，二则种种顾虑，不愿多杀人命，加以自作聪明，以为妖巫被我制服，蛮人信鬼太深，我别的坏风俗多半改革，只此一端因丈夫力言族人蛮野性暴，留下妖巫还有许多用处，只想将来因势利用，没有把这信鬼之风改变过来。又忘了我嫁与叔公不满十年，到底年浅，又是异族女子，我表面人又温和，寨中蛮人对我敬重，只是感激恩义，多半还是丈夫的威力。我帮老王管理再好没有，老王一死便差得多。蛮俗年轻女寨主必定要招丈夫，我有一点颜色，更易生事，果然铸成大错。

“五虎等奸党见老王伤病，我因感他恩情，终日守在旁边，照应饮食医药，无事轻不出外，正好乘机暗中勾结，阴谋发难，最后竟假托神命逼我嫁与叛贼。我警觉太迟，再因一念之差，觉着丈夫死后管理他们太难，意欲来此暂居，等遗腹子女长大再行回去，别的全未顾到。等到发现奸党阴谋毒计，看出全寨山人奸党虽只小半，余者都为妖言蛊惑，受了愚弄，妖巫那柄石刀又被偷去，无法制她。如非女兵忠勇，于危机四伏之中逃来此地，已遭毒手。这里地方广大，又有大片森林无穷之利，一心想要开辟出点事业，没有仇敌侵害，我尚不愿坐享，何况同仇敌忾、危机隐伏之时。照昨夜所闻，鬼头蛮不曾来犯，实是迷信神卦，不敢越界，六十年期满便非前来生事不可。这类山人已极厉害，老妖巫师徒又与勾结，听怪人口气，至多还有两月便满六十年限期，难得老妖巫暂息凶谋，正好乘机下手，查探林中有无秘径，以便一举成功。我并非没有能力，如何旁观不问？你夫妻全山之主，有事之际岂可轻离：我有这些女兵，还有时二弟夫妇相助，足可无事，放心好了。”

兰花蛮女勇敢，又知凤珠智勇双全，闻言也就答应，只王翼一人心中难过，说不出来。当已无事发生，全寨举行接风欢宴，夜来寨舞，狂欢了一日夜。第三日起，兰花等四人又陪凤珠往游全境，还打了两次猎。一连五六天过去均无动静。中间两次接到崖口守望的人来报，说崖下原有奸党守候回信，内一守望老蛮与那些守候的人多半同族，中有一人还是他的堂弟，双方颇有感情，设词向其探询，先问出老妖巫刚神婆自高身价，虽经五虎等奸党力请，只派了一个妖徒接替以前妖巫之位，本人和同来几个徒党非但不肯去往老寨居住，连那所住之处都不肯说出。同来五妖徒时穿白衣,时穿黑衣,内有两男一女并还戴有面具。老妖巫失踪多年,起初五虎原不知她踪迹生死,近与新死妖巫勾结,想用阴谋巧娶凤珠,自为寨主,因觉凤珠和手下女兵均有惊人本领,不是易与,妖巫虽然假托神命,用邪法愚弄山民,终是胆怯。

这日有一奸党带人入山打猎,忽遇一个黑衣蒙面、头有双角、形如鬼怪的妖徒向其讨酒,说起寨中神巫是他一家。奸党人甚精细,看出妖徒本领甚高,极力奉承,再三探询,得知老妖巫尚在人间,隐居森林之内,忙即归告。妖巫同五虎得信,忙同带人寻去,刚到森林前面,便遇两个妖徒迎来,说老妖巫住处虽在森林之中,四面均有鬼神守护,生人入内必死,不许进去,有话只由妖徒转答。后经二人再三请求,只许新死妖巫一人入内。五虎为人好狡,觉着那片森林外观虽与崖上这片大森林相连,但是中隔绝壑,深不可测,共只方圆十来里一长条斜坡,离小金牛寨入口危崖上下之处还有二十多里;树林并不甚密,好些地方均透天光,林中猛兽甚多,孤悬在大片森林的外围,平日打猎时常出入,没有走到的地方极少,除却坡蛇起伏、崎岖不平、地势好些险峻而外,别无奇处,以前并未发现有人居住。妖徒却说乃师在林中隐居多年,四面均有鬼神守候,又知妖巫邪法多半虚假。妖徒走后,等了一阵,不见人回,借着久等不耐入林探望,便带两人走了进去。

初意那森林横里只得两三里深,容易将人找到。快到尽头,忽有三人相继倒地死去,身上并无伤痕,也未见有甚影迹。正在惊疑搜索,一个形如恶鬼、手持三尖叉的妖徒突然出现,厉声大喝:“此是禁地,再进必死。”并说:“前死三人为了途中口出恶言,得罪我师父,便是五虎也一样失敬。本应全数杀死,因有人求情,又是未来寨主,有大福命的人,只知悔罪求饶,将先死三人连林外两个口出不逊的小头目留下,由神处罚,急速退回,等我师姊回来自有吩咐,否则一个也休想回去。”五虎性情凶暴,勇猛多力,又最护群,虽知老妖巫师徒不是好惹,一听对方这等凶残,连死人尸首都要留下,另外还有两个活的党羽也不能够生还,心中愤怒。正在将信将疑,不敢发作,忽听一声惨哼,妖徒所指两人也同倒毙。心方一惊,新死妖巫已如飞赶回,见面急呼,埋怨五虎不该违背神命,不是她再三求情,谁都不能活命,还不跟她快走。同时又听林中鬼啸之声,暗影中现出许多奇形怪状的恶鬼影子和大量鬼火闪动,只得丢下死人逃回。

过了两天，林边大树上挂着五个死尸，除头还在，周身皮肉连同脏腑俱都失去，成了五个骨架。妖巫力说："五虎福命最大，是未来寨主，妖师刚神婆已允相助，所居洞府却不许去。如要有事求教，可命心腹斋戒沐浴，照指之处前往等候。便是本人不来，也必有人传话。"跟着便引五虎见了老妖巫一次。双方约定，一等往森林深处寻一凶神，回来再行发难。不料五虎急于想夺凤珠为妻，仗着妖巫由林中带回来的迷人香草提前下手，致被凤珠警觉，带了女兵突围逃走。老妖巫恰在当日赶回，事已无及，相差只有几个时辰。五虎只要晚发动一日，凤珠和手下女兵不是全遭惨杀，便一个也休想脱身。

那日凤珠上崖之后，老妖巫得信，当先赶到，见她留在寨中做妖巫的女儿已为凤珠所杀，暴跳如狂。五虎自然把事情推在死人身上，说妖巫因盗石刀，被凤珠看破，致被逃走，并非不遵神命。老妖巫随命五虎选出一个熟悉小金牛寨形势的党羽，拿了内藏恶鬼的葫芦竹筒等物，和崖上人说好，用长索缒将上去，往小金牛寨传话恐吓，人却不肯和五虎同回。一面又在崖下装神弄鬼，披发乱跳。如非兰花平日训练得好，法令又严，并有那二十多个女兵相助防守，几被吓住，为邪法所愚，被敌人用障眼法就势攻上崖去。五虎看出老妖巫果比她女儿高明得多，非但所施邪法无一是假，便那力大身轻惊人本领也是少见，连同来三个蒙面妖徒也都不是寻常。经此一来，越发奉若神明。

守崖的人听来人说完，刚想命人报信，老妖巫又来崖下施展邪法，朝上咒骂恐吓，说凤珠和后派去的神差已走了三四天，如何没有回信？传命的神差也未转来。如敢将其杀害，对于所说置之不理，不久便发动天兵天将两路夹攻，杀往碧龙洲。休说是人，连畜生虫蚁也决不留一个。众人正在提心吊胆小心防守，那些女兵只知忠于主人，哪管什么神鬼？一听老妖巫师徒暴跳怒吼，恶言咒骂她的主人，全都激怒，仗着居高临下，又发了许多镖箭擂石。内一妖徒或受重伤，从旁助威的奸党手下再打伤了好几个，激得妖巫奸党越发暴跳。正在大发凶威、上下相持之际，先是替代女兵的人奉命赶到，说妖巫邪法全是骗人，寨主自有除她之法，不必惊慌。这里地势险要，只要小心防守，见怪不怪，不为邪法所愚，决可无碍。跟着又有数人将四妖徒的人头和野猪送来，得知邪法骗人已被识破，并还带来假装鬼啸的响箭和妖徒装鬼的黑衣，防守的人照着所说一试响箭，果与连日鬼啸之声相同，当时醒悟，人心大振。

这时女兵已走，天还不曾亮透，妖巫师徒刚刚去而复转，乘天明以前光景黑暗，在下面施展邪法，惑乱人心，一时鬼影幢幢鬼声啾啾，碧萤群飞，神怪百出，比前两夜看去还要厉害得多，声势也颇惊人。不料崖上防守的人连接号令，知其虚妄，非但不怕，反照姬棠命人传话所说大声喝骂，说破机关，一面将四妖徒人头挂起，把野猪当着来人所变，算是回信，抛将下去，大声呐喊说："你那障眼法全是骗人，我们碧龙洲有两位活神仙，比你厉害得多，方才传命，不久便要杀往老金牛寨，将谋叛的奸党杀光。如来送死，省得我们费事，再妙没有。真有本领，怎不叫你那些神鬼飞上崖来？白天为何不敢出现卖弄？我们已有神仙保护，你那几个奸徒刚一走出，便被神刀所杀，就是榜样。"说完乱箭齐发。老妖巫虽然怒极暴跳，咬牙切齿，状类疯狂，无奈危崖削壁高陡险滑，无法飞上。稍微近前，上面飞石乱箭便和雹雨一般打下。

最难堪是五虎急于想听回音，又因老妖巫师徒不肯回寨受他供养，每日夜里却往崖前请神，朝上恐吓攻打，出力大多，特意带了多人和大批牛酒赶来犒劳，一半讨好巴结，想老妖巫为他出力，一半妄想孟龙父女也许吓住，只接投降回信，立可把凤珠和小金牛寨多年积蓄掳了回去。恰在此时赶到，先见崖下一带鬼火明灭如潮，大小恶鬼神怪时隐时现，出没无常，看去威势甚是惊人，以为蛮人信鬼怕神，不消多日吓也将他吓倒。就是孟龙父女不降，也可由崖口攻上，杀将进去。正在得意洋洋，和老妖巫见面说不几句，失意丢脸之事便相继而来。为了示威，所带的人甚多，内中只有小半奸党，余者都是胁从。自从凤珠一走，五虎篡位。因恐人心不附，稍有不合便加毒打，疑心又多，还杀了二十多个旧人和女兵家属。经此一来，全想起凤珠的好处，心生依恋，只为邪法所愚，太信神鬼，又听老妖巫已回，越发胆小害怕，无可如何。及听崖上的人说破邪法是假，又将妖徒人头挂起，所说的话全都有理，想起鬼神都能腾云驾雾，老妖巫说得那么凶恶，敌人如此辱骂，所请神鬼怎么只摆样子，在附近隐现号叫，听人咒骂放箭，一个也飞不上去，十九醒悟，只不敢说。

上面蛮兵再将姬棠代凤珠传谕老寨蛮人的话大声呐喊，向众宣说，大意众人均为奸党妖巫所愚，只要回头得早，不与奸党出力，均可无事。将来只诛五虎、妖巫等有限十几个首恶，余均不问，各自安居度日。时机一至，当场倒戈，全可宽免。下面蛮人当时天良发现，有的心中悔恨还未露出，有那天性刚强、有点胆勇的各寻交厚的人暗中商计，竟逃走了一二百个。五虎自是丧气，知道人心浮动，不能再留，只得严命手下死党暗中监防，退了回去。因老妖巫邪法虽假，终是得力党羽，还想敷衍，不料老妖巫一言未发，满脸狞厉之容，一声厉啸，便带了几个妖徒飞驰而去。后听人说那往老寨接做神巫的妖徒也在当日失踪，不知去向。

凤珠等五人闻报之后，越料老妖巫愧愤交加，虽然怨毒已深，受此重创，知道好谋诡计全被识破，老寨已无法立足；照此形势，暂时虽不会来此侵扰，必往勾结鬼头蛮，准备大举报仇，决不甘休。在此两月之内，便鬼头蛮不敢越界，也不免有人来此窥探。林外各地业经仔细搜查，并未寻出秘径线索。因恐蛮人粗心大意，昨日王、时等四人连众女兵又曾分头搜索了一整天，除前杀香蟒的崖穴与崖洞山腹相通而外，别无途径可寻。中间幺桃自告奋勇，还往东面昔年二狮来路香水崖一带仔细查探，一去不归。到了半夜，王翼才去将她寻回，周身泥污，人已疲倦不堪。说香水崖下虽有洞穴甚多，均无出路，归途在桄榔林旁寻到一处崖洞，内里洞径密如蛛网，费了好些心力走到尽头，仍是不能通过，人还困在里面。直到王翼往寻方始走出。那地方有两女兵同了姬棠曾往寻过，与所说相同，此外毫无可疑形迹。

凤珠本是心中猜想，拿不定秘径是否在外，一见穷搜不得，决计带了女兵自往林中查看，暗中留意为将来离此而去的打算，无奈兰花情热，知道此行艰险。凤珠又说："林中秘径如寻不到，过了杀人崖、快活树还要搜索前进。如能寻到鬼头蛮所在，将其收服，固是绝妙；否则，你叔公在日曾说昔年你叔曾祖曾往林中去过好几次，内有一次寻到一片风景极好的无人平野，中间十来里方圆均透天光，也有大片湖荡小山之类，但因当地深藏森林以内，四面密林包围，出入艰难，途中又有瘴气毒虫之险，左近猛兽毒蛇多，开荒的人少了不行。当地又少崖洞住人，建造竹楼房舍也极费事。湖边不远还有一片数十亩方圆的小湖，中间小岛虽可住人，不畏蛇兽侵害，可惜地面不大，至多住上百多人，也要建造房舍；不似这里有山有水，地方既大，又在森林外面，样样方便，并还有险可守。'

"回洞又因中了瘴毒，一病两月，彼时解毒的药还不知道，就此撇开。临死以前还曾提起，说那地方非但风景极好，出产极多，小岛旁边还有油泉，可以点火，许多好处。命你叔公将来可率蛮人罪人前往开发，只将那条通路寻到，斩断百十根树木，便可开出一条通行之路。人已病重，不等详说途向便自死去。因这里每年出产越多，事隔多年，详细途径又未听说，只知偏在杀人崖的南边，须由密林中寻到那条树缝直穿过去，事太艰险，早就不在心上。这日因我喜听开荒之事和森林中的景物，无心谈起。如能将其寻到，另立一片基业，我便住在那里，互相来往，非但有趣得多，还可把老寨的人和左近蛮人暗中招引些来，完成我的心志。”

兰花觉着事虽万难，但知凤珠毅力勇气，不畏艰险，此行少说也要十天半月。如还遇阻，就许一月以内未必能回。劝既不听，又不许跟去，只管凤珠力说：“事成之后再将妖巫除去，蛮人也同收服，山中平安无事，大家便可常时来往，两面居住。何况只是随口一说，事还渺茫，就能如愿，必先回来准备，不是短期间事，我非一去不归，何必多虑。”兰花也和姬棠一样爱极凤珠，又感激她的恩惠，暂时分手都不舍得，再三苦留多住几天，等手下的人先往林中重又仔细查探之后再去。如有发现，岂不也省好些辛苦心力？凤珠面软，情不可却，只得又住了几天。本来要走，兰花又有了两月孕，因同打猎小产，失血太多，病卧床上。这一来有了题目，说什么也不让凤珠起身。

凤珠见她产后血亏，面白如纸，四肢无力，常时头昏烦恶，一听说走便急得要哭，只得中止。先想等她稍好再走，说也奇怪，兰花本来夫妻恩爱，形影不离；自从凤珠到后第二日起，不知怎的，与凤珠比前两次更加亲热，一步也不肯离开。有时为和凤珠相聚，连丈夫走开也未在意。凤珠对于王、时二人表面上无一亲近，对于王翼更是不大说话，姬棠知她心中悲愤，暗告兰花，说：“凤珠汉人风俗，身是寡妇，不愿男子日夜守在她的房内。”兰花也觉出王、时二人在旁，凤珠只管有问必答，表面说笑自若，不似三女一起那样高兴，稍微时久，便要托词小睡，或催各自回房安歇，不知凤珠怀有难言之痛，专为厌恨王翼，与再兴无干；便和姬棠说好，时候稍久，便将各人丈夫支开。姬棠原是无心之言，兰花却认了真，因和凤珠越来越亲密，无形中和王翼却疏远了一点。王翼对兰花已不似新婚头上那样热爱，自从上年兰花生子之后，便嫌乃妻情热，只是无法出口。凤珠一来，想起前事，觉着不娶兰花，这样绝代天人岂不到了我的怀抱？心中悔恨万分，不怪自己忘恩薄情，反觉是为兰花所累。最可气是平日如影随形，再不便是守定凤珠，不肯离开，连想用水磨功夫暗通情愫、苦口求恕都无机会。虽然敢怒而不敢言，心中却是嫌烦已极。

兰花不知夫妻之情须于平淡之中暗藏真爱，要有含蓄不尽之意，彼此轻怜密爱，相处无言，还要同心合力、互助互敬才能持久。如其我我卿卿一味热烈，专重情欲，终日形影不离，等于吃惯山珍海味的人经久无奇，发泄既尽，日子一久，再不能有别的花样，转觉索然乏味，毫无意趣可言。易热易冷，理所必然。只有一方时久生厌，或是喜新厌旧，反倒生出恶感，一发不可收拾。便兰花本人，为和凤珠亲热疏远丈夫，虽不似王翼那样好色变心，昧良薄情，一半也因平日夫妻恩爱热过了头，一旦来了一个心中感念敬爱的人，又是那么美慧温柔、文武双全，便由不得见异思迁起来。只管心中仍以丈夫为重，如其发现隐情，恨不能与这男女二人拼命，形迹上却不知不觉和凤珠亲密得不舍分开，也是这个道理。

王翼更不必说，何况心中有事，兰花病倒，正好乘机下手，先做准备。事有凑巧，山中产有一种药草，专治吐血阴亏和妇女产难之疾。因那药草越是生服越有灵效，便假装关心，带了幺桃去往香水崖采药。兰花宠爱幺桃，又是从小看大的贴身蛮女，性又忠厚，贪和凤珠、姬棠说笑，毫未在意。第一次王翼去了多半日才寻回两株药草，幺桃另作一路尚在寻觅，直到半夜才回。因那药草最好当日采吃，王翼说："近来这类药草不易发现，须和幺桃分头寻找，打算多采些来，种在当地备用，省得往返费时。"于是连去采了好几天，均不甚多。最后说在五牛坂旁壑底产有药草，意欲多采些来，索性在洲上种它两亩，以备缓急。兰花因那药草非但补血强身，还可医治好些重病，便命多带两人同去。王翼口中答应，人却未带，由早起身，到了黄昏，只幺桃一人掘了许多药草移植洲上，忙到半夜还未种完，王翼也未回转。

凤珠已回房安歇，兰花想起丈夫一日不见，喊去询问，幺桃答说："大爷采完药草正要回转，忽然发现深草里有一尺许长的赤身小人，说是成形首乌天生灵药，吃了可以延年益寿，命我归告主人，说他正在守候，还要了些酒食与他送去，只不许人在旁，以免惊动，请主人放心，千万不可派人前去。因种药草忘了禀告。"兰花以前原听王翼说过，深山之中每有千年以上的灵芝、首乌等灵药化形出游，和人一样。如能得到，就不成仙，也可永葆青春，长生不老，竟将这一时戏言信以为真，闻言只当真个发现成形灵药，反倒高兴，觉着丈夫对她情爱真厚，昔年所说居然应验。因听幺桃传话此事不能令人知道，更不可派人往看，又知当地虽极隐僻，偏在那年烧杀黑蚁的深谷后面，不与外面相通，不会有甚意外发生。王翼武功甚高，身边带有铜笛和信号火花，即便有事发生，稍微报警，立刻有人往援，也不至于吃人的亏，便不再查问，连对凤珠和再兴夫妇也未谈起。

第十九回

蛮女幺桃之谜

再兴夫妇虽然看出王翼连日借着采药为名，和幺桃常时去往山东北一带走动，又不要人跟去，觉着可疑；但因所去不是森林一面，虽和幺桃同出，但不同回，二人身上都是一身污泥尘土，先当二人发生苟且，姬棠仔细查看幺桃神情又觉不似，对于采药之事偏是那么注重，又不带人。每次所得无多，人却看去疲倦异常，仿佛那药草不是容易可以采到，与王翼平日贪逸厌劳性情好些不符，分明改了常度。但他对于凤珠自到后第二日起始终庄敬，不像初来时一双色眼老注定在对方身上。如说关心妻病，又是口里好听，神情淡漠，心中奇怪，暗告再兴，设词试探，并要同往相助。以前二人有事多在一起，这次王翼一听再兴想要跟去，便面现不安之容，极力坚拒，第二日人便一去不归。

再兴先和王翼一样，和凤珠相见稍久，只兰花、姬棠稍微表示，便即离开。近日因王翼常出采药，姬棠和再兴说好，故意不走，看凤珠是否讨厌；哪知凤珠非但言笑如常，有时再兴借故要走，反被留住。再兴因王翼不在房中，兰花又不知内中隐情，无须顾忌，本不舍得离开，凤珠一留，正合心意。连经数日，觉着王翼神情可疑，便照姬棠所说一试，果不愿其同往，也不知是何原故，夫妻二人先就怀疑。到末了一天，见幺桃去了一日，王翼更是一去不归，料有原因。姬棠忍不住和凤珠谈起，觉着近来王翼大改常态，与前不同，便对兰花也和以前不一样，表面虽说得好，形迹上好像疏远得多。

凤珠近日和姬棠情分越深，对于王、时二人之事虽未明言，彼此早已心照。王翼和幺桃背人亲热神情，也早有蛮女日常密告，知他夫妻关心自己，恐王翼昧良，有甚阴谋恶意，笑答："这个不足为奇，此人心术不佳，有好些不端之事被幺桃看去，恐其告发，本意敷衍幺桃，勾结一党，免被兰花知道，于他不利。幺桃年已成长，心性灵巧，自然借此挟制。恰巧兰花生病，有了机会，才借采药为名，背人亲热。此举不过王翼心性不定，既恐幺桃走口，想要买动，又因天性好色，对方相貌也还讨人欢喜，乐得借此消遣，其实未必是他本心真爱幺桃，想要勾引。

“至于他夫妻近来有点疏远，他们结婚时的情景我虽不曾见到，但照兰花那样情热，夫妻之爱决难持久。休说王翼这类喜新厌旧的薄幸男子，便是孟雄和我虽是老夫少妻，格外宠爱，如不是我深知他的性情和热极必冷之理，也未必能够言听计从，始终如一，年月一久情爱更深了。我一来便看出他们夫妻情浓到了极点，可是早晚必要变心，此事不能专怪王翼，一半也是兰花咎由自取。这类丧天良的人不值一提，照他那样外强中干，自私胆怯，就是恨我，他已试出兆头不佳，我非受欺的人，也决不敢有甚别的举动。”跟着，又将第一夜王翼想要乘机挑逗，被四女兵吓退经过说了出来。

姬棠见再兴去往田里未归，兰花服药之后午睡未醒，只凤珠一人在房，女兵都在房外，想了一想低声笑道：“姊姊虽是女中英雄，料事如见，我却不是这样想法。为了兴哥朋友情重，有许多话他不愿我出口，未和姊姊谈起。照我平日观察，王翼这人表面和善，内里刚愎自用，心更奸巧。他这几日借着采药，常和幺桃远出，又不要人跟去，神情鬼祟，决不是为了兰姊的病；否则，这类药草香水崖左近常有发现。他们每去必是大半日，从来都是同出而不同回，双方相隔时间甚久，回时都是不等人问，便忙着说他二人采药经过。最奇怪是无一次身上没有灰尘，到家必先沐浴更衣。那药草采处就是深居壑底，至多腿脚上有些苔藓污泥，不应周身汗污，满面灰尘，人又那样疲倦，仿佛跑了不少急路神气。

“昨日二人天刚亮就匆匆起身，幺桃回时天已黄昏，背上汗已湿透，污秽不堪。到时我正由田里归来，见她麻布袋内所带东西甚多，还有一个灯筒。此去不比森林，又是白天，要灯何用？见我走过，忙即藏起，神情那么慌张。再看所采药草一半业已干枯，像是老早采放一旁；另外一头却似刚刚掘起，根上泥土还是湿的，可疑之点甚多。王翼至今不曾回来，其中必有原因。姊姊常说事情往往出人意外，我已深知此人心术不正，像姊姊这样神仙中人，休说男子，连我们女流见了也不舍得离开。以他那样好色，管甚利害。本来我不敢多嘴，一则我太敬爱姊姊，又蒙不弃，当我骨肉看待。既然知道几分，不能不说，还望姊姊随时留意，遇事防备，免得生出事来。这厮人面兽心，身败名裂并不冤枉，兰姊如为所累，或是知道丈夫为人，终身苦痛，岂不可怜？早日发现奸谋，无形消灭，大家都好。”

凤珠听完，想了一想，好似有些醒悟，笑道：“你夫妻好意早已心感，此时所说大是有理。兰花虽听我劝，教她对丈夫表面上不要太热，以免日久情淡，难于挽回；又极和我投机，日常相聚不舍离开。她和王翼已不似以前那样形影不离，但她终是热情女子，像这样一去不归，断无不问之理。我想幺桃必有话说，等她醒来，同往一问，我们旁观者清，必能问出一点道理。”

正说之间，兰花恰命蛮女来请。二女刚刚走出，再兴恰巧寻来，三人一同走了进去。见面姬棠笑问：“大哥又出去了么？”兰花微笑点头，并未再说。二女料有原因，暂时也未多问。见到了夜里，兰花因听幺桃说，日里往看，丈夫尚在守候，内中一次小人几乎捉到，又被逃走。为了夫妻长寿，非得手不可；但是这类灵物机警非常，防它警觉，不再出现，吩咐回转，非但不可泄露，连幺桃也不许再往探看。好在所带食粮三四天也吃不完，又有一处山洞可以居住，左近生满避毒香草，不怕毒虫蛇蟒。昨日看出小人虽是出没无常，到了后半夜和中午以前必要出来朝着星月跪拜。当日夜里恐还不能回来，要候到明日中午，小人出来饮水，将其网住，才能回转。就是半夜成功，这东西见土就钻，非有大福命的人，休说得他不到，想看一眼都是无缘。网到之后还要搜寻它那生根之所，仔细发掘，也要多半日光阴才能完事。那些根须均极宝贵，一点不能毁损。回来最快也是明日午前。如其需人相助，必吹洞笛发出信号等语。兰花觉着夜里无人寂寞，坚留凤珠同榻夜话。二女见她丈夫两日未回，一字不提，也无愁虑之容，自是心疑，忍不住又设词探询，兰花只说：“人在采药，要到明日中午才回。”凤珠知她不会说谎，更不会夫妻勾结阴谋暗算，好在房内外均有女兵随护戒备，决可无虑。见她意诚，勉强答应。

姬棠看出兰花有话未说，先辞回房，兰花也未深留。姬棠越想越怪，暗告再兴，借着王翼两日不归心生疑虑，暗中掩往偷看，一面留神幺桃行动。果然回房不久，幺桃便和众女兵说：“连日忙着采药，又要服侍主人，不曾回家。难得当夜老夫人与主人同榻，添了几位姊妹，业已禀告主人，回家探望父母，就便明午去看大爷药可采完。”一个人自言自语,和两女兵说了几句,便匆匆往下赶去。再兴夫妇凭栏窥探,见幺桃先往狮洞转了一转,出来换了一身旧衣,身上除所用腰刀外,还带有好些镖枪毒弩,先掩身林内,朝上张望,见夜已深,无甚动静,悄悄绕着树林,由楼后小桥走往对岸,和防守的人说了几句,便急匆匆往香水崖那面驰去。再兴看出有异,兵刃暗器应用之物姬棠早代办齐,便同跟踪赶去。桥边两头均有壮士防守,追风、逐电二狮也在当地埋伏。二人朝守桥的人一问,答说幺桃身边拿有一面通行全山并可指挥蛮人的令牌,说奉主人之命,明朝去往森林有事,就便回家探望等语。

二人知道幺桃最得兰花宠爱,从不离身。自从兰花病倒,身边添了两个蛮女服侍,王翼说:“幺桃聪明,药草生得细小,寄身灌木丛中,只她闻得出那香气。”由第一天带去采药,每日同往成了常例。兰花卧床无事,贪和二女说笑谈天,凤珠身旁照例留有数名蛮女相随,个个忠心勤敏,聪明仔细,只当幺桃随同丈夫采药移植,并未在意。而那令牌共只七面,原备万一有事,为首四人无法分身,有什么机密要事命人往办,通行全山,兼作临时指挥之用,看得最重。制成之后从未用过,除四人各带一面当作紧急信符以备缓急而外,下余三面向由王翼夫妇保管。近因仇敌要来侵害,为防奸细,遇到月黑天阴夜深之时,全山蛮人分班守望,无故不许远离原处。只管彼比相识,自己人的服装可以认出,如往远处走动,遇到防守的人,便要拦路盘问,话答不对,或是无故远离,形迹可疑,不是当时拘留,便是明日往上告发,查问原因。

香水崖虽与森林去路相反,但是东北尽头高举危崖的对面横有一条大壑,过去不远便是银坑寨和另外两种蛮人的巢穴。只管中隔千寻绝壑,从无甚事发生;但因那是二狮昔年来路,狮身上还搜出两只黑蚁,第二日诱杀犀群,又在附近暗谷之中发现大群毒蚁,因此添了几处守望。近因奸细突然出现,没有擒到活口,凤珠始终疑心那条秘径与内地相通。为防万一,此去香水崖便有好几处守望,均是住在附近的人,就便轮值。休说孤身女子双方相隔这远,连奉命巡夜的人也要互相盘问,没有令牌信符之类决难通过。但这一段直达两山交界的峰崖,有数十里之遥,因其形势险峻,石多土少,多是二三十家做一村落,聚居在新开辟的山洼盆地土坡水滨之处,往往中间隔着一段空地,走上十来里不见人迹。采药之处更是荒凉险僻。看幺桃神情,那面令牌必是王翼所给,双方勾结,内有隐情。如其单是幽会,不会这样小题大作，幺桃也不应带着那多武器。平日专喜打扮的人，却穿着一身旧衣，又是一条长裤，脚穿特制皮靴，分明所去之处荆棘甚多，并还伏有危机，越想越疑心，断定这男女二人必有图谋，仗着再兴夫妇无形中也成了首领，全山蛮人均听号令，便跟踪追了下去。

遥望幺桃掩身前进，走得甚急，过第一次守望时并还远远绕过，不令看出。二人防被看破，也是掩身尾随。这时天已深夜，又当日长夜短之际，相隔天明只有个把时辰，见幺桃已连绕越过四处关口。因那一带山峦丛杂，大树又多，幺桃脚底轻巧，路又极熟，不怕绕远，并未被人看破。算计这等走法，到时天已大亮，正在低声商计，万一撞见王翼如何说法，微一疏神，遥望幺桃业由崖坡上面飞驰而下，因恐看破，相隔约有七八丈，一时疏忽，忘了下面是片树林，等到赶去，中途觉着左边崖下有亮光一闪，跟踪纵落，借着大树隐身，四外一看，不禁又好气又好笑，互相埋怨起来。

原来当地草木繁茂，只来路三四丈阔一面斜坡，两边均是峭壁，左崖地势更低，野草更密，比人还高。下弦月光宛如一条银钩，远悬天际，本就不亮，再被崖角和大片树林遮蔽，满天繁星之下到处暗沉沉、静荡荡的，幺桃已不知去向。二人知道左侧面危崖甚长，山形到此渐往里缩，前途是条广溪，并无路径。崖下均是峭壁，方才曾见亮光一闪，仿佛幺桃在用灯筒照路。但那崖壁长仅十多丈，崖后乱山起伏，都是石质，形势奇险，只有一些野草苔藓，并无树木。先还疑心崖下有甚洞穴，幺桃人已掩进，下时因上面无处掩藏，相隔较远，又正低声谈论，停了一停，被她溜脱。但是这样草深难走的路，决不会被她走得多远。灯筒的光可以照出十多丈，方才只闪了一闪，也许所去洞穴就在附近，所以不见一点动静。再不，便是幺桃中途警觉，人已藏起。

想了想，先不打草惊蛇，索性守在树后，留神窥探，以为前后相隔没有多时，幺桃如知身后有人，暗中藏起，这样草木繁茂之地必难久停。过上些时，必当人已走去，或是假藏采药、寻找王翼，公然走出，否则也有声息动静。至多守到天明必可看出虚实，省得野草地里搜索费事，还要防备蛇虫毒口。哪知守不多时，东方便有明意，直到天光亮透，晓烟浮动中再往左右两面仔细一看，都是完整的石壁，非但没有崖洞，崖脚一带还是湿泥，有人走过必要留下脚印，休说可疑之迹，连野草都未折倒一根。当中一段虽然无甚野草，路也干透，但是大树甚多，昨夜立处便是一株三抱粗细的古树，枯死多年，上面还有两个大洞，好似中空，草地里还有一个倒落不久的大蜂案。树穴里面黄蜂甚多，三三五五正往外相继飞出。知道这类黄蜂身有毒刺，姬棠以前被蜂螫过，肿痛麻痒了两三日，尝过它的厉害。总算运气，先在树下立了好些时，幸未被螫。一经发现，慌不迭拉了再兴往旁避开，怎么也看不出幺桃如何失踪。算计双方脚程和时辰相隔远近，无论如何也应看出一点形迹，竟无踪影，好生惊奇。

再兴还不死心，四面查找。姬棠见日头已高，知道幺桃灵巧狡猾，也许昨夜警觉身后有人，闪往一旁，伏身暗处，等人走过，她却逃了回去，否则无此情理。天光不早，惟恐凤珠起身等吃早饭，归路还有十多里，田里也还有事未了，须在凤珠起身以前将它做完，只得拉了再兴扫兴而回。正打算见了幺桃当面盘问，就被王翼知道，双方既是骨肉之交，他一去不归，手下蛮女行动鬼祟，也应查问，料他无话可说。何况患难弟兄，再兴为人他所深知，只要假装糊涂，决不至于忌恨。不料行离碧龙洲还有两里多路，便遇一小头目说，王翼刚才由香水崖采药回来，人已受伤。再问幺桃，说是昨夜回家，因听人说王翼采药受伤，带人赶来，王翼早被前面防守的人望见，用藤榻抬起，正往前走。幺桃来时并还带了伤药，匆匆代他包扎，同往碧龙洲走去。

二人一听大惊，再兴更是朋友情长，忙往回赶。上楼一看，凤珠正在凭栏闲眺，若无其事。旁边立着两个蛮女，见二人跑来，扬手招呼。再兴料知王翼伤势不重，心方略定，上楼便问："姊姊，见到大哥没有？伤势如何？"凤珠微笑答道："人已回房，你看去吧。"再兴知她对于王翼心灰意冷，痛痒无关，无心多说。正要赶去，忽听凤珠低呼"棠妹"。幺桃红着一双眼睛，好似一夜未睡，衣服业已换过，由楼廊上匆匆绕来，见面便说："二爷你在哪里？大爷正寻你呢。还不快去。"再兴料她假装糊涂，昨夜追踪之事多半被她看破，不知王翼知道与否。闻言不顾再等姬棠，匆匆赶去。

进门瞥见王翼面容灰败，一身新近撕破、满是灰泥的衣履刚刚换下，由另一蛮女拿出，受伤好似不轻。人卧榻上，赤着上半身，兰花满面泪容坐在里床，和一蛮女忙着替他敷药，擦洗身上，神情甚是愁急。一见再兴，便喊："二弟快来，你大哥为我去采成形首乌，连守两三日，眼看到手，为一怪兽所伤，差一点送命，他还采了半截何首乌回来。这类东西我以前非但见过，还曾吃过，不足为奇。他偏说是成形灵药，差一点没有为此送命，多教人心痛呢！早知如此，便是当时成仙，我也不愿要了。方才寻你，你又不知何往。你们是好弟兄，快来看看他吧。”

再兴见王翼赤身平卧兰花外床，头上还有泥沙，兰花带病挣起为他敷药，万分情急关切，王翼却是双目微闭，形容消瘦，腿脚磨破了两三处，好似疲倦已极，对于身边情深爱重、大病未愈的爱妻，任其殷勤服侍，好似毫不关心。闻言，只当有甚急事，刚喊得一声“大哥”，王翼便睁眼苦笑道：“二弟，我们两日不见，你们想必担心。可惜精神白费，到手灵药又被失去。事前只你兰姊一人知道，并非有甚私心，实因这类灵物最是机警，稍一疏忽便难得到，不得不加小心。本拟四人同享长生不老，早知福薄命浅，把你和棠妹约去也许不致受伤了。”再兴虽不知他编的甚谎，业已听出几分虚假，先还以为有甚要事商量，及至一问经过，非但昨夜尾随幺桃之事王翼不知，便幺桃也似不曾看破。王翼只是到后不见再兴夫妇，随便一问。兰花夫妻情重，便当一件大事，命人四处寻找，其实无关。

凤珠本在房中陪着病人谈天，忽见幺桃奔上，大意是说：王翼因守灵药，被怪兽抓伤。那东西形如大猩猩，爪利如钩，力大无穷，结果虽被王翼用镖打伤逃走，人已力竭倒地，左臂几被抓断，还有好些浮伤，流血颇多，勉强行至中途，被防守的人抬来。又遇幺桃得信迎上，带有伤药，才将血止住，抬了回来。凤珠原听兰花昨夜密告发现首乌之事，本是半信半疑，又见王翼周身污秽不堪，还要更换，便退了出来。兰花因所说怪兽与前遇猩猩相似，疑为猩人所伤。两次询问，王翼力言不是，说所遇怪兽一身灰毛，比怪人所带猩猩高大得多。等药敷好，穿上衣裤，兰花人也累得头晕眼花，喘息卧倒。姬棠赶进房来探望，力劝：“兰姊保重，大哥外伤，并不妨事，无须多虑。”兰花连急带累，虽有补血药草，无奈小产时血流太多，本就病势转重。隔了两三日，王翼伤好起身，兰花不知怎的病更沉重，服药无效，几次血崩，晕死过去。

凤珠等三人看出兰花本来人已快好，便刚小产时也无此危险景象。自从王翼归后，同卧三日，病势才越来越重。王翼当着兰花和姬棠夫妻二人虽是唉声叹气，愁眉不展，仿佛夫妻情重，忧急万分；兰花只一睡熟，人便借故溜出房去，常和幺桃借喂二狮为由，掩身花林之内，有说有笑，神情越发亲密。末了几天，似恐楼上望见，改在狮洞侧面小山旁边,已看不出。再兴夫妇,虽不便掩往窥探,料知王翼丧尽天良,兰花情热无知,病象忽转危急,必是王翼乘机造成。孟龙只此一女,自是愁虑,每日均来看望,见那么活泼勇猛的爱女,前后十来天光阴,人便形销骨立,面如土色。

山中原有两个能医的老人,因是山民,从小便随走方郎中学医,虽是丹方居多,因有多年经验,深知药性,医道颇好,前被孟雄虏来为奴,受尽虐待,幸而兰花代父做主,专令二人为全山蛮人医病,才转安乐,因感兰花恩惠,治病最为尽心。背人和再兴说:"小寨主本来病好多半,就是那日医伤劳神,也决不致如此,此事可疑。除却夫妻情浓,决不会这样沉重。王大爷人甚仔细,怎会如此?"一面暗告孟龙,病已万分危险,最好请王大爷分居别房,由我二人日夜在房外煎药调养,或者还能挽救。孟龙因兰花从小娇惯,夫妻情重,劝必不听,便托再兴暗告王翼,令其暂时分居。不料王翼闻言大怒,说那两个老头不能医病,还冤枉他,不是再兴劝阻,又经四人议定无故不许动刑,以强凌弱,二老头几受鞭打。

后来还是凤珠听说看不过去,兰花病势日重,耽搁行期,其势不能弃之而去,便向兰花明言推说照料病人,当日便令王翼移居别房。兰花先还不知利害,直到凤珠明白说出,知道病势危险万分,夫妻方始分居。凤珠自然每日守在房内,内外均有女兵照料,连幺桃都无法插手。王翼每日去往房中装腔作态,殷勤慰问。兰花不知丈夫存有恶念,还当真个夫妻情重,不是和凤珠太好,二女力言利害,真恨不得喊丈夫搬回房去。凤珠只知王翼心肠阴毒,盼望兰花早死,以便勾引自己。因再兴夫妇不曾查明王翼前数日所去之处是否真个发现成形灵药,那段首乌也经王翼力劝,当众分吃,虽未有甚灵效,吃时王翼却是宝贵非常,比寻常首乌也真粗大,不像作伪。再兴又不便露骨去向幺桃查问,于是忽略过去。

这日凤珠见兰花在众人和二老头日夜守护医治之下,重又转危为安,脱离险境。时光易过,前后快有一月光阴,想起老妖巫自从妖徒死后并无动静。老寨中人不堪奸党凶威压榨,常有逃来。守崖壮士因飞桥长索已被凤珠斩断,不能大量上下,危崖高险,吊上一人要费不少的事,又不敢擅自做主,几次命人禀告,说那些逃人日常来到崖下悲哭号叫,要想上来。有时被追兵赶到崖下,逃避不及,便遭惨杀,或被擒回毒打，惨痛已极。近日逃来越多，数十人一起，分别隐藏在附近森林和崖谷隐僻之区，一面分人轮流守望，以防仇敌来此追杀。每到奸党不在或是退去，便向崖上哭喊跪拜，哀求夫人寨主救命。内有两次被奸党掩来，正在搜杀，不料他们情急反抗，引起恶斗，结果两败俱伤，双方均死了不少的人。为首奸党因老寨人心大乱，逃亡日多，每次派人追杀必有好些和逃人做了一路，倒戈相向，一面还有后顾之忧，近日正在命人寻访老妖巫的下落；一面勾结别寨蛮人，许以重利，招了许多外族蛮人，准备大举残杀。因知飞桥已断，守崖的人不肯把人吊上，在未准备停当以前，已不再命人来此窥探。

凤珠知道老寨中人都感激她的恩义，经众奸党一比，越发归心，不是虚假。暗忖：自己人少，全是女子，这些人一则可怜，将来又有用处，并且仇敌不久发难，为了兰花一病耽搁至今，好在防备严密，内中就有奸细，这些女兵也能分辨，一面令再兴带了二十名女兵重制飞桥，将这些逃人接引上来。到了小金牛寨，分别老少和各人心志，觅地安置，由再兴夫妇训练，选拔胆勇之士，以备将来之用，一面传令山中妇女，添制粮袋和各种应用之物。兰花日内病好不说，否则也以大局为重，至多再隔十日，便率女兵和再兴夫妇入林一试，一面向兰花力说利害和非去不可之理。

再兴走后，暗查王翼每日必往对岸寨中向孟龙讨好，一面想尽方法收买人心。对于自己始终庄敬，不露丝毫邪意。起初还和幺桃背人相见，近数日来双方神情忽然冷淡，无故话都不说一句，连命女兵暗中查探都是如此，也不知他葫芦里卖的什么药。料其心计白用，至多讨好孟龙，等兰花死后由他来做寨主，别的无论有甚方法也无用处。何况兰花病势已有转机，便不以为意，表面上还是一样，丝毫不肯露出。过了数日，再兴将老寨逃亡的人引来仔细分别查问，都是倾向凤珠的蛮人，共有五六百人之多。内中虽有数十个奸党，也都自知受愚，心生悔悟，倒戈逃来。再兴谨细，想起明月将圆，离怪人所说期限只有月余，日夜尽心教练，暗中仔细考查，分别折箭为誓，住在香水崖侧，由公家发给食粮耕具应用之物，令其开荒，并选拔出了数十名忠义胆勇之士做了头目。等到停当，有点头绪，业已十天过去。

凤珠行事机密，一切均与再兴夫妇密商，表面声色不动，因和兰花刚病倒时便曾说好，时机一至，说走就走。兰花只留凤珠等三人多留七八日,前后住了一月多,知道事关大局,转眼便是两月期近,不先防备打算,万一到了六十年限期,妖巫勾引鬼头蛮大举杀来,就能得胜,也有伤亡损耗。前留凤珠不住,如今住得这久,全是为了自己的病,日常谈起感激万分。凤珠早看出她为人聪明,天性极厚,什么事都说得明白,并非寻常女子,偏嫁了这样一个丧尽天良的丈夫,不是二山医感恩,自己尽心照护,早已送命,又是怜念,又是不平。无奈人家丈夫昧良薄幸,旁边人任怎同情,气力大不出来,此是无可如何的事。本来还想守到复原再走,无奈事关全山人的生命财产、吉凶安危,看王翼似已不敢起甚邪念,兰花又极感激亲热,便是久居在此也不相干,偏又有这强仇大敌,怪人所说六十年限期转眼就到,万一妖巫勾结蛮人到时来犯,不迎头抢上,就是得胜,也多伤亡,一败便不可收拾。

起初还盼怪人暗报机密,好作准备,不料奸细死后,这一人一兽也不再出现。森林黑暗,满布危机,就许怪人已为仇敌所杀,仇敌远隔二三百里的黑暗森林,林中秘径至今不曾寻到,虚实深浅一点不知,其势不能因她一人延误全局。为恐兰花走漏口风,直到行期决定头天夜里方始说出。一面力劝兰花,说她全山之主,务要保重精神身体,病中更要留意,夫妻只管情深,不在暂时亲热。复原以前不可同居一室,就是病好起来,对于丈夫也应照着平日所说,把真情真爱隐在平淡之中,使其有余不尽,才能永久。一面拿寻常夫妇作比,暗中点醒,王翼非但人靠不住,并还自私心重,只顾他一人快活,不问对方安危,否则病已早好,何致如此反复,几乎送命。

兰花原是绝顶聪明,不过生长蛮荒,人太天真,没有学识经历。自和凤珠相聚,这一个多月来每日谈论商计,已长了好些见识,明白好些道理,一点就透。虽因凤珠不曾指明,仔细一想,便觉丈夫果有好些不合之处,便以夫妻情爱而论,也觉自己十分至多换他七八分,不似再兴对于姬棠,看去没有自己亲热,但是互相亲爱体贴,无微不至,彼此无限深情自然流露,没有丝毫勉强做作的表示,也看不出谁是主动。虽不知他闺房之中是何光景,姬棠脸嫩,向她询问也不肯说,看那意思却是好极。越想越觉凤珠之言有理,自己互相看中、情投意合的夫妇反倒没有姬棠上来一味迁就、勉强结合的伴侣来得情深爱重。再一想起王翼,有时只是一张甜嘴,全是敷衍,假亲热。以前还不甚显,凤珠到后,非但问病招呼都成例有文章,做过便完;那一双眼睛也似心不在焉。就拿采药来说,真个恩爱夫妻,怎会连去多时不想家中病妻,回来先忙沐浴更衣,谈不几句便昏沉睡去。病中又是那样不顾人的死活,口说为我采药,见了病人反不关心。

因和凤珠谈得投机,没有留意,此时回忆,好些可疑。经此一来,不由羡慕姬棠,心中难过;对于凤珠,不知怎的,明知非走不可,偏不舍得,仿佛以后便难再见,由不得心酸起来。凤珠见她虽未强留,神情十分悲苦,只得极力劝慰,告以不久即回,成功之后只有更好,何必这样伤感?姬棠当夜为了明日要走,特意移居兰花房内与之话别,不知怎的,也是望着兰花心酸难过,也说不出个道理,三人都是一夜无眠。本定天明起身,后因大家未睡,森林没有日夜之分,兰花又是依依不舍,再三挽留夜里再走,王翼恰有事走开,要到第三日早起才回,只得答应,改作夜里起身。因兰花病势刚有转机,恐其劳神,一面通知再兴和众蛮女,各自先在日里睡足,待命上路,一面假装疲倦,强劝兰花同睡。兰花病卧已久,时醒时眠已成习惯,一夜缺睡并不相干,凤珠、姬棠却因此把睡眠补足,直到当日申初才醒。

兰花因二女远行,前途虽极艰险,如照往日这类事本极寻常,并还常时带人去往森林采荒,以探险为乐,并不足奇。这次不知何故,心情不安,一听二女说走,便心酸泪流,仿佛只此两个亲人,一去便难再见神气,所说全是伤感的话。因听二女之劝,勉强合眼,并未睡熟,不时想起二女昨夜所说和丈夫平日为人,心乱如麻,几次偷看二女睡得甚香,不忍惊动。等到醒后,蛮女送上面水食物,同吃了些,知快起身,忍不住又流下泪来。二女见她以前那么天真勇敢,一病月余,非但形容消瘦,英气大减,人也改了常态,词色尤为凄苦,说的都是丧气的话,彼此心都一动。

正想劝慰,再兴匆匆走入,说近一月来常有人往森林深入查探,秘径虽未寻到,因是近年入林采荒的壮士在四人细心教导之下防御严密,应用之物无不齐备,偶然遇到艰险,均能当时克服,极少受到伤害。接连去了好几次人,一直走到快活树转角,被密林阻住折回,始终未伤一人,也未发现一条人影和仇敌的踪迹。前日他们因不知姊姊定在昨夜起身,又有勇士往探,无意之间由杀人崖左侧,不顾密林阻隔,冒了奇险,朝西北方密林缝中硬穿过去,打算由巨木丛中用人力硬开出一条小路试他一试,居然发现那巨木骈生的密林共只里许方圆阻隔,中间还有好些枯树。开通过去，将这一段走完，前面虽是好几抱粗的千年古木，上面枝叶盘曲纠结，风雨不透，但是离地甚高，行列比别处要稀得多，宽处竟达十余丈。最仄之处两树相隔也有两三丈，一直走出老远都是如此。从来难得遇到这等境地，料定前途还有奇境，所带干粮不多，见林中幽静，地下落叶甚多，均已腐朽，惟恐走得太远归途迷路，中间一段树缝又难通行，好些地方均用刀斧将两旁树木削去，开出一两尺宽的空隙，擦身而过，沿途时闻各种异啸，甚是惊人。事前未作打算，难于再进，准备退回报信。问明之后，备好大量用具，带上多人，再往搜索。

来去都无变故发生，业已走上归途，还有十来里便可出林回转，已到以前采荒常去之地，林中形势全都熟悉。本来那一带除各种药材香草而外，连野兽也难得遇到一只，为近来林中最平静的所在。兰花以前曾经发令，无论何人，只在林中寻到新路，或是别的财富，比采荒多得，功劳更大，俱都高兴非常，觉着没有多远便可走出请功。恰值饥疲交加之际，便将所藏干肉酒果取将出来，就在林中席地大吃，打算吃饱走回。内有两人想起相隔七八里外有一处守望树屋，值班勇士是他亲戚弟兄，反正归途平安，不会有事，便和同伴说好，当先起身，赶往前途相待，就便把林中采得的十几枚野果与守望的人送去。到后谈了一阵不见人来，先未理会。后有人往接班，说天已大亮，才想起停留饮食之处旁有水塘，有丈许方圆地方可透天光，来时曾见上面星光闪烁，天明尚早，本来算好吃完缓步走出，回到寨前正好天亮，省得深夜之间有甚惊动。众人俱都忙着回来报信，树屋下面乃是必由之路，怎会走后半日还未寻来？林中昏黑，照例去的人一上归途，便恨不能当时走出，无论如何不应停留这久。起初还当连日疲乏，乘着天还未明，在当地先睡些时；后来越想越奇怪，便回反身寻去。

到后一看，后走六人随身粮袋用具都在原地未动，内有两人走时吃了几口急酒，嫌热，曾将上衣脱下，连粮袋水壶同挂树上，也未改样。围坐的一块平石上面酒食干肉还未吃完，业已布满虫蚁。石旁几条小蛇似在吞吃熟鸡蛋，刚刚惊走，窜往塘边乱草之中，人却全数不见。分明昨夜分手不久六人便同失踪。仔细查看，所留衣物酒肉都和昨夜走时光景相同，只人不见，四面并无争斗凌乱和蛇蟒野兽往来之迹，仿佛这六人正在饮食，忽被甚事同时引走，内有两人所用刀剑也在石旁，不曾带去。这六个同伴都是胆勇之士，常时往来森林采荒，身轻力大，颇有经历，身边又都带有铜角信号，相隔守望只得数里，如有警兆，必要先吹铜角报警，一面应付，不会全数被害，也无一人逃回。先不信六人遇险身死，因那刚换班的四个壮汉也跟了去，便在当地连吹号角，不听回音，再用特制灯筒分途搜索，也无踪影。

等到回转原处水塘旁边，忽然发现以前吃酒的平石上面放着一张刚斫下的树皮，上面画着两句蛮文，意似来人速退，否则必死。同时又见树枝上挂着一块尺许长的木片，上面画着一个魔鬼，还有三把尖刀钉在树上，都是方才所无，才知不妙。正往回赶，忽听路旁有人低语道："我非敌人，不要多疑，你们快回，去向主人报信，再来人少不行，千万不可分散。香水崖所产灵珠香草能够避毒，最好多带一些，塞点在鼻孔里，要少好些凶险。我也不敢在此停留，有许多话都无法说，你们走得越快越好。"忙用灯筒一照，乃是一个头戴面具的白衣人立在侧面大树之后，听声音像是一个少女。匆匆说完，便往暗影中纵去，动作如飞，一闪不见，听出不是恶意。

内中一人胆子最大，想要探询失踪同伴的下落，忙追过去，刚问得两声，未听回音，人也不曾看见，猛觉身上一紧，好似上了一道铁箍，被人由身后连两条膀臂一齐箍紧，手中灯筒已被抢去。黑暗之中只觉敌人身上穿有极硬的兽皮，力大无穷，也未看清形貌，刚惊呼怒吼得一声，猛又觉身子一松。凌空被人往来路抛去，微闻方才白衣人低喝："我已说明不是你们仇敌，还要乱喝乱追，想作死么？你们不能暗中看人，追我不上，问也不会回答，还不快走！"跟着人便落地，仗着身手矫健，落处草多，又是空地，没有跌倒受伤。等同伴闻声追过，前面已无声息，才知厉害，不敢再强，匆匆赶回。

再兴闻报，还当是怪人和所带猩猩，仔细一问，那人说是先发话警告的实是女子，身材比怪人也低得多。擒他的虽因林中黑暗，灯筒已失，又是由后掩来，不曾看出，也似一人，不像猩猩，力气大得出奇，被他擒住，和抛球一般抛出两三丈，休想挣扎分毫。猩猩还没人高，就是力大，也无如此灵巧轻快。林外数人也说白衣人是女子，言语和壮汉相似，与传闻的鬼头蛮那样尖声尖气、宛如鸟语的口音迥不相同。再兴心中惊疑，来和二女商计。凤珠一听，便料仇敌业已发动，也许不等下月月圆便要来犯，事出预计，想起兰花还未起床，王翼又因事去往来路危崖,要到明早才回。虽然再兴为防兰花卧病不起,他夫妻走后指挥人少,曾和王翼商计,选拔出几个智勇双全的头目,王翼不在,到底可虑,索性候到半夜起身。自己走后不久,王翼也正赶回,恰巧接上,免得万一发生变故,无人主持。一面由再兴代兰花夫妇发令,把那几个头目喊来,传知全山,小心戒备,日夜巡守,如临大敌;一面又向兰花指点机宜,照着近来观察的地势分头埋伏,以及攻守之策。

兰花见三人如此尽心,所说应敌方法更是周密谨细,实比自己高明得多,又是感激,又是佩服。知道林中已有警兆,凤珠等更是非走不可,心中依恋,无计可施,拉住二女的手,凄然说道:“我真不舍得叔婆、棠妹和时二弟,无奈我病未好,人又不能离开,以后不知能否再见呢。”二女听她近日所说都是不祥之言,想起王翼采药回来,兰花病势忽转沉重可疑情形,再见兰花悲苦之状,更觉不是好兆,只得同声婉劝,说:“我二人不久即归,哪有不能再见之理。”到了夜里,兰花说得好好,见众蛮女忙着准备起身,忽然一阵伤心,竟又痛哭起来。

凤珠见状,想起前事,觉着兰花的病可疑,王翼那样忘恩负义的人,为了兰花情热,好些妨碍,就许蓄有阴谋,也自难料,先想不说,后见行期越近,兰花那样悲泣依恋,越看心越不忍,暗忖,此女实是至性至情的好女子,心更善良忠厚,万一受那恶人暗算,岂不冤枉?似此无故悲伤,决非好兆。她夫妻情重,有许多话偏又不便明说,更要防她心直天真,告知王翼或是生出嫌隙,反而不美。为难了一阵,越想越觉可虑。姬棠外表温婉,人最刚直义气,已忍不住先用言语点醒,意似兰花病后必须保重,须等复原之后方可和平日一样,暂时最好仍和大哥分开。凤珠心想:兰花可爱可怜,彼此情厚,不能为了一时顾忌隐忍不言。万一王翼真丧天良,必是由我而起,非但兰花死得冤枉,对于自己也必不肯死心,多出好些烦恼,还是索性叫破的好;但因这类话昨夜业朝兰花点醒,也明白了几分。

正想如何措词,忽又有人来报,日里再兴派了数十人分成两起去往森林搜索那六个失踪人的下落,一面又命两个头目和百多个勇士在后接应,稍有动静,便同掩往林中除害。原意前途发生警兆,借着搜索失踪的人,查探仇敌动静,以便凤珠好作准备。方才接报,这两队勇士按照平日所练行军搜敌之法深入林中,本来无论跑出多远,去的人由前锋起,直达后面接应的大队,以及沿途守望均有呼应,稍有警兆,转眼相继得信，传达过来，动作极快。哪知前队三十多人业已赶到杀人崖、快活树，第二队一直尾随在后，三五人一起用各种信号连结，互相照应，分途搜索，后面接应的一队再跟踪入林，并还连用许多诱敌之计，想将仇敌引出，搜寻了半日夜，始终未遇一人，也无可疑形迹，连那水塘旁边平石上的树皮和敌人所挂木片俱都不见，只剩失踪人遗留的两件长衣仍放原处未动，仿佛并无其事。再兴见此形势，更料敌人深险诡秘、形踪莫测，心中忧疑，又和二女商计。

第二十回

森林中的女兵

凤珠闻报，仔细一想，忙告再兴速将这三队人撤回，并告留守的人，只在那两处出入要路的入口加紧防守，人数不可太少，更不许有人离开，一有动静先发信号，无论来势强弱，先守不攻，非等援兵到来，不可轻易出手。失踪的人虽极可虑，好在天明前自己便要入林查探，无须这样张皇。兰花、姬棠也说此言有理，再兴忙即赶往对岸发令，用紧急信号将人召回。凤珠只顾商量正事和未来应敌之策，有好些话又实不便明说，就此岔开。本定半夜起身，因再兴方才一报，想等入林搜索的人全数赶回再走，兰花又在苦留，说三人去后无人主持，怎么也等王翼回来再走。二女情不可却，只得答应，重又改作天明起身。

王翼近来神情大变，每日只向兰花假意殷勤慰问一阵，便借口日期将近，恐有疏失，查看全山蛮人是否忠于职守，并指点他们攻守应敌之法，奔走各地，时来时去，甚是忙乱，也不大和凤珠等三人商计，再不便去对寨和孟龙商说未来应敌之事。孟龙每来看望兰花，必说王翼如何忠义出力，再好没有。对于幺桃已有十多天不曾见他对面说笑，忽然疏远起来。二女均觉他可疑，虽想不出是何心意，但因兰花一病，越看出王翼用心阴毒，故此连行期都不使知道，也非怕他有甚戒心，实是心中痛恨。姬棠又说："王翼可疑，人心难测，好在早已说定，说走就走，乐得不使知道。"这时为了昨日发生警兆，兰花再三力说，凤珠心想：他虽不好，到底主人，何苦使其难堪？初意王翼天明必到，见面就走，免露痕迹，哪知天已大亮，林中搜索的人已早回转，王翼尚还未到。

正和兰花话别，幺桃近十来天不常守在屋内，二女被病人拉住，难得离开，再兴人虽谨细，因和心上人异域重逢，自己心意对方早已得知，双方情分无异骨肉，每日事完也守在一旁，不舍离开。兰花本极怜爱幺桃，病倒之后，因凤珠身边几个女兵比幺桃还要灵巧，更会做事，幺桃再借故避开，习惯自然，以为幺桃相形见绌，向主人撒娇负气，几次想要喊问，不是王翼代为解释，便因和二女说笑岔开，因此四人都未留意。这时见她匆匆走上，背上还有一片泥污，刚想起王翼走后不久此女便不曾见过，心方一动，幺桃已先禀告，说："王翼因巡查山口回来，中途想起还有两处要紧所在不曾派人，欲往查看，人要过午才能回转。叔婆森林探险不及亲送，将来见面请罪。"姬棠便问："大爷人在外面，怎知我们要走？"幺桃面上一红，答说："老夫人原定昨夜起身，想是今朝中途得信，我未遇见大爷，不知怎会晓得。"

凤珠料知林中仇敌看出自己人多，或有别的顾忌，不敢发难，暗中藏起。见去的人撤退回来，必要暗中掩来窥探，正好乘机掩去，只要擒到一个，便可问出虚实，急于起身，也未查看幺桃神色，便和兰花作别，说："我和二弟夫妇已代你发令准备，防御甚严，暂时决可无事。我们此时出发，入林不远，侄孙婿也必回转，可照我所说而行便了。"兰花知不能留，只得含泪应了。凤珠见她依恋太切，又将连日服侍兰花的两个蛮女山榴、石燕留下，暗中嘱咐，令其随时留意照护，方始起身。行时兰花因二女坚决不令下楼，命人扶往楼窗，往下一看，见那四十多个女兵又是一种打扮，一身密扣短装，背腿本来裸露在外，因恐林中蚊蝇虫蚁伤害，手脚均有特制的皮套。林中不透天光风雨，来时藤笠已全取下。每人一身黑衣，一顶附有面具的软皮套，前胸后背要害之处均有藤皮合制的护心盾牌。一半手持镖矛，一半肩插钢刀，腰间挂着镖囊弩袋，背后一个轻巧灵便的皮包，另由十多背子干粮用具，均由随行引路的壮汉背好，通体一色，甚是整齐威武，个个年轻健美，动作轻快，军容甚盛。

那两根金条和信符纸图，凤珠早已贴身藏好。因想将计就计，正朝众女兵发话，到了林中，人便分开，不要聚在一齐，并将各带号笛取出，分别查看过后，只命两个空身壮汉当前领路，凤珠等三人夹在中间。押送食粮的壮汉也分开来，每一食粮背子跟定三四人，做一小队。一进森林便即分别搜索前进，乘着前段路不会有事，先当真事一般演习起来，最好仗着平日练就的目力摸黑前进，不是真看不出，不要常露灯光。如太黑暗，非用灯筒不可，便将抬送食粮的背子放在当中，外面四人合成梅花形搜索前进。既要用灯，索性全数点起，时隐时现，一面吹起号笛前后呼应，照着平日所练阵法进退。说罢，一声招呼，便同越过小桥，往对岸走去。

兰花想起二狮大有用处，忙喊："叔婆！"凤珠等回顾兰花凭窗高呼，人甚瘦弱，比起初来时所见相去天地，好生担心，问知前情，极力推谢，说："林中仇敌决不会多，何况敌人刀尖有毒，二狮不比这些女兵从小训练，耳目灵警，全身都有蟒皮特制的衣套盾牌，寻常刀弩极难刺穿，不易受害。此是根本重地，有此二狮可省不少心力，带往林中反无大用，万一伤亡岂不可惜？望你好好保养，不要忘记昨夜之言。我想至多一月光景就见面了。"兰花凄然答道："我近日心惊肉跳，老是怕死，不知你们回来我能否见人呢。"三人见她声泪俱下，也自难过，重又走往楼下，同声苦劝了几句，方始恋恋而别。

刚一过桥，便见幺桃同了另一少年壮汉掩身树后，朝众人指点密语。因当地离森林还有十多里，兰花力说此行辛苦，少累一点是一点，本来要命藤兜抬送，三人力辞，才改为前段全数骑马；到了密林之中马不能进，再改步行。这时孟龙早已得信，传令全山蛮人欢送，自己又亲往楼前照料。凤珠虽恐敌人闻声警觉，不许吹打鼓乐，但众蛮人均知夫人此行为了全山利害，平日受过她的好处，这些女兵又都本领高强，胜于男子，经过之处，所有蛮人，不论男女老少，全都排列两旁，欢呼拜送。对岸崖前一带人数更多，都在指点说笑。幺桃已快成年，结一少年情侣，意中之事，原不足奇。

三人因劝兰花回去，停了一停，走得最后。本未在意，姬棠因那少年男子的兄长名叫苟大竹，颇有蛮力，人最凶狡，起初垂涎自己美色，几次恐吓威迫，均未如愿。曾经当众声言，除非嫁他为妻，否则任嫁何人，连男带女休想活命。正在万分危急之际，恰巧王、时二人到来，才脱虎口。后嫁再兴，曾听人说，大竹屡次背人咒骂，并告再兴留意。因其从此便远去香水崖防守，不是年节和全山寨舞盛典，轻易见他不到，见时头都不抬，并无形迹。兰花用人本是各随其便，并不勉强，因大竹所居离香水崖近，便令就便守望，相隔碧龙洲甚远，难得相遇，日子一久，也就丢开。

这时一见少年山民，刚想起此是乃弟二竹，和乃兄大竹一样凶狡，未嫁以前也曾动强调戏，不是兰花保护，几遭毒手。他和幺桃相隔甚远，难得见面，上次寨舞并未见向幺桃求爱，如何神情这样亲密？猛瞥见二竹见了自己，忽往树后一掩，幺桃也匆匆走开，径由侧面树后绕过小桥往竹楼走去，男女神情都颇慌张，并不像看热闹神气。先颇生疑，继一想，幺桃近与王翼疏远，人前背后话都不说，也许看出王翼不是真个爱她，一赌气又去爱上二竹。正在寻思，马已走上正路，偶一回顾，二竹刚由树后闪出，见人看他，慌不迭转身走去，走得甚急，同时发现背上也有大片泥污，中杂绿色苔痕，想起方才幺桃身后曾有一片泥污，与此相同，仿佛这男女二人均在崖壁上面擦过，心又一动。见前面马队业已跑远，凤珠在前，正朝沿途拜送的蛮人挥手答礼，互相问答，内有多人拜完凤珠，又朝自己夫妇祝福，愿早成功，知道众心敬爱，好生高兴，也忙挥手答礼，一路称谢过去。

刚到崖洞转角，忽听崖上下同声欢呼，日光影里花雨缤纷，满天飞舞。原来众蛮人均感三人恩义，得信较迟，不及准备，又听不许奏乐，一时无计，内有多人乘着山中到处繁花盛开，分别抢上采了许多花朵，埋伏崖上下守候。三人的马一过，一声欢呼，各将花朵暴雨一般朝三人抛去。三人见众人这等爱戴，自然高兴。姬棠回顾方才夹道欢送的人正和潮水一般欢呼拥来，除却几处轮班防守的而外，所有人们全都纷纷赶来，有的还在争采鲜花，往前乱抛。小桥东面大路上甚是清静，只有一条人影往香水崖那面飞驰，定睛一看，正是二竹，心想此时全山的人自动欢送，何等热闹起劲，这厮就和幺桃相恋，也是常情，并且人已分开，为何这样心慌，行动鬼祟，与众独异？再往人丛中一看，大竹和他两个竹笼蛮本族也无一人在内。因是人多，有好些受过凤珠救命之恩的人又纷纷抢将过来，边走边亲凤珠的衣服手脚，甚是热闹。凤珠只管智勇双全，平日对人比兰花还要宽厚，一路含笑点头，挥手答礼，没有禁止。感激她的人又多，人再那样美貌，有几个一开头便全拥到马前，连男带女千手齐挥，争先恐后欢呼不已，都想用蛮人最敬爱的礼节去亲凤珠的脚，转眼之间连路都被拦住，无法前进。孟龙虽随在马后，因凤珠不肯辜负众人的好心，不曾发话，只得听之。

后来再兴遥望前面，女兵马队业已到达森林边界，因未发出号令，照例有进无退，仍在前进，忙将号笛吹动，令马队暂停，林外待命；一面照着平日号令，取出宝剑向空一挥。众人对于再兴本极爱戴，不在兰花之下，立时寂静无声。再兴一面向众笑说："夫人不久即回，诸位盛意，等她成功归来大举庆贺，岂不更好？何必忙此一时？"一面笑呼："姊姊既已起身，便应爱惜人力，速行为是。众女兵近一月来虽曾分头去往森林几次，毕竟入林不深，形势不熟，我们不可与她隔得太远。”凤珠含笑点头，众人也将路让开。三人所骑均是快马，凤珠立在马上，先朝四外的人把手一摆，施一蛮礼，说了几句慰勉的话，便同往前驰去。沿途均是山野，只有几处守望的人在旁拜送，三人含笑挥手而过。孟龙同了几个头目紧随在后，一口气赶到林前。孟龙还要亲送入林，凤珠知他近来年老多病，再三力辞，方始分别，带了众女兵往林中驰去。走出三里，过了头一处望楼树屋，前途光景便暗如黑夜，林深箐密，马已难于前进，又防敌人警觉，一声号令，就在望楼前面下马，改骑为步，命随来的头目将空马带了回去，按照预定五人一小队，前后左右互相呼应，轻悄悄掩将过去。

凤珠等三人同了女兵头目金花、秋菊做一小队，因各人身边应用粮物兵器全都齐备，那十多个挑背子的壮汉各有女兵一路，化整为零，分头上路。这等阵法均经长期训练，分合由心，甚是灵便。信号有好几种，俱都用熟，走将起来，一有变故，牵一发而动全身，决不至于走单迷路。凤珠为防万一，并在途中随时变换阵形，使每一小队女兵走出一段，均与左右前后的小队互相交换信号，并和中军主帅通上一次消息，或是见面。这样走法，前锋的人便可倒换，既不致独任艰险，劳逸平均，并还稳扎稳打，进一步，便明白一处形势。只要一小队走过的地方，全队都知细底，至少也知道一个大概。

再兴见凤珠共总四十四个女兵，连同挑粮食背子的壮汉不过五六十人，走将起来宛如臂之使手，手之使指，全军成了一人。分布又广，四方八面都能照顾，动作如飞，机警非常，仿佛大片森林均被这有限数十人征服。除走上一段偶然看出一点灯光信号而外，简直无甚声息。遇到最难走的黑暗之处，每队只用一根灯筒照地前进，并无沿途大树阻隔，人在三丈之外也不容易看出。只有一小队路走不通，或是有甚阻碍，转眼之间全都接到信号，立时改变途径。每队并有两副专走森林、辨别方向之用的针盘，由一人随时注视，稍有改动便记载下来，画成地图。所经之处，沿途树上全都留有各种标记，分辨东西南北，走着走着稍有警兆，一声信号，或是号灯一闪，发出红光，全军十二队所有灯筒齐指一处，人也如飞赶将过去，照得那方圆十丈之内纤毫毕现。为了边走边练习，便是前途没有动静，也要演习。似此将才，连男子也是少有，自愧弗如，好生惊奇。

凤珠见他夫妇连声赞佩，笑说："我本意还想诱敌，入林之后看出形势太险，这才虚实并用。先保住全军，再相机行事以免敌人暗算。昨夜探得道路后又失踪的那些人大有可疑，也许敌人就在那条路上被其看破，由后面掩来，将人擒去，还不曾死，反正乱闯，到了杀人崖，如其无法通行，稍微歇息，我们便照昨夜所探道路试他一试，二弟以为如何？"再兴笑答："前面两个领路的便有一人昨夜去过，我和棠妹反正此生跟定姊姊，上天入地全随尊意。"凤珠这一月来更深知再兴对她的痴情痴爱，难得心地那样光明，早就感动，闻言欢道："你真是我亲兄弟，虽然相逢恨晚，自愧失人，但是前途事业有一大片正等我们前往建立，以后要连这许多小姊妹同心合力，各尽所能，从长计议，如何能以我一人为主呢？"再兴闻言，想起自己平日众擎易举、独力难成之言，自知失口，方笑答道："姊姊说得有理。"

前锋共是六人，两个向导和四名最机警而有本领的女兵，分成两起，左右并进，往前查探。相隔最远时也有一二十丈，随时均有号灯和树皮上所留标记传达形势消息。那号灯共分红、绿、金黄三色，拿大小分合、明灭次数和快慢传达沿途形势安危。这时入林不过十多里，虽然险阻黑暗，因是采荒常去之处，又是两条入口中部交叉所在，附近还添了两处守望，因此一路过去，前面传来的都是平安信号。那各式号灯在暗影中看去和林中野兽眼睛差不许多，不发动紧急合围信号，外人决难看出。众人正走之间，前锋之侧忽然报警，红灯连闪，中杂两点黄光，凤珠料知右翼侧面发生变故，忙照预计，密令各小队分作弧形图阵由两翼包抄过去，三人和金花、秋菊居中往前疾驰。

到后一看，原来另一起前锋探路的人本已走往前面，向导种花豹忽然想起前面不远便是前夜同伴失踪之地——原是三叉路口，左面来路通着昨日所去望楼，相隔有好几里；右面也有一所守望，非但木屋最大，可容数十人，附近小山上还有一个石洞和崖上树木建成的木棚。本是采荒时众人中途歇脚食宿之处，为防猛兽侵袭，建得十分坚固。因其离林较远，地又奇险，采荒之外轻易无人居住。昨夜兰花病榻发令，打算派上十人来此守望。再兴因派人搜索无功而返，觉着当地离林外太远，如有仇敌，人少无用，又不易传达信号，一旦有警，接应较难，业已劝住。孟龙闻报不以为然，仍主派人守望。因这两三年来都是兰花全权主持，众人对于孟龙多恨他昔年强暴，借口兰花等四人不曾发令,不敢擅自前往,违命不听。孟龙性暴,先因女儿执掌大权治理全山,蛮人怀德畏威,无一离叛,先颇高兴;后见自己日常无事可做,简直成了废人,想起昔年威风,心便有些不快,及见所派蛮人竟敢违抗命令,不由大怒,无奈得信已迟,又将主权移交女儿,无话可说。以前尊卑分严,不奉呼唤不能随便去见凤珠;兰花又因他人太粗野,背后嘱咐说:“叔婆本是主人,如今患难来此,只以客礼自居,我们对她更应格外敬重。爹爹和她们性情不投,事情又有我们四人主持,最好除定日问安而外不要多来。”孟龙知道爱女不听他话,便对她说也是无用,气愤头上,以为众蛮人欺他年老无用,又受旁人蛊惑,便和几个头目近人商计。这几个老头目都是失去权柄的旧人,以前随意打骂蛮人,个个凶暴,一旦失去威权,虽然坐享现成,并还少去许多危险,心却怨望;无奈这四个少年男女智勇双全,山中出产越多,众人生活越好,样样都比他强,干看着生气,无计可施。内有几个性最凶暴的,见重要的事已轮不到他们,对众蛮人不问多么卑贱的外族,四个都是一体看待,心更不平,以为自己勇猛多力,四人偏看不起他,巴不得发生事故,好现他的本领,将新来的人压将下去,立告奋勇,约了几个胆大心粗、勇猛多力的旧人,并还暗中强迫了三个蛮人,由孟龙做主,也不告知四人,径来林中搜索失踪人的下落,并在当地守望——便告同行两女兵绕往窥探。到后一看,那来的五个旧人和三个山民已全数被杀,心脏被人挖去,并在附近树上发现两片与前日相同、上画魔鬼的木牌,忙即停止前进,一面用信号报警,一面暗中戒备,四下搜索。那两女兵均有一身本领,机警胆大,因后面大队相隔尚远,左近如有仇敌还不会被他知道,故意在左近走动诱敌,直到众人全数赶到,并无动静。

三人细看那些死人,多是身上无伤,前胸挖一大洞,只有两个头上各有米粒大的小孔,上面结着一粒紫色血珠,尚未干透,好似刚死一两个时辰。除此二人,下余面上神情甚是安静,仿佛被害以前人均睡熟,没有惊怖之容。带伤的两个均离望楼三五丈远近,一东一西,面容惊恐,甚是狞厉,仿佛遇到什么恐怖景象,还想抗拒,人已被害。最惨是内有三人脏腑被人掏空,腿股间的皮肉也被整片削去,血污狼藉,虫蚁业已堆满。凤珠见状大怒,忙即命人分别掩埋。料知当地临近仇敌巢穴,一面传令小心戒备,照着预计分头搜索,把背子放下,连同行勇士一齐出动,并将所带粮物散放开来,为饵诱敌。

那些女兵久经训练，在三人指挥配合之下，两三人做一路，身边均有号笛，稍有警兆，闻声立即追去。穿行丛林之中，连明带暗、往来如梭忙了一阵，把左近方圆十里之内俱都查遍，什么影迹也未找到，只杀了好些由草树丛中惊窜起来的小蛇小兽，一无所得。来路守望的人业已得信，赶来接应。凤珠见后面已有人来，知道仇敌人必不多，专一暗算，业已隐藏，暂时不会走出，决计往前查探过去，便向来人指示机宜，告以防守搜索之法。再过些时如无所得，可同回去。当地相隔太远，孤军留守，必受暗算，不可留人在此。说时，众女兵已在搜敌之际轮班休息，吃饱干粮，重又上路。

三人看出前途地势越险，又有强敌暗算，越发不敢大意，女兵队形也随时更易，照着地势时近时远，有时改作一长条尾随前进，先将途向查探明白，随时商计，朝前进发，走得比前较慢，但是稳安得多。约有大半日光阴，才将中部险径走完，离杀人崖不远，前面已是快活树，业有天光随时透下。因那一带树林又高又直，树身粗大，形如杉木，花叶均有清香，绿阴满地，每株都似宝塔一般，离地十多丈方有枝叶，层层高起，地势又是一片高坡，到处都有由树隙中穿下来的天光。树上寄生的香花又多，五色缤纷，甚是好看。旁边还有小溪喷泉，水甚甘冽，为林中最好所在，又无什么毒蛇野兽，不像中间一段黑暗阴森，步步险阻，蛇虺满地惊窜，异声时起，景象恐怖。虽是黄昏将近，只有一点残阳余光，并不甚亮，众人跋涉绕驰在这亘古无人的黑暗森林里面，虽只三十多里远近，比寻常三数百里山路险难十倍。由暗入明，见当地水碧山青，花光如锦，上空树隙中时有青天白云，夕阳反射，点缀得景物分外幽艳，不由心神大爽，同声赞美。

凤珠听说前途不远便是杀人崖最险之处，如其前途无路，不能再进，便要改往前夜新探出的路径。又见那些大树和玲珑宝塔一样，一幢幢参天直上，通体布满香花，少说离地也有二三十丈之高，从未见过。蛮人不知树名，因冒百险走来，忽见天光，又有这好风景，于是起名快活树。心想：前途不知还有多少险阻艰难，大家都辛苦了一整天，带着疲倦冒险前进，样样吃亏，难得有此好所在，不如在此休息，睡上些时，养足精神，再往杀人崖探险要好得多。便和众人商计，看好地势，将事先准备好的悬床吊向树上，分班饮食安息。因沿途好些地方均有腥秽霉湿之气，甚是难闻，又有怪人警告，每人鼻孔中都塞有香水崖特产香草,身边并带有各种解毒救急的灵药。为了初次孤军深入,前途形势越发险恶,又是蛮人所说界限,格外小心。除为首数人备有两座帐篷之外,余者卧在树上悬床之内。守望的人均照行军临敌,利用地势分开埋伏守望,稍有警兆,一声信号,全数发动。准备停当,各自食宿。

姬棠想起途中所遇死人可疑,途中告众女兵留神敌人迷香暗算,解毒香草带有甚多,随时更换,不可去掉,并将凤珠带来的解毒药粉常抹鼻孔以内,非但防敌,并免误受瘴毒。泉水须用银针犀角试过,方可入口。说完,这时又补说了一遍。三人和两个女兵头目又往各处查看,仔细指点,见宿处地势极好,便于守望防御,分布颇广,敌人不等近前已早发现,决可无事,方始放心,回到溪旁山石之上坐下。因天还早,三人一样心思,觉着前途事业甚大,必能成功,心中高兴,毫无倦意,便取了些酒食出来,命两女兵先睡,对月小饮,打算谈上些时回帐安眠。

三人经此一个多月相聚,彼此为人和相对情分都已深知,又是志同道合、准备共图大业、能共生死患难的至交,暗中还藏有一种极高超的情爱,当然互相关切,情投意合,比那真的夫妻还好得多。再兴起初只管把凤珠爱逾性命,无奈片面相思,加以种种顾忌,无法亲近,也无别的想头。平日一心盼望将来能有机会常与见面,略慰相思之苦,便是幸事,本心也不想使对方知道,一面还要防备姬棠多心误会;想不到二次相见,没有多日竟成了她的知己。姬棠也自明白过来,毫无妒意,情爱只有更深。凤珠误受王翼欺骗,刺激大深,又因自己业已娶妻,其势不能分离,自己也决不会做那负心之事,听口风已不再嫁人,但对自己夫妇却是体贴关切,无微不至,真比同胞骨肉还要亲厚。最难得是志同道合,双方一样心思,手下又有许多得力女兵和老寨逃来的蛮人,此去只要开辟出一片土地,不消十年便可完成自己心志,因此越发志得意满,兴高采烈。

凤珠以前看错了人,误用真情,心中苦痛;再见姬棠对再兴那样情重,其势不能再嫁再兴,又无为妾之理,几经寻思,决计把全副心力全放在事业上去,与再兴夫妇合力同心,完成心愿。但觉二人那样一对好夫妻,并非没有情爱,只为再兴性情固执,对自己情痴太甚,和姬棠结合之时把话说满,不愿改变。看他二人平日情形,姬棠固是爱极丈夫,便再兴也非没有感动,前在碧龙洲,每和二人一起均有外人在座,有好些话不便多说,意欲相机劝告再兴使其发生夫妻之爱,无奈话不好说,再兴人又端谨,平日相对毫无表示,无法提起。一面还要顾到姬棠身份,又不便支开姬棠,或将再兴引走。主意虽已拿定,却想不出如何开口,只顾盘算,忘了安眠。再兴夫妇原以凤珠为主,又在高兴头上,见她谈笑风生,毫无倦容,此行虽关重要,并无一定时限,稍微晚睡并不相干,只顾说笑,观赏花月,都不想睡。

时光易过,不觉月上中天,照得那一片疏林更是清明。四围花月争辉,花影重重,每株树上都有繁花寄生,丝丝下垂。加上树上原有的花朵大小相间,浮光潋滟,无限鲜妍。有时一阵清风吹过,妙影娟娟,宛如数十百幢天花宝盖亭亭直立,花雨缤纷,因风起舞,繁丽绝伦。姬棠正在指点赞美,忽听左近有人倒地之声,回头一看,乃是一个防守身后崖口的壮汉无故倒卧,已有几个女兵由左近树下暗影中飞身纵出,赶将过去。凤珠和再兴都是智勇双全,心思细密,善于观察形势。一行男女上下共是六十一人,全都卧在树枝悬榻之上。表面分散,每一大树只有两三处悬榻吊床,实则通体作大半弧形,将三人赏月之处围住,并还正对月光,稍有动静便可看出。前面是条溪流,两座帐篷便搭在三人旁边斜坡之上。前有怪石遮蔽,地势绝佳。夜来轮班防守的女兵壮汉只十一人,除内中两个熟悉地理的壮汉外,都是女兵中的能手,武功都好。临起身前早就奉命睡足,直到动身才行唤起。又在老寨受过训练,两三日夜不睡不足为奇。凤珠更善利用地势,守望之处最是隐秘,人虽分开,彼此却可望见。再抽出三个好手,随时掩身巡查窥探,动作轻快,灵巧已极。休说来敌不易看破,便是三人坐谈了这些时,也只知道左近树后藏得有人,并未看出人在哪里。

这倒地的是个山人,年已四十,往来森林采荒已十多年,身高力大,人颇忠勇。为首女兵见他身量大高,人又粗心,惟恐万一敌人看破,见凤珠身后有一怪石可坐,又有树阴遮蔽,相隔三人已近,如有敌人掩来,不致因他冒失泄露机密。初意三人辛苦了一日,必要早睡,不知凤珠等三人一半知已谈心,爱惜清景,不舍就卧,一半也想借此诱敌,这一谈竟谈了好些时候。因那壮汉人甚粗野,又不爱干净,还恐凤珠嫌厌,但已派定,恐其不快,不便再换地方,藏伏之处就在三人身后,相隔不到两丈,格外留意,准备主人稍有表示,便将人喊开。后见三人面向溪流，毫无理会，也就听之。守到后半夜，算计时辰该要换班，便向同伴分别暗中通知，准备再有顿饭光景，一个手势便将替换的人喊醒。因照遇敌时一样戒备，虽未发现有甚动静，依然如临大敌，行动谨秘，不露丝毫形迹。

正一处接一处掩将过去，分别通知，猛瞥见那壮汉坐立之处相隔数尺的土崖上面一丛草花仿佛往上略微冒起。这些女兵均极机警，知道许多蛮人最善隐伏，常用野草花枝顶在头上伏行而进，向人暗算。正待赶往查看，月光到处，那山人身形一晃，好似倦极，倒向地上。如换常人，必当山人沿途疲倦，不耐久候，神倦欲眠，自行卧倒；众女兵却是受过训练，只一发生事故，不问真假虚实，一声招呼，分头下手，各做各事，一点也不慌乱。

山人一倒，附近女兵相继警觉，为首的把手一挥，发出号令，下余女兵便有七人相继抢出，四个分两路，如飞赶往崖后和溪旁一带搜索，两个便往方才草花无故冒起之处抢纵上去，只为首女兵手持号笛赶往山人身前查看。一见那人业已昏倒，不醒人事，便知有异。同时绕往崖后的女兵发现侧面暗影中有白影闪动和草响之声甚急，忙喝："左面有贼！"正要追去，为首女兵已看出有敌人暗算窥探，立吹号角报警。另外还有几个专一埋伏守望的仍立原处树下，一听号角立时发出紧急信号，一面将树上悬卧还未惊醒的女兵一齐喊醒。众女兵本是和衣而卧，兵刃暗器全在身旁，只一两人和几个睡熟的蛮人不曾惊醒。转眼之间纷纷纵落，各把皮兜带上，拿起刀矛弓箭，不等招呼，一半各按部位排开阵势，待命前进；一半分人看守粮食衣物；下余十几个便朝出事地点飞驰过来。

凤珠等三人已早赶到，看出那山人中毒昏迷，闻报左侧暗林之中有白衣人影闪动，众女兵正纷纷追去，前头两人已快追往暗处，正用灯筒往里照看，惟恐敌暗我明，受伤吃亏，忙即发令，全数喊回，说："我们不知地理，当时不曾擒到，且由他去。好在前面不远便是杀人崖，等我把人救醒再作打算。如真无法前进，我们回去，日后再来也是一样。"再兴夫妇见她说时暗使眼色，又朝众女兵打一手势，知有用意。想起那条新路恰巧偏在左侧，每次采荒的人都是照直前进，勉强穿过中部险地，到了杀人崖便无法再进。左右两旁不是浮沙，便是密林结成的木墙，到处巨木骈生，无法通行。又因历来传说西面有路，以前并有几次兽群由杀人崖西驰来，认定鬼头蛮所居平湖是在西方，从未想到往左右两旁冒险开路硬穿过去。

前日八人归途无意中发现一条断断续续的树缝，又在当地打到两条大苍羊，心疑里面有路，仗着胆勇，贪功心盛，一同伐木开道，由那许多密得人不能侧身而过的树缝之中硬钻过去，果然前进没有多远，便寻到大片疏林，可惜他们心粗，归途仍由原路退回，并未发现道路。所行之处，正是左侧一面。方才又有奸细逃入林中，所穿又是白衣，与鬼头蛮相同，也许蛮人巢穴和那平湖深谷便在这西北一面，闻言同声附和，连说："前途太险，看完杀人崖形势速作归计。我们山中武勇之士有好几千，又有两个仙人相助，双方素无仇怨，只要敢无故欺人，和那五妖徒一样，来者必死，休想活命。正好以逸待劳，何必多受辛苦？"

第二十一回

杀人崖旁的奇景

凤珠随口笑诺，四顾都是自己人，奸细逃处相隔有十来丈，再走过去便将那形似宝塔的快活树花林走完，又入暗无天日的密林之中。崖上和两处高地均有女兵防守，左近树上还有两名女兵守望，金花、秋菊两小队长已早惊起，正在分头指挥，加紧戒备，知其不会听去，便指点再兴夫妇观看。原来方才崖上冒起来的两丛草花果是敌人掩身之物，顶在头上蛇行而进，看神气似由左侧偷偷掩来。因那山人心粗大意，只顾听三人说笑，不曾留意奉命守望的一面。事情又太凑巧，左近还有两个女兵掩在树下暗影之中，相隔只两三丈，本不致被人暗算，因无事故发生，又见月色已高，为首女兵正掩过来，通知大家准备换班安息，便迎上去，意欲觅地便解，恰巧离开；奸细来路又有崖角挡住，行动最是轻快，山人再一粗心自难发现。可是那奸细因防守的人埋伏之处均极巧妙，又各穿着一身特制黑衣，匆匆掩来，只见三人对月饮酒，知是为首的人，想要生擒回去；不知怎的，看出崖下伏有一个壮汉，刚用所带迷香迷倒，没想到人伏上面，那山人身高体重，倒地时发出响声，奸细人数不多，惟恐被人警觉，忙即缩退。还想乘机下手，瞥见女兵纷纷纵出，吹动号角，知道不妙，才仗土崖掩避，熟于地理，腿快身轻，逃窜回去。

再兴夫妇看完，听凤珠一说，方觉所料不差。敌人迷香如此厉害，分明一闻就倒，此去途中诸多可虑。忽见两女兵已将山人救醒，同时又在崖上寻到一枝独茎双瓣、无风自动、稍微近人便即张开、花心形如如意、从未见过的野花，内两女兵离花较近忽喊头晕，拿花注视的一个反倒无事。仔细考验后，才知那花别具一种极奇异的腥香，甚是难闻。鼻稍一嗅，人便觉着昏晕。可是鼻孔塞有香草的女兵非但闻了无事，便是中毒，也可用那香草解救，稍挤一点草汁滴入鼻孔，人便清醒过来。来时姬棠原令众人鼻塞香草,并令随时更换。后来分别安卧,有的女兵将花塞取出,故此闻了便觉头昏,但未晕倒,闻香立解。再问山人,因上来鼻塞香草太多,又不似蛮女心细,所用香草无多,并借面具将其挡住,照样可以呼吸,头脑反更清爽。山人未倒以前,因嫌呼吸不便,早在暗中弃掉。守到后半夜,正朝三人倾听,猛闻到一股奇腥之气,头脑昏晕。抬头一看,刚瞥见侧面崖上伸过一朵怪花,朝人面上一晃猛缩回去,崖顶一蓬花草下面伸出一只人手,好似还有两只眼睛,未及惊呼,心里一迷糊,四肢一软,人便倒地,失去知觉。

三人问出山人鼻中香草弃掉时久,所以闻见花香人便昏迷,便将那花放在鼻间,令其闻嗅,只觉头昏,人并不倒,刚一拿开,不等解救便自复原,知是方才挤过草汁之故。经此一来悟出解法,心中一宽。又选了两个弃花较久的女兵,令其用力猛嗅,一个当时昏倒,一个稍慢,也是昏迷不醒。凤珠恐香草万一用完,时久干枯,失去灵效,无法解救,试用老寨带来的解药吹入鼻孔一试,两个喷嚏打过人便坐起,只没香草回醒得快。又将用过的香草取火烤干,点燃一试,香气反更浓烈,朝另一女兵鼻孔一熏,当时醒转。

三人无意之中试出许多妙用,越料仇敌不多,除迷香外还有毒刀毒弩之类,所以先死的那两起人毫无警觉便受暗算,死得那样容易,死人心脏和身上厚肉又被削去。当地未过杀人崖界限,蛮人最信神卦,六十年限期还有一月左近才满,可见这两次暗算杀人都是妖巫刚神婆门下喜吃生人的花狼蛮人。回忆怪人前对兰花所说口气,妖徒共只十余人,业有五个被杀,所剩还不到十个,未必全数派来,只有一个擒到,非但除一大害,还可用这两条神金将那大群鬼头蛮收服。互一商计,均料敌人是在西北面森林以内,和新发现的道路同一方向。依了再兴,乘着六十年限期未满,无须打草惊蛇,大家睡足,养好精神,径往西方密林开路前进,免生枝节。

凤珠胸怀大志,想要查看杀人崖形势,到底有何凶险,又因走了这一段,沿途搜索,并向常往采荒的蛮人仔细查问,林中决无途径隐藏。想起近来可疑之事,越知昔年传闻去往平湖的秘径入口决不会在林内,否则终有形迹可寻。怪人终年在林中仔细搜索,听口气还有好些生长林中的亲属,并有一个力大无穷、心性灵巧的猩人相助,怎会至今不曾寻到?同行蛮人也说以前不算,自从兰花做主,先后数年之中为探这条往来秘径，连出重赏，派了多人，费尽心力四处搜索，除有限几处密林、浮沙、沼泽、污泥奇险之区和杀人崖西一面无法过去，这三十里长、一二百里宽的森林前端差不多全都寻到，终无所见。再往前去，更与昔年迷路、归途惨死的十四人所说不符。如有秘径，可见必在内地。昔年死人所说，因是年代久远，死前昏迷，不是把话说错，便是听的人不曾听清，大有出入。

凤珠心想：多么艰难困苦之事都可以毅力勇气战胜，何必非要寻到秘径才能前去？只要步步为营，稳扎稳打，进一步是一步，终有到达之日。还有一月期限，每日至少前进一二十里，算起来也没有多少天，何况最险最密之处并非通体如一，寸步难行。照来路所见，只要奋勇冲过，前面必有一段好的路。有的地方还有天光漏下，并非都是这样黑暗。沿途野兽、山粮、野果之类常有发现，为数甚多，不怕没有食粮饮水。同行的人个个胆勇，心志相同，连那许多挑背子的蛮人也是受过自己和再兴夫妇恩惠的人，自告奋勇，争请同行。走前并还再三对他们明言利害，前途凶险，他们异口同声以同行为荣，各自折箭为誓，宁死不退。不入选的多半失望。路上查看，虽比女兵心粗气浮，全都忠实，肯出死力。古来英雄豪杰多半三五同志起自田间，一成一旅，便致中兴，何况有这许多男女义勇之士？既然发现敌踪，便应跟踪搜索，横穿过去。主意打定，一面把外围守望的人分配停当，看好地势，重新布置，命先守夜的人各自安眠，仍只留十多个胆勇机警的女兵守夜，余者均令回卧，养足精神，以便上路。一面比准月影，将特制分辨方向的针盘拨好，并令两个专画行军地图的女兵把众人沿途所画形势合在一起，点上灯火，画成两个总图，再照各人暗中点记的步数注上远近。诸事齐备，再和再兴夫妇一同查看了一遍，因金花、秋菊两小队长不肯再睡，便令代为主持，一同安卧。

本来女兵为三人搭有两座小帐篷。凤珠因见月色甚好，天又不冷，嫌帐中闷气，睡前和再兴夫妇商量，取了三张悬床，寻一花月佳处，将三副悬床挂向一株高树之上，卧在其内，以便相对说笑，谈上一阵再睡。再兴见三床悬在一起，相隔甚近，自然愿意，反正敌人业已看破，戒备严密，无须隐藏，也未劝阻。女兵凑趣，所选树枝相隔最远的只三四尺，离地又高，悬床制作精巧，遇到险地便成一囊，将人全身包没在内，不畏风雨蛇兽侵害，上半身另有两尺来高的铁架撑好，头顶两侧均有小窗箭眼可以随意开闭。三人头部高低相对,两上一下,凤珠横卧对面,正好谈天。被山风一吹,微微晃动,舒服非常。谈不几句,姬棠首先睡熟,凤珠喊了两声“棠妹”未应,二次想劝再兴,告以心事,细一查看,再兴也快入梦,便未再说,双目一闭,跟着睡去。醒来低头一看,日光已由树隙中斜照下来,众蛮人女兵已全起身,所有行军床帐用具均已扎好,一面正在埋锅烧饭,人数虽多,动作甚轻。众蛮人俱都聚在溪旁饮水烤肉,相隔较远,知道女兵忠心,恐将自己惊醒,不肯高声说笑,轻悄悄准备行装,并将众蛮人引往远处,一面抽空把饭烧好,以供三人吃用。

经此一夜饱睡,精神已全恢复,好生高兴。再看对面悬床,姬棠人已不见,再兴刚醒,忙问:“棠妹何往?”下面女兵应声回答,说:“时二娘刚明即醒,轻轻援着绳梯下来,恰巧守夜人打了两只林中出产的苍羊,她割了些羊肉正在溪旁生火,想照我们的法子炖汤与主人吃呢。”说时,再兴也喊了声“姊姊”,援绳而下。凤珠跟踪下去,同往溪旁洗漱。女兵报知夜里甚是安静,只在天明前由崖角窜来两只山羊,逃得极快,被守夜女兵用镖打倒。因隔三人卧处有好几丈,又追出一段方始打倒。崖顶还有守望的人,事前并未有甚动静。等天快亮收拾帐篷,忽然发现篷内有片树皮,上有好些刀刻蛮文。正在惊奇,姬棠人便下来,认出那和前夜林中所留树皮一样,大意是说:前途凶险,尤其不可西进。失踪六人并不曾死,现被人留住,将来仍可生还等语。

后半夜戒备比前半夜还要严密,因奉三人之命,想用那两座帐篷诱敌,旁边埋伏的人时刻都在留心,不知怎会被人钻进,留下这大一张树皮,事前事后均无一人警觉,直到收拾帐篷方得发现。后经互相查问,回忆前情,才想起那两只苍羊由崖角窜过来时,仿佛受惊神气,逃窜甚急,落地便即跳起,一腿似已受伤。埋伏帐旁的女兵守了半夜,正觉无聊,年轻喜事,纷纷纵起,镖矛并举,转眼追上,将其打倒。照例无论发生何事,均有两人守在暗中,待命而行,不是被敌人看破,轻不出动。先未离开,及见同伴往追逃羊,还未到手,又有一只小苍羊从左侧飞纵过来,逃得更快,就在树前不远窜过,想起主人最喜烤吃这类又肥又嫩的苍羊,一看天已快亮,并无动静,不约而同相继追上。因所发镖矛又准又重,追出不远便被打中,大的一只也被同伴拖了回来。就这样离开也未多远,离埋伏处不过四五丈远近将羊打到,立即赶回,往返甚快，共总只有几句话的功夫。帐篷就在侧面坡上，一眼可以望到，均未留意，全未想到。就这追羊往返前后几句话的功夫，竟被那人乘虚而入，留下木片警告，方始走去。因事已过，看出那人并非恶意，故此不曾惊动。

凤珠听女兵说完，见姬棠切了许多薄羊肉，用盐腌好，旁边放有不少松枝，铁架业已支起，另外还炖了一锅肉汤，笑问："棠妹，怎起来这早？那树皮上的字迹你怎认得？"姬棠笑答："这是山民常有的文字，有那写不上来的便画上原形，与孟家蛮人文字不同。我是爹爹在日所教并认不全，但还猜想得出他的意思，这事真个奇怪，杀人崖我看不必再去，此后姊姊走到路上最好不要孤身犯险，离人太远。"凤珠看出姬棠好似面有惊疑之容，忙问："棠妹此言是何意思？莫非这前后两片树皮不是一人所留，还有甚话你没有说出来么？"姬棠欲言又止，昂首笑道："树皮上面字迹甚多，详情我认不出。方才曾命同行蛮女人等分别查看，都说不是孟家本族文字，与前夜树皮所画的字不同。如我料得不差，暗中帮忙的人绝不止怪人一个，另外必还有一两个女子和他一起，动作也极轻巧神速，遇时稍一疏忽，绝追他不上。上面并还写明，要我们看完之后将树皮烧去，免被他们的人看见，因此受害，并还生出别的枝节。"

"这男女两三人就非鬼头蛮同族，也是他们一党，不知何故，对于我们这样尽心出力。如说六十年期满，双方争夺王位，他并不知姊姊所带之物，何必这样暗助外人，又不肯见面呢？他虽不曾明言西北有路，既然警告我们不可西进，又说此行只要留意恶人，终有成功之日，林中别无可去之路，当然所指是西北这条路无疑。恶人不知指的是谁，我们仇敌除却鬼头蛮便是妖巫师徒，后一个更是生死对头，如何末了又劝我们不要杀害，他已暗中前往拦阻，大有化解之意，是何缘故？许多地方令人不解，故此我请姊姊留意，最好寻到西北那条新路，立时改道。杀人崖真个步步皆险，并有密林阻隔，无法前进，最好不要去了。"

凤珠知姬棠人虽聪明机警，但极忠实，如有所知，不会不说，内有好些都是猜测之言，树皮上面连蛮文和象形的字迹甚多，同行只种花豹一人略能分辨意思，和姬棠所说差不多，更欠详细，说过也就丢开。因知留树皮警告的虽非怪人，也与怪人一党。前夜在林中警告留守人的，又是一个白衣女子，惟恐所着衣服与敌人相同，容易误会，便命众女兵途中留意，如见怪人和白衣女子，只要对方不先出手加害，均应设法探询，分清敌友，方可动手。大家吃完烤肉，一切停当。

再兴因听姬棠暗告，说树皮上的蛮文好些不解。王翼近来行迹可疑，常时借故独自出行，除对兰花业已变心不去说他，便对别人也都反常。前数日忽又说要巡查全山，并将妖徒那柄毒刀要去。此刀原是再兴所得，到手之后，因兰花爱它锋利，再兴又不喜这类凶毒之物，便送与她。王翼本领甚高，身边带有不少暗器，要此何用？树皮所说恶人好生可疑，又有杀人崖万不可往之言，知道凤珠天性强毅，言出必行，近来颇听再兴的话，令其一同劝阻。再兴闻言笑道："棠妹，你也太看大哥不起了，我和他多年弟兄，深知他的为人，虽然有点自私，人颇刚强，像姊姊这样天仙似人谁见了也要颠倒，何况双方本是情侣。当初他娶兰姊原有不得已处，只不该存心欺骗罢了。说他负心薄情我也同意，如其说他还想暗中赶来害人，休说不会这样丧尽天良，他也无此本领胆力。

"就仗着平日人缘，暗中勾结了几个胆勇之上，有甚阴谋毒计，也应想想所图谋的人是谁。他知我们三人已是志同道合、生死患难之交，有一失闪，绝不独生，其势不能只害一个。如说都害，姊姊固是恩德在人，众心爱戴，便我夫妻和全山的人相处情分也不在他以下，休说忍心害理暗算姊姊，就是害我夫妻，我也敢保无人肯于下手。无论他说得多巧，心计多么周密，像幺桃那样一两个无知的败类受人愚弄，或者难说，要打算勾结多人伤害我们，万无此理。我们三人且放一放，单是这四十多个女兵，你看哪一个是好欺的？人多尚且不行，人少更是无用，大哥哪有这样蠢法。他近日神态失常，我也疑心，后经仔细寻思，如非自知对人不起，天良发现，自觉无颜相对，借故离开，便是见我夫妇和姊姊情分日深，我虽心地光明，万分自信，但是姊姊本来有情于他，因他负心，才有今日之变。第一日相见，为了言行不检，又被姊姊警告了两句，本就羞恼成怒，见我夫妻能够追随姊姊一路，亲逾骨肉，他却成了外人，相形之下，心生愧愤，也是有之。所以他听说姊姊起身，都推托有事，不曾赶来相送。莫非这样难走的路，他由后面追来，我们这多的人声影不见，会被他抢到前面埋伏不成？"

姬棠闻言，猛想起走前幺桃词色可疑，后又同了蛮人苟大竹之弟二竹一起，慌张神情，心中一动，正要开口，忽听身后笑道：“我已知道，兴弟、棠妹你两夫妇不要再说了。”二人回顾，正是凤珠立在树旁，面上似有愤容，想起方才烧那树皮时，凤珠忽似有甚警觉，重新要回，正和种花豹一同观看，自己便将再兴引开，不知怎会轻悄悄掩来。再兴虽觉所说的话都为她好，终恐误会，慌道：“姊姊不要见怪，我和棠妹实是好意。”末句话还未说完，凤珠已先接口笑道：“我的好兄弟不要多心，我没有信不过你夫妻的事。你当我不高兴是疑心你们背后说我？那就错了。”姬棠笑问：“姊姊如何面容不快？那树皮上的字迹和所画图形可看出一点道理？”凤珠笑道：“我只看他用刀划成之后，又削了去，重又刀写，并还改过两次，好些都是象形，前后的字也不一样，不是一人所写。但我没有看出他的用意，业已烧掉。时光不早，我们该上路了。”姬棠也想起树皮上有改削过的痕迹，彼时天还刚亮，没有日光，看不真切，不曾仔细查看他那改削之痕，业已烧掉。凤珠又说：“看不出他意思，只得罢了。”幺桃的事就此岔开。

初意再走里许，便是那条新路入口，前日去的八人并还留有好些标记，内中一人正做向导，必是寻到那里，再转西北方开路前进。等人聚齐，排好队形，凤珠忽然取出兰花所交杀人崖和快活树一带地图，先命众女兵分别传观，服了药粉和过的山泉，以解瘴毒，然后发令往杀人崖进发。姬棠因那树皮上字图不能全部看出，内中言语好些不解，并还再三警告，越界固是危险万分，便杀人崖水塘旁边也是万不可去，后面还有一行小字，大意成功不远，切莫自误，字甚潦草，仿佛临时匆匆添上。回忆这一个多月的光景和所闻所见，以及近三日来发生之事，一直都在疑虑。一听凤珠发出号令，忙即凑近前去，婉言劝道：“这两次警告的人决非无因而至，对方定必受过姊姊大恩，否则无此情理。杀人崖前风景虽好，非但形势险恶万分，以前命人多次窥探，我和兰姊也曾到过两次，用尽方法，不能西进。这两次警告的实是善意，我们到了那里，至多看上几眼，何必多此一举？万一有事，不特辜负人家好心，受点虚惊也是不值。既然打算要由西北开路，何不穿过西北密林？不问仇敌是否藏在那里，看清形势也好。就是非要西进不可，也等将来再说，何必多此一举？”凤珠答说：“自来人不犯我，我不犯人。对头真要和我为难，并非躲避便可无事。棠妹放心，我先还不曾决定，此时已有成算，包你无事，多半还可稍快人意，放心好了。”

姬棠和凤珠相处多日，除初来时面容悲愤外，以后便和前两次避暑相见一样，老是那么笑语温和，诚恳亲切，从未见她对人有甚疾声厉色。此时忽然面有怒容，神态激昂，一双明如秋水的妙目隐蕴棱威，又穿着一身特制戎装，越显得英姿飒爽，自然威武，不知这等固执是何心意，连劝不听。女兵只知奉令而行，业已发动，只得随同走了下去。当地离杀人崖本来颇近，沿途树林又是疏密相间，虽不似昨日停留之处水木清华，到处溪流不断，高树撑空，天光随时下漏，满地清阴，日影粼粼，野花娟娟，摇曳生姿，幽丽如画。蛮人采荒到此，一路劳乏之余，都觉心神一爽，高兴非常。快活树的树名地名多是由此得来。只快到杀人崖前半里来路，有两处浮沙之险，还有瘴气不时冒起。以前曾经伤亡多人，近年采荒探险次数越多，屡经查探，全都知道地理，好些留有标记，可以绕越，不致再有伤人之事。

凤珠见沿途树色泉声，香光不断，遍地繁花，多不知名，异香阵阵，随风吹送，加上多年古木特有的异香和松花香气，清芬染衣，经时不解，笑问："棠妹，这地方风景甚好，比快活树来路别有一种幽趣，虽有两处沼泽浮沙，一经指点，便可看出。瘴气虽毒，俱在低洼之处和沼泽里面凝成一片彩霞，并不飞散移动，老远便可绕开，只不近前便决可无害，为何有这杀人崖的凶恶地名？"姬棠笑答："姊姊哪里知道它的厉害，我先后才来过两次，也不深知底细。前面杀人崖更是有水有山，风景比此更好；但是当地凶险已极，传说的话先不必提，单我和兰姊、兴哥他们两次来时，所见到的就不在少。前面就到，姊姊一出树林就可看出来了。"

说时已快走出密林，前面便是森林中的大片空地，通体约有百余亩方圆，右面一片小湖荡倒占去了一多半。左面一片石崖并不甚高，隐藏密林之中，上面苔藓红也似血，最厚之处竟达半尺以上，用树枝一探，软腻腻的直流红水，映着四面的晴翠和天光飞影，鲜艳非常。崖高不过八九丈，还不到两面大树高度的四分之一，长却有好几里，尽头正对那片湖荡，上面大小洞穴甚多，洞口都有红苔布满，里面见光之处看去均颇干净，不像有甚蛇兽藏伏。另一头宛如长蛇蜿蜒，插向西北角森林之中，将两面森林齐中央隔断了一部。崖那面都是密压压的千年古木，有的地方并不十分严密，但是内里灌木丛生，上下刺藤纠结，加上各种奇奇怪怪的寄生草木互相牵缠，成为密网，将所有树隙全数网紧，也不知内有多少层数。日光照到外层藤草网上便被挡住，用矛一拨，内里更密得严丝合缝，深厚莫测。环绕石崖前后左右都是土地，只那山崖一长条通体石质，草木不生，由上到下红苔布满，日光之下极似一条火龙屈伸掩映于两面高林之间，又似森林当中隐藏着一条长大红河，雄丽已极。

凤珠先只觉着初次见到的奇观，还未留意，后经再兴夫妇和去过几次的蛮人一说，方始惊奇起来。原来环崖两面树林下均没有阻隔，前面的大树受了后面密林排挤，理应往前倾倒。似此千年古木，浓阴广蔽，树枝前伸，少说也有好几丈。当地却是不然，无论东西两面的前排大树，非但不往当中石崖一面前倾，前半树枝反倒笔直往上高起，其平如掌，多往后仰，仿佛上空有甚东西逼住，或是受了大力重压之状。环列两崖的大树都是如此。除极高之处微有细支探出而外，无一往前伸出。崖脚各有大片土地，最仄之处也有七八丈宽一条，又非石质。这等隐僻森林人迹不到之区，地上只有几种奇花，没有草木的空处甚多。沿湖一片树林离崖稍远，形势便不相同，因受后面密林挤轧，非但支叶繁茂，虬干前伸，前排好些树木并还就势歪倒。有的树枝伸出湖中老远，快要低及水面。

那些奇怪的花也与别处不同，内中一种独茎挺生，有花无叶，其大如屋，高仅五六尺，花瓣不多，长达丈许，比芭蕉叶还宽，色作惨红，并不好看，形如一只虚拳的人手，微伸向外，看去甚是强壮。花瓣上隐有无数黑线，状甚丑恶，隐闻奇腥，花下散着几根白骨，也不知是人是兽。山人说是那花专吃生物，不论人兽，稍微挨近便被吸住，张开花瓣卷个结实，用尽力量不能脱身，越挣越紧，死而后已。非到皮肉膏血被它吸尽不会松开。生物吃得越多，凶威越大。以前这里甚多，刀斫火烧俱都无用，到了半夜发出一股浓香，与日间腥臭不同，闻到的人由不得便往花前走去，这时花瓣上又有一种极猛烈的黏力，稍微沾身，如非当时有人警觉，抢前相助，将所粘皮肉衣服削去，只被卷入花中，万无生理。花也比此两朵更大更厚，因其把路挡住，中间只有两三尺空隙，稍不留意便送性命。

兰花等四人初次来时，眼见伤了两人，恨到急处，想尽方法，无法消灭。又恐引起森林大火，不敢用大火猛烧。最后还是王翼用几根粗树干搭成两个十字，四面绑上野兽血肉，引使张开，将四面花瓣撑开，不令合拢，近前查看，这才看出内里有一形似毒蛇的花心，上有五个吸口，能够伸缩，遇到血肉之物便紧吸在上，不将血肉吸完，决不缩退。但是脆柔异常，稍微一刀便可斫碎，跟着汁水流干，花便枯死。次日再看，成了一堆烂糟糟的污物，不久自行消化，也无甚毒。试出之后，特地为此住了三四日，将所有杀人怪花全数除尽，方始回去。第二次再来，一朵也未看到。今日所见，花比前小，想是花种未尽，又生出了两朵。林中凡是有水之处，必有各种野兽生物，按时来此饮水。这里休说人迹，连鸟兽都难得见到，便由于此。

还有地气也是奇毒，每当日落黄昏前后，时有一种五色彩气由地涌起，中杂各种奇香，似兰似桂，又似各种有香味的果子正在发酵，好好的人只一遇到，便昏沉睡去，要好几天才醒。在未寻到解药以前，有时中毒太重，还要送命，周身发黑而死。以前来此的人不等黄昏便要退往快活树，住上一夜，明朝再来。直到王、时二人未来以前的两月，方始试出快活树水边产有一种黑心草，上结心形黑豆，可以解毒，制成药粉更是灵效。如无此药，一到申未之交，谁也不敢在此停留。起身时种花豹分与女兵的山泉便有此解药在内，非但解那地毒，一两日内连瘴气也不会染上。为防万一，新鲜的黑心果也就便采了好些。

另外还有十几种草花，大小不一，多半成丛繁生，各以其类，毫不相混，五颜六色，互斗鲜妍，好看已极。可是这类花多含奇毒，人不能近，越好看的越危险。中间一种名为杀人藤，又名无尽网，每丛只得两支，一阴一阳，但是藤蔓甚多，繁支如网，铺在地上看不出来。另有无数花茎，带着好些绿叶向上挺生，所开的花五色缤纷，鲜艳无比，形式大小也不一样，表面仿佛数十百种各色名花丛生一起，争奇斗艳，馨香四流，又好看，又好闻，谁也不舍放过。只想采折，或是一时疏忽踏将上去，下面暗藏的万千钩藤立时自起，将人缠紧，虽不似杀人怪花那样猛恶，只要双手不被缠紧，眼快手疾，用手中刀将那主藤斩断，不被缠倒，无法挣扎，还能勉强脱身，逃得性命。但是藤刺也有奇毒，被它刺破，皮肉肿痛，麻痒难当，没有解药，也是九死一生。倒是崖上厚苔虽然红得怕人，并无毒质，以前去的人均有戒心，因恐红苔有毒，崖上洞穴虽多，谁也不敢往里窥探。

直到兰花等四人带了蛮人二次探险，不畏艰苦，把崖那面沿崖森林全都查遍，均为树网密林所阻，无法西进，方始退回。路过当地时，因有两个胆大的蛮女觉着以前两次兽群虽由快活树左近窜来，不在当地，但是前有密林，左右两旁也无道路可通，如何突然出现？见一崖洞甚大，心疑内有通路，一时贪功心切，背人入内查探。那两蛮女一是幺桃的姊姊，颇得主人宠爱，到了当地，忽然失踪，于是分途搜索，结果由王翼深入洞中将人寻出，周身染满苔藓，看去直像个血人，回去并未中毒病倒。据王翼说，二女所去洞穴有三四处，入内极深，但是死洞最深的竟有两三里，只无出路。下余洞穴极小，十九都要蛇行而入。兰花选了几个勇士往探，只有一条深达里许，便到尽头，余均八九丈深不等，内中大半通连，入口虽小，走进两三丈便可起立。后在洞中发现一条死蟒和无数小的虫蟒，均死多年，这才看出那是蟒窟。本就有些胆怯，大的洞穴王翼和二蛮女业已去过，看得十分仔细，无人再进。

凤珠听完前情，心中一动，先和众人沿着危崖查看了一周，再兴夫妇深知当地形势险恶，各种草花、地气均有奇毒，见凤珠低头寻思，边走边想，一言不发，急速把人撤回。凤珠忽把两道秀眉微微一抬，目射英光，吩咐随行女兵将人分开，一半防守，在外接应，由再兴夫妇代为主持，自带一半去往那几处崖洞中查看一次，等到退出，再行起身。再兴看出洞口苔藓布满，内中似无蛇兽潜伏，还未在意，正想同去，姬棠忽然想起一事！要知后事如何，且看下集分解。

第二十二回

古洞中的凶人

前文凤珠正走之间,忽要带了十几个女兵去往杀人崖洞中查探。姬棠想起前事,忙即劝阻。再兴也说:“要去都去,如何任姊姊一人犯险。姊姊心意我们虽不知道,看这洞口苔痕,不像内有生物。如其无事,何必徒劳;万一有甚凶险之事发生,孤军深入,岂不可虑?为何非去不可,也望姊姊明言,商计再定。”凤珠笑道:“多谢你夫妻的好意,但我从十几岁起,无论何事,向不胆怯顾虑,中途而废。我因方才查看形势,西面就有通行之路,也因多年无人走过,为这些藤网草树缠紧,我固不能前进,鬼头蛮也未必能够过来。可是来路林中近日两次发生警兆,已有仇敌踪迹,上月又有妖徒来犯,如无通行之路,怎会过来?可见还是地方隐秘,我们没有寻到。我在沿途查看,见这种形势最是可疑。我料那条秘径必有一面与之相通,多半还在这些崖洞之内,不过鬼头蛮守定六十年神卦限期,决不会大举来此,至多只有几个妖徒利用地势,仗着毒刀迷香鬼蛾伎俩暗算害人。除却机警诡诈、行动较快而外,并无什么过人之处。我昔年扫平食人蛮人,几次遇见大敌,曾有经历。这类蛮人都是生长山野,力大身轻,一味蛮野,不会武功,只要看破他的阴谋诡计,毫不足虑,为此才想深入查探。

“此举利益甚多。一则限期未满,敌人不敢越界,事前探明有无道路,可作准备;二则仇敌如果隐伏在内,人必不多,擒到一个活口,全盘虚实均可明了,并还可以因势利用,诱敌入网。照这外面形势,不会有人由此出入,另外必还隐有一条通路,并非由此出入,我们赶去,出其不意,多半可以成功。棠妹只见树皮警告便自惊疑,却不想那两次暗中警告的就算好意,到底也是他们的自己人,焉知我们此行对他没有别的顾虑呢?他一面想帮我们,一面却恐来人无知,犯了对方大禁,于他不利。故此一面指点,一面警告,劝阻我们,不令前进。这还当他和我们真有什么情分才如此说法，是否如你所言有甚渊源，感恩图报，尚在渺茫，只是猜想，不足为凭。

“休看这类蛮人久居深山森林之中，无甚知识，内中也有不少凶狡阴险的人，就许还有别的深意，我们既想共图大业，无论多么艰险劳苦均不应放在心上，如何一个敌人不曾遇到，先就这样胆怯顾虑，先自惊疑？棠妹爱我太深，心有成见。她从小生长蛮荒，受人欺压，近嫁兴弟，学了武功，出头不久，难免胆小，不必说了。兴弟堂堂男子，武功得有真传，又在外面流离奔走，经历甚多，实不应这等寻常妇人之见。你们只知洞中黑暗深险，恐受仇敌暗算，再三劝阻。实则我只一事生疑，还拿它不准。看洞口形势，不似有甚生物藏在其内，如我料错，进去不远便要退出，就是料中，妖徒至多不满十人，老妖巫还决不会在内。这些女兵武勇机警，遇上断无败理，如见强敌便要胆怯，我们不辞辛苦，冒了森林之险，来此作甚？

“照树皮警告，这里正是仇敌界限，如有变故，洞外防守只更重要，便是树皮警告，也只劝我们不可到杀人崖来，以防遇险，并未提到崖洞一字。所说恶人如非相识，他怎能够向其劝阻？可见对头必是他们自己人无疑。此人深知双方成仇，难免两败俱伤，才想从中化解。我们遇事，须要自拿主意，不能得到一点信息立生顾虑。我看崖前一带反比洞中凶险可虑。敌人来者不善，二弟夫妇非但代我主持，还要照我连日所说阵势、应敌防御方法指挥她们，临机应变，格外小心，才可无事。便我带人入内，一半查探地势，一半也是打算借此埋伏，里应外合。万一敌人大举拥来，我们的人全在里面被他困住，便不全军覆没，也非吃他大亏不可，都走进去作甚？”

再兴夫妇平日敬爱凤珠太甚，从来不肯违背，又是第一次见她这样正色而谈，心高气盛，大有令出必行之势，当时竟被问住，谁也不敢再强，只得依言行事。把所有的人全数分配，照着当地形势埋伏守望。凤珠先还想带二十个女兵入内探路，留再兴等男女三十多人在外守望。行时又仔细看了一遍，说外面的人太少，只带七人入内，后经姬棠再三劝说，才添了四个得力女兵一同走进，余人均留在崖顶守望。再兴一则被凤珠英威勇气所夺，觉着所说有理，凤珠和手下女兵的本领也实高强，心信得过，又想这些洞穴以前曾经命人仔细查探，除却好些洞穴内里相通，并无出路。凤珠所进更经王翼和二蛮女深入搜索，兰花听说内里甚深，走时还想亲身往探，王翼力说洞中险滑黑暗，空无所有，彼时之言当无虚语。洞口这多红苔也不似有蛇蟒潜伏之象，方才实是关心太甚，凤珠不过好胜好奇，也许有甚可疑形迹被她看出，才非进去不可。照此形势，至多白受辛苦，无关重要。

凤珠走时戒备周密，头面和前后胸四肢均有特制皮套护盾，又有那好武功，决可无事。倒是外面果然可虑，一毫疏忽不得。仰望日色，业已近午，众女兵和同行蛮人均照凤珠所说，三两为群，各守险要，借着崖石和来路一面大树埋伏起来，只小队长金花、秋菊立在湖边树下，相隔较近，余者均看不出。姬棠立在身旁，仍是面有愁容，暗忖：洞在杀人崖的前端，面对湖荡，崖顶四面均有女兵埋伏，照此布置必能以少胜多，就是敌人多出十倍，凭这些久经训练的女兵也足以应付。一面想起凤珠真个外和内刚，说到必做，胆勇绝伦。洞中昏黑险滑，不知是何光景，想要跟去，既恐嗔怪，又防敌人突然掩来。心正寻思，忽听姬棠低呼："兴哥，我看姊姊今日虽然气壮，面有怒容，与往日不同，她不是不知洞中最长的一条才只里许，并无出路，为何非要进去不可，又不许我们跟去？如说代她主持，这些久经训练的女兵都能相机应变，为首几个更是智勇双全，至多武功不如你两姊弟，比我强得多，单是对阵应敌，只恐比你还强，我二人还是起身前后经她指点才知一二，留在洞外并无大用，不令同行必有用意。走前约定的信号一声也未传出，我不知怎的老不放心，好在姊姊说我们几句也不相干，莫如告知金花，由她主持，我们跟去如何？"

说时，金花、秋菊本是分立树下，忽然聚在一起低声谈论，跟着又有三个巡行的女兵由侧面掩身绕来，互相招呼，略一商谈，金花立时赶来，低声说道："时二爷可否自作主张，和二娘赶往洞中去看主人道路探得了么？"二人见她面容愁急，越料有事，惊问："你主人走时有甚话么？"金花凄然答道："主人为了那个没良心的悲痛极了。我虽不知她的用意，军令又不敢违背，但因从小随她长大，深知她的性情。今日词色大不一样，我们不敢擅离职守，心却放她不下；又恐敌人万一掩来，不能进去。且喜方才三个姊妹四面查探，不似有敌要来神气，我想二爷二娘现在成了主人骨肉，如肯作为自己进去，决不至于见怪。外面的事我和秋菊还能勉力担待，不知可好？"

再兴话未听完，先自心惊，料知内有隐情被二女兵看破，所以如此愁急。知其不敢多说，正想同了姬棠赶往探看，忽听喊杀之声隐隐由洞底传来，相隔颇远，听去甚深，知已遇敌，不禁急得心头怦怦乱跳，喊声："不好，姬棠快走！"忙拔宝剑往里纵去。姬棠急呼："兴哥且慢，我们两人太少！"声才出口，金花已随同纵进，边走边说："前面并无信号，主人必还未败，此时外面关系紧要，非有接应信号发来不敢离开。主人胆大气盛，二娘稍见不妙，速照方才信号发出，我们便可追去。我先将人召集一起，准备接应，大约无妨，请快走吧。"说时姬棠业已追上再兴，见洞中地甚平坦，但颇曲折，越走地势越低，二人兵刃暗器已同取出，为防万一，各用灯筒稍向前途左右一照，便即掩去。似这样，随同灯光不时隐现往前疾驰。

初意越走越近，洞径本在回路一面，二人均是关心情急，恨不能当时赶到，一味顺路飞驰。初进来时还听隐隐喊杀喝骂之声，最后似还有两声信号发出；及至追出一大段，杀声忽止，石洞高大，只听彼此奔驰之声，空洞回音，越显幽静。心方惊疑，前面已是尽头，算计途程，正与王翼所说远近相同，料知把路走错，必是灯光明灭之际将路岔过，只得又往回赶。急于应援，也就不计安危，各持灯筒照路飞驰。来路果有一条岔道，但进不多远便须蛇行而过，知不是路，只得退回，又往回奔，一路留神细听，声息皆无。

正在万分忧急，想起上次二蛮女出时，周身苔痕鲜红，王翼身上也染有不少，心方一动，忽见前面灯筒的光闪动，少说也有八九人，隐闻飞驰之声对面赶来，只当凤珠在内，大喜迎上，转眼相遇。为首女兵正是秋菊，不等开口，先问："可曾寻到主人？"大惊问故，才知杀声来路偏在西北方一条夹缝之内，入地颇深。二人刚走不久，便接到洞内信号，秋菊立时带人赶来，寻到里面一看，四个分着黑白衣敌人，内有两个像是妖徒，已为女兵所杀。说是方才敌人暴起暗算，虽仗防备严密，所穿皮衣护盾刀箭难于透穿，又有灯筒照看，无甚伤害；可是敌人也颇厉害，当地洞穴途径又多，出没无常。最气人是敌人倒地必死，不知用甚方法自杀，出没无常，却肯拼命。主人下令要留活口：只得和他恶斗，打了一阵，杀死了四个，还有几个业已逃走。主人同了三个姊妹往追，出路便是这一面。为了光景黑暗，只顾追敌，稍一疏忽，不知怎的，众人都在，主人却不知去向。

秋菊正在带人顺路追来，听见前面无人，也没有遇见凤珠，彼此匆匆一说，都极惊慌愁虑。一面分往四面搜索，仗着人多，各把灯筒放亮，重又往回寻找。回走不远，再兴夫妇同一女兵刚寻到凤珠追敌夹缝这面，已快走过；姬棠心细，见那崖壁夹缝出口宽约丈许，右壁都是大小错落的怪石，内一怪石后面往里凹进，有三四尺深，可以藏人。乍看一片整壁，没有道路，忽然心动回顾，用灯筒往下一照，石下竟有一个深洞，洞口里面是一斜坡，猛想起凤珠追敌由此而出。三女兵说："主人在后，业将敌人打倒一个，正在喝骂，因前面还有两个敌人逃走，内中一人忽然倒地，似中毒刀身死，另一个也被追上，不等动手便先自杀，觉着后面没有声音，赶回一看，连主人和所擒黑衣妖徒已无踪影。"姬棠心疑敌人埋伏石后，将凤珠搜去，正要喊人一同入穴查看，众女兵急于搜寻主人下落，业已四下分散，只再兴和一女兵闻声赶回，用灯一照，地上还有一片红色苔痕，越知所料不差。再兴万分情急，奋不顾身，照出下面斜坡甚是滑溜，首先手舞宝剑借着灯光照路飞驰而下，上下相隔有好几丈，还未到地，便听坡侧男女喝骂求告之声，正是凤珠，语声悲愤，另两男子也极耳熟。刚急喊得一声："姊姊休慌，你在哪里？"后面姬棠恐丈夫孤身涉险，一面跟踪追下，想起身有号笛如何忘却，刚将信号吹出，女兵信号业已发动，中途一听再兴急呼和凤珠怒骂之声，惊喜交集，一同飞驰而下。

刚一到地，瞥见前面一条人影，再兴正怒吼追去，隐闻侧面凤珠悲声怒喝："二弟休放那禽兽逃走，等我问他两句！"方自惊奇，不知往追哪头是好，紧跟着又是一条黑影由斜刺里纵出，往前跑去，灯光照处，认出是那传说的黑猩猩，因其去路与再兴相同，越发惊急。又见女兵已往凤珠语声来路赶去，刚往前追，口中急呼："兴哥留意身后怪物！"忽听黑暗中有人赶来，接口说道："猩人不会伤人，夫人怪我多事，其实我是好意，请二娘见面代说两句好话。今日之事真个凑巧，乘着妖贼伤亡殆尽，只逃走了一个，并还受伤，你们如顺西北方洞径走出，由我和猩人去杀妖徒，也许一举成功，将老妖巫除去，就无事了。"

话未说完，再兴业已赶回，用灯一照，见说话的是个身材高大的山人，头上面具业已取下，见了再兴拜伏在地。再兴定睛一看，惊喜道："原来你是蓝山！那带黑猩猩的怪人和暗中相助我们的就是你么？既知奸谋，并用树皮警告，怎不明言？"蓝山匆匆答道："说来话长，不是事情凑巧，我也难于活命。请随夫人往西北秘径走出，便可寻到妖巫师徒巢穴。师徒五人只千万不要杀那一个穿白衣的少女。我要追那带伤妖徒，日内自会来见恩主。下月月圆以前许能办好，真个想不到的事，快活杀了。”说罢转身走去。凤珠也和女兵赶来，见蓝山说完匆匆奔去，便问：“兴弟，这无耻禽兽说些什么？”再兴苦笑道：“他还有甚说的，今日之来实在凑巧，他也不知妖徒藏在这里，一半还是想争口气，并非全是恶意，请姊姊不要生气，看在小弟和兰姊面上宽恕他吧。”凤珠气道：“你哪知道这厮人面兽心，就这一两日的光阴，兰花恐已不保。兰花不死，看她面上自然无事；如已遇害，决不与之甘休。”

这时众女兵已纷纷赶下，凤珠知道外面还有人留守，便命秋菊赶往上面发令，命男女蛮人急速整队入洞，告以洞中秘径甚多，西面一路似被鬼头蛮封闭，暂时无法通行。西北有路，可通日前新发现的道路，内中甚是平坦。就有妖徒逃回报信，至多老妖巫得信逃走，也不妨事，共只二三十里便是出口，少却许多凶险劳苦，成功已不在远。”再兴夫妇见凤珠气得花容失色，身上衣服满是泥污，面上皮套藤兜半被撕破，皮衣也有两处撕裂了口，且喜人未受伤，忙问经过。凤珠见他夫妇和众女兵个个关心情急，笑答：“说来话长。听蓝山说，前面转角有一天生石洞，地势宽大，并有好些石钟乳结成的坐卧之处。天气想也不早，等他们人到齐后一面准备饮食，一面谈说经过吧。”随和众人寻到洞中一看，果是一座大洞，上下钟乳林立，灯光一照，通体晶明，发为丽彩。刚刚坐定不多一会，人便相继赶来，凤珠也稍休息，才说前事。

原来凤珠上来便疑秘径是在小金牛寨内地，但又寻不到线索。后听蛮女秘报，王翼、幺桃鬼祟神情，还未想到是寻秘径。后见男女二人背人去往狮洞密谈，由此见面便不再交涉，可是幺桃服侍王翼更加周到。内一女兵夜出赏月，忽然发现幺桃藏身林中，诅咒兰花早死，主人王翼此行如能成功，做了全寨之主，便做二房也所心甘等语。不久便发现幺桃带了兵器令牌，常借回家为由孤身远出，往往一去三两日，与一少年山人时常背人密谈，本就生疑；树皮上面警告又有改削过的痕迹，仔细查看，虽然不成文理，但已推测出几分意思。后听再兴夫妇背后之言，前后一想，忽然醒悟，心虽愤极，但想王翼无此大胆，也不致这样丧尽天良。再看当地形势，杀人崖外表是一突出平地的长岭，一头直通西北森林之中，山势虽到森林边界为止，还有余脉未断。回忆前情，越发醒悟，断定下有道路隐藏。别的洞穴均经众人查看，无路可通，只二蛮女先去两洞说是极深，并在里面迷路。后经王翼把人寻出，兰花再要命人往探，王翼力阻而止；心疑彼时王翼和兰花情热头上，看出里面形势太险，并未深入，人又喜逸恶劳，一时粗心，觉着西面无路，此举徒劳无功，急于回去，恐兰花知道又要多受辛苦。日前兰花又曾说起，丈夫样样都好，就是太懒，眼前坐享业已心满意足，不再作前进打算，分明与此暗合，越想越觉有理。

王翼真要恩将仇报，掩来暗算，就看兰花面上不杀，也必给他吃足苦头。再兴朋友情长，同去必要拦阻，有好些话又不便说，决计先往一探。最奸王翼不来，能够将路寻到，自己料错倒好，并无一定把握。哪知来路踪迹已被妖徒发现，看出对方厉害，昨夜快活树暗算，又见对方带有解毒灵药，迷香无效，明知事太凶险，无奈老妖巫法严，便是必死也要照办，知道妖窟秘径有一条与杀人崖相通，便由洞中秘径偷偷掩来。因杀人崖洞口初次出入，敌人防御周密，动作如飞，人数又多，均有极高本领；天气还早，不敢冒失，打算守到天黑，暗下毒手，先将为首三人刺死，并不知众人在当地不会久停，过午不能寻到洞径，便往西北改道，开路前进，人已入洞查探。正在当地商计下手之法，凤珠已带人赶到。

另一面王翼早听幺桃密告，得知香水崖有两处秘径，内一入口还是一株枯树。为了年深日久，树根将洞顶攻穿，枯死之后中陷一洞，可由树腹通到上面。还有一个极大蜂窝，常人决看不出，幺桃也是最后一次发现。那日再兴夫妇尾随幺桃，便在那株枯树之下，人已乘黑钻进树内，二人不知幺桃诡诈万分，照例此出彼进，不走一路。等二人守到天明回来，幺桃已由香水崖另一洞口走回。王翼对于凤珠始而痴心妄想恢复情爱，后来看出凤珠恨他负心，意志坚决，并与再兴情分日深，姬棠非但毫无醋意，也是一样亲热，以为三人说好，二女同夫，凤珠故意气他，再兴不顾朋友之义，乘机占了现成便宜，于是羞恼成仇，生出恶念。对于兰花更认为是罪魁祸首，恨之入骨，乘着兰花小产，假装恩爱，阴谋暗算，被众人看破，日夜守护，没有成功，便利用幺桃和几个受过他恩惠的蛮人勾结一起。

蛮人风俗，强抢无夫之妇不算恶意。所结党羽都恨孟龙。以前两次犯法，又是王翼解免，自易勾结。王翼深知他们性情凶野，以前四人商定，由兰花立威，王翼、再兴专做好人。这几个蛮人均受过鞭打，虽是暗中说好想要收服他们，免得胆大妄为，犯了重罪不能保全，行法时恩威并用，打并不重，比以前用刑惨酷相差天地。这类蛮人到底难免怀恨，只为全山的人都好，兰花法令严明，人却公道，平时相见都如家人，虽然怨恨早化，决禁不起人激动。一面设词勾动他的怒火，看出人已怀恨，才说孟龙以前如何凶暴，兰花如何不讲情面，不是苦口相劝，他们早已被杀。如今人已病倒，转眼必死，将来孟龙做了寨主，谁都不能活命。最好和他一党，只将夫人抢来为妻，将孟龙杀死，由他做了寨主，大家都有好处。议定兰花一死，立时发难。这几个蛮人先全受愚，苟大竹兄弟又恨极再兴夫妇，刚刚准备停当，探明路径，凤珠便即起身。

王翼他是色令智昏，虽将香水崖秘径探得，并在寨中发现几片上有蛮文符咒的竹片，悟出好些道理，并未和再兴等人商量。众人起身时，因正勾结同党暗中准备，不知连日森林凶杀之事，匆匆到家，又铸了一件大错，作贼情虚，心慌意乱，妖徒来路偏在西北一面，深居地底，中间还被猩人擒住，几乎送命，幸而蓝山赶来，问出他的心意，再三苦劝，送了回去。王翼仍是执迷不悟，连费许多心力搜索，幺桃更为他吃足苦头，始终不知妖徒那条来路也在里面，匆匆来去，内里地方广大，双方彼此相左，全未遇上，否则，王翼、幺桃至少也有一人送命。最后王翼想起，自己人少，又见大竹二竹凶狠骄横，勾结没有多日，便露野性，并有垂涎凤珠美色之意；觉着这般蛮人虽可利用，野性难驯，自己不如兰花有威，只有情分，蛮人并不畏惧，再将把柄在他手内，不问成败，均所难制，心生戒备，忽动杀机，又将毒刀要去，带在身边。昨日半夜赶回碧龙洲害人之后，立带众蛮人假装追敌，由香水崖秘径拿了事前准备好的干粮用具，跟踪往杀人崖赶来。途中又遇蓝山同了两个白衣女子，再三劝告不听，如非猩人厉害，同行蛮人见蓝山拦路，刚一出手便被抓个半死，几为所杀。双方相持了一阵，另一白衣少女忽将蓝山等三人一兽喊走，才得过去。同行蛮人已有两人受伤退回。王翼恐其回去泄露，借故追上，各用毒刀杀死，只剩六人一同进发，也在此时赶到。

凤珠和众女兵正在觅路，忽听铮铮两声，灯光照处，瞥见两条黑影、一条白影埋伏左侧，各用毒箭毒镖打来。内一女兵已先发现，随同灯光照处，将箭打飞；另一个被箭打中前胸，因有护盾，不曾受伤。同时又有两箭一镖相继打来,凤珠和众女兵都有极好武功,目力最强,稍有动静,立可警觉,何况敌人业已发现,自打不中,一声号令,抢前动手。先被凤珠斫翻了一个,众妖徒知道厉害,仗着来人不知地理,双方人差不多,又奉妖巫严命,非将为首三人擒到不可。当地歧径四出,一面拼命恶斗,一面利用地势,和捉迷藏一般出没无常,时隐时现,不是众女兵机警胆勇,手疾眼快,几受暗算。双方恶斗了一阵,凤珠竟在百忙中看出形势,一知地理更占上风。内有几个知道决非对手,方想逃回报信,凤珠立时追去。刚到转角,内一妖徒见敌人追来,想用毒箭暗算,不知何故忽然倒地。另两妖徒一个已被打倒,还剩一个,女兵正穷追过去。

凤珠因怨妖徒自杀,刚就势接连两剑,把妖徒手腕斩断,忽听头上微响,料有敌人,忙往前纵,已自无及,灯筒落处,眼前一暗,周身已被网紧,无法挣扎,同时人也掼倒,顺着一条斜坡溜将下去。凤珠知道这类蛮人所结麻网最是厉害,越挣越紧。前面女兵业已追出老远,喊了两声未应,人又溜得极快,不知下有多深,忙将双臂往外撑住,不令那网紧绑全身,准备到地之后相机行事,一面将手中宝剑斜伸向前,暗中用力,想将网割断;一面准备,敌人只一对面便将剑尖朝前刺去,与之一拼。不料那网竟是双料藤筋生麻特制,坚韧异常,急切间割他不断,并且头颈两臂等处还附着两条套索,乃蟒筋所制,更加坚韧。凤珠先不知道厉害,刚一到地,便被那人拖往坡侧小洞之中。刚觉出敌人身材高大,与妖徒形貌打扮不同,忽听暗中有人低呼:“大竹功劳不小,快去外面防备,代我把风,由我拷问这个妖徒,到底还有多少党羽?”

凤珠一听,竟是王翼的口音,心中一动,暗忖:听这厮口气,好似他那手下认错敌人,将我误擒了来。照此形势,不问所说真假,均不至于送命,心神略定,正打算装不知道,听他还说什么,忽听对面那人狞笑道:“王大爷,我也不要什么功劳,这婆娘的丈夫、侄儿是我仇人。如不是她老公想要采荒发财,将我全家掳来,怎会受孟龙父女的鞭打?这婆娘长得好看,又是我将她擒住,理应归我,就在林中和她做夫妻,过一辈子,已够快活,也不想再回去了。我已看透你的心思,你先害了你老婆,叫我们代你捉她,由你来装好人。等人归你,日后再害我们,趁早走开,念在以前你虽是我仇人的丈夫,对我还好,否则我们人多,你一人决打不过。方才你在途中将受伤的两人暗中杀死,已被我看见,你那讨好卖乖巧使人的主意办不到了。”

说时，对方灯筒照处，现出二人，一个是用网暗算的蛮人，一个是王翼，似因听出蛮人背叛，道破阴谋，不怀好意，情急暴怒，刚低喝得一声，待要动武，不料身后暗影中突又掩来一个年纪较轻的蛮人，冷不防用一索套将王翼套紧。王翼骤出不意中了暗算，仗着一身武功，刚要抬腿纵身踢去，忽又停止，笑对蛮人道：“你弟兄二人为何恩将仇报？忘了来时所赌的咒么？鸡血还未干呢。”这两蛮人正是大竹二竹，闻言似有顾虑，呆了一呆，大竹回顾低喝：“你只不想抢我的人，决不伤你。二竹，那旁有一石笋，可将他绑好，等我制服了这婆娘，先快活一阵，等上面的人走完，再和他算账。只不杀他，便不算犯咒神。”

凤珠眼看王翼被人制住，毫无举动，知其弄巧成拙，自己也极危险，心更恨毒，暗忖：这厮一身武功，蛮人虽极凶猛，只将他上身套住，为何任人捆绑，没有反抗？同时又见为首蛮人正在解网，宝剑不曾脱手，方想网索一去，当时便可刺死。不料蛮人早有算计，那网共是两层，里面还有几圈索套活扣，可以由网外随意收紧，制作极巧，力又极大，蛮人防她抗拒，早将索套一收，网脱之后绑得反更结实，连两腿也被缠紧，休想脱身。蛮人一面口出污言，一面便来乱撕衣服和面上皮套。凤珠急怒攻心，正在拼命挣扎，与之相抗，二竹将人绑好，忽然赶来，也想动手。大竹怒喝：“你怎不去上面将那出口用山石挡住，如被那些小丫头看破，谁也休想到手，还不快滚！”二竹一面用灯筒照在凤珠脸上，抢撕皮套，伸手乱摸，一面低声怒喝：“我先和你讲好，大家有份。方才我已看出，幺桃想嫁王大爷，对我全是假意，被她逃走，我才赶来。你有老婆的人，更该让我，一个人想得两个婆娘，我便和你拼命。”话未说完，大竹低声怒吼，回手一掌打去，二竹忽然一声惨号，仰翻倒地。

原来王翼深知这两蛮人力大非常，手又有刀，急中生智，任其捆绑，暗打主意。二竹色令智昏，想和大竹抢夺凤珠，匆匆回身，忘了王翼武功高强，绑时疏忽，不曾收紧，又吃王翼暗中用力绷住，等人一走，立时挣脱。一手取出身边毒刀将绑割断，悄悄掩来，由背后一刀，先将二竹刺了一个透心穿，再用力往下一按，人虽杀死倒地，毒刀却被骨缝嵌住，不及拔出。大竹恰巧一掌打来，死尸立朝王翼倒去。同时大竹也自警觉，怒吼一声，丢了凤珠，猛扑王翼。蛮人虽不会武艺，力大手快,凶悍已极。王翼初意,原想令大竹假装敌人,将凤珠擒住,再用毒刀杀死大竹,讨好求爱。不料大竹更是奸狡,事前说破,并说疑心王翼存心不良,业告同党有了准备。王翼想起蛮人人多,临时胆怯,刚改主意,话还不曾想好,蛮人已抢先下手,将人擒住。说完方觉牵强,又被蛮人当面叫破,并要将凤珠强占了去,正要翻脸动手,又被二竹擒住。眼见凤珠被困受苦、悲愤咒骂情景,知道阴谋已泄,必更无望,心中恨毒,掩将过来,想连两蛮人一齐杀死。因恐凤珠仇怨更深,难于如愿,再见蛮人欺侮凤珠,急怒交加,用力太猛,毒刀不及拔出,大竹业已猛扑过来。一时疏神,洞又黑暗,身边兵器除毒刀外均被二竹搜去,大竹肩上插有毒箭梭镖,恐其取用,于是双方扭结落在一起,谁也不肯松手。

凤珠见二人互相拼斗,满地打滚,身被绑紧,急切间挣扎不脱,急得大声狂呼;无奈那洞深居地底,传不上去。正想这两个一虎一狼都差不多,打算滚将出去,猛瞥见暗影中有两点金红光华,离地三尺星飞而来,方疑洞中还有怪兽毒蟒之类跟着,又见面前黑影一闪,灯光一亮,看出来人正是蓝山,见面便说:“我蓝山只顾杀那几个蛮人,来迟了一步,使恩人受惊。此是蟒筋所制索套,寻常刀斧不能斩断,夫人不可强挣,由我来解。”说时走向凤珠身后,用刀尖将素套挑开,一抽活扣,全数落向地上。凤珠先用强力挣扎,越勒越紧,四肢酸痛,脱绑之后,急切间还难行动,耳听蛮人一声惨叫,同时灯筒照处,瞥见蛮人横尸地上,一个黑猩猩刚走过来,王翼业已起立;又听上面再兴等呼喊之声,连忙回声相应。正在戟指喝骂,想要追出,被蓝山跪地拦住,一面急呼:“大爷快走!”王翼自知不妙,转身逃去。蓝山一面跪在凤珠面前,请其息怒,一面令猩人速追另一妖徒,并送王翼,等众女兵赶到,也跟踪追了下去。

凤珠痛定思痛,悲愤已极,等将前事向众说完,已忍不住流下泪来。众人一听王翼这等阴险卑鄙,凤珠又说起蓝山和蛮人先后所说口气,兰花似已遇害,那两名女兵奉命留守,不知怎会走开,早防到王翼凶谋未息,有此一举,结果仍是徒劳,俱都愤恨非常,同劝凤珠。谈了一阵,因还有一妖徒带伤逃走,不曾寻到,蓝山、猩人不知能否追上?好在秘径业已寻到,正可乘机赶往,将妖巫师徒除去再作计较。众蛮人女兵也自吃饱,收拾好了行李,径由秘径觅路走出,往西北方妖窟赶去。走到路上，才知这条地底秘径形势甚奇，又长又深，非但可将那黑暗奇险、难走无比的森林由地底通过，并还高大平坦，险仄之处虽也有好几处，但都不难走过。最妙是妖徒常由洞中往来通行，歧径稍多之处均有标记，极容易认，比森林中好走得多；也无蛇兽潜伏，只不透光，仗着带有特制灯筒，一口气便将这十多里长一条洞径走完。

到了尽头出口一看，却比来路杀人崖危险难走得多。原来出口之处乃是一个形如深井的大洞，上面虽有森林遮避，林木较稀，时有天光透映，由上到下深达二三十丈，如非妖徒留有绳梯，又有许多错落的山石可供攀援，直难上去。凤珠、再兴、姬棠同了四个得力女兵援绳先上。离顶约有丈许，凤珠说："出口不远便是妖巫巢穴，须防妖徒无心走来，撞上又被逃走，我们务要留意。"姬棠刚一点头，金花忽然摇手示意，同了另一女兵当先蹿上。众人也听出上面有了响动，刚把兵器取出，相继纵上，忽听一声惊呼，目光到处，一个白衣妖徒已被二女兵擒住。凤珠想起蓝山之言，忙喝："不要伤她。"随和时、姬二人赶将过去一看，乃是一个小女妖徒，被擒之后先是拼命狂呼，被二女兵用刀矛抵住前胸，不令开口。妖徒见女兵要拉她的面具，便连哭带喊说："你敢动我神幕面网，你们这些人一个也休想活命！"

凤珠见那妖徒年约十六七岁，身材十分秀丽，手白如玉，言动也不似前在地洞所杀妖徒凶狠，不由动了怜惜，忙将二女兵止住。一看当地形势，前面虽有天光水影现出，相隔还有两三里。林中光景昏暗，因受外面天光反映，人物尚能分辨。回顾众蛮人女兵已由洞底争先抢上，便令金花带了几个女兵去往前途放哨，余者收拾行李准备进发，一面拉了时、姬二人去往旁边树根上同坐，将妖徒带到面前，笑问道："你已落我手，哭喊无用，就是你们能将我杀死，也是将来的事；何况老妖巫师徒转眼灭亡，如何能害我们？快说实话，你师父巢穴现在何处？手下还有多少妖徒？也许念你年幼无知，不伤你的性命。否则你命都不保，头上面网怎保得住？"妖徒虽然被擒，神情颇傲，被两女兵一边一个挟住，立在当地，并不屈服。听到后来，忽然住了悲泣，先朝四外张望了两次，低声答道："你们是刚神婆所说名叫凤珠、兰花的两个对头么？这条地道最是隐秘，除她师徒谁都不会晓得，洞中还有十来个师兄师姊，今在何处？他们比你们还要厉害，不容人开口已遇惨杀，你们怎会好好寻来，没有遇上？"

凤珠见她说时前后张望，甚是胆怯，知其害怕同党窥伺，笑答："你不要怕，这伙妖徒共是十一人，已为我们所杀，只逃走一个穿黑衣的，也受了伤，业已命人追赶，决难活命。我们已知妖巫巢穴，便你不说实话也必寻去。"妖徒闻言好似十分惊喜，也不再倔强，先说："你们放开，让我坐定再说。我方才被她二人压伤，腿上酸着，绑得又紧。我看你们不像恶人，不会杀我，我决不逃。将我放开再说可好？"凤珠见妖徒人甚天真，笑答："早说此话已放开了，谁还怕你逃走不成。"随令女兵松绑，并将随带酒肉出来与她吃点，只说实话，决不加害。妖徒刚一脱身，先朝前额上仔细摸了又摸，忽将面网底下活扣解开，往上掀起，披向头上，现出本来面目，朝三人双手交叉，用山礼拜了九拜，趺坐在地，笑道："你们这样好人我第一次遇到，我真爱你们。我虽孤身一人，常年在此受欺受逼，一旦得志，定必厚报。从此决不会和你们做敌人了。"说罢，转向西南方跪倒，重又礼拜，口中默祝，自言自语，好似向天许愿神气。

第二十三回

戮凶顽义释白衣女

三人见那山女貌相美极，二目明如秋水，人虽天真，别具一种英秀之气，料是妖巫所收鬼头蛮女徒，面具前额凸出一块，不令人动，必是鬼头蛮中最紧要的神符。这类头戴面网的女人如肯自行揭起，便是永远降服，不再反叛之意。凤珠更喜山女生得美秀可爱，人又天真直爽，不似别的妖徒凶狡，等她视告完毕，过去伸手拉起，笑道："你很可爱，我们决不伤你，你叫什么名字？为何投在妖巫门下？"山女低答："我叫姒音。"忽然朝来路望了一望，好似有甚警觉，改口接道："我已朝神祖立誓，你们想必信我。实不相瞒，我在妖巫刚神婆门下，实在迫于无奈，并非本心。今日原想乘机逃去，不料被你们擒住。我先举棋不定，在林中耽误了好些时候，如今水云洲上虽只师徒四人，但都穷凶极恶，内中两个男的花狼蛮更是厉害。我虽有神祖保佑，遇见你们因祸得福，此时心惊眼跳，恐怕他们警觉追来。就是你们在此，我也难免遇害。我领你们先将她师徒擒住再说如何？"

再兴知道老妖巫法令甚严，门人均立有恶誓，又都怕鬼怕神，宁死不敢背叛，山女姒音貌虽不带恶相，神态慌张，既是妖徒，不应变得这快，方觉可疑。刚一开口，凤珠见姒音张望惊惶之状，想起蓝山之言，业已明白两分，知道再兴不大放心，忙使眼色止住，笑问："你是老妖巫的门徒，引我前去擒她，你不是更凶险么？"姒音急道："请你不要多心，话说太长，我虽被迫拜师，立过重誓，照我族中规条，如非心甘情愿，先揭面网向神祖禀告，一任对方威权多大，均是仇敌。并且当时被擒、迫令拜师的不止我一个，如非有人受了恶徒诱骗，不等日限先就失身，嫁与蛮人，说出隐情，致向妖巫告发，我还不会逃走呢。他们所练法术，我虽看出是假，但她师徒都是力大身轻，形踪飘忽，出没无常，内有五人更是厉害，已有三人先后为你们所杀。这些都是花狼蛮，从小被刚神婆收来，先有五六十个，为练功夫，训练毒蛇恶虫，死了一多半，共只留下不到二十人，还连我们鬼头蛮在内，个个动作如风，说来就来。

“以前老妖巫最是爱我，轻易不肯打骂，也不许人欺侮。直到去年方始看出他们对我阴谋。又因这三年多所闻所见无一不是穷凶极恶，惨无人理，加上拜师时受迫太甚，平日对我虽比别的同门要好得多，但她师徒那样残忍凶暴，实看不惯，也无一人和我投机。最难受是她本人假装怜爱，不许人欺，暗中却令那些恶徒监视恐吓，做出许多惨酷之事，使我触目惊心，不敢违背。我每日烦闷不过，独自出来走动，十有九次必要遇见恐怖之事吓退回去。这些恶徒时隐时现，老在我的前后左右出没，再不便是各种鬼哭神号之声，使我终日提心吊胆，好似许多恶鬼凶人包围在旁，如影随形，苦痛已极，因此始终不曾真心降服。后再发现凶谋诡计，非但对我不利，将来连我同族也要受她大害，这才拼舍一命，乘着他们今日训练毒虫之际，恶徒又都遣出在外，打算逃了回去。到了此地，又想起那些恶徒奉命在此，一月之内每日均要杀死些人，将人心带回作证，踪迹常在森林东西。虽然走出杀人崖便可无事，但此地洞他们常时来往，万一遇上，我虽在无意中得到一面令牌，终恐盘问出来，不死也要受尽苦难。另外还有一层顾忌，心正为难，便被你们擒住。我说话又耽搁了些时候，妖巫必已警觉，再不抢先赶去，只要逃走一个，或是恶徒寻来，你们无妨，我却非死不可。不信再等些时必有动静。”

凤珠方答：“我如不信，怎肯放你起来？妖巫师徒已是釜底游魂，决难逃走；不过恐你有甚妨害，先问两句罢了。既是这样，你说出地方，我们就走吧。”姒音急道：“她那住处就在西北方有水光的湖心沙洲之上，南面有一索桥离岸最近，四面均是森林。西面林边崖洞甚多，看去都一些石堆，并不甚高，内里全都相通，大小洞穴有好几十个，有的藏在树腹之中，以前还养有毒蛇大蟒在内。我因胆小，不曾去过，她师徒却是常时往来，不及早赶去，只被逃到森林里面，多大本领休想捉她得到。自从妖巫前月打败回来，越发凶暴多疑，时常向天哭喊，厉声咒骂，不是要把森林内外数百里内的人杀光，便说她早晚必被仇人所害，决不放过。仇人只敢动她一根毫发，宁死也必与之同归于尽，终日自言自语，把满头乱发蓬起，和疯人恶鬼一样。你们来人这多，稍现形迹，必要惊走。最好分成三路，由森林两面包围过去，快要到达，你再带人赶去,突然出现,先断了她的道路,再去洲上擒人,才不至于漏网。”

三人见她人颇聪明,再兴也觉没有虚假,立照所说行事,由秋菊带了数人看守行李,守在当地,以防妖徒逃入地道,余人分路前进。还未走出树林,便见前锋用灯筒朝后面发出信号,凤珠等三人同了山女和两个女兵居中在后,忙即隐身树侧,绕将过去。凤珠见山女姒音紧随身旁,甚是惊慌,口中不时默念,似在求神保佑,知其平日处境残酷,心胆已寒,越生怜爱。刚把她手拉住,低说:“你不要怕,有我们呢。”目光到处,瞥见前面两个黑衣蒙面的妖徒突在林外出现,在树林缝中连闪两闪便窜进林来,底下不见踪影,动作如飞,真个快极。姒音越发害怕,颤声低语:“他们必是知我逃走,想捉回去。为恐被我看出,正由那面绕来。只被他们发现,必先杀我无疑。”

姬棠见她怕得那样神气,忙说:“妖徒作死,他由明处往暗里来,看不见你在此,业已落在我们眼中,自己都难活命,如何害人?来时我知你们鬼头蛮只是闭关自守,人颇公正,双方成仇,由于误会和好人拨弄,本心不愿为敌。夫人曾下严令,遇见着白衣的便是妖徒,也要对方行凶害人方许动手。这两个黑衣蒙面一望而知是花狼蛮,只一对面便先动手。我们的人必已埋伏,尾随在后,放心好了。”话未说完,忽听前面女兵呼喝之声,同时暴起,朝二妖徒来处一拥齐上,暗影中看去,只见镖弩同飞,寒光四射,一条黑影刚刚舞刀纵起,还未落地,便被镖枪打中,凌空跌倒,不再转动。另一妖徒中了两箭,不知这面有人,带伤逃来,吃再兴同两女兵冷不防抢向前面,迎头拦住。妖徒正在厉声怒啸,由身边取出一物,想朝旁边空处掷去;再兴恐将洲上妖巫惊动,接连两镖,打中头肩,当时倒地。二女兵双矛齐发,妖徒只吼得半声便自身死。一看手上正是那上有风车、能发鬼叫的响箭。因妖徒逃时曾经厉啸,洲上只剩妖巫师徒两人,虽然相隔还有里许,终恐惊觉,凤珠忙发信号,与前锋合在一起,男女十余人先贴林边,借着树林掩蔽往前赶去。

这时众人已快出林,湖荡中的沙洲业已看得毕真,洲上只有十来间低矮的竹屋,花木却多。姒音喜道:“想不到二妖徒死得如此容易,还有一个妖徒更是凶狡残忍,看神气还不知道快遭报应,方才又正训练毒蛇,人太劳累,必是妖巫回到前面,见我不在,命两妖徒追我回去,她两师徒却在地穴之内歇息养神，除她容易。这两师徒和毒蛇恶虫一样，周身皆是毒刺毒钩，最好见面就杀。如要生擒问话，哪怕擒到，也要小心。老的更是诡诈多疑。

“这地方本不会有人寻来，她从前月起不知何故，如临大敌，每间房内均有机关埋伏，毒刀毒弩之外，连各种应用之物均有好些摸它不得，否则，除她自已人外，沾上便要中毒无救。正面几间陈设较好之处，连她自已人也不进去，内中并还养有毒蛊。不知底细的人，见那几间整齐干净，一走进去就上当，不是中毒无救，便为毒虫毒蛊所伤。其实，妖巫本人所居地室非但深藏地底，又小又仄，气闷非常，便她几个亲信恶徒也都住在西边地室之内，上面竹屋只有五间可以住人，这还是近年建成，专为大家雨天饮食起坐之用。别的地方无故谁都不能走进。我们左右两面的人业已包围，趁她不曾警觉，先不要露出响声，偷偷掩到湖边，由绳桥上直扑进去，两面的人把住湖岸，必可成功。千万记住，专扑西北两面小屋，中间无人，只可在外防备，不要进去。”

凤珠连声赞好，依言行事，往湖边赶去。见那横跨两岸的绳桥乃是两根粗藤索，上面绷着兽皮，两头各有木桩拉紧，甚是坚实。听姒音说，妖巫多疑，只管当地从无外人足迹，妖徒经过，仍要将桥收卷回去。为了显示她的法力，藤索两头并不绑在树上，另有几根形似人发之物将索桩两头系住，看去极细，可是多么重的东西都压不断。新近姒音为了妖巫屡次夸口，说那连系索桥的是她几根头发，刀斧都难斩断，这日并令妖徒当面用刀去斫，果然一根也未斩断。姒音为了一时好奇，又看出那东西虽然每头只得二三十根，合起来只两三根线粗细，与人发相似，但与妖巫所脱头发不同，心中不信，无意中说了两句，当夜起来乘凉，便发现妖巫师徒对她的阴谋，由此处境更苦。

二女见两面无人，桥却展开未收，连系四根木桩的黑丝果与人发相似，回顾姒音神色紧张，知在积威之下，把妖巫师徒怕到极点，想令守在湖边，无须同去，姒音悄答：“我虽有点害怕，但是洲上伏有好些危机，你们都不知道。房后崖洞内还养有许多毒蛇毒虫，也只有我稍知信号和制它之法。正面房中有一石箱，里面藏有大量解毒灵药和各种奇毒之物，也应当先抢到。内中一种专避毒虫，去年才得试出。我只见过一次，不知是否在内。如能得到，用处大多，还可永绝后患。妖巫所居地穴下面设有地道，以前本想开往森林之中，与之相连，无奈湖水太深，不曾如愿。地道一头通往毒蛇洞中，那些蛇虫与妖巫多年相处，当她亲人一样，不像我们喂蛇训练之时不穿那件奇怪衣服，便难免于受伤。毒蟒我更制它不了，如被逃入洞内，费事太多。最好由我引她二人出来，再行动手，方可万全。为了除害，我虽太险，也说不得了。”说时众人已越过空地，掩往湖边树阴之下，借着大树遮蔽，边说边走。

凤珠知道这类妖巫心肠狠毒，门人如有背叛，比对仇敌还要痛恨，下手也更残酷。去时已令姒音穿上皮衣护盾，外面套上原有白衣，经此一来，只防头部，万一变生仓猝，也不致送命。另外又将一面盾牌交她藏向背后，以防到时保护头面之用。二人把话说完，人也到达，凤珠、再兴同二女兵因那索桥宽只两三丈，当先纵过，借着对面几株树木土堆先行埋伏，姬棠、姒音再和众人由桥上赶过。那由两面包围而来的蛮人女兵也相继赶到，埋伏湖边大树之下。另有四人守住桥桩，准备妖巫师徒出现先将索桥斩断，一面由埋伏的人，用镖矛弩箭注定，以防漏网。凤珠看出万无一失，又命金花带了六个女兵绕往房后，守住崖洞，以防妖巫由内冲出；自和再兴各带六七名女兵分伏两面树后，把姒音夹在当中，令其诱敌。

那沙洲远看不大，这一临近竟有百亩方圆，众人由南岸过去，北面一座小山将地面占去一小半。山前一片斜坡，广约数亩，坡下是片浅滩，最低之处离水才只两尺，乍看像是潮中沙土积成，实是一座天然石礁突出水上。四面近水之处虽是石质，洲上却积有好几尺厚的土地。树木甚多，疏密相间，高大挺直，亭亭如盖，四面碧波粼粼，水甚清深，又有大圈树林平野包围，形胜天然，风景清旷。妖巫师徒所居竹屋高只过人，通体竹制，屋顶盖有极厚茅草，上面种上许多草花，藤蔓纠结，极像一座满生花草的小土堆，不经指点决看不出那是一片房舍。房前斜坡下来三四丈便是平地，因妖巫每夜都要装神装鬼，焚香告天，祭所奉邪神，好些树木均被斫去，开出四亩方圆一片空地，当中建一祭台，台旁环列着二十来个两尺来高的树桩，以供门人跪拜之用。那么干净清丽的所在，台上遍布污血，看出油腻腻的，腥秽之气扑鼻欲呕。

所奉邪神乃是一个整段大树雕成的木偶，蛇身人首，形如恶鬼，貌相狰狞，与前杀妖徒令牌上面所画恶鬼相似。无手无脚，自肩以下却画着许多奇奇怪怪的脚爪，和蜈蚣一样，紧抱前胸，无一张开。一张阔口，内里钉着上下四根獠牙，口角边污血最多，并有蛇蟒蟠过痕迹，本就五颜六色，丑恶异常，加上许多腥秽不堪的污血，看去越觉惨厉可怖，使人难耐。台下却是细草蒙茸，小花娟娟，清洁异常，连那许多树桩也都光滑整齐。树皮已早剥去，打磨得十分干净。

众人均照姒音所说，面对西面小屋埋伏停当。凤珠把手一挥，姒音早已回到桥边，假装遇险，赶回报警，先急喊了两声，慌慌张张往坡前跑来。随见小屋悬窗内有一人探头外望，姒音发出两声警号，见有妖徒探头，便假装失足滑跌，倒地不起。跟着悬窗内又现出一个蓬头散发、貌相丑恶的妖巫影子，一闪不见。姒音到底胆小，本应起来再跑，到了凤珠等伏处中间再装力竭倒地，滚向一株大树之后，以防万一；因见妖巫师徒相继出现，以为诱敌成功，心大惊慌，情虚胆怯，不敢再起，正装力竭声嘶哭喊："师父快来，祸事到了！"一个通身赤裸、刚把黑衣披上还未穿好、一手拿了钢叉毒镖的花狼蛮已当先纵出，飞驰而来。相隔还有三丈，忽听小屋中厉啸了两声，妖徒立时站定，一面忙着穿那黑衣，把飞刀毒箭挂向腰间，面现惊疑之容，先往后退走了几步，好似看出无甚可疑，忽又转身厉声喝问。众人因妖巫不曾跟出，妖徒相隔尚远，不肯冒失。方疑敌人业已警觉，忽听姒音低声急呼："妖巫业已警觉，我再骗她一下。恶徒飞刀厉害，如不近前，你们追时千万小心，反正他逃不脱，至多逃往毒蛇洞内，也有法想。"匆匆说完，一面假装力竭，勉强挣起，走不几步，又跌爬地上，喘息急呼："敌人大群寻来，诸位师兄业已被杀，你还不请师父出来，把我带了逃走，转眼敌人赶到就来不及了。"

妖徒闻言好似将信将疑，一面大喝令其速往见师，一面双手分举钢叉毒刀，注定姒音，做出待发之势，瞪着一双凶睛，朝众人这面东张西望，一步一步试探着走将过来。众人见那妖徒未戴面具，貌相狞恶，动作轻快，看去十分机警。妖巫厉啸了两声，底下声影皆无，料定踪迹已泄，本就跃跃欲动，妖徒忽然怒吼了几声，扬手一支钢叉照准姒音打来。这时姒音伏在一株大树旁边，姬棠和二蛮女正藏前侧面树后，相隔最近，见她毫无防备，反比方才胆大了些，装得更像，敌人业已怒吼，说她有诈，还在哭喊，反口咒骂。一见妖徒钢叉飞来，更忍不住，恐其受伤，不约而同各自纵出，将手中刀矛朝那钢叉架去，不料妖徒竟是虚声恐吓，试验真假，嚓的一声钉在姒音头前土地之上，相隔还有两三尺。二女并未将叉架住，刀光人影却被妖徒看出，才知妖徒虚声恐吓，故意试探。

姒音知被妖徒看破，忙即纵起，一手用盾牌护住头脸，掩身树后，探头外望，同时口中急呼："你们留神飞刀，还不快追！"这里姬棠和二女兵闻声心方一动，接连三支飞刀已由妖徒手上电也似急飞来，妖徒跟着急呼厉啸，纵身跳起，捷如猿猱，往来路连纵带跳逃走，一面将腰间飞刀和背上所插钢叉回头打来。凤珠、再兴看出敌人业已识破，刚刚大喝，各由树后纵出，飞刀已先打来，吃众人刀矛并举，相继打飞，一面率众朝坡上小屋追去。因妖徒虽只一人，所发飞刀又准又快，内一女兵不是带有盾牌，几乎被他打中，就这样也被钉穿两寸，差一点没有把手打伤，见血送命。

凤珠本意生擒拷问，没听姒音见了就杀的话，上来未发暗器。后见妖徒飞刀厉害，姒音又在身后大声疾呼："他们的事我多少晓得，再不用镖箭将他打死，被他逃进中屋放出毒蛊就讨厌了。"同时人又由后追来，扬手又将凤珠发还的毒刀取出，朝妖徒打去。众人看出妖徒果如姒音所说，到了小屋门前忽又转身，改朝当中飞纵过去，凤珠、姬棠和众女兵生长蛮荒，均知恶蛊凶毒，闻言也都警觉，慌不迭各将镖矛弩箭暴雨一般朝前打去。这原是转眼间事，那一排十多间竹屋只西首妖巫住处孤零零建在一边，妖徒脚底极快，本快窜进，不易追上，只为天性凶毒，事出意外，急怒交加，妄想飞刀泄恨。到了小屋门前相隔丈许，忽想放蛊伤人，再行自杀，略一转折耽搁，致被众人追近，手法又都极准，接连十几支刀矛弩箭同时发出，妖徒怎禁得住？刚到中屋门前，背腿上已连中了好几支，一声怒吼，跌翻在地；咬牙切齿，还想连滚带爬负伤往里抢进，吃金花一梭镖钉向后股，连腿打断，方始不再转动。

凤珠见姒音手举盾牌，紧随在自己身后，似比以前还要胆怯，知道妖巫凶毒，必由地穴中逃往蛇洞，忙发号令，分头围住，并令金花带了三名女兵保护姒音，以防妖巫逃走不脱，冲出拼命，受了暗算。说时，人已赶到正屋门前，方觉妖徒周身是伤，通体血污，横卧地上，胸前尚在起伏，似还未死。忽听姒音急呼："这厮未用毒刀自杀，留神行刺！"声才入耳，猛瞥见妖徒一声怒吼，身子一挺，忽然把手一扬，手中还有一柄毒刀。刚往旁边纵避，举剑要挡，跟着又是一声惨号，一条膀臂带着一柄毒刀已往斜刺里飞去。再看妖徒业已鲜血狂喷，横尸地上，死后还被蹿出好几尺，落在姒音身旁，利齿怒张，口还未闭。

原来姬棠人最细心,到得最先,早看出妖徒虽是周身重伤,侧卧不动,双目紧闭,面容狞厉,一只右手掩在纱笼下面,好似微微动了一动,便疑有诈。刚瞥见纱笼遮处有刀光闪动,凤珠已和姒音等赶来,心想:这类蛮人猛恶已极,只有三寸气在,还要害人。上月夜里业已见识,反正不说实话,不如杀死省心得多。心中一动,将刀举起,未及斫下。妖徒以为敌人是姒音引来,心中恨毒,倒地时业已打好主意,准备与之同归于尽,正在强忍伤痛,暗中提气运力,一听姒音开口,偷眼一看,怒火攻心,立时发难,右手飞刀,人也同时猛蹿过去,想咬姒音几口泄恨。这类花狼蛮天性凶狠,性子最长,动手时恰巧姬棠一刀斩下,刀未发出,将臂斩断。旁立女兵看出不妙,又是一矛刺透前胸。人虽死去,因其去势太猛,仍被蹿出好几尺。

姒音差一点没被毒口咬中,吓得双手都抖,拉着凤珠直喊:"好娘娘,他们凶恶已极,我真害怕。地室之内到处都有机关毒物埋伏,就此冲进,难免受害。这所房屋以后无法住人,不如放火烧掉。今天总算运气,妖巫只想逃走,忘了赶往中屋放蛊,所养金蚕蛊又太凶毒,以前训练毒虫,又曾伤过她个心爱徒弟,周身血肉均被啃吃精光,痛得惨嗥乱迸,无法解救,转眼成了一堆白骨,费了好些心力,方始收回。因其刚养不久,还未练好,便她本人要是事前没有准备,一个不巧,照样也被反噬。她因此蛊凶毒无比,将来练成,随意收发,无人能敌,可以为所欲为,爱如性命。本来打算练成之后,非但森林两面千百里内蛮人都要任她宰割,无一敢抗;为了上次老金牛寨的人对她轻视,也要一齐杀光。你们小金牛寨的人更不必说。

"因近年门人越少,虽收了我们几个同族姊妹,都看不惯她那残忍行为,尤其那些花狼蛮都喜生吃人肉,连死了的同门也要偷吃,不肯放过,我们全都胆寒,只是无法逃走。她当我们都不可靠,花狼蛮是她心腹,恐为毒蛊所伤,把所有金蚕恶蛊均放在中间屋内一个大石穴内。这东西虽喜生吸人兽血肉,极爱干净。妖巫前两月方始试出它的性情和制它之物,穴旁放有一圈恶蛊最怕的树汁,这东西和生漆差不多,极像污血,另具一种腥香,味甚浓烈,用石钵装好,另外再用厚布漆满,盖住穴口,稍微一干,便把树浆敷上。放蛊之时,再将它移开。另外还有一种黑石油,近火就燃,火力绝大,也是恶蛊最怕之物。这类干石油块甚多,依我之见,最好守在外面,将那油块取来,再用树枝涂满油膏,把火点上，投入地穴，一面我同几位姊妹把屋中树浆倾入穴内，再将油块多抛点下去，穴口也堆满这两样东西，用火一点，连房屋带毒蛊一齐烧掉，方免后患。

“那蛇洞只得三四尺方圆，内里大小洞穴密如蜂窝，各种毒虫恶蛇便藏在这些洞穴之中。因受妖巫常年训练，甚是灵巧，能通人意。本来妖巫先死，除那条大蟒外，余者还能指挥制服。如被妖巫逃入洞内，却是万分讨厌，只有仍用前法，将洞口用涂有石油的树枝堆满，再将油块抛将进去，一火烧死，才可无害。事不宜迟，我先令人将那石箱中的各种解药毒物取出，以防损毁。妖巫此时必在地穴中想法逃走，或是驱遣毒蛇恶蛊来和我们拼命。恶蛊封闭石穴之中，暂时还不妨事，倒是后洞要紧，内有不少恶蛊，凶毒无比。蟒只一条，不甚长大，但是奇毒，性颇灵慧，祭神时，专一令它蟠在邪神身上摆样吓人，已极厉害。最可怕是那些奇奇怪怪的毒蛇，越小越毒。最厉害的名叫丈八青，一跳两丈来高，比飞还快。还有一种当中身子像个乌龟，头尾和蛇一样，通体长才两尺，都是还未上身人便中毒倒地。幸这两种怪蛇性懒喜睡，不激怒它，终日昏眠，和死了的一般。妖巫师徒方才训练，又都喂饱，所以暂时还不至于惊动。那条大蟒和别的毒蛇恶蛊却须防它窜出，稍微轻视疏忽，沾身便难活命，下手越快越好。”

凤珠等闻言，才知当地危机四伏，不是容易。如非事前收服此女，尚有凶险，立时照办。姒音虽然献计，领头下手也是胆怯非常，无奈众人不知虚实，稍一失策，均有性命之忧，急匆匆在众女兵保护之下先将石箱寻到。凤珠跟将进去，见箱中药品甚多，都有标志，惟恐散乱，不易分辨，还有许多宝石、珍珠、金沙之类，便命连箱抬出。那藏放树浆、石油之处就在坡下，乃是两个人工掘成的石槽，约有五六尺方圆，旁边还堆着好些干的油块。石油浓厚如膏，并有许多现成木条，知道妖巫虽喜喂养毒物，因恐反噬，平日均有防备，不料便宜了敌人。因觉蛇洞一面最是可虑，命速下手，一面又将守桥女兵喊了十几个来相助，争先动手。刚涂好油浆，拿了许多油块赶往屋后，还未到达，便听把守蛇洞的蛮人女兵惊呼呐喊，姒音喊声“不好”，忙拉凤珠一同赶去，口中急呼：“如见毒蛇，不论大小，快些避开！”刚刚赶到，众女兵说：“方才有一大蟒探头钻出，连发镖枪均未打中，来势十分猛恶。幸而时二爷因听姒音方才之言，预先命人用木架沾了些油漆赶来，用火点燃，朝蟒丢去,方始惊退。如今洞内正在鬼叫。”

众人侧耳一听,果有吹竹之声隐隐传出,听去颇深,姒音忽然变色急呼:“这老妖巫已去驱遣毒蛇恶蛊,就要冲出来了!”说时迟,那时快,众人刚瞥见石洞深处暗影中有好百十点大小各色星光乱萤飞舞,明灭不定,似要往外拥出。忽听飕飕几声,再兴早就留神,听出内有暗器发出,慌不迭一手一个,把凤珠、姒音猛力往旁一拉,接连四五道寒光,中杂一蓬寒星,已朝当头众人飞来。夺夺铮铮一串响声过处,暗器落地,内有两口毒刀来得最快,一由凤珠耳旁飞过,一由姒音左肩擦过,将所着白衣划破,不是内穿皮衣,几乎受伤。凤珠更是险极,如非再兴关心大切,追随在旁,警觉得快,将二女拉开,几乎送命。那蓬寒星乃是十几支三寸大小的毒弩毒针。再兴只顾二女,差一点没被打中。另外还有几个女兵,三个掩往洞旁点火,一个闪避得快,人又矮小,也差一点没有被打中。凤珠看出厉害,方喝:“避开正面,快些点火!”一串嘘嘘唧唧怪啸之声宛如潮涌,当头大小十几条恶蛊毒蛇已由洞内往外窜出。那吹竹之声也更凄厉,离洞已近;同时,一个蓬头散发、貌相狰狞、手持钢叉毒刀、身上凌空蟠着一条大蟒、丑如恶鬼的老妖巫突由黑暗中现身,也快冲出。

姒音手上原拿有一根点燃的木条和两团油块,首先颤声急喊:“快些放火,妖巫、毒蛇逃出来了!”话未说完,妖巫本来口发吹竹之声待往外冲,忽然一声厉啸,扬手两飞刀先朝姒音打来,人离洞口只两三尺,业已纵起。姒音始终胆寒,盾牌套在左手腕上并未放下,刀还未到,口中急呼,手里木条已朝洞中掷去,恰巧将那飞刀挡住,同落地上。火星飞溅中,那刚窜出来的毒蛇闻到气味有的又被火烧伤,纷纷掉头惊窜回去。旁边二三十个女兵蛮人手中均拿有油块木条,本意想将洞口堆满再行发火,一见妖巫毒蛇快要窜出,全着了急,内有两个火刚点燃,也将带火木条朝妖巫迎头打去,内中一个竟连油块打出。

这原是瞬息间事,妖巫带了一条大蟒刚往外纵,众人镖矛弩箭连同木条油块一阵乱打。妖巫明知无幸,还想舞刀朝外猛冲,一手乱发飞刀朝众打去。不料那团油块近火便燃,吃妖巫用叉一挡,落在地上,地上木材本在燃烧,油块刚刚滚落,沾了一点火星,轰的一声化为丈许方圆大篷烈火燃烧起来。妖巫身上业已中了两箭一矛,本就负伤不轻,惊慌情急之下那条大蟒本是下半身着地,昂头前伸,做大半圈虚盘在妖巫肩臂之上,一同往外冲出;油块一燃,当时惊退,回头往洞中猛窜回去。妖巫本想用它吓人,带了大群毒蛇恶蛊冲出重围,不料弄巧成拙,那蟒久经训练,灵巧非常,先是虚盘身上,随同进退,并不吃力;经此一来,退势太猛,妖巫连肩带背全被缠紧,随同带倒,一声厉吼,竟被那蟒倒拖在地窜入洞内。再兴就势抢过女兵一支长矛猛掷过去,一下打中背上,耳听惨嗥之声,料已毕命。

大群蛇虫已纷纷惊退回去,只有两条小的,周身乌黑,动作极快,本朝众人窜来,被火一惊,往旁逃窜。姒音急呼:"蛇有奇毒,不可放它逃走!"内两女兵正随同伴将点燃的木条连同油块往洞中掷去,闻呼立时赶上,先将两根木条掷向两面,再将油块往下一丢,轰轰两声全被烈火包围烧死,一条也未逃出。料定妖巫万无生理,那油块火力大得出奇,拳头大小的能发丈许方圆一团烈火。凤珠忙令十个女兵守往洞口,继续往里投掷,余人轮流搬运,往里添火,不消片刻,整座石洞已成了一座洪炉,内中洞径曲折,与妖巫所居地穴相通,风势正往里吹,一时烈焰熊熊,耳听毒蛇恶蛊惨叫之声。火光中望去,开头还有蛇、虫影子惊窜,转眼声影皆无。

正料全数烧死,忽听前屋信号,火烟上腾,已透屋顶。赶往一看,原来姬棠因妖巫所居与蛇洞相通,恐其逃出,和金花等七个男女蛮人正在小心守候,忽见室中烈焰上升,腥臭难闻,并有几条毒蛇窜出,到了地面,迸上两迸,便自死去。内有两条尾已烧焦,一时腥秽之气扑鼻欲呕。跟着又有毒蛇迸出,惟恐漏网,众人手上本拿有木条油块,便朝里面掷去。不料油块威力绝大,丢得太多,轰的一声,大小六七团同时点燃,满屋皆火,竹屋跟着燃烧起来,下面浓烟也被点燃,火苗朝外猛窜,见缝就钻。姒音本在后面看火,忽然想起地穴与蛇洞相通,赶来看望,不知众人正发油块,一时疏忽,听说内有毒蛇窜出,刚往窗口赶去,口呼:"不可放它逃走,快些放火烧死!"刚到窗前,火已爆发,大篷火烟夺窗而出,狂窜出来。人虽不曾烧伤,但被那股浓烟扑中,当时闷倒在地。姬棠也几乎受伤。因其火起,当日风势又往后吹,忙发信号,警告屋后诸人,一面抱了姒音避往坡下。众人刚将姒音救醒,隐闻地底微微震撼,姒音忽然强挣着惊呼道:"我忘了这里地底藏有油泉,还不快逃,来不及了!"众人见她说完,人又晕死过去,凤珠连忙传令速退。

刚逃过桥,金花同两女兵想起石箱,相继奔去,意欲往取。凤珠先未看见，及听姬棠惊呼，回顾对面竹屋已全起火，地底洪洪乱响，震撼之声渐猛，一见三女奔去，惟恐火山爆发，忙发急令催回。三女隔远，为风火之声所乱，先未听出；凤珠又取银笛急吹，三女方始觉着处境危险，各由石箱中抢了一些药包赶将回来。凤珠因见当地虽是四面皆水，森林相隔颇远，终是危险。一看风向，又带众人避往上风比较安全之处，遥闻地底响声越猛，火山仍未崩发。金花方说："石箱中还有许多珍贵之物，药材也极可惜。"姒音经众灌救之后二次醒转，见三女还想请命往取，方说："那石油洞穴便在洲上。妖巫曾经说过，只要一粒火星，便将全洲化为灰烬，此时万取不得。"忽听惊天动地一声大震，沙洲中心业已爆炸，一股浓烟冲霄直上。这时众人业已绕到东南方上风来路大片空地上面，这一震之威猛烈异常，沙洲上小山连同中心地面似被整片揭去，大量沙石激射起二三十丈，到了空中再飞洒下来，一时黑烟滚滚，尘沙飞扬。湖中波涛山立，骇浪群飞，轰轰之声震耳欲聋。黑烟中同时喷射起一股烈火，乍看宛如一根撑天火柱，挟着雷霆万钧之势朝天激射。晃眼之间天空便被黑烟火云布满，大片湖山林野都被笼罩成了暗红色。

再兴觉着地底也在震撼，似要发生地震崩塌神气，猛想起此是火山爆发，威势猛烈，立处相隔只二三里，一个不巧，众人全都化为灰烬，心方愁急，想叫众人避入林内。凤珠比众人镇静得多，只火口初现时稍微惊慌，转眼便复原状，闻言笑答："二弟不必忧疑，我小时随父逃难，在贵州野人山中曾遇见过一次地震，也有火口爆发，比这个凶得多。后听先父说，他老人家走的地方最多，少年时也遇到过一次，据说这类骤然遇到的凶灾，除非地方不大，人已预先避开，否则决难逃命。遇时如能避往上风比较要好一点，并且火口一现，地气已泄，除非火口太大，暂时尚不致震塌。这大一片森林，只要一个火星落在里面，燃烧起来，休想逃命。这里离来路地道甚近，虽可暂避，但是上面起火，稍薄一点的地层难免崩塌，人在里面也是死数。方才我早想过，任走何方都有危险，林边一带比较安全，又是上风一面，只盼火口不要开展，风势不要再大就好多了。"

众人正在提心吊胆，朝前注视，姒音忽然惊喜道："不要紧了，这类地火我们恶鬼峡西沙地里面常有发现，我虽不曾见过，常听人说那地方也有许多黑黄两色的石油地火，每次发作，都是上来一声大震，地面上塌下一个大洞,下面那些积蓄几千年的干湿石油全数引燃,化为一蓬蓬的大火涌起。这类油块火力虽大,一点就燃,但它火性不长,看去非常猛烈,火光一闪,立化浓烟而灭,与寻常地震火山不同。火过之后,多半还有喷泉涌起。你们看那上来火头虽没烟高,也有十来丈高下,如今时高时低,火头也有大有小,渐渐矮了下去,和我家老年人们所说所见相同,你听地底响声不也小了许多么?"众人闻言,果然地底震撼之声渐轻,再往前面一看,中心火柱也是一层积一层随同浓烟往上喷起,时高时低,渐渐小了下去,并有中断之时。火并未止,洲上崖石崩塌之声仍极猛烈,小山面前树木均已着火焚烧起来。火光中看去,四围草木近水之处有的业已震塌,有的还在飞舞起伏,不像全洲崩塌神气。只听轰的一震,必有火头带着浓烟冒起。到了后来,那火头最低时只有丈许高下,上面房舍已全烧光。先前所见存放油块之处早被引燃,看去好似大堆火药被火一点,当时爆发,势虽猛烈,一声大震,便化浓烟消灭。

众人在当地守了半日,目眩心惊,始而进退两难;到了后半夜,看出火势越小,湖中的水虽和开了锅的沸水一般,波翻浪滚,汹涌奔腾,天空早被黑烟笼罩,大量热沙纷落如雨,众人身上满布灰尘,且喜风力不大,当中隔着大片空地,只湖边两株半枯的树被火引燃,另外震倒了好几根,外圈森林居然没有着火,沙洲也依然挺出水上,并未全部崩塌。看出危机已过,方始心定了些。

凤珠因众人提心吊胆守了一日夜,估计天已快亮,正在传令烧饭,遥望洲上小山前面的树木虽然还在焚烧,爆炸之声密如擂鼓,比起以前已好得多。方喜火口已不见有火头冒起,猛一抬头,空中阴云密布大有雨意。姬棠更知天时变化,先惊呼道:"暴雨就来,这真再好没有。我们还要快些觅地避雨;否则此雨一定大得出奇,人还无妨,这些行李食粮都要湿了。"众人正在纷纷议论,凤珠笑说:"无妨,我们的东西多在林内,这里只昨夜取了些来,容易拿走。好在相隔地道颇近,大雨一下,森林便不会起火,地道那面较高,又有树林遮蔽,雨也不会淹到,我们走吧。"说时空中已有雨点打下,刚刚赶进树林,便听林外狂风大作,雷鸣电闪,倾盆大雨猛降下来。

众人所带干粮甚多,无须生火烧吃,便聚在地穴旁边密林之下一同饮食,等雨过去再作计较。先还想朝姒音询问鬼头蛮的虚实,怎会投到妖巫门下，不料姒音先受了些火毒，连遭惊恐，火起之后奇热难耐，后又下雨，天气较凉，几面一凑，人已病倒，昏睡在旁，连干粮也不肯吃。凤珠一面把自带的药与她服下，一面给她盖好，甚为怜爱。姒音更是感激，稍微清醒，便连喊“好娘娘”，拉住凤珠不令走开。凤珠、姬棠也听姒音口气和蓝山所说之言，料知此女将来必有关系，见其病倒，不便探询，只得罢了。

那雨越下越大，始而林外还能遥望火光，后来洲上火灭，成了一片漆黑，除听雷声隆隆，大量雨水和潮水一般，怒涛奔腾，在千年以上的树幕之上流过，声如雷轰，甚是惊人。那由头顶繁枝密叶所结树幕缝中流下来的雨水，大大小小，银蛇也似，在暗影中乱窜，举目皆是。偶然林外电光一闪，遥望洲上已成了一片空地，小山也震塌了一半，只剩一些烧残的小树在风雨中摇摆起伏，余者什么也看不见。众人又坐谈了些时，再兴、姬棠见树帐上面流下来的雨水越来越多，地上满是积溜，知道当地离外面近，上面枝叶较稀，雨多漏下，不能久留。见凤珠正忙着照护姒音的病，想请她发令换个地方，或是暂时退往地穴之中稍微安眠养神，遥望林外似已天明，渐渐露出白色，同行女兵已有几个赶去，知天大亮，看这神气，不多一会便要转晴，心中一喜，忙即赶去。

第二十四回

地叱天鸣 欣逃烈火
泉甘土沃 又警凶蜥

凤珠见姒音服药之后，卧在行床之上，人已睡熟。闻报天亮，也跟了来。到了林边，一看天色，天上阴云渐高，风已早止，那雨还是大得出奇，眼前水气蒸腾，雨点仍是又密又大，树顶上面的雨水和瀑布洪涛一般往下倾倒，离身两三丈的坡下平地水深七八尺，急流奔腾，由高就下，其激如箭，往旁流去，眼前好似隔着一层水墙。人立林边大树之下，四顾茫茫，更无陆水之分。沙洲被水气隔断，也看不出一点影子，料知天虽高了一点，离晴还有些时。略一盘算，就是雨住天晴，沙洲房屋已全烧毁，也无法住人，决计先回地洞休息半日，天晴之后，在附近另觅住处，将这一片湖山作为未来基业。一面准备在下月月明以前将鬼头蛮收服，或是化敌为友，另外再由再兴带人赶回小金牛寨，查探兰花存亡安危，将那两个女兵和老寨来的那些蛮人听其自愿，分批引来，一同开荒立业。再兴、姬棠同声赞好，便由原路回到地洞之中。

再兴急于想知王翼近况，又觉这大一片地利最需人力，兰花如已遇害，王翼必不能再立足。孟龙重为寨主，旧人还好一点，老寨逃来的那些蛮人便难安居下去，此是自己和凤珠力主，理应为之打算。此举正是两得，好在用具齐备，妖巫之害已除，有此大片地洞也可暂居，意欲乘这一月光阴，在鬼头蛮六十年限期未满以前早做准备，便向凤珠请命，先往一行。姬棠也要跟去，再兴恐凤珠寂寞，不令同往。在洞中睡了些时，自带八个蛮人起身，往小金牛寨赶去。

这时雨早停止，外面天色只得申未之交。凤珠、姬棠送再兴走后，闻报林外天晴水退，便往查看。天明前那么大一场雨，半日光阴竟会退了一个干净，满地沙土，红黑相间，粒粒分明，和洗过一样。浮泥灰尘已被大水冲净，靠近森林边界树顶上的积水还在零乱下滴。临湖低洼之处有两条急流顺坡而下，朝湖中倾泻。湖水自然涨高，已快平岸。

此外只觉云白天青，景色鲜明，使人触目皆有清新之感。山风阵阵，心神皆爽。湖边只倒着几株断树，休说昨日那样惊天动地的巨变恍如梦境，连沙洲上面的劫灰也被这场大雨冲洗干净。房屋本来不多，早就烧光，妖巫所奉邪神又被大火烧去，只震陷了两个地穴，别的均未留下痕迹。绳桥已早在火口爆发时震断，被狂潮风雨打落水中，随流飘去。两岸木桩也只剩了一根。

二女见小山下面所陷地穴较大，内里似有白光闪动，便同赶往湖边，正令女兵取出套索掷向对岸，亲身先纵过去，命人分头斫伐竹木，建造浮桥，一面查看洲上以后能否住人。忽听异声起自地底，方疑昨日地火不曾喷完，又要发动，心中一惊，正命众人且慢，一道白光映着晴日已由洲上火口内冲霄直上，拔地而起。定睛一看，不禁大喜，原来那白光乃是一道喷泉，日光下看去，那喷起来的水柱高达六七丈，约有六七尺粗细，日光照处，晶芒闪闪，壮观已极。

凤珠自从昨日一到，便看中当地水碧山青，物产丰富，地利甚多，早就打定好了安定立业之意。一见洲上添些奇景，越看当地越好。经此火后大雨，妖巫所留毒秽之迹又都去尽，高兴已极，便赶回来和众人商量，先在洲上建一房舍，辟作日后大家赏玩风景之区，另外建一吊桥以供往来，并防森林中猛兽毒虫侵害，众人同声欢诺。当时便把人喊齐，斫伐树木，动起手来。仗着工具齐全，人多手快，还未做到半夜，便在洲上建了一所平房，都是尺许方圆的树木建成。因想上面建楼，第一层先用整根竹枝做顶，上铺树枝茅草，暂时居住。等到查探明了当地形势，有无比此再好之处，再作计较。好在行床甚多，竹木之类取之不尽，随便锯一些树桩木板便可应用。忙到天明将近，居然大致齐备，连人带行李都运了过去，稍微安息。起来重又看好地方，分别添建。似这样，不消三日，众人所居房舍便全盖好。

有了住处，凤珠本想等到再兴将人带来，通盘筹划。第四日早饭之后，姬棠因那喷泉每日共喷六次，到了时辰便落将下去，并非日夜喷之不已，初次见到，未免惊奇，性又爱水，常往观看。忽然发现西北一角湖岸最仄，并有一片危崖，上下树木甚多，似有水光闪动。想起那日大雨，平地水深丈许，湖面共只这一岸，如无出路，怎会退得这样快法？湖水又朝西北角上流去，但那大片危崖不易通行，草木又极繁茂，好似从来无人经过神气，心疑西北角崖后藏有一条水口，知道众人连日忙于兴建，不曾在意。想起昨夜姒音病势稍好，欲往询问。

到后一说前事，凤珠正和姒音说笑，询问她的来历身世，姒音闻言，先未回答，说："鬼头蛮共分姒、子二姓，女多男少，以前两族轮流推选，每隔十年换一次女王，一向相安，从无事故。六十年前，本应姒族为王，为有外来恶人与子姓奸王勾结，把祖传之宝失去，因而全家被逐。非但不能为王，并由神祖卦象：不将所失神金寻回，连她全族中人均受连累。因此六十年来，同族中人除随前王逃往森林、隐居避祸的少数人外，常年受尽苦难。如今奸王已死，因其独占王位多年，威力日大，无人敢抗，并未按照祖规在两姓族人中互选贤能，接任王位；由她把持，独揽大权，死前便将王位传于自家女儿。不是族人敬信神祖昔年卦象，有神金到时自归，非过六十年期满不许越过杀人崖边界之言，那逃走的前王全家早为所杀。如今六十年限期将满，对头图谋越急，只等期限一到，必要派人过界，搜杀前王全家，并往小金牛寨寻觅神金下落，以便世代相传，永居王位。为了平日暴虐大甚，人心离叛，非但我们同族中人，便他族人也是怨天恨地，巴不得回复以前祖规，公平度日。

"现在新继位的奸王子香，非但奸淫残暴，并还具有野心，打算把这大片森林占为己有，外族全都杀光才称心意。因知人心不服，一面以重刑重罚立威，一面又与妖巫刚神婆勾结，本打算由她出面，暗算逃亡在外的对头。前数月，忽听妖巫密报，说昔年刚即王位不满一月便因失宝被逐的敌人藏在森林之中。前王逃时年轻，虽然今已八旬，人尚未死，所生子女连当时随同逃走的人也越来越多。每日卧薪尝胆，想要报仇，夺回王位。并说所失神金业被寻回，只欠四根主爻，也都访出下落，快要到手，须做准备等语。昔年卦象原有神金到时自会飞回之言，又因前王深得人心，当时两族共议，暂由子族轮流推选，代理王位，等前王或他同族寻回神金，仍将王位让回。后因久无音讯，两族中人忧急万分，均恨奸王暴虐，乘着一个盛会，向奸王同声哭求，借寻神金为名开端，说人民太苦，请其设法。奸王知道这类哭求之举乃是众心离叛、思念前王、借题发挥，为最丢脸的事。在两族共同悲愤哭诉之下，当时不敢动强行凶，表面好言安慰，答应目前无人统率，非我不可，如因年老昏庸，有甚过错，还望两族人民宽其已往，我必照着公众意思去恶从善，至多三五年内退让贤能。但是神祖卦象，在神金至宝未请回以前，必须由我子姓为王，才免灾祸，还望众人容我改过。

“这类哭诉，原是两族特有祖规，历代相传，不是女王专政，为恶太多，或是仗着现有权势和手下人爪牙凶威，连任三次，久占王位不去，逼得众人无法，不会发生。当女王的遇到此事固是奇耻大辱，非去不可；稍微无志气的还要当众自杀，以明心迹。而一般人民不是怨毒已深，也轻不发难。这类事都是人民受害太深，乘着春秋祭祀佳节盛会，或是月明之夜，全族中人均在歌舞欢会之际，只有一人突起发难，全山的人不问是否同族，只要情真罪当，觉着彼此同情，立时群起响应。虽无别的举动，但那全山人民哭喊之声，震得山鸣谷应，势甚惊人，不由女王不服。

“可是领头的人有意为难，或是女王为人功过参半，附和的人不多，再经女王当众评理，请求公断，经过一番激辩之后，功能补过，固可无事，便是附和的人不满三分之一，也是由当女王的人自向众人谢过，从此改好，满了期限，方始引退。领头的人如系寻隙，或受别人主使，借故陷害，哪怕事前布置，结好同党，从旁响应，人心自有公论，心中不服，决无多人附和。一个发难不成，在当女王的为了深受人民拥戴，理应使得所有人民全都安乐，有人作对为难，便是自已做得不好，至少也是无心之失，引以为辱。对那领头的人为想以后受善改好，向主宽大，就把对方问得理屈词穷，也只训诫几句，并不十分计较。可是当地风俗向主公平正直，最恨恶人，事后必向那人考查探询，只一查出存有阴谋，有意诬陷，因那女王乃众公选，平日人好，无端受此冤枉，便把那领头的人认为公敌，决不与之甘休。为了关系重大，不得众人同情，便成众恶，百十年中从来难得遇到一次。发难的人如非苦痛到了万分，看出众怨沸腾，一呼百应，并不关系自己一人私怨，也从无一人敢于轻举妄动。

“起初群情愤激，除奸王党羽外几于全数响应；不料奸王用阴柔之法，当时认错，除将神祖抬出、不肯退位而外，所有请求全数答应。奸王本有才干，话又好听，众人一想昔年卦象，果是由她代掌王位，没有说到换人的话。为了迷信太深，甘心受害，以为姒族不将神金寻回不能复位，子族中人又都有勇无谋，没有才干，均想奸王智勇双全，如能改过，自然是好。这时，姒族在对头重压之下，朝不保夕，只管怨恨，随同哭喊，不敢主张。子族中人再为奸王巧言所动，想她改悔，委曲求全，没有坚执，便由奸党为首，按照旧规向王规劝几句了事。

“哪知奸王表面假装好人，上来样样答应，暗用奸计向双方挑拨离间，一面勾结刚神婆，用邪法惑乱人心，借神立威，假托神意，说是仇敌不久来犯，有灭亡之忧，再以练兵为名，收买党羽，暗中监防，想出种种方法，将众分散。等到众人全都受制，再将王位让与女儿，她在暗中主持，虽然死去已二三十年，因其法令严酷，心计周密，如今所有鬼头蛮均在水火之中，恨她已极。现在女王本就暴虐残忍，心贪意毒，妖巫到杀人崖已十多年，早想用她势力往老金牛寨报仇。前年看出她的心病，便说能够代她除害，并将前王所寻回的神金先夺回去。到时，就那四根主爻寻回，少掉一根仍无用处，奸王子子孙孙便可永居王位，自然一说即允。

“妖巫本来收有几十个花狼蛮做徒弟，不知用甚方法，越过杀人崖，将以前地底秘径寻到，藏伏在内。先往西南方搜寻我家下落，但她并不侵害，只将我和几个同族姊妹偷偷擒来，逼做她的徒弟。如不答应，便要将我所有逃亡的族人全数残杀。我们被逼无奈，只得答应。在她门下三年多，终日心情苦痛已极，新近听妖巫师徒密言，得知她的凶谋，方想舍命逃回报信。有许多机密的事我虽不知，因我喜欢游玩风景，除森林地道不奉命向不许人入内，余者均可随意游玩。方才二娘所说西北湖岸，我曾去过，远看好似这里是片整湖，并无出路。实则那危崖下面便是一条水口，路极难走，被崖石挡住，不到面前看不出来。如由崖顶绕将过去，那地方山明水秀，只春夏之交蛇虫大多，如说风景，且比这里还好得多呢。”

二女闻言俱都高兴。因姒音已能起坐，又愿引路陪去，便令女兵快送，绕着湖边一同寻去。沿途查看形势，见那湖荡形如一个弯曲的蝌蚪，西北角上的缺口便是它的尾巴。两面山崖一大一小，将其夹在中间。因崖下还有丈许宽一片湖岸，由上到下草树繁茂，灌木丛生，整圈湖岸只此一角不能通行，出口是一又深又狭的溪流，形如瓶颈，宽只丈许，被这些崖石草树紧束遮蔽，终日恶浪奔腾，水势到此格外猛急。水大口小，全湖的水均由此宣泄出去，又当大雨之后，表面看去似向危崖湖岸打到，浪花飞舞，吼声如雷，实则齐向口内猛冲出去，水力又大又猛，狂流滚滚，浪头一阵接一阵，常时高起丈许，漫过湖岸，打向崖上。人立数十步外，便觉冷气侵肌，扑面生寒。那些灌木常受恶浪冲击，具有特性，甚是坚强，根株刚劲，弹力甚大，上面并有毒刺。一问姒音，说妖巫心虽凶贪，在此潜伏了数年，一心只想吞并两金牛寨，将鬼头蛮以强力收服，自立为王，当地只是暂住。平日只对东南森林一面注意，西北水口一带竟似未在心上。在她门下三年，自己曾和另两个妖徒先后去过几次，路极难走，由开春起虫蛇又多，多具奇毒，不是冬天也不敢去。此时草木正繁，须要小心。

说时，二女互相谈论，业已悟出千百年前这里原是一片山地，上面也有森林遮蔽，不知何时地震山崩，陷出这片湖荡，水云洲便是残余山崖，所以环湖一大圈均是空地，所有树木均不甚粗，比起森林中的大树相差天地。这条水口也是当初地震时残留的一条裂缝，料知前面必有溪河平野可供开辟，忙令女兵代木开路。姒音又在一旁指点，不消多时，便开出一条三尺来宽的道路。越崖一看，不禁喜出望外，原来下面溪流业已加宽，越过半里多宽一片石山，由一危崖下降，面前便是大片盆地。树木不多，到处溪流纵横，山深水秀。右面是片密密的森林高地，但只数里方圆，到一列石山之下为止。山势高峻，挺出云表，雄险已极，由东南方蜿蜒而来，危峰峭壁剑戟撑空，环若城堡，做一大弧形，将这大片盆地围绕在内。右面还隔着大片绝壑，黑沉沉深不见底。平野之中更有不少孤峰巨石挺立地上，到处长满花草，五色缤纷，比起来路湖荡别具一种清艳雄旷之趣。

姒音领路，由一疏林穿出，绕过一座孤峰，忽见水光耀目，又现出一片湖荡，比来路的湖较小，水更清深，当中还有一座小岛，比水云洲却大得多，形似一个大碧螺高浮水上。四面离岸均只一两丈，上面生着一种从未见过的花树，花开正繁，形如梅花，但要大出两倍，约有几千百株散布岛上。看似石礁，却有极厚上层，少说也可开出好三四百亩的地土，那些花林石地尚不在内。后面一角高地还有好些大小洞穴，仿佛甚深，可以住人。二女便想移居来此。姒音力说，那些花树冬日照样开放，因隔着一片大水，下有伏流喷泉，与别处溪流不通，水大寒冷，更恐洞中藏有毒蛇猛兽，孤身一人不敢涉水，以前只在隔岸遥望，不曾去过。末了一次发现一群蜥蜥，知这东西凶毒非常，总算为数不多，发现得早，赶即忘命逃回。初意大祸将临，无人能敌，毒虫转眼便要潮涌而来，水云洲虽然四面皆水，也必困死洲上，妖巫定必惊慌，急于逃走。哪知妖巫得信，只是狞笑，仿佛想甚心事，并无动作，蜥蜥

(即黑蚂蚁)也未寻来,心中忧疑。次早起身,正想毒虫业已布满对岸,刚一走出,便见妖巫同了两个心腹妖徒每人手上拿着一束野草扎成的火把,身上还披着一件草衣,顺着湖岸说笑走来,蜥蜥并无踪影,来路正是西北水口一面,知她师徒形踪诡秘,向不喜人窥探,忙即缩退。等妖巫同来,草衣火把已全不见,只说她法力高强,多厉害的毒虫猛兽也不敢来此侵犯。

姒音早就看出妖巫邪法是假,心虽不信,只奇怪这里毒虫最是灵警,无论人兽被其发现,立时成群而来。自来此问,难得遇见一只野兽,必与毒虫有关。想往隔崖窥探,刚到崖上,便发现下面盘着那条大毒蟒向人发威,吓退回来,由此不敢再去。后经留神查探,无意中发现石箱内藏有一种药膏,与那日妖巫火把上所涂香气颜色全都一样。过不两天,又听妖巫师徒谈起药膏妙用,只要烧上一点,任何毒虫均要远避;否则,闻到这股香气,当时熏杀,这才明白过来。姒音道:“不知前日火起之后,石箱中的各种灵药可曾抢出?这地方风景虽好,不见野兽出没,实在可疑。水云洲对岸也可开垦,万一林中藏有蜥蜥,却是凶险已极。好娘娘不可大意,且等将来查探明了再说罢。”

凤珠原听说过黑蚁凶毒,姬棠和留下来的几个蛮人更是惊弓之鸟,闻言都变了色,但都不舍得那片地利风景;又想将来人多,地方少了恐不够用,心正迟疑。凤珠一问药可取出,金花说:“抢那石箱时地震猛烈,人已立足不稳,主人又在连发急令,只抢了一小半出来,内有两大钵白色药膏,淋漓黏腻,气味难闻,又不好拿,匆匆赶回,没有带走。”姒音道:“正是此物,另外还有好些白色药块也未抢出,真太可惜。”凤珠想了想,笑道:“这里有无毒虫或是毒蛊已被妖巫杀死虽不可知,但你在此三年,如有毒虫,妖巫师徒岂能久留?你只见过一次,妖巫天亮即回,分明连夜赶去,已将毒虫杀死。为了故示神奇,又使毒蟒将你吓退,毒虫多半除去,也许还能发现遗迹。我真喜欢这个地方;何况多么艰险的事均可以人力战胜。如有毒虫,凭我们的心思才力,早晚也能想出除它之法。有这一圈大水,只要多存食粮,遇到危险,足可退保。我不相信区区毒虫人便无法抵御。既有此事,以后多留点心好了。”

那些女兵均极忠勇胆大,又都生长老寨,不曾见过这样凶毒之物,心先不服。一听姒音和姬棠互谈毒虫利害,劝凤珠不可来作久居之计，再问出毒虫蜥蜥便是常见的蚂蚁，越发不以为意，立时散将开来，分头去往四面草树石土丛中搜索，只有几个守在旁边。凤珠天性强毅，心高志大，又受了极大刺激，越发立志想为女子吐气，率领众蛮人女兵做出一番事业，帮助再兴成功，报答他的痴情。本打定人力可以胜天、任何艰难凶险均可以恒心协力克服的主意，但是心思极细，素主防患未然，既不因众人劝说摇动，也不为了好胜胆大就此疏忽。一面查看当地形势，将来如何开发兴建，一面盘算万一毒虫来犯如何防御。

凤珠主意打好，笑对姬棠道："这里一片沃土，水草丰美，地利无穷，风景更好，如因区区毒虫便被吓退，实太冤枉可惜。照你们那样说法，除却将这一片锦绣河山全都弃掉，回去依人篱下，静等敌人侵害，别无善法；便是住在水云洲，相隔只有一片危崖，早时仍为毒虫寻来，送命拉倒。好容易无意之中得到这片土地，如何毒虫影子还未见到，只听一说，便将它弃掉？二弟如在，必与我一样心思。棠妹不可胆小。我意带来粮食足够三月之用，如在对面岛上耕种起来，等到成熟，也不致吃完。附近的山粮野果更不计其数，倘未算在里面。木材取用不尽，建屋方便，以后还可烧砖。只要大家出力，样样均可自给，年有余富。就算毒虫日内来犯，有这一圈大水，也能自保，至多被它困上些日，终有除它之法。何况姒音所见不多，妖巫在此又住了好几年，并未受到侵害，莫非我便该遭祸不成？"

众人俱都敬爱凤珠，闻言方觉有理，忽见两女兵飞驰而来，说在来路左近发现一座蚁穴，内中毒蚁甚多，已全死光。忙同赶去一看，那蚁穴隐在一堆乱石之中，形如一塔，高达丈许，地下更深，由上到下满布大小洞穴，密如蜂窝，建得十分坚固，业被女兵用兵器打倒，现出下面深穴，内里果有不少死蚁，长约半寸左右，色作紫黑，与姬棠那年所见不同。蚁穴也似要小得多，死蚁都是互相纠结，成团成块挤在一起，业已干枯，大小约有十几团。那些小洞穴中还有一些零星死蚁。另外两条死蛇也是奇毒之物，长约五六尺，皮鳞残缺不全，身上附着好些死蚁。姬棠一算数目，比起前见不过万分之一。就是装满整座蚁穴，也比前见相差悬殊。见众女兵纷纷议论，均说毒蚁果然厉害，看这神气少说也有好几千，笑说："你们不曾见过，这比我和兰姊他们那年用火烧死的差得多呢。多的来时和潮水一样，往往好几里的地面都被布满，看去像是大片黑浪，多厉害的猛兽老远望见便要忘命奔逃，稍微疏忽,逃避不及,被它涌到,立遭惨杀,皮肉被它啃光。那么雄壮凶猛的犀牛,转眼之间成了一堆枯骨。不是真个厉害,这样小虫怎会怕得那凶呢?”

姒音忽然喜道:“你们闻见香味么?这便是那药膏点燃的香气。这东西只有大蟒不怕。那两条死蛇正是妖巫所养,忽然失踪。听妖徒说,蛇蟒遇见毒蚁,照例一面拼命吞吃,一面是前仆后继,拼命啃咬,一拥齐上,决不后退。结果蛇蟒还未吃饱,全身已被毒蚁啃剩骨头。可是吃过毒虫的蛇粪奇毒无比,用以做药,专能以毒攻毒,不论多么厉害的毒虫咬上,只要当时不死,敷上就好,其效如神。妖巫能得奸王宠信,便由奸王之子为毒虫凶狠,接连咬伤,我们也有不少灵药,均无用处。正在惨嗥要死,妖巫突然现身,当时医好。因其手法巧妙,药又用得极少,伤口太大,无人看出破绽,只当神法之功,因此当她神仙一样。看这情景,分明先用药香将毒虫熏死过去,再放蛇蟒吞吃。这两条毒蛇性猛无比,毒蚁还未死净,便猛窜进去,毒蚁死前与之拼命,才致同归于尽。彼时毒虫定必甚多,均被另一条大蟒吞吃。因这蚁穴口小,死蚁都缩紧一团,上下相隔太深,没有全数吸上,遗留在此。怪不得妖巫回去不满三日,由蛇洞中拿了许多蛇粪出来和药。好娘娘方才所料果如不差,这里毒蚁已被妖巫杀光,不妨事了。”众人闻言自是高兴。姬棠虽觉毒蚁群数最多,蚁穴大小,与前见不同,但见凤珠高兴头上,又照原计而行,仍作防备,并不因此疏忽,也就没有多说。

凤珠看好地势,和众商议停当,便以水云洲作为暂时供应起居之地,将那小岛取名翠螺洲。因其地较宽大,风景最好,可垦之地极多,初步计算,洲前大片盆地不算在内,单是洲上便可开出三百多亩良田,还有大片花林和几百间房舍,将来准备建造与众同乐、登临游赏的许多楼台亭阁尚不在内。众人想起未来美景和安乐岁月,俱都兴高采烈,踊跃争先。为想永立根基,一开头便作远大完整之计,一面开垦土地,一面兴建房舍,先把屋基打好,准备建出一所竹楼,以备耕田人躲避风雨随时居住之用。等将来开窑,烧出砖瓦,大事兴作。

凤珠共总五六十人,又被再兴带走了八个,注重的又是开田耕种,预计中的房舍园林还只粗具规模,由二女起都是日夜操作,难得休息。这日姒音病好,又开出了几十亩田地,建了一所竹楼,方觉人力不够,前由服侍兰花的两女兵忽然带了八九十个少年男女蛮人连同牲畜用具由地道中赶来。二女见再兴没有同来,大惊问故。原来那日凤珠等走后,王翼半夜赶回,二女兵因见兰花自从凤珠等走后老是悲泣伤心,再三力劝,到了半夜方始睡熟。二女兵因送主人起身,乱了两日夜,有些疲倦,本想是陪兰花同卧房中,因夜已深,好容易劝得兰花睡熟,恐搬行李惊动,又室中还有两个蛮女服侍,一个便是幺桃。主人行时虽曾嘱咐对她留意,这日又是黄昏前方始回转,答话支吾,有些可疑,但只防到她和王翼私通,并没想到别的。见夜已深,打算回到原处睡上一夜,明日一早再搬过来。哪知所居卧室相隔兰花卧房颇远,快到天明,忽听兰花房中男女喝骂哭喊之声,惊醒转来赶往一看,幺桃不见,只一服侍蛮女正受孟龙拷问,打得直哭。楼下原有壮士轮班守望,也有数人立在一旁,争说方才之事。

据蛮女说,二女兵走后,和幺桃低声谈了几句,便各睡熟。梦中忽听急呼有贼,醒来一看,幺桃正朝楼下急呼,说王大爷方才回来,刚将她喊醒,便见主人倒在地上,衣服也被撕破,知道有贼。忙往楼外一看,见隔岸一条黑影,后面好似还跟着一个黑猩猩,正在飞驰,料是怪人来此行刺,当时急怒交加便往楼下追去。这时楼下守望的人不知怎的,和被人迷倒一样,全部东倒西歪卧在地上昏迷不醒,一个也未起来。王大爷好似急怒昏迷,银笛又未带在身上,奔出老远方听喊人追贼之声。幺桃还当主人未死,赶回抢救,仔细一看,人已断气,胸前插着一支毒箭,手上还有血迹,好似来贼已被抓伤神气。想起主人多年恩义,要和那贼拼命,楼下的人又喊不醒,意欲追去,故将她喊醒等语。说完便往楼下跑去。

这时天还未亮,又有阴雾,对面不能见人。蛮女骤出意外,万分惊惶,只得去往对岸报信。等到孟龙惊起,发动信号,因幺桃走时只说王大爷始而气极,忘了喊人,跑出老远才听喊人追贼,大雾迷目,不知是走哪一面,当时暴跳如雷,连发警号,四面穷搜,一面赶来查看,用水将人喷醒,才知来贼果用迷香将人迷倒,暗中行刺而去。四个为首的人先走了两个,兰花遇害,王翼、幺桃又是一去不归,山中无人主持,甚是纷乱。二女兵虽觉事情可疑,楼下还有两狮,如是外来奸细怎无动静?但因关系重大,不敢多口。想起兰花死时之惨,心方悲愤。第四日再兴赶回,孟龙以前虐待蛮人,年老多病,群情汹汹,再想统率已无此能力。幸而全山的人自从兰花做了寨主,又得王、时二人相助,转入安乐,除有十几个蛮人忽然失踪不见,对于孟龙不肯信服而外,只盼王、时二人回来,别无异图。可是兰花死后,孟龙性暴,乱打守望的人,几乎发生反抗,引起凶杀。因恐蛮人报复,每日和一些旧人守在老寨里面,轻易不敢出来走动。再兴一到,宛如救星天降,说什么不肯放走。

再兴知道凤珠刚发现一片土地,正当用人之际,又有一个妖徒带伤逃走,蓝山原说次日往见,来路未遇,不知是否将那妖徒除去。万一把鬼头蛮引来,凤珠人少,岂不可虑?彼此都不放心。但是身受孟龙父女厚待,当此紧要关头,其势不能弃之而去;明知凶手是谁,又不能说破。孟龙还在盼望王翼回来助他主持,其实王翼作贼心虚,看此形势决无回来之理。久留下去,心又不愿,只得召集全山蛮人,诚恳劝勉,说:“寨主虽死,老夫人尚在,将来何人为主,得信之后自有安排,暂时仍由老寨主掌管,我也从旁相助。那日打人乃是心痛爱女,一时怒火。你们防守的人明知强敌就要来犯,夫人费尽心力、冒着奇险先往森林除此一害,一半也是为了你们。如其不能安心,有甚离叛之意,将来必无好果。何况你们均有妻儿家业,一向安乐,都是女寨主多年心力造成,如何反抗她的父亲?”

一面取出牙牌信符,说:“今奉夫人之命,仍由孟龙暂代寨主,一切均照旧章,不许更改。寨主无故决不像以前那样欺压你们,他如违背,我们不出三日便有人来治罪,你们却不许丝毫违抗。”并说:“夫人神勇你们也都知道。为了永除大害,一进森林,便将隐伏杀人崖附近屡次暗杀你们的老妖巫师徒全数除去,并还开辟出一片土地。我今回来,便为选人移居,明日当众挑选,去否全凭自愿,并不勉强。方才话已说明,如不放心,恐老寨主欺压你们,我先在此帮他些日,并由你们当中选出人来帮他管理。全山虽以老寨主为首,但是各有执掌,遇事大家商计而行,只有一半以上的人心意相同,连老寨主也许听从,不能违背。这等方法你们也许还不习惯,从今日起由我领头教导,你们明日便将事务分开。他虽全寨之主,实则以后什么事都要经过公议,不能任性而为。谁要不愿,只说出个道理,便可开口。”

再兴本是全山人望,所说均合情理。自来人心最关重要,这般蛮人不是受过凤珠的好处,便是早有耳闻。再兴人又聪明心细,想得周到。本来过着安乐岁月,无故谁也不想生事,顾虑一消,又听夫人为首遥制,孟龙虽是寨主,比起以前少去许多威权。照再兴所说,以后乃是众人做主,他不过地位较尊而已,听完自然愿意,由不得同声欢呼起来。再兴看出众人心服,最难得是孟龙那样强暴的性情,此时也成了没有爪牙的病虎,自知无能,不能违反众意,虽觉威权大减,到底比日夜提心吊胆,和一般旧人守在寨中,不知何时发生危害要强得多。何况自己人少,以前老寨还可应援,如今已成仇敌,除却点头,无计可施。再兴事前又曾背人婉言劝告,非但答应,并还当众声言,从此改了脾气,与大家听命夫人,共谋安乐,众心自更欣慰。

再兴第二日召集全山蛮人,先问何人愿助夫人开荒?不料众人几于异口同声,除老弱妇女外,无不争先欢呼。后才问出同回来的八人昨日回时,无心谈起凤珠和再兴夫妇待人如何宽厚周到,本身又是那么智勇双全,恶鬼一般的妖巫师徒才一照面全被杀死,所开辟的新地物产风景又多又好。最令人感佩的遇事都是三人当头冒险,寻了好几十年的地底秘径,夫人一到,便自发现,将来好处也说不完。除王翼勾结蛮人暗算凤珠一节,经再兴再三密嘱不曾泄露而外,说了一个天花乱坠,因此全都愿去。再兴极力分说两面一样,这里更是根本之地,你们业已安居多年,如其都去,非但暂时无法容纳,还有好些不便,体力能否胜任也要考查,于是当众订出规条,合格则去。

因有不少女兵尚无配偶,再兴事前想好,去的人第一要年轻,体力健强,并是未婚男子,上来能够吃苦耐劳等等。就这样严挑选,因准少年夫妻同去,初次算计,竟有四百余人。老寨逃来的旧人还有好些不在其内。最后才把人分成三起,先尽那些老寨逃来的壮男,再在原有蛮人中挑选了一些,将去的人所留房地交与老寨逃人接替耕种,自用衣物送人带走各听其便。第一起选了八十多人,连同先回来的八个和二女兵,带了水云洲需用的农具牲畜、大批食粮即日起身,第二、三起由自己带走,或看凤珠需要再定。且喜孟龙性情大变,自知以后孤立,须靠凤珠等相助才能无事,所送之物甚多。众人又对三人感激敬爱,想得样样周到,都挑好的送来。再兴却被留住,知道孟龙虽说王翼一回就放他走,但这两个男女凶人决不会再回来,孟龙又是年老多病,昔年暴力已使不开,只得暗中考查,多选拔几个聪明胆勇的人,由自己教导,令其分掌事务,以为将来自己走后合力管理全山之用。并和二女各写了一封长信,叫二女兵带来。

二女看完好生悲愤,凤珠对于王翼、幺桃更是恨毒。一问来人途中可曾发现这两人，还有蓝山、猩人与一受伤妖徒踪迹，二女兵说：一路无事。为了再兴去时料知洞中还有途径，便照那日蓝山追赶妖徒去路向前探索，果然发现二条道路通往快活树的东面，乃是一个石穴，只有两三尺方圆，外面便是森林，四面大树包围，隐僻非常，须由树隙缝中穿出，走上一段才是归路。已快走出，回顾还有两个壮汉落后未来，呼喊不应，重回搜寻，又发现一条秘径通往归路，离地较深，入口更小，人须蛇行而过。隐闻前面呼喊之声，过去一看，内一壮汉已被打倒在地，前面不远还有一具女尸，用灯一照，正是幺桃。

闻知方才原是分途觅路，见洞就钻，走出不远再用信号招呼。二人一前一后，业已听到众人信号，因见前面有路，一路寻来，常有寻到路径遇阻折回之时，同时发现地上留有一摊血迹，想起前杀妖徒之事，贪功心盛，打算往前走上一段再赶回来。刚发现入口，用灯往里探照，看出内里洞径宽大，地上卧倒一具死尸，用镖打去，没有动静，当先钻进，刚看出那是幺桃，忽见前途有一黑影，一闪不见。心疑受伤妖徒尚在洞内，胆大心粗，未发信号便急追过去。正走之间，头上忽然中了一下重击，昏倒在地，跟着同伴赶到，再兴等也寻了来，看出那条路宽大平直，便追过去。再兴当先疾驰，众人在后，遥望再兴正走之间，忽遇一个敌人，双方动手，刚一照面，灯光一闪，那人已被打倒，忽然纵起，飞驰逃走。再兴追上那人，双方说了几句，那人仍被逃走，再兴不曾追上，发了两镖，均打在石壁之上，越追越远。等众赶到，人已不见。再兴忽说此是一个疯人，前面恐有危险，仍带众人退回，由先发现的出口纵出。路上嘱咐众人说那疯人已被打中要害，不久必死，到了小金牛寨不要提起。二女兵还是来时听说。

凤珠、姬棠听完，便将那两山人喊来，问那疯人形貌。一个答说赶到时人已逃走；另一个说，那人满头乱发，身上围着一片兽皮，手中好似拿着一个树骨朵，力大身轻，凶猛非常，满脸乌黑，还有血迹，形态可怕，从未见过，刚用灯筒一照，便被打倒。醒来时，二爷当先飞跑，走得极快，灯筒已照不清楚。那人好似暗中埋伏，想要行刺，被二爷看破，业已打倒，不知怎会被他逃走。后来追去，双方脚程都快，语声又急又低，也听不出说的什么。二女便问："可像王翼？"山人力说："当时虽未看清，但那貌相神情全不相似，非但满头乱发、周身污秽，并还咬牙切齿连声怪叫，凶睛怒凸，头蓬如鬼，像要吃人神气，实像一个疯子。"

二女先疑王翼无家可归，藏身洞内，又做了丧尽天良之事，问心不过，激成疯狂；但听山人所说又觉不似。心想：再兴回来，一问即知。虽觉来信未提有些生疑，谈了一阵也就放开。

这九十多人只有十九个少女，都是聪明胆勇，各会一点技艺，因有情侣，强请同来。下余七十多人也都经过再兴细心挑选，各有各的专长，人手一够，便快起来。过不几天，又有四十多人赶到，内有十几个均是前回八人的亲友，业已入选，因不耐久候，又听八人说过路径，互相约好，打算偷走。被再兴看破，力劝不听，只得又选了二十几个勇士，将日前不曾想起的一些小牲畜和水车风车等物一同送来，并带口信，说孟龙再三挽留，选了几个帮手，还要细心指教。本打算一劳永逸，再住些日，日前接报，奸党勾结外族又在山口叫骂，恐有变故，也须坐镇。现离下月十五只有二十多天，请二女格外小心，连将当地情形写上一信，交壮汉带回，以便放心。下月月圆以前就不能离开，也必抽空回来看望，共商应付鬼头蛮之策等语。

风珠本定下月月圆以前，可将耕地开出，建好房舍，忽又添上多人，全都努力争先，无一退缩，内中并有好些土木工人，在众人通力合作之下，先后不到二十天，便将田亩开出，下好种子，两边房舍均已建成。起初还恐洞径宽仄、高低不一，牛马牲畜无法运送，不料再兴已先想好地势，头一起人便由杀人崖绕来，中间只有那日被困之处一条斜坡深居地底难于通过，已经再兴指点，将那险处打通，尽头地穴虽是上下高悬，四面壁立，牲畜也可设法吊上。为使凤珠惊喜，事前不令通知，突然人和牛马全数赶到，内中只伤了三猪一羊，余均安然送到。所以连耕带种样样方便，完成之后，众人自是喜极。

第二十五回

树皮警报

凤珠本打算三女同住翠螺洲上，男女蛮人分居两地。住了数日，姒音已拜凤珠为母，亲热异常。这日在无意中三女相互闲谈，说起毒蚁厉害，姒音忽要独居水云洲，专管当地蛮人耕作。二女见她甚是忠诚，遇事抢先，生得美秀，讨人欢喜，年又最轻，十分怜爱。恐她孤单寂寞，那些蛮人又非她所喜，几次问她身世，均未明言细答，常时背人面有泪容，问其是否思想亲人，偏又坚决不肯回去，似有难言之隐。恐其独居无聊，心情悲苦，性又强毅，说到必做，知其和秋菊与另两女兵颇为投机，童心未退，常同结伴出游，只得命三女兵陪她同住洲上，日夕相共，随同出入，就便率领众蛮人耕作兴建，不奉命令不许离开。

两地相隔才只六七里，本意姒音平日那样依恋亲热，必要常时往来；哪知迁居过去数日，共只来看过一次，留了两个时辰便告辞回去，留她不住，走时偏又依依不舍，也想不出是何用意。蓝山从未来过，再兴三次通信，因知二女安乐，房舍田亩开建成功，各种粮蔬均已发芽成长，地土肥美，气候更好。再兴这面也平安无事，奸党先在山口崖下咒骂威吓，自从命人向其回骂，告以妖巫师徒已被杀光，对方先还不信；过不几天，忽然停止叫骂，不再来人，可是老金牛寨也不再有人逃来。对于前遇疯人之事，回信答说：那是漏网妖徒，已受重伤，虽被逃走，决难活命。因料那条路与香水崖相通，路远得多，故未前进。近日业命勇士探明路径，果然所料不差，请二女放心。等帮手教好，一切有了眉目，立时赶回。

为了妖巫死后，森林除却黑暗艰险、不易通行而外，已无凶杀之事发生。再兴本想每隔三日派人往来送信，二女因六十年限期未满，以前林中虽无敌仇埋伏，但是毒蛇猛兽到处都是，第一次深入探险，在往快活树途中便连遇好几次，如非人多胆勇，本领高强，防御周密，至少也有三五人受害；路又太远，香水崖那面秘径只再兴准备带来的几个心腹勇士知道，暂时又不愿说出来，人少了不行，人多非但荒废人力，并还难免遇到难险和瘴毒之气，二女回信力说无事不要派人送信，相见不远，来日方长，何必浪费人力。再兴也就不再派人，倒是二女命人去看望了一次，听说山中比以前还治得好，人都安乐，只再兴还离开不得，也就听之。

光阴易过，这日一算，月圆将近，不到十天便是十五，鬼头蛮六十年限期已至，众人全都紧张起来。凤珠早就命人随时探查，地底许多秘径已全探出，为防万一，有的地方均已封闭堵塞，无法通行。每日并有专人分头守望，随时探报，一直无事发生。二女觉着杀人崖乃鬼头蛮必由之路，当地形势奇险，虽似无法飞越，但是敌人多年阴谋，决不罢休。姒音也说："听父母说，林中秘径只通到杀人崖洞口为止，对面森林本极难走，中间还有几处奇险，要越过好些沼泽浮沙、瘴疠之区，走出二三十里方能到达通往恶鬼峡的另一秘径，两下并不相连。六十年前也只偶然有人经过，往杀人崖采取一种毒草。每次采药均有定时，并非常来常往。自从神金失盗，前王被逐出境，经过六十年之久，当地藤蔓纠结，树网越密，休说是人，蛇兽都难穿过。照理敌人来犯虽无如此容易，可是妖巫师徒怎会来此，大是疑问。断定必有一条隐僻的道路未寻出来。再听妖巫师徒平日的口气，恐连昏王那面也未必能够尽知。事情难料，总须小心戒备。"

二女本极谨细，闻言越加警惕，无奈几次用心查探，并还分头轮流亲往查看，实在无甚可疑形迹。后想前王一家连同所带的人为数不少，全都隐伏森林之中，这多年来始终无人得知，近二三月方始发现几次形迹。除妖徒外，余者似是蓝山同党。自到水云洲，每日均派专人轮流搜索，再兴那面派出的人更多，各分地界，满林穷搜，无论多么艰险之区，只要勉强设法可以通行，俱都寻遍，终无形迹。连问姒音，均说："从小生长森林之中，当地有山有水，地方不大，出产颇多，足够安居食用。因父母家人再三警告，不许远离当地，四面高崖环绕，崖上满是森林，上下十分艰难。到了崖上，还要费上好些事才能走往快活树一带。平日轻易无人往上走动。三年前同了几个兄弟姊妹因东崖山桃红熟，前往采折。大人因那桃林之中有一溪流，四面都是大树，桃林生在临崖一角，只四五亩方圆一片，如非溪流隔断，早被那些大树挤倒。溪那面巨木甚多，从来无人走过，又有毒蛇猛兽潜伏，每年桃熟，均往采取，知道不会走远，并未禁止。到了崖上，自己和两个姊妹正吃桃子，忽然昏迷过去，醒来妖巫便在面前，强迫为徒。因是年幼，从未远出，地理不知，无法回去。以前父母家人又曾屡次哭诉，期前不将神金寻全，只少一根，六十年限期一满，仇敌便来残杀，一个不留。所居又是死地，无可逃生。本来就命各家子女到了限期将满的头一年自觅生路，回去也是等死，难得好娘娘和二娘待我这样好法，虽极思念父母家人，自知回去必死，父母见了还要愤怒伤心。因此暂时不敢回去。"

凤珠几次想取神金与看，均因姒音口气所失神金还差四根，缺一不可；藏金的人如被这两族中人知道，必要想尽方法明抢暗夺，追问来历下落，以命相拼，不得不止，下手尤为惨酷。因是祖传至宝，便姒音本人得知神金下落，不问事情多么凶险，也必设法觅路回去送信。只要神金能够得回，便寻不到自己族人，去向仇敌送信，把命送掉，均所心愿等语。凤珠不敢冒失，又和姬棠商量，均觉这类鬼头蛮迷信太深，风俗古怪，生有特性。二女对姒音只管怜爱关切，爱如亲生，便姒音对于二女也当亲娘一样看待，因二女爱她美秀，面网虽然见时必要扬起，但她前额网兜里面高出一块，形似三寸来长一只独角顶在头上，从不肯当人现露，一经索看，探询何物，便惊惶为难，急得要哭，说此是她族中的规矩，不能与人观看，便妖巫师徒那样凶暴，也未看过，力请二女原谅。每日梳洗，必将房门紧闭，事前并将那东西取下，层层包过，方始梳洗。有一女兵年轻淘气，偶往张望，被她警觉，事后埋怨了好几次，说她不与人看实有难言之隐，幸而事前防备，将它包好藏起，不曾看见，否则，将来彼此不利等语。可见此女无论如何亲热，终有她族中特具的成见，牢不可破。

又知鬼头蛮为了全族利害，往往舍去自己生命，任何凶险劳苦均非所计。事关重大，神金还差两根，不知当初遗失何处，无法取得。万一因此追根，惹出事来，鬼头蛮立成不解之仇，岂不冤枉！只得隐而不露，想等再兴回来，或是寻见蓝山，探明实情，仔细商计，再作计较。先还想用这两根神金讲和，不料这两族鬼头蛮一个也未寻到，姒音被妖巫擒来时年纪大小，好些事都不知道。问其是否前王子女，答话也颇支吾。大意是说：前王子女孙儿甚多，是她祖母。别的均不肯明言。因其人虽极好，心情难测，也就不再追问。因有种种原因，日子越近，戒备越严，可是一连多少天，始终不见一点可疑之迹。

这日黄昏，忽听守望人报，在森林中遇到一个疯人，形态丑恶，十分凶猛。因偷食物被人发现，众人随后追去，上次所见猩人突然拦住去路，厉声吼叫，不令追赶，只一动手，便将兵器夺去，甩向一旁，也不伤人。疯人并未逃远，只在前面厉声怪啸，拿了所夺食物连吃带跳，后被猩人强行拖走。众人均奉二女之命，遇见蓝山、猩人不许为敌，再说也打它不过。内中一人知道二女想见蓝山，向其呼喊，猩人正回身挥手，欢啸相应，好似会意；疯人也要扑来，被猩人回身拦住。林中黑暗，看不甚真，只见那疯人周身污秽，头蓬如鬼，看不清他面目，猩人好似和他极好，恐为众人所伤，用强拖走。猩矮人高，疯人看去力气颇大，一路手舞足蹈，和猩人扭结一起，往密林深处隐去。

二女细问形象，均说不似王翼，也决不是蓝山，只是乱吼怪笑，并未说话，不知怎会和猩人一起。二女想起再兴来信，地道中所遇乃是妖徒，业已重伤将死，怎会出现，又和猩人一起？心虽奇怪，因众均说不似王翼，也未十分在意。由此接连两三日，出探和守望的人均常遇见这一人一兽，都是抢了东西就逃，有时不等动手，被猩人怒吼拉回，可是一抢到手，猩人定必抢前拦阻，不令众人伤他。第三日二女得信，正要往探，因觉姒音已有数日不曾相见，意欲拉她同往一游。刚命人喊来，说起前事，还未起身，忽听女兵来报，翠螺洲后为了移植树木，将山石掘穿一洞，忽由里面涌出一股灰绿色的泉水，具有奇臭，不知是否有毒。

姒音闻言首先驰去，二女赶到，见那涌泉只有人臂粗细，高约三尺，由山脚石缝中流出，左近恰有一片凹地，涌泉正注其内，业已积了两三寸深，浮光荡漾，臭味与石油相似。姒音在旁喜跳道："好娘娘常说我们这里样样都好，就是油灯太少，猪羊牛油要用来烧菜，也不甚多，一点灯便不够用。水云洲本有油泉和干湿油块，来时地火爆发，全都烧光，一无存留。我每日守在洲上，便因前听人说，杀人崖沙原之中这类地火石油最多。这东西深藏地底不知几千万年，照例当地如有火眼，左近不远必有油泉。上次火势不大，比我小时所闻相差太远，心想：那日火势奇怪，一阵接一阵，越往后越小，跟着一场大雨将它打灭。后往洲上，乘喷泉停止之时入水查看，下面地层业已崩塌，共有两穴，一是泉眼，一个偏在旁边，被大量黑沙填没。喷泉按时上涌，堵塞越紧，便料那日地火不曾烧完，吃地底喷泉一逼，上面大雨猛降，将火打闷回去，不能通气，就此消灭。照此形势，这里地底必藏有许多油泉，并与火口相通，用来点灯、烧饭真太好了。不过这东西见火就燃，还无法救。难得有此天然石槽，泉眼又小，水力不大，可将石槽底下和四边的浮土掘去，用以盛油；再用兽皮做成皮囊，准备存放。泉眼能够堵塞，随意取用更是妙极。”

二女闻言大喜，立时下令，依言行事。人多手快，等到做成，那石凹形如天然石槽，竟有五六尺深，两亩方圆，又偏在岛后隐僻之处，石多土少，左侧三五步便是下面湖荡，离房舍田亩都远，只有一片草花，已命人铲去，别无树木，不会发生火灾。为防万一，再命人做好一圈竹棚，将其围住，寻常不许走近。等姒音把特制的灯做好，开出火眼，再作计较。一切停当，日色业已偏西，姒音又坚请回去，问她何事又不肯说，只得中止前行。次日要去，又接再兴来书，也发现疯人之事，说是蓝山之友，内中还有机密之事。二女如已发现，可告众人不许伤害，也不可前去，以防危险。一切均等日内见面再说。二女只得罢了。疯人从此也未再现，就此丢开。

眼看日子越来越近，再有三天便是十五。二女心想，杀人崖对面森林树网严密，神金乃鬼头蛮祖传之宝，又当六十年限期将满。据姒音说，奸王那么凶暴，必早想好凶谋毒计，就是神金无法寻回，也必借此为题，将藏伏森林的前王全数除去，以便子孙世袭，永保王位。此是人间最不平之事，鬼头蛮那样人多势盛，只借神金为名，什么事都做得出，一旦倾巢来犯，决不容人在此安居。何况奸王早与妖巫勾结，把金牛寨当成仇敌，休看眼前没有动静，其实人家早已剑拔弩张，引满待发，决非易与。只奇怪妖巫师徒在此隐伏多年，平日与鬼头蛮必通消息，就是对方不能越界而过，也必常令妖徒暗中来往，妖巫师徒全军覆没业已月余，不知是否得到信息？那日擒杀妖徒，本想留一活口拷问虚实，王翼恰在此时勾结暗算，三方混战，全数杀死，只有一妖徒负伤逃走，不知死活。蓝山一去不归，再兴来信虽说有一妖徒身负重伤逃走，料其必死，也不知是否逃走的一个。用尽心思四处搜索，只翠螺洲三面危峰峭壁包围，两面山虽较低，但是下面隔着一条绝壑，休说是人，便是猿鸟也难飞渡。姒音也说，来此三年，平日留心，妖巫师徒从无一人往来当地，共只发现黑蚁去过一次，连提都不曾提起。自己也曾查看决不会有路径而外，余者众人差不多看完，毫无可疑之迹，连前王隐伏之处都未寻到。

森林黑暗危险，地更宽大，好些地方不是人力可以走过，虽断定妖巫必有往来之路，无奈寻它不见。想起还有三四日期限便满，心正愁虑，忽然闻报，说在森林边界发现敌踪。赶去一看，原来水云洲西南方森林边界，坡坨起伏，藏有许多大小洞穴，内里十九相通。姒音早说妖徒常往那些小洞穴中出入，有时并还养有虫蟒类，并向二女力言，那一带洞穴最是可疑，妖巫如其另有秘径，必在当地。二女平日早已留心，那些女兵又都年轻好胜，贪功心切，遇到空闲，便往里面探索。后来看出内里洞径纵横曲折，歧路百出，大小宽仄不等，有的地方身稍粗壮的人蛇行都难通过，一个不巧还要迷路在内。如非事前准备，去的人均带灯筒长索，互相呼应，差一点又走不出来。连费了十多天的心力，好容易把所有洞穴全都探明，看出洞径虽多，只是林边方圆两里一片，内里纵横交错、上下通连而外，别无出路。

本意无人再往探索，当日秋菊因听姒音说，曾有两次偷看妖徒推说寻蛇，去往洞中，一个去了五日才回，一个竟去了半个多月。明见他由洞中钻进，一去多日，回时却说由森林秘径去往山外代师父向人索讨衣物，并还带有两大包东西，包得又细又长，外面厚布已好些磨碎。因回时天已深夜，不曾看他是由原洞走出，虽然不敢断定这些洞穴中有无别的秘径，但那形迹万分可疑。因妖巫凶狡阴狠，姒音一向谨细，假装不知，并未敢问。见那两衣包捆得大长，无意中说了两句，妖徒当时未理，后来再看，妖徒每往洞中，除非当时走出，只要去得日久，妖巫必要借题将姒音遣往洲后，等到回来，必有妖徒走出，一去便是多日。妖巫本人也常忽然不见，留守妖徒是她心腹花狼蛮，虽因妖巫法严，不敢调戏，神情却极鬼祟，目光不正，时露邪念，心更多疑，连桥都不许过。妖巫师徒除非真去森林猎取野兽和金牛寨蛮人，生吃人肉，只是忽然不见，连去多日，必有许多东西带回。到前两三日，妖徒也必看守自己，并传师命，令在洲后种药，代喂那些毒虫。似这样不消三日，妖巫师徒必回，从无一次见她是由林中走出，总是突然走到，等到怪叫喊人，方始得知。因此料定森林边界妖徒常去的洞穴之中藏有秘径等语。

秋菊最是胆勇，武功最高，和姒音也最交厚亲密。见她自来洲上，不是到处发掘，便乘喷泉退落时去往穴底查探，好似寻甚要紧东西神气，几次探询是何用意，总说此举暂时无关重要，到时自知，别的却不肯说。前面那一段话本早说过，因众女兵穷搜无功，姒音又未去过，拿不准是否藏有秘径，白吃了许多苦头，业已无人再去；姒音偏一口咬定，说是众人必还有未找到的地方。因和秋菊情厚，劝她仔细搜索，早晚必能寻到。秋菊看出主人连日愁虑，已为所动；同时想起，中有一次曾在洞中迷路，出时一脚踏空，脚底好似有一深穴。拿灯一照，是一斜的洞穴，深只六七尺，人虽可以上下，但是内里怪石错落，因已见底，用手中长矛试了一试，四面皆石，并无通路。这类石穴洞中甚多，不曾下去查探，加以迷路时久，人甚劳乏，好容易被同伴寻来，闻得信号，寻到出口，匆匆走出，不曾纵下细看。以后虽和人去过两次，均未留意。因听姒音那等说法，心想妖巫师徒行踪诡秘，这条往来秘径定必暂时封闭，故此查遍全洞不曾看出。前见穴旁怪石甚多，莫要入口隐在那里，再用石块堵塞，故此看不出来。当时心动，因洞中黑暗曲折，险艰难行，去过的人谁都厌恨，也未约甚同伴，带了兵器灯筒独自赶去。

本意去往前见石穴探查，不料行经另一洞口，忽然发现地上落有几片藤叶细枝，业已走过，猛想起当地没有这类藤蔓，回忆初来之时沿途也未见到，只杀人崖前见过一次，怎会落在此地？心中一动，便把脚步放轻，偷偷掩回原处，侧耳往洞中仔细一听，里面似有石块响动，空洞传音，相隔颇远；恰巧对面路上有几个女兵耕作回来，说笑走过，忙打手势，将其招来，悄悄一说。为了六十年限期将满，二女传令，所有人等随时戒备，虽在耕作之时，兵刃暗器都带身边，以便一有事变，立可应敌；女兵又极机警胆勇，一声招呼，一个便将左近男女蛮人喊来，照着平日所知洞中地理分头堵截，往里搜索。秋菊同了几个女兵当先掩进。

当地洞穴甚多，连大带小现在外面可以通行的共有四十余处。众人以前业已走熟，因知内里均相通连，分好几面掩进。人内不远，灯光照处，又发现一片藤叶和一根生肉骨头，啃咬之痕犹新，上面还有残肉，越料人在洞中。刚过不久，走到尽头，忽想起前见石穴就在侧面，忙同赶去。到后一看，穴底靠里一面，怪石果可移动，但极重大；同时发现石旁还有两支竹箭和一柄业已生锈的断腰刀，怪石也有移动痕迹。左近搜索的人闻声也赶了来，初意断定那是秘径入口，这样重大的石块不是寻常一人之力所能推动，仗着穴底宽大，正用灯筒照着，合力向外猛扳。金花得信赶来，问知前事，正在细心查看，见那怪石重逾千斤，众人用力猛扳，四外浮土纷如落雨，忽然醒悟，急呼："诸位姊妹快些停手，我们上了敌人的当了！这块石头休说人少不能推动，四面泥上碎石均是原有，方才地上并无散落，敌人如由此退走，如何还原？断无此理。分明奸细狡猾，知道我们警觉，他那逃处必有门户开闭，恐我看破，设此疑兵之计。还不分头搜索，被他逃远，秘径入口业已复原，这大一片洞穴急切间如何寻他得到？"众人闻言，方觉有理，怪石已被扳开，内里石土相间，并无出路，众人白忙了一阵，越发愤怒。见那竹箭形制奇特，甚是尖利，似刚削好，上有好些倒钩，与常见不同，长达三尺，不知何用，只得改往别处搜索。

这时得信人多，纷纷赶来，二女也由翠螺洲赶到，先后数十人满洞穷搜，去过之处都留下记号，往来交织，奸细来去之路始终不曾寻到。除前见肉骨竹箭外，又寻到几块肉骨和两片黑色破布，众人看出与妖徒所着黑衣一样质色，算计奸细藏在洞中不止一日，往来也非一次，可是忙了一日夜，始终未寻出奸细的途径。虽有几处形势可疑，一经搜掘，俱都不是。二女恐众劳苦，只得传令休息。正在命人埋伏守望，防他再来，山月已高，归途忽接信号，好似来路秘径有了警兆。正要命人赶去，信号忽变，业已无事。跟着便有把守穴口的壮汉拿了一片树皮跑来，上面划有不少字迹和象形文字，说是防守秘径的人因听方才这面信号有了奸细，正在小心戒备，忽见一条黑影由穴底蹿上。众人本来埋伏在旁，初见不知细底，忙发信号，一面围攻。刚包围上去，灯筒照处，来者竟是猩人，手中拿着这片树皮，手舞足蹈叫了几声，丢下就走。

姒音在旁一看便说，此是她本族文字，乃蓝山命猩人送来。大意是说：前追妖徒没有追上，本来想和猩人搜索下去，忽有妻妹寻来，说家有要事，必须速回。心想妖徒身受重伤，只得一人，早晚必能擒到。恩人此去必将妖巫师徒杀死，鬼头蛮暂时又不会来，不足为虑，匆匆同了猩人赶回。哪知一到，夫妻二人均被当地主人擒住，后经多人求情，方允将所应之事在本月月圆以前办好，或是有了眉目，方能转祸为福，因此多日未来。因那猩人灵慧无比，能通人言，当初原因猩人为毒蟒所伤，倒地惨号，痛苦不堪，眼看要死，自己因想追随王、时二恩人，中途把路走错，到后才知当地乃是森林中部寻常药客土人采荒之地，想要退回，业已迷路，在林中狂窜了好几天，全仗山粮充饥。因惧毒蛇猛兽侵害，睡眠极少，人已困顿不堪。这日正被猛兽追逐，拼命逃窜，不料猩人两声怒吼，后面猛兽全被吓退。先不知猩人那么威猛，因感激它救命之恩，又想林中无伴，看出猩人中毒甚重，号叫求助，恰巧身边带有凤珠前给专解伤毒的灵药，不曾用完，心想试它一试。三日之内居然将它治好，由此人兽便在一起，连语声均可听出几分。仗它之力，由森林中辗转寻到小金牛寨。

本想面见王、时二人，偏巧未到以前发生一事，虽然因此娶得美妻，并还得知猩人原是当地主人所养，因其天性猛烈，受了屈打，怒吼逃出，才与自己相遇。为了好些疑难，恐连累恩人，不敢面见，常往探望。日前听说恩人移居水云洲，还建了大片田地房舍，甚是高兴。蓝山虽未受刑，出入均有专人监视，不能随意走动。又恐主人心疑，以致连累。现正守候一件信息，想得到回音再来相见。忽听妻子说，妖徒又在森林之中出现，差一点没有撞上，为他所害。这断一腿已肢，动作照样轻快，身边腰刀镖弩无一不是奇毒，并有极厉害的吹针，中人必死。本想命猩人杀他，因主人再三禁止，说现正命人与对头讲和之时，妖徒恐系昏王派来，不许冒失。但恐众人受害，既在林中出现，必有凶谋。

地底秘径甚多，蓝山来此数年，日常带了猩人到处查探，最近方始寻到前遇地道，恐还有别的秘径不曾发现。妖巫与恶鬼峡往来之路更是隐僻，无人得知。便主人在此六十来年，也只最近有人逃来，才知昏王虚实，所行乃是昔年逃走旧路，受尽千辛万苦、九死一生，同行二十余人只有八个走到，余者均在途中惨死送命。为了限期将满，双方一个说不好，主人全家大小和昔年同逃的人固是凶多吉少，恩人这面也极危险。鬼头蛮人数有好几千，个个勇猛非常，万一寡不敌众，便受其害。时二爷已另送信通知，因料妖徒必来窥探，如其遇见，千万生擒，设法拷问来意，好作防备。此信乃妻代写，交猩人送来。前说白衣少女如未杀死，再好没有，可用树皮画三个圆圈放在洞口，以作回信，猩人自会来取。事已紧急，千万大意不得。众人见姒音边看边说，人已大惊失色，便问此是意中之事，为何如此惊慌？

第二十六回

问真情森林涉险

姒音当时竟答不上来，停了一停方始答道："蓝山来信乃我同族姊妹所为，方才我还不曾说完。看那意思，前王因我鬼头蛮以前原叫两姓族，向由两族中人照着祖规轮流为王，但是每次推选能做王的，仍只限于两族中的王室嫡系近支，稍微疏远一点的只能做些小事。明是众人推选，实则能入选的人极少。所选的王好了还罢，一个不好，限于成例，两族互不相让，到了年限，不管前王多好，均须让位。新王就是才能不够，为了本族尊荣，仍要以全力相争，决不退让他人。而那远支族人不论多大智能，除非近支人太幼小，极少机会能够充任，任期也只五年。有时无人，昏庸之主也常被选充任。虽因祖规严厉，无甚大奸大恶，而这所任十年期中，两族人民仍要受上好些苦痛，尤其互相憎恶，年代越久，嫌隙日生，终于两姓对立，无形中成了敌人，这才发生昔年阴谋夺位之事。再由两族嫡系轮流为王，非但不平，害处太大。

"还有那六十四根祖传神金，原是昔年两族祖宗率众入山之时，恐人心不固，假借神命，意欲永由两姓嫡系子孙轮流为王，用以镇压众人之物。其实他那卦象均有一定字句方法，只要事先和管理卜筮的瞽师说好，无论如何解释，卦意都讲得通。可是这类机密之事只有嫡系子孙、已快当选的新王才经本身祖父母暗中告知，此是传家宝训之一，神秘非常，外人决不知道。为了多年相传，深入人心，那六十四根神金又是各种珠宝和金精百炼而成，永有宝光，与常金不同。瞽师也是世袭，讨好新王，再常时假造一些奇迹，不由众人不信。哪怕当王的多不好，只不似近六十年两个奸王那样凶恶残忍，多大的事，请出神金一卜，众人便甘心忍受，决无话说，至多付之命运，不再反抗。卦象如有指点，明知送死，也必抢出。对头方面明知是假，为了此是将来管理众人的法宝，自家将来也要当选为王，一样是要用它，非但不肯说破，便是于他有甚不利，也只好忍耐过去。等到自己当选为王，再来捞本，决不肯说个不字。并且历代相传，人民迷信太深，当初祖宗又做得极巧。表面上瞽师好像专代人民做主，成了王的怨家，实则永远暗中勾结，狼狈为奸，人民全都死而不悟，说也无用。昔年被逼出走，一半为了奸王想要把持王位，一半便为历代昏王仗以为恶，虽有哭诉、私谏两种成规，但是举发既难，当王的做了恶事均有防备，事先得信，早已设法消灭。神金卦象便是他把持王位的至宝。祖宗立法原极公平，只为一时私心，专顾嫡系子孙，留此大害。

"前王从小聪明，深知民意。一接王位，便想借一机会将瞽师废去，向众宣誓神金乃是骗人之法。不料机密泄露，非但对方一族，便是自己近支亲族也群起而攻。恰巧来了外贼，以致奸王与之勾结，将神金偷去。前王得信，知道新接王位只管深得人心，时机未至，瞽师是仇敌奸党，此时道破，全家均有性命之忧，只得命人追赶，那十几个凶人虽被杀死，神金却未全数寻回，终于被逼逃亡。六十年来受尽苦难，越想越恨，决计只一回去，第一便将旧制改过，无论何族男女，只要能得人心，经众推选，均可为王，并将神金和瞽师的多年隐秘当众说出。可是第一步不将这六十四根神金全数寻回，决无回去之望。当初仇人还没想到子孙世袭之计，只想将前王全家害死，暗令瞽师假释卦象，以为六十年期限甚长，森林黑暗，危机密布，前王决难生存。照卦象说，不满六十年，谁都不能越过界限。前王久居森林，自无生理，也未必能活这长，本意断他归路，神金被恶人偷走遗失，当时不能寻回，自无希望，就能寻到，也无法回去；不料弄巧成拙，反倒管住自己，不满限期，不能越过杀人崖界限。现在奸王虽有野心毒计，无奈神祖之命照例不能违背，卦象一出，便成定案，仗着接位时年才十五，只得忍耐下去。

"前王近得逃亡的族人来报，知道奸王此二十多年来日常阴谋计算，练好精兵，只等限期一到，便借寻找神金为名，将逃亡在外的奻族中人斩草除根，全数杀死。此时神金如全寻回，无论来势多么凶险，只消当众取出，一声招呼，来的人十九心中怨恨，一见神金寻回，前言已验，至少也有一多半倒戈向敌，决不怕她。无奈苦寻多年，我走时还差四根，至今渺无踪迹。眼看六十年限期将满，奸王不久杀来，前王实在无法，方始想出拼命之计，选了几个勇士，表面去向奸王求和，假说神金业已寻全，但她自己任期未满，年老无能，所生子女才能太差，又与两族中人分别多年，老的已死，年轻的面都未见，如何能够为王？别人不问，自己这一家嫡系决不想接王位，不过思念故土太切，生活又苦，如能容她和逃亡的人全数回去，不再加害，决不争这王位。

“等到回到恶鬼峡，然后相机行事，突然发难，说六十年限期已满，神金并未自动飞回，一面把苦寻神金经过当众声言，此是人力，并无一根自己飞回，我如为了冒犯神灵，应有天降灾祸，不妨定时试验，我全家子女并非不敬祖宗，但知神金是假，两族嫡系轮流推选，表面公平，实则无异分赃。我虽归来，并不愿意为王，只要废掉瞽师，永除大害，以后专选贤能，不论亲疏，使大家公平安乐，于愿已足。如说神金卦象是真，六十年限期已满，便我犯了神怒，奸王既得神佑，理应将她寻回，瞽师也应算出她的下落。只要事前没有受害，当众说破，照着我们两族中人的性情，十九可以转危为安，将奸王奸党一举除去。事情本是万分无法，凶险非常，如今只剩三日，对方尚无回信，想起仇敌那样凶残、怎不害怕呢？”

二女再一探询，才知蓝妻是她堂姊，知道姒音不曾被杀，特意通知，写得十分详细。蓝山更是夫妻情厚，上来拍了胸脯，向前王和诸长老自告奋勇，将那四根神金全数寻回。因料这东西多半是在小金牛寨蛮人手内，故此常往窥探，与兰花初见时并曾探询，因兰花极口否认，说所有蛮人她都深知，休说藏有神金，听都不曾听过，蓝山方始绝望。每日均往林中搜索，始终未见。上月限期越近，无意之中又在酒后说了两句错话，那些随同逃亡的人以为蓝山想娶山女为妻，有心欺骗，情急迁怒，向其追问，双方口角，致被擒住。不是前王力阻，业已凶多吉少。如今每日都在林中穷搜，限期一满，便要被杀，处境危险已极。蓝妻和他恩爱，想请姒音设法，请凤珠月圆前一日派了勇士，假装鬼头蛮和妖徒，由蓝妻暗中相助，将监视的人打倒，但是不要伤害，只将蓝山劫来藏起。姒、子二族如能暂时讲和，非但前王回乡有望，也许能将敌除去，由此双方永远和好，便是蓝山也可无事；否则奸王杀来，凤珠等和小金牛寨蛮人一样危险。上来蛮人必先杀自己，希望凤珠不要坐视，双方合力与之一拼，如能以少胜多除去奸王，更是万幸等语。

二女才知有许多话姒音不曾全说出来，只不知这些都是好话，何故先未明言？因那土语比上次所见难认，仔细推详，与所说差不多，经姒音在旁一说，均已明白，底下不似再有隐藏之言，也未追问。看完，想拉姒音同回翠螺洲，仍是固执不肯。凤珠近日更爱姒音，并未在意。姬棠虽然疑心，因知其心无他，必是为了山族禁忌，有的话不便告诉外人，又知事太凶险，以致言动失常。稍微寻思，因强敌将临，凤珠有话商量，就此放开。回到洲上，二女召集男女蛮人仔细指点，授以机宜，并令转告各路防守的人，一面留神搜索奸细，重加部署之后，自觉可战可守，稍微放心。次日一早，再兴又有信来，说鬼头蛮不久来犯，准备与凤珠两面夹攻，明日便要带人赶来埋伏，杀他一个落花流水，并请二女将双方信号以及地理形势和埋伏应敌之处分别交换。

二女看完，一算双方人力多少，形势强弱，觉着敌人至多来上两千，也许还不到此数，自己这面加上再兴也有六七百人，姒族还不在内。休说戒备严密，以逸待劳，必能成功，便是这些蛮人勇士也都经过训练，会点武功；手下女兵更是胆勇忠义，本领高强，本来以一敌十都能胜任，如今一个对他两三个断无败理，越想越心定，预料一举成功。一面传知众人，一面把金花喊来，告以蓝山处境危极，可照姒音所说，带上六个男女蛮人，往森林里面去救蓝山，事关重大，千万不可露出形迹，更不可伤害一人。一面传话那两处防守的人，日期将近，如有强敌大举涌来，不可轻敌，急速归报，我们自有应付之策。二女兵机警聪明，最得主人宠信，也极忠心，领命自去不提。

时再兴自到小金牛寨被孟龙留住，虽然思念二女，因受孟雄夫妻叔侄厚恩，当此强敌压境紧急关头，兰花又死，孟龙年老多病，难于统率，蛮人多有宿怨，无人主持，稍有变故，立成瓦解。仔细盘算，只得强忍相思，停留下来。意欲借此机会，实践昔年心志，提高蛮人智能，使其永远公平安乐，劳逸相当，全都一样，没有主奴之分，更无不平之事，上来便作永久打算。一面选拔教导帮助管理全山的人才，一面把旧日遗留的丑恶风俗和压制蛮人的法规逐渐改善，并向孟龙等为首蛮酋苦口力劝，说上下团结，相亲相爱，互相照顾，才能永久富强之理。再兴聪明细心，遇事必先查明对方顾忌，不将话想好，有了完善方法，决不开口，因此从来没有办不通的事。不消多日，人心悦服，全寨上下无不感化。又连接二女来信，知道水云、翠螺二洲日有发展，二女和全洲人等快乐非常，越发高兴。这日见诸事都有头绪，将来相助管理的人已选拔了好几十个，遇事同商，各有专责，稍有错误，便自行举发，当众改正，决不隐瞒，人人都知为公，没有一点偏私。

正觉前途无量，忽然想起兰花死得冤枉，事后还逃走了十几个壮汉。一问来历，都是极恶穷凶之徒，内中苟大竹更是竹笼山酋长之子，本是山民，但是从小凶狠，专喜率领徒党埋伏丛岭密莽之中，杀人越货。仗着力大胆勇，当时欺凌同类，去往别寨蛮墟中掳掠，奸淫残杀无所不为。因杀了几个金牛寨蛮人，孟雄大怒，几次带人搜擒，均未擒到，反被暗中埋伏暗算，伤了多人。最后方始将他弟兄二人擒住，照着双方仇怨，本应杀死，只为蛮人尚武，见他凶猛，连乃弟二竹小小年纪也是那么慓悍，加以刚娶凤珠，常劝丈夫待人必须宽厚，以前残暴性情必须改掉，孟雄正在高兴头上，小金牛寨又来要人，便没有杀，送往为奴开荒。在山奴中最是勇猛能干，也最凶暴，桀骜不驯。孟龙父女喜他胆勇多力，虽然常时犯规，欺压同类，任性妄为，采起荒来比谁都多，因此格外优容。

兰花接位，知是害群之马，意欲恩威并用，将其制服感化，乘其犯规，绑起要杀，再由众人讲情，改为鞭打，另由王翼做好人放掉。彼时再兴刚由外面有事回来，曾见大竹目露凶光，二竹也在旁边咬牙切齿，又听姬棠说起以前大竹淫凶调戏之言，本就疑他不怀好意。因事已过，大竹不久娶妻，兰花管理越严，业已改了常度，所居相隔又远，除春秋佳日定时盛会，难得见到。近年蛮人十九感化过来，日子比前好过得多，全都安居乐业，不似昔年常有叛变，也就不以为意。

此时回忆前情，这些蛮人失踪，虽是王翼引诱，兰花之死恐怕还有隐情。再想，王翼虽因痴爱凤珠，色令智昏，失了人性，他夫妻平日情爱颇浓，从未反目，无论如何不应如此残忍。今受刺激太深，人已疯狂，来时地道相遇，看去已不像人。彼时他神智还未全昏，只管苦劝不听，当时尚有愧悔之意。当着同行蛮人不便多说，只将身带粮包送他，劝了几句。话未听完，人忽逃走。日前借着探路，又往地道寻他几次，并还密令林中采荒守望的人，如其遇一疯人，不可伤害擒捉，并将食物尽量相赠。事后觉着不妥，又特命人前往搜索，准备将他擒回，作为因失爱妻，受激发疯，一面想法医治，以尽朋友之义。去的人先未遇上，后来几次遇见，因其动作如飞，行踪飘忽，抢了食物便走，追赶不上，并有猩人相助，也无法追逐，料定蓝山必知此事，暂时有人照顾，心虽稍放，但是兰花死因如不查明，将来就是将他寻回，也不好处。几次查间，觉着另一蛮女同卧房内，不比二女兵卧室相隔太远，多少有点见闻,所说的话也有好些疑点,便将那女兵喊来。背人一问,蛮女先不肯说,后经再兴力保,只说实话,便是同谋,也必保她无事,蛮女感动愧恨,说出实话。

才知那蛮女和幺桃情分最好,二人并是堂姊妹。当夜睡梦中听见争吵,惊醒一看,主人已死。原来兰花人极聪明机警,先听凤珠、姬棠几次示意警告,对于丈夫虽有疑心,因知王翼禀赋太强,平日夫妻情浓,已成习惯,上次病势反复,至多只顾高兴,不知怜惜病人,未必有甚恶意,心中并拿不定。及至二女走后,想起丈夫自从分房之后,当面只管说得好听,转眼人便不见,常借题目离开,来去匆忙,往往三四日不归,比以前形影不离情景大不相同;同时想起凤珠性情何等温柔,和谁都说得来,又最怜爱自己,对于丈夫自应爱屋及乌,格外看重,何况又是她所救的人,以前双方通信,友情只比再兴更厚,为何见面之后这样冷淡,彼此形迹逐渐疏远,越想越可疑,便向二女兵设词探询双方通信和凤珠未来以前起居言动。二女兵到底年轻,不知兰花有心试探,专从小处着手,虽奉主人密嘱,不肯吐露,但均痛恨王翼,同情兰花,无形之中露出破绽。兰花心细,听二女兵说到丈夫,常露轻鄙厌恶之容,并劝自己遇事想开一点,男子的心未必可靠等语,问得稍紧,话便支吾,更明白了几分。因凤珠对丈夫神情淡薄,至多以前发生情爱,并不相干,必还另有隐情,对方才会这样说法,心虽悲愤,并未露出。跟着幺桃回来,二女兵便不再说前事,问也用话岔开,便留了心。心中有事,平日睡得又多,因恐二女兵疲倦,假装睡熟,呼喊不醒。人走之后,想起幺桃以前贴身服侍,甚是忠心,近来常不见面,老和丈夫先后同出,只有一个走开,第二个决看不见。前数日,见她两乳高起,眉花眼笑,已非处女。当地男女相爱原听自愿,便有情人也无须乎隐瞒,当时只料有了情人,念她服侍数年,人又忠心,正打算问明情人是谁,送她一份厚礼。以为少女春情发动,近来借故出去,便为寻找情人,心还好笑,未以为意。此时仔细寻思,和近来所闻所见,这一男一女大是可疑。

兰花人最刚烈,情热如火,因事情还未分明,先不发作,正在床上盘算心事。忽听门外竹帘微响,有人轻轻走动,静心一听,正是丈夫声音,忙以全神暗中偷看,表面装不知道,随见王翼轻悄悄探头入内,朝幺桃那面用手拉了一拉。幺桃卧处离门最近,跟着人便爬起,拿了碗水走到床前，喊了两声未应，便赶出去。兰花见此情形，怒火攻心，悲愤已极，忘了病势沉重，悄悄起身，掩往窗前一看，男女二人抱在一起。王翼还拿着一束草花，手指房中悄悄说话，刚刚放开，看那意思，是想由幺桃掩进房内睡好，再往里走进，恨到急处，忙往竹屏后一闪。幺桃作贼心虚，又被竹屏挡住，没有去往床前窥探，匆匆卧倒。王翼也走将进来，一眼望见兰花立在地上，心方一惊，兰花已气得周身乱抖，拼性命纵身上前，迎面一把抓去，刚颤声喝骂得“你这狗”三字，叭的一声，人已仰跌在地。

原来当夜大雾，王翼看出兰花产后失血，又不知保养，人已弱极，料其必死，色令智昏，只想带了凶蛮随后掩去，借着森林黑暗掩蔽，料定凤珠胆勇，遇事抢先，只要守伺在旁，乘其走单之时，将其迷倒，擒往无人之处，等到木已成舟，再行跪哭哀求。女子心软，双方以前又有深情，如将被迫结婚经过说明，必能言归于好。就是对方怀恨太深，固执不允，达到心愿，死也甘心。万一中途发现，也可借口森林黑暗凶险，大不放心，又知凤珠对他厌恨，不敢明送，暗往保护，也有话说。主意打好，又由所结蛮人寻到一种迷人香草，比美人香还要猛烈，业已要走，忽然想起幺桃已有私情，将来是个大害，事前又曾约好同去，不能丢她，打算乘着大雾偷偷赶回，令其三日之后再去。

王翼本没想到惊动兰花，不料连日心神失常，凤珠同了再兴夫妇一走，越发妒愤，心慌意乱，举动冒失，一心只在凤珠身上，好些事均未想到。先不愿人知道，回时把防守的人用香迷倒。到后想起兰花、幺桃同卧房内，难免警觉，一时举棋不定。又忙着起身，本想由后房绕进，把兰花迷倒，再叫幺桃出去，悄悄揭帘一看，人都睡熟，又想迷香不用水泼头面，要三个时辰之后才醒，方才将守望的人迷倒，业已失计，难得兰花睡熟，不易惊醒，先打算悄悄把人喊出，说完就走。哪知幺桃也极机警，早防王翼不肯要她，打好主意，竟非同行不可。王翼业与相见，不便再用迷香，只得给她闻上解药，假装亲热，好言相劝，并还起誓，幺桃始终不信，并用言语挟制，赌气回房卧倒。

王翼心情早乱，作贼情虚，老恐露出马脚，打算明做，假推归途发现奸细，楼下的人已被迷倒，借搜敌为名，索性带了幺桃同行，途中再用毒刀杀以灭口，忙将迷香放在门外，匆匆赶进。瞥见事情败露，兰花满面悲愤之容立在面前，心方一惊，人已扑到，一不留神，竟被抓了个满脸花，当时抓裂三四条血口。负痛情急，左手一挡，右手一推，本无伤人之意，兰花人已衰弱，哪经得住猛力一推，又当悲愤情急之际，怒火攻心，当时晕死过去。王翼怒火头上，还在低声喝骂："有话好说，你疯了么？"幺桃业由屏后赶出，知道事情败露，凶多吉少，恐主母醒来不了，假装扶抱，见人快要醒转，手朝颈间用力一叉，兰花自然断气。

王翼一看不能救转，正在情急，幺桃低喝："祸已闯大，再不逃走，要等死不成？"说完，随手取出一支弩箭，又钉向兰花前胸。王翼不及拦阻，忙中无计，只得照她所说当先逃走。幺桃也真凶狠，非但走得最后，并将蛮女喊醒，告以前事，说寨主死在房中，本应杀你灭口，念在平日情分，不忍加害，你如照我所说，大家无事，我便自行泄露，也不与你相干；否则，便说三人同谋，你也在内。并告蛮女，说她爱极王翼，但是看穿此人决不可信，将来也许为他所杀，但我心甘情愿和他同在一起，多快活得一天便是便宜，你不要管，要不照我所说行事，事败你固无幸，便我不被捉回，稍有风声，也必杀你全家。蛮女早被吓倒，哪里敢强。幺桃又说了几句狠话，方始拿了王翼所失草花从容追去。蛮女等她走后，悄悄掩往后窗一看，见雾影中有男女二人扭结挣扎，仔细一看，一个幺桃，一个正是二竹。先是挣扎，后又和好，一同拉手逃去。楼下的人一个未醒，只二狮在旁走动，因有铁链系住，来者均是熟人，并未吼啸。蛮女候到天明将近方始喊人，被孟龙鞭打两顿，始终不敢出口。

再兴问知兰花并非王翼所杀，想起同盟之义，越想救他。近日正在算计将人寻回，如何处置，忽然接报说妖徒业已出现，鬼头蛮不久来攻，昨日又接猩人材皮警告，想起明日便是十五，前日老寨有人逃来，说奸党发生内争，又知妖巫师徒全死，鬼头蛮已无法勾结，暂时自顾不暇，决不至于再来侵犯，觉着强敌只得一面，可以专心应付；担心二女这面人少，决计抢先迎上，赶往应援，便将寨中之事交与专人管理。一切准备停当，自带几百个勇士往森林进发，行离快活树还有三四里，沿途布置，搜索王翼踪迹，好些耽搁。这时已近黄昏，再兴正想：当地离水云洲不远，如由杀人崖秘径通过，当日便可回转，敌人要到明日半夜子时才算满期，怎么也来得及。方想赶到杀人崖，查探好了形势，看敌人是否业已发难，将对面森林开出道路，只留面前藤树遮蔽，到时一涌杀来，探明虚实，径由山洞地道抽空赶往水云洲，与二女见上一面，再赶回来。

再兴心中寻思，正走之间，忽见猩人突然赶来。这次竟不避人，一直走到再兴面前，拿了一片树皮，上划：事机紧急，蓝山危急万分，明日便要杀死，已不是前日所说之处，请跟猩人速往抢救，如到明日，人绑火堆之上，四面防卫严密，人数太多，救他更难，务望请位恩人姊妹救他一救。写的文字汉蛮相杂，甚是潦草。再兴看出那树皮乃蓝妻写与二女和姒音，猩人见众走来，只当凤珠所命，救人心切，又知再兴是蓝山恩人好友，便没有往水云洲去。再兴知其灵慧，双方连说带比，略微询问，分配好了手下勇士，便令领路。走了十余里，方始寻到，相隔姒族前王所居约有半里，停将下来。偷偷掩往一看，蓝山果然绑在下面，旁边还伏着一个少女，正在厉声悲哭。猩人业已当先纵落，朝少女身前奔去。

仔细一看形势，原来下面乃是密林当中一圈长桶形盆地，天然生成。以前好像是一椭圆形的湖荡，约有三四十亩方圆，年深日久，水早干涸，只中心低洼之处还有一点泉流，水和珍珠一样由地底往上喷出，但量不大，深只两三尺。四面崖石壁立，高达十丈。下面共有三十多所楼房，甚是干净整齐。土地全被种满，实无空隙，只来路有一长仄斜坡，似新建成不久，宽约七八尺，贴着崖壁蜿蜒而下，两旁各种着一列矮松和草花之类。坡脚不远有一崩坠多年的崖石，约有四五丈方圆，偏向西方，石顶平坦，当中有一神坛，但无神像，只在坛上画着八卦。蓝山全身捆绑在中心木桩之上，双手平分，由另两根斜铁架吊着，身边围着许多木材树枝，几个手持兵器的男女山人看守在侧。蓝妻伏在坛旁，已哭得力竭声嘶，神情萎顿。

东面另有一片平台，坐着好些鬼头蛮，女多男少，年均不小。当中一个山女戴有面网，看不真切，脑后发已雪白，少说也有七八十岁，手中捧着一个方形王盘，当中插着大大小小数十根神金，与那日在兰花房中所见相似，正和众人用土语争论，也听不清说些什么。台下男女山人甚多，猩人刚一到地便被喊去，旁边几个老人同朝猩人厉声喝骂。同时台下便有十几个壮汉，有的手拿刀矛弓箭，有的拿着铁链和一根点燃的树枝，油烟蓬蓬飞扑上来，看神气是想擒那猩人。蓝妻见猩人被台上老人喊走，忙挣扎着由坛前石阶驰下，哭喊朝前扑去。蓝山虽然被绑，除向乃妻劝慰而外，好似死活未在心上。见状忽然情急，在坛上大声疾呼："猩人知我冤枉，想将神金寻回，又恐我受罪吃苦，以致来去匆匆，不时往来森林走动。此时便有人要救我，不到半夜也办不到。"

再兴因那来路险僻非常，虽有猩人指点，还走了好些时才得寻到。当地只此数十亩方圆可透天光，余均黑暗如夜。初来不知地理，所带的人又都埋伏在杀人崖、快活树一带，猩人手势也不令多带人来，一行共只十一人，下面山人这多，如何下手？闻言心方一动，猩人忽然一声长啸，飞身而起，往侧面崖壁上蹿去，其行如飞，转眼便到崖顶。下面众人镖矛弩箭纷纷朝上乱打，虽有几支打中，均被猩人用手打落，并未受伤，一路厉声吼啸，穿林而去，一晃老远。初意还恐众人追上，心方一惊，众人业已退往原处，纷纷跪伏台下。上面老人仍在争论不已，蓝妻也被另两山女拉劝回来，夫妻二人似知自己寻来，便借互相谈论，哭诉掩饰，暗通消息。

再兴本极谨细，见事太难，猩人已走，不敢冒失，伏在崖上静心一听，蓝山夫妻大意说：中坐老山女便是姒族前王，本心不愿杀死蓝山，力言神金卦象是假，无奈所有老少同族有的信神太深，前王只管极力分说，终是将信将疑。另有一些老人也知神金骗人之物，但因流亡多年，受尽苦难，一心只想老王复位，又因除老王外只有三个孙女可做女王，一个野死数年，一个新近跌死，一个又嫁了蓝山。照例女王非嫁同族不可，于是无人接替。老王又说，一回故乡，如能照她预计，除去奸王，便要当众宣示这千年以来的机密，废掉瞽师，以后选王只重贤能，不论亲疏。这些随年流亡的人俱都不愿。想起如无蓝山，就是暂时不能回转故乡，有一未来的年轻王嗣，终有希望。这一嫁人背了祖规，不能入选。何况当初结婚时大家都不愿意，因彼时蓝妻还有一妹，又自愿舍掉将来王位，蓝山又说答应婚姻便将神金交出，这才答应。

不料婚后三日细一查问，所言不符，即此已犯众恶，疑他有意欺骗挟制，不是前王护庇，已遭毒手。去年冬天，蓝妻之妹忽又失足坠崖而死，女王照例是要王室嫡系，并还年轻美貌，聪明才智能得众心，才可入选。余下近支虽还有人，不是年貌不合，便是武勇才能不够。便前王计策能够成功也是无用，受尽千辛万苦，死里逃生，成功之后却将王位让与他人，前王虽然年老，但是接位之期未满，又有卦象预言，复位自无话说。可是这六十年中都是子族为王，以后六十年照例应由姒族选人接替，偏生三个王子死了两个，一个嫁了外族，前王口气又是那等说法，心意十分坚决，越想越恨，于是把怨气全种在蓝山身上。

可是这时天未黑透，下面人多，须等对方夜饭后四房安息，入定之后，方可下手。先没料到救兵来得这快，来者又是再兴，好些土语均未认出。这些鬼头蛮性情刚烈，稍一疏忽，便成死仇，最好此时不要妄动，到夜再听招呼等语。有许多话虽未明言，意思却可听出，中间蓝山并乘防守人换班之际，欺那几个不通汉语，假装劝慰妻子，断断续续说了好些。

再兴听完，见蓝山夫妻似恐自己不曾听清，把前言说了一遍又一遍，恐其露出破绽，其势又不便现露身形，正想用甚方法通知。偶一抬头，遥望那数十根神金供在对面石台之上，前王似因年老，不耐久坐，业已回到正面竹楼之内。台上男女山民手指蓝山这面，纷纷议论，神情甚是激烈，语声却比前小，连声都听不出。想起凤珠此行带有两条神金，不知能否配上。猛触灵机，正待绕东面偷看玉盘上神金数目，忽见神坛底下有两壮汉如飞往东面台上驰去。途中两次回望崖上，伏处隐秘，只自己一人在上，同来勇士均在后面林中待机，决看不出，也未理会。刚借崖石掩避往前绕去，猛觉左膀一紧，大惊回顾，正是猩人，手朝下面乱比乱指，意似速往救人，迟便无及。想起蓝山夫妻方才借话警告，不令妄动，正自举棋不定，说时迟，那时快，忽听东面台上几声怒吼，偏头一看，不禁大惊。

原来蓝山因恐再兴犯险，用汉语警告，不料对头那面有一老者之子，以前苦恋蓝妻，求婚不成，仇恨甚深。这次不听前王劝告，定要烧杀蓝山，便他领头力主。因见猩人连日来去匆匆，神情鬼祟，时与蓝妻交头接耳，背人密语，日前又听蓝妻无心泄露妖巫师徒已为凤珠等人所杀，并还密告前王，说敌人之敌即我之友，大可结纳，以为互相应援之计。前王是她祖母，业被说动，因众力阻，说复位以前与外人勾结最犯祖规，因而中止。猩人原由众人从小养大，最是忠诚驯顺，因感蓝山救命之恩，出入相随。对头疑它勾结，向水云洲求救，便令两个耳目灵巧心细的人伏在坛下，暗中查听，一面密令看守的人故意闪开。蓝山夫妻只恐再兴涉险，把前言连说好几遍，埋伏台下的人业已疑心。再兴走开时，树后黑暗，无意之中把衣服挂了一下，又被听出响声，再见猩人影子由旁边崖上驰过，越发醒悟，料知崖上有人，忙往禀告。

为首男女山人虽然年老,多有权力,为想复国报仇,每日卧薪尝胆,苦练不休。鬼头蛮又有家传熬练体力之法,一个个力健身轻,勇猛非常,无一好惹。加以限期将满,命人往探,尚无回信,强敌当前,情急拼命,男女老少均有准备,都是一个心思。猩人送信走时,蓝山虽然被绑,形势尚不严重,先料不会逃走,只有两人看守,下面的人仍是各做各事,相隔还远,只要突出不意上前抢救,人一上崖,便可将他夫妻救走,并非难事。偏巧猩人走后,前王因明日子夜满期,回信未到,便照预计召集众人商计应敌之策,并代蓝山分说。等猩人引了再兴赶来,下面人已布满,蓝山夫妻惟恐弄巧成拙,又用言语示意,想告知再兴暂缓下手,终于露出破绽。

台上众人一声怒吼,下面便有二十余人拿了火把往对面坛上赶去,蓝妻便惊呼哭喊起来。再兴见事紧急,猩人救主心切,已抢先怒吼,往下纵落,再兴激于义愤,方才地势业已看好,想有下手方法,立将灯筒取出,朝林中一晃,发出信号,招呼众人接应,一半去往侧面作为疑兵,虚声呐喊,自带六人冷不防飞驰下去。初意神坛离地三四丈,偏在斜坡旁边,离上颇近。下面虽然人多,但都隔远,神坛左近共只二三十人,内中多半正点火把相继赶来,还未全到。只要冷不防斩断绑绳,由同行壮汉背起蓝山夫妻,自己和那几个本领最高的迎敌断后,逃进森林深处,便可无事。下时刚瞥见猩人纵到山人丛中双手乱抓,将那些火把夺去,抛向水塘里面。众人只管怒吼呐喊,并无甚人抢杀过来。自己带人赶下,直如未见,心方奇怪,忽听一声异啸,觉出脚底走处不像土地,仿佛木板铺成,上盖浮土,心中一动,待往旁边沿着那片矮松贴崖驰下,还未及招呼身后的人,脚底突然一沉,耳听蓝妻回顾惊呼,还未听清,人已陷落下去。

原来那条土坡由上到下长达十七八丈,中间设着好些埋伏,并有翻板,下面均是藤麻织成的密网,翻板往下一沉,人便入网被擒,多大本领也难脱身。再兴和同行勇士全被擒住,余人在上自然急怒交加,正想上前抢救,下面众人已纷纷喊杀上来,这里再兴、蓝山等危机一发,眼看全被惨杀,翠螺洲上二女等人也陷入了重围,性命已在呼吸之间,比再兴等所遇形势还要凶险得多。

第二十七回

毒蚁围攻

原来金花、秋菊带了几个男女蛮人，正照姒音所说，赶往森林去救蓝山，忽然遥望侧面山坡疏林中有一黑影飞驰跳纵而来。当地乃是斜对湖口崖角、靠近东南崖的一片平野，中间坡蛇起伏，多是石地，只尽头斜坡上稀落落生着几株大树。二女自将翠螺洲田亩开辟之后，因见洲前土地肥美，心想人多，这片平野又易开垦，近日命人伐木斩草，又开出了大片土地。为想等到月圆之后把鬼头蛮之事办好，人也到齐，再行大举耕种。东南这面石多土少，草木甚稀，先未留意；后见坡顶平坦广大，准备作为练武之用，金花便是主持人。过时，想看昨日主人所说秋千、绳桥、木桥之类建在何处，反正顺路，便往当地绕去。一见黑影跳动，心想此是何人，立定观望。因在大白日里，当地离翠螺洲虽有一二里路，洲前两岸往来耕作的人甚多，并没想到会是敌人。

脚步刚停，那人来势绝快，已快驰到坡下，其行如飞，相隔也只三丈。耳听同伴惊呼急叫，同时瞥见相隔树中人影跳动、飞驰之处半里多路的坡坨上下，斜挂着两丈来宽、数十丈长的黑影，仿佛一股黑色泉水随着地势高低蜿蜒起伏而来，还未看清，接连两道寒光已对面打到，不是身法轻灵，差一点没被打中。这才看出那黑影正是以前所遇黑衣妖徒，一腿已破，双手拿有飞刀弩箭之类边走边打，连声怒吼厉啸而来，不禁大怒，一面纵避，一面拔刀取镖正待回击，忽又连听身后急呼："那是蜥蜥，还不快逃，就活不成了！"声才入耳，接连几支梭镖长矛和连珠弩箭已由同行男女蛮人手上暴雨一般发将出去。

妖徒仗着事前有备，想用毒计害人，不料毒蚁发动太快。下手时稍微疏忽，忘了看准地势，心再一慌，连预藏的避免药块遗失在小溪之中，所准备的防身油火又被风吹灭，急切间无法点燃，身上又沾了几个毒蚁，业已咬穿皮肤，快要入骨。害人未成，先遭报应，伤处痛痒难当，断定凶多吉少，只得忘命飞驰，顺路先朝翠螺洲这面驰来。一见前面有人，连发飞刀毒箭没有打中，伤处越发痛痒，回顾蚁群尚远，忍不住停步回手去抓。这几个男女蛮人武功均极高强，手无虚发，妖徒闪避都难，何况停顿疏忽，略一分神，竟被一支梭镖将腿打断，倒在地上。

金花已看出那黑色的波浪乃是大群毒蚁，来势绝快，不知多少千万，由东山崖下乱石之后涌出，四五里长一段路均被毒蚁布满，地已成了黑色。就这转眼之间，相隔只剩半里多路，来势之猛恶雄大从所未见，又像山洪暴发，又像一条极长极大的黑虹贴地蜿蜒飞涌过来，那么宽长一条地面全被遮蔽。回顾同伴男女蛮人业分南北两面一路狂呼急喊，如飞逃去。洲这面耕作往来的人全被惊动，仿佛天降大祸，纷纷惊呼乱窜，有的业已吓得哭了起来。回顾妖徒伤重，不能起立，正由坡上滚下，口中还在咒骂，将残余的刀箭朝前乱打。猛想起事已危急，洲前吊桥不知已否去掉，不顾再杀妖徒，回手两镖，也没管它打中没有，慌不迭往回飞驰。

刚走不远，便听前后两洲发动紧急信号，并有响箭一支接一支相对曳空而过。中途回顾，大群毒蚁已漫山遍野而来。妖徒似未被那两镖打中，业已连滚带爬到了平地，后面大群毒蚁也和潮水一般涌到，遥闻惨号了几声。等赶到桥前，随同各路逃来的人飞驰过去，将吊桥拉起，立在高处用望筒遥望来路，就这归途飞驰没有多大一会功夫，妖徒已成了血人，被毒蚁咬死，始而周身皆黑，密层层毒蚁包围，时见血水由蚁层中浸出，跟着渐渐现出白色。蚁群散处，转眼成了一堆白骨，连衣服也被咬成粉碎。

毒蚁先分两路，南北并进，对岸桥边业已有了零星踪迹，三五十个为群，沿岸疾驰，走得极快，似在寻觅生物。后面大群相隔还有半里，尚未涌到。那去往水云洲一面的蚁群相隔湖口崖角还有二三十丈，不知怎的，回波逆浪突然反折回来，由此合成一路，齐往翠螺洲前涌到。蚁群黑浪业已涌到对岸，后面的尚未走尽，仍是一黑到底。对岸田野东一片，西一片，到处都是，不知多少，广大地面上平添了好些黑块，所种菜蔬庄稼，只是毒蚁喜吃之物，转眼啃吃精光，成了一片秃地。不消片刻，环着翠螺洲的大圈湖岸都成黑色。蚁群中似有指挥，动作极快，进退如一，先将翠螺洲团团包围，都是头前尾后，停立不动。另有许多小群分往各处田野中啃吃草木，时来时去，仿佛轮流交替一样。最奇是广溪上面原有木桥连结，另一仄处还有一座石桥，均被众蛮人过时毁坏，仗着人多手快，有的用刀斧匆匆掘断，有的把石条推入水中，最仄之处也有一丈以上，下面的水又深又急，尤其是那仄的一处终日急溜如箭，休说区区小虫，便是不会水性的人也难渡过。本意将蚁隔断，不料仄的一面有一大树，由对岸生根，伸向隔岸，离地颇高。毒蚁到了溪旁，为水所阻，便沿岸涌去，竟由树上越过，到了对岸再落将下去，再行改道。后面的也似得到信息，事前分散，一点不乱。

二女早已惊动，见此猛恶之势，触目心惊。同时又由望筒中看出，只是散在对岸的牲畜牛马牵走不及的，均为群蚁所杀。始而到处惊窜，乱迸乱跳，不消片刻，便被毒蚁涌向身上，一任怎么跳掷乱窜，逃得多远，转眼伤重倒地，成了一堆白骨，号叫悲鸣之声惨不忍闻。内中只有两匹山羊、一犬一马由崖角往水云洲那面逃去，余均无一得免。凤珠想不到蚁群这样厉害，越看越觉可怕。虽喜四面大水环绕，蚁群无法飞渡，照此下去，蚁群不退，果是讨厌。就是退去，将来也是大害，心中好生愁烦。守到午后，蚁群越来越多，对岸已无隙地。凤珠早想好火攻之策，姬棠深知毒蚁厉害，力主慎重，便没有用。后来实忍不住，好在对岸树林相隔尚远，这一带石多土少，灌木野草甚稀，不致引起野烧，试将树枝木块蘸了石油点燃掷将过去。火到之处毒蚁虽然烧死好些，但并不退，火一烧过重又布满。由对岸起以及大片田野遍地皆黑，非但无法烧完，蚁群反被激怒，越来越多，密压压堆了好几层，往来进退，四处觅食，宛如波涛起伏，映着斜阳，闪幻着亿万点黑油油的奇光，看去越发惊人。

起初火团掷将过去，还能烧死不少，到了后来，竟似想出方法，这面火光点燃，聚在一起还未发作，对面蚁群业已分散，奔驰绝快，晃眼都往两旁避开，再掷过去已烧死没有几个。等到奔往蚁多之处，这面重又布满。对岸的一见火光，便当时分散，但是决不退却。湖对岸相隔湖边三四丈本有一圈花树，多半新近移植，蚁群似因惧火，忽然奔向树上，对面立时整整齐齐空出三四丈宽一条湖岸。后面本是一片黑色，到了黄昏将近，也现出许多空地，用望筒仔细一看，所有树木都被毒蚁布满，伏在上面并无动作，也不知是甚用意。二女看出厉害，一面命人将洲上环湖小树野草去尽，生着一圈火堆，日夜换班，轮流看守。本意亲身指挥，众蛮人均知这类毒蚁只一发现人兽生物，不将血肉吸尽决不会退。照此形势，还要旷日持久，不想出方法将其消灭，万难安枕。二女机智胆勇，全洲之主，关系重要；同声劝说，此非三五日内之事，如何能够久持不睡？二女终不放心，最后商定，二女换班统率。

姬棠是上半夜，觉着蚁群太多，全洲男女蛮人不过百人，地面广大，一个照顾不到，稍微疏忽，休想活命。乘着蚁群尚无举动，命人就在洲上打开地铺，轮流安眠。前面都生火堆，由自己带了三十多人环洲巡查守望，用尽心思，想不出除害之法。正在提心吊胆，不知如何是好，偶然巡到洲东南，月光之下，由望筒遥望东崖上蚁群来路直达山坡下面和湖口崖角一带，业已现出大片空地。皓月当空，明如白画，四外静荡荡的，除却群蚁蠕动苏苏之声宛如繁潮而外，连点风都没有。细看对岸湖边大圈空地，好似一蚁都无。再往前去，远近树上却被蚁群布满，地下也是黑一块，白一块，没有日里那样繁茂。方想，此时如有一场大风，对面草木最多，只将竿上树枝倾上石油，抛将过去，反正庄稼已被吃光，连根都毁，索性一场野烧，将其烧灭也好。偏是对岸一带草木不多，中间还有好几百亩树林，引燃之后火势必大，风力再猛，前洲大片森林必全引燃。非但这里成了一片火海，那纵横千里的森林也难免于毁灭，烤也把人烤死，一样不能活命。

方觉顾忌太多，猛瞥见东南崖上似有白影闪动，定睛一看，一个蓬头散发的怪人好似登高遥望，一闪不见，立处正当蚁群来路，竟不害怕。心想，妖徒均着黑衣，此人衣服虽像鬼头蛮，但是这类山民无论男女头上都包着一块白布，前额突起，不会蓬头，好生不解。事已至此，隔着大片蚁群，就是仇敌寻来，谁也无可奈何。念头一转，想起洲后水面较仄，湖边并有浅坡，虽有专人把守，并将相隔较近容易发火的小树用火团点燃烧去，上面黑蚁也被烧死不少，到底可虑。正要转身前往查看，忽听湖口崖角那面有伐木之声，并还有人张望，也是一闪即隐，退将下去，看去像是女兵装束。暗忖：这类毒蚁只见生物必要残杀，休说被它看见不能活命，老远便能闻出气息，当时寻去，不得不止，性又凶毒残忍，所过之处，无论草木房舍全被咬成粉碎。这时如非发现人类，对岸早已成了一片童山秃野。眼前大片草木均被吃光，遥望崖角湖口一带的斜坡照样灌木葱茏，草树繁茂，迎风摇曳，映月生辉。人影和伐木之声这里均已发现，蚁群为何没有寻去？对岸大圈花树上的枝叶也还尚在，是何原故？

心正奇怪，忽听春蚕食叶之声骤起如潮，势甚猛恶，由各地远近树上传来。只当毒蚁吃不到人，改吃树叶，急匆匆走了一圈，并无变故发生。防守的人均说，半夜仔细向对岸查看，空地上面并无毒蚁往来，以前蚁群退处，宛如一片黑堤，齐整整将湖岸包上一圈，这时也都散开。树上留不下许多，大都聚在树下，这时常有咬断的细枝树叶从上飘落等语。姬棠仔细一看，果然每枝树上均有枝叶纷落如雨，心想，这类毒虫最喜自相残杀，遇见食物，拼性命乱抢，如何肯让同类？月光忽然转暗，凤珠也起身赶来，仰望残月西下，启明星耀，业已离明不远，力劝姬棠去睡。姬棠也知此非暂时之事，先睡的人较多，业已换班，终不放心，只得答应同了众人睡在洲后崖顶悬床之上，准备一有警兆便可惊起，一面把夜来所见一一告知。

凤珠将姬棠劝走，自往各处看了一看。因水云洲那面从昨日被蚁群隔断起，双方均有信号发动，以报平安。这时又有信号发来，凤珠看出前洲那面安全无事，只请众人紧守待救，分明毒蚁尚未往攻。想起姬棠方才所说，正用望筒查看方才怪人踪迹，隐闻伐木掘地之声由湖口崖角那面隐隐传来，好似人数甚多。方想他们在做什么，目光到处，猛瞥见几个女兵立在崖角坡上，朝着自己这面大声喊叫。相隔太远，群蚁食叶之声越发猛烈，也听不清说些什么，恐被毒蚁警觉追去，忙发信号，令其速退。众女兵已先退下，东方也现出曙色，等转完大半圈回来，天已渐亮。晓色迷茫中，正打不起主意，也无求救之策，再说这样多的毒蚁，人一走动，当时被它包围，转眼剩下一堆白骨，真比千军万马还要厉害。

凤珠暗忖：今日便是鬼头蛮六十年限期的末一天，月圆之夜非大举来犯不可。再兴足智多谋，带有多人，对敌无妨，万一无意之中赶来，水云那洲面如无毒蚁踪迹还好，否则岂不危险？听姬棠说，蚁群虽然一到崖角便自折回，好似前面有阻，但是这类毒虫见缝就钻，多高的山崖均能越过，必是先见这里有人，想要把他吃光，再往那面残杀，早晚终非受害不可。心中愁急，命人取了一张纸条，写好一信，绑在箭上，用强弓朝崖角射去。惟恐不能射到，又连发了几支信号，令速通知外面的人早作准备，事出意外，别的意思却难传达。想起众人所说，毒蚁围身残杀之惨，心正忧惶，无计可施，忽听旁边众人惊呼，赶往一看，不禁大惊。

原来就这天明转眼之间，对岸蚁群业已布满，先前只见树上枝叶纷飞，飘落如雨，不曾留意，哪知群蚁啃吃树叶别有凶机，等到落叶一多，便三五一群，各衔着大小残枝，有的衔着树叶潮涌而来，到对岸边上朝下吐落，因其为数太多，又是一片死水，只地底藏有喷泉伏流，与别处溪涧不通，并无出路，那些残枝落叶不能随水流去，便由岸上群蚁口中纷纷飘落。另有一些身较长大的毒蚁布在对岸崖边上下，遇见枝叶被石土挂住，便抢前用头拱入水内，不消几句话的功夫，对岸水边的树叶越来越多，水面竟被飘满多半，宽达好几尺。浮叶上面已有毒蚁往来奔驰，忙乱异常，随同晓风微微激荡，越布越广。再看对岸后面的蚁群黑压压密层层二次潮涌而来，声势万分猛恶，吱吱喳喳之声喧如暴雨，似比昨日为数更多。远近树木均被啃光，和枯树一样，有的连树皮也被啃去。毒蚁大都衔有树叶，或是三五十八为群，拖着一些细枝，波浪一般涌到。水面本来不宽，和壕沟一样，将翠螺洲围在中央，最宽之处才六七丈，仄处只得三丈，洲上地面却大，与水云洲水大洲小恰巧相反。照此形势，不消多时，水面必要浮满树叶，毒蚁立时涌到，万无生路。

众声惊呼之下，姬棠已早惊醒，随同凤珠往来指挥，一面在洲边多生火堆，想开出一条火沟，将毒蚁挡住。一面拿了火团火支朝对岸掷去，无奈地大人少，蚁群只管烧杀甚多，终不肯退。稍微惊散，重又合拢。此散彼聚，势更猛恶。凤珠情急无计，便命人拿了竹竿去往洲脚打水，一面用石块土团朝水中落叶乱打，群蚁果然淹死不少，只管水火夹攻，用尽人力，照样前仆后继，争先抢来。湖水被众人一路乱打，激起波涛，对岸大片浮叶虽被逼开，内中一些零星树叶却随流飘来，上面都伏有毒蚁，稍一疏忽，竟被上岸，见人就咬。等到负痛警觉，手足并用，连踏带抓，将它弄死，已是周身血流。转眼之间连伤了好几个，伤处又痛又痒，难受已极。总算发现得早，共只数十个，当时杀死，无人致命，可是那随流飘荡上浮毒蚁的树叶仍在来之不已。

二女看出不妙，重又命人在竹竿头上扎好大团火把，蘸了石油，用火点燃，环着湖边，一见树叶飘到，便用火烧。经此一来，方好一点，无奈人不够用，稍一疏忽，只有一片落叶飘近洲旁，立有毒蚁抢上。对面湖岸业已涌起一片蚁墙，高出地面有好几尺，众人均要拿着竹竿防备水边飘来的树叶，无暇兼顾。偶然二女气极，抽空点了火把火团抛将过去，虽烧死好些，并不济事；风向又乱，焦臭之气令人头晕心烦，更是难支，只得罢了。这时水面上落叶残枝已快布满，幸风不大，又是往来乱吹，快要近岸，又被吹退，有的又被防守的人用火烧死。

二女情知危机一发，万无生路，正在相对失色，往来奔走指挥，心力交敝，天光业已过午，眼看水面浮叶上布满蚁群，内有好些树叶均因蚁多压沉，水面上到处都有淹死的毒蚁，包成团片，成群飘浮。众人全都心慌意乱，拼死相搏。石油的槽偏在洲后，前面的人取用不便，又用木桶抬来。中一壮汉沾油时，瞥见下面有一丛树叶随流而来，已快近岸，看出毒蚁狡猾，为数既多，并还相互咬结，约有三尺方圆一片，一时惊慌过甚，便将手中半桶油往下泼去，旁边也有两人正用火把争先下手去烧。不料石油见火立燃，轰的一声，火光涌起老高，那些毒蚁何至万千，吃石油一泼，已难活命，经火一烧，全成灰烬。内有几点石油浮在水上，被火点燃，化为一团团的火光，随流乱转上一阵，方始消灭。

姬棠忽然想起一事，转身就跑。凤珠见水面上浮叶蚁群越多，离洲最近之处只七八尺，方想到了一发千钧之时，只有自杀才免苦痛。忽听人语喧哗，抬头一看，除环洲一大圈好几尺高的蚁堤而外，对岸六七丈外已全现出地面，靠近蚁群来路山坡和湖口一面，姒音同了众女兵蛮人忽然赶来，正朝自己这面呐喊，手持火把，身前浓烟滚滚，不知是何用意。相隔颇远，地势又低，看不真切。正想命人高声呼问，猛又瞥见一条人影，也是手持一根火把，由毒蚁来处连纵带跳，随同火烟浮动飞驰而来，先朝女兵那面扑去。众女兵先似厉声喝骂，忽然欢呼，双方相见说不几句，那人便朝自己这面跑来，头发蓬乱，衣服已成破片，看不清面目。心想此是何人，怎会来此，莫非这么厉害的毒蚁，他一人之力会能退去不成？

随听一声急呼，甚是耳熟，心方一动，未及细看；又听众人惊呼呐喊之声，忙往对岸脚下一看，原来对岸蚁群已全发动，竟和河堤倒决、雪崩也似，共分两路齐往水中驶下，前锋只管入水淹死，后面的照样争先恐后，顺流而下，转眼之间接成大小两条蚁桥。那些毒蚁淹死之后都是互相纠结，密集一起，看去仿佛一两尺厚、七八尺宽的黑桥浮在水上，众人忙用竹竿石块乱打，无奈纠结太紧，好容易打碎，晃眼又被填满，加上满湖浮叶聚满毒蚁，离洲甚近，对面蚁堤又似流水一般往下倾倒，来之不已。火团打将上去，只管杀死许多，终不缩退。就这举目遥望之间,环着对岸又添了十多条毒蚁黑流,眼看蚁堤越来越低,对岸蚁群所占面积越小,可是对面崖壁直到水边和那大片落叶之上均被布满,好几丈阔的水面都成了黑色,好似结了一层又厚又黑的皮,那大小蚁桥还不在内。一群连一群,载沉载浮一味往洲这面伸展过来。不知用甚方法互相连结,也不知蚁桥下面的到底淹死没有,上面蚁群越聚越多,加上那许多浮叶分布越广,一任众人竹竿石火乱打乱抛,通无用处。稍一疏忽,毒蚁便沿着竹竿驰上,众男女蛮人被咬伤的已有二十多人,用尽心力,也退它不掉。

不到半盏茶的功夫,对岸那人还未赶到,岸上蚁群已只剩了薄薄一层,约有两丈多宽一长条,十之八九全都到了水里。地方太大,众人顾不过来。凤珠手持两根火把往来指挥,领了众人拼命防御。见洲这面水面最宽之处只三四尺,仄的只剩尺许,蚁桥随同众人火把石土四面乱打,前头刚被打散,后面的又潮涌而来,转眼蚁桥必将两岸连结,全洲的人均遭惨死。那随同树叶零星飘来的已有好些抢上洲来,众人只管扑打不休,无奈来势猛恶,仍被咬伤了好几个,好容易全数杀死,后面又有树叶飘到。这大一片地面共总一百来人,其势不能兼顾,稍一疏忽,便受其害。

正在心惊胆寒,手忙脚乱,无计可施,好些人均急得哭喊起来。凤珠方想我命休矣,忽听旁边女兵惊呼,回顾一看,不知何时一阵风过,将许多片浮叶吹往洲这一面,上面万千毒蚁立时涌上,看去宛如几条大小黑色巨蟒蜿蜒飞驰而来。内一壮汉首当其冲,慌不迭用脚乱踏,用手中火把乱烧,不料毒蚁猛恶灵巧,脚刚踏下,两脚紫血狼藉中毒蚁虽被踏死不少,人身也被窜上好些,转眼半身皆黑,便和方才牛马牲畜一样痛得乱跳,身上毒蚁越来越多,眼看倒地成了白骨。凤珠和众人见状大惊,忙即闪避,方喝:“众姊妹努力,这类毒蚁大已凶残,杀死一个是一个,真个不行再说!”话才出口,身上已爬上好些,当时鲜血四流,又痛又痒。凤珠恨极,一面纵跳闪避,用手乱抓,将其捏死;再拼一会,实不能支,便横刀自杀。忽听对岸急呼:“姊姊快将这药膏用火点燃,毒蚁闻到就死!”跟着便有一团团大小白影抛将过来。

凤珠先听那人喊了一声,便听出是王翼口音。见那白团落在地上,有的业已打得稀烂,看去好似一种灰白色的油膏,具有一种怪味,甚是辛烈。内一大团打在自己脚边,软腻腻的散成一堆,这时正有一股蚁流驶来,已快涌到身前,忽然往旁惊散,心中一动,觉着对岸喊了几声,打过二三十团药膏,便无声息。百忙中往前一看,来者果是王翼,月余未见,业已形销骨立,不成人形,身上衣服全都破碎,立在对岸蚁群之中,旁边放着一根涂满药膏的火把和一个竹篮,蚁群大部奔避,有的似被熏死,已不再动,可是王翼身上也大半成了黑色,鲜血四流,却不顾命一般把内中药块抢起,隔水打来,剩下一团方始拿起满身乱涂,看去已被毒蚁咬伤,还在强挣。方才所见众男女蛮人由姒音为首,也各拿着同样竹篮火把赶将过来,地下一条条纵横蠕动、向人猛扑的黑色蚁流自从药团落地,所到之处纷纷惊散,齐往水中退去。眼前受伤的人已有三十多个,洲后一带还不知怎样,想起王翼之言,忙令众人抢了药团去往洲后解救,一面命人焚烧。药膏刚一着火,立发出大量浓烟,香气更烈。烟起之后,蚁群逃窜更急,齐往水边飞驰而下,地面上到处都有黑点,用竹竿一拨,已不再动,知被药烟熏死。端的来得迅速,去得更快,蚁群晃眼退尽。

凤珠心中略定,周身伤处却是痛痒不堪,一块块肿起老高,众人也是如此。因蚁凶毒,一上人身便往肉里死叮,死也不放,急切间也捉不完,只得各把上衣脱下,立在烟中,听其熏死身上再作计较。凤珠想起姬棠刚奔往洲后,必是看出当地毒蚁上岸,事情紧急,不知是否受伤,正在担心,猛瞥见前面水上浮起一层彩色,大群毒蚁已到水中,忽然一阵风来,带着一股药香,下面蚁群还未抢上,上面残余的还有大片忽又争先恐后往水中涌下。耳听呐喊之声,再往前看,姒音带了众男女蛮人各点着一束涂有药膏的火把,一字排开,做半弧形向洲前走来,当头几个一手拿起灰白色的药团,似要投掷神气。因这两面一挤,下面蚁群越多,似要贴着两边湖岸和当中水面往洲后一带涌去光景,心想是何药膏,这样辟虫,闻到就死,那么凶恶的毒蚁会这样害怕。

说时迟,那时快,念头还未转完,忽见几个女兵手持火把飞驰而来,老远便喊:“大家速往里退!”凤珠料有原因,刚率众人往里纵避,还未问明来意,轰的一声,红光照耀,一蓬烈火已似火龙一般由洲后环湖潮涌而来,来势比电还快,转眼之间全湖火起,绿黝黝火苗由水面上突然涌起,环洲一圈的湖面全被火光布满。耳听群蚁互相奔驰挤轧苏苏之声,宛如暴雨骤止,狂风之扫落叶,一片繁潮环洲面过,转眼悄无声息。火光熊熊,高起丈许,有的已快平岸。对岸数十个男女蛮人在姒音、秋菊指挥之下已同声欢呼，手持火把抢将过来，各拔出身后芭蕉扇，环着湖边，分头朝那些残余的毒蚁熏去，但都不敢走快。有的毒蚁似已熏死，不见蠕动，众女兵稍微走近一点，姒音便大声疾呼，非要试出前面毒蚁已死，不许过去。

火光之下，水面上蚁群业已烧成通红，许多毒蚁紧附两边岸壁之上，有的已被烈火烧焦，有那极少数正当岸缺无火之处，还想抢上对岸逃走。上面蚁群受不住药香烟熏，又和潮水一般涌下。正在上下冲突，湖中的火忽然大盛，不烧焦也被烤死。凤珠看出毒虫怕烟胜于烈火，又将药膏涂在树枝木块之上点燃，抛往火中。不消片刻，两面壁上的毒蚁也全烧焦。中间王翼业已伤重，跌倒地上，被姒音命人用套索由蚁群中拖出三四丈。岸上残余的蚁群不是窜到下面被火烧焦，也全熏死。一时药香石油和毒虫烧臭之气合成一起，刺鼻难闻。幸而药烟解毒，否则人也晕倒。

原来姬棠因见水上浮火，猛触灵机，想起后洲油泉，不顾多说，忙即赶去，同了当地防守的人一面拔去油塞，一面用锄头把油槽临水一面开出一条缺口，使其流入水中。这时洲后蚁群也快越过，石油入水，所到之处蚁群纷纷退避，越知此法灵效。既恐那一槽石油不能灌满全湖，又恐蚁群退走，留在对岸也是讨厌，同时听说洲前蚁群最多，业有大量结桥而渡，快要上岸，越发惊慌，忙命人将库中盛油的皮袋取出，割破一口，倾倒湖中，再行发火。虽然一举成功，不料忙中有错，一不小心地上流了不少石油，经火暴发，姬棠竟为火所伤。幸而应变机警，倒地一滚，将火扑灭，满头秀发已烧去大半，人也烧伤。因还不知毒蚁是否退尽，恐凤珠得信忧急，只命人取来伤药敷好，卧在床上苦熬。金花因被毒蚁咬伤，偶取药膏一抹，因伤不重，居然好了一些，赶往洲后送药。姬棠咬牙呻吟，想试一试，刚一涂上，姬棠便觉清凉止痛，忙代涂遍全身，果然痛止八九。想起前面诸人受伤颇多，忙又赶往告知。凤珠一试，也觉有效，立命众人照办。

毒蚁已被众人连火烧带药熏搜杀精光，油穴塞好，湖中火势已止，天也将近黄昏，浮在湖中的蚁尸和火烧过的劫灰厚达两三尺，一泓清波已被布满，两面崖上重叠纠结的蚁尸约有尺许厚薄不等，环湖三四千亩方圆一大圈土地东一片西一片，到处都是紫黑色的死蚁，沉落水中的劫灰也有一两尺厚，为数之多看去实在惊人。吊桥已被女兵放下，姒音、秋菊领头奔来，见凤珠周身血流，一块块肿起老高，有的伤口还附着残余死蚁，正在寻觅剔取，敷那药膏；余人受伤的也有好几十个，不禁扑到身旁大哭起来。凤珠拉着姒音的手刚想劝慰，姒音忽然惊呼："二娘如何不在？"凤珠忽想起离开发火已好些时，姬棠怎的未来？未及发问，猛听对岸王翼悲声惨号，哀呼："姊姊，请见我一面！"

凤珠早就看出他通体血流，跌倒蚁群之中，隔着一片水，对面众人尚在熏杀蚁群，身又有伤，觉着药膏有效，正打算命人往救，姒音等业已过桥奔来。闻声心肠一软，想往查看，刚问姒音："此人受伤颇重，药膏甚灵，你方才救他可曾敷上，能活命么？"说时瞥见方才被群蚁围攻的壮汉早已周身皮肉狼藉，露出白骨，脸被毒蚁咬得残缺不堪，死状极惨；不是救兵快到，自己和众人也是不免，想起王翼为救自己，受此重伤，心方一酸，金花已在旁气愤愤接口道："管他作甚，时二娘为火所烧，伤势更重呢！"凤珠闻言大惊，进退两难，略一迟疑，把牙一咬，忙往洲后赶去；见姬棠赤身卧在榻上，只盖一床单被，一身细皮嫩肉连脸面都被熏黑，眉发全焦，伤势甚重，不由急得心抖。仔细查看，且喜敷药之后热痛已止，火毒尚未攻心。正在慰问，忽一壮汉跑来，说王大爷遥望夫人走来，一声惨号，便晕死过去。此时刚醒，想见夫人一面，死也甘心。凤珠闻言，忍不住流下泪来。

第二十八回

悲欢离合总结全书

姬棠早就听说王翼冒着奇险拼命来援之事,忙说:“姊姊,我听他们说王大哥已难活命,姊姊你就原谅他吧。”凤珠慨然道:“那个自然,棠妹好好保重,我去去就来。此时真个心乱如麻,今夜必有敌人来犯,我们的人本来就少,累了两日一夜,是否能够应付还不知道呢。”说罢匆匆转身,往前驰去。还未过桥,便听王翼悲呼:“姊姊!”遥望人卧地上,正在挣扎着昂首哀鸣,忍不住脱口急呼:“大弟保重,我就来了!”说罢,一路疾驰赶到对岸,王翼头已伏倒。因众人都忙着去见二女,无一在旁,姒音先虽命人敷了点药,众女兵全都恨他,匆匆敷完丢下就走,伤处又重,如何能支?凤珠见他下半身业已成了血人,面上虽然敷药,被烟熏死的毒蚁还在肉里,满面都是。加上刺激疯狂,清醒时少,在森林中和野兽一样奔窜多日,满头乱发,衣服早就碎成条片,披在身上,越发污秽不堪,无复人形。此时半身侧卧地上,看去惨痛已极。

凤珠想起好好一个少年英雄、英俊男子,只为一念自私,落得这般光景。又见他嘴唇颤动,还在呻吟,哀呼“姊姊”不止,知其转眼必死,不由双泪交流,急呼:“大弟,我在这里。我此后业已立志,仗着出身寒微,耕猎之事全非外行,决将这一生心力为远近蛮人中的苦人求取安乐,决不会再嫁人。对于前事,只兰花非你所杀,我便原谅,盼你安心静养,痊愈之后和我们一起为众人多出点力赎罪罢!”话未说完,瞥见王翼颤巍巍伸着一手,想拉凤珠,口里强挣说:“我没杀她,姊……”底下便说不出来。凤珠见他一眼已瞎,只一只满布红筋的独眼望着自己,快要突出眶外,神态惨厉,实在不忍,将手接住。正想劝慰几句,命人抬往洲上医治,觉着手被拉紧下坠,冰凉浸骨;同时瞥见王翼口角边露出一丝惨笑,独目已合。右手一摸,人已断气,伤处紫黑,浮肿老高,知道伤毒太重,自己共被毒虫咬了十来处,敷药之后虽然不痛,肿并未消，至今麻木，何况遍体鳞伤、体无完肤？知救不转，悲伤流泪叹息了一阵。因当日夜里还有一场恶斗，只得命人抬往洲上，由自己领头，将他周身洗净，换好新衣，停尸屋内，准备过了当夜再行安葬。

因众忙了两日一夜，连饮食都顾不到，好容易将这一场大祸消灭，只死两人和许多牛马牲畜，虽有三十余人受伤，都不妨事，渐渐肿消痛止，还是不幸之幸。等到打扫干净，将饭吃饱，明月已上中天。中间谈起前事，才知姒音自从发现蚁穴，听姬棠说死蚁不多，只怕附近还有巢穴，便留了心。想起那日地震之后石箱不在，心疑沉落地穴之中。又因前代妖巫制药，妖巫常喜背人将各种灵药和宝贵之物藏在地下，心想火起时先后震裂两穴，火势往上，这类地火下面都是浓烟，出口才燃，也许地下藏有大量药块，便寻到石箱也有用处，立志寻掘。这日刚由泉眼旁边发现药块形迹，召集十来个男女蛮人刚刚零星掘出了些，石箱也被掘到，里面制成的药膏虽然打翻，均未损失，正在高兴，觅物存放，忽然接报说有大群毒蚁来攻。这一惊真非小可，恐越崖来犯，随接翠螺洲信号，速收吊桥，不许众人上岸。又听毒蚁满山遍野而来，觉着所掘药膏太少，决不够用，正打不起主意；秋菊忠心，带人冒险往探，并将药膏绑在箭上点燃，射向前面，果然蚁群落地惊退，内有好些似被熏死，但是毒蚁太多，遥望众人守在洲上，并未遇害。

正在惶急，姒音带人赶到，恐毒蚁警觉，药膏太少，被它涌来休想活命，正令众人连退；不料人多拥挤，内一男蛮被灌木将腿刺伤，怒极一刀将其斩断，姒音在旁，见那断处冒出一点点的乳油，还有香气，色香均与前炼药膏相似，同时看出大群毒蚁就在坡下飞驰，无一走上，当时醒悟，命众发掘，果然那些灌木的根上均有不少球茎，正与妖巫前交药物相似，并有大量油膏流出，不禁喜出望外。蚁群太多，药膏还要炼过才有浓厚香气，忙率众人发掘，生火熬药。费了一日夜的功夫，炼成不少油膏，等冷之后搓成团块。虽听妖巫说过，此药专杀各种毒虫，因未眼见，还拿不定，为数也觉太少，打算多备一点再去。

众女兵激于义愤，争告奋勇，姒音无法，又见蚁墙高起，药香过处，近处群蚁齐往洲那面逃去，便和秋菊商量，不许众人急进，并防毒蚁散逃，以后难除，不久繁生，又来为害，把众人分开，先在中途涂上一层药膏，断它归路，然后环绕翠螺洲缓缓围攻上去。果然毒蚁闻到一点香味便即飞逃，心方欢喜，只当洲上诸人隔水自保，还没看出危险。后来遥闻洲上惊呼哭喊之声，才知不妙，忽一怪人飞驰而来，老远便喊："我是救兵，不要误会！"手上拿一藤条，穿着许多药团，业已被水泡湿，见面竟是王翼。众人因前面还隔着大群毒蚁，就有药膏烟熏，一个不对被它窜上身来，仍难免死。一听王翼自告奋勇，说往对岸抛掷药膏，众人正想不起如何把药送过，相隔三四丈，常人也抛不过去，何况岸上还有毒蚁，便依了他。王翼见众人药膏新鲜，又是小团，用篮装好，便将藤放落，拿起便跑。

王翼原是无意中窜往一处石洞里面，忽然清醒，听得人声，隐身窥探，才知地上乃是两山交界。妖徒和几个鬼头蛮说，想仗着森林边界地洞中所藏药膏防身，发动毒蚁，把众人一网打尽。鬼头蛮共是三人，正告妖徒女王当夜就要进攻，不可如此，妖徒厉声力争，转身就逃。人已过界，鬼头蛮不曾追上，王翼却被发现，拦住苦斗。王翼连用毒刀将三人杀死，正追妖徒，忽又发疯迷路，刀也遗失。隔了一夜忽然清醒，一路情急乱窜，居然寻到蚁穴。先见毒蚁太多，不敢过去；后在左近水沟中发现妖徒走时遗落的一根长藤，上穿药块甚多。先听妖徒说过，知道用法，便赶了来。见翠螺洲已被包围，认得秋菊，便赶过去。来路较高，看出形势危极，匆匆一说，便不顾性命抢往水边。这时毒蚁业已上岸，稍缓须臾，凤珠决不能保。经此一来，虽然转危为安，王翼却送了性命。

众人谈起，正在慨欢，凤珠心料敌人来时必在子夜以后，已令众人子前起身，去往水云洲前埋伏。眼看月影西斜，天已不早，非但森林和地道中一点动静没有，便再兴也未派人前来，好生奇怪。暗忖此去杀人崖无论走哪一面，至少都要两三个时辰，非到子时不能过界，看这形势，只恐敌人另有密径，便令众人分头埋伏，一面命人保护姬棠，自和姒音带了几十个男女蛮人去往森林前面埋伏守候。眼看子时已过，水云洲这面未经蚁祸，浪静波平，月圆花好，佳木繁阴，四面静悄悄的，不听一点声息。正在盘算时刻，心情紧张，忽听号角之声由翠螺洲那面远远传来，声甚洪厉，与小金牛寨所闻不同，森林这面却是声息皆无。想起角声正在翠螺洲东南，听去声势浩大，妖徒和王翼便由这面出现，林边石穴中秘径始终不曾寻到，可见敌人来路是在东面崖下乱石丛中。姬棠伤重病卧，先没料到敌人会由翠螺洲那面偷袭，恐有失闪，忙令众人，速往应援；一面急告姒音藏起，带了众人便往后面赶去。

刚到崖上，姒音忽由后面追到，一面将所戴面纱头套揭下，将那形似独角之物藏在胸前，边走边说："好娘娘，我见姊姊来信，盘算了一夜，祖母之言果然有理。我如回乡，必将这终年套在头上，不能与人对面，又重又讨厌的神符面网去掉，如其不能，便跟二位娘娘一世，不回去了。"凤珠因鼓角之声越近，本就人少，又被毒蚁伤了好几十，心中愁虑，也未听清，回顾姒音将网套取下，现出满头秀发，看去越发娇艳，知她前王亲族子孙，遇见敌人便难活命，当她怕死，想起以前两次劝说，非但头上独角不肯取下，问都不愿人问，当此紧急之时竟自取下，方觉可笑可怜，人已奔到湖口崖角之上，瞥见东南树石丛中业有白衣敌人隐现。翠螺洲上留守的人不多，已将吊桥拉起，一支接一支的响箭信号相继往来路飞去。看出敌人不多，也未奔来，只在石树丛中跳动吹打，鼓角之声甚急。

正要招呼众人迎头杀去，姒音忽然一把拉住，手指胸前，低声急道："好娘娘，身边发亮的是什么东西，方才我没敢问，此时越看越像，如是神金，快些取出，交我藏起；否则，这东西如在外人手中，便成他们公敌，来势和那毒蚁一样，你多大本领也活不成了！"凤珠本将神金秘藏洲上，当日为了事情紧急，换衣时想起，背人取出，藏向胸前，以防遗失；不料衣服单薄，金光隐隐外映，姒音见了先已生疑，还拿不定。上崖时凤珠往上一纵，无意中被神金触痛方才伤处，往旁推了一推。姒音本就留心，眼睛又快，见那发光之物果是大小两条，系在凤珠胸前，不禁大惊，知道鬼头蛮看得神金比命还重，如被发现，不论来人多少，定必群起拼命，专向一人夹攻，前仆后继。如不够数，将人擒到，还要毒刑拷问，受祸更惨。自己如能要过，非但凤珠无事，还可用作缓兵之计，支吾些时。匆匆不暇多说，慌不迭告知凤珠，一面说那用处。

凤珠心想：本她族中之物，事已紧急，忙即解下，递将过去，一面率众上前迎敌，一面发出信号，令众紧守洲上，保护姬棠，不可妄动。赶到坡下，回顾姒音不曾跟来，心疑拿了神金逃回，又觉此女天性纯厚，方才还说同共生死，不会在这急难之中逃去。念头才动，人已赶到东山坡上，遥望相隔半里疏林野草之间现出二十多个鬼头蛮，都是头带独角，白衣短装，女的还戴着一副面网，立坐地上，拼命敲打皮鼓木梆，狂吹号角，见人杀到，直如未见。凤珠久经大敌，深知蛮人风俗，心疑有诈；又见对方人少，双方本无仇怨，鬼头蛮人多，妖巫师徒已死，如能讲和修好,两不相犯,实比互有伤亡要强得多,便令众人暂停,令秋菊同一勇士去向对面一个手持白旗、像是头目的女人询问,与之讲理,问其何故来此侵犯,请为首酋长上前答话。秋菊见面一说来意,对方竟似不闻不见,只管拼命吹打,目注来人,一言不发。

秋菊机警心细,听出附近地上地下均有人声响动,又密又急,危崖那面也有响动,料知来人甚多,忙即忍气退回。刚和凤珠见面,说不两句,二十多支矛弩已随鼓声歇处由敌人方面飞来,双方相隔,只得十多丈,虽是虚声恐吓,除几支长箭外均在半途坠落,敌人之意可想而知。凤珠面向敌人,见敌人发完一排矛矢,便连纵带跳,状类疯狂,狂呼欢啸起来,知其立意为敌,无可分说,不禁大怒。但因来势难测,姒音偏未跟来,正命众人小心戒备,分出二十多人,先将来敌擒住再说,不是万不得已,不可杀死。秋菊忙说:“敌人甚多,好似都在那面地底和危崖后面。”凤珠方答:“我早料到敌人甚多,你们须要小心。”话未说完,忽听翠螺洲上发出紧急信号,回顾姬棠业已负伤出来,正在指挥。洲边似有白衣人影闪动,为数甚多,心中一惊,待要命人往援,又听前面森林那面也似有多人杀到,喧哗呼啸之声隐隐传来。事前不曾接报,料知各路防守人已为敌人所杀,两面受敌,敌人如此厉害,再兴那一路也极可虑,忧急无用,只得传令,照连日预计沉着应战,暂时分途接应,不可慌乱。

令才发出,去探的人还就转身,先听前面上空金鼓齐鸣,抬头一看,对面崖顶忽然涌上好几十个敌人,当中一个中年女人,旁边分立着数十个男女勇士,内有五面铜鼓,正在急擂。另有两人手持令旗朝下挥舞,口吹金角上下相应,震撼山野,势更惊人,知是女王亲自杀来,登崖指挥,下面敌人必不在少,相隔又高又远。这原是同时发生,转眼间事。凤珠正想用甚方法,将这奸王擒住,紧跟着震天价一声呐喊,转身一看,三面均有敌人涌现,前后皆敌,为数有好几千,各用弓矢长矛注定自己这面。翠螺洲业被团团围住,各用生硬蛮语、汉语同声呐喊:“献出神金和前王全家亲属,丢下兵器,跪伏免死!”一步一步做出引满待发之势,目注自己缓缓逼将过来。满山遍野到处都是这类白衣敌人,竟不知哪里来的。最近的一面相隔已不过五六丈。再看崖角那面也有大群敌人涌到,顺坡而下,来势更急。为首几个白衣人,内有两个头上均未戴着独角帽套,并有好些别族蛮人在内,匆促之间也未看清。

方想隔崖的人必已惨败，照此形势，寡不敌众，分明凶多吉少。

凤珠当时怒火上冲，刚怒喝：“大家分头迎敌，与他拼了！”末一句话还未说完，侧顾崖角呐喊之声越发猛恶。敌人金鼓忽止，来敌已与侧面迎敌的女兵相对，不知何故，并未交手，反倒同声欢呼，合成一路奔来。自己这面，好些男女蛮人也在相继欢呼。为首几个敌人业已赶到，内中一个留在后面，手捧一物，金光辉月，甚是强烈。后面的人约有好几百多半拿有灯筒，齐指这面，似有自己人在内。到了前面高处，忽然停住，只为首三人飞驰而来，离身已只两丈，欢呼之声震撼山野，似听来人连呼“姊姊”。定睛一看，原来这为首三人正是再兴、蓝山同了另一女人。再一回顾所有敌人已全拜伏在地，自己的人正由对面高地丛中抢将过来。敌人鼓角之声全止，对崖奸王似在暴跳，两个持旗的还在朝下呐喊乱挥，五面铜鼓只有两人还在零乱敲打，已不似前起劲，余均无声。这样危险紧张的局面忽然大变，料已转危为安，边听再兴告知来意，命众勿动。四下观看，见奸王先尚怒吼暴跳，崖后忽又拥上二三十人，为首一个大声说了几句，奸王立时呆坐石上，不再言动。新来的人朝她拜了两拜，便同分立在后。再朝崖角这面一看，高坡上面坐定一个老女人，手捧玉盘，前见发光之物乃是大小数十条神金分插盘中，老人坐在山石之上，姒音重又戴上帽角面纱，回复原来打扮，在老人身前席地而坐。方才耀武扬威、转眼就要发生凶杀的那多强敌全都拜伏地上，每面各有两三个女人，恭恭敬敬走到姒音面前，双手交叉，拜了几拜，双方问答不几句，来人朝玉盘上神金仔细一看，重又拜了几拜，飞驰回去，手上各拿有一根金的牛角，回到原处，一同吹不几声，跟着又似狂潮一般起了一阵欢啸，众人重向姒音这面礼拜起来。

凤珠听再兴一说，才知再兴昨日被擒之后，还有几个同去的勇士见势不佳，忙即逃走，被众人追上擒回，只有两个逃了回去。各地埋伏的勇士闻报大怒，立时跟踪追去，无奈这条路险阻万分，往返费时，黄昏后方始寻到。未到以前，猩人情急救主，也被众人用药草迷倒，绑在台上。前王得知此事，不以为然，又问出是小金牛寨来人，越发不愿结仇；无奈那些男女老人多年患难相从，均想满了年限回享富贵，恨极蓝山，迁怒再兴。先定明日午后奸王如无信息，便全烧死。前王力言：“奸王如不肯和，自身尚且不保，如何害人？”众人却说：“杀死来人，可将对方激怒，为奸王树敌。”固执不肯。鬼头蛮遇事，表面上都从众意，前王平日又常喜说人民为重，以少从多，一旦回去，还要把十年一次的王室尊荣公之于众，其势不能违背众意；见众口一词，一面延宕，一面以理力争。

再兴一见神金，早就动念；中计被擒，急怒交加，只觉对头不可理喻，问话又都不答，只得忍气，一面暗想生机。到了次日下午，绑上神坛，见蓝山哭喊悔恨，不该害了恩人，忽然想起昨日所闻好些未解，反正无救必死，无须隐讳，便问蓝山因何被绑。蓝山才说："当初在森林树穴中得到两条神金。后与蓝妻相爱，众人不许，无意中得知寻取神金之事，因有情敌作梗、一时粗心，不曾问明失金数目，以此要挟。婚后才知还差两根，苦寻不得，才有今日之事。"再兴闻言大喜，忙说那两根神金现在翠螺洲。蓝山夫妻正自惊喜，前王恰将众人说好，只肯双方合力对付奸王，不伤别的同族，到时由她拼舍老命除此大害，便可讲和，连蓝山一同释放。及听神金尚在，刚刚够数；又问出未来新王爱孙姒音也在那里，因蓝妻只知有一同族姊妹在妖巫门下，拿不准是谁，几次想往探看，均未得便。虽请凤珠不要杀害，既未想到那是未来女王失踪三年的妹子。蓝山又恐凤珠万一误伤，无法交代，想等见人之后再说，阴错阳差，一旦说明，全都喜出望外，欢声雷动。

跟着，又接奸王那面乘着进军逃来的人报知，说前去勇士已被囚禁，凶王因知前王人少，道路险阻，不似水云洲崖前后到处都有地道，另有一路可通东山崖，如由洲后偷袭，便可将洲上的人一网打尽，欲为妖巫师徒报仇，已定当夜杀来，另分一路包围当地，报仇之后再来夹攻。前王立时传令，准备起身，由森林秘径往水云洲赶去。另分十个壮汉和再兴手下二十个勇士照来人所说途径，当先赶往东山崖后埋伏，等奸王上崖，再行抢上。分配停当，天已近夜，正请再兴往选勇士相助，众蛮人恰好赶到。前王说时还早，分别犒劳之后，向众声言：不成无归。连幼童也同起身，赶到当地，由再兴等抢往前面，通知防守的人不要先发信号，以防打草惊蛇。打算抢在前面，见了二女，商计夹攻。及听众人被毒蚁包围，受伤颇多，虽已转危为安，心终惶急，忙催快走。哪知奸王骄狂任性，早已动身，差一点没有误事。刚出森林，便听鼓角之声，连忙当先赶去。一面招呼全洲的人不要误会。姒音拿了神金正想缓兵之计，一见前王率众赶来，立将网套戴好，合成一起，匆匆问知前事，喜出望外。

鬼头蛮行军，进退指挥均由金角发令。前王一面随众往洲后赶去，一面把姒音两根金条插向盘中，凑成整副，捧在手上，一面发出角声，表示前王复位。山民在奸王暴政之下本已恨毒，全为寻取神金而来。一见前王现身，虽未见过，小时都听大人常说，见神金被前王捧在手上，映着月光金光闪闪，又听角声，料无虚假。虽有少数奸党见众拜伏，回顾崖上奸王已不再叫嚣，也只得随同拜伏在地。后经推人见王，看明神金无缺，更是高兴。当初奸王母女原是代理，日前见有人来求和，又说了许多狠话，不料弄巧成拙，自投罗网，所有山民全都倒戈。跟着前王便请主人相见，再三称谢，并说来时听再兴之言，受了感动，以后非但双方和好，亲如兄弟，并还要学主人的样，公平和气，将危害多年的制度设法废去等语。一场大凶杀，就此烟消云散。

前王见人太多，恐扰主人，坚不肯留，一面令姒音拜二女为母，率领山民拜谢相助之德，一面命当夜来敌将那许多山石遮蔽和绝壑边上的数十处秘径入口分别指明，约定日后相见，方始告别。奸王也未上绑，奸党兵器已被众人搜去，由数十个男女壮汉前后防备，随同前王祖孙仍由东南地道从容撤退，自往恶鬼峡，当着两族人民公判不提。

再兴早见姬棠扶病赶来。二女身都有伤，爱妻火伤更重，好生怜爱担心。人走之后，把带来的人分别安顿，同到洲上，天已大亮。再兴问知前事，以及未来打算与安乐的远景，好生敬佩。凤珠嫣然笑道："我如不是幼随先父奔走江湖，受尽辛苦艰危，又是从小随父躬耕，生长农家，对于开垦之事也不会想得这样周到，样样拿得起来。自己做了人，还帮助你成功，照此形势，你那将来事业不消数年便可如愿。你王大哥一念之私，落得这般下场，兰花更是冤枉。我少时将他安葬，便准备做一世的农夫了。你夫妻本极恩爱，此后还要共同努力，不应再有偏见。你是我的好兄弟，你意如何？"

再兴见姬棠斜卧床上，双手全焦，满脸乌黑，一双眼睛正望着自己，以前容光已不知去向，越发心生怜爱，慨然答道："自从大哥成了疯人，我已醒悟过来，盘算了多日，我实对不住棠妹。不怕姊姊见笑，先已决定，事情一完，便借寨舞盛典，正式举行婚礼，不料她会受此误伤，使人心痛。只好等她伤好之后，请姊姊出面，参用汉蛮礼节，为小弟夫妇主持婚礼吧。"姬棠原因勇于任事，见势危急，亲出指挥，不料逢凶化吉，丈夫赶来，大难全解，心中高兴，忍着伤痛，勉强挣扎，见丈夫问了几句伤势,便只顾谈话,好似不大注意自己。心有成见,想起以后面目熏黑,成了丑鬼,心正有些发酸,闻言骤出意外;再见丈夫把话说完,便向身前走来,满脸都是愁急怜爱之容,不禁喜极流泪,几乎晕倒。再兴连忙将她扶卧枕上,情不自禁,正在温言慰问,忽想起凤珠在旁,面上一红,忙即回顾,人早走出屋外,只见一个背影往对面房中走去。隐闻笑语之声,似令秋菊准备后日重新耕种之事,略一寻思,便在外床陪着姬棠卧倒。二人均是疲极,谈不几句,便心稳神安同入了梦境。

图书在版编目(CIP)数据

黑蚂蚁/还珠楼主著. —北京：中国文史出版社，2016.1

(民国武侠小说典藏文库·还珠楼主卷)

ISBN 978-7-5034-6702-8

Ⅰ. ①黑… Ⅱ. ①还… Ⅲ. ①侠义小说-中国-现代 Ⅳ. ①I246.5

中国版本图书馆CIP数据核字(2015)第202514号

点　　校：裴效维　周清霖　李观鼎
选题策划：马合省　责任编辑：薛媛媛　卢祥秋

出版发行：中国文史出版社
网　　址：http://www.chinawenshi.net
社　　址：北京市西城区太平桥大街23号　邮编：100811
电　　话：010-66173572　66168268　66192736（发行部）
传　　真：010-66192703
印　　装：廊坊市海涛印刷有限公司
经　　销：全国新华书店
开　　本：787×1092　1/16
印　　张：22.5　　字数：330千字
版　　次：2016年1月第1版
印　　次：2017年10月第2次印刷
定　　价：45.00元

文史版图书，版权所有，侵权必究。

文史版图书，印装错误可与发行部联系退换。